Barbara Baraldi

# Das Dorf der Toten



GOLDMANN
Lesen erleben

*Buch*

Aurora Scalviati ist die beste Profilerin der italienischen Polizei. Doch seit sie bei einem Einsatz lebensgefährlich verletzt wurde, ist sie nur noch bedingt arbeitsfähig. Man versetzt sie daher in einen abgelegenen Ort in der Emilia Romagna, doch Ruhe findet Aurora auch dort nicht: Bereits in der Nacht ihrer Ankunft wird eine Frau in ihrem eigenen Haus brutal ermordet. An eine Wand hat der Täter mit Blut geschrieben: »Du wirst keinen Schaden tun.« Psychopathische Mörder sind Auroras Spezialgebiet. Doch sie kämpft nicht nur gegen einen gefährlichen Killer, sondern auch gegen ihre eigenen Dämonen …

Informationen zu Barbara Baraldi
finden Sie am Ende des Buches.

Barbara Baraldi

# Das Dorf der Toten

Thriller

Aus dem Italienischen
von Julika Brandestini

GOLDMANN

Die Originalausgabe erschien 2017
unter dem Titel »Aurora nel buio«
bei Giunti editori, Florenz und Mailand.



Dieses Buch ist auch als E-Book erhältlich.

FSC
www.fsc.org
MIX
Papier aus verantwortungsvollen Quellen
FSC® C014496

Verlagsgruppe Random House FSC® N001967

Deutsche Erstveröffentlichung April 2019

Umschlaggestaltung: UNO Werbeagentur München
Umschlagfoto: gettyimages / gaffera
Redaktion: Viktoria von Schirach
BH · Herstellung: kw
Satz: Kompetenzcenter, Mönchengladbach
Druck und Bindung: GGP Media GmbH, Pößneck
Printed in Germany
ISBN: 978-3-442-48805-6
www.goldmann-verlag.de

*»There is a crack in everything*
*That's how the light gets in.«*

Leonard Cohen, Anthem

# Prolog

Es gibt Geschichten über heimgesuchte Orte, über Häuser, in denen sich das Böse tief eingegraben hat durch die Tragödien, die dort geschehen sind, und über Orte, die diesem Bösen eine Bühne gaben. Volkstümliche Legenden erzählen von seltsamen Geräuschen in leer stehenden Häusern, von dünnen Stimmen und Klagen im Wind.

Die Casa Ranuzzi war einer dieser Orte.

Ein Haus am Ortsrand, umgeben von einem kleinen Hof, mit einem üppigen Granatapfelbaum im hinteren Teil. Doch schon lange gab es niemanden, der die Früchte erntete.

Die Casa Ranuzzi stand seit über zwanzig Jahren leer. Die Dorfbewohner mieden es, und die meisten hatten es vorgezogen, die Geschichte seines Besitzers zu vergessen. Anders als in den Geschichten über Spukhäuser drang jedoch kein Laut heraus. Es herrschte ein konstantes, ohrenbetäubendes Schweigen. Und in manchen Nächten war der Nebel so dicht, dass er das Haus vollständig verschluckte. Als hätte es nie existiert.

Man sagt, besonders brutale Ereignisse hinterlassen Spuren an den Orten, an denen sie geschehen. Die Geister der Casa Ranuzzi waren die Wörter an den Wänden.

Wörter, die Obsessionen herausschrien. Wörter, die die Alpträume der wenigen bevölkerten, denen es nicht gelungen war, die Geschichte vom »Bösen Wolf« zu vergessen. Dem Monster mit dem Beil, das eine ganze Familie niedergemetzelt hatte, die Inkarnation des Bösen, das von irgendwoher wie ein Todesengel in die Stadt gekommen war.

In manchen Orten nistet sich das Böse ein wie ein ungebetener Gast. Wie ein lautloses Raubtier.

Wie eine Spinne im Netz hatte das Böse in der Casa Ranuzzi auf seine Beute gelauert.

*Bis heute.*

# 1

## Drei Monate vor dem Wiedererwachen

Das Auto fuhr langsam den Weg entlang, der zu dem Einfamilienhaus führte. Es hielt neben einem schwarzen Geländewagen, dem einzigen anderen Wagen auf dem kleinen Vorplatz. Die junge Frau blickte sich um, dann strich sie sich eine Haarsträhne hinters Ohr, wodurch eine lange Narbe an der Schläfe sichtbar wurde.

Sie befand sich an einem abgelegenen Ort, doch das war es nicht, was sie unruhig machte. Sie griff nach dem wattierten Umschlag auf dem Beifahrersitz, und dabei merkte sie, dass ihre Hände zitterten. Ihr Herz klopfte schnell und unregelmäßig.

Aurora spürte ein leichtes Kribbeln an der Stirn und hob die Hand, um mögliche Insekten fortzuscheuchen. Sie stellte sich vor, wie sie in Scharen über ihr Gesicht krabbelten, ihr in Augen und Ohren krochen, durch den Mund in die Kehle drangen. Sie betastete sich vorsichtig, doch es waren nur kleine Tropfen von eiskaltem Schweiß.

Sie nahm einige tiefe Atemzüge, saugte so viel Luft ein, wie sie konnte, doch ihr Herz schien verrücktzuspielen. Sie wusste, was gleich geschehen würde. Sie kannte dieses Gefühl der Beklemmung nur zu gut. Es war das Gefühl, das einer Panikattacke vorausging.

Sie war versucht, den Motor wieder anzulassen und wegzufahren. Mehrmals legte sie den Umschlag zurück auf den Sitz und nahm ihn wieder hoch, dann hielt sie inne, lehnte sich gegen die Rückenlehne und hieb mit der Faust aufs Lenkrad.

Nein, sie würde sich nicht überwältigen lassen. Diesmal würde sie sich wehren.

Mit zitternden Händen zog sie den Anhänger, den sie um den Hals trug, aus ihrer Bluse. Es war ein Pillendöschen aus Silber. Sie öffnete es, holte eine kleine weiße Tablette heraus und würgte sie hinunter. Sie kniff die Augen zusammen. Irgendwie gelang es ihr, die Atmung zu beruhigen. Sie wartete einige Minuten, schließlich beschloss sie, aus dem Auto zu steigen.

Im Slalom um die Pfützen, die der letzte Regenguss hinterlassen hatte, erreichte sie die Eingangstür. Sie streifte mehrfach ihre Stiefel an der Fußmatte ab, um den Schlamm von den Sohlen zu putzen. Sie drückte die Klingel an der Sprechanlage und wartete, den Blick fest auf die kleine Kamera geheftet, die darüber hing, bis eine männliche Stimme sie aufforderte hereinzukommen.

Aurora trat in ein kleines Wartezimmer, von dessen Wänden der Putz bröckelte, mit einer Stuhlreihe an einer Wand. Die grün gestrichene Tür gegenüber der Eingangstür war geschlossen.

»Professor Mascarelli?«, rief sie.

Als sie keine Antwort bekam, drückte sie die Klinke herunter und öffnete die Tür. Sie betrat einen großen quadratischen Raum mit Holzfußboden und hohen Regalen, vollgestopft mit Büchern. Ein breites Panoramafenster gab den Blick auf die üppige Vegetation des Waldes frei, der die kleine Villa umgab. Ein Schreibtisch stand in der Mitte des Raumes auf einem staubig wirkenden Teppich.

Ein untersetzter Mann trat durch die Schiebetür an einer Seite des Raumes. Er war um die sechzig, mit schütterem Haar, und seine hervorstehenden Augen verliehen ihm das Aussehen eines riesigen Lurchs. Er trug ein kariertes Hemd und ein Paar abgewetzte, ausgebeulte Jeans.

»Sie müssen Aurora Scalviati sein«, sagte er mit leicht amüsiertem Lächeln. »Entschuldigen Sie bitte, dass Sie warten mussten, aber die Leute, mit denen ich für gewöhnlich zu tun habe, sind nicht allzu wild darauf, mich zu sehen.«

»Ich dachte, ich hätte mich am Telefon deutlich ausgedrückt. Sie dürfen mich niemals beim Namen nennen«, antwortete sie.

Der Mann strich sich nachdenklich über das Kinn. »Stimmt. Das hatte ich vergessen«, murmelte er. Dann räusperte er sich, bemüht, einen professionellen Eindruck zu machen. »Haben Sie die Krankenakte dabei?«

Aurora reichte ihm den Umschlag. »Da drin finden Sie auch das vereinbarte Honorar.«

Der Mann blätterte den Inhalt des Umschlags flüchtig durch. Nachdem er das Bündel Scheine eingesteckt hatte, zog er einige bedruckte Blätter heraus, die von einer Büroklammer zusammengehalten wurden.

»Sie haben … Ihren Namen aus den Berichten gelöscht?«, fragte er überrascht.

»Ich glaube, alles in allem ist das auch in Ihrem Interesse«, antwortete Aurora. »Falls irgendetwas schiefgeht, wollen Sie bestimmt nicht mit meinem Namen in Verbindung gebracht werden.«

»Vielleicht ist es auch andersherum«, antwortete der Mann ironisch.

»Niemand darf wissen, dass ich hier war«, fuhr sie mit betont fester Stimme fort. Doch ihr Blick verriet eine leichte Unsicherheit, die sich schwer verbergen ließ. Ihre Augen waren unruhig, untermalt von tiefen Ringen, und ihr Blick huschte ständig prüfend von einer Ecke des Zimmers zur anderen.

»Sie sind ziemlich blass«, sagte der Mann. »Sind Sie sicher, dass es Ihnen gut geht?«

»Wenn es mir gut ginge, wäre ich nicht hier, meinen Sie nicht?«

Der Mann murmelte etwas vor sich hin, nahm dann eine Brille vom Schreibtisch und setzte sie auf. Er las, was auf den Blättern stand.

»Sie waren in einer Klinik, die auf diese Art von Fällen spezialisiert ist«, murmelte er. »Was führt Sie zu der Annahme, dass ich Ihr Problem lösen kann, wenn die Ärzte dort es nicht konnten?«

»Die Pharmakotherapien dort haben nicht die gewünschten Ergebnisse gebracht. Und die Ärzte meinten, es sei zu riskant, mich einer EKT zu unterziehen.«

»Elektrokonvulsionstherapie. Das klingt viel harmloser als das Wort Elektroschock, nicht wahr?«

»Sie finden es zu riskant wegen meines ... Gesamtzustandes.«

»Sie wurden ziemlich schwer verletzt«, sagte der Mann. »Darf ich fragen, wie das passiert ist?«

»Ich habe keinerlei Absicht, darüber zu sprechen.«

Es folgte ein langer Moment des Schweigens, in dem der Mann eine defensive Körperhaltung einnahm. »Sie sind bei der Polizei, richtig?«

»Nicht mehr«, antwortete Aurora ausweichend.

»Darf ich fragen, woher Sie meinen Namen haben?«, versuchte er es noch einmal.

Aurora hob leicht die Schultern. »In meiner Position ist es nicht schwierig, gewisse Informationen zu erhalten.«

Der Mann seufzte. »Ich nehme an, Sie kennen bereits die Kontraindikationen für die Behandlung. Man hat Sie sicher über die möglichen kardiovaskulären Komplikationen, die Krampfanfälle, die stechenden Kopfschmerzen, den möglichen Erinnerungsverlust informiert.«

»Erinnerungsverlust wäre mein geringstes Problem«, sagte Aurora bitter.

Der Mann breitete die Arme aus als Zeichen seiner Kapitulation. »Meinetwegen«, seufzte er. »Ich habe ein Zimmer vorbereitet, in dem Sie sich nach der ersten Sitzung etwas ausruhen können. Gibt es jemanden, der sich danach um Sie kümmert?«

Aurora blickte nervös um sich. »W-was meinen Sie?«

Aus ihrer Reaktion schloss er, wie unpassend seine Frage gewesen war. Es genügte vollkommen, sie anzusehen. Diese Frau war der einsamste Mensch, dem er je begegnet war.

»Auch wenn die Wirkung der Betäubung nachgelassen hat, können Sie auf keinen Fall Auto fahren«, erklärte er. »Wie werden Sie nach Hause kommen?«

»Keine Betäubung«, unterbrach ihn Aurora.

»Die Dosierung des Methohexital ist sehr niedrig, so dass Sie nach der Behandlung sehr schnell wieder bei Bewusstsein sind.«

»Keine Betäubung«, wiederholte sie. »Ich *muss* die ganze Zeit bei vollem Bewusstsein bleiben.«

»Na gut«, antwortete der Mann und setzte sich an seinen Schreibtisch. Eine allgemein verbreitete These ging davon aus, dass depressive Menschen sich schuldig fühlen, und die EKT erfüllte ihr Bedürfnis nach Strafe.

Er holte einen Formularblock aus einer Schublade. »Ich habe noch einige Rezepte aus meiner Zeit als praktizierender Arzt.« Er füllte drei Zettel aus, riss sie heraus und reichte sie Aurora.

»Zwischen einer Behandlung und der nächsten könnte sich Ihr Zustand verschlechtern. Diese Medikamente werden Ihnen dabei helfen, die Angstzustände unter Kontrolle zu halten.«

»Gefälschte Rezepte«, sagte Aurora.

»Ich denke nicht, dass Sie mich anzeigen wollen.«

Aurora nahm die Blätter und steckte sie in die Innentasche ihrer Jacke.

»Bitte folgen Sie mir.« Der Mann ging voraus durch einen schwach beleuchteten Korridor, an dessen Wänden Reproduktionen berühmter Renaissancegemälde hingen. Die Dielen knarrten bei jedem seiner Schritte. »Wussten Sie, dass die ersten Experimente mit Elektroschocks von der Praxis eines römischen Schlachthauses in den dreißiger Jahren des vergangenen Jahrhunderts inspiriert waren? Sie betäubten damit die Schweine vor der Schlachtung. Eine Geste der Barmherzigkeit gegenüber diesen armen Tieren ...«

»Ich bin nicht für eine Geschichtsstunde hergekommen, Professore.«

»Bitte, lassen Sie die akademischen Titel«, winkte der Professor ab. »Die haben für mich keine Bedeutung mehr, seit ich von der Kammer suspendiert wurde.«

Er öffnete die Tür zu einem spartanisch möblierten Zimmer. Ein Medizinschrank, ein Fenster mit verschlossenen Läden. In der Mitte des Raumes befand sich eine Liege, daneben ein Infusionsständer und ein Rollwagen mit einem Computer, dem Apparat für die EKT und verschiedenen medizinischen Gerätschaften. An einer Sauerstoffflasche baumelte eine Sauerstoffmaske. Das Licht kam von einer nackten Glühbirne an der Decke.

»Haben Sie Medikamente genommen, bevor Sie hergekommen sind?«

»Nein«, log Aurora und hängte ihren Mantel an die Garderobe am Eingang.

Nachdem sie sich auf der Liege ausgestreckt hatte, setzte der Mann ihr die Sauerstoffmaske auf und öffnete das Versorgungsventil.

»Sie müssen das Gas ein paar Minuten lang einatmen, um das Gewebe gut mit Sauerstoff aufzufüllen.«

Er schnürte eine Binde um ihren rechten Oberschenkel, schob den Ärmel ihrer Bluse hoch und nahm eine Spritze von dem Wagen.

»Was ist das für Zeug?«, fragte sie erschrocken. Durch die Maske klang ihre Stimme dumpf.

»Succinylcholin«, antwortete er. »Ein Mittel zur Muskelentspannung. Es dient dazu, die Muskelaktivität einzuschränken, um den Effekt der Kontraktionen abzumildern.«

»Ein Lähmungsmittel«, präzisierte sie.

»Keine Sorge, Sie werden trotzdem die ganze Zeit bei Bewusstsein bleiben. Nach wenigen Minuten lässt die Wirkung des Succinylcholins wieder nach. Die Konvulsionen dauern zwischen dreißig und neunzig Sekunden, und die Injektionen sind notwendig, um zu verhindern, dass Sie sich die Rippen oder die Wirbelsäule brechen. Der Abklemmschlauch dient dazu, einen Teil Ihres Körpers zu isolieren, damit ich sicher sein kann, dass Sie keinen Infarkt erleiden.« Er machte eine Pause. »Bevor wir anfangen, injiziere ich Ihnen zur Sicherheit eine Flüssigkeit auf Sauerstoffbasis, denn Sie werden nicht in der Lage sein, selbständig zu atmen.«

Nachdem er ihr beide Injektionen verabreicht hatte, rieb der Mann Auroras Schläfen mit einem Wattebausch ein und befestigte die Elektroden. Dann schob er ihr ein Stück Gummi in den Mund. »Damit Sie sich nicht die Zähne zersplittern oder die Zunge abbeißen.« Schließlich griff er nach dem Regler der EKT-Maschine. »Sind Sie bereit?«

Aurora blinzelte als Zeichen ihrer Zustimmung.

Der Mann drehte entschlossen den Knopf.

Der Körper der jungen Frau wurde von heftigen Krämpfen geschüttelt, als eine Ladung von vierhundertachtzig Volt durch ihr Gehirn jagte. Ihre Augen rollten nach hinten. In ihrem Kopf explodierten Erinnerungsfetzen, unzusammenhängende Bilder aus anderen Zeiten, von anderen Orten.

*Für einen Augenblick war sie nicht mehr da.*

Sondern wieder in dem alten Schlachthaus, wo alles begonnen hatte.

Sie hörte die Schreie, dann die Schüsse.

Und alles versank in Dunkelheit.

# 2

Bononia, 20. September 1349

*Ausgestoßene.*

Dieses Wort ging Padre Egidio Galuzzi, Prior der Dominikanermönche von Bononia, nicht mehr aus dem Kopf, während er zusah, wie sich die Morgenröte auf die Stadt vor seinem kleinen Zellenfenster legte. Ein eiskalter Schauer überlief ihn; was er einstmals für ein Zeichen göttlicher Kraft gehalten hätte, erschien ihm heute wie ein schlechtes Omen.

Seit über einem Jahr suchte eine heimtückische, unaufhaltsame Seuche die Bevölkerung heim, die die Gelehrten nach dem lateinischen Wort für »das Schlimmste«, *pestem*, die Pest, getauft hatten.

Die Pest hatte sich schnell in ganz Europa ausgebreitet und Männer, Frauen und Kinder dahingerafft, ganz gleich ob Adelige, Priester, Bauern oder Handelsleute, immer mehr Ländereien lagen brach, die Bevölkerung der Stadt war dezimiert, und die Sitten verrohten.

Die Krankheit verschlang zwei Menschen von fünfen, und es hieß, sie komme aus dem fernen Orient, wo mehrere Tage lang ein Regen aus Würmern, später aus Schlangen herabgekommen sei, die groß genug waren, einen Mann in einem einzigen Bissen zu verschlingen, schließlich seien Feuerbälle gefolgt, deren Rauch so giftig war, dass jeder, der ihn einatmete, innerhalb von zwölf Stunden starb.

Im Glauben an dieses Gerede hatte der Ältestenrat, die weltliche Institution, die Bononia regierte, verfügt, dass in den Häusern alle nach Osten gehenden Fenster verschlossen bleiben mussten, um den giftigen Pesthauch nicht einzulassen, der mit den Winden aus dem Orient hereinwehte.

»Ausgestoßene« waren diejenigen, die von der Gesellschaft ausgeschlossen wurden. Isoliert, sich selbst überlassen. Wie die Pestkranken. Aber nicht nur die.

Manch einer hielt die Pest für eine Strafe des Allmächtigen für die Toleranz der Regierenden gegenüber Juden und Ungläubigen, und das hatte für ein Wiederaufflammen der Verfolgung von Minderheiten gesorgt. Auch wenn es sich dabei häufig nur um eine billige Rechtfertigung handelte, um sich die Reichtümer der Verdammten anzueignen.

Padre Egidio hielt nichts von solcherlei Aberglauben, und als Inquisitor spürte er die Verantwortung, die Stadt vor allem zu bewahren, was ihr Volk von Gottes Gnade entfernte.

Er war überzeugt, es bedürfe eines Glaubensaktes, um die Pest zu bekämpfen, und er hatte sich für härtere Strafen für der Häresie oder der Hexerei Verdächtige eingesetzt. Die Irrlehre gehörte ausgemerzt, und die beste Art, das zu tun, war, einen Prozess nach dem anderen zu führen. Täglich gab es Exekutionen, und sie durften kein Ende finden, bis nicht der Glauben des Volkes an Gott und die Männer der Kirche vollständig wiederhergestellt wäre.

Padre Egidio schüttelte die Gedanken ab und zog

seinen schwarzen Umhang über den weißen Habit der Dominikanermönche. Sein noch vom Schlaf verschleierter Blick glitt für einen Augenblick durch die Zelle. Sie war schlicht möbliert, wie es die Regeln Domingo de Guzmáns, des heiligen Dominikus vorschrieben: Neben dem Bett stand eine Sitztruhe und auf der gegenüberliegenden Seite ein kleiner Schreibtisch. Padre Egidio kniete vor dem Kruzifix an der Wand nieder und sprach mit leiser Stimme das Vaterunser.

Dann verließ er den Raum und ging mit sicheren Schritten den langen Korridor hinunter, der die Zellen miteinander verband, bis in den vorderen Teil der Basilika. Hier wurden normalerweise die öffentlichen Andachten abgehalten, während der Laudes war er jedoch für die Mönche reserviert. Er gesellte sich für das Morgengebet zu seinen Mitbrüdern an der Arca di San Domenico, dem eindrucksvollen Grabmal des Ordensgründers.

Nach dem Gebet trat Padre Baldassarre Fey, der alte Abt, zu ihm. »Macht Euch etwas Sorgen, Padre Egidio?«

Padre Egidio runzelte die Stirn, überrascht von so viel Eifer. »Warum fragt Ihr?«

»Ich kenne Euch seit Eurer Zeit als gottesfürchtiger Ordensanwärter«, sagte Padre Baldassarre. »Vergesst nicht, dass ich derjenige war, der sich beim Bischof für Eure Ernennung zum Inquisitor eingesetzt hat. Euch hat stets ein flammender Glaube beflügelt, eine Seltenheit in dieser Zeit. Und doch habe ich seit einiger Zeit das Gefühl, dass Euch eine große Sorge plagt.«

Padre Egidio breitete die Arme aus. Es stimmte, sein alter Freund kannte ihn besser als jeder andere. Er fühlte tiefes Unbehagen in sich aufsteigen, was von dem körperlichen Unwohlsein, das ihn bereits seit Tagen plagte, noch verschlimmert wurde. Er kannte die Symptome der Krankheit gut, und das anhaltende Fieber, das ihm zusetzte, war sicherlich eines von ihnen, ebenso wie die eiförmige Ausbeulung an seiner Leiste. Doch es war noch nicht der richtige Zeitpunkt, seinen Mitbruder über die Erkrankung zu informieren. Im Augenblick forderte eine dringende Angelegenheit seine ganze Aufmerksamkeit. Und das Wort »Ausgestoßene« hallte in seinem Kopf wider wie eine Drohung.

»Meine einzige Sorge ist die Rettung unseres Volkes«, lautete darum seine ganze Antwort.

Ein ironisches Lächeln breitete sich daraufhin unter dem üppigen Bart Padre Baldassarres aus. »Manchmal frage ich mich, ob da noch viel zu retten ist«, sagte er bitter. »Im Volk machen sich Verzweiflung und Elend breit. Der Gottesglaube wird auf eine harte Probe gestellt und mit ihm unsere Autorität.«

»Genau deshalb sind entschiedene Schritte erforderlich, um das Böse auszmerzen«, schloss Padre Egidio, dann verabschiedete er sich mit einem Nicken, auf das der andere mit einer angedeuteten Verbeugung antwortete.

Als Padre Egidio aus der Basilika trat, peitschte die heiße, feuchte Luft sein Gesicht. Nichts an dem Klima dieser Tage deutete auf die bevorstehende Ankunft des Herbstes hin. Der glühende Wind wehte von den Küsten her Salzgeruch in die Straßen der Stadt, unter den sich der ekelhafte Gestank des Straßenschlamms mischte, der ständig von den Karren der Händler durchgepflügt wurde.

Padre Egidio stieg über einen Bettler hinweg, der auf dem Pflaster vor der Basilika schlief. Mit einem Seitenblick auf einen Mann in zerlumpter Kleidung, der einen Karren voller Pestleichen zum vor der Stadt eigens eingerichteten Massengrab brachte, setzte er seinen Weg fort.

Ein Zug Geißler zog laut betend durch die Straße. Sie waren barfuß, trugen weiße Mäntel mit scharlachroten Kreuzen, heruntergelassene Kapuzen und Peitschen in der Hand.

Zu ihnen trat eine Frau mit vor Wahnsinn verzerrtem Gesicht, im Arm ein Bündel mit einer Kinderleiche. Sie sank vor ihnen auf die Knie und bettelte um eine Segnung.

Beim Anblick der Szene konnte Padre Egidio eine Grimasse des Abscheus nicht unterdrücken. Er hatte sich entschieden gegen den Fanatismus der Geißler gestellt, doch gegen die starke politische Unterstützung der Bruderschaft war er machtlos gewesen. Die Geißelbrüder hielten sich für heilig, und sie weigerten sich strikt, sich der Kirchenhierarchie zu unterwerfen. Sie waren streitbare Antisemiten, und obwohl der Papst die Judenverfolgung mit aller Härte verurteilt hatte, hatten sie nicht gezögert, ganze Familien jüdischer Herkunft auszulöschen. Sie betrachteten sie als »Ausgestoßene«.

Padre Egidio erreichte den Hauptplatz der Stadt, wo sich eine bunte, lärmende Menschenmenge vor dem Haus des Bürgermeisters versammelt hatte, wo sie auf die Vollstreckung der Todesstrafe einiger Verurteilter wartete.

Drei Tage zuvor hatte ein Bauer, ein gewisser Mattia da Parma, beim Pflügen ein paar grauenhaft zugerichtete Verstümmelte entdeckt. Sie waren in Holzkisten gequetscht, in für die christliche Tradition sehr ungewöhnlichen Posen. Einige Skelette lagen auf dem Bauch, den Oberkörper oder die Arme an die Holzkisten genagelt, andere hatten gebrochene Knochen an Beinen und Becken, und in einigen Fällen waren die Schädel mit langen rostigen Nägeln gespickt.

Niemand wusste, zu wem diese Überreste gehörten. Jemand hatte die Gräber »Friedhof der Ausgestoßenen« getauft.

Als die Obrigkeit informiert worden war, hatte sie nicht gezögert, den Bauern und seine Kinder wegen Hexerei zu verhaften. Der Prozess, den Padre Egidio eilig abhielt, war sehr oberflächlich gewesen und das Todesurteil unausweichlich. Nachdem er mittels Folter ein vollständiges Geständnis des Bauern und seiner Kinder erhalten hatte, war die Verurteilung zum Tode automatisch. Nach Meinung des Inquisitors hätten die Überreste der Ausgestoßenen niemals ans Licht kommen dürfen. Es war eindeutig ein Zeichen dafür, dass der Teufel die Stadt verflucht hatte. Es wurde verfügt, dass die Überreste erneut an dem Ort begraben werden sollten, an dem sie gefunden worden waren, und dass es forthin jedem streng untersagt war, das Feld zu betreten.

Padre Egidio bahnte sich einen Weg durch die Menge bis zur Bühne, die für die Würdenträger reserviert war, geschützt durch einen Trupp Stadtwachen. Bei seinem Vorübergehen deuteten die Anwesenden eine Verbeugung an, auf die der Inquisitor mit einem leichten Kopfnicken antwortete. Im gleichen Augenblick verkündigten die Schläge vom höchsten Glockenturm der Stadt den Beginn der Hinrichtung.

Als der Scharfrichter die großen Fenster des Hauses öffnete, explodierte die Menge in ein anfeuerndes Gebrüll.

Die Ersten, die mit eng um den Hals gebundenen Stricken aus dem Fenster geworfen wurden, waren die beiden Kinder des Bauern, der kleine Pietro mit seinen neun und die kleine Matilde mit sieben Jahren. Ein Jahr zuvor hatte die Pest ihre Mutter geholt, und vielleicht war das gut so. Auf die Weise musste sie nicht mit ansehen, welchen Qualen ihre geliebten Kinder ausgesetzt waren. Als ihre Körper aus dem Palastfenster baumelten, wurde die Menge von immer wilderen Begeisterungsstürmen erfasst.

Mattia da Parma war so stämmig und korpulent, dass der Scharfrichter, nachdem er das Seil um seinen Hals geknotet hatte, einige Zeit brauchte, bis er ihn auf das Fensterbrett gehievt hatte. Dann schubste er ihn mit entschiedener Geste hinunter.

Das Seil spannte sich mit einem solchen Ruck, dass der Kopf des Bauern wie von einem unsichtbaren Beilschlag vom Rumpf getrennt wurde.

Der Körper Mattia da Parmas zerschellte am Boden, während der Kopf in die versammelte Menschenmenge auf der Piazza plumpste. Bei diesem Anblick wandten viele der Anwesenden den Blick ab und bekreuzigten sich schnell.

Padre Egidio betrachtete den Körper des Verurteilten, der von einer Reihe wilder Zuckungen durchlaufen wurde. Er richtete den Blick auf das Blut, das aus dem Hals strömte und sich auf dem Pflaster ausbreitete wie ein dunkler Schatten.

Unruhe befiel ihn, während das Wort »Ausgestoßene« sich wie ein langer Nagel in seine Gedanken bohrte.

Und in dem Blut des Verurteilten erkannte er dasselbe Rot wie das des Sonnenaufgangs, den er am Morgen betrachtet hatte.

# 3

## Fünf Tage vor dem Wiedererwachen

*Some girls wander by mistake,* summte Aurora Scalviati leise vor sich hin, während sie die Landstraße Nummer 43 entlangfuhr. Sie hatte den Eindruck, ihr Wagen bewege sich durch einen Ort außerhalb der Zeit, den die Scheinwerfer nicht erhellen konnten. Die Landschaft um sie herum lag unsichtbar, versteckt von Nebel und vom Dunkel der Nacht, Ziel einer Reise, die ihr unendlich schien. Laut Navigationsgerät musste sie noch eine halbe Stunde fahren, bis sie Sparvara erreichte, jene Stadt der Emilia Romagna, wo sie bei der örtlichen Polizeidienststelle ihren Dienst antreten sollte.

»Herzliche Leute, diese Emilianer«, hatten ihre Kollegen von der Kripo in Turin immer wieder betont, nachdem sie erfahren hatten, welche ihre neue Dienststelle nach achtzehn Monaten Beurlaubung sein würde.

Die Emilia Romagna ist wie eine einzige große Stadt; die Viertel sind die über die Ebene verstreuten Dörfer, die sich vom Fuß des Apennins entlang dem Strom des Flusses Po in Richtung Adria ausbreiten.

»Da unten passiert nie was, genau das Richtige für dich zur Erholung«, hatte der Polizeichef zu ihr gesagt, als er ihr die Versetzung mitteilte. Diese Worte waren vermutlich dazu gedacht, sie zu beruhigen, doch sie hatten den gegenteiligen Effekt gehabt.

Aurora strich sich nervös eine Haarsträhne hinter das Ohr. Dabei berührten ihre Finger die Narbe an ihrer Schläfe. Sie zog sie eilig zurück.

Der Refrain eines alten Liedes ging ihr nicht mehr aus dem Kopf, und sie merkte, dass sie *Teachers* von Leonard Cohen vor sich hin summte.

*Some girls wander by mistake, into the mess that scalpels make. Are you the teacher of my heart?*

Automatisch griff sie nach ihrem Handy und suchte im Telefonbuch nach Flavios Nummer. Einen Augenblick starrte sie auf den Bildschirm, ohne auf das Anrufzeichen zu drücken. Dann legte sie das Telefon zurück und schaute wieder hinaus durch die Windschutzscheibe. Den Anweisungen des Navis folgend bog sie in eine gewundene Straße ein, die hinter einem Deich entlangführte. Sie überquerte eine kleine Brücke mit rostigem Geländer und bog noch einmal ab in ein kleines Sträßchen voller Schlaglöcher, das von skelettartigen Bäumen gesäumt war.

Einige Blaulichter in der Ferne weckten ihre Aufmerksamkeit. Die Sicht war so schlecht, dass es aussah, als wären dort Streifen- und Notarztwagen mitten im Nirgendwo versammelt.

Als Aurora wieder nach vorn blickte, fuhr sie zusammen. Die Silhouette eines Mannes war am Straßenrand aus dem Nebel aufgetaucht, und sie musste scharf bremsen, um ihn nicht zu überfahren. Die Reifen rutschten auf dem nassen Asphalt, und Auroras Wagen kam vor einem Dienstwagen der Carabinieri zum Stehen, der mit eingeschaltetem Blaulicht quer über der Straße stand. Es handelte sich um eine veritable Straßensperre.

Der uniformierte Mann trat an das Wagenfenster und bedeutete Aurora, es herunterzulassen.

»Haben Sie das Blaulicht nicht gesehen?«, fragte er.

»Entschuldigen Sie, Agente«, antwortete Aurora. »Aber bei diesem Nebel ...«

Der Carabiniere ließ sie den Satz nicht zu Ende sprechen. »Da vorn ist die Straße gesperrt«, sagte er. »Sie können hier nicht weiter.«

Aurora riss die Augen auf. »W-wie bitte?«, stammelte sie. »Aber ich muss nach Sparvara, und ich bin schon spät dran.«

»Tja, Sie sind fast da, das Stadttor ist noch etwa zwei Kilometer entfernt, aber hier kann ich Sie leider nicht durchlassen.«

»Hat es einen Unfall gegeben?«

Der Carabinere wandte den Blick ab. »Mehr kann ich Ihnen nicht sagen.«

»Ich bin Beamtin der Kriminalpolizei«, erklärte Aurora und wühlte in der Tasche auf ihrem Beifahrersitz. Sie zog ihre Marke und ein bedrucktes Blatt heraus. »Aurora Scalviati, vom Kommissariat Sparvara.«

Der Carabiniere warf einen Blick auf das Dokument. »Hier steht, dass Sie erst morgen Ihren Dienst antreten.«

»Ich weiß, aber ...«

»Glauben Sie mir, Signorina«, sagte der Carabiniere ruhig. »Es ist besser, wenn Sie umdrehen und die alte Landstraße ›Provinciale del Duca‹ nehmen.«

»Besser für wen?«

»Für Sie. Das da vorn ist kein schöner Anblick.«

»Kann ich wenigstens erfahren, was los ist?«

»Ich darf nicht darüber sprechen«, antwortete der Carabiniere. »Anweisung des Staatsanwalts.«

»Der Staatsanwalt ist hier? Gab es einen Mord?«

Der Carabiniere straffte die Schultern.

»Ach, kommen Sie«, sagte Aurora, »morgen erzählen mir die Kollegen sowieso davon!«

»Ja, sprechen Sie morgen mit den Kollegen. Ich darf Ihre Fragen nicht beantworten. Das verstehen Sie doch sicher.«

»Na gut«, seufzte Aurora mit einem gezwungenen Lächeln. Dann legte sie den Rückwärtsgang ein, um den Wagen zu wenden.

Im Wegfahren behielt sie den Carabiniere im Rückspiegel im Auge und beobachtete, wie seine Umrisse im Nebel verschwanden. Sie schaltete die Scheinwerfer aus und brachte den Wagen vor der Einfahrt eines Landhauses zum Stehen. Sie stieg aus dem Auto und schloss vorsichtig die Tür, um keinen Lärm zu machen.

»Die alte Landstraße, was?«, murmelte sie vor sich hin, während sie durch die Baumreihe am Straßenrand schlüpfte.

Mit schnellen Schritten lief Aurora über das unbestellte Feld in Richtung der Lichter. Nach wenigen Metern waren ihre Stiefel voller Schlamm. Sie sprang über einen Graben und ging weiter, bis sie nahe genug an die Stelle herangekommen war, wo zwei Streifenwagen geparkt waren, dazu ein blaues Auto, ein Feuerwehrauto und ein Rettungswagen. Sie war verblüfft. Was konnte geschehen sein, das ein solches Aufgebot erklärte?

Inzwischen war sie sicher, dass es einen Mord gegeben haben musste. Im Bruchteil von Sekunden vergaß Aurora, dass sie Hunderte Kilometer von ihrem Zuhause und ihren Exkollegen entfernt war, dass sie erschöpft war und es das einzig Sinnvolle wäre, in den Gasthof zu fahren und sich auszuruhen.

Denn das war es, was sie bewogen hatte, bei der Polizei zu bleiben, trotz allem. Es gab nur einen einzigen Ort auf der Welt, von dem sie sich nie würde fernhalten können, und das war ein Tatort.

# 4

Aurora stieg über einen Zaun und fand sich im Garten eines mit gelbem Absperrband umzäunten Landhauses wieder. Zwei uniformierte Polizisten unterhielten sich bei einem der Streifenwagen mit einem der Sanitäter. Einer der Polizisten bemerkte sie und löste sich von der Gruppe. Er kam mit erhobener Hand auf sie zu, um sie zum Stehenbleiben zu bewegen.

»Halt!«, rief er. »Hier dürfen Sie nicht rein!«

»Ich bin eine Kollegin«, antwortete Aurora nervös und hielt ihre Erkennungsmarke hoch. »Aurora Scalviati, vom Kommissariat Sparvara.«

Der Polizist betrachtete sie misstrauisch. Dann studierte er eingehend die Polizeimarke. »Tut mir leid, Kommissarin Scalviati«, antwortete er, wenig überzeugt. »Aber ich habe die Anweisung, niemanden vorbeizulassen.«

Aurora konnte nicht länger an sich halten. »Ich bin deine Vorgesetzte, verdammt, und jetzt lass mich bitte durch!«

»Was ist denn da los?«, unterbrach sie eine autoritäre Stimme in ihrem Rücken. Sie gehörte einem kleinen Mann um die fünfzig, mit kantigem Gesicht und weit auseinanderstehenden Augen. Er trug eine kleine Mappe unter dem Arm und trat aus dem Haupteingang des Landhauses, in Begleitung eines zweiten Mannes, dem Aurora im Augenblick keine Beachtung schenkte.

»Kommissar Piovani, gerade wollte ich …«, nuschelte der Polizist.

»Wer ist diese Frau?«, fragte Piovani, ohne Aurora eines Blickes zu würdigen.

»Kommissarin Scalviati«, mischte sie sich ein und streckte ihm die Hand hin. »Ich bin gerade aus Turin gekommen.«

Piovani musterte sie von Kopf bis Fuß, als wäre sie ein seltenes Exemplar von Tiefseefisch. »Ich habe Sie erst morgen früh in meinem Büro erwartet«, sagte er.

Aurora zog verlegen die Hand zurück. »Ich habe die Blaulichter von der Straße aus gesehen und gedacht, es handle sich vielleicht um einen Notfall.«

»Wir haben hier alles unter Kontrolle, Scalviati. Ihre Anwesenheit ist nicht weiter vonnöten. Sie können gehen.«

Aurora räusperte sich. »Bei allem Respekt, Commissario, darf ich Sie daran erinnern, dass ich drei Jahre lang beim Mobilen Einsatzkommando war und Expertin bei der Tatortanalyse von Gewaltverbrechen bin? Auch wenn ich offiziell erst morgen den Dienst antrete, möchte ich meinen Beitrag zu den Ermittlungen in einem Mordfall leisten.«

»Wer hat etwas von einem Mord gesagt?«

»Niemand … aber der Carabiniere da hinten hat mir gesagt, dass der Staatsanwalt hier war, und ich glaube nicht, dass er sich wegen einer Katze im Baum herbemühen würde.«

»Was ist los, Scalviati, können Sie es nicht erwarten,

wieder mitzumischen? Dabei möchte man meinen, Sie hätten Ihre Lektion gelernt, nach dem, was Sie ausgelöst haben.«

Aurora spürte, wie der Druck hinter den Schläfen zunahm, und einen Knoten, der ihr den Hals zuschnürte. »Es gab eine Untersuchung«, sagte sie mit leicht zitternder Stimme. »Und Sie wissen sicherlich, dass ich sauber daraus hervorgegangen bin.«

»Das müssen Sie mit Ihrem Gewissen ausmachen«, antwortete Piovani mit herausforderndem Blick. »Ich kenne Ihre Geschichte gut. Wollen Sie wissen, wie einige Kollegen Sie nennen?« Nach einer effektvollen Pause fuhr er fort: »Bullenkiller.«

Aurora zwang sich, die Provokation zu ignorieren. Sie erwiderte Piovanis Blick und schluckte die aufsteigende Galle hinunter. »Lassen Sie mich rein, Commissario«, sagte sie. »Ich werde nur als Beobachterin da sein und mich ganz am Rand halten. Aber wenn das ein Mordschauplatz ist, können zwei zusätzliche Augen sicher nicht schaden.«

Piovani deutete auf Auroras schlammverschmierte Stiefel. »Glauben Sie wirklich, in dem Aufzug würde ich Sie da reinlassen? Der Tatort ist schon genug beeinträchtigt worden, bei dem ganzen Kommen und Gehen von Sanitätern und Polizisten heute Abend. Da mögen Sie noch so lange beim Mobilen Einsatzkommando gewesen sein, das Protokoll …«

»Ich kenne das Protokoll«, sagte Aurora und bückte sich, um ihre Stiefel aufzuschnüren. »Wenn meine schmutzigen Stiefel das Problem sind, voilà.« Nachdem sie sie abgestreift hatte, schlug sie einen Haken um Piovani und schlüpfte durch die Haustür.

»Colasanti!«, hörte sie den Commissario rufen. »Halt sie auf!«

Aurora hörte hinter sich schnelle Schritte. Doch sie war bereits im Haus. Und was sie sah, ließ ihr das Blut in den Adern gefrieren.

Sie blieb wie angewurzelt stehen, unfähig, den Blick abzuwenden, und für einen Augenblick vergaß sie sogar zu atmen.

# 5

Der Körper der Frau lag rücklings auf der hölzernen Treppe, in einer unnatürlichen Haltung, mit zur Seite gebeugtem Kopf. Ihr geblümtes Kleid war blutgetränkt. Der Oberkörper war verdreht, und man ahnte eine große Wunde seitlich am Rücken. Sie musste mit einer Hiebwaffe mit breiter, stumpfer Klinge wie die einer Axt oder eines Beils getroffen worden sein. Die Beine waren so verdreht, dass sie gebrochen sein mussten.

Der linke Arm lag auf einer Treppenstufe, während der andere in die Luft zeigte, an eine Seite des Geländers gestützt. Es sah aus, als hielte die Frau etwas in die Höhe, als wäre sie bei dem Versuch unterbrochen worden, einen Gegenstand in die Luft zu heben. Als Aurora den Grund für diese unnatürliche Haltung des Leichnams erkannte, wäre sie beinahe zurückgeschreckt: Die Hand war mit einem langen rostigen Nagel an einer Strebe des Geländers fixiert. Zwei weitere lange, dicke Nägel ragten aus ihrem Kopf. Sie waren benutzt worden, um beide Augen zu durchbohren. Über die Wangen liefen zwei Rinnsale geronnenen Blutes, die aussahen wie Tränen.

Um die Leiche herum machten sich zwei Forensiker in weißen Anzügen zu schaffen, beschäftigt, Spuren zu sammeln. Auf der ersten Stufe saß ein Polizist in Uniform, mit einer Spiegelreflexkamera um den Hals, der etwas in ein Notizbuch schrieb.

Auf der Wand entlang der Treppe leuchtete ein Schriftzug, wie ein pulsierendes purpurnes Geflecht, das sich nach unten zu bewegen schien. Vermutlich war er mit dem Blut des Opfers geschrieben.

»Du wirst keinen Schaden tun.«

Aurora spürte, wie sich ihr Magen zusammenzog und wie Übelkeit aufstieg. Sie atmete tief und zwang sich, den Brechreiz zu unterdrücken. Sie hatte nicht erwartet, auf ein solch schreckliches Beispiel menschlicher Grausamkeit zu stoßen. Und sie war nicht mehr an derart rohe Anblicke gewöhnt.

Ihre Beine wurden weich, und jemand packte sie von hinten.

Sie schnellte nach vorn und versuchte instinktiv, sich zu befreien. »Aber was ...«

Alle Anwesenden drehten sich zu ihr um und bedachten sie mit schweigenden Blicken.

Ihre Bemühungen, sich zu befreien, erwiesen sich als wirkungslos, der Griff war wie aus Eisen. »Lass mich los!«, knurrte sie, während sie rückwärts aus dem Haus gezogen wurde.

»Beruhige dich«, murmelte eine männliche Stimme, die versuchte, freundlich zu klingen.

Mit einem Ruck nach vorn gelang es Aurora, sich aus dem Griff zu befreien, und sie tat einen unsicheren Schritt, um sich von ihrem Angreifer zu entfernen.

Der Mann, der sie um etwa zwanzig Zentimeter überragte, hatte breite Schultern und Arme wie ein Rugbyspieler. Dazu ein Gesicht mit ausgeprägten Zügen und einem energischen Kiefer und zerzauste kurze Haare. Die Ausdrucksfalten in seinem Gesicht bewiesen, dass er die dreißig schon vor einer Weile überschritten hatte, doch es war unmöglich, sein genaues Alter zu schätzen. Der seit zwei oder drei Tagen nicht rasierte Bart wirkte etwas nachlässig, doch alles in allem war er recht attraktiv. Aurora betrachtete die Augenschlitze, durch die eine petrolgrüne Iris sichtbar war, und die vollen Lippen, die von zu vielen bis auf den Filter heruntergerauchten Zigaretten verbrannt schienen.

»Tut mir leid, aber du kannst hier nicht bleiben«, sagte er versöhnlich.

»Fass mich nie mehr an, verstanden?«, zischte Aurora. Dann warf sie den Forensikern und dem Polizisten mit dem Fotoapparat, die sie immer noch anstarrten, einen raschen Blick zu. Mit einem »Und was habt ihr zu glotzen?« verließ sie das Haus.

Der Mann folgte Aurora nach draußen und brachte ihr ihre Stiefel. »Das müssen deine sein. Zieh sie wieder an und nimm dich zusammen, der Commissario beobachtet uns.«

Aurora riss ihm die Stiefel aus der Hand und bückte sich, um sie anzuziehen.

Piovani trat zu ihnen. »Versuchen Sie, nicht noch mehr Probleme zu machen, Scalviati. Die Situation ist schon angespannt genug. Wo haben Sie Ihr Auto?«

Aurora deutete in Richtung der Straßensperre. »Da hinten.«

»Hauptkommissar Colasanti, begleite sie nach Hause. Wir sehen uns später in der Dienststelle«, sagte Piovani kühl zu dem Mann. Dann sah er Aurora an. »Bis morgen also.«

# 6

»Ganz herzliche Leute, diese Emilianer, was?«, brummte Aurora.

»Entschuldige wegen vorhin. Ich hoffe, ich habe dir nicht allzu sehr wehgetan?«

»Lass gut sein, Colasanti, ich bin nicht so zerbrechlich.«

»Du kannst mich Bruno nennen. Schließlich werden wir Kollegen sein, oder?«

»Es sei denn, Piovani fände einen Weg, mich loszuwerden.«

Bruno straffte die Schultern. »Sparvara ist nicht gerade eine Metropole. Es ist ein kleines Provinznest, in dem jeder jeden kennt, ob es einem gefällt oder nicht. Ein bisschen Misstrauen gegenüber neuen Gesichtern ist normal, und Piovani macht da keine Ausnahme. Aber er ist ein guter Polizist und alles in allem auch ein guter Mensch.«

Während sie nebeneinander hergingen, konnte Bruno es nicht lassen, Aurora verstohlene Seitenblicke zuzuwerfen. Sie war schlank, aber mit wohlgeformten Hüften. Sie wirkte zerbrechlich in der Männerkleidung, die sie trug. Ihre helle Haut leuchtete in der Dunkelheit, und ihre Handgelenke waren schmal wie die Zweige einer Eberesche. Insgesamt erinnerte sie an eine kleine Porzellanfigur, die kurz davor war zu zerspringen. Sie hatte einen entschlossenen Ausdruck im Gesicht, und auf dem Grund ihrer großen haselnussfarbenen Augen meinte Bruno einen tiefen Kummer auszumachen, aber auch unendlich große Zärtlichkeit. Immer wieder fingerte sie an ihrem kastanienbraunen Haarschopf herum, klemmte eine rebellische Haarsträhne hinter das Ohr, die stets von Neuem über den leicht vorstehenden Wangenknochen fiel. Bruno sah die lange Narbe an der Schläfe und dachte an die Geschichte, die man sich seit Auroras Versetzung im Kommissariat erzählte. Eine Geschichte, an die sie zweifellos jedes Mal dachte, wenn sie in den Spiegel sah.

»Das war kein Misstrauen, sondern echte Feindseligkeit«, antwortete Aurora.

»Nimm es ihm nicht übel. Ich glaube, die Gerüchte über dich haben sein Verhalten beeinflusst. Und er hat eine höllische Nacht hinter sich. Er kannte die Frau gut, die umgebracht wurde. Sie hieß Rossella Gualtieri und war die Frau eines Exkollegen.«

Aurora hob eine Augenbraue. »Eines Exkollegen?«

»Carlo Gualtieri war früher Polizist, bevor er in den … privaten Sektor gewechselt hat.«

»GPG?«, sagte Aurora, die Abkürzung eines Sicherheitsdienstes, der Guardia Particolara Giurata.

Bruno nickte nur.

»Wo ist er jetzt?«, fragte Aurora.

»Wir suchen ihn, aber er ist unauffindbar. Er ist zusammen mit seiner Tochter verschwunden, und wir konnten sie bisher nicht erreichen. Das Auto ist nicht in der Garage, und sein Handy ist ausgeschaltet. Die Kleine heißt Aprile, sie ist erst neun.«

»O mein Gott«, seufzte Aurora. »Glaubt ihr, dass Carlo

Gualtieri seine Frau im Affekt umgebracht und dann die Tochter entführt hat?«

»Du weißt ebenso wie ich, dass in neunzig Prozent der Fälle der Morde an Frauen der Partner der Schuldige ist. Wir verbreiten sein Foto und das von Aprile. Du kannst dir vorstellen, wie erschütternd so ein Ereignis für eine Provinzstadt wie diese sein kann. Piovani und der ermittelnde Staatsanwalt sind dabei, die größte Verfolgungsjagd zu organisieren, die es in diesen Breiten je gegeben hat, auch wenn sie befürchten, dass die Chancen, sie lebend zu finden, äußerst gering sind.«

»Mord und Selbstmord«, sagte Aurora wenig überzeugt. Sie dachte einige Augenblicke nach. »Wer hat die Leiche gefunden?«, fragte sie dann.

»Heute Abend um zehn ging in der Zentrale ein Anruf ein. Ein Nachbar der Gualtieris war in den Garten rausgegangen, um den Hund zu beruhigen, der nicht aufhören wollte zu bellen. Kurz darauf hörte er Schreie aus dem Haus. Der Nebel und die Tatsache, dass die diensthabende Streife bereits wegen eines Vorfalls außerhalb der Stadt beschäftigt war, haben ein schnelles Eingreifen verhindert. Als die Polizei kam, stand die Eingangstür halb offen, und es bot sich der Anblick, den du eben selbst gesehen hast.«

Aurora unterdrückte ein Schaudern. Die Bilder waren noch deutlich in ihrem Kopf. Und es gab ein Detail am Tatort, das sie noch nicht richtig einordnen konnte, das ihr analytisches Gehirn aber registriert hatte.

»Es sieht nicht aus wie ein Fall von Mord und Selbstmord, viel eher wie ein Ritualmord«, dachte sie laut.

Bruno zündete sich eine Zigarette an, mit einem verchromten Feuerzeug mit einem kleinen eingravierten Löwenkopf. »Ein Ritual? Wie bei einem Serienmörder?

Komm, Aurora, wir sind hier in der Po-Ebene. Hier gibt es so etwas nicht.«

»Die Nägel in der Hand und in den Augen, die Inschrift an der Wand … das sind klare Zeichen eines Geisteskranken.«

»Daran besteht kein Zweifel. Aber es gibt gute Gründe zu glauben, dass tatsächlich Carlo Gualtieri selbst diesen Satz an die Wand geschrieben hat.«

»Meinst du damit, dass Carlo Gualtieri psychisch krank war?«

»Das habe ich nicht gesagt«, antwortete Bruno nur und stieß eine Rauchwolke aus. »Und überhaupt kenne ich ihn nicht gut.«

»Und was wären dann seine Motive?«

»Das ist eine alte Geschichte«, beendete Bruno die Unterhaltung.

Aurora begann nervös an dem Anhänger zu spielen, den sie um den Hals trug. Sie merkte, dass es keinen Sinn hatte, weiter zu insistieren. Brunos Miene hatte sich plötzlich verfinstert, und es war offensichtlich, dass er keine Absicht hatte, das Gespräch fortzusetzen.

Als sie beim Auto angelangt waren, fragte Bruno: »Also, wo soll ich dich hinbringen?«, und streckte die Hand nach dem Autoschlüssel aus.

»Ich kann selbst fahren«, protestierte sie.

»Das bezweifle ich nicht«, antwortete Bruno. »Aber du bist bestimmt erschöpft von der Reise. Der Nebel hier ist tödlicher als … ein Serienmörder.«

Aurora ignorierte die Stichelei. »Meinetwegen«, lenkte sie schließlich ein und reichte Bruno die Schlüssel.

Die beiden schwiegen die ganze Fahrt über. Als sie das Ortsschild »Sparvara« passierten, fiel ihnen der graue

Pick-up nicht auf, der mit ausgeschalteten Scheinwerfern am Straßenrand stand, und ebenso wenig der Mann im Inneren des Wagens, der im Schutz der Dunkelheit die vorbeifahrenden Autos beobachtete.

Bruno parkte vor dem B&B, das Aurora ihm genannt hatte. Es hieß »La Piccola Fattoria«, »Die kleine Farm«, ein ungewöhnlicher Name für eine Unterkunft mitten im Stadtzentrum.

Dass das Gebäude absolut nichts mit einer Farm gemein hatte, war offensichtlich. Es handelte sich um ein altes Jugendstilhaus mit einem Türmchen, dessen Fensterbögen mit Monden und Sternen geschmückt waren. Das Haus befand sich in der Allee, die an den Bahngleisen entlangführte, beleuchtet von Laternen, die ein gespenstisches orangefarbenes Licht auf die Bäume warfen. Die Stille, die über allem lag, erinnerte an eine Geisterstadt.

Die beiden verabschiedeten sich kühl mit einem Kopfnicken.

Während sie auf den Eingang zuschritt, kehrten Auroras Gedanken zu dem zurück, was sie im Inneren des Hauses gesehen hatte. Sie war sicher, dass der Mörder die Szene mit methodischer Genauigkeit arrangiert hatte, doch überwältigt von Entsetzen war es ihr nicht gelungen zu erkennen, welches Detail darin eine Disharmonie verursachte. Sie war immer überzeugter, dass sich hinter dem Offensichtlichen eine andere Wahrheit verbarg, und während sie versuchte, diesen Gedanken beiseitezuschieben, kam ihr der Satz des Polizeidirektors in den Sinn, den er vor ihrer Abfahrt zu ihr gesagt hatte: »Da unten passiert nie was, genau das Richtige für dich zur Erholung.«

# 7

Aprile hatte sich gegen die kalte Metallwand gekauert. Seit sie aufgewacht war, zitterte sie am ganzen Körper und klapperte mit den Zähnen. Sie hatte gedacht, sie würde niemals mit dem Weinen aufhören, doch dann war der Tränenstrom getrocknet, und jetzt taten ihr die Augen weh, als hätte sie damit zu lange in die Sonne geschaut.

»Mama«, murmelte sie, wohl wissend, dass sie keine Antwort bekommen würde. Während des Gewaltakts hatte sie sich unter ihrem Bett versteckt und die Schreie gehört.

Schreie, die noch immer in ihrem Kopf widerhallten, auch wenn die darauffolgende Stille noch schlimmer gewesen war.

Aprile zwang sich zu dem Glauben, dass ihre Mama nicht tot war, nur verletzt, dass die Rettungswagen mit Blaulicht herbeieilen und ein netter Arzt rechtzeitig kommen würde, um ihr das Leben zu retten. Einer wie der, der ihr gut zugeredet hatte, als sie wegen einer Blinddarmentzündung im Krankenhaus war. Aprile erinnerte sich, dass ihr Großvater Corrado ihr am Tag der Operation ein Geschenk versprochen, ihr aber auch gesagt hatte, dass sie es erst bekommen könne, wenn sie wieder gesund sei.

Vor lauter Neugier hatte Aprile alles darangesetzt, in Rekordzeit zu genesen, sie hatte sogar brav ihren Reis, das Kompott und den Bananenbrei gegessen, die es im Krankenhaus gab. Und so hatte der Großvater sie nur eine knappe Woche später auf den Kleintiermarkt mitgenommen, und sie hatte sich staunend zwischen Gänsen und Hühnern der verschiedensten Sorten, Präriehunden, Frettchen und Papageien wiedergefunden und sich dann auf den ersten Blick in einen Wurf Kaninchen in einer Pappschachtel verliebt.

Sie hatte sich Pepe ausgesucht, den Kleinsten und Ängstlichsten, der abseits saß, während die anderen ständig durcheinanderhüpften.

Pepe war wie die kleinen Feldhasen, die sie auf den Feldern nach der Mahd gesehen hatte. Er hatte graues Fell und blaue Augen, dazu einen schwarzen Fleck auf der Nase, der an ein Pfefferkorn erinnerte.

Und schnell wie ein Feldhase war Pepe dann eines Nachmittags beim Spielen im Hof entwischt. Aprile hatte sehr gelitten und geglaubt, sein Verschwinden sei ihre Schuld, weil sie ihn vielleicht nicht genug geliebt hatte.

Die Sommernachmittage waren manchmal so lang, dass die Zeit überhaupt nicht zu vergehen schien. Papa war häufig unterwegs wegen seiner Arbeit, und Mama war immer zu beschäftigt, um sich mit ihr zu befassen. Unendlich viele Nachmittage hatte sie damit verbracht, Großvaters Geschichten zu lauschen. Einmal hatte er ihr von der Zeit erzählt, als er Zuckerrüben sammelte und zu der alten Zuckerfabrik brachte, ein Gebäude, das jetzt nur noch ein Gerippe aus Zement und zerbrochenen Fensterscheiben war, doch seinerzeit Hunderten von Menschen Arbeit gab.

Aprile konnte nicht glauben, dass der Zucker etwas war, was in der Erde wuchs. So hatte der Großvater sie am ersten warmen Sommertag bei einem Fahrradausflug eine Zuckerrübe kosten lassen. Sie hatten die Fahrräder am Straßenrand zurückgelassen und waren über den Graben geklettert, der das Feld begrenzte. Aprile war wie verzaubert gewesen von der hochgewachsenen Gestalt ihres Großvaters, eine Silhouette gegen den hellen Himmel, wie er eine Zuckerrübe für sie zerschnitt und ihr eine Scheibe zum Kosten reichte.

Sie hatte mit angewidertem Gesicht abgelehnt. Doch nachdem der Großvater nicht lockerließ, hatte sie schließlich doch probiert, und es war wie eine Offenbarung; sie fühlte sich zurückversetzt in die Zeit, als ihre Eltern sie nach der Sonntagsmesse mit ins Café nahmen und sie der Mama ihre Zuckertüte stibitzte, um sie sich direkt in ihren Mund zu schütten. Von diesem Tag an würde der Beginn des Sommers für sie immer den Geruch sonnengewärmter Haut und den süßen Geschmack der Zuckerrübe haben.

Wie sehr ihr der Großvater fehlte. Er war schon vor längerer Zeit gestorben, aber ihr gefiel der Gedanke, dass er von oben weiter über sie wachte. Sie hoffte, dass er auch jetzt bei ihr war, denn jetzt brauchte sie ihn wirklich.

Aprile fragte sich immer wieder, warum der Mann ausgerechnet sie ausgesucht hatte, ausgerechnet in ihr Haus eingedrungen war wie der böse Wolf, als der er maskiert war. Vielleicht hatte er sie so ausgewählt wie sie damals ihr kleines Kaninchen, denn genau so fühlte sie sich in diesem Augenblick: wie ein verschrecktes Tierkind.

Sie hörte seine Schritte. Der Mann mit der Wolfsmaske kam zurück.

Was hätte ihr Großvater ihr in diesem Augenblick geraten?

Wegzulaufen, dachte Aprile.

Sie musste nur ruhig bleiben und den richtigen Moment abwarten, um zu fliehen. Sie schloss die Augen und tat, als schliefe sie. Im geeigneten Augenblick würde sie aufspringen und losrennen.

Wie Pepe würde sie so schnell rennen wie nie zuvor, genau wie die Hasen im Sommer über die Stoppelfelder flitzen.

# 8

## Vier Tage vor dem Wiedererwachen

Aurora klopfte mehrmals, ohne eine Antwort zu bekommen. Auf dem Namensschild an der Tür stand »Commissario Capo Piovani Gianfranco«.

»Er ist nicht da«, sagte eine Stimme hinter ihr.

»Bruno«, murmelte Aurora und drehte sich um.

Er wich ihr aus und betrat das Büro des Kommissars. Der Nebel draußen hatte sich aufgelöst, und blasses Licht drang durch die Fensterläden. Bruno legte eine Akte auf den Schreibtisch und wollte wieder gehen, doch Aurora stellte sich ihm in den Weg.

»Piovani kommt bald zurück«, sagte er. »Er ist im Morgengrauen nach Hause gefahren, um sich ein paar Stunden auszuruhen.«

Aurora bemerkte, dass Bruno matt aussah und tiefe Augenringe hatte. »Und du, wann machst du Feierabend?«

Bruno hob leicht eine Schulter. »Heute Abend. Vielleicht.«

Aurora schlug die Akte auf, ohne sich um den missbilligenden Blick zu kümmern, den Bruno ihr zuwarf. Darin lagen einige Computerausdrucke und Fotografien auf Hochglanzpapier.

Aurora blätterte schnell die Bilder vom Leichnam Rossella Gualtieris durch. Die Nägel in den Augen und in der Hand, die Wunde am Rücken, die blutige Inschrift an der Wand.

»Du wirst keinen Schaden tun«, murmelte sie vor sich hin. »Das ist paradox an einem Mordschauplatz, aber es klingt fast wie eine … Drohung.«

Bruno sah sie wortlos an.

Auroras Blick blieb an einem Foto hängen, das die kleine Aprile zeigte. Es schien an einem Sommernachmittag aufgenommen. Das Kind hatte lange blonde Haare und einen dicken Pony, der ihre großen blauen Augen zum Teil verdeckte. Die Nase war voller Sommersprossen und die Lippen zu einem Lächeln geöffnet. Im Hintergrund ein endloses Sonnenblumenfeld unter einem leuchtend blauen Himmel, an dem kleine weiße Wölkchen standen.

»Aprile«, seufzte sie, »die in einer Novembernacht verschwand.«

»Eine ziemlich poetische Beschreibung dieses Verbrechens.« Bruno legte seine Hand auf die Auroras, um sie dazu zu bewegen, die Akte zuzuklappen.

Aurora zuckte vor der Berührung zurück. »Mein Vater pflegte zu sagen, die Melodramatik liegt mir im Blut.« Sie zwang sich zu einem Lächeln. »Meine Mutter war Theaterschauspielerin.«

»Ein Richter und eine Schauspielerin? Ungewöhnliche Kombination.«

Aurora straffte die Schultern. »In meiner Familie war nichts gewöhnlich.« Ihr Blick bekam einen melancholischen Schimmer. Sie räusperte sich. Dann sagte sie: »Gibt es was Neues?«

»Leider nein«, antwortete Bruno. »Ist dir aufgefallen, dass das Kommissariat so gut wie ausgestorben ist? Sie sind alle auf der Suche nach Gualtieri und seiner Tochter, sogar die Verwaltungsbeamten. Die Telefone klingeln andauernd, und es gibt nicht genug Personal, um alle Anrufe entgegenzunehmen.«

»Irgendwelche Hinweise?«

»Bisher nichts Konkretes. Es rufen hauptsächlich Neugierige und Journalisten an.«

»Und du? Spielst den Wachhund vor Piovanis Büro?«

»Gewissermaßen.«

»Müsste ein braver Spürhund nicht draußen auf dem Feld sein und nach Fährten schnüffeln?«

»Kann sein«, murmelte Bruno mit einem schiefen Lächeln. »Vor allem brauche ich jetzt einen Kaffee. Hast du schon gefrühstückt?«

»Nein, ich bin gleich nach dem Aufstehen hergekommen.«

»Du hast wohl in deinen Anziehsachen geschlafen?«

»Ich bin nicht die Einzige, die die Kleidung von gestern trägt.«

»Wenigstens hast du ein bisschen geschlafen.«

Aurora kniff die Lippen zusammen. »Die Besitzerin des Bed and Breakfast hat eine halbe Stunde gebraucht, bis sie mir endlich aufgemacht hat. Sie ist eine sehr freundliche alte Dame, aber sie hatte geschlafen, und bevor sie öffnete, wollte sie sich etwas zurechtmachen.«

Bruno hob eine Augenbraue. »Eine altmodische Dame.«

»Sie kam schließlich tadellos frisiert und geschminkt heraus. Ich war so erschöpft, dass ich auf dem Sofa am Eingang eingeschlafen bin, während sie meinen Zimmerschlüssel holte. Falls sie mich rauswirft, muss ich schnell eine andere Bleibe finden, fürchte ich.«

»Ich würde dir ja mein Sofa anbieten, aber da schlafe ich selbst.«

»Es existiert eine Erfindung namens Bett. Du solltest das mal ausprobieren.«

Bruno straffte die Schultern. »Ich mache häufig Sonderschichten, und Elena, meine Lebensgefährtin, schläft seit einer Weile mit ihrer Tochter in unserem Schlafzimmer.«

»Sie ist wohl nicht sehr einverstanden mit deinen Arbeitszeiten.«

Bruno sah sie ungeduldig an. »Los, gehen wir, Piovani wird jeden Augenblick hier sein.«

Aurora verzog das Gesicht. »Ich würde lieber hierbleiben und mich an die Arbeit machen.«

»Woran? Das ist nicht dein Fall.«

»Ich weiß«, sagte Aurora, »aber seit gestern Nacht grüble ich über ein Detail am Tatort nach, das ich nicht richtig zu fassen kriege. Ich bin sicher, dass es wichtig ist. Vielleicht kann die Akte meinem Gedächtnis auf die Sprünge helfen.«

»Du willst ausgerechnet mit einem Bericht anfangen, der für den Commissario bestimmt ist? Hast du eine Vorstellung, wie Piovani darauf reagieren wird? Wenn du wirklich an den Ermittlungen beteiligt werden willst, ist es keine gute Idee, ihn gleich zu verärgern.«

»Was zum Teufel tut ihr beiden hier in meinem Büro?«, donnerte Piovanis Stimme in ihrem Rücken. Die Worte hallten in dem kleinen Zimmer nach wie eine Explosion. Bruno und Aurora fuhren gleichzeitig herum. Der Commissario stand mit finsterer Miene auf der Schwelle.

»Da haben wir's«, seufzte Bruno.

»Ich habe ... Sie gesucht«, stammelte Aurora.

»Raus hier«, gebot Piovani.

Bruno und Aurora marschierten zum Ausgang.

»Sie nicht, Scalviati«, präzisierte Piovani, »wir müssen uns unterhalten.«

Aurora blieb reglos in der Mitte des Raumes stehen, den Blick auf die Fußspitzen gerichtet. Bruno warf ihr einen Blick zu, bevor er die Schwelle überschritt. Er bemerkte, dass sie nervös mit dem Silberring spielte, den sie am Daumen trug.

»Setzen Sie sich«, sagte Piovani.

Der Commissario nahm seinen Platz am Schreibtisch ein, und Aurora setzte sich ihm gegenüber.

Piovani begann, mit den Fingerspitzen auf die Tischplatte zu trommeln, und betrachtete sie schweigend. Dann warf er einen Blick auf die Gualtieri-Akte. »Ich sehe, dass Sie in meinen Dokumenten geschnüffelt haben.«

»Ich wollte nicht ...«

Piovani hob die Hand, um sie zu unterbrechen. Er öffnete eine Schublade und zog eine kleine blaue Mappe heraus.

»Wissen Sie, was das ist?«

Aurora schüttelte den Kopf.

»Das ist das psychiatrische Gutachten über Ihre Verfassung anlässlich Ihrer Rückkehr in den Dienst.«

»Verstehe«, nuschelte Aurora.

Piovani musterte sie schweigend.

»Das ist die übliche Prozedur«, erklärte sie. »Jeder, der im Dienst besonderen emotionalen Belastungen ausgesetzt ist, muss sich einer Therapie unterziehen. Sie haben doch sicher gelesen, dass man mich für diensttauglich befunden hat.«

Piovani lächelte sarkastisch. »O ja. Ihre Bewertung ist positiv.«

»Na sehen Sie ... Wenn das nicht so wäre, wäre ich wohl nicht wieder eingesetzt worden.«

Piovani lehnte sich gegen die Stuhllehne, die leise knarzend nachgab. »Sie glauben, Sie wären über alle Regeln erhaben, nicht wahr, Scalviati?«

Aurora versuchte, tief Luft zu holen, doch ihre Lunge schien nicht in der Lage, die Luft aufzunehmen. Sie spürte einen Druck auf Höhe des Zwerchfells und zwang sich zu schlucken. Sie musste ruhig bleiben. Das Letzte, was sie jetzt brauchen konnte, war eine Panikattacke vor den Augen ihres Vorgesetzten. »Wenn es darum geht, Vorschriften zu befolgen, bin ich für gewöhnlich sehr gewissenhaft«, brachte sie heraus.

»Genau das ist der Punkt. Wann, denken Sie, ist es denn in unserem Beruf nötig, die Vorschriften zu befolgen?«, fragte Piovani. »Nehmen wir einmal den Silvestereinsatz im ehemaligen Schlachthaus. Können Sie zweifelsfrei behaupten, dass in dem Fall alle Dienstvorschriften befolgt worden sind?«

Aurora spürte, wie der Schweiß an ihren Schläfen zunahm. Es war, als wäre die Temperatur im Zimmer plötzlich sprunghaft angestiegen, doch ihre Hände waren eiskalt. Sie senkte die Augen.

»Ich habe getan ... was ich für richtig hielt.«

»Auf diesen Vorfall folgte ein Disziplinarverfahren gegen Sie. Und soweit ich den Protokollen des Staatsanwalts entnehmen konnte, bin ich nicht der Einzige, der Zweifel an Ihrem Vorgehen an jenem Tag hegt. Sie wurden gerichtlich belangt wegen grober Fahrlässigkeit im Dienst. Eine Fahrlässigkeit, die den Polizeihauptmeister Flavio Anversa das Leben gekostet hat.«

Als sie Flavios Namen hörte, klopfte Auroras Herz

schneller. Wie dumm hatte sie sich gefühlt, jedes Mal, wenn sie seinen Namen in ihrem Handy-Verzeichnis suchte und nur knapp der Versuchung widerstehen konnte, die Nummer zu wählen, als wäre nichts geschehen. Denn Flavio würde ihre Anrufe nicht entgegennehmen können, nie mehr. Flavio war tot.

»Ich wurde freigesprochen«, sagte sie mit erstickter Stimme.

»Die Disziplinarkommission hat Sie freigesprochen, richtig. Aber was sagen Sie mir? Können Sie sich selbst freisprechen, Scalviati?«

Aurora antwortete nicht. Sie wandte ihre Aufmerksamkeit wieder dem Ring zu, den sie am Finger trug.

»Ich bin ein ehrlicher Mensch, und ich sage gerne offen, was ich denke«, fuhr Piovani fort. »Und was Sie betrifft, habe ich das Gefühl, dass Sie von der Zuneigung und dem Respekt profitiert haben, den die Institutionen Ihrem Vater entgegenbrachten. Die Vorzugsbehandlung, die Ihnen im Rahmen dieser Untersuchung zuteilwurde, war vielleicht eine Art Wiedergutmachung für den Tod eines integeren Staatsdieners, den sein Staat nicht schützen konnte.«

Aurora ballte die Fäuste. Sie erinnerte sich gut daran, wie sie mit siebzehn Jahren bei der Beerdigung ihres Vaters aus der ersten Reihe der Kirchenbänke ihre Mutter beobachtet hatte, wie sie die Autoritäten anflehte, nicht zuzulassen, dass der Mörder ungestraft davonkam. Ermittlungsrichter Francesco Scalviati war von einem Auftragsmörder mit vier Pistolenschüssen in den Rücken getötet worden. Er leitete eine Untersuchung über die Aktivitäten der Camorra in Norditalien, und es hieß, er habe kurz vor einer wichtigen Festnahme gestanden. Doch nach seinem

Tod versandeten die Ermittlungen. Und trotz der großen Worte, die die hohen Tiere bei der Beerdigung spuckten, war für seine Ermordung nie jemand angeklagt worden.

Deshalb hatte Aurora beschlossen, zur Polizei zu gehen. Um die Arbeit ihres Vaters fortzuführen, damit er stolz auf sie wäre, vielleicht um ihre Rechnung mit dem Schicksal zu begleichen.

Sie zwang sich, Piovanis Blick zu begegnen. »Lassen Sie meinen Vater da raus«, sagte sie mit zitternder Stimme.

»Kein Grund, nervös zu werden. Auch ich war ein großer Bewunderer der Arbeit Ihres Vaters. Doch ich kann nicht umhin mich zu fragen, wie das Verfahren wohl ausgegangen wäre, wenn Sie nicht seinen Nachnamen trügen.«

Aurora zögerte einen Augenblick. »Was hat das mit meinem psychiatrischen Gutachten zu tun?«

»Richtig. Kommen wir zum Kern unseres Gespräches zurück. Wegen der Verletzungen, die Sie während der Razzia im Schlachthaus erlitten, mussten Sie sich mehreren chirurgischen Eingriffen am Kopf unterziehen. Soviel ich gelesen habe, war es nicht möglich, den Splitter eines Projektils aus dem Schädel zu entfernen. Danach wurden Persönlichkeitsstörungen bei Ihnen diagnostiziert. Ich lese auch, dass Ihre Ablehnung, die geeigneten Therapien wahrzunehmen, den Zeitraum Ihrer Beurlaubung weit über das erwartete Maß hinaus verlängert hat.«

Das Projektil in ihrem Kopf war für Aurora wie eine unangenehme Erinnerung, die sie niemals ablegen konnte. Es erinnerte durch plötzliche, stechende Migräneanfälle an seine Anwesenheit, und es machte ihr Nervensystem anfällig. Nach dem, was in der Silvesternacht vor beinahe zwei Jahren geschehen war, hatten viele mit ihrem Abschied von der Polizei gerechnet. Sie selbst hatte daran gezweifelt, ob sie den Dienst je wieder würde antreten können. Und doch hatte sie es schließlich geschafft. Mit Verbissenheit und Kampfgeist hatte Aurora überlebt. Und jetzt hatte sie die Chance, neu anzufangen. Auch wenn sie sich tief im Inneren fühlte wie beschädigte Ware, wie ein Überbleibsel einer strahlenden Existenz, die wie ein Komet davongeflogen war.

»Ganz so war es nicht«, wandte sie ein.

»Wie auch immer, es ist nicht schwer, an diese Akten zu kommen. Es genügen ein paar Telefonate und der Zugang zu einem E-Mail-Account. Und was können Sie mir über Ihre erbliche Disposition sagen? Es ist ja allgemein bekannt, dass solche Störungen häufig in der Familie liegen. Es ist nur eine Frage der Zeit, bis Ihre Krankenhausakte öffentlich wird.«

»Die Krankheit meiner Mutter hatte nichts mit dem zu tun, was mir geschehen ist.«

»Darüber erlaube ich mir kein Urteil, ich bin schließlich kein Arzt«, sagte Piovani. »Aber Ihre Ankunft hier fällt zusammen mit einem unheilvollen Verbrechen, das eine Menge Staub aufgewirbelt hat, und ich möchte vermeiden, dass Ihre Anwesenheit ... Grund für Peinlichkeiten bietet.«

»Peinlichkeiten für wen?«

»Für dieselben Institutionen, die Sie vor den Anschuldigungen wegen Fahrlässigkeit beschützt haben. Für das Kommissariat. Für die Staatsanwaltschaft. Der Fall Gualtieri hat die Presse bereits in helle Aufregung versetzt, und wenn Sie Teil der Untersuchungen sind, drohen Sie im medialen Fleischwolf zu enden.«

»Ich ... möchte nur gerne meinen Beitrag leisten, dass das Mädchen gerettet wird.«

»Wir wissen beide, dass wir für die arme Aprile nichts mehr tun können«, sagte Piovani ruhig. »In diesem Augenblick haben die Froschmänner ihre Suchaktion im Cavo Napoleonico aufgenommen, wo wir die Leichen des Vaters und des Mädchens zu finden hoffen.«

»Im Cavo Napoleonico?«

»Das ist ein künstlich angelegter Kanal, der in der Napoleonischen Ära geplant wurde. Er heißt so, obwohl er erst in den fünfziger Jahren des vergangenen Jahrhunderts tatsächlich gebaut worden ist. Er dient als Abflusskanal für den Reno, indem er Teile des Wassers in den Po leitet. Er ist recht breit, und wie Sie sich vorstellen können, sind die Chancen, die Leichen zu finden, gleich null. Zu dieser Jahreszeit fließt ziemlich viel Wasser aus dem Reno in den Kanal, und die Strömung wird sie kilometerweit mitgerissen haben. Vielleicht wurden sie sogar schon in den Po geschwemmt. Es wird schwierig sein, sie zu finden, und das allein wird alle gegen uns aufbringen. Wie wird es dann erst sein, wenn sie herausfinden, dass an den Ermittlungen eine … sagen wir ›umstrittene‹ Person wie Sie beteiligt ist, Scalviati.«

»Wollen Sie mich von den Ermittlungen ausschließen?«

Piovani kratzte sich im Nacken. »Ich kenne Ihre Karriere, Scalviati. Und ich bin wirklich beeindruckt davon, das müssen Sie mir glauben. Wenige Polizisten in Ihrem Alter haben an so hochkarätigen Einsätzen teilgenommen wie Sie, doch das ist eine Rolle, die Ihnen nicht mehr gebührt. Ich weiß, dass Sie alle Voraussetzungen für eine große Karriere hatten, doch das ist vorbei. Sie sind nicht mehr beim Sondereinsatzkommando einer großen Stadt, hier juckt es keinen, ob man das Studium mit Bestnote und einer Arbeit über das ›*criminal profiling*‹ abgeschlossen oder ein Seminar beim FBI belegt hat. Wir sind hier in Sparvara, in der Po-Ebene, wo noch bis vor fünfzig Jahren das Leben vom Rhythmus der Feldarbeit bestimmt wurde.«

Aurora musterte Piovani. »Wie macht man das nur?«

Der Kommissar war perplex. »Was meinen Sie?«

»Bei einer solchen Tragödie derart ungerührt zu bleiben«, sagte Aurora. »Sie kannten Rossella Gualtieri gut. Ich habe gesehen, was mit ihr gemacht worden ist, es sieht verdammt nach einem Ritualmord aus. Ich bin sicher, wer sie so zugerichtet hat, hat eine gewisse Neigung dazu. Wahrscheinlich ein Soziopath. Mit großer Sicherheit ist es jemand, der schon einmal gemordet hat und plant, es wieder zu tun. Carlo Gualtieri war Polizist. Glauben Sie wirklich, dass er in der Lage war, der Frau, die er liebte, so etwas anzutun?«

Piovani bemühte sich, unbewegt zu bleiben, auch wenn er offensichtlich betroffen war. »Manchmal sind die Menschen nicht das, was sie scheinen«, antwortete er tonlos. »Und das gilt auch für Carlo Gualtieri.«

»Wegen dieser alten Geschichte?«, bluffte Aurora. So hatte Bruno es gestern Nacht genannt: »Eine alte Geschichte.« Aurora hatte noch keine Gelegenheit gehabt, noch einmal mit ihm darüber zu sprechen, aber sie hatte den Eindruck, dass hier ein dunkles Geheimnis begann, die Menschen dieser vermeintlich ruhigen Kleinstadt zu verfolgen.

Piovani kniff die Augen zusammen. »Sie glauben, alles zu wissen, nicht wahr, Scalviati?«, zischte er. Dann räusperte er sich. »Sie sind vorerst in der Abteilung für Immigration. Später, wenn die Aufmerksamkeit der Presse nachgelassen hat und die Voraussetzungen erfüllt sind, erwägen wir noch einmal die Möglichkeit eines anderen Aufgabenbereichs. Und ich gebe Ihnen einen Rat: Vergessen Sie Colasanti, er hat keine Zeit, für Sie den Babysitter zu spielen.«

»S-Sie bieten mir einen Job in der Verwaltung an?«, stammelte Aurora ungläubig. »Ich war im operativen Dienst!«

»Das ist kein Angebot«, präzisierte Piovani. »Ich teile Ihnen meine Entscheidung mit. Sie können natürlich auch aus dem Polizeidienst ausscheiden und zurück in die Stadt gehen.«

Aurora musste ihren Frust hinunterschlucken. Sie verabschiedete sich von dem Commissario, durchquerte den Korridor und betrat dann einen großen Raum mit mehreren Schreibtischen. Als Bruno sie hereinkommen sah, hob er den Blick von seinem Laptop.

»Alles in Ordnung?«, fragte er.

»Nicht wirklich«, antwortete sie. »Jetzt brauche ich tatsächlich einen Kaffee.«

# 9

Das Café »Novecento« befand sich in einer Seitenstraße unter einem Säulengang. Im Schaufenster hingen Fotos der Stadt aus der Mitte des vergangenen Jahrhunderts. Aurora blieb stehen, um ein Bild zu betrachten, auf dem der Hauptkorso und das Tor, eindeutig im Stil des siebzehnten Jahrhunderts, abgebildet waren, dann das Porträt von ein paar Bauern, die während einer Überschwemmung des Po bis zu den Knöcheln im Wasser standen, und ein Foto aus der Vogelperspektive, das die Burg »Rocca Estense«, den Burggraben und den bevölkerten Vorplatz des Doms während einer Prozession zeigte.

Bruno ging voraus und setzte sich an den Tresen, der von einer Reihe an Metallkabeln hängenden Spots beleuchtet wurde. Aurora folgte ihm, warf Bruno einen zögernden Blick zu und setzte sich dann an einen etwas abseits gelegenen Tisch im hinteren Teil des Cafés, der geschützt im Halbschatten lag. Nach einem fragenden Blick bestellte Bruno zwei Espressi bei dem alten Barmann, stieg von seinem Hocker und gesellte sich zu ihr.

»Tut mir leid«, murmelte sie, »aber ich mag keine Scheinwerfer.«

Bruno lächelte schief. »Ich auch nicht.«

Es folgte ein langes Schweigen, bis der Barmann zwei Tässchen mit dampfendem Espresso brachte. Er stellte eine Schale mit Zuckertütchen auf den Tisch und fragte, ob sie noch etwas bestellen wollten. Aurora ignorierte ihn, Bruno schüttelte den Kopf, dann leerte er ein Zuckertütchen in seine Tasse und begann darin zu rühren.

Aurora pustete auf den Kaffee, um ihn abzukühlen. Den Blick hielt sie auf irgendeinen ungewissen Punkt vor sich gerichtet.

Was sie am Tatort gesehen hatte, verfolgte sie. Die Nägel, die aus Rossella Gualtieris Augen staken, die an das Geländer genagelte Hand. Sie sah die blutige Schrift vor sich und grübelte über ihre Bedeutung. Sie verstand nicht, warum ihre Kollegen so ungern darüber sprachen. Handelte es sich nur um Argwohn gegenüber dem Neuankömmling, oder versuchten sie, eine unbequeme Wahrheit zu verbergen?

»Bist du eine Espresso-Puristin?«, fragte Bruno scherzend.

Aurora fuhr auf. »Was?«

»Espresso. Bitter. Brühend heiß. Verstehst du, was ich meine?«

»Wir müssen uns nicht zwanghaft unterhalten.«

»Ich wollte gar nicht …«, sagte Bruno. Dann schnaubte er: »Meinetwegen.«

»Gut.«

»Nichts ist gut. Jetzt verstehe ich, warum sie dich aus Turin weggeschickt haben.«

Aurora warf ihm einen giftigen Blick zu. »Du weißt überhaupt nichts von mir.«

»Bisher war ich bei uns im Kommissariat der Schweigsame.«

»Stell dir vor, wie es erst wäre, wenn du die Quasselstrippe wärst.«

Bruno trank einen letzten Schluck Kaffee und stellte die Tasse auf den Unterteller. »War es so schlimm mit Piovani?«

»Schlimmer«, antwortete Aurora. »Er hat mich aus den Ermittlungen ausgeschlossen.«

»Versuche ihn zu verstehen. Er ist unter Druck, diese Situation ist für ihn auch nicht leicht.«

»Das ist nicht alles. Er hat mich in die Abteilung für Immigration gesteckt.«

»Irgendwo musst du schließlich anfangen.«

Aurora biss sich auf die Lippe. »Das Absurdeste ist, dass sogar die Verwaltungsbeamten an der Verfolgungsjagd beteiligt werden, wie du selbst gesagt hast. Alle, mit Ausnahme meiner Person.«

»Du bist gerade erst angekommen«, antwortete Bruno ruhig. »Gib dir ein wenig Zeit, dich einzugewöhnen. Du warst lange nicht im Dienst.«

Aurora wandte den Blick ab. Ihre Tage beim operativen Dienst schienen ihr so weit entfernt, als gehörten sie zu einem anderen Leben. Doch sie hatte ihn sich verdient, diesen Posten. Sie war die beste Studentin der Kriminologie in ihrem Jahrgang gewesen, und nach dem Studium hatte sie das Auswahlverfahren zur Polizeihauptmeisterin gewonnen. Sie war die glänzende Ermittlerin geworden, die sie sich immer erträumt hatte zu sein. Anders als ihr Vater hatte sie jedoch die Karriere beim Sondereinsatzkommando der juristischen vorgezogen. Sie dachte, dass sie dort die besseren Perspektiven hätte, und wenn sie immer in Bewegung bliebe, würde sie schon nicht getroffen werden. Weder von den Auftragskillern der Mafia noch von den Geistern der Vergangenheit. Nur wer stillsteht, wird zur Zielscheibe.

Jetzt, mit neunundzwanzig Jahren und einem Kugelsplitter im Kopf, was blieb ihr noch von ihrer glänzenden Vergangenheit, von ihrer Motivation? Was war noch übrig von der ehrgeizigen, eigenwilligen Aurora?

»Na gut«, seufzte sie, um ihren Gedankenstrom abzuschütteln, »dann unterhalten wir uns eben.«

Bruno warf ihr einen verwirrten Blick zu.

»Was ist sie für ein Typ?«

»Von wem sprichst du?«

»Elena.«

»Warum interessiert dich das?«

»Wir betreiben Konversation.«

Bruno atmete tief ein. »Da gibt es nicht viel zu sagen. Außer dass sie unglaublich tolerant ist, wenn man meine Arbeitszeiten bedenkt.«

»Wenn man Polizist ist, kann man nicht auch eine Familie haben. Das sagen alle ... es wird schon seinen Grund haben.«

»Elena hat Chia aus einer anderen Beziehung.«

»Chia?«

»Alle nennen sie so, aber eigentlich heißt sie Chiara. Sie ist sechzehn.«

»Ein wunderschöner Name«, sagte Aurora. »Aber ist sie nicht ein wenig zu alt, um bei der Mama zu schlafen?«

Er zögerte lange, bevor er antwortete. Als er sich endlich entschieden hatte, bimmelte die Türglocke.

Instinktiv warf Aurora einen Blick zum Eingang und sah einen rundgesichtigen Mann um die vierzig eintreten, mit vorstehenden Augen und zurückgekämmtem Haar, der einen hellen Regenmantel trug.

»Bruno Colasanti«, frohlockte er, »genau dich wollte ich treffen.«

Bruno warf ihm einen feindseligen Blick zu. »Was willst du, Longhi?«

Longhi kam herüber und setzte sich auf einen Stuhl neben ihrem Tisch. Er nickte hinüber zu Aurora. »Weiß Elena davon?«

»Sei kein Idiot. Das ist eine Kollegin«, seufzte Bruno.

»Ich mache doch nur Spaß.« Longhi legte Bruno eine Hand auf die Schulter, der sie mit einer unwirschen Bewegung wieder abschüttelte.

»Fass mich nicht an«, zischte er.

»Nervliche Anspannung?«

»Lass mich in Ruhe«, platzte Bruno heraus. Dann fügte er mit starrem Blick hinzu: »Verschwinde.«

»Hey, das ist ein öffentlicher Ort«, gab Longhi zurück, zog ein Tablet aus einer Tasche seines Überziehers und begann mit einer App zur Textverarbeitung herumzuhantieren. »Die Presse hat ein Recht darauf zu erfahren, was die Polizei zu tun gedenkt, um das Leben des Mädchens zu retten. Ihr tut doch etwas, abgesehen vom Kaffeeklatsch in einer Bar, nicht wahr?«

Bruno sagte nichts.

Longhi fügte hinzu: »Was ist? Hat der Kaffee dir die Zunge verbrannt? Oder weißt du ohne Piovani nichts zu sagen?«

»Am frühen Nachmittag gibt es eine Pressekonferenz«, antwortete Bruno bemüht langsam. »Sag bloß, du hast keine Einladung bekommen?«

Longhi grinste. »Die Propaganda der offiziellen Erklärungen interessiert mich nicht ... Ich bin ein Journalist, der gerne hinter die Kulissen schlüpft. Komm schon, nicht so schüchtern. Ein kleiner Vorgeschmack auf den Schützengraben für das Mittagsjournal.«

Von Seiten Brunos folgte ein langes Schweigen. Es schien, als kämpfe er darum, Ruhe zu bewahren.

Die Spannung im Raum war greifbar. Der Barmann beobachtete Bruno mit angehaltenem Atem. Sein Blick sprach Bände: Er kannte diese Szene bereits oder zumindest etwas Ähnliches. Es war klar, dass Longhi und Colasanti sich nicht ausstehen konnten.

»Sie haben ihn doch gehört«, mischte sich Aurora ein. »Lassen Sie ihn in Ruhe.«

Longhi runzelte die Stirn. »Können Sie sich ausweisen, Wachtmeister?«

»Nicht Wachtmeister, sondern Unteroffizier«, korrigierte ihn Aurora. »Kommissarin Scalviati. Und wenn es Ihnen nichts ausmacht, könnten Sie uns jetzt freundlicherweise alleine lassen. Wie Sie sich vorstellen können, haben wir viel zu besprechen, Hauptkommissar Colasanti und ich.«

»Schade nur, dass ich dich nicht früher kennengelernt habe. Du bist nicht übel, weißt du?« Longhi lächelte, und Aurora sah, dass ihm ein Backenzahn fehlte.

Bruno sprang auf und stieß dabei seinen Stuhl zurück, der laut quietschend über die Fliesen schabte. Er fasste Longhi mit der linken Hand am Kinn und machte Anstalten, ihm einen rechten Haken zu verpassen. Der Stuhl fiel um, und das Tablet prallte auf den Boden. Der Bildschirm zersplitterte.

»Nein!«, rief Aurora, bevor Bruno zuschlagen konnte. Brunos Hand blieb zitternd auf halbem Weg stehen, und Longhi sah ihn herausfordernd an.

Ein Handy begann zu klingeln. Das Geräusch kam aus Brunos Jackentasche.

»Lass ihn los, verdammt!«, sagte Aurora.

Bruno hielt weiter Longhis Kinn umklammert, als wollte er es zermalmen. Doch nach einigen Sekunden lockerte er den Griff.

Longhi taumelte ein paar Schritte nach hinten, dann fand er sein Gleichgewicht wieder. Er hob das Tablet mit dem zersprungenen Bildschirm vom Boden auf und steuerte eilig auf den Ausgang zu. Bevor er die Tür öffnete, schien es, als wollte er noch etwas sagen. Doch dann schüttelte er heftig den Kopf und verließ mit schnellen Schritten das Lokal.

»Darf man fragen, was mit dir los ist?«, platzte Aurora heraus. Dann folgte sie Longhi aus einem Impuls heraus nach draußen. »Alles in Ordnung?«, fragte sie, als sie ihn eingeholt hatte.

Longhi wirkte zerknirscht. »Kümmere dich nicht um mich«, brummelte er.

Aurora biss sich auf die Unterlippe. »Ich möchte mich im Namen meines Kollegen entschuldigen. Ich glaube, er ist ein wenig nervös wegen all dem, was heute Nacht geschehen ist.«

»Ja, der Mord an Rossella Gualtieri. Das hat hier in der Stadt alle erschüttert, aber das entschuldigt nicht sein Verhalten. Siehst du den fehlenden Zahn hier? Den hat mir Colasanti ausgeschlagen, mit einem Fausthieb.«

»Wie bitte?«, murmelte Aurora.

»Du kennst Colasanti nicht. Er ist gewalttätig. Er glaubt, als Polizist genieße er eine Art Immunität.«

»Stimmt, ich kenne ihn nicht«, seufzte Aurora. »Aber …«

»Dann empfehle ich dir, dich so gut wie möglich von ihm fernzuhalten«, unterbrach Longhi. »Vertraue ihm nicht. Er ist ein gefährlicher Mensch.«

Aurora fühlte sich benommen. Sie blieb reglos stehen und sah Longhi hinterher, wie er in sein Auto stieg, den Motor anließ und mit quietschenden Reifen losfuhr.

Wenige Augenblicke später trat Bruno schwer atmend aus dem Lokal.

»Wo gehst du hin?«, fragte Aurora.

»Die Forensiker brauchen mich. Ich muss zum Tatort.«

Aurora war einige Augenblicke unentschlossen. Nach der Szene mit Longhi war sie sich nicht sicher, ob es die richtige Entscheidung war, ihrem Kollegen zu vertrauen. Aber sie musste es riskieren. Es war ihre einzige Möglichkeit, wenigstens indirekt an den Ermittlungen beteiligt zu sein. »Nimm mich mit«, bat sie.

»Piovani wird außer sich sein.«

»Piovani wird nichts davon erfahren«, antwortet Aurora entschlossen. »Mein Auto steht vor der Tür. Aber diesmal fahre ich.«

# 10

Während Aurora fuhr, zündete sich Bruno mit seinem Löwenkopffeuerzeug eine Zigarette nach der anderen an. »Eigentlich hatte ich aufgehört«, brummelte er.

»Es scheint, als wolltest du die verlorene Zeit wieder wettmachen.«

»Ich bin ein bisschen angespannt.«

»Wegen des Mädchens oder wegen Longhi? Oder vielleicht wegen dieser ›alten Geschichte‹?«

Bruno drehte sich zum Fenster.

»Na gut, Ende der Unterhaltung«, knurrte Aurora.

Bruno stieß eine Rauchwolke aus. »Longhi ist ein Fall für sich. Er …« Es folgte eine kurze Pause. »Ach nichts, vergiss es«, sagte er schließlich, während Aurora das Auto hinter einem der Streifenwagen im Hof der Gualtieris parkte.

Aurora hörte ihm schon nicht mehr zu. Das Unwohlsein, das sie in Piovanis Büro überfallen hatte, hielt noch immer an. Es hatte sich unter ihre Haut gefressen wie eine Armee wimmelnder Insekten. Hinter ihren Schläfen klopfte es, und ihre Atmung wurde immer schneller.

Bruno warf ihr einen Blick zu. »Alles in Ordnung?«

Aurora berührte die silberne Pillendose, die sie um den

Hals trug. Sie zwang sich zu nicken. »Geh du voraus. Ich komme in einer Minute nach.«

»Stimmt etwas nicht?«

Aurora spürte, wie die Beklemmung in ihrer Brust wuchs. Nur wenige Schritte von dem Ort des Verbrechens entfernt zu sein ängstigte sie. »Ich muss nur einen Augenblick alleine sein.«

»Na gut«, sagte Bruno. Er öffnete die Tür und stieg aus dem Auto.

Aurora versuchte tief durchzuatmen. Ihr Blick war verschwommen, und ihr Herz hörte nicht auf zu klopfen. Sie zog die Pillendose unter der Bluse hervor und holte eine kleine weiße Tablette heraus. Es war die letzte.

Ihre Hände zitterten so stark, dass die Tablette herunterfiel. Sie bückte sich danach und schluckte sie mit Spucke hinunter. Dann ließ sie sich in den Sitz sinken und zwang sich, ihre Atmung zu kontrollieren. Als sie den Blick wieder nach draußen richtete, bemerkte sie, dass Bruno reglos vor dem Auto stand und sie beobachtete.

»Nur ein paar Vitamine«, erklärte Aurora, als sie ebenfalls aus dem Wagen stieg.

»Ich bin der Letzte, vor dem du dich rechtfertigen musst.«

»Ich rechtfertige mich gar nicht.«

Bruno hob zum Zeichen seiner Kapitulation die Arme. Er ging auf einen der Beamten zu, die in der Nähe der Streifenwagen standen und Gerätschaften ausluden.

Obwohl es inzwischen helllichter Tag war, machte die Fassade des Hauses keinen Vertrauen erweckenden Eindruck. Es schien, als hätte der Widerhall dessen, was letzte Nacht in seinem Inneren geschehen war, die Mauern mit etwas Bösem durchwirkt. Aurora ließ sich von einem

Beamten ein Paar Latexhandschuhe geben und durchquerte die Absperrung, die üblicherweise den Tatort eines Verbrechens schützt. Dann holte sie tief Luft und zwang sich, die Schwelle zu übertreten.

# 11

Jahre zuvor, noch vor dem Ende des Studiums, hatte Aurora einige Monate in Quantico, Virginia verbracht und dort ein Seminar Isaak Stoners besucht, ein Spezialagent des FBI, der Ende der Neunziger zusammen mit Auroras Vater an einer internationalen Operation beteiligt gewesen war, die die Festnahme einiger gefährlicher untergetauchter Bosse des organisierten Verbrechens plante.

Trotz des Altersunterschieds hatten sie und Stoner sich gut verstanden, so gut, dass er am Ende der Einzige war, der sie während ihres Aufenthalts in der psychiatrischen Klinik besuchte. Stoner war einer der wenigen Menschen, denen Aurora vertraute. Und nicht nur wegen seiner Freundschaft mit ihrem Vater. Sein Unterricht war sehr lehrreich und nützlich gewesen für ihre Laufbahn als Profilerin in der Abteilung für Verbrechensbekämpfung.

Und auch beim Betrachten der Inschrift an der Wand hatte Aurora die Lehren von Special Agent Stoner im Kopf gehabt.

»Du wirst keinen Schaden tun.«

Das Blut war geronnen und hatte einen dunkelbraunen Farbton angenommen.

»Den Tatort eines Verbrechens zu betrachten ist nichts

anderes als das, was ein Maler tut, wenn er eine Landschaft malt«, hatte ihr Mentor gesagt. »Merk dir jedes Detail, denn es könnte der Schlüssel zu einem wichtigen Indiz sein.«

Zum x-ten Mal fragte sich Aurora, was ihr bei ihrem ersten Besuch entgangen war.

Eine Schiebetür auf der linken Seite führte in die Küche. Sie war offen. Auf dem Tisch standen zwei Teller mit Essensresten. Die Tragödie musste das Abendessen unterbrochen haben. Vielleicht hatte die Diskussion, die zu Carlo Gualtieris Raserei geführt hatte, beim gemeinsamen Abendessen der Familie stattgefunden. Aurora meinte, Stoners Stimme in ihrem Kopf zu hören, die wiederholte: »Nutze deine Vorstellungskraft. Stelle Theorien auf und versuche dann, sie zu belegen.« Sie betrachtete die beiden Gläser auf dem Tisch und begann, eine Hypothese zu formulieren.

Hinter der gegenüberliegenden Wand begann die Holztreppe, die hinauf ins obere Stockwerk führte. Etwa auf der Hälfte der Treppe hatte man die Umrisse des Opfers mit Kreide aufgemalt. Obwohl die Leiche entfernt worden war, sah man noch immer das Blut auf den Stufen.

»Der Tatort ist deine Leinwand, aber auch deine Bühne. Es ist an dir, alle Rollen auszuprobieren, um herauszufinden, was geschehen ist.« Stoners Sätze hallten in Auroras Kopf wider, als stünde er direkt neben ihr. Aber vielleicht war er nichts anderes als ein weiterer Geist, einer der vielen, die sie manchmal besuchten, um ihr Dinge einzuflüstern.

Aurora begann, die Ereignisse zu rekonstruieren, ausgehend von dem letzten Augenblick, in dem jemand Rossella Gualtieri lebend gesehen hatte. Sie versuchte sich vorzustellen, wie die Szene auf die Polizisten gewirkt haben mochte, die sie gefunden hatten.

Sie näherte sich vorsichtig der Wand, als ginge sie über abschüssiges Terrain und befürchtete, jeden Augenblick zu stürzen. Neben der blutigen Inschrift hingen einige gerahmte Fotos, die die Familie in glücklichen Momenten zeigten. Sie erkannte das Foto wieder, was sie in Piovanis Akte gesehen hatte, mit der kleinen, lächelnden Aprile im Sonnenblumenfeld.

Sie betrachtete lange einen Schnappschuss von Rossella und Carlo vor einem Brunnen mit drei Reiterstandbildern aus Marmor unter einer Wassersäule. Die beiden fuchtelten mit den Armen, wie um dem Fotografen Instruktionen zu erteilen. War das eine Urlaubserinnerung? Der Ausschnitt war unentschlossen, der Horizont schief, die Figuren von zu viel Himmel erschlagen. Hatte vielleicht Aprile das Foto gemacht?

Aus den Fotos gewann man den Eindruck, dass die Gualtieris eine eng verbundene Familie waren, die ihr eigenes Glück mit dieser kleinen Galerie entlang der Treppe feierte. Was war der Auslöser dafür, dass Carlo zum Mörder wurde?

Aurora stieg vorsichtig die Stufen hinauf, darauf bedacht, nicht in das Blut zu treten. Ein intensiver, beißender Geruch stieg ihr in die Nase, und sie musste ein paarmal schlucken, um die aufsteigende Übelkeit zu unterdrücken.

Sie bückte sich, näherte sich dem Geländer. Sie strich mit dem Finger über die Stelle, an der die Hand des Opfers festgenagelt gewesen war. Dann betrachtete sie aufmerksam die Stelle, wo der Nagel das Holz durchschlagen hatte.

Es schien ihr, als stecke der Nagel noch immer dort, in Fleisch und Holz, und als könne nichts die Spuren des Grauens tilgen, das zwischen diesen Mauern geschehen war.

Vor ihrem inneren Auge sah sie Rossella Gualtieri, wie sie sie in der vergangenen Nacht gesehen hatte, der Körper niedergesunken auf die Stufen, das Gesicht von einer unnatürlichen Blässe, zum Oberkörper gebeugt. Die Nägel, die aus den Augen staken, die scharlachroten Tränen, die sich über ihre Wangen zogen.

Aurora war sich sicher: Wer sich an ihr vergangen hatte, hatte es mit einer präzisen Absicht getan. Sie wusste, dass es für einen Mörder emotionalen Abstand schaffte, dem Opfer die Augen zu nehmen. Den Menschen zum Objekt machen. Ein Objekt, um die eigenen Obsessionen auszuleben.

Aurora legte ihre Handfläche in dieselbe Position am Geländer wie zuvor das Opfer. Sie sah sich um. Weiter unten, am Ende der Treppe, hing neben einem Spiegel mit verziertem Rahmen ein kleiner Abreißkalender. In dem Augenblick traf sie blitzartig die Erkenntnis, was sie in der vergangenen Nacht übersehen hatte.

# 12

Endlich hatte Aurora Gewissheit, welches Detail am Tatort aus dem Rahmen fiel. Der Arm des Opfers war so festgenagelt worden, dass er auf etwas zeigte.

*Auf den Kalender.*

Aurora schnappte nach Luft. Der Sauerstoff schien irgendwo zwischen der Lunge und der Luftröhre stecken zu bleiben.

Sie rannte hinunter, um das Kalenderblatt genauer zu betrachten. Es zeigte ein Datum.

*Heute.*

Aurora riss die Augen auf. Neben dem Datum erkannte sie eine Bleistiftkritzelei. Ein senkrechter Stab in der Mitte, mit tentakelartigen Auswüchsen am oberen und am unteren Ende, die sich zu den Seiten hin ausbreiteten.

Mit zitternden Händen zog sie das Handy aus der Tasche und machte ein Foto von dem Kalenderblatt.

Aurora bemerkte nicht, dass Bruno auf die Türschwelle getreten war und nach ihr rief. Stattdessen rannte sie in die Küche und begann hektisch, eine Tür nach der anderen aufzureißen. Sie fand den Papiermüll und begann, darin zu wühlen. Schließlich drehte sie ihn kurzerhand um und leerte den Inhalt auf den Boden.

»Was tust du denn da?«, drängte Bruno in ihrem Rücken.

Aurora ignorierte ihn. Sie wühlte weiter, bis sie gefunden hatte, was sie suchte. Erst dann hob sie den Blick und sagte: »Wir sind auf einer ganz falschen Fährte. Es war nicht der Ehemann.«

»Was?«

»Hast du den Tisch in der Küche gesehen?«

Bruno nickte.

»Es stehen zwei Teller und die Reste des gestrigen Abendessens darauf. Findest du das nicht seltsam?«

»Eigentlich nicht ... vielleicht saßen sie beim Abendessen, als ...«

»Das dachte ich auch. Aber es gibt keinerlei Kampfspuren in der Küche. Alles steht an seinem Platz. Das Abendessen wurde aus einem anderen Grund unterbrochen. Und außerdem, warum zwei Teller und nicht drei?«

»Ich verstehe nicht, worauf du hinauswillst.«

»Ich glaube, Carlo war gar nicht hier, als Rossella angegriffen wurde.«

»Wie kommst du darauf?«

»Die Gläser.«

»Was?«

»Die Spuren beweisen, dass Rossella hier im Haus angegriffen wurde, darum war eins der beiden Gläser ihres. Das andere, das mit den Sonnenblumen, ist sicher von Aprile. Wenn man das Foto anschaut, waren das wohl ihre Lieblingsblumen.«

Bruno fuhr sich nachdenklich durchs Haar. »Der Mann könnte später nach Hause gekommen sein und die Frau überfallen haben«, sagte er.

»Denkbar«, gab Aurora zurück. »Aber warum war der

Tisch dann nicht auch für ihn gedeckt? Haben sie ihn nicht erwartet?«

»Er könnte angerufen haben, um zu sagen, dass er nicht zu Hause isst. Vielleicht hatte er Schicht, wir müssen auch noch mit seinem Vorgesetzten sprechen. Vielleicht kam er mittwochs immer erst nach dem Essen heim ... Es gibt unendlich viele Möglichkeiten, das zu erklären.«

»Da ist noch was.« Aurora ging in den Flur und blieb vor dem Kalender stehen.

»Ein ... Abreißkalender?«

»Rossellas Arm war so an das Geländer genagelt, dass er genau hierauf deutete.«

»Bist du da ganz sicher?«

»Ja, und das Datum ist das von heute, also dem Tag nach dem Mord.«

»Mag sein, aber ...«

»Sieh dir mal die Bleistiftzeichnung an.«

»Das sieht nach einer Kinderzeichnung aus. Vielleicht war es Aprile.«

»Ist Aprile besonders groß für ihr Alter?«

»Das müsste ich in der Akte nachlesen, aber ich glaube nicht.«

»Der Kalender hängt zu hoch für ein neunjähriges Mädchen.«

»Dann war es vielleicht der Ehemann«, sagte Bruno. »Oder Rossella selbst.«

»Schon, aber warum? Im Papiermüll habe ich die herausgerissenen Seiten der Vortage gefunden, aber diese fehlte. Und keine der anderen Seiten war irgendwie bemalt.«

»Wahrscheinlich war Carlo außer sich, und diese Zeichnung bedeutet irgendetwas für ihn.«

Aurora schüttelte zweifelnd den Kopf. »Stell dir mal die Szene vor. Nehmen wir an, der Angreifer war Carlo, wie du denkst. Er kommt nach Hause. Da nichts am Tatort auf einen Streit hindeutet, ist er bereits wütend. Und wahrscheinlich hat er bereits die Absicht zu töten. Alles muss innerhalb weniger Augenblicke geschehen sein. Der Nachbar gibt an, gegen zehn die Schreie gehört zu haben. Carlo betritt das Haus, schlägt mit der Waffe, die er in der Hand hält, auf seine Frau ein, spickt sie mit alten Nägeln, schreibt mit ihrem Blut an die Wand, dann entführt er die Tochter. Aber bevor er das Haus verlässt, reißt er noch eine Seite vom Kalender ab und kritzelt etwas auf die des folgenden Tages. Ergibt das für dich einen Sinn?«

»In der Logik eines Mannes, der gerade auf brutalste Weise seine Frau getötet hat, vielleicht schon.«

»Oder es war gar nicht er«, drängte Aurora. »Und die Inschrift, das heutige Datum, die Zeichnung … sind allesamt Nachrichten des Mörders.«

Bruno studierte noch einmal die Zeichnung auf dem Kalenderblatt.

Den senkrechten Stab, die tentakelartigen Auswüchse oben und unten, die sich seitlich ausbreiteten. So unverständlich sie auch waren, diese Bleistiftlinien waren keine zufällige Kritzelei.

»Ich weiß nicht, Scalviati …«

»Ich glaube, das ist ein Ultimatum, Bruno«, sagte Aurora entschieden. »Der Killer ist methodisch vorgegangen, das ist eine Kampfansage. Es gibt einen Grund, warum er das Kalenderblatt mit dem heutigen Datum zurückgelassen hat. Es bedeutet, dass wir Aprile retten können. Aber auch, dass uns dafür weniger als vierundzwanzig Stunden Zeit bleiben.«

# 13

Aurora ließ ihre Augen zum Himmel schweifen. Er sah aus wie aus Beton gegossen. In ihrem Kopf wirbelten die Gedanken umher, und sie schwirrten hin und her wie eine Schwalbe vor einem Regenguss.

»Denk an das, was der Nachbar ausgesagt hat«, sagte sie, wie zu sich selbst. »Vielleicht hat sein Hund gebellt, weil er einen Fremden gewittert hatte.«

»Möglich«, antwortete Bruno. Sie gingen zum Auto.

»Ich habe mir eine schlüssigere Version des Tathergangs überlegt«, fuhr sie fort. »Der Killer schleicht sich in die Einfahrt der Gualtieris. Vielleicht hat er das Auto an der Straße gelassen, oder vielleicht hat er die Fernbedienung für das Tor, weil er sie Carlo geklaut hat. In dem Moment beginnt der Nachbarshund zu bellen. Vielleicht hat der Mann auch einen Hausschlüssel, dann kann er vollkommen ungehindert hinein. Rossella sieht ihn, ist zu Tode erschrocken. Sie springt vom Tisch auf und versucht, in das obere Stockwerk zu flüchten, zusammen mit der Tochter. Der Killer folgt ihr, trifft sie im Rücken. Er zelebriert sein Ritual, und ich bin sicher, dass er in dieser Phase mit Rossellas Blut die Inschrift an die Wand malt. Dann geht er in Apriles Zimmer und nimmt sie mit. Bevor er das

Haus verlässt, reißt er die aktuelle Seite vom Kalender und zeichnet etwas auf die heutige, eine Art geheime Botschaft.«

»Angenommen, der Mörder ist nicht Carlo Gualtieri, warum sollte er eine Nachricht hinterlassen?«

»Weil er ein Narzisst ist, ein Größenwahnsinniger. Er beschließt, uns zum Teil seines Plans zu machen. Vielleicht will er sogar, dass wir das Kind retten.«

»Oder er will uns eine Falle stellen«, murmelte Bruno.

*Ein senkrechter Stab in der Mitte, mit tentakelartigen Auswüchsen am oberen und am unteren Ende, die sich zu den Seiten hin ausbreiteten.*

»Sagt dir diese Kritzelei irgendetwas?«, drängte sie ihn.

Bruno schüttelte den Kopf. »Je länger ich darüber nachdenke, desto mehr denke ich, dass es mich an irgendetwas erinnert ... aber ich weiß noch nicht, woran.«

»Darüber reden wir später nochmal. Wir müssen sofort die Forensiker bitten, den Kalender auf mögliche Spuren zu untersuchen, und zwar so schnell wie möglich. Wenn wir andere Fingerabdrücke finden als die der Gualtieris, können wir zumindest beweisen, dass noch eine andere Person im Haus war.«

»Ich kümmere mich darum.« Bruno ging und redete mit einigen Beamten.

Wenige Augenblicke später stieg er zu Aurora ins Auto. Sie trat das Gaspedal durch und fuhr mit quietschenden Reifen los.

»Wer stillsteht, wird zur Zielscheibe«, dachte sie.

Während sie so in voller Geschwindigkeit dahinbrausten, hüpfte das Auto über die Unebenheiten im Asphalt.

»Wir müssen Piovani informieren.«

Bruno warf einen Blick auf seine Armbanduhr. »Wir reden lieber in Ruhe mit ihm, nach der Pressekonferenz.«

»Zum Teufel mit der Pressekonferenz! Jede Minute, die vergeht, könnte eine zu viel sein!«

»Aurora, hör auf! Wir haben noch nichts Konkretes, was deine Theorie untermauert. Piovani ist überzeugt, dass die einzige Chance, Carlo Gualtieri und seine Tochter zu finden, ist, die Felder vom Po bis zum Apennin zu durchkämmen. Er und der Ermittlungsrichter Torrese haben alle Polizeikräfte der Region dafür mobilisiert. Glaubst du wirklich, er wird auf dich hören?«

»Sie werden sie niemals finden, wenn sie weiter am falschen Ort suchen!«

»Also fangen wir von vorne an«, sagte Bruno. »Versuchen wir, Carlo Gualtieris Tag zu rekonstruieren. Vielleicht liegt darin der Schlüssel zu allem.«

Aurora schien sich wieder zu beruhigen. »Gualtieri war bei der GPG. Wo finden wir den Eigentümer der Agentur, bei der er gearbeitet hat?«

»Seit er aus dem Polizeidienst ausgeschieden ist, hat er bei der Sicurpadana gearbeitet. Die Zentrale ist in einer Halle im Gewerbegebiet.«

»Wann ist er denn gegangen?«

»Vor etwa zehn Jahren. Ich war damals noch nicht bei der Polizei, aber ich weiß, dass er und Piovani gut befreundet waren. Ich habe gehört, dass es Piovani war, der ihn mit Rossella bekannt gemacht hat.«

»Hast du darum gesagt, dass er sie gut kannte?«

»Ja«, antwortete Bruno. »Und auch weil ... na ja, nach der Arbeit habe ich sie oft irgendwo zusammen gesehen, Piovani und Rossella Gualtieri.«

»Willst du damit sagen, sie hatten ein Verhältnis?«

»Das weiß ich nicht«, sagte Bruno nachdrücklich. »Ich gebe nicht viel auf das Dorfgeschwätz.«

»Sicher, dass wir Piovani trauen können?«

»Verlangst du von mir, meinen Chef zu verdächtigen?«

»Ich will nur wissen, ob es Gründe gäbe, das zu tun.«

»Du bist vollkommen verrückt«, stöhnte Bruno. »Du bist erst seit wenigen Stunden hier, und schon fängst du an, deinem Commissario solche Unterstellungen zu machen.«

»Dunkle Stellen in Piovanis Laufbahn? Irgendwelche Korruptionsvorwürfe?«

»Was redest du da! Im Gegensatz zu dir habe ich nicht die Absicht, jedem um mich herum zu misstrauen.«

»Ein Polizist hat die Pflicht, jedem zu misstrauen.«

»Nicht einem Vorgesetzten.«

»Du bist ein richtiger Soldat.«

Bruno öffnete den Mund, um etwas zu sagen, doch er tat es nicht.

Aurora musterte ihn mit forschendem Blick. Dann sagte sie: »Du warst beim Militär, stimmt's?«

Bruno zündete sich eine Zigarette an. Er inhalierte einen Zug und blies eine Rauchwolke aus dem Mund.

»Lass mich raten«, fuhr Aurora fort. »Lagunari? Marò?«

»Folgore«, murmelte er schließlich.

»In der Fallschirmjägerbrigade? Aus irgendeinem Grund sehe ich dich nicht in die Leere springen.«

»Wie auch immer, das ist Vergangenheit. Ich war es leid, mit einem Gewehr in der Hand um den Globus gejagt zu werden.«

»Für vier Jahre freiwillig verpflichtet?«

»Das war vor der Reform der Streitkräfte«, antwortete Bruno. »Die Neuordnung der Freiwilligen unter dieser Bezeichnung erfolgte erst 2004, und das war das Jahr, in dem ich mich verabschiedet habe. Ich war von 1999 bis

2001 in Bosnien, 2002 in Afghanistan. Bei meiner Rückkehr aus dem Irak habe ich die Dienstzeit nicht verlängert, sondern bin zur Polizei gegangen.«

»Nicht schlecht, für einen Provinzpolizisten.«

Bruno hob abwehrend die Hand. »Ich tue, was ich am besten kann.«

»Ich frage mich, ob Piovani deine Loyalität nicht ausnutzt.«

»Hör auf damit. Ich bin vielleicht Soldat, aber ich trage keine Scheuklappen. Die Tatsache, dass Piovani und Rossella Gualtieri sich trafen, bedeutet gar nichts.«

»Wir müssen die Anruflisten aller Telefone der Gualtieris überprüfen. Sie werden uns dabei helfen, Rossellas letzte Stunden zu rekonstruieren, und vielleicht auch zu verstehen, warum ihr Mann letzte Nacht nicht bei ihr war.«

»Dafür brauchen wir einen von Ermittlungsrichter Torrese unterschriebenen Antrag. Und wenigstens vier Stunden Zeit, bis Ergebnisse da sind.«

Aurora biss sich auf die Unterlippe. »Verdammt, wir haben keine vier Stunden. Wir haben nicht mal vier Minuten zu verlieren!«

# 14

Ein kleiner Skorpion lief an der Rinde entlang den Baum hinauf, und Aprile stieß ein ersticktes Stöhnen aus. Sie musste sich zwingen, nicht zu schreien, sonst würde der Mann mit der Wolfsmaske sie hören. Er war irgendwo da draußen. Das Mädchen wusste, dass er sie suchte.

Aprile sagte sich im Kopf auf, was der Großvater ihr beigebracht hatte, als er ihr erzählte, dass die beste Verteidigung bei manchen Raubtieren war, sich nicht zu bewegen. Und das tat sie. Sie stand ganz still, versuchte, ihre Atmung zu kontrollieren. Auch wenn ihr Herz so schnell schlug, dass es aus der Brust zu hüpfen drohte.

Vor vielen Jahren hatte Aprile einmal ihren Großvater beim Besuch eines Freundes begleitet, er hieß Sante. Sein Haus lag einsam mitten auf dem Land, umgeben von einem großen Garten mit Obstbäumen, darunter ein wunderschöner Kirschbaum. Aprile war über eine angelehnte Leiter hinaufgeklettert und hatte sich die Taschen mit Kirschen vollgestopft. Es waren die besten, die sie je gegessen hatte.

Sante verdiente seinen Lebensunterhalt als Schäfer. Während er und der Großvater im Schatten eines Pavillons saßen und sich unterhielten, hatte Aprile sich in den

Stall geschlichen. Als die Schafe – es mussten mindestens fünfzig gewesen sein – sie hereinkommen sahen, hatten sie den unerwarteten Besuch neugierig gemustert. Dann hatte Aprile ein Trappeln hinter sich gehört und sich eilig umgedreht. Von irgendwoher war ein großer weißer Hund mit spitzen Zähnen aufgetaucht, der sich bedrohlich knurrend zwischen sie und den Eingang stellte.

Zum Glück war Großvater Corrado ihr zu Hilfe gekommen. Der Hund hieß Marte, aber Santes Versuche, ihn zurückzurufen, waren fruchtlos. So hatte der Großvater die Situation in die Hand genommen. Er hatte Aprile gesagt, sie solle sich nicht rühren, weil jede Bewegung als Angriff gedeutet werden konnte. Martes Aufgabe war schließlich, die Herde zu beschützen.

Als Marte nicht mehr knurrte, hatte Aprile die Anweisungen des Großvaters befolgt und dem Hund ihren Handrücken hingestreckt, damit er daran schnuppern konnte. In der Hundesprache bedeutet diese Geste Freundschaft. Dann hatte Sante ihr zugeflüstert, dass Marte Kirschen liebe, und Aprile hatte eine aus der Tasche gezogen und ihm gegeben.

So waren sie und Marte Freunde geworden.

Noch nie hatte Aprile einen solchen Freund so sehr vermisst wie in diesem Augenblick. Sie wusste, dass er sie vor dem Mann mit der Wolfsmaske beschützt hätte, der ihre Mutter überfallen hatte, denn Marte wich auch nicht vor Wölfen zurück. Und was da zu ihnen ins Haus gekommen war, war mit Sicherheit derböseste Wolf, den man sich vorstellen kann.

Wenn sie an diese schrecklichen Augenblicke zurückdachte, krampfte sich ihr Magen zusammen, und ihre Augen füllten sich mit Tränen.

Alles hatte mit seltsamen Geräuschen an der Eingangstür begonnen, als suche jemand nach dem passenden Schlüssel für das Schloss. Argwöhnisch war die Mutter vom Tisch aufgestanden. Sie hatte durch den Spion geguckt und einen Schrei der Bestürzung ausgestoßen. Jemand versuchte, ins Haus zu gelangen. Und es war nicht Papa.

»Wer ist da draußen?«, hatte Aprile gefragt.

Die Mutter hatte wortlos den Kopf geschüttelt, während die Geräusche draußen fortdauerten. Sie hatte eilig die Kette vorgelegt. Sie wusste, dass das nicht reichen würde. Wenn der richtige Schlüssel erst gefunden war, würde es genügen, eine Hand durch den Türschlitz zu stecken, um sie zu öffnen, doch sie würden ein wenig Zeit gewinnen. Sie hatte Aprile zur Treppe gezogen und ihr gesagt, sie solle in ihr Zimmer laufen und sich dort verstecken. »Verhalte dich ganz still«, hatte sie ihr gesagt. »Was auch passiert, du darfst nicht schreien. Egal, was du hörst, du bleibst mucksmäuschenstill in deinem Versteck.«

Aprile hatte genickt.

»Ich will, dass du es mir versprichst. Das ist wichtig«, hatte die Mutter gedrängt und ihr beide Hände gedrückt, wie sie es tat, wenn es sich um etwas sehr Wichtiges handelte. Es war das erste Mal in ihrem Leben, dass Aprile in den Augen der Mutter blankes Entsetzen las.

»Komm mit mir, Mama«, hatte Aprile sie mit zitternder Stimme gebeten. »Versteck dich mit mir.«

»Ich kann nicht«, hatte sie geantwortet. »Ich muss mein Handy holen. Ich muss ... Hilfe rufen.« Rossellas Blick war durch den Raum gewandert, auf der Suche nach dem Telefon. Dann war er zum Gesicht des Mädchens zurückgekehrt. »Geh jetzt«, hatte sie geflüstert.

Aprile hatte gehorcht, obwohl sich von ihrer Mutter zu trennen das Letzte war, was sie wollte. Mit schlotternden Beinen war sie die Treppe hochgelaufen. Doch bevor sie in den Flur einbog, hatte sie sich kurz umgeschaut.

Und da hatte sie ihn gesehen.

Am Fenster war die bedrohliche Silhouette eines Mannes erschienen, der eine Maske trug wie aus einem Schauermärchen. Die Maske eines bösen Wolfes.

Doch anders als die Wölfe in den Märchen hatte dieser anstelle von Klauen eine Axt.

Sie war in ihr Zimmer gelaufen und hatte sich versteckt. Sie hatte alle Kuscheltiere auf dem Boden verteilt und war unter das Bett geflüchtet.

Die Zeit war stehen geblieben. Schlimmer als in der Schule in der letzten Stunde vor den Ferien, wenn einen nichts mehr auf der Bank hält.

Dann hatte sie plötzlich Mamas Schreie gehört.

Aprile hatte sich den Mund zugehalten, um nicht selbst zu schreien, hatte gebetet, dass jemand kommen würde, um sie zu retten, denn irgendjemand musste sie doch hören, diese Schreie, niemand konnte sie einfach so überhören.

Aprile war sehr brav gewesen. Sie hatte sich gezwungen, kein Geräusch zu machen, obwohl das Herz ihr bis zum Hals klopfte und ihr den Atem nahm. Auch als sie hörte, wie sich Schritte näherten, hatte sie sich nicht gerührt.

Aber als der böse Wolf sich bückte, um unter das Bett zu schauen, sah sie, dass Hände und Kleidung blutverschmiert waren, und alles um sie herum wurde dunkel.

Mitten in der Nacht war sie wieder zu sich gekommen,

in einem fensterlose Raum aus Metall, die einzige Öffnung ein Schlitz, durch den sie nichts weiter sah als Nebel.

Aurora hatte gehört, wie der Maskenmann um sie herum in der Erde wühlte. Seine Schritte schienen aus allen Richtungen gleichzeitig zu kommen. Sie hatte getan, als schliefe sie, bis der Mann sich entfernte. Durch den Schlitz hatte sie ihn beobachtet. Sie hatte gesehen, wie er keuchend etwas Schweres hinter sich herzog.

Und sie hatte beschlossen, dass das ihre Gelegenheit zur Flucht war, denn er hatte nicht abgesperrt. Aprile war hinausgeschlüpft und war so schnell wie möglich weggerannt, ohne sich ein einziges Mal umzuschauen. Als ihre Milz zu brennen begann, hatte sie sich an einen großen Baum gelehnt, der so dick war, dass es drei Männer gebraucht hätte, ihn zu umfassen. Sie hatte sich umgeschaut, doch wegen des Nebels sah sie nichts als Dunkelheit. So hatte sie sich in die Höhlung des Stammes gedrückt, die eigens dafür gemacht schien, sie aufzunehmen.

Aprile saß in ihr Versteck gekauert und hoffte inständig, der Maskenmann würde sie nicht finden.

Als sehe er ein, dass das Mädchen mit einem weit größeren Schrecken zu kämpfen hatte, verschwand der Skorpion in einer Ritze des Stammes. Aprile sah ihn fortschlüpfen und wünschte, sie könnte es ihm gleichtun.

Sie versuchte, sich in Gedanken an einen schönen Ort zu versetzen, an dem sie keine Angst mehr hatte, denn die Angst verbiss sich jetzt in ihre Brust wie eine ausgehungerte Bestie. Ein Ort wie das Sonnenblumenfeld, in dem Papa damals dieses Foto von ihr gemacht hatte, das sie so mochte.

Ein Ort, an dem kein Raubtier sie finden würde.

»Ich habe dich gefunden, meine Kleine«, hörte sie einen Singsang.

Die Maske des bösen Wolfes tauchte vor ihr auf.

Aprile konnte einen Aufschrei nicht unterdrücken.

Doch niemand jenseits der Nebeldecke hörte sie.

# 15

Der Inhaber der Agentur »Sicurpadana«, Emanuele Di Blasi, war ein Mann um die fünfzig, groß, mit langen Armen. Er trug ein blaues Hemd und eine Krawatte in Grüntönen.

»Ich habe schon erwartet, dich hier zu sehen, Bruno, allerdings nicht so bald«, sagte er.

»Drückt das Gewissen?«, gab Bruno zurück.

»Leck mich, Colasanti. Du weißt, was ich meine.«

»Nachrichten verbreiten sich schnell, was?«

»Vor allem die schlechten.«

Bruno räusperte sich. »Darf ich vorstellen, Kommissarin Scalviati. Sie wird dir ein paar Fragen stellen.«

Di Blasi warf Bruno einen fragenden Blick zu, dann drückte er Aurora rasch die Hand. »Angenehm«, murmelte er wenig überzeugend.

»Signor Di Blasi, ich komme gleich zum Punkt«, sagte Aurora. »Können Sie bestätigen, dass Carlo Gualtieri bei Ihnen angestellt war?«

Di Blasi lächelte betreten, und erneut flog sein Blick zu Bruno, als suche er seine Zustimmung. Der nickte nur, um ihn zum Antworten zu ermuntern.

»Sicher«, schnaubte er, »was soll die Frage?«

Aurora holte tief Luft. »Also würden Sie sagen, dass Sie ihn gut kannten.«

»Wir arbeiten schon lange zusammen«, antwortete er trocken. »Ungefähr zweimal im Monat war ich bei ihm zum Abendessen. Er war der beste Wachmann weit und breit, sorgfältig und verlässlich. Wenn Carlo einen Kunden betreute, wusste ich, es würde keinen Ärger geben. Seine Frau kannte ich auch gut, die Arme.«

Aurora dachte an die Familienfotos über der Treppe.

»Carlo hing sehr an seiner Frau und seiner Tochter, nicht wahr?«

»Er liebte seine Familie. Er und Rossella haben viele Jahre erfolglos versucht, ein Kind zu bekommen. Sie haben probiert, eins zu adoptieren, aber die Sache ging schief. Als Carlo erfuhr, dass Rossella schwanger ist, war ich einer der Ersten, denen er es erzählte, obwohl er erst seit einem Monat hier arbeitete. Ich erinnere mich gut, es war ein Frühlingstag. Darum haben sie das Mädchen auch ›Aprile‹ genannt.«

»Hatten Sie den Eindruck, dass Gualtieri in letzter Zeit aus irgendeinem Grund depressiv oder verzweifelt war?«

»Nicht dass ich wüsste.«

»Also haben Sie keinen Grund anzunehmen, dass Carlo zu einer ... sagen wir ... extremen Tat in der Lage wäre?«

»Ihr könnt sagen, was ihr wollt, aber ich weigere mich zu glauben, dass Carlo seine Frau ermordet und das Mädchen entführt hat.«

»Ich glaube es auch nicht«, antwortete Aurora. »Aber ich muss Sie trotzdem fragen, ob Ihnen Carlo Gualtieris Verhalten in den letzten Tagen irgendwie seltsam vorkam.«

»Was verstehen Sie unter ›seltsam‹?«, fragte Di Blasi.

»Ich weiß nicht ... zurückhaltend, niedergeschlagen ...«,

erklärte Aurora. »Alles, was von seinem üblichen Verhalten abwich.«

Di Blasi strich sich nachdenklich über das Kinn. »Na ja ... gestern ist er nicht zur Arbeit erschienen, und er hat nicht mal Bescheid gesagt. Das sieht ihm nicht ähnlich. Erstmal habe ich der Sache kein großes Gewicht gegeben, ich dachte, irgendein Grippevirus hätte ihn erwischt, wie diese Ausländer sie einschleppen, und er hätte vergessen, mich anzurufen. Doch Rossella rief mich am Vormittag an, um zu fragen, ob ich etwas von ihm gehört hätte. Wie es aussieht, war er vorgestern nach der Arbeit nicht nach Hause gekommen.«

Aurora riss die Augen auf. Die Tatsache, dass Carlo Gualtieri zum Zeitpunkt des Mordes an seiner Frau bereits seit beinahe vierundzwanzig Stunden verschwunden war, war eine bedeutsame Neuigkeit, auch wenn sie nichts bewies.

»Und wirkte sie besorgt am Telefon?«

»Wir würden Sie sich fühlen, wenn Ihr Mann am Abend nicht von der Arbeit käme?«

»Bitte, Emanuele«, mischte Bruno sich ein, bemüht, die Wellen zu glätten. »Antworte einfach auf die Fragen meiner Kollegin.«

»Teufel nochmal! Ich habe das dumme Gefühl, dass *deine Kollegin* mir irgendwas unterstellen will!«

»Ich mache mir nur Sorgen um die kleine Aprile, Signor Di Blasi«, erklärte Aurora. »Ihre Aussage könnte entscheidend sein, um sie wiederzufinden.«

»Hören Sie gut zu, Kommissarin Scalviati«, platzte Di Blasi heraus und stieß den Zeigefinger in Auroras Richtung. »Ich habe heute Nacht kein Auge zugetan, und wissen Sie, warum?«

Aurora hielt seinem Blick stand, antwortete jedoch nicht.

»Weil ich an all die Male denken musste, die ich dem Mädchen in die Augen geschaut und darin Vertrauen und Hoffnung gesehen habe«, fuhr er fort, »und weil ich weiß, dass dem Mädchen inzwischen nicht mehr zu helfen ist. Aprile liegt inzwischen gefesselt in irgendeinem Zigeunertreck, oder sie ist irgendeinem afrikanischen Vagabunden in die Hände gefallen, der in das Haus eines rechtschaffenen Mannes eingedrungen ist und dessen Frau abgemurkst hat.« Di Blasi brüllte, ohne Luft zu holen, die Adern am Hals so gespannt, dass sie jeden Augenblick zu platzen schienen. »Geht sie in den Zigeunerlagern suchen, wenn ihr den Mumm dazu habt!«

»Meinst du nicht, du übertreibst ein wenig?«, platzte Bruno heraus.

»Schon in Ordnung«, fiel ihm Aurora ins Wort. So sehr sie die rassistischen Andeutungen Di Blasis auch abstießen, war sie doch sicher, wenn man ihn reden ließe, würde doch noch irgendetwas Konkretes herauskommen, was man dem Commissario oder, wenn nötig, dem Staatsanwalt persönlich präsentieren konnte. »Signor Di Blasi, ich verstehe Ihre Wut, aber ich glaube nicht, dass die Dinge sich so zugetragen haben, wie Sie denken«, fuhr sie ruhig fort.

»Ich kenne Sie nicht, Scalviati, aber Ihre Art gefällt mir nicht«, antwortete er. »Und was Sie glauben, interessiert mich einen Dreck.«

»Ich versuche nicht, Ihnen zu gefallen, ich versuche nur, meine Arbeit zu tun.«

»Tun Sie das woanders, ich habe schon genug Zeit mit Ihnen verplempert. Ich hab noch was zu erledigen.«

»In Ordnung«, antwortete Bruno und nahm Aurora am Arm.

»Im Augenblick ist das alles, entschuldige die Störung. Aber wenn dir noch etwas einfällt ...«

Aurora riss sich heftig los. »Nein, da mache ich nicht mit, Di Blasi!«, brach sie heraus. »Soweit wir wissen, sind Sie der letzte Mensch, der mit Rossella gesprochen hat, bevor sie starb, und der Letzte, der Carlo Gualtieri gesehen hat, bevor er verschwand. Es schmerzt Sie, an die Augen der kleinen Aprile zu denken? Wie werden Sie sich erst fühlen, wenn sie wegen Ihrer Verschwiegenheit stirbt? Tun Sie etwas für dieses Mädchen. Helfen Sie uns! Sie könnten den Schlüssel haben, um Aprile wiederzufinden, ohne dass es Ihnen bewusst ist!«

Sichtlich bewegt vergrub Di Blasi das Gesicht in den Händen. Obwohl er versuchte, den Hartgesottenen zu spielen, sah man ihm an, dass das Geschehene ihn tief bewegt hatte. Er schwieg eine Weile, dann wandte er sich wieder Aurora zu. »Darf ich erfahren, was Sie von mir wollen?«

»Informationen. Erzählen Sie mir vom letzten Mal, als Sie Carlo gesehen haben.«

Di Blasi zögerte einige Augenblicke, als grabe er in seinem Gedächtnis nach Erinnerungen. Dann sagte er: »Am Dienstagnachmittag. Er kam mir tatsächlich etwas nachdenklich vor. Aber das muss nichts heißen. In der Vergangenheit hatte er auch schon mal Ärger zu Hause gehabt. Er ist jedenfalls nur kurz in die Agentur gekommen, um die Inspektionsliste abzuholen, und wir haben lediglich ein paar Worte gewechselt. Er hatte Nachtschicht, er fing um zehn an und hatte um sechs Uhr früh Feierabend.«

»Kann ich die Liste sehen?«, bat Aurora.

Di Blasi machte seiner Sekretärin ein Zeichen. Die kramte in einer Schreibtischschublade und zog einen Computerausdruck heraus. Sie fotokopierte das Blatt und gab es Aurora.

»Ist das alles?«, fragte Di Blasi.

Aurora nickte, und ohne auf ihren Kollegen zu warten, steuerte sie eilig auf den Ausgang zu.

»Es ist irgendetwas passiert während seiner Nachtschicht«, sagte Aurora, als sie im Auto saßen, während sie einen flüchtigen Blick auf die Liste warf. »Etwas, das verhindert hat, dass Carlo Gualtieri gestern früh im Morgengrauen zu seiner Familie zurückkehrte.«

Bruno strich sich durch die Bartstoppeln. »Auch Di Blasi hat gesagt, dass Carlo nachdenklich war. Vielleicht machte ihm etwas Sorgen, und während der Nachtschicht hat er beschlossen, allem ein Ende zu bereiten.«

»Ich glaube vielmehr, dass Carlo eine fatale Begegnung hatte, vielleicht bei einer der Adressen auf der Liste. Vielleicht hat er etwas gesehen, was er nicht sehen sollte. Die wahrscheinlichste Hypothese ist die, dass er während der Nachtschicht überfallen worden ist. Er kann sich nicht in nichts aufgelöst haben, dann gerade lange genug wieder aufgetaucht sein, um Rossella zu ermorden und die Tochter zu entführen, um dann erneut zu verschwinden. Nicht in einer Kleinstadt wie dieser.«

»Du würdest dich wundern, was im Nebel alles verschwinden kann«, sagte Bruno. »Ein Sprichwort besagt, in der *fumara* könne ein Mann seine Seele verlieren.«

»Ich glaube nicht an Sprichwörter«, antwortete Aurora und ließ den Motor aufheulen. »Aber ich glaube an die Gemeinheit der Menschen. Sie ist es, die tötet, nicht der Aberglaube.«

# 16

Bononia, 25. September 1349

Padre Egidio lehnte sich gegen die Säule eines Bogenganges und trocknete sich mit dem Habit die Stirn. Die Luft war so feucht, dass ihm das Atmen schwerfiel. Schweiß tränkte seine Kleider, lief ihm aus den Achseln und den Rücken hinunter. Zeit schien keine Rolle mehr zu spielen. Wie lange streifte er nun schon so durch die Stadt?

Von dem Ort, an dem er stand, ließ er seine Blicke über die Piazza schweifen. Die Türme thronten über den Häusern wie in den Himmel getriebene Keile. Das Mondlicht warf gespenstische Schatten, und das Kopfsteinpflaster glänzte, als hätte jemand Salzkristalle darüber verstreut.

Padre Egidio versuchte, die Silhouette des Palazzo del Podestà scharf zu stellen, wo wenige Tage zuvor Mattia da Parma und seine zwei Kinder hingerichtet worden waren, doch sein Blick blieb verschleiert. Einen Augenblick lang schien es ihm, als öffneten sich die Fenster, und der stämmige Körper des Bauern würde vom Scharfrichter auf das Fensterbrett gehievt und hinabgestoßen. Es war, als sehe er den Moment der Hinrichtung noch einmal vor sich; in seinen Ohren hallten sogar die erregten Schreie der Menge wider, die in genau dem Augenblick verstummten, als der Hals des Verurteilten durch den Ruck des Aufpralls durchtrennt wurde und der Kopf auf den Boden prallte. Es war nur ein Augenblick, doch Padre Egidio hatte den Eindruck, als irrten die Augen des Bauern im Mondschein umher, auf der Suche nach seinem Gesicht.

Und es waren nicht die einzigen. Schon den ganzen Tag hatte er das Gefühl gehabt, von Hunderten Augen beobachtet zu werden, zwischen den Marktständen, hinter Karren und Fässern versteckten Augen, im Schutz der Schatten. Es waren die Augen der Menschen, die er verurteilt hatte. Augen, die nicht mehr sehen konnten, die aber dennoch weiter nach ihm suchten, so sehr er sich auch bemühte, ihnen zu entgehen.

»Sie kommen immer wieder«, murmelte Padre Egidio wie zu einem unsichtbaren Gesprächspartner.

Der Inquisitor schloss die Augen und versuchte, ein kurzes, stummes Gebet zu sprechen, doch es war, als erinnere er die Worte nicht mehr. Als er die Augen wieder aufschlug, hatte die Vision sich aufgelöst. Doch seine Unruhe hatte nicht abgenommen. Sie zog ihm weiter den Magen zusammen und verhinderte jeden klaren Gedanken. Er spürte sein Herz in den Schläfen pochen und verspürte einen unangenehmen metallischen Geschmack in seiner Kehle. Ein Hustenanfall ließ ihn einen Mundvoll blutdurchsetzten Speichel ausspucken.

Padre Egidio schlüpfte in eine enge Gasse, aus der ein Übelkeit erregender Gestank drang. Einige Leichen lagen in einer Ecke aufeinandergehäuft, zwischen Schlamm, Laub und Abfall aller Art. Die Stadt verkam langsam zu einem Friedhof unter offenem Himmel, und überall entstanden neue Scheiterhaufen, auf denen die Kleider der Pestkranken angezündet wurden, in dem Versuch, die Luft zu reinigen.

Padre Egidio spürte, wie ihm der kalte Atem des Todes in den Nacken blies. Er kannte den Verlauf der Krankheit, hatte gesehen, wie einst kräftige Männer innerhalb weniger Tage dahingerafft worden waren, er hatte ihre Klagen aus den Fenstern der Häuser gehört, ihre Schreie sogar durch die dicken Mauern des *spedale*, des Hospitals, in dem die Geißelbrüder Dienst taten. Er hatte sie delirieren und schließlich sterben hören.

Padre Egidio weigerte sich, sich mit seinem Schicksal abzufinden. Doch seitdem er vor zwei Tagen während der Abendgebete in Ohnmacht gefallen war, hatte sich im Kloster das Gerücht verbreitet, er läge im Sterben. Er hatte seine Mitbrüder im Schatten flüstern gehört, wie sie darüber spekulierten, wer ihm in das Amt des städtischen Inquisitors nachfolgen würde. Und alle, mit Ausnahme Padre Baldassarres, seinem besten Freund, waren ihm seitdem aus dem Weg gegangen. Wie einem Ausgestoßenen.

Ausgerechnet er, der bis vor wenigen Tagen einer der mächtigsten Männer der Stadt gewesen war, hatte akzeptieren müssen, wie ein Gefangener in seine Zelle verbannt zu sein.

Die Pest verschlang seinen Körper und vernebelte sein Gehirn. Die klaren Momente wurden immer weniger, und ein obsessiver Gedanke hatte sich seiner bemächtigt, den er nicht mehr abzuschütteln vermochte.

Padre Egidio erinnerte sich nicht mehr, wie alles angefangen hatte. Doch er war überzeugt, dass es etwas mit den Ausgestoßenen zu tun hatte. Und er war entschlossen, zu Ende zu bringen, was er sich vorgenommen hatte. Er würde tun, was zu tun war. Um jeden Preis.

Müde und von Schmerzen gepeinigt setzte er sich an einen Tisch vor dem Eingang einer Osteria. Wenige

Minuten später kamen einige betrunkene Gäste aus dem Lokal, die sich um eine feixende Prostituierte stritten, deren Kleid beinahe vollständig aufgeschnürt war und den Blick auf eine Brust freigab, die aussah wie eine reife Frucht.

Die Gäste begannen laut zu diskutieren, und bald entgleiste der Streit. In einer Hand erschien ein Dolch, den der Besitzer bedrohlich zu schwenken begann.

Angewidert von der Szene erhob sich der Inquisitor leicht schwankend. Während er sich auf schwankenden Beinen entfernte, bemerkte er eine Gruppe Bettler, die hinter einem Fass zusammengedrängt saßen, dürftig umhüllt von einer zerlumpten Decke. Als sie Padre Egidio vorbeigehen sahen, beugte sich einer von ihnen vor und hielt ihn am Saum seines Habits fest, um Hilfe flehend. Das Gesicht des Bettlers war von Wunden übersät, der Blick leer. Der Inquisitor riss sich los. Dabei fiel er in den Schlamm und schleppte sich auf allen vieren weiter. Schließlich gelang es ihm, wieder auf die Beine zu kommen, und er ging weiter bis zu der Straße, die zur Porta Stiera führte.

Er sah einen Mann mit einer Laterne verstohlen um eine Biegung schleichen. Instinktiv setzte Padre Egidio seine Kapuze auf, flüchtete sich in den Säulengang und setzte seinen Weg im Schutz der Bögen fort.

Je näher die Gestalt kam, desto unruhiger wurde Padre Egidio. Besorgt blickte er um sich, auf der Suche nach einem Fluchtweg.

»In Gottes Namen, Padre Egidio, bleibt stehen!«, rief der Mann mit der Laterne. »Wohin des Wegs?«

Padre Egidio zuckte leicht zusammen. Dann sah er, dass es sich um Padre Baldassarre handelte, und es gelang ihm, den Anschein von Gelassenheit wiederherzustellen. »Ach, Ihr seid es«, nuschelte er.

»Seit heute Morgen suche ich Euch schon!«

»Ach ja?«

Padre Baldassarre runzelte die Stirn. »Ihr braucht Ruhe. Mitten in der Nacht herumzuirren ist Eurer Gesundheit nicht dienlich.«

Padre Egidio wich einen Schritt zurück und blickte sich vorsichtig um. Er hatte fieberglänzende Augen und ein derart eingefallenes Gesicht, dass der alte Freund Mühe hatte, ihn wiederzuerkennen. »Ich ... muss zu Ende bringen, was ich begonnen habe. Dunkelheit lastet auf der Stadt. Es ist meine Pflicht, zu tun ... was getan werden muss.«

»Ich bin sicher, Ihr werdet bald wieder gesund.« Padre Baldassarre zwang sich, einen versöhnlichen Tonfall beizubehalten. »Ihr seid immer ein Mann von lobenswerter Tapferkeit gewesen. Ihr habt Eure Pflicht mit dem Fleiß, der Güte und der Strenge erfüllt, die Eure Rolle verlangten. Doch jetzt braucht Ihr Pflege. Ihr solltet ruhen und einen Arzt konsultieren.«

»Einen Arzt ...«, sagte Padre Egidio mit abfälligem Grinsen. »Eine dieser dubiosen Gestalten, die mit einer Storchenmaske vor dem Gesicht herumlaufen? Einen von diesen Scharlatanen, die glauben, die Pest lasse sich mit Aderlässen kurieren oder indem man Kampfer und Theriak unters Essen mischt?«

»Die Stadt liegt in den Händen des Herrn, das ist wahr. Wie unser aller Leben. Gottes Wege sind unergründlich, aber im Kloster könnt Ihr auf den Trost Eurer Mitbrüder zählen, die nie aufgehört haben, für Euch zu beten.«

»Meine Mitbrüder meiden mich, sie reden hinter meinem Rücken. Sie beten für niemand anderen als für sich selbst. Sie fürchten die Ansteckung. Sie fürchten, so zu werden wie ich.«

Padre Baldassarre holte tief Luft. »Seid doch vernünftig. Lasst mich Euch in Eure Zelle begleiten. Die Straßen sind kein sicherer Ort. Es wimmelt hier draußen vor Verbrechern, die im Schutz der Dunkelheit Häuser plündern und Passanten ausrauben.« Er beugte sich vor, um Padre Egidio am Arm zu nehmen, doch der machte sich energisch los.

»Ihr versteht nicht!«, platze er heraus. »Sie ... kommen immer wieder.«

»Ich kann Euch nicht folgen. Wen meint Ihr?«, fragte Padre Baldassarre irritiert.

»Schaut Euch um! Seht Ihr ein göttliches Zeichen, in all diesem Grauen?« Der Blick des Inquisitors schnellte von einer Straßenseite zur anderen, auf der Suche nach im Schatten verborgenen Augen.

Padre Baldassarre ließ einige Augenblicke verstreichen, bevor er antwortete.

»Wie lange habt Ihr schon nicht geschlafen, Bruder?«, fragte er dann ruhig.

Padre Egidios Blick irrte weiter umher. »Hört Ihr sie auch?«, flüsterte der Inquisitor.

»Was denn?«

»Die Schritte.«

Padre Baldassarre lauschte einige Augenblicke lang. Es war offensichtlich, dass sein alter Freund delirierte. Die Pest hatte ihm den Verstand geraubt, wie so vielen vor ihm. Er breitete bekümmert die Arme aus. »Es tut mir leid, Padre Egidio, aber ich höre nichts. Es ist niemand hier, außer uns beiden.«

»Ihr müsst sie doch hören«, sagte der Inquisitor, immer ungeduldiger. »Sie ... kommen immer wieder.«

Dann schubste er Padre Baldassarre ohne jede Vorwarnung von sich und rannte los, und in wenigen Augenblicken hatten ihn die Schatten der Nacht verschluckt.

# 17

Schwer atmend betrat Aurora das Kommissariat, und wenige Schritte hinter ihr folgte Bruno. Im Gang auf der Schwelle zu seinem Büro trafen sie auf Piovani.

»Vielleicht haben wir etwas herausgefunden«, sprudelte sie heraus, alle Förmlichkeiten beiseitelassend.

Piovani runzelte die Stirn. »Was phantasieren Sie denn da zusammen, Scalviati?«

»Wir haben gerade mit Emanuele Di Blasi gesprochen, dem Inhaber der Sicurpadana. Ich habe hier die Liste von Carlo Gualtieris Nachtschicht. Ich bin überzeugt, dass irgendetwas geschehen ist, was in der Nacht vor dem Mord seine Heimkehr verhindert hat.«

»Was sind denn das für Geschichten?«, platzte Piovani heraus. »Sie haben ... ohne meine Zustimmung einen Zeugen vernommen?«

Diesmal war Bruno derjenige, der antwortete. »Na ja, es war keine offizielle Vernehmung.«

»Das interessiert mich nicht! Ihr hättet mich wenigstens informieren müssen!«

»Es haben sich neue Aspekte ergeben, Commissario«, mischte Aurora sich ein. »Durch einige Indizien am Tatort habe ich die Überzeugung gewonnen, dass es nicht Carlo

Gualtieri gewesen ist, der Rossella Gualtieri umgebracht hat.«

Piovani kniff die Augen zusammen. »Wie bitte, Scalviati?«

Aurora hielt seinem Blick stand. »Gestern Abend ist mir aufgefallen, dass etwas nicht ins Bild passte, doch ich konnte nicht erkennen, was es war.«

»Verdammt nochmal, ich dachte, ich wäre deutlich genug gewesen!«, schimpfte Piovani. »Sie hätten nicht an den Tatort zurückkehren dürfen! Ich darf Sie daran erinnern, dass Sie nicht befugt sind, an diesem Fall zu arbeiten.«

»Ich habe gute Gründe anzunehmen, dass es sich nicht um einen Mord im Affekt handelt, sondern um einen vorsätzlichen Mord«, beharrte Aurora. »Wir haben es mit einer Person mit einer extrem komplexen Psyche zu tun. Die Tat könnte das Werk eines Serienmörders sein, von jemandem, der einen ganz präzisen Plan verfolgt, ja sogar freiwillig Spuren hinterlässt, damit wir das Mädchen finden.«

»Das ist lächerlich«, schnaubte Piovani. »Das ist doch keine Schatzsuche.«

»Eher so etwas wie eine Herausforderung«, sagte Aurora mit glänzenden Augen. »Ich habe bemerkt, dass die Hand des Opfers so an das Geländer genagelt war, dass sie auf etwas zeigte: den Kalender an der Wand.«

Piovani kratzte sich im Nacken. »Den ... Kalender?«

»Ja. Ich habe ihn untersucht und festgestellt, dass er das heutige Datum anzeigt. Logisch gesehen müsste er jedoch das von gestern zeigen. Jemand hat sich die Mühe gemacht, das gestrige Kalenderblatt abzureißen und auf das heutige etwas zu zeichnen, das aussieht, als bedeute es etwas. Ich glaube, das war das Unsub, und ich bin überzeugt, es handelt sich um eine Art Ultimatum.«

»Unsub?«, fragte Piovani verwirrt.

»Unbekanntes Subjekt. So haben wir beim Sondereinsatzkommando die Täter genannt, deren Identität noch nicht feststand.«

Bruno verfolgte die Diskussion schweigend, dabei sprang sein Blick von einem zum anderen, wie bei einem Tennismatch.

»Hören Sie gut zu«, zischte Piovani und hielt Aurora den ausgestreckten Zeigefinger unter die Nase. »Ihre streberhaften Fachausdrücke interessieren mich nicht. Und ebenso wenig Ihre Spekulationen über einen Fall, für den Sie keinerlei Weisung haben.«

»Ich konnte mich unmöglich raushalten, wissend, dass das Mädchen in Gefahr ist! Aprile braucht uns. Sie hat niemanden sonst, der ihr helfen kann.«

»Ich hätte nicht auf die Beschwichtigungen Ihres früheren Chefs hören sollen«, murmelte Piovani wie zu sich selbst. »Sie sind völlig übergeschnappt – gerade erst angekommen und schon völlig besessen von dem Fall. Wollen Sie vielleicht damit wiedergutmachen, was in Turin geschehen ist?«

Aurora ballte die Fäuste und zwang sich, die Provokation zu ignorieren. »Lassen Sie mich mit Torrese sprechen. Vielleicht ist er bereit, mir zuzuhören.«

»Raus hier.«

»W-wie bitte?«, stotterte Aurora.

»Sie haben mich gehört. Ich möchte, dass Sie umgehend meine Dienststelle verlassen. Gehen Sie nach Hause, Scalviati. Packen Sie Ihre Sachen aus, duschen Sie sich. Machen Sie einen Spaziergang in der Altstadt, besichtigen

Sie den Dom. Nehmen Sie sich Zeit, um zu realisieren, wo Sie sich befinden, und dann kommen Sie mit klarem Kopf zurück.«

»Ich kann nicht duschen gehen, solange dieses Mädchen irgendwo da draußen ist, und mein Instinkt sagt mir, dass sie nicht bei ihrem Vater ist.«

»Wir sind da und Hunderte von Polizisten und Carabinieri, die alles daransetzen, sie zu finden!«, explodierte Piovani. »Auch wenn ich glaube, dass diesem Mädchen nicht mehr zu helfen ist, so traurig und bestürzend das auch sein mag.«

»Aprile ist nicht tot!«, protestierte Aurora. »Wir können sie retten, wenn es uns gelingt zu verstehen, was mit ihrer Familie geschehen ist. Ich habe zu viel Abscheuliches gesehen in all den Jahren, und ich will mich nicht daran gewöhnen. Ich kann nicht auf die Uhr sehen und die Minuten bis zum Schichtende zählen oder mich hinter der Entschuldigung verstecken, dass das nicht mein Fall ist. Kein Kind sollte die eigene Mutter sterben sehen oder aus seinem Haus verschleppt werden. Sie wird in Todesangst sein. Und jede Minute, die vergeht, raubt ihr ein wenig Hoffnung.« Aurora strich sie die rebellische Haarsträhne zurück hinters Ohr, wodurch man ihre Narbe sah. »Dieses Mädchen ist keine Akte auf einem Schreibtisch oder irgendein Fall, den es zu lösen gilt. Dieses Mädchen hat einen Namen. Sie heißt Aprile. Sie liebt Sonnenblumen und hat bestimmt auch eine Lieblingspuppe. Wollen Sie Aprile wirklich finden, Commissario Piovani?«

Piovani musterte sie einen Augenblick schweigend. »Ich will sie finden, ich will es mehr als alles andere«, sagte er schließlich, in bemüht ruhigem Ton. »Darum kann ich solche wandelnden Tretminen wie Sie nicht gebrauchen. Es ist alles unter Kontrolle. Und ich versichere Ihnen, ich habe gute Gründe dafür anzunehmen, dass Carlo Gualtieri der Schuldige ist.«

»Und was sind das für Gründe?«

»Darüber bin ich Ihnen keine Rechenschaft schuldig. Jedenfalls haben wir keine Spur außer Acht gelassen.«

»Ich habe die Leiche Rossella Gualtieris gesehen! Ich habe gesehen, wie der Killer sich an ihr vergangen hat. Die Nägel im Fleisch und in den Augen. Carlo Gualtieri liebte seine Frau. Er hätte ihr niemals ... so etwas antun können.«

Piovani sah sie eindringlich an. »Gehen Sie nach Hause, Scalviati.«

»Reden Sie nicht in diesem herablassenden Tonfall mit mir!«, knurrte Aurora.

Der Commissario schüttelte den Kopf. »Jemand muss Sie vor sich selbst schützen.«

Aurora setzte zu einer Antwort an, doch Bruno fasste sie am Arm und drückte ihn leicht, in der Hoffnung, sie damit zu beruhigen.

Sie machte sich energisch los. »Lass mich.«

»Ich werde keine weiteren Regelverstöße dulden«, sagte Piovani. »Ich möchte nichts mehr von Privatermittlungen hören, ich werde keine weitere Einmischung in die Arbeit der Ermittler durchgehen lassen. Das ist alles.« Dann wandte er sich an Bruno. »Was dich betrifft, Colasanti, will ich darüber hinwegsehen, dass du dich über meine Anweisungen hinweggesetzt und Scalviati an den Tatort gelassen hast, aber von jetzt an hältst du dich von ihr fern. Das ist eine Dienstanweisung.«

»In Ordnung«, antwortete Bruno widerstrebend.

»Gut. Ich erwarte dich in meinem Büro. Wir haben eine Pressekonferenz vorzubereiten.« Er verschwand hinter seiner Tür.

Bevor er dem Commissario folgte, trat Bruno zu Aurora. Er wollte ihre schmalen Schultern berühren, um ihr Halt zu geben, aber mitten in der Bewegung hielt er inne und schüttelte nur den Kopf. »Tut mir leid«, sagte er.

Aurora starrte ins Leere und begann, an dem Ring zu spielen, den sie am Daumen trug

»Ich weiß nicht, was dich quält, Aurora, aber du darfst nicht zulassen, dass es dich überwältigt«, fügte er hinzu.

»So ein Quatsch«, sagte sie.

Bruno lächelte schief. »Wie du meinst ... Jetzt entschuldige mich bitte, ich muss leider gehen.«

Aurora biss sich auf die Unterlippe. »Warte«, sagte sie mit kaum hörbarer Stimme. »Ich bitte dich ungerne darum, aber ... ich brauche deine Hilfe, um den Weg Carlo Gualtieris während seiner Nachtschicht zu überprüfen.«

Bruno hob leicht eine Schulter. »Du hast Piovani selbst gehört ... das kann ich nicht machen.«

»Aber ich kenne mich hier nicht aus! Ich würde einen ganzen Tag dafür brauchen, alle Adressen auf der Liste zu überprüfen, und so viel Zeit haben wir nicht.«

»Das ist nur eine Vermutung, Aurora.«

»Aber das ist es doch, was wir Ermittler tun! Wir stellen Vermutungen auf und versuchen dann, sie zu bestätigen ... oder zu widerlegen.«

»Und wenn Piovani Recht hat? Wenn du dich tatsächlich von deiner Vergangenheit beeinflussen lässt?«

»Was weißt du schon von meinen Problemen oder von meinem Leben? Du beschränkst dich darauf, mich zu beobachten und zu verurteilen, so wie alle anderen. Das tun alle, früher oder später. Aber es ist nicht so, dass ich Gespenster sehe, dass ich mir alles zu Herzen nehme. Die Welt ist nun einmal grausam.«

»Wir sind hier nicht in einer Metropole«, antwortete Bruno. »Hier lauern keine Monster in den Schatten. Das ist die Emilia Romagna. Die Menschen hier sind strebsam und friedlich. Vielleicht ist das Verbrechen Carlo Gualtieris nur die extreme Tat eines verzweifelten Mannes.«

»Die Emilia Romagna ist auch nicht anders als der Rest der Welt«, antwortete sie. »Es gibt gute und schlechte Menschen. Und wenn etwas Schlimmes geschieht, sind wir es, die im Müll wühlen.«

»Dann gib nicht auf«, antwortete Bruno. »Aber ich kann dir nicht mehr helfen.« Es folgte eine Pause, in der der Rhythmus ihres Atems klang wie das gleichmäßige Ticken einer Uhr. »Wie du gesagt hast, bin ich jemand, der Dienstanweisungen befolgt«, schloss er, bevor er sich umwandte und das Büro des Commissario betrat.

# 18

»Das war's wohl«, murmelte Aurora bitter vor sich hin, den Blick auf das Schild des Bed and Breakfast »La Piccola Fattoria« gerichtet. Doch wie konnte sie sich geschlagen geben, in dem Wissen, dass die kleine Aprile Gefangene eines Kriminellen war?

Entschlossenen Schritts ging sie auf den Eingang zu. Die alte Wirtin lächelte sie an, als ihre Wege sich kreuzten, und Aurora antwortete ihr mit enttäuschter Miene.

»Alles in Ordnung?«, fragte die Frau.

Aurora nickte instinktiv, doch ihre mangelnde Überzeugung entging den forschenden Augen der Wirtin nicht.

»Es ist wegen dem Mädchen, das entführt wurde, oder?«

Aurora biss sich auf die Unterlippe und zwang sich, ihren Gesichtsausdruck zu kontrollieren. Sie wollte nicht unsicher wirken. Sie war schließlich Polizistin, gehörte also zu denen, die die kleine Aprile retten sollten, anstatt Angst um sie zu haben. Angst vor dem, was mit ihr geschehen würde, was mit ihr gemacht werden würde. Als sie in der vergangenen Nacht der Besitzerin eröffnet hatte, dass sie Polizeibeamtin war, hatte die Frau irgendwie erleichtert gewirkt. Vielleicht war sie sogar stolz, eine

Polizistin als Gast zu haben. Sie setzte Vertrauen in sie und ihre Fähigkeiten. Und jetzt konnte Aurora es sich nicht leisten, Schwäche zu zeigen.

»Ich bin eben ... die Neue. Ich fürchte nur, nicht genug tun zu können.«

Die Alte musterte sie mit schlauem Blick. »Man sieht, dass Sie klug sind. Ich bin sicher, Sie tun, was Sie können, um sie zu finden.«

Aurora schwieg einen langen Augenblick nachdenklich. »Das schon«, sagte sie dann. »Aber manchmal ist das, was man kann, eben nicht genug.«

Die Alte war einen Augenblick verblüfft, dann lächelte sie herzlich und wandte sich wieder ihrer Beschäftigung zu.

Aurora blieb stehen und beobachtete sie. Sie fragte sich, ob sie unhöflich gewesen war. Vielleicht hatte Bruno Recht. Sie ließ sich von ihren Gefühlen überwältigen.

Sie ging die Treppe hinauf und betrat ihr Zimmer.

Der Rollkoffer stand unberührt in der Ecke, als warte er auf etwas. Was von ihrer Vergangenheit geblieben war, befand sich alles darin. Doch das Gepäck, das Aurora in ihrem Inneren mit sich herumtrug, war weitaus sperriger. Die Zeit der Gewohnheiten, der Sicherheiten war vorbei. Und jetzt war auch kein Platz mehr für Nostalgie: Das alles war von den Ereignissen in dem alten Schlachthaus fortgespült worden, in einer Nacht vor beinahe zwei Jahren. Es hatte sie ausgehöhlt, ausgelöscht. Und dafür gesorgt, dass ihr Leben sich mit Geheimnissen füllte.

Sie zog ein altes Buch mit zerknittertem Einband aus dem Koffer. Zerstreut las sie den Titel: *Vita di Maria Callas*. Dann legte sie das Buch auf den Nachttisch.

Sie legte ihre Unterwäsche ordentlich in die Schubladen. Nachdem sie ihre Blusen in den Schrank gehängt hatte, stellte sie überrascht fest, dass sie ihre Tabletten nicht finden konnte.

Ihre Schläfen begannen zu pulsieren; der Projektilsplitter in ihrem Kopf verlangte nach Aufmerksamkeit. Es fiel ihr schwer, ihre Atmung zu kontrollieren. Für einige Augenblicke wurde ihr schwarz vor Augen. Aurora leerte ihre Kosmetiktasche aus, wühlte in den Taschen der noch zusammengelegten Jacketts und Hosen, doch ohne Erfolg.

Dann kam blitzartig die Erinnerung zurück: Die Tüte mit den Tabletten und den gefälschten Rezepten von Professor Mascarelli war in ihrer Turiner Wohnung liegen geblieben, gut sichtbar auf der Kommode am Eingang, wo man sie unmöglich vergessen konnte. Und doch war genau das passiert.

Die heimlichen EKT-Sitzungen hatten zunächst dazu beigetragen, ihre Stimmungsschwankungen unter Kontrolle zu bringen und die Depression zu heilen. Doch dann war, zusammen mit der Nachricht von der Versetzung, der Rückfall gekommen. Aurora hatte gerade erst wieder mit der medikamentösen Behandlung begonnen, und sie wusste, es würde Wochen dauern, bis sich erste Ergebnisse zeigten. Doch am Tag ihrer Abreise hatte sie lange gebraucht, alles zu erledigen, und war schließlich in aller Eile aus dem Haus gegangen. So war die Tüte liegen geblieben.

Aurora öffnete die Tablettendose, die sie um den Hals trug. Doch der Anblick bestätigte ihr nur, dass sie leer war.

Sie ging im Zimmer auf und ab und schimpfte sich selbst eine Idiotin. Mit einem Mal fühlte sie sich verloren und mutlos. Sie setzte sich auf das Bett und versuchte, die Tränen zurückzuhalten. Dann legte sie sich hin und hob den Blick zur Decke, wo ein feiner Riss im Putz wie eine Schlange Richtung Wand zu kriechen schien. Aurora betrachtete sie versunken, bis ihre Augen anfingen zu brennen und ihr Blick verschwamm. Sie blinzelte, um das Bild wieder klar zu sehen, doch ihr Geist war bereits woanders.

Mit einem Schlag befand sie sich nicht mehr in einem Bed and Breakfast in einer Stadt, die sie nicht kannte und die sie nicht haben wollte. Sie stand auf der Schwelle zu einem langen Flur, der von metallenen Säulen gesäumt wurde, die durch Rohre mit den Wänden verbunden waren.

Von der Decke hingen rostige Haken.

Seitlich gingen Kammern ab, in deren Mitte rechteckige Wannen standen.

Das alte Schlachthaus.

Aurora bewegte sich vorsichtig. In der rechten Hand hielt sie ihre Dienstwaffe, in der anderen die Taschenlampe, mit der sie sich einen Weg durch die Dunkelheit bahnte.

»Bleib immer in Bewegung. Wer stillsteht, wird zur Zielscheibe.«

Schritt für Schritt wichen ihre Gummistiefel den Pfützen aus, die sich durch Einsickerungen auf dem Zementboden gebildet hatten. Ihr Fuß stieß gegen etwas Festes, und beinahe wäre sie gestolpert. Sie richtete den Lichtkegel auf den Fußboden und sah, dass es sich um einen kleinen Haufen Schutt handelte. Als sie an die Decke leuchtete, sah sie, dass diese an mehreren Stellen eingestürzt war. Sie hoffte, ihr würde nicht ausgerechnet jetzt ein Ziegel auf den Kopf fallen oder einer der Balken, die abstützten, was noch vom Dach geblieben war. Etwas bewegte sich am Rand ihres Blickfeldes. Aurora zielte mit der Pistole darauf, und eine große Ratte verschwand in einem Spalt in der Wand. Dieser seit Jahrzehnten verlassene Ort war zu einer Rattenhöhle und in der kalten Jahreszeit zu einem Unterschlupf für Tauben geworden.

Plötzlich begannen die Schreie. Das Echo einer Frauenstimme drang durch die Luft. Ein Klagen, das aus allen Richtungen gleichzeitig zu kommen schien.

Dann geschah etwas Unerwartetes.

An einer der Wände tauchte eine Schrift auf, die aussah wie Blut.

Die Buchstaben erschienen einer nach dem anderen und bildeten schließlich einen Satz. Ein Detail, das nicht aus der Erinnerung an diese Nacht stammte und das nie zuvor in Auroras Alpträumen aufgetaucht war.

»Du wirst keinen Schaden tun.«

Aurora stützte sich auf die Ellenbogen und schnappte nach Luft, wie nach einer langen Apnoe.

In ihren Ohren hallten noch immer die Schreie, wurden jedoch zunehmend schwächer. Sie stellte sich vor, es wäre die kleine Aprile, die um Hilfe rief, die in der Po-Ebene herumirrte.

»Das ist nichts weiter als eine Illusion«, sagte sich Aurora und versuchte in die Realität zurückzukehren.

Sie lag noch immer auf dem Bett in ihrem Zimmer. Über ihr war eine Decke mit einem Riss im Putz. Um sie herum nichts als Schweigen.

Als es ihr endlich gelungen war, die Benommenheit abzuschütteln, zog sie so vorsichtig ihr Handy heraus, als handle es sich um Dynamit. Sie schaute auf die Uhr im Display. Die Zeit verging unaufhaltsam. Mit jeder Minute, die verstrich, näherte sich das Ultimatum des Killers.

Aurora holte tief Luft und zwang sich, die Bilder zu

vertreiben, die aus den geheimen Winkeln ihres Gehirns wieder aufgetaucht waren.

Sie klickte durch das Telefonbuch und suchte erneut Flavios Nummer. Diesmal wählte sie die Nummer, doch nach nur einem Klingeln legte sie wieder auf. Sie war überrascht, dass der Anschluss noch erreichbar war.

Sie dachte an all die Male, die sie sich vorgenommen hatte, diese Nummer aus dem Telefon zu löschen, doch was würde es nützen? Aurora wusste, dass es ihr niemals gelingen würde zu vergessen. Die Folgen jener Nacht waren in ihr Fleisch eingegraben wie ein Kugelsplitter.

»Gehen Sie duschen«, murmelte sie vor sich hin und fügte dann, die Schultern straffend, hinzu: »Leck mich.«

Sie stand auf. Sie suchte im Internet nach der Adresse des nächsten Elektronikgeschäftes, wo sie einen kabellosen Drucker, Wechselpatronen, ein Paket normales Druckerpapier und eines mit Fotopapier kaufte, dazu Post-its, einen roten Filzstift und Klebeband.

Zurück in ihrem Zimmer nahm sie die Bilder von der Wand, schob den Schreibtisch ans Fenster und stellte den Drucker darauf. Nachdem sie ihn so eingerichtet hatte, dass sich ihr Handy damit verbinden konnte, begann sie Abschnitt um Abschnitt den Stadtplan auszudrucken, den sie mit Klebeband an der Wand befestigte. Schließlich druckte sie das Foto, das sie von dem Kalender im Haus der Gualtieris gemacht hatte, und klebte es daneben.

Wahrscheinlich wäre die alte Wirtin nicht allzu begeistert über die Veränderungen, die Aurora in dem Zimmer vorgenommen hatte, doch vorerst brauchte sie nichts davon zu erfahren. Sie hatten vereinbart, dass Aurora sich selbst um das Putzen kümmerte und nach Wechselwäsche fragte, wenn sie welche brauchte.

»Aus Gründen der Vertraulichkeit«, hatte sie gesagt.

Aurora betrachtete einige Augenblicke das Kalenderblatt.

»Ein senkrechter Stab in der Mitte, mit tentakelartigen Auswüchsen am oberen und am unteren Ende, die sich zu den Seiten hin ausbreiteten.«

Aus ihrer Jackentasche holte sie die Liste der Inspektionen, die Di Blasi ihr gegeben hatte. Mithilfe des Navigationsgerätes auf ihrem Handy suchte sie die Adressen heraus und zeichnete sie mit dem Bleistift auf dem Stadtplan ein.

Als sie etwa bei der Hälfte angelangt war, klingelte ihr Telefon. Es war Bruno.

»Überwachst du mich?«, fragte Aurora beim Abheben.

»Sie haben Gualtieris Wagen gefunden«, kam die Antwort vom anderen Ende der Leitung.

Auroras Herz begann zu klopfen. »Wo?«

»Außerhalb der Stadt, etwa zwanzig Minuten entfernt, auf dem Deich des Cavo Napoleonico.«

»Und Aprile?«

»Bis jetzt keine Spur. Das Auto ist abgeschlossen, aber die Feuerwehr ist auf dem Weg, um den Kofferraum zu öffnen.«

»Sie werden alle Fingerabdrücke unbrauchbar machen.«

»Das Risiko ist groß, dass der Fundort kontaminiert wird, auch weil alle davon ausgehen, dass sich Gualtieri mit dem Mädchen ins Wasser gestürzt hat. Es wird eine Weile dauern, bis die Forensiker anrücken, weil die meisten noch im Haus der Gualtieris beschäftigt sind. Ich kann nicht an den Fundort fahren, ich muss mit Piovani zur Pressekonferenz. Von mir hast du es nicht, aber falls du durch Zufall in der Gegend wärst und einen Blick darauf werfen wolltest …«

»Schick mir die GPS-Koordinaten«, drängte Aurora. »Ich werde so schnell wie möglich hinfahren.«

»Das mache ich gerade.«

Es folgte ein Augenblick Schweigen. Dann sagte Aurora: »Eins noch, Bruno.«

Er wartete.

»Danke.«

# 19

Im Konferenzraum des Rathauses knisterte die Luft vor Spannung. Der Raum war voller Beamter, Journalisten und Fotografen, die miteinander ins Gespräch vertieft waren. Ermittlungsrichter Giuseppe Torrese war ein Mann mit eingefallenen Wangen und schneidendem Blick. Er hatte einen dichten Bart, durch den er sich jedes Mal strich, wenn er nachdachte. Als er eskortiert von zwei Polizisten den Raum betrat, verstummten alle schlagartig.

Als er am Rednerpult Platz genommen hatte, gesellte sich der Bürgermeister zu ihm, ein Mann mit großen, breiten Händen und einem Toupet. Er trug einen glänzenden grauen Anzug, der ihm mindestens eine Größe zu eng war.

Einige Augenblicke später betrat Kommissar Piovani den Raum, dicht gefolgt von Bruno, der sich auf einen Platz in der letzten Reihe setzte.

Nachdem er auf der Bühne Platz genommen hatte, wechselte Piovani leise einige Worte mit dem Staatsanwalt. Der Bürgermeister hatte indes begonnen, in das Mikrofon zu sprechen.

»Ich danke Ihnen, dass Sie trotz der knappen Ankündigung so zahlreich erschienen sind«, sagte er. »Wie Sie inzwischen sicher alle wissen, ist am Rand unserer Stadt letzte Nacht ein schreckliches Verbrechen geschehen. Eine breit angelegte Suchaktion ist im Gange, um Carlo Gualtieri und seine Tochter Aprile zu finden, die seit 22 Uhr gestern Abend vermisst werden. Wir lassen keine unserer Ressourcen ungenutzt, vor allem um das Mädchen zu finden. Es handelt sich meines Wissens um den größten Polizeieinsatz aller Zeiten hier in der Po-Ebene, der ermöglicht wurde dank der von Ermittlungsrichter Giuseppe Torrese eingesetzten Sonderkommission verschiedener Einsatzkräfte. Ich möchte die Gelegenheit nutzen, mich auch bei allen Freiwilligen zu bedanken, die sich den Ordnungskräften und der Katastrophenhilfe angeschlossen haben und ohne deren Mithilfe wir nicht vorankämen.« Der Bürgermeister machte eine Pause, und im Zuschauerraum erhob sich nach einem Augenblick des Zögerns kurzer Applaus. »Wie Sie alle verstehen werden, ist es meine Pflicht, Sie darauf hinzuweisen, dass diese Pressekonferenz wegen der ernsten Lage nur kurz sein kann, um Sie alle auf den neuesten Stand der Ermittlungen zu bringen.«

Im Zuschauerraum erhob sich ein Flüstern, das sofort aufhörte, als Richter Torrese das Wort ergriff.

»Vor wenigen Minuten haben die Ermittlungen die Wende genommen, die wir uns erhofften. Auf dem Deich des Cavo Napoleonico wurde Carlo Gualtieris Wagen gefunden, den er vermutlich für die Entführung des Mädchens benutzt hat«, verkündete er. »Ich bin sicher, dass wir der Justiz innerhalb weniger Stunden Beweise vorlegen können.«

»Ziehen Sie noch andere Täter als Carlo Gualtieri in Betracht?«, fragte eine Frau aus dem Publikum.

Der Richter schüttelte den Kopf. »Im Augenblick ist er der Hauptverdächtige für den Mord an seiner Frau und die Entführung der Tochter. Die Kollegen von der UACV, der Spezialeinheit für Gewaltverbrechen, sind noch bei der Arbeit, aber es gibt Indizien, die ihn stark belasten. Natürlich lassen wir keine Hypothese außer Acht, bis wir ihn nicht vernommen haben.«

»Gualtieris Wagen wurde auf dem Deich eines Kanals gefunden, der in den Po mündet. Wie groß sind die Chancen, das Mädchen lebend zu finden?«

»Gut, denke ich«, sagte Torrese. »Soweit mir berichtet wurde, gibt es keine Anzeichen dafür, dass Gualtieri ins Wasser gesprungen ist, und erst recht nicht mit dem Mädchen.«

»Das müssen sie sagen, oder?«, flüsterte der Typ neben Bruno ihm zu. »Ja«, gab der zu.

»Und wir beschränken uns darauf zu schreiben, was sie uns vorsetzen. Die Leute lieben Hoffnung, selbst wenn sie völlig grundlos ist.«

Bruno betrachtete ihn mit einer Mischung aus Misstrauen und Entgegenkommen. Es handelte sich um einen jungen Mann Mitte zwanzig, mit seitlich abrasierten Haaren und einem Piercing in der Nase. »Für wen schreibst du? Ich habe dich hier noch nie gesehen.«

»Ich arbeite für die Online-Redaktionen von mindestens fünf Zeitungen, aber ich komme kaum aus dem Haus«, antwortete der junge Mann. »Das ist das Prekariat des Internetzeitalters«, fügte er theatralisch hinzu, gestikulierend wie ein Taschenspieler nach seinem besten Trick.

Bruno lächelte schief und blickte wieder nach vorn. Während er sich fragte, was wohl einen jungen Mann wie diesen, der gerade erst von der Uni kam, dermaßen zum Zyniker hatte werden lassen, sah er über den Köpfen am anderen Ende des Saals eine Hand auftauchen, die im Ärmel eines hellen Regenmantels steckte. Als er bemerkte, dass es sich um Longhi handelte, zuckte er leicht zusammen.

Nachdem Longhi das Wort erteilt worden war, räusperte er sich. »Dottor Torrese, ich bin sicher, Ihre SoKo kann mit hochkarätigen Beamten aufwarten. Wie erklären Sie also, dass eine junge Ermittlerin, die nach einer langen Beurlaubung wegen einer psychischen Krankheit gerade erst in den Dienst zurückgekehrt ist, an den Ermittlungen beteiligt wird?«

Torrese wirkte ein wenig verwirrt, tauschte einen schnellen Blick mit Piovani und antwortete dann: »Entschuldigung, ich verstehe nicht ganz. Von wem sprechen Sie?«

Longhi straffte die Schultern. »Vielleicht sollten Sie sich besser informieren, bevor Sie Ihre Mitarbeiter auswählen.«

»Longhi, lass den Unsinn«, fuhr ihm Piovani barsch über den Mund. »Die Person, die du meinst, nimmt nicht an den Ermittlungen teil.«

Longhi suchte in der Menge nach Brunos Gesicht. Als er seinen Blick fand, breitete sich auf seinem Gesicht ein zufriedenes Lächeln aus.

Bruno ballte die Fäuste und bemühte sich, Ruhe zu bewahren. Er gab es ungern zu, aber dieser Mann schaffte es, ihn zur Weißglut zu treiben. Und das nicht wegen seiner anmaßenden Art oder weil er jeden von oben herab behandelte, als halte er sich für etwas Besseres. Was sie beide miteinander auszumachen hatten, lastete schwer auf ihm, so sehr sich Bruno auch bemühte, es zu ignorieren.

Nach der Pressekonferenz, während die Besucher zum Ausgang strömten, nahm Bruno Longhi zur Seite. »Wann hörst du endlich auf, den Clown zu spielen?«

Longhi antwortete nicht und beschränkte sich darauf, Brunos Blick zu erwidern.

»Du schleimige Kröte. Schämst du dich gar nicht für das, was du getan hast?«

»Wenigstens habe ich nichts zu verbergen«, zischte Longhi. »Was man von deiner kleinen Freundin nicht behaupten kann.«

Bevor er zu einer Antwort ansetzen konnte, spürte Bruno, wie er am Arm gepackt wurde.

Es war Piovani. »Wir müssen reden«, sagte er.

# 20

Aurora steuerte auf Brunos Schreibtisch im Kommissariat zu.

»Ich komme gerade vom Fundort von Gualtieris Wagen«, sagte sie. Sie war euphorischer Stimmung, und es sprudelte nur so aus ihr heraus. »Vielleicht ist es noch etwas früh, das zu sagen, aber ich glaube, ich habe etwas gefunden.«

Bruno holte tief Luft. »Hör zu, Aurora, mir musst du nicht beweisen, wie gut du bist. Ich bin hier das kleinste Rädchen im Getriebe.«

»Ich versuche ja gar nicht, etwas zu beweisen«, antwortete sie verärgert. »Du hast mir eine Chance gegeben, und ich habe versucht, sie zu nutzen. Ich wollte die Informationen mit dir teilen, mehr nicht.«

»Lass es gut sein«, unterbrach sie Bruno. »Du schuldest mir nichts.«

Nervös strich Aurora eine Haarsträhne hinters Ohr. »Alles in Ordnung?«

»Sie haben mich von dem Fall abgezogen«, lautete die Antwort. »Wenigstens formal.«

»Wie bitte?«, platzte Aurora heraus.

»Piovani ist außer sich«, sagte Bruno. »Er hat erfahren,

dass ich dich über den Fund des Wagens informiert habe.«

Aurora verschränkte die Arme vor der Brust.

»Ist das alles?«

Bruno blickte sich schnell um, dann konzentrierte er sich wieder auf den Computer. Nachdem er etwas getippt hatte, sagte er: »Während der Pressekonferenz hat Longhi Anspielungen auf deine Vergangenheit gemacht.«

Aurora ballte die Fäuste. Piovani hatte sie gewarnt, dass es nur eine Frage der Zeit wäre, bis ihre Akte an die Öffentlichkeit gelangte, doch sie hatte nicht erwartet, dass es so bald geschehen würde.

»Dieser Bastard«, presste sie zwischen den Zähnen hervor.

»Jetzt entschuldige mich bitte, ich muss arbeiten. Ich ordne gerade die Notizen, um etwas Sinn in die Zeugenaussagen zu bringen.«

»Hatten sie dich nicht vom Fall abgezogen?«

»Formal ja.«

»Dann definiere bitte ›formal‹.«

»Ich werde hinter diesem Schreibtisch Spinnweben ansetzen, bis Piovani mich wieder braucht.«

»Ich rede mit ihm«, sagte Aurora.

Bruno legte seine Hand auf ihre. »Lieber nicht. Er ist schon ziemlich sauer.«

»Scheiße«, zischte Aurora.

Sie verließ das Kommissariat und setzte sich vor den Eingang.

Wenige Augenblicke später gesellte sich Bruno zu ihr.

Aurora zwang sich, ihn zu ignorieren. Sie war enttäuscht, doch sie hatte nicht vergessen, dass gerade Bruno der Einzige gewesen war, der Vertrauen in sie gesetzt hatte. Zum wiederholten Mal fragte sie sich, ob sie ihm vertrauen konnte.

Bruno zündete sich eine Zigarette an und nahm einen kräftigen Zug.

Aurora schaute ihn streng an. »Wolltest du nicht aufhören?«

Bruno lächelte schief. »Das ist wirklich die Letzte.«

Aurora sah auf die Uhr ihres Handydisplays. Sie hatte das Gefühl, als würde sich die Zeit beschleunigen, mit jeder Minute, die verging. Sie war sicher, dass das Unsub eine Seite vom Kalender gerissen hatte, weil das die Zeit war, die er ihnen geben würde, um Aprile zu finden: vierundzwanzig Stunden.

Das Ende des Ultimatums rückte immer näher.

»Warum hast du mir das mit Gualtieris Wagen gesagt?«, fragte sie nach einigem Zögern.

»Weil ich überzeugt bin, dass Piovani sich in dir irrt«, antwortete Bruno. »Du bist eine gute Polizistin.«

»Und warum fühle ich mich dann so machtlos?«

»Es ist nicht deine Schuld, wenn Piovani glaubt, du hättest eine etwas zu lebendige Phantasie.«

»Ich würde so gerne etwas tun, um das Mädchen zu retten … ich spüre, dass diese Skizze auf dem Kalenderblatt der Schlüssel zu allem ist, aber ich habe keine Idee, wo ich mit der Suche beginnen soll.«

»Du tust dein Möglichstes.« Einen Moment lang schien es, als wolle Bruno noch etwas hinzufügen. Doch er sagte nichts mehr.

Auroras Blick verlor sich am Ende der Straße. An eine Mauer hatte jemand einen Schriftzug gesprayt. Es war nichts weiter als eine pubertäre Liebeserklärung, doch in Gedanken war sie wieder am Tatort.

»Du wirst keinen Schaden tun.«

Dieser Satz prangte vor ihr, als stünde er auf jede Mauer der Stadt geschrieben.

Aurora schüttelte den Kopf und vergrub das Gesicht in den Händen.

»Willst du mir noch erzählen, was du entdeckt hast?«, fragte Bruno.

»Nein«, antwortete sie.

Es vergingen einige Sekunden, ohne dass einer von ihnen etwas sagte. Dann brach Bruno das Schweigen. »Es tut mir leid, wie ich mich vorhin verhalten habe. Aber Piovani hat mir auch ganz schön den Kopf gewaschen. Seit Rossella umgebracht wurde, ist er unausstehlich, ich erkenne ihn kaum wieder. Es ist, als fresse ihn etwas von innen heraus auf.«

»Lass gut sein. Du solltest lieber gar nicht mehr mit mir reden.«

Bruno warf die Zigarette in einen Gully. »Weißt du, ich fühle mich verantwortlich für das, was in der Pressekonferenz geschehen ist. Dass Longhi dich ins Visier genommen hat, liegt nur daran, dass er dich mit mir gesehen hat.«

»Meine Mutter hat mich schon immer vor schlechter Gesellschaft gewarnt«, scherzte Aurora.

»Das hat mein Oberleutnant im Irak auch immer gesagt.«

»Du siehst nicht aus wie jemand, der auf gute Ratschläge hört.«

»Du auch nicht«, sagte Bruno und warf ihr einen langen Blick zu.

Eine leichte Röte überzog Auroras Gesicht.

»Gehen wir ein Stück?«, schlug Bruno vor. Schweigend

wanderten die beiden durch die Straßen der Stadt. Sie gingen unter einem mittelalterlichen Torbogen hindurch und gelangten auf die von Säulengängen umgebene Piazza vor der imposanten Marmorfassade des Doms. Zwei Steinadler, die auf Sockeln den Eingang flankierten, wirkten wie stumme Wächter.

Aurora setzte sich auf die Treppenstufen. »Ich habe einen Blick auf Gualtieris Wagen geworfen«, sagte sie.

Bruno lächelte schief. »Und …?«

»Es ist komisch … seit du mir gesagt hast, dass der Wagen gefunden wurde, habe ich erwartet, im Kofferraum seine Leiche zu finden.«

»Das würde Sinn ergeben«, sagte Bruno. »Wenn Carlo Gualtieri wirklich während seiner Schicht angegriffen wurde, wäre es ein guter Weg gewesen, seine Leiche im Kofferraum zu verstecken und sie aus der Stadt zu schaffen, um Zeit zu gewinnen und eine Flucht vorzubereiten.«

»Ja, aber im Kofferraum war keine Leiche. Dann habe ich überlegt, dass das aber nicht bedeutet, dass sie auch nie dort gewesen ist. Der Killer hätte sie hineinlegen und später in den Fluss werfen können. Nachts, bei diesem Nebel, hätte er vollkommen ungestört agieren können, fernab aller neugierigen Blicke.«

»Immer vorausgesetzt, Gualtieri ist nicht freiwillig ins Wasser gegangen«, wandte Bruno ein.

Aurora kräuselte die Lippen. »In diesem Fall hätten wir seine Fußabdrücke am Ufer finden müssen und vielleicht auch Spuren des Mädchens«, sagte sie. »Der Boden ist schlammig durch den dichten Nebel gestern Nacht, Gualtieri hätte das Mädchen nicht zum Wasser schleifen können, ohne jede Menge Spuren zu hinterlassen. Wenn Aprile wirklich gesehen hätte, wie ihr Vater die Mutter überfiel, hätte sie versucht zu fliehen, hätte sich gewehrt, gekämpft.«

»Gualtieri könnte sie betäubt haben.«

»Das passt nicht ins Profil eines Killers, der die eigene Ehefrau in einem Wutanfall umbringt«, erklärte Aurora. »Genauso wenig wie alles Übrige, davon abgesehen.«

»Also?«

»Es gab verschiedene Fußabdrücke auf dem Deich, aber am Fundort waren auch ziemlich viele Schaulustige unterwegs. Und da sich die Spurensicherung Zeit ließ, habe ich mich darum gekümmert, sie zu fotografieren und zu vermessen. Dann habe ich dasselbe mit den Schuhsohlen aller Anwesenden getan.«

Bruno lächelte ungläubig. »Was ... hast du gemacht?«

»Jemand musste sich darum kümmern«, antwortete Aurora. »Ich habe alle gebeten, sich hintereinander aufzustellen, und dann habe ich der Reihe nach alle Sohlen fotografiert und ausgemessen. Das wird uns nützlich sein, um sie mit denen zu vergleichen, die ich auf dem Deich gefunden habe.«

»Jetzt verstehe ich, warum Piovani so fuchsteufelswild war«, grinste Bruno.

»Es lief alles glatt, nur dass mich ein Maresciallo der Carabinieri beinahe von seinen Männern abführen ließ. Als die Spurensicherung kam, habe ich ihnen das ganze Material übergeben, das ich gesammelt hatte, einschließlich der Erdkrümel aus dem Kofferraum, die von Gualtieris Schuhen stammen könnten.« Ein kalter Schauer durchlief Auroras Körper, und sie hüllte sich fester in ihren leichten Mantel. »Da kam auf einmal ein Bauer zu mir, der in der Nähe des Deiches wohnt«, fuhr sie fort. »Er sagte mir, dass gestern früh mehrmals ein grauer Pick-up bei ihm vorbeigefahren sei. Es ist keine sehr befahrene Straße, und die Sache kam ihm komisch vor, auch weil er den Wagen noch nie gesehen hatte. Er ist sicher, dass er keinem seiner Nachbarn gehört.«

»Ein grauer Pick-up, ja?«, sagte Bruno langsam. »Wenn das alles ist, was wir haben, wird es schwierig, den im Kraftfahrzeugregister zu finden ...«

Aurora hob den Blick. Der Himmel war farblos. Die Sonne schien verschwunden, versteckt hinter dem Nebel. »Vielleicht hat Piovani Recht ...«, murmelte sie und strich sich die rebellische Haarsträhne hinter das Ohr. »Vielleicht beharre ich nur darauf, die Dinge auf meine Art zu sehen, auch wenn alles eigentlich nur zu offensichtlich ist.«

Bruno betrachtete die Narbe. Er wusste von dem Schusswechsel, bei dem Aurora verletzt worden war. Er wusste von den Anschuldigungen, gegen die sie sich hatte zur Wehr setzen müssen. Seitdem ihre Versetzung bekannt geworden war, gab es im Kommissariat kein anderes Thema.

»Ich würde gerne deine Version der Geschichte hören«, sagte er, »von der Schießerei, meine ich.«

Aurora warf ihm einen Seitenblick zu. »Du machst Witze, oder?«

»Ich kenne dich erst seit kurzem, aber es kommt mir absurd vor, dass ausgerechnet dir ein Prozess wegen Fahrlässigkeit im Dienst gemacht wurde.«

Aurora schüttelte den Kopf. »Ich würde lieber nicht darüber reden.«

»Wie du willst«, antwortete Bruno. Dann warf er einen Blick auf seine Armbanduhr. »Die Mittagszeit ist zwar schon seit einer Weile vorbei, aber würdest du trotzdem was mit mir essen gehen?«

Erst jetzt bemerkte Aurora, dass ihr Magen knurrte. Trotzdem schlug sie Brunos Einladung aus. »Ich möchte lieber nach Hause«, sagte sie. »Ich muss mich umziehen.«

Die beiden trennten sich, und auf dem ganzen Weg versuchte Aurora den Gedanken beiseitezuschieben, dass die Stunden unaufhörlich verrannen.

Bei einem japanischen Imbiss, der von einer chinesischen Familie betrieben wurde, kaufte sie Tempura und eine kleine Flasche Wasser.

Zurück in ihrem Zimmer zog sie sich aus, und während die Wanne vollllief, nahm sie schnell einige Bissen von dem frittierten Gemüse und trank das Wasser aus. Dann öffnete sie die Musik-App auf dem Telefon und startete ihre Lieblingsplaylist.

Sie prüfte die Wassertemperatur mit der Fußspitze und ließ sich dann vollständig hineinleiten; sie tauchte wieder aus dem Wasser auf, während Leonard Cohen sie mit seinem *Going home* umfing. Aurora ließ sich zurücksinken und schloss die Augen.

»*Going home without my sorrow, going home maybe tomorrow.*«

Leise vor sich hin singend fragte sie sich, ob sie wirklich jemals nach Hause zurückkehren würde oder ob sie sich für immer, hier oder anderswo, mit einem Hotelzimmer würde begnügen müssen. Am liebsten hätte sie ihren Kopf ausgeschaltet, doch das gelang ihr nicht.

Rossella Gualtieri ging ihr nicht aus dem Kopf. Bevor ihr Tod zum Gegenstand der Ermittlungen geworden war, war sie ein Mensch gewesen, mit einem eigenen Bündel an Erfahrungen und Erwartungen. Sie war eine Mutter gewesen.

Für Aurora hatte die Vorstellung, Mutter zu werden,

lange Zeit mit ihren persönlichen Erfahrungen kollidiert. Zu Studienzeiten war ihre beste Freundin – und ehrlich gesagt auch die einzige – Cecilia gewesen, ein Mädchen, dessen Familie wegen der Arbeit aus Maratea in die Stadt gezogen war. Sie war ihre Zimmergenossin im Studentenwohnheim gewesen, ein sonniges, vor Tatkraft sprühendes Gemüt, immer offen für neue Freundschaften. Für Aurora war es normal, ganze Nächte über den Büchern zu verbringen, um ihre Prüfungen vorzubereiten, während Cecilia lieber mit Freunden ausging oder an den »Murazzi« einen Aperitif trank.

Eines Morgens im Februar, sie erinnerte sich noch gut, denn die Prüfungen waren in vollem Gange, hatte Aurora beim Aufwachen bemerkt, dass ihre Zimmergenossin weinte.

Cecilia war schwanger und wusste nicht, was sie tun sollte. Ihr Freund hatte erklärt, er werde seinen Teil der Verantwortung übernehmen, doch sie war noch nicht so weit.

Aurora hatte einen leidenschaftlichen Vortrag gehalten, um ihr Mut zuzusprechen. Sie hatte gesagt, dass das Kind, das da in ihr wuchs, wie eine Blüte sei, die bereit war aufzugehen, dass es neue Farben und Freude in ihre Welt bringen würde, dass sie mithilfe der Menschen, die sie gerne hatten, ihr Studium würde beenden können und dass sie bald in ihrer neuen Wohnung Dutzende Feste feiern würde, zu denen sie alle Freunde einladen könne.

Cecilia hatte genickt, hatte sich mit dem Ärmel ihres Flanellschlafanzuges die Tränen abgewischt und Aurora fest umarmt. Einen Tag später jedoch war sie plötzlich ausgezogen.

Aurora wusste jahrelang nicht, was mit ihr geschehen

war, bis eines Tages einige Kollegen vom Drogendezernat – damals war sie bereits beim Mobilen Einsatzkommando – Festnahmen in einem besetzten Kulturzentrum durchführten und sie plötzlich ihrer Exmitbewohnerin gegenüberstand.

Sie hatte sie an ihren hellen, runden Augen wiedererkannt, dem einzigen Teil ihres Gesichts, der nicht an Leuchtkraft verloren hatte; der Rest an ihr wirkte deutlich gealtert. Damals hatte Cecilia ihr erzählt, dass sie das Kind habe behalten wollen, ihre Mutter sie jedoch zur Abtreibung überredet hatte. Sie war der Meinung, Cecilia wäre nicht fähig, sich um das Kind zu kümmern. Die Sache hatte sie so sehr mitgenommen, dass sie schließlich Zuflucht im Heroin suchte.

Die Droge hatte ihr Leben zerstört, bis Cecilia sich einer Punk-Band anschloss, die durch die europäischen Hauptstädte tourte, von einem besetzten Haus zum nächsten. In diesen Jahren hatte sie immer die Hoffnung gehegt, früher oder später nach Hause zurückzukehren, nach Maratea, vielleicht die alten Kindheitsfreunde wiederzutreffen und von vorn anzufangen.

Cecilia und Rossella waren zwei Mütter, denen man die Kinder genommen hatte, wenn auch auf unterschiedliche Weise. Für Cecilia hatte das Trauma alle Farben ausgelöscht, wohingegen das, was Rossella geschehen war, ihr Haus blutrot färbte.

Aurora schüttelte die Gedanken ab. Sie wurde das Gefühl nicht los, dass die Zeit stetig verrann, sie spürte es wie ein ständiges Kribbeln auf der Haut. Das Ende des Ultimatums rückte unaufhaltsam näher.

Sie stieg eilig aus der Wanne. Aus dem Kleiderberg auf dem Bett zog sie ihren schwarzen Seidenkimono mit dem

Blumenmuster am Rücken und schlüpfte hinein. Dann griff sie nach ihrem Handy und öffnete den Bilderordner.

Über die drahtlose Verbindung schickte sie die Fotos der Fußabdrücke, die sie auf dem Deich gemacht hatte, an den Drucker. Die Ausdrucke hängte sie an die Wand und begann, sie mit den Bildern der Schuhsohlen aller Anwesenden am Fundort zu vergleichen. Jedes Mal, wenn sie eine Übereinstimmung feststellte, klebte sie das Foto daneben, bis ein einziger Abdruck an der Wand übrig blieb.

Sie trat näher, um ihn genauer zu betrachten. An der Länge des Abdrucks wurde deutlich, dass es sich um einen Männerschuh handelte. Sie studierte das Profil der Sohle, es wirkte wie ein relativ gewöhnliches Schuhmodell. Die Besonderheit des Abdruckes lag darin, dass der äußere Rand ausgefranst war, so als ziehe derjenige, der ihn hinterlassen hatte, ein Bein nach. Der Abdruck war tiefer als alle anderen, und das konnte zwei Dinge bedeuten: dass die Person, die ihn hinterlassen hatte, übergewichtig war oder aber dass sie etwas Schweres transportierte.

»Zum Beispiel ein Mädchen«, dachte Aurora.

Es klopfte an der Tür. Aurora zuckte zusammen.

Vorsichtig näherte sie sich der Tür und fragte: »Wer ist da?«

»Bruno.«

Aurora öffnete und sah das erhitzte Gesicht ihres Kollegen vor sich.

Er atmete schwer, anscheinend war er im Laufschritt zu ihr geeilt.

»Ich glaube, ich weiß jetzt, wohin sie Aprile gebracht haben.«

# 21

»Ich war im Café ›Novecento‹ etwas essen«, sagte Bruno. »Du hast es ja gesehen, es ist wie eine kleine Fotogalerie der Gegend. Während ich auf den Kellner wartete, fiel mein Blick auf die Fotos an der Wand. Und eins davon hat mich stutzig gemacht. Das von der alten Eisenbahnbrücke über den Cavo Napoleonico.«

Aurora hielt das Lenkrad ihres Wagens umklammert wie eine Rennfahrerin. Sie wandte den Blick von der Straße ab, um zu ihrem Kollegen hinüberzusehen. »Ich habe keine Brücke gesehen.«

»Sie ist einige Kilometer weiter südlich vom Fundort des Wagens. Der Eisenbahnstrang ist inzwischen stillgelegt, doch bis Ende der Sechzigerjahre wurden noch Güter darauf transportiert.«

»Und wie hängt das mit Apriles Verschwinden zusammen?«

»Als ich das Foto sah, fiel mir ein, was die Skizze auf dem Kalenderblatt bedeuten könnte.«

»Was denn?«

»Hinter der Brücke liegt eine große Brache. In der Mitte steht eine jahrhundertealte Ulme. Zu dieser Jahreszeit ragen ihre Äste nach oben wie lange, dürre Arme. Die

Wurzeln sind teilweise freigelegt durch die Regengüsse, die das Erdreich in den letzten Jahren fortgeschwemmt haben.«

»Ein senkrechter Stab in der Mitte, mit tentakelartigen Auswüchsen am oberen und am unteren Ende, die sich zu den Seiten hin ausbreiteten.«

»Ein Baum ... natürlich!«, rief Aurora. »Der Killer hat den Stamm und die Äste der alten Ulme gezeichnet!«

»In der Nähe des großen Baumes, neben einem stillgelegten Eisenbahnstrang, steht ein alter rostiger Güterwaggon«, fuhr Bruno fort. »Er steht da in der Landschaft, als habe er nie woanders gestanden. Er wurde nie von dort weggebracht, wahrscheinlich weil ein Teil der Gleise, auf denen er steht, in die Erde eingesunken ist. Darin könnte Aprile gefangen gehalten werden.«

Aurora trat das Gaspedal durch. Die Reifen gruben sich in den Asphalt wie die Fänge eines Raubtiers in seine Beute. Als sie die alte Eisenbahnbrücke in der Ferne auftauchen sah, malte der Sonnenuntergang bereits einen violetten Schimmer auf die umliegenden Felder.

Das Herz klopfte ihr bis zum Hals. Bis jetzt hatte sie all ihre Energie darauf verwendet, einen Hinweis zu finden, eine Spur, die sie zu dem Ort führte, an den das Mädchen gebracht worden war, doch erst jetzt, als sie spürte, nur noch einen Schritt von der kleinen Aprile entfernt zu sein, bekam sie Angst, was ihr an Schlimmem angetan sein könnte. Wie würde sie sich verhalten, wenn sie nur noch ihre Leiche fanden? Wie würde sie reagieren, wenn sie feststellten, dass sie missbraucht worden war?

Wenn sie daran dachte, dass sie kurz zuvor nur einige Kilometer entfernt von dem Ort gestanden hatte. Aurora dachte, dass sie, wenn Bruno sich nicht irrte, vielleicht sogar so nahe gewesen war, dass sie die Hilfeschreie der Kleinen hätte hören können, in der windstillen Luft der Tiefebene.

Was Aurora vor beinahe zwei Jahren in das alte Schlachthaus geführt hatte, war ebenfalls der Versuch gewesen, ein kleines Mädchen zu retten. Wenn sie daran zurückdachte, schien es ihr, als wäre es in einem anderen, längst vergangenen Leben geschehen. Und vielleicht war es tatsächlich so: An jenem Tag hatte sie ihr altes Leben zurückgelassen, als wäre der Gang im Schlachthaus ein stillgelegtes Eisenbahngleis. Doch Aprile lebte noch, sagte sie sich immer wieder.

Sie *musste* einfach noch am Leben sein.

Flavio dagegen ...

»Ich möchte, dass du mir eine Sache versprichst«, riss Bruno sie aus ihren Gedanken.

Aurora fuhr hoch. »Ich höre?«

»Es kann sein, dass wir in dem verlassenen Wagen niemanden finden.«

»Ich weiß«, antwortete sie.

»Das würde bedeuten, dass ich mich von deiner Theorie habe anstecken lassen und dass es keinen Mörder gibt, der versucht, mithilfe eines dummen Kalenderblatts mit uns zu kommunizieren, dass Piovani Recht hat und Carlo Gualtieri einfach nur durchgedreht ist und ... seine Familie kaltgemacht hat.«

Aurora rang nach Luft, als hätten sich die Luftmoleküle mit einem Mal verdichtet.

»Du musst dich auf das Schlimmste vorbereiten«, fuhr Bruno fort. »Vielleicht treibt Auroras Leiche wirklich im schlammigen Wasser dieses Kanals.«

»Ich ... kann nicht ...«

Bruno sah sie aufmerksam an. »Hör zu, Aurora. Du musst mir versprechen, dass du dich damit abfindest, wenn wir sie nicht finden. Dass du dann deine Ermittlungen zu den Akten legst und Torreses SoKo ihre Arbeit machen lässt.«

Es folgte ein langes Schweigen. Nach einigen Sekunden murmelte Aurora: »O.k.«

»Ich habe dich nicht gehört«, drängte Bruno.

»Einverstanden, verdammt!«, wiederholte Aurora mit lauter Stimme.

»Dann fahr weiter bis zur alten Eisenbahnbrücke«, fuhr Bruno fort. »Dort müssen wir das Auto abstellen und zu Fuß den stillgelegten Gleisen folgen.«

# 22

»Hast du eine Taschenlampe?«, fragte Bruno, während sie an den Gleisen entlanggingen.

Es wurde langsam dunkel, und der Nebel wurde dichter. In wenigen Minuten würde die Sicht beinahe null sein. Die flache Landschaft und die spärliche Vegetation würden gleich von Neuem von der *fumara* verschluckt werden.

»Wir müssen wohl mit der LED-Lampe meines Handys vorliebnehmen«, antwortete Aurora.

Das Wasser floss träge unter ihnen dahin, während sie eilig die Brücke überquerten. Mithilfe des schwachen Lichtscheins tasteten sie sich weiter, bis sie ein freies Feldstück erreichten, von dem aus man den großen Baum sehen konnte. Die Silhouette des alten Eisenbahnwagens in seiner Nähe wirkte wie ein Relikt aus längst vergangenen Zeiten, vergessen im Nirgendwo.

Als sie noch etwa zehn Meter entfernt waren, verlangsamte Aurora ihren Schritt und zog ihre Dienstwaffe, und sie forderte Bruno auf, dasselbe zu tun.

Die beiden schlichen vorsichtig weiter, auf jedes Geräusch lauschend. Die Vermutung, dass es sich hierbei um eine Falle handeln könnte, war alles andere als abwegig.

Warum sollte ein Kidnapper sie zu dem Ort führen, an dem er sein Opfer gefangen hielt?

Aurora konnte nicht ahnen, dass sie schon bald eine Antwort auf diese Frage bekommen sollte. Und sie würde erschütternd sein.

Wenige Schritte vor ihnen sahen sie eine Bewegung in den Büschen. Dann hörten sie den kreischenden Ruf eines auffliegenden Graureihers.

Als Aurora die rostige Wand des Waggons erreicht hatte, bemerkte sie, dass die hintere Tür offen stand. Sie richtete den schwachen Lichtschein hinein, doch auf dem Boden sah sie nichts als Ruß und Häufchen von Unrat. An mehreren Stellen sah man jedoch Spuren im Staub. Also war vor kurzem jemand hier gewesen.

Bruno trat zu ihr. »Während du dich hier umsiehst, checke ich mal die Umgebung«, flüsterte er ihr zu.

Aurora nickte.

Bruno begann, sich gebückt und in spiralförmigen Kreisen von ihr zu entfernen. Er hielt die Pistole im Anschlag, bereit, beim ersten Zeichen von Gefahr zu reagieren. Die Luft war schwer vor Feuchtigkeit, doch zum Geruch des feuchten Grases gesellte sich noch ein anderer hinzu, der ihm in der Nase brannte. Bruno wusste, worum es sich handelte. Es war ein Geruch, den er auf seinen Auslandseinsätzen beim Militär häufig gerochen hatte.

Der Geruch des Todes.

Er hoffte, es möge sich nur um das Gerippe eines Wildtiers handeln, das ein achtloser Jäger hier verrotten ließ. Doch während er sich weiter vorantastete und versuchte, seine Augen an die Dunkelheit zu gewöhnen, bemerkte er, dass die Erde vor kurzem umgegraben worden sein musste.

Der Untergrund war uneben, vor ihm lag ein Haufen Erde, aus dem etwas herausragte, vielleicht Metallteile.

Je näher er kam, desto intensiver und säuerlicher wurde der Geruch. Es sah aus, als hätte jemand spitze Gegenstände in den Boden gerammt. Bruno rieb sich die müden Augen, dann beugte er sich hinunter, um den Boden abzutasten.

In der Zwischenzeit hatte Aurora ein gedämpftes Geräusch von der Unterseite des Waggons gehört. Sie leuchtete mit der Lampe unter den Wagen, und der Lichtkegel beleuchtete etwas, das aussah wie ein Bündel Lumpen zwischen den Rädern.

Instinktiv streckte sie die Hand danach aus. Während sie sich nach vorne beugte, bemerkte sie, dass sich unter den Lumpen etwas schwach bewegte.

Ein erstickter Schrei hallte durch die irreale Stille, die über diesem Ort lag.

»Aprile?«, flehte Aurora mit banger Stimme. Doch sie bekam keine Antwort.

Dann eine weitere Bewegung. Die schmächtige Gestalt wandte sich langsam um. Sie wurde von Zuckungen geschüttelt.

Aus dem Schatten tauchte das Gesicht der kleinen Aprile auf. Ihre Augen waren aufgerissen, das Gesicht totenblass. Sie erinnerte kaum noch an das Kind auf dem Foto. Ihre Lippen waren blau und wund, als hätte sie sie blutig gebissen; ihre Haut schmutzverkrustet, die Haare zerzaust und voller Gras und Schlamm. Ihre Handgelenke waren mit Klebeband an eine Achse des Waggons gefesselt. Die Haut an den Fesseln war aufgerissen, ein deutliches Zeichen, dass sie vergeblich versucht hatte, sich zu befreien.

»O mein Gott, du bist am Leben«, seufzte Aurora, und Tränen der Erleichterung rannen ihr über die Wangen.

Aurora schlüpfte unter den Waggon und kroch zu dem Mädchen. Sie zog ein Klappmesser aus dem Gürtel.

»Keine Angst«, sagte sie, als sie das Klebeband zerschnitt, das sie fesselte. »Es ist alles vorbei ... jetzt bist du in Sicherheit.«

Die Kleine war halb bewusstlos, sie schien kaum zu bemerken, was um sie herum geschah. Ihr Blick war auf irgendeinen unbestimmten Punkt in der Ferne gerichtet. Die Lippen bewegten sich schnell, als wollte sie etwas sagen.

»Ich habe sie gefunden!«, rief Aurora, so laut, dass Bruno sie hörte. Sie zog das Mädchen ins Freie, und einen Augenblick später hörte sie die Schritte ihres Kollegen näher kommen.

»Sie ist unterkühlt«, sagte sie, Aprile an sich drückend. »Ruf Verstärkung, schnell!«

Bruno zog seine Jacke aus und deckte das Mädchen damit zu. Aurora hielt sie weiterhin im Arm und versuchte, ihr etwas von ihrer Körperwärme abzugeben.

Nachdem er Hilfe gerufen hatte, kam Bruno zurück. »Ich habe die Gegend untersucht«, sagte er halblaut zu Aurora. »Wer immer hier gewesen sein mag, er ist weg.«

»Hast du Fußspuren gefunden?«

Bruno schüttelte den Kopf. »Es ist zu dunkel, um etwas zu erkennen. Aber ich bin beinahe über Carlo Gualtieris Leichnam gestolpert. Sie haben ihn verscharrt, nicht weit von den Gleisen.«

»Verscharrt?«

Bruno strich sich nervös durch die Haare.

»Sein Leichnam wurde ... geschändet«, sagte er, bemüht,

dass das Mädchen ihn nicht hörte. Dann unterbrach er sich, blickte sich um, als suche er nach den richtigen Worten. »Es stecken Nägel in ihm. Genau wie bei Rossella.«

Bevor Aurora antworten konnte, stammelte die Kleine etwas mit zitternder Stimme.

»Was hast du gesagt?«, drängte Aurora.

»Sie ... kommen immer wieder«, wiederholte das Mädchen. »Kommen ... immer ... wieder.«

Dann rollten ihre Augen nach hinten.

# 23

Bononia, 25. September 1349

»Sie kommen immer wieder«, murmelte Padre Egidio vor sich hin, während er mit unsicheren Schritten der Straße folgte, die aus der Stadt hinausführte. Seine Kehle war ausgedörrt und seine Stimme heiser und abgehackt, sie klang, als gehöre sie jemand anderem. Das Fieber fraß ihn auf. Er fühlte sich so vertrocknet, als könnte sein Körper jeden Moment in Flammen aufgehen.

In der Nähe der Porta Stiera blieb er stehen, um die Baustelle an der neuen Stadtmauer zu betrachten, wo die Arbeit wegen der fehlenden Arbeitskräfte nur stockend voranging. Der Inquisitor dachte, dass keine Mauer, so stark sie auch war, ausreichen würde, um sie gegen die Feinde aus dem Norden zu verteidigen.

Wie man sich erzählte, hatte der Podestà selbst geheime Verhandlungen mit der Mailänder Familie Visconti aufgenommen, um die Stadt zu verkaufen. Offiziell handelte es sich um einen strategischen Schachzug, um die Stadt vor einem noch gefährlicheren Feind zu schützen: der Armee des Papstes aus Avignon, angeführt von Kardinal Durfort, die sich bereits in Marsch gesetzt hatte, bereit, die Alpen zu überqueren und die Herrschaft über das Gebiet zurückzuerobern. In Wirklichkeit war der Podestà vermutlich von persönlichen Motiven geleitet: eine Handvoll Münzen, um den bereits grenzenlosen Familienschatz zu bereichern, im Tausch gegen die Autonomie einer einst florierenden Stadt, die stolz war auf ihre Unabhängigkeit, jedoch jetzt von der schier endlosen Pestwelle in die Knie gezwungen wurde, die sie unfähig machte, eine wirksame Verteidigung aufzustellen.

Auf Padre Egidios Gesicht breitete sich ein Grinsen aus. Er wusste, dass das Schicksal der Stadt noch nie zuvor an einem derart dünnen Faden gehangen hatte, und er war sich bewusst, dass sie an einem epochalen Wendepunkt angelangt war. Doch zugleich waren ihm die politischen Machtspiele nie so bedeutungslos erschienen wie jetzt. Die Regierenden kamen und gingen, auf einen Herren folgte der nächste.

Früher einmal hätte er sich vielleicht bemüht, eine Einigung zwischen den Kontrahenten herbeizuführen, hätte sich gezwungen, einen Kompromiss zwischen seiner Treue zum Papst und den Interessen der Stadt zu finden. Doch das alles schien ihm jetzt so fern wie seine Studienzeit im Seminar, als sein Ehrgeiz ebenso groß gewesen war wie seine Überzeugung, im Auftrag einer höheren Macht zu handeln.

»Sie kommen immer wieder«. Das war der Gedanke, der ihn jetzt quälte, seinen Geist ausfüllte wie einen Flusslauf nach einem Regenguss und der jede andere Wahrnehmung auslöschte.

Getrieben von einer unerwarteten Energie übertrat Padre Egidio die Stadtgrenze und folgte einer langen gepflasterten Straße, die von üppigen Büschen und stattlichen Linden und Platanen gesäumt wurde. Das sanfte Licht des Mondes genügte, um seinen Weg zu erhellen.

Plötzlich hörte er Geräusche.

Der Inquisitor blieb abrupt stehen und lauschte.

Hufe. Irgendwo vor ihm.

Er zuckte zusammen, als er bemerkte, dass die Geräusche stetig lauter wurden, Zeichen dafür, dass ein Trupp Reiter sich näherte. Der Mönch eilte, sich in den Büschen zu verstecken, und wenige Augenblicke später sah er Soldaten vorbeireiten, die sich miteinander unterhielten. An ihren Röcken erkannte man sie als Stadtwachen. Sie mussten auf dem Rückweg von einer Patrouille sein, wahrscheinlich auf der Suche nach Räubern. Hätte er sich nicht rechtzeitig in die Schatten zurückgezogen, hätten sie ihn gesehen, und anhand der Kleidung, die er trug, wäre er sicher erkannt worden. Wie konnte er nur so unvorsichtig sein? Er hatte sich so sehr auf seine Suche konzentriert, dass er nicht genug auf die Geräusche der Nacht geachtet hatte.

Padre Egidio kniff die Augen zusammen, um einen Schwindel zu unterdrücken. Nach einem Augenblick der Verwirrung kam er wieder zu sich. Und in seinem Kopf breitete sich explosionsartig die Erkenntnis aus, dass er keinesfalls aufgehalten werden durfte. Wenn man ihn entdeckt hätte, wäre er im besten Fall von den Wachen zurück in die Stadt eskortiert worden, die befürchteten, er habe sich verirrt. Im schlimmsten Fall wäre er angeklagt worden, die Ausgangssperre missachtet zu haben. Dann hätte er seinen Plan aufgeben müssen. Und die Zeit, die ihm blieb, war zu knapp, um sich derlei Zwischenfälle zu erlauben.

Padre Egidio hielt den Atem an, bis die Soldaten außer Sicht waren. Dann wickelte er sich fest in seine Kutte und ging weiter, in Richtung der größtenteils brachliegenden Felder am Stadtrand.

Er erkannte sofort das Stück Land, das von Mattia da Parma bestellt worden war, dem Mann, den er wenige Tage zuvor verurteilt hatte. Die Erinnerung an seinen abgetrennten Kopf war noch immer lebendig. In den Nächten durchlebte er wieder und wieder die Szene der Exekution, mit dem Blut, das sich aufs Pflaster ergießt, der lärmenden Menge, die auf einen Schlag verstummt, den Augen des Verurteilten, die ihn zu suchen schienen, wieder und wieder, selbst als sie bereits ohne Leben waren.

»Ich werde diesem Hexenwerk ein Ende setzen«, murmelte Padre Egidio. »Und wenn es das Letzte ist, was ich tue.«

Und das Ende, davon war er überzeugt, näherte sich rapide. Padre Egidio war sicher, dass er bald den kalten Griff des Todes spüren würde, der mit dürren Fingern seine Schultern packte. Doch er weigerte sich zu glauben, dass ihm nichts weiter übrig blieb, als sich darein zu fügen.

Die Erde wies wegen der anhaltenden Trockenheit breite Risse auf. Freilaufende Hühner scharrten im Hof herum. In der Ferne labten sich ein paar Wölfe am Kadaver eines Esels, rissen Fetzen um Fetzen das Fleisch ab.

Als Padre Egidio näher kam, hob eines der Tiere kurz den Blick, dann konzentrierte es sich wieder auf das Mahl, als hätte es erkannt, dass dieser Todgeweihte weder eine Bedrohung noch eine lohnende Beute darstellte.

Inzwischen gingen ihm sogar die Tiere aus dem Weg. Padre Egidio schüttelte den Kopf und trocknete sich die Stirn mit dem Handrücken, während er sich zu dem Haus des Bauern umwandte.

Die Wohnstatt des Bauern war eine bescheidene Hütte mit Holzbalken und einem Strohdach. Die Tür stand offen, die Fensterläden hingen schief in den Angeln. Bevor er eintrat, spähte Padre Egidio ins Innere, aus Furcht vor wilden Tieren, die hier Unterschlupf gefunden haben mochten.

Der Boden bestand aus gestampfter Erde; in der Mitte befand sich ein Kamin, und an der Wand standen zwei Sitztruhen. Dazu eine Holzplatte auf zwei Böcken.

Padre Egidio trat ein, wobei er beinahe ins Taumeln geriet. Mit einem Mal überkam ihn eine Welle der Erschöpfung. Jetzt, da er endlich am Ziel angelangt war, fürchtete er tatsächlich, die Kräfte könnten ihn im entscheidenden Augenblick verlassen. Er setzte sich auf einen der Stühle am Tisch und knabberte an einem Laib altbackenen Brotes, das dort liegen geblieben war.

Über dem Ort lag eine surreale Stille, doch der Inquisitor wurde das unangenehme Gefühl nicht los, dass er beobachtet wurde.

»Sie kommen immer wieder.«

Er saß lange Zeit reglos da, mit keuchendem Atem, der sich nicht beruhigen lassen wollte. Es war, als weigerte sich seine Lunge, die drückende Luft in sich aufzunehmen, die in der Hütte herrschte.

Plötzlich wurde das Mondlicht, das durch das Fenster hereinfiel, von einem Schatten verdeckt.

»Dreh dich nicht um«, murmelte Padre Egidio mehrmals zu sich selbst. Schließlich wusste er bereits, was er sehen würde. Ein weiterer seiner Alpträume, der Wirklichkeit wurde. Eines von vielen Zeichen dafür, dass das Böse die Oberhand gewonnen hatte. Er stellte sich vor, wie Padre Baldassarre die Arme ausbreiten und in nachsichtigem Ton auf ihn einreden würde, dass außer ihm dort niemand sei. Vielleicht würde er andeuten, dass er aufgrund seiner Krankheit deliriere. In einem Punkt hatte der alte Freund Recht. Es *konnte* niemand außer ihm hier sein. Er befand sich in einer verlassenen Gegend, zu der niemand Zutritt hatte.

Einen Augenblick war er abgelenkt, und dann bemerkte Padre Egidio überrascht, dass auf der Schwelle des Hauses eine männliche Gestalt stand, die auf ihn zu warten schien.

Woher kam diese Erscheinung? Er war sicher, dass niemand ihm gefolgt war, er war sicher, dass die Soldaten der Patrouille ihn nicht gesehen hatten. Und doch ...

Als er erkannte, um wen es sich handelte, riss der Mönch die Augen auf: Es war Mattia da Parma. Der Mann, dessen Kopf er auf der Piazza in einer Blutlache hatte liegen sehen.

»Du ... kannst gar nicht hier sein«, murmelte er.

Die Silhouette Mattia da Parmas zeichnete sich eindrucksvoll gegen das helle Mondlicht ab, reglos wie eine Statue. Schweigend.

»Was willst du von mir?«, drängte Padre Egidio.

Keine Antwort.

Der Inquisitor sprang auf und tat einen Schritt auf die Erscheinung zu, mit derselben Überheblichkeit, mit der er einem Angeklagten gegenüber auftrat, der sich vor Gericht weigerte zu gestehen.

»Hör auf, mich zu verfolgen!«, donnerte er. Dann senkte er plötzlich die Stimme: »Bist du gekommen, um mich zu holen?«

Als er keine Antwort bekam, brach der Inquisitor in ein kurzes, sarkastisches Lachen aus. »Ach, ich weiß, warum du hier bist. Du willst sehen, wie ich meinen letzten Atem aushauche. Aber du hast keine Ahnung, wie sehr du dich täuschst. Ich werde wieder gesund. Ich werde gesund, wenn ich erledigt habe, wofür ich hierhergekommen bin. An den Ort, wo alles begonnen hat.«

Der Mann lauschte Padre Egidios Erguss ohne eine Antwort. Dann drehte er sich um und verschwand, eine Spur absoluten, ohrenbetäubenden Schweigens hinter sich zurücklassend.

# 24

Durch das Licht, das die Taschenlampen in den Nebel schickten, wirkte der Fundort der kleinen Aprile wie ein heimlicher Geister-Rave. Innerhalb der Absperrung war die Spurensicherung emsig am Werk, auf der Suche nach Fußabdrücken und Hinweisen am Boden, doch das hohe Gras und die schlechte Sicht machten es den Agenten schwer.

Ein ums andere Mal leuchteten die Blitzlichter der Kameras auf, um die Bedingungen zu dokumentieren, unter denen der Leichnam Carlo Gualtieris gefunden worden war, nachlässig unter einem Häufchen Erde verscharrt. Nachdem die Leiche freigelegt war, folgte eine weitere Runde Fotos. Bruno war reglos stehen geblieben, um den gepeinigten Körper zu betrachten, hatte der Versuchung widerstanden, den Blick abzuwenden. Einer der Polizisten hingegen hatte sich entfernen müssen, um einen Brechreiz zu unterdrücken.

Carlo Gualtieris Körper war starr und aufgebläht. In einigen Teilen steckten lange Metallnägel. Er lag in einer unnatürlichen Position, die gebeugten Arme mit Nägeln am Kopf fixiert, den Mund zu einem stummen Schrei verzogen. Die Beine waren vom Oberkörper abgetrennt, nur noch durch einen Fetzen Stoff verbunden und vor den Bauch gezogen, so dass der Leichnam eine kauernde Position einzunehmen schien. Die umliegende Erde war voll mit getrocknetem Blut und Resten organischen Materials.

Bruno fragte sich, was einen Menschen dazu gebracht haben mochte, sich mit einer derartigen Wut an einem anderen Menschen zu vergehen. Dabei hatte er während des Krieges nicht wenige Gräueltaten zu Gesicht bekommen. Während seiner Auslandseinsätze war er Zeuge aller Arten menschlicher Grausamkeiten geworden. Doch nichts hatte ihn auf das vorbereiten können, was er eben zu Gesicht bekommen hatte. Denn jetzt war er nicht weit weg von zu Hause an irgendeinem Kriegsschauplatz, sondern in seiner Heimat.

Es war ein Ort entweiht worden, den er seit Jugendtagen kannte, als er in seiner Freizeit durch die faszinierendsten Orte der Tiefebene streifte.

Damals hatte ihn die Liebe zu einem Mädchen, das sich für Fotografie begeisterte, dazu bewogen. Fabiola wohnte im selben Viertel wie er. Mit fünfzehn hatte sie beschlossen, dass sie einmal Fotografin für *National Geographic* werden würde. Zu ihrem Geburtstag hatte sie sich eine Kompaktkamera gewünscht und sich in den Kopf gesetzt, damit die ungewöhnlichsten Orte der Po-Ebene zu verewigen.

Fabiola war eine klassische emilianische Schönheit, kräftiger Knochenbau und wellige Haare, die ihr weit über den Rücken fielen, volle Lippen und ein Busen, der deutlich mehr entwickelt war als der ihrer Klassenkameradinnen. Bruno, der ein Jahr älter war als sie und vor einem Jahr den Moped-Führerschein gemacht hatte, hatte angeboten, sie zu begleiten. Die beiden mochten sich schon, seit sie in Kindertagen zusammen auf dem Spielplatz gespielt hatten.

Genau wie eine Reporterin und ihr Fahrer hatten sie jede Ruine und jedes Kirchlein untersucht, waren Dämme entlanggefahren, hatten Sonnenuntergänge und suggestive Landschaften fotografiert. Der Sonntag war zu ihrem bevorzugten Tag geworden; gleich nach dem Mittagessen fuhren sie los und kamen vor dem Abendessen zurück. Diese Ausflüge halfen ihnen, Spannungen in der Familie zu vergessen und den Druck der Schule zu mildern.

Im Angesicht der Flamingos im Po-Delta hatten Bruno und Fabiola sich das erste und einzige Mal geküsst, in der salzigen Brise, die ihnen über die Haut strich. Es war zu Beginn des Sommers, und die Natur um sie herum war erfüllt mit Düften und Farben. Noch heute erinnerte sich Bruno an den Geschmack von Fabiolas Mund, süßlich, nach Kaugummi und Lipgloss mit Kirschgeschmack. Wie so häufig, stellte ihnen das Schicksal dann ein Bein. Auf der Heimfahrt an diesem Abend verlor Bruno die Kontrolle über das Moped, und sie kamen von der Straße ab. Sie waren nicht verletzt, bis auf ein paar Schürfwunden, doch von da an verbot Fabiolas Vater ihr, zu ihm aufs Moped zu steigen. Und obwohl sie nur wenige hundert Meter voneinander entfernt wohnten, hatten Bruno und Fabiola daraufhin aufgehört, sich zu treffen.

Ein paar Jahre später hatte Bruno erfahren, dass Fabiola beschlossen hatte, Stylistin zu werden, und nach dem Abitur ein Jahr lang auf die »Polimoda« gegangen war, sich dann mit dem Sohn eines Textilfabrikanten verlobt und wieder getrennt und schließlich Arbeit als Verkäuferin in einem Bekleidungsgeschäft des Ortes gefunden hatte.

Bruno hatte ihren Laden nie betreten, als empfinde er

eine Art Scham wegen der Nachmittage, die nur ihnen gehört hatten. Vielleicht fürchtete er auch, das Wiedersehen mit dem Mädchen, das ihm solches Herzklopfen verursacht hatte, könnte die Erinnerung an diesen Kuss und die Emotionen trüben.

In den Wochen, die auf ihren Ausflug ins Po-Delta gefolgt waren, hatte Bruno mit einer gewissen Nostalgie weiter von Straßen geträumt, auf denen sie zusammen fahren, neuen Zielen, die sie zusammen erforschen würden, und er hatte Fabiolas Fotos betrachtet, bis ihm die Augen brannten. Eines seiner Lieblingsfotos war ein Selbstauslöser-Bild, auf dem sie lächelnd vor der großen Ulme standen, nur wenige Meter von dem Ort entfernt, an dem er sich jetzt befand.

Das Foto weckte Erinnerungen an längst vergangene Zeiten, an Fahrten mit dem Moped, an Wind, der einem die Haare zerzaust, die Arme eines schönen, flatterhaften Mädchens um die Hüften geschlungen.

Bruno dachte an die Worte der kleinen Aprile. Er hatte keine Ahnung, was sie bedeuten konnten, und fragte sich, ob sie etwas mit dem blutgeschriebenen Satz »Du wirst keinen Schaden tun« von Rossella Gualtieris Ermordung zu tun hatten.

Ihm war dieser Satz nur allzu präsent, auch wenn der Rest der Stadt vorgab, ihn vergessen zu haben. Wie der Kuss bei den Flamingos gehörte dieser Satz zu der Vergangenheit, mit der er begraben worden war, auch wenn es eine Zeit gegeben hatte, in der er wie ein Abzählreim die Bilder einer Geschichte hatte heraufbeschwören können. Einer Geschichte, die einen zum Lachen bringen, aber auch Angst machen kann, wie das Lächeln eines Clowns, wie das Puppentheater.

Eine Geschichte, versunken in den Falten der Erinnerung, die jahrelang darauf gewartet hatte, wieder an die Oberfläche zu kommen, wie Apriles Worte andeuteten.

Bruno schüttelte die Gedanken ab und ging hinüber zu Aurora, die bei dem Rettungshubschrauber stand, der gerade im Begriff war abzuheben.

Nachdem Aprile mit Gurten auf eine kleine Trage geschnallt worden war, hatten die Sanitäter sie in die Kabine gebracht. Trotz ihres Drängens war es Aurora aus Platzgründen nicht erlaubt worden, mit einzusteigen.

Bruno trat zu ihr. »Wie geht es dir?«, fragte er, bemüht, den Lärm des Hubschraubers zu übertönen, der immer höher stieg.

Aurora nickte zerstreut, so als wäre sie mit den Gedanken ganz woanders. Die Rotorblätter des Helikopters peitschten durch die Luft und zerzausten ihr die Haare.

»Sie erholt sich wieder, du wirst sehen«, fügte er hinzu.

Der Helikopter stieg hoch über die Nebelschicht; von unten sah man nur noch die Fluglichter.

Aurora schüttelte leicht den Kopf. »Wie könnte sie sich je erholen, nach all dem, was sie durchmachen musste? Dieses Mädchen hat gesehen, wie ihre Eltern ermordet worden sind. Wie, glaubst du, wird ihr Leben von jetzt an sein?«

»Auch du hast das Schlimmste gesehen, Aurora. Aber du hast dieses Schlimmste überlebt.«

Aurora richtete ihren Blick zu Boden. Als sie ihn wieder hob, waren ihre Augen gerötet. »Keinem Kind dürfte so etwas widerfahren wie ihr.«

»Ich weiß. Aber dich damit zu quälen bringt im Moment gar nichts.«

»Scalviati, Colasanti«, echote es durch die Luft. Piovani

kam mit ausgreifenden Schritten auf sie zu. Er war rot im Gesicht und sichtlich erregt. »Ich will morgen früh einen detaillierten Bericht auf meinem Schreibtisch sehen«, sagte er, jedes Wort betonend. Es war offensichtlich, dass er sich bemühte, seinen Tonfall zu zügeln.

»Wird gemacht«, antwortete Aurora.

Piovani musterte sie abschätzig.

»Um Missverständnissen vorzubeugen, möchte ich eines klarstellen, Scalviati.«

Aurora holte tief Luft. Die Migräne war zurückgekehrt seit dem Augenblick, in dem sie das Haus verlassen hatte, und machte keine Anstalten, ihren Griff zu lockern.

»Das hier ändert nichts an Ihrer Zuständigkeit«, fuhr Piovani fort. »Ich werde Sie dazu bringen, im Takt zu rudern, und wenn ich Sie dafür an Ihren verdammten Stuhl anketten muss.«

»Ärgern Sie sich nicht über Aurora, Kommissar«, mischte Bruno sich ein. »Es war meine Idee, an diesem Ort zu suchen.«

Piovani warf ihm einen vernichtenden Blick zu. »Du hättest mit mir sprechen sollen, dann hätte ich eine Streife hierhergeschickt.«

»Bei allem Respekt«, mischte Aurora sich ein, »ich hatte nicht den Eindruck, dass Sie gewillt waren, das zu tun. Sie haben sehr deutlich gemacht, dass die Leichen von Carlo Gualtieri und Aprile für Sie bereits in der Strömung des Po treiben.«

»Sie wissen noch nicht einmal, was das Wort ›Respekt‹ bedeutet«, zischte Piovani. »Sie glauben, etwas Großartiges geleistet zu haben, Sie fühlen sich als Königin der Welt. Aber bei der Suche nach dem Täter sind wir kein Stück weiter.«

»Wir haben verschiedene Elemente, die uns helfen können, ein Profil des Täters zu erstellen«, antwortete Aurora. »Wir sind nur deshalb rechtzeitig gekommen, weil das Unsub aus irgendeinem Grund beschlossen hat, mit uns zu kommunizieren.«

»Das ist lächerlich. Mörder kommunizieren nicht mit der Polizei, und zwar aus einem einfachen Grund: Sie wollen nicht gefasst werden.« Piovani machte eine kurze Pause, um Luft zu holen, dann zeigte sein Finger in Brunos Richtung. »Und wenn du dich darauf beschränkt hättest, deine Arbeit zu machen, hättest du diesen Ort auf die Suchliste gesetzt, und wahrscheinlich hätten wir das Mädchen viel früher gefunden.«

»Sind Sie sich da sicher, Piovani?«, fragte eine Stimme in ihrem Rücken.

Erst jetzt bemerkten die drei, dass Torrese einen Schritt entfernt von ihnen stand und alles mit angehört hatte.

Piovani rang sich ein Lächeln ab. »Guten Abend, Herr Staatsanwalt«, sagte er ehrerbietig. »Ich habe Sie schon erwartet. Ich würde gerne unter vier Augen mit Ihnen sprechen, um Sie auf den neuesten Stand zu bringen.«

Torrese trat zu der kleinen Gruppe. »Ich wollte auch mit Ihnen sprechen, Piovani. Ich wollte fragen, wie es möglich ist, dass wir mit einem nie da gewesenen Polizeiaufgebot rein gar nichts erreicht haben, während es zwei Polizisten ohne jegliche logistische Unterstützung gelungen ist, das Mädchen zu retten, das Sie ganz offensichtlich längst abgeschrieben hatten.«

Piovani schluckte hörbar. Er bewegte die Lippen, als suche er nach Worten, doch bevor er etwas sagen konnte, fuhr Torrese fort:

»Und noch etwas, ich wüsste auch gerne, warum Sie

mir Informationen Ihrer Mitarbeiter vorenthalten haben, die mehr als relevant für den Fall waren.«

»Das waren nur vollkommen unbegründete Theorien«, stammelte Piovani.

»So unbegründet, dass dank ihnen das Mädchen gerettet werden konnte!«, donnerte Torrese.

»Es war sicher nicht meine Absicht ...«, versuchte Piovani sich zu verteidigen.

»Haben Sie die Leichen von Carlo Gualtieri und seiner Frau gesehen? Haben Sie gesehen, wie man sie zugerichtet hat? Und haben Sie sich mal gefragt, was das für ein Tier ist, das wir da jagen?«

Piovani nickte. »Mir ... mir ist klar, dass das eine außergewöhnliche Situation ist ...«

»Dann wissen Sie sicher auch, dass außergewöhnliche Situationen außergewöhnliche Maßnahmen erfordern«, schloss Torrese. »Wir sehen uns morgen früh im Konferenzraum des Kommissariats.« Er machte eine kurze Pause, um sich zu räuspern. »Scalviati, Colasanti, ich will, dass ihr auf jeden Fall auch dabei seid.«

# 25

»Macht es dir etwas aus, wenn ich kurz mit raufkomme?«, fragte Bruno, nachdem Aurora das Auto vor der Pension geparkt hatte. »Ich muss mich ein bisschen waschen.«

»Mach ruhig«, antwortete Aurora.

Die beiden gingen schweigend die Treppe hinauf. Nachdem sie das Zimmer betreten hatten, öffnete Aurora ihr Pistolenhalfter und legte es auf die Kommode, neben die Biografie von Maria Callas, dann steckte sie ihr Handy ans Stromnetz und schaltete Musik ein. Die Noten von *Darkness* erfüllten die Luft.

»Von wem ist das Lied?«, fragte Bruno aus dem Badezimmer, während er sich energisch die Hände und Unterarme mit Seifenwasser schrubbte.

Aurora trat zu ihm. »Leonard Cohen«, antwortete sie, dann setzte sie sich auf den Rand der noch immer vollen Badewanne. Sie betrachtete ihr blasses Gesicht, das sich auf der Wasseroberfläche spiegelte.

»Leonard wer?«

»Kennst du ›Hallelujah‹? Das ist sein bekanntester Song«, antwortete Aurora.

Bruno überlegte einige Augenblicke. »Ich dachte, das wäre von Johnny Cash.«

Aurora öffnete den Stöpsel der Badewanne, das Wasser floss gurgelnd in den Abfluss und löschte ihr Spiegelbild. »Johnny Cash hat nie ›Hallelujah‹ gesungen. Meinst du vielleicht Jeff Buckley?«

Bruno straffte die Schultern. »Hmm ... ich war noch nie gut mit Sängernamen.«

»Aber du hast ein gutes visuelles Gedächtnis.«

Bruno zuckte leicht die Schultern. »Ich glaube, das ist in unserem Beruf unerlässlich.«

»Das hat Flavio auch immer gesagt«, murmelte Aurora abwesend, als denke sie laut.

»Flavio Anversa war dein Partner in der Nacht, als ...«

Auroras Blick verfinsterte sich. »Ich habe schon gesagt, dass ich darüber nicht sprechen will.«

Bruno hob die Hände zum Zeichen seiner Kapitulation. »Du hast Recht, entschuldige. Manchmal vergesse ich, den Mund und das Gehirn zu verkoppeln.«

Aurora biss sich auf die Unterlippe. »Was ist, willst du wissen, ob ich wirklich so leichtsinnig bin, wie sie sagen?«

»Nein. So absurd es dir auch vorkommen mag, ich mache mir nur Sorgen um dich. Was auch immer du da mit dir herumträgst, es frisst dich auf. Du musst diese Last mit jemandem teilen.«

Aurora wich seinem Blick aus. »Was hältst du von Torrese?«, fragte sie unvermittelt, um das Thema zu wechseln.

»Der ist in Ordnung«, antwortete Bruno ohne Zögern. »Er ist ein Entscheider, ein Pragmatiker, ein echter Staatsdiener. Er verlangt viel von seinen Mitarbeitern, und er ist überzeugt, Recht und Gerechtigkeit seien Synonyme.«

»Fandst du es nicht ein wenig übertrieben, wie er Piovani behandelt hat, noch dazu in unserem Beisein?«

»Die Beziehung zwischen den beiden war schon vorher

angespannt. Nach der Pressekonferenz hat Torrese Piovani gerügt, ihn nicht über deine Ankunft informiert zu haben. Nachdem Longhi diese Anspielungen über dich gemacht hatte, war die Atmosphäre recht aufgeladen.«

»Verstehe.«

»Ich glaube, dass Torrese Piovani bei der Einschätzung des Mordes an Rossella Gualtieri vertraut hat, weil er wusste, dass der Kommissar sie gut kannte. Aber jetzt muss er das bereut haben. Davon abgesehen war es absehbar, dass Piovani nicht objektiv war, da er persönlich in den Fall verwickelt ist. Was heute Nacht geschehen ist, war nur der Tropfen, der das Fass zum Überlaufen brachte.«

»Warum, glaubst du, will Torrese uns morgen Vormittag sehen?«

»Ich weiß es nicht, aber er hat wohl etwas vor. Sicher geht es nicht um eine Feierstunde zu unseren Ehren, das sähe ihm nicht ähnlich.«

Brunos Telefon begann zu klingeln. Er schaute auf das Display, dann verließ er das Badezimmer, bevor er abhob. Während Aurora sich das Gesicht wusch, telefonierte Bruno mit leiser Stimme etwa eine Minute lang, dann legte er auf.

Aurora lehnte sich an den Türrahmen. »Zeichnet sich da eine weitere Nacht auf dem Sofa ab?«

Bruno lächelte schief. »Elena hat sich nur Sorgen gemacht. Bei all dem, was geschehen ist, habe ich vergessen, ihr zu sagen, dass es später wird.«

»Du nimmst sie in Schutz. Das ist ... schön.«

Bruno spielte mit dem Handy herum, schaltete das Display abwechselnd ein und aus.

»Ja«, gab er zu, »das ist es wohl.«

Dann warf er einen Blick auf den Stadtplan, mit dem Aurora die Wand tapeziert hatte, und fuhr mit den Augen die rot markierten Stellen ab. »Ist das die Route von Gualtieris Nachtschicht?«

»Ja. Aber ich bin noch nicht ganz fertig.«

Bruno dachte einige Augenblicke nach. »Was denkst du?«

»Bisher ist es nichts weiter als ein Haufen Punkte auf einem Stadtplan.«

»Ich meine über das, was zuerst Rossella und dann Carlo Gualtieri geschehen ist. Der halb vergrabene Leichnam, die Nägel, das festgebundene Mädchen unter dem Zugwaggon, die Zeichnung auf dem Kalenderblatt. Es ergibt keinen Sinn.«

Aurora strich sich mit den Händen durchs Haar, hielt sie für einen Augenblick zum Pferdeschwanz zusammen und ließ sie dann wieder über die Wangen fallen. »Es handelt sich zweifellos um ein Ritual, aber es ist schwer zu entziffern. Obwohl es gemeinsame Elemente gibt, weisen die beiden Tatorte auch Widersprüche auf.«

»Und das da?«, fragte Bruno und deutete auf das Foto des Abdrucks, den Aurora auf dem Deich am Cavo Napoleonico gefunden hatte.

»Bisher ist das nur ein Fußabdruck, den ich im Schlamm des Deiches gefunden habe«, antwortete sie, »aber sollte die Spurensicherung ähnliche Abdrücke in der Nähe der stillgelegten Gleise finden, dann wissen wir, dass es sich um den Abdruck des Mörders handelt.«

»Sie haben es wohl ernst gemeint, als sie sagten, du seist die Beste.«

»Mach dich nicht lustig über mich.«

Bruno betrachtete das Foto. »Es sieht aus, als hätte derjenige, der diesen Abdruck hinterlassen hat, einen Gehfehler, als würde er ein Bein nachziehen.«

»Dasselbe habe ich auch gedacht. Das würde uns helfen, den Kreis der Verdächtigen stark einzuschränken.«

Bruno lächelte. »Du redest, als hätte man den Fall an dich übergeben. Hatte Piovani dich nicht in die Verwaltung gesteckt?«

»Du hast Recht«, seufzte Aurora. »Vielleicht sollte ich mich damit abfinden. Du hältst mich aber auf dem Laufenden über die Entwicklungen, oder?«

»Du vergisst, dass ich selbst draußen bin.«

»Stimmt. Und vielleicht werden sich Piovani und Torrese morgen, wenn die Gemüter etwas abgekühlt sind, auf eine Disziplinarstrafe für uns einigen.«

»Wahrscheinlich lassen sie uns Dienstwagen waschen«, scherzte Bruno.

»Oder den Verkehr auf der Umgehungsstraße regeln«, lächelte sie.

Es folgten einige Augenblicke verlegenes Schweigen. Dann sagte Bruno: »Gut, dann bis morgen.«

»Bis morgen.«

Bruno ging zur Zimmertür. Bevor er sie öffnete, drehte er sich noch einmal zu Aurora um und sah ihr tief in die Augen. Die letzten Noten des Liedes schwebten durch das Zimmer, und für einen Augenblick war nichts weiter zu hören als ihr Atem.

»Du warst phantastisch«, murmelte er. »Du hast dem Kind das Leben gerettet.«

Aurora wandte den Blick ab. »Ohne dich hätte ich es nicht geschafft.«

Bruno zuckte schwach mit den Schultern. Ohne noch etwas hinzuzufügen, streckte er die Hand nach dem Türgriff aus. Das Letzte, was er wollte, war jetzt zu gehen. Mit Aurora zusammen zu sein war gleichzeitig beruhigend und aufregend. Einen Augenblick lang hatte er sich gefühlt wie an dem Tag, als er sich als Freiwilliger bei der Armee verpflichtet hatte, das Herz voller Hoffnung; als er davon träumte, in einer Friedensmission Gutes zu bewirken.

Die Dinge waren nicht so gelaufen, wie er es sich vorgestellt hatte. Er hatte sich mit der harten Realität des Krieges auseinandersetzen müssen, doch er hatte seine Entscheidung nie bereut.

Aurora setzte sich aufs Bett und begann, an dem Ring zu spielen, den sie am Daumen trug. Ohne dass sie es recht bemerkte, begannen die Worte aus ihrem Mund zu strömen, als könne sie sie auf einmal nicht mehr für sich behalten.

»Ich erinnere nicht sehr viel von dieser Nacht«, sagte sie mit beinahe unhörbarer Stimme.

Bruno blieb reglos stehen, als merke er plötzlich, dass er am Rand eines Abgrunds stand.

»Von dem, was in dem alten Schlachthaus geschehen ist, sind mir nur ein paar Erinnerungsfetzen geblieben.«

Bruno wollte sie auffordern weiterzusprechen, doch er blieb stumm, reglos, mit dem Rücken zu ihr.

Während Aurora erzählte, explodierten in ihrem Kopf die Fragmente von Erinnerungen. Und es schien ihr, als durchlebe sie alles von Neuem.

# 26

31. Dezember. 23 Monate vor dem Wiedererwachen

Aurora blieb wie angewurzelt auf der Schwelle eines langen Ganges stehen, der von mit Rohren an den Wänden befestigten Säulen gesäumt war.

Von der Decke hingen rostige Haken.

Seitlich gingen Kammern ab, in deren Mitte rechteckige Wannen standen.

Das alte Schlachthaus.

Vorsichtig bewegte sie sich vorwärts. In der rechten Hand hielt sie ihre Dienstwaffe, in der anderen die Taschenlampe, mit der sie sich einen Weg durch die Dunkelheit bahnte.

»Bleib immer in Bewegung. Wer stillsteht, wird zur Zielscheibe.«

Schritt für Schritt wichen ihre Gummistiefel den Pfützen aus, die sich durch Einsickerungen auf dem Zementboden gebildet hatten. Ihr Fuß stieß gegen etwas Festes, und beinahe wäre sie gestolpert. Sie richtete den Lichtkegel auf den Fußboden und sah, dass es sich um einen kleinen Haufen Schutt handelte.

Aurora sah zur Decke und bemerkte, dass sie an mehreren Stellen eingestürzt war. Sie hoffte, ihr würde nicht ausgerechnet jetzt ein Ziegel auf den Kopf fallen oder einer der Balken, die abstützten, was noch vom Dach geblieben war.

Etwas bewegte sich am Rand ihres Blickfeldes. Aurora zielte mit der Pistole darauf, und eine große Ratte verschwand in einem Spalt in der Wand. Dieser seit Jahrzehnten verlassene Ort war zu einer Rattenhöhle und in der kalten Jahreszeit zu einem Unterschlupf für Tauben geworden.

Einen Augenblick lang dachte Aurora an die Verkettung von Umständen, die sie hierhergeführt hatten. Sie hatte von einem Informanten einen Hinweis auf eine Bande von Serienvergewaltigern bekommen, die sie und Kommissar Flavio Anversa seit Monaten jagten. Sie betäubten ihre Opfer mit Alkohol und GHB, und dann vergewaltigten sie sie einer nach dem anderen. Ein Mädchen war dabei gestorben, und der Fall war an die Mordkommission übergeben worden.

Laut dem Informanten handelte es sich um Jungen aus guten Familien, die ihre Opfer in den Nachtlokalen abschleppten, wo sich viele Studenten trafen. Seine Beschreibung klang glaubwürdig und stimmte mit dem Täterprofil überein, das Aurora auf der Grundlage von Zeugenaussagen und ihrem Modus Operandi erstellt hatte: jung, reich und gelangweilt.

Es war die Silvesternacht, und sie wusste von einem Rave in einem Club in der Nähe des alten Schlachthauses. Aurora hatte gedacht, dass das ein perfekter Schauplatz für diese Verbrecher sein musste. Und so hatte sie sich unter die Menge gemischt, obwohl sie keinen Dienst hatte, und den ganzen Abend die Augen offen gehalten.

Gegen vier Uhr morgens hatte sie vier gut gekleidete

Typen gesehen, die ein halb bewusstloses Mädchen nach draußen schleppten.

GHB wird auch »Liquid Ecstasy« genannt. Es lässt sich leicht in einen Cocktail mixen, es hat keinen Eigengeschmack und macht das Opfer zu einer willenlosen Puppe.

Während sie die Verfolgung aufnahm, hatte Aurora Flavio auf dem Handy angerufen, um ihn zu informieren. Er schlief, erschöpft von einer anstrengenden Doppelschicht. Er hatte sie angewiesen, die Gruppe im Auge zu behalten, aber keine Initiative zu ergreifen, und ihr versprochen, dass er so bald wie möglich komme und sich darum kümmern werde, Verstärkung anzufordern.

Doch dann hatte Aurora gesehen, wie die vier das Mädchen in das alte Schlachthaus schleiften, und ihr war klar geworden, dass jede Minute zählte.

Mit den anderen Schatten hatte sie das Gebäude betreten.

Sie fühlte sich stark. Sie glaubte, ihre Ausbildung habe sie in die Lage versetzt, auch in Extremsituationen einen kühlen Kopf zu bewahren. Doch als plötzlich die Anfeuerungsrufe des Rudels losbrachen, musste sie einsehen, dass sie sich getäuscht hatte.

Das Echo einer Frauenstimme drang durch die Luft. Ein Klagen, das aus allen Richtungen gleichzeitig zu kommen schien. Aurora spürte, wie sich ihr Magen zusammenzog. Wie sich vom unteren Ende der Wirbelsäule aus ein Kribbeln bis in die Knochen ausbreitete und ihre Beine weich werden ließ.

Sie schaltete die Taschenlampe aus und schlich weiter, langsam, immer langsamer, den Griff der Pistole umklammert wie den Rettungsanker in einem Sturm.

Sie brauchte einige Augenblicke, um ihre Augen an den Halbschatten zu gewöhnen, aber alles in allem genügte das Licht, das von draußen hereindrang, um sich voranzutasten. Die Lichtkegel der Straßenlaternen warfen in das skelettartige Innere des Gebäudes gespenstisches orangefarbenes Licht. Von draußen drang ab und zu das Geräusch eines Autos herein oder ein Grollen aus den Wolken, das Gewitter verhieß.

Ein plötzlich aufleuchtender Blitz erhellte den Gang. In dem Augenblick sah Aurora die Gruppe. Sie war nur etwas weniger als zwanzig Meter von ihr entfernt.

Zwei von ihnen standen vor einer improvisierten Liege, einer zerrissenen Decke, auf der das Mädchen lag, das sich nur schwach bewegte, während einer von ihnen über ihr war, die Hosen bis zu den Knöcheln heruntergelassen, mit aufgeknöpftem Hemd, und wie eine Spinne über ihr thronte, bedrohlich eine zerbrochene Glasflasche schwenkend.

Das Wimmern des Mädchens klang wie das eines verletzten Tiers.

Aurora gefror das Blut in den Adern.

»Sei still!«, knurrte der Mann. »Oder ich werde dir ernsthaft wehtun.«

Es folgten anfeuernde Rufe der anderen beiden.

Aurora hatte das Gefühl, dass der Blick eines der beiden Angreifer für einen Augenblick zu ihr herüberhuschte, und instinktiv verbarg sie sich hinter einer Säule. Sie lehnte ihre Stirn gegen den Pistolengriff und versuchte, ihren Atem unter Kontrolle zu bringen. Sie nahm gierige, tiefe Züge, obwohl sie den Eindruck hatte, als könnte ihre Lunge die Luft gar nicht aufnehmen.

Sie konnte nicht warten, bis Flavio käme. Der Moment,

um einzugreifen, war jetzt. Bevor es zu spät war. Denn es war deutlich, dass die Situation aus dem Ruder lief.

Sie sagte sich, dass sie es schaffen konnte. Obwohl die anderen in der Überzahl waren, schließlich war sie bewaffnet, und sie hatte den Überraschungseffekt auf ihrer Seite. Jedenfalls hoffte sie das.

Kurz bevor sie sich aus der Deckung hervorwagte, ging ihr eine Frage nicht aus dem Kopf: Wo war der vierte Mann?

Sie suchte mit dem Blick fiebrig eine Ecke nach der anderen ab, auf der Suche nach dem fehlenden Vierten. Sie durfte nichts dem Zufall überlassen. Es gab keinen Raum für Fehler. Sie musste sich beeilen.

Sie trat aus der Deckung und hörte ihre eigene Stimme rufen: »Polizei! Keine Bewegung!«

Die drei Männer fuhren alle gleichzeitig herum, mit überraschten Gesichtern. Doch auf die Überraschung folgte ein unheimliches Grinsen.

Ein kurzer Augenblick des Zögerns, und Aurora wusste, wohin der vierte Mann verschwunden war.

Er war hinter ihr.

Sie spürte einen heftigen Schlag im Nacken. Ihre Beine gaben nach. Sie fiel zu Boden.

Irgendwie gelang es ihr, die Pistole festzuhalten. Sie kniff die Augen zusammen, versuchte Schmerz und Schwindel zu ignorieren. Sie rollte über den Zementboden und versuchte, den Angreifer in die Schusslinie zu bekommen. Doch ihre Sicht war getrübt, und sie war zu benommen, um seinen Bewegungen zu folgen. Seinen schnellen, unaufhaltsamen Bewegungen.

Dann die Explosion.

Ein Schuss löste sich, der oben in der Decke des

Gebäudes einschlug, kurz bevor eine Hand sich um ihre schloss. Aurora versuchte sich loszumachen, doch sie wurde von einem Fausthieb mitten ins Gesicht getroffen, dem ein weiterer folgte und dann noch einer. Der Mann hieb mit einer solchen Wucht auf sie ein, dass Aurora den Eindruck hatte, unter einem Presslufthammer gelandet zu sein.

Sie kämpfte mit aller Kraft, und irgendwie gelang es ihr aufzustehen. Blut lief ihr über die Augen und verschleierte ihren Blick. Dann bekam der Angreifer die Pistole zu fassen. Er richtete sie auf sie.

Aurora schloss die Augen und wartete, dass alles zu Ende wäre.

# 27

Aurora öffnete die Augen. Bruno stand reglos vor ihr.

»Von dem Augenblick an sind die Erinnerungen konfus und fragmentarisch. Ich glaube, Flavio kam, als sie kurz davor waren, mich zu erschießen. Das Letzte, woran ich mich erinnere, ist seine Stimme, die die Männer aufforderte, mich gehen zu lassen und die Hände gut sichtbar auszustrecken.«

»Und du erinnerst dich wirklich gar nicht an die Schießerei?«, fragte Bruno.

Aurora schüttelte leicht den Kopf. »Ich weiß nur, dass die Polizisten, die als Verstärkung angefordert waren, uns beide in einer Blutlache am Boden liegend fanden. Ich war noch am Leben, aber für Flavio konnten sie nichts mehr tun. Man hat mir gesagt, dass sie mit meiner Pistole auf uns beide geschossen haben und dass er mich mit seinem Körper abgeschirmt hat. Aus dem ballistischen Gutachten ging hervor, dass eines der Projektile an seinem Brustbein aufgeprallt ist und abgelenkt wurde und dass sich einer der Kugelsplitter in meinen Kopf gebohrt hat. Aber das habe ich erst viel später erfahren, denn ich lag zwei Wochen im künstlichen Koma. Ein Chefarztteam hat mich dreimal am Kopf operiert, um ein subdurales

Hämatom zu entfernen, doch den Kugelsplitter zu entfernen war unmöglich, ohne eine der Hirnschlagadern zu verletzen.«

»Und was wurde aus dem Mädchen?«

»Sie haben sie umgebracht«, antwortete Aurora tonlos. »Sie hieß Valentina. Zwei Monate zuvor war sie vierzehn geworden.«

»Diese Bastarde«, stieß Bruno zwischen den Zähnen hervor. »Sie wurden geschnappt, oder?«

»Ja. Die Mutter des einen wurde stutzig, als sie Blut im Hosenaufschlag ihres Sohnes fand. Der Jüngste der Bande war siebzehn, der Älteste einundzwanzig.«

»Ich hoffe, sie verrotten im Gefängnis.«

»Ich hielt mich für gut, ich bildete mir ein, vor nichts Angst zu haben«, fuhr Aurora fort. »Aber angesichts dieses Horrors habe ich gezögert. Ich wollte sie retten. Doch dann ist Valentina durch meine Schuld gestorben. Genau wie Flavio.«

»Das war nicht deine Schuld«, sagte Bruno nachdrücklich.

Aurora hob den Blick, bis sie die Augen ihres Kollegen fand. »Jetzt bin ich voller Ängste. Ich habe Angst vor geschlossenen Räumen ebenso wie vor offenen, ich fürchte mich unter Menschen und ebenso allein.«

Bruno ahnte, warum Aurora impulsiv, beinahe draufgängerisch wirkte: Sie versuchte, ihrer Angst zu entkommen.

»Flavio war für dich mehr als nur ein Kollege, oder?«, fragte er nach einem Augenblick des Zögerns.

»Flavio und ich waren ein Paar, auch wenn er es den Kollegen nicht sagen wollte.« Sie lächelte sarkastisch. »Im Kommissariat wussten es alle«, fuhr sie fort, »aber sie sagten nichts, um ihn nicht in Verlegenheit zu bringen. Sie hatten zu viel Respekt, um ihn dafür zu verurteilen, auch wenn die eine oder andere Bosheit verbreitet wurde, nach den Vorfällen im Schlachthaus. Andere, die ich für Freunde hielt, haben mir schlicht und einfach den Rücken gekehrt.«

»Es gibt immer jemanden, der im Stillen neidet.«

»Ich glaube nicht, dass es Neid war«, sagte Aurora. »Für manche war ich einfach nur eine Streberin, die ihren Vorgesetzten verführt hatte, um Karriere zu machen. Ich war immer ehrgeizig, das stimmt, und Flavio hat mir viel beigebracht. Aber wenn wir alleine waren, war er nicht mehr mein Vorgesetzter, sondern einfach der Mann, den ich liebte. Ich wollte mit ihm leben, eine Familie mit ihm gründen.« Sie machte eine Pause. »Wenige Tage vor dem Vorfall im Schlachthaus hatte ich bemerkt, dass ich schwanger war. Ist das zu glauben? Ich wartete nur auf den richtigen Zeitpunkt, um es Flavio zu sagen. Stattdessen ist er gestorben, ohne je zu erfahren, dass er Vater werden würde.«

»Tut mir leid ...«

»Ich dachte, ich wüsste, was Schmerz ist. Ich glaubte, damit umgehen zu können, aber als man mir im Krankenhaus sagte, dass ich auch das Kind verloren hatte, hatte ich einen Nervenzusammenbruch. Das Schuldgefühl hat mich zerfressen. Ich war überzeugt, dass die Ärzte mich umbringen wollten. Ich schrieb Hilferufe an die Wände, hatte Halluzinationen. Es war, als hätte eine Tür in meinem Gehirn sich aufgetan. Eine Tür, die nicht einmal die Medikamente wieder schließen konnten. Dann wurde bei mir eine bipolare Störung diagnostiziert.«

Bruno hatte keine Ahnung, was er darauf sagen sollte. Die verstörenden Enthüllungen Auroras hatten ihn sprachlos gemacht.

»Die Ärzte meinten, es wäre möglich, in meinem Zustand solche Störungen zu entwickeln«, fuhr Aurora fort. »Es war unvorhersehbar, wie mein Gehirn auf den Kugelsplitter in meinem Kopf reagieren würde, aber andere meinten, es handle sich um eine erbliche Veranlagung, die durch den posttraumatischen Stress verstärkt wurde. Alle wussten, dass meine Mutter unter Depressionen litt, nachdem sie sich von der Bühne zurückgezogen hatte. Sie begannen, von meinem Abschied von der Polizei zu sprechen, während das Einzige, was ich wollte, war, wieder in den Dienst zurückzukehren. Zum Glück konnte ich auf die Unterstützung eines Freundes zählen, dem einzigen, der sich nach der Sache im Schlachthaus nicht von mir abwandte: Isaak Stoner, ein FBI-Agent, der früher mit meinem Vater zusammengearbeitet hat. Durch sein gutes Zureden habe ich begriffen, wie wichtig es mir war, zur Polizei zurückzukehren, trotz allem. Das schuldete ich Flavio mindestens ebenso sehr wie meinem Vater.«

Aurora legte einen Finger an den Kopf und strich über die Narbe, die man durch die Haare hindurch erahnte. »Ich habe mich einer Lithium-Kur unterzogen«, fuhr sie fort, »ich habe das Antipsychotikum Clozapin genommen und Adderall, um das Aufmerksamkeitsdefizit auszugleichen, das die Medikamente verursachten. Ich bin monatelang durch die Hölle gegangen, eingesperrt in einer Klinik, während der Vater eines der Vergewaltiger, ein Anwalt mit guten Verbindungen in der Politik, den Staatsanwalt drängte, ein Disziplinarverfahren gegen mich in die Wege zu leiten. Er war überzeugt, dass es ihm gelingen könnte, Strafmilderung für seinen Sohn zu erreichen, indem er mich diskreditierte.«

»Was für eine Dreistigkeit.«

»Bevor mein Leben auf den Kopf gestellt wurde, glaubte ich, alles zu haben«, sagte sie. »Ich machte die Arbeit, von der ich immer geträumt hatte, ich hatte einen wunderbaren Partner und erwartete ein Kind. Und dann erwachte ich in einem Krankenhausbett und erfuhr, dass alle, die ich liebte, tot waren. Ich werde nie wieder der Mensch sein, der ich vorher war. Manchmal denke ich, dass meine Amnesie mein Rettungsanker war. Als ob die Auslöschung der letzten Ereignisse dieser Nacht auch einen Teil des Schmerzes auslöschen könnte.« Aurora war nicht mehr zu stoppen, es war, als wären alle Dämme gebrochen und als würden die Erinnerungen, zusammen mit dem Schmerz, den sie mit sich brachten, mit aller Macht aus ihr herausbrechen. Einen Augenblick glaubte Bruno, darin zu versinken.

»Manchmal denke ich, ob es nicht einfacher wäre, allem ein Ende zu machen«, fuhr Aurora fort. »So wie meine Mutter, die sich an einem Morgen vor acht Jahren die Pulsadern aufgeschnitten hat, während ich in der Vorlesung saß. Manchmal kann ich nicht anders, als zu denken, dass der Tod der einzige Ausweg aus der Einsamkeit und dem Schuldgefühl wäre.«

Bruno musste sich sehr beherrschen, sie nicht zu umarmen. Er fürchtete, wenn er das täte, würde es ihm nicht mehr gelingen, sie in dieser Nacht alleine zu lassen. Doch er ging näher zu ihr und suchte ihren Blick. Ganz vorsichtig, so als wäre die Frau mit der Narbe aus Glas, nahm er ihre Hand und strich über den Ring, den sie am Daumen trug, mit dem er sie schon so oft hatte spielen sehen. »Dieser Ring gehörte Flavio, stimmt's?«

Aurora nickte. »Er hatte ihn auf einem Antiquitätenmarkt gekauft, als er noch auf der Polizeischule war. Er trug ihn auch in dieser Nacht im alten Schlachthaus. Bei der Schießerei hat er eine Kerbe bekommen.« Sie zog die Hand zurück und drehte den Ring einige Male zwischen den Fingern. »Ich trage ihn seit dem Tag, als ich in den Dienst zurückkehren durfte, er sollte das Symbol meiner Genesung sein. Aber einige Monate vor der Versetzung kamen die Krisen zurück. Zusammen mit der Migräne und den Panikattacken. Darum habe ich beschlossen, wieder mit den Behandlungen zu beginnen. Ich habe einen ehemaligen Psychotherapeuten kontaktiert, der von der Ärztekammer suspendiert worden ist, und bei ihm heimlich EKT-Sitzungen gemacht. Über gefälschte Rezepte habe ich mir Medikamente besorgt …«

»Darum versteckst du das Pillendöschen unter der Bluse.«

Aurora streichelte den silbernen Anhänger durch den Stoff.

»Jeder hat irgendein Geheimnis«, schloss sie. »Und meines könnte mich meinen Posten bei der Polizei kosten.«

# 28

## Drei Tage vor dem Erwachen

Während er am nächsten Morgen ins Büro ging, dachte Bruno über das nach, was Aurora ihm in der vergangenen Nacht erzählt hatte.

Vor einigen Wochen, als Auroras Ankunft im Kommissariat bekannt geworden war, hatten sich die Gerüchte schon ausgebreitet wie ein Lauffeuer. Die Vorfälle im ehemaligen Schlachthaus hatten seinerzeit ein beachtliches Medienecho erzeugt, darunter eine Reihe unsinniger Talkshows, in denen uninformierte Medienleute unangebrachtes Zeug über Sicherheit und den Schusswaffengebrauch der Ordnungskräfte faselten. Die bevorstehende Ankunft Auroras hatte die Flamme der Neugier wieder auflodern lassen; manche Stimmen behaupteten, sie habe den Tod des Kollegen vorsätzlich verursacht, um seinen Posten zu übernehmen, andere, dass sie seit geraumer Zeit verrückt sei und dass nur der Einfluss eines alten Freundes ihres Vaters ihr ermöglicht hatte, bei der Polizei zu bleiben.

Bruno hatte es vorgezogen, sich nicht an den Diskussionen zu beteiligen. Er wusste, dass Gerüchte dazu neigen, die Realität zu verfälschen. Doch er hatte sich nicht vorstellen können, dass die Wahrheit dermaßen bestürzend sein würde.

Es musste furchtbar gewesen sein, was Aurora durchgemacht hatte, und Bruno fühlte sich bestätigt, dass das Mädchen außergewöhnlichen Mut besaß, zusätzlich zu ihren ermittlerischen Fähigkeiten.

Dennoch war er aufgewühlt, und er hatte das paradoxe Gefühl, sich bei ihr entschuldigen zu müssen, dass er sie alleine gelassen hatte. Er konnte sich vorstellen, wie schwierig es für Aurora sein musste, mit einer derart schmerzlichen Vergangenheit zu leben. Ihm war bei der Rückkehr nach Hause etwas Ähnliches geschehen: Nach all den Jahren in Trainingscamps und Kriegsgebieten fiel es ihm schwer, sich an die Routinen des Provinzlebens zu gewöhnen. Der Job bei der Polizei war für Bruno eine Art Gegengift zum zivilen Leben gewesen, eine Möglichkeit, sich geistig fit zu halten.

Er setzte sich und warf einen Blick auf die Zeitung, die jemand auf seinem Schreibtisch liegen gelassen hatte. Die erste Seite war komplett der Befreiung der kleinen Aprile gewidmet, mit Lobreden auf die Polizei, doch ohne jeden Hinweis auf sein oder Auroras Verdienst. Die Sache überraschte ihn nicht, doch sie machte ihm trotzdem schlechte Laune. Piovani hatte eindeutig seine Position genutzt, um die Angelegenheit zu seinen Gunsten zu wenden.

Als er sah, wie Ermittlungsrichter Torrese und sein Gefolge von Beamten und Funktionären den Konferenzsaal betraten, wählte Bruno die Nummer der Pförtnerloge und fragte, ob Aurora bereits im Kommissariat sei. Man habe sie noch nicht gesehen, bekam er zur Antwort.

Bruno griff zum Handy und kontrollierte die Anruferliste; es war kein Anruf eingegangen. Er wählte Auroras Nummer und ließ es so lange klingeln, bis der Anrufbeantworter ansprang. Er legte wieder auf und verließ schwer atmend das Kommissariat, entschlossen, zu ihr in die Pension zu fahren. Er versuchte sich einzureden, dass kein Grund zur Sorge bestand, dass es gewiss eine banale Erklärung für ihre Verspätung gab, doch die Unruhe blieb.

In Wirklichkeit hatte Aurora beschlossen, seinen Anruf zu ignorieren. Als sie die Pension verließ, hatte sie bemerkt, dass das Telefon klingelte. Sie hatte auf das Display geschaut, ohne sich überwinden zu können, den Anruf entgegenzunehmen.

Es war ihr bewusst, dass sie zu spät zur Versammlung kam, aber sie hatte beinahe eine Stunde gebraucht, bevor sie es über sich brachte, das Zimmer zu verlassen. Sie hatte sich lange im Spiegel betrachtet, ihr Spiegelbild gemustert, als gehöre es einer anderen.

Sie hatte versucht, die Spuren der durchwachten Nacht mit Make-up zu kaschieren, hatte Wimperntusche und Lippenstift aufgetragen. Dann hatte sie sich wieder betrachtet, ohne sich wiederzuerkennen. Sie kam sich sogar ein wenig lächerlich vor bei diesem Versuch, sich wenigstens äußerlich akzeptabel herzurichten; etwas ähnlicher der Frau, die ihre Vorgesetzten vielleicht zu sehen erwarteten. Ein Vertrauen erweckendes, sogar gefälliges Gesicht.

Aurora hatte sich wieder abgeschminkt, doch das Gefühl der Unzulänglichkeit hatte sie nicht abwaschen können.

Die ganze Nacht hatte sie sich Vorwürfe gemacht, dass sie Bruno so blauäugig ihre Vergangenheit anvertraut hatte. Was hatte sie dazu getrieben, sich einem Menschen zu öffnen, den sie kaum kannte? Sie war nie besonders gesellig gewesen. Vielleicht hatten die anderen sie auch deshalb immer mit Misstrauen betrachtet und ausgegrenzt. Die Geständnisse, zu denen sie sich in der Nacht hatte hinreißen lassen, führten dazu, dass sie sich verletzlicher fühlte denn je, als habe sie zugelassen, dass ein Fremder ihre Seele berührt. Und mit blank liegenden Nerven war jeder Kontakt nur schmerzhaft.

Sie war lange reglos geblieben, hatte gegen den Drang angekämpft zu fliehen. Doch wohin? Sie wusste es nicht.

Aber warum sollte sie ins Kommissariat zurückkehren? Dort warteten nichts als Feindseligkeit und weiteres Misstrauen, gegen die sie sich zu verteidigen hatte. Sie hatte sich einem Vorgesetzten widersetzt, und es interessierte nicht, ob ihr Verhalten dazu gedient hatte, die kleine Aprile zu retten. Piovani war entschlossen gewesen, und nichts schien ihn von seiner Überzeugung abbringen zu können, dass ihre Anwesenheit in der Stadt sogar schädlich war.

Dann hatte etwas in ihrem Kopf Klick gemacht. Die Überzeugung, um jeden Preis denjenigen finden zu müssen, der Apriles Eltern getötet hatte. Denn er würde nicht aufhören. Die Art, in der die Leichen der Gualtieris geschändet worden waren, ließ vermuten, dass ihre Ermordung einem präzisen Ritual folgte, mit gnadenloser Methodik. Für Aurora hatte die Erleichterung, das Mädchen gefunden zu haben, nur wenige Augenblicke angedauert: Dies war nur der Anfang.

Sie hatte mit dem Eyeliner einen Lidstrich gezogen, wie eine Kriegerin ihre Kriegsbemalung. Dann hatte sie ihren Mantel gegriffen und war hinausgeeilt, ohne sich noch einmal umzudrehen.

Aurora schloss gerade die Wagentür auf, als sie hörte, wie jemand sie beim Namen rief.

Sie drehte sich um und sah Longhis Silhouette, der ihr eiligen Schrittes entgegenkam.

»Was zum Teufel machst du hier?«, schnauzte sie.

Longhi zuckte mit den Schultern. »Nur die Ruhe, ich beiße nicht.«

»Woher weißt du, wo ich wohne?«

Longhi hob den Blick zum Schild des B&B. »Das war nicht sehr schwierig. Auch wenn die offizielle Version in den Zeitungen lautet, es sei Torreses SoKo gewesen, die das Mädchen gefunden hat, wird geredet. Innerhalb weniger Stunden bist du zu einer Art Berühmtheit geworden.«

»Mich interessieren keine Gerüchte und ebenso wenig, was in der Zeitung steht. Und am allerwenigsten interessiert es mich, mit dir zu reden.«

Longhi verzog enttäuscht das Gesicht. »Ich nehme an, man hat dich über den kleinen Vorfall bei der Pressekonferenz informiert. Ich möchte, dass du weißt, dass es nicht meine Absicht war, dich anzugreifen, sondern nur den Blick auf gewisse Probleme zu lenken, die schon länger im Kommissariat bestehen.«

»Blödsinn«, antwortete Aurora. »Bruno hatte Recht. Du bist aalglatt und ohne Anstand.«

»Warum regst du dich so auf wegen einer Kleinigkeit?«, antwortete Longhi. »Darf ich erfahren, was Colasanti noch alles über mich erzählt hat?«

»Denkst du ernsthaft, ich würde jetzt mit dir plaudern?«

Longhi fuhr fort, Auroras Antwort ignorierend. »Ich nehme an, er hat sich gehütet, dir den wahren Grund zu nennen, warum alle es so eilig hatten, Carlo Gualtieri zu beschuldigen, statt den wahren Mörder zu suchen.«

Aurora musste den Drang unterdrücken, ihn zu fragen,

worauf er sich bezog. Es war klar, dass er nur versuchte, sie zu provozieren.

»Ich habe Besseres zu tun, als mir deine Hirngespinste anzuhören.«

»Warte«, sagte Longhi und streckte eine Hand aus. »Bist du wirklich sicher, dass du Colasanti vertrauen kannst? Obwohl er dir wichtige Informationen über den Fall verschwiegen hat?«

»Du bist schlecht informiert, Longhi. Hauptkommissar Colasanti war nicht verpflichtet, mich darüber auf dem Laufenden zu halten, was meine Kollegen tun. Ich habe keinerlei Befugnis im Fall Gualtieri.«

»Das weiß ich«, bemerkte Longhi vielsagend. »Aber ich bin auch überzeugt, dass das nicht ausreicht, um dich zu stoppen. Habe ich Recht?«

»Du versuchst, mir zu schmeicheln, aber das zieht nicht.«

Longhi beugte sich verschwörerisch zu Aurora. »Du hast dich doch sicher gefragt, warum Bruno so treu zu Piovani hält.«

»Er ist sein direkter Vorgesetzter.«

»Ja, aber hier geht es um etwas ganz anderes. Ihre Beziehung geht über das hinaus, was üblicherweise einen Untergebenen und seinen Vorgesetzten verbindet. Ich spreche von … sagen wir pikanten Angelegenheiten, die Piovani in der Vergangenheit unter Verschluss gehalten hat, mit Colasantis Hilfe.«

Bevor Aurora antworten konnte, bremste ein roter Alfa Romeo vor den beiden. Bruno sprang wie eine Furie aus dem Wagen.

»Du«, stieß Bruno hervor, griff Longhi am Kragen seines Regenmantels und drückte ihn gegen die Wagentür. »Darf man erfahren, was für ein Problem du hast?«

Longhi antwortete nicht und beschränkte sich darauf, den Blick des anderen zu erwidern.

»Beruhige dich«, ging Aurora schnell dazwischen. »Longhi wollte gerade gehen.«

Nach einem Augenblick des Zögerns ließ Bruno ihn gehen.

Longhi strich sich den Mantel glatt und nickte Aurora zum Abschied kurz zu. »Vergiss nicht, was ich gesagt habe«, murmelte er, bevor er sich entfernte.

Bruno war sichtlich verärgert. »Was wollte der?«

Aurora musterte ihn einen Augenblick und fragte sich, wie viel Wahrheit wohl in den Andeutungen Longhis lag. War es möglich, dass ihr Kollege nicht ganz aufrichtig zu ihr war?

»Na ja, er wollte sich jedenfalls nicht dafür entschuldigen, wie er sich bei der Pressekonferenz aufgeführt hat«, antwortete sie.

Bruno kniff die Augen zusammen. »Was meinte er damit, dass du nicht vergessen sollst, was er gesagt hat?«

»Nichts weiter.«

»Er hat über mich gesprochen, stimmt's? Und nicht besonders schmeichelhaft, nehme ich an.«

Aurora lächelte leicht. »Wenn du es unbedingt wissen musst, er hat mir geraten, dir nicht zu vertrauen.«

Brunos Gesicht blieb einige Augenblicke lang ausdruckslos. Dann verzog sich auch sein Mund zu einem Lächeln. »Das ist alles?«

»Na ja, nicht ganz«, sagte Aurora. »Longhi behauptet, du hättest Piovani geholfen, irgendeine Sache unter den Teppich zu kehren.«

»Und glaubst du das?«

»Ich muss gestehen, ich weiß nicht mehr, was ich glauben soll. Dieser Ort ist nicht die Provinz, die ich mir vorgestellt hatte.«

»Longhi würde alles Mögliche behaupten, um mich fertigzumachen.«

»Und warum?«

Bruno wandte kurz den Blick ab, dann richtete er seine Augen wieder auf Aurora. »Du musst dich entscheiden, auf welcher Seite du stehst«, sagte er schließlich. »Du kannst nicht an allen zweifeln.«

»Ich zweifle an allen«, antwortete Aurora. »Je mehr ich zweifle, desto sicherer fühle ich mich.«

Erst jetzt bemerkte Bruno, dass Auroras Augen müde aussahen und ihr Gesicht blass. Sie wirkte erschöpft. »Konntest du schlafen heute Nacht?«

»Nicht viel. Ich habe an Gualtieris Route während seiner Nachtschicht gearbeitet. Ich habe die Street-View-Fotos von allen Adressen der Liste ausgedruckt, die Di Blasi uns gegeben hat. Ich bin immer mehr überzeugt, dass wir da ansetzen müssen, um herauszufinden, was geschehen ist.«

»Das hättest du nicht tun sollen. Nicht, wenn Piovani nur nach einem Vorwand sucht, dich aus dem Kommissariat zu werfen. Und du solltest auch nicht auf das hören, was Longhi sagt. Er ... ist kein ehrlicher Mensch.«

»Und du?«

»Was willst du damit sagen?«

»Auch du warst nicht ganz ehrlich mit mir.«

»Wovon sprichst du?«

»Vom Fall Gualtieri. Von dem Grund, aus dem es alle so eilig hatten, Carlo für den Tod der Ehefrau verantwortlich zu machen.«

Bruno holte tief Luft, und beim Ausatmen bildete sich

vor seinem Mund eine Dampfwolke. Nach einem langen Schweigen antwortete er schließlich.

»Der Satz, den der Killer im Haus der Gualtieris an die Wand geschrieben hat. Es ist nicht das erste Mal, dass ...« Er unterbrach sich.

»Sprich weiter.«

»Dieser Satz steht in Zusammenhang mit einer Bluttat, die mehr als zwanzig Jahre zurückliegt. Eine ganze Familie wurde in ihrem Haus am Stadtrand ausgelöscht. Drei Personen wurden mit Axtschlägen getötet. Auf die Wohnzimmerwand schrieb der Mörder mit dem Blut der Opfer ›Du wirst keinen Schaden tun‹. Der Satz wurde bald zu einem geflügelten Wort, um den Kindern Angst einzujagen, auch weil der Killer den Spitznamen ›Böser Wolf‹ bekam, wie die Figur in dem Märchen.« Bruno fuhr sich mit der Hand durch die Haare, als wolle er eine Unruhe abzuschütteln. »Man redet nicht gern über diese alte Geschichte. Wir sind hier in der Po-Ebene, die Leute arbeiten, zahlen ihre Steuern. Sie wollen nicht in Angst leben. Und mit der Zeit gerät alles in Vergessenheit.«

»Eine alte Geschichte.« So hatte Bruno es auch beim ersten Mal genannt, als sie sich getroffen hatten.

»Wie bitte«, brach Aurora heraus. »Das ändert alles! Wie ist dir nur in den Sinn gekommen, mir etwas derart Wichtiges zu verschweigen?«

»Es sah aus wie ein einfacher Fall! Einer, der sich im Lauf der Nacht aufklären ließe. Gualtieri war damals noch Polizist. Man erzählt sich, dieser grausame Vorfall habe ihn tief getroffen. Wir alle im Kommissariat waren überzeugt, dass er derart besessen von diesem Satz war, dass er ihn im Bann seines Mordrausches reproduziert hat.« Er machte eine kurze Pause. »Und außerdem ... warst du gerade erst angekommen und überhaupt nicht in den Fall involviert!« Bruno bereute sofort, den letzten Satz ausgesprochen zu haben, doch es war zu spät, ihn zurückzunehmen.

Aurora zwang sich, einen entgegenkommenden Tonfall anzuschlagen, auch wenn sie innerlich kochte. »Wurde der Mörder damals gefasst?«

Bruno blickte um sich, bevor er antwortete. »Es handelte sich um einen Bauern aus der Gegend, einen gewissen Ranuzzi, der offensichtlich einige Tage zuvor einen heftigen Streit mit dem Hausherren gehabt hatte. Die Mordwaffe wurde zwar nie gefunden, aber in seiner Garage lagen Kleider, die mit dem Blut der Opfer befleckt waren. Als sie ihn verhaftet haben, fanden sie die Inschrift ›Du wirst keinen Schaden tun‹ auf praktisch jeder Wand seines Hauses. Er hatte keine einzige Mauer ausgelassen.«

»Und was bedeutete der Satz?«

»Was weiß ich, ich war damals noch fast ein Kind. Und mit der Zeit habe ich nicht mehr daran gedacht. Wie alle anderen in der Stadt auch.«

»Und was wurde aus Ranuzzi?«

»Er hat sich noch vor dem Prozess im Gefängnis erhängt. Vielleicht ist ihm in einem Augenblick der Klarheit bewusst geworden, was für ein Unheil er angerichtet hat.« Brunos Handy begann zu klingeln, und Bruno verstummte.

»Gehst du nicht ran?«, fragte Aurora.

»Es ist Piovani«, murmelte er mit einem Blick auf das Display. »Wir müssen los, sie warten auf uns.«

Einen Augenblick lang schien Aurora zu zögern.

»Du musst mir vertrauen, Aurora«, fügte Bruno hinzu und sah ihr in die Augen. »Ich bin der einzige Freund, den du hier hast.«

Aurora dachte einige Sekunden darüber nach. »Ich möchte dir gerne vertrauen.« Sie biss sich auf die Unterlippe. »Das Problem ist nur … ich weiß nicht, ob ich es schaffe.«

# 29

Als sie den Versammlungsraum betrat, warf Aurora einen schnellen Blick auf die Leute, die um den langen rechteckigen Tisch versammelt saßen. Außer Piovani, Torrese und natürlich Bruno kannte sie niemanden. Insgesamt waren es etwa zehn Personen in Zivilkleidung, abgesehen von einer jungen Frau in einer Uniform der Forstwache.

An den Wänden des Zimmers hingen neben der italienischen Flagge Porträts des Präsidenten der Republik und der wichtigsten Staatsoberhäupter. Auf einem Ständer stand eine weiße Tafel, an der mit einer Schnur ein Filzschreiber befestigt war.

Die Atmosphäre war angespannt. Piovanis Gesicht sah verkniffen aus, und er wirkte nervös.

Aurora setzte sich vorsichtig, beinahe als fürchte sie, der Stuhl sei zerbrechlich. Sie hatte den Eindruck, dass ihr Eintreten eine Diskussion unterbrochen hatte.

Torrese ergriff als Erster das Wort. »Ich danke Ihnen, dass Sie sich doch noch herabgelassen haben, hier zu erscheinen, Scalviati. Wir begannen schon zu fürchten, Sie würden nicht auftauchen.«

»Mir ist etwas dazwischengekommen.«

»Sicher etwas Wichtigeres als ein Doppelmord, in den

ein neunjähriges Mädchen verwickelt worden ist«, spuckte Piovani.

»Natürlich nicht«, antwortete Aurora. »Aber ich darf Sie erinnern, dass ich gar nicht Teil der SoKo bin. Ich dachte, Sie könnten auch ein paar Minuten ohne mich auskommen.«

Torrese lächelte zufrieden, und Aurora fragte sich, was das zu bedeuten hatte. Warum war sie eingeladen worden?

Bei dem Gespräch mit Piovani unter vier Augen hatte Aurora den Eindruck gehabt, dass die Staatsanwaltschaft vor allem daran interessiert war, vor der Presse eine gute Figur zu machen und die Öffentlichkeit zu beschwichtigen. Hatte sie das mit dem Wiederfinden der kleinen Aprile nicht erreicht?

»Wie geht es Aprile?«, fragte Aurora, an Torrese gewandt.

»Für den Augenblick ist sie stabil«, antwortete ein Mann um die dreißig mit regelmäßigen Gesichtszügen und graumelierten Haaren. Er war blass, und seine nebelgrauen Augen wirkten abwesend. »Leider ist sie noch nicht aufgewacht, aber der Oberarzt ist zuversichtlich. Ihr körperlicher Zustand ist alles in allem gut.«

Aurora warf ihm einen interessierten Blick zu. »Entschuldigung, Sie sind ...?«

»Mein Name ist Bucci«, antwortete er mit fester Stimme. »Aldo Bucci. Ich bin der psychiatrische Gutachter aus dem Krankenhaus.« Seine Stimme war ruhig, aber etwas schrill.

»Sehr erfreut, Dottor Bucci«, sagte Aurora barsch.

Bruno warf ihr einen Blick zu, um sie dazu zu bewegen, etwas diplomatischer zu sein; sie sah zu Bruno und machte eine Geste, die bedeutete, dass sie ihm die Gründe für ihre Reaktion später erklären würde.

»Bucci wird die kleine Aprile psychiatrisch betreuen«, erklärte Torrese.

Aurora sah ihn skeptisch an.

»Scalviati, Sie hatten bereits die Gelegenheit, Kommissar Piovani kennenzulernen«, fuhr der Richter fort, dabei gestikulierte er wie ein Orchesterdirigent. »Die übrigen Anwesenden sind Inspektor Placido Ferri von der Forensik«, er deutete auf einen Mann mit buschigen Augenbrauen und Grübchen am Kinn, »Forstmeisterin Silvia Sassi«, er deutete auf die junge Frau in Uniform, die ein anmutiges Gesicht hatte, helle Haut und blonde Haare bis auf die Schultern, »und Wachtmeister Tommaso Carelli, ein Techniker von der Verkehrspolizei.«

Carelli war ein magerer junger Mann mit dicken lockigen Haaren. Er trug eine Brille mit quadratischen Gläsern und ein orangefarbenes T-Shirt mit *Star Trek*-Logo. »Du kannst mich Tom nennen«, sagte er mit verlegenem Lächeln zu Aurora.

»Zu meiner Rechten«, fuhr Torrese fort, »sitzen meine persönliche Assistentin Lorenza Pinna und Stadtrat Guglielmo Costa, als Beisitzer aus dem Bürgermeisterbüro.« Beide nickten mit dem Kopf, als ihre Namen genannt wurden.

Aurora winkte als Zeichen des Grußes leicht mit der Hand.

»Kommissarin Scalviati«, brummte sie. »Ich nehme an, ihr wisst bereits alles über mich.«

»Bruno Colasanti«, stellte Bruno sich vor. »Einige von euch kennen mich schon seit Jahren. Ich bin Hauptkommissar bei der Kripo, hier im Kommissariat.«

Aurora entging nicht, dass bei der Versammlung außer Piovani keine herkömmlichen Ermittler zugegen waren, was recht seltsam war, handelte es sich doch um ein Koordinationsbriefing für eine Ermittlung. Genauer gesagt, war die Liste der Teilnehmer mehr als ungewöhnlich.

»Sehr gut«, fuhr Torrese fort. »Nachdem wir uns alle vorgestellt haben, können wir zum ersten Punkt auf der Tagesordnung übergehen. Ich würde Kommissarin Scalviati und Hauptkommissar Colasanti bitten, uns über die genauen Umstände aufzuklären, die zum Auffinden des Mädchens und des Leichnams ihres Vaters geführt haben.«

Nach einem Augenblick der Verwirrung räusperte sich Aurora und begann darzulegen, wie sie und Bruno die Indizien interpretiert hatten, die der Mörder absichtlich am Tatort im Haus der Gualtieris hinterlassen hatte.

»Wie ich schon sagte, Torrese, es handelt sich ganz offensichtlich um einen reinen Zufall«, unterbrach sie Piovani. »Es gibt nicht einmal den Hauch eines konkreten Anhaltspunktes. Die Zeichnung auf diesem Kalenderblatt bedeutet nichts, wir hätten die Gegend um die stillgelegte Eisenbahnstrecke in jedem Fall kontrolliert.«

»Piovani, was Sie darüber denken, weiß ich bereits«, antwortete Torrese. »Was mich jetzt interessiert, ist Kommissarin Scalviatis Meinung.«

»Ich glaube, es handelt sich um einen komplexen Fall«, sagte Aurora. »Das ist kein Mord aus Eifersucht und auch keine Tat aus wahnsinniger Raserei. Was immer seine Motive sein mögen, der Täter hat einen genauen Plan befolgt, bevor er die Tat beging. Die Tatsache, dass er freiwillig einen Hinweis auf den Ort geliefert hat, an dem wir Gualtieri und seine Tochter finden würden, lässt vermuten, dass er sehr selbstsicher ist. Der Zustand, in dem Carlo Gualtieris Leiche und die seiner Frau aufgefunden wurden, lässt auf eine Art Ritual schließen, und das sollte uns zu denken geben. Er hat genauso gehandelt, wie es ein Serienmörder täte, und die Nägel sind sein Markenzeichen. Aus dem Grund bin ich überzeugt, dass er nicht zum ersten Mal tötet. Ganz zu schweigen davon, dass er es wieder tun könnte.«

»Das ist lächerlich«, platzte Piovani heraus. »Nach all dem Unsinn, den ich mir anhören musste, fehlte noch die Theorie vom Serienmörder. Sehen Sie es doch endlich ein, Scalviati. Wir sind hier in der Emilia Romagna, und Monster gibt es nur in Märchen.«

»Wie den ›Bösen Wolf‹ zum Beispiel?«

Piovani sah sie feindselig an. »Ich bin überzeugt, die Inschrift im Haus der Gualtieris ist nichts weiter als ein Ablenkungsmanöver. Sofern wir nicht glauben wollen, dass ein seit mehr als zwanzig Jahren toter Mörder aus seinem Grab gestiegen ist.«

»Trotzdem, die Verbindung zwischen dem Fall ›Böser Wolf‹ und dem Tod der Gualtieris ist nicht von der Hand zu weisen.«

»Blödsinn«, fuhr Piovani ihr über den Mund. »Gualtieri wird einer der Diebesbanden in die Quere gekommen sein, die sich in der Gegend herumtreiben. Das kommt inzwischen häufig vor, Profis aus dem Osten, ehemalige Militärs, Söldner. Allein in den Provinzen Modena und Ferrara liegen uns um die zwanzig Anzeigen vor, dass Verbrecher mit geladenem Gewehr in Häuser eingedrungen sind. Das sind Leute, bei denen Brutalität und Folter an der Tagesordnung sind.«

»Entschuldigen Sie, Commissario«, antwortete Aurora

verblüfft, »aber wie erklären Sie sich dann die Schrift an der Wand? Woher sollte eine Söldnerbande aus dem Osten die Berichte von vor mehr als zwanzig Jahren kennen? Es muss sich um jemanden handeln, der mit der Stadt vertraut ist … und mit ihren Geheimnissen.«

»Sie sind doch auch erst seit ein paar Tagen hier und scheinen doch alles über die Stadt zu wissen«, schnaubte Piovani ironisch.

Aurora atmete tief durch. »Für mich ist es offensichtlich, dass eine Verbindung zwischen den beiden Fällen besteht …«

»Es gibt keinerlei Verbindung zwischen diesem Fall und dem Fall Ranuzzi!«, fiel Piovani ihr ins Wort. »Und wissen Sie auch, warum?« Er schwieg einige Augenblicke, bevor er fortfuhr: »Weil alle, die damit zu tun hatten, tot sind.«

»Die Hypothese mit den Söldnern lässt sich trotzdem nicht aufrechterhalten«, protestierte Aurora. »Ich habe mit Di Blasi gesprochen, dem Chef der Sicurpadana. Er hat ausgesagt, dass Carlo Gualtieri seit mindestens vierundzwanzig Stunden verschwunden war, als seine Frau getötet wurde. Hätte ein Dieb ihn entführt, hätte er sich sicher nicht einen Tag Zeit gelassen, bevor er zur Tat schritt.«

»Sie hatten keinerlei Befugnis, mit Di Blasi zu sprechen!«, explodierte Piovani. »Ich hätte ihn selbst noch am selben Tag ins Kommissariat bestellt. Stattdessen musste ich ihn am Telefon darum bitten, uns nicht wegen Amtsmissbrauch zu belangen.«

»Amtsmissbrauch?«, verteidigte sich Aurora. »Das war nichts weiter als ein informeller Plausch.«

»Von wegen Plausch! Sie haben Di Blasi vor Zeugen bedroht.«

»Findest du nicht, dass du ein wenig übertreibst?«, mischte Bruno sich ein. »Ich war dabei, und ich kann dir versichern, dass Aurora Di Blasi keineswegs bedroht hat. Sie hat nichts weiter getan, als ein wenig ... sagen wir, energisch ihre Meinung kundzutun.«

»Halt den Mund, Colasanti«, platzte Piovani heraus. »Hör auf, ihren Verteidiger zu spielen, sonst bekommst du irgendwann selbst eine Kugel ab, wie ihr Ex.«

Bruno wurde blass und sah hinüber zu Aurora.

Sie ballte die Fäuste, bis die Knöchel weiß hervortraten, und flüsterte nur mit zitternden Lippen: »Leck mich.«

»Was denkst du darüber, Ferri?«, fragte Torrese.

Der Inspektor von der Forensik machte eine wichtige Miene.

»Das Einzige, was ich derzeit sagen kann, ist, dass der Angreifer den Fingerabdrücken nach zu urteilen alleine war. Aber wir sind noch in der Anfangsphase. Wir sind gerade dabei, die Informationen über den Tatort zusammenzutragen.«

»Habt ihr die Fußabdrücke überprüft, die ich auf dem Deich fotografiert habe?«, fragte Aurora.

»Eine weitere Situation, in der sie jegliche Regel völlig ignoriert hat, was mir eine offizielle Beschwerde seitens der Carabinieri eintrug, wegen Beleidigung eines Maresciallo.«

»Hört auf, euch zu kabbeln, ihr zwei!«, ging Torrese dazwischen. Er genoss die Stille, die sich darauf in dem Zimmer ausbreitete, dann fügte er hinzu: »Ich will ehrlich sein, Scalviati. Sie haben einen gewissen Aufruhr in der Stadt verursacht. Der Ruf, der Ihnen vorauseilte, war alles andere als schmeichelhaft, und Ihre unkonventionelle Art hat nur dazu beigetragen, meine Meinung über Sie zu bestätigen, die ich mir bereits vor Ihrer Ankunft gemacht hatte.«

Aurora runzelte die Stirn. »Und die wäre?«

»Das Sie eine große Bereicherung für die Polizei sind, aber auch ein potentielles Risiko.«

Aurora verschränkte die Arme vor der Brust. »Und Sie wollten gerne ein Publikum haben, um mir das zu sagen, Staatsanwalt Torrese?«

»Ich wollte nur klarstellen, dass ich Ihre Methoden nicht gutheiße«, sagte er. »Aber auch, dass ich ein Tor wäre, das Resultat Ihrer Arbeit nicht anzuerkennen. Alles in allem haben Sie Initiative und eine gute Dosis Intuition bewiesen.«

Bruno betrachtete Torrese neugierig. Er wirkte elektrisiert, so hatte er ihn kaum je gesehen.

»In einem haben Sie Recht, Scalviati«, fuhr Torrese fort. »Wir haben es mit einer außergewöhnlichen Situation zu tun. Und um sie zu bewältigen, braucht es außergewöhnliche Ressourcen.«

Piovani hob die Hand, als befände er sich in einem Gerichtssaal und wäre kurz davor, Einspruch zu erheben. »Sie wollen doch nicht ernsthaft ...«

»Piovani, stellen Sie meine Geduld nicht auf die Probe!«, unterbrach ihn Torrese. »Ich habe meine Entscheidung bereits getroffen. Ich habe die Absicht, eine Spezialeinheit zusammenzustellen, die sich um den Fall Gualtieri kümmert.« Er atmete tief durch. Dann verkündete er: »Kommissarin Scalviati, Sie werden das Ermittlerteam aus Hauptkommissar Bruno Colasanti, Wachtmeister Tom Carelli und Forstmeisterin Silvia Sassi leiten.«

Aurora fuhr zurück, als wäre sie von einer unsichtbaren Kugel getroffen worden. »W-wie bitte?«

Bruno musste sich festhalten, um nicht vom Stuhl zu fallen.

»Das ist doch lächerlich«, murmelte Piovani kopfschüttelnd.

»Jeder von Ihnen hat ein Spezialgebiet, auf dem er einzigartig ist«, fuhr Torrese fort, die fassungslosen Reaktionen der Anwesenden ignorierend. »Colasanti ist hier geboren und aufgewachsen, er kennt praktisch jeden in der Stadt. Er wird nützlich sein, um Zeugen zu befragen und das Misstrauen der Einheimischen aus dem Weg zu räumen. Carelli ist Spezialist, was die Technologie angeht. Er ist unschlagbar beim Abhören von Informationen. Er hat bereits außergewöhnliche Fähigkeiten im Sammeln und Analysieren von digitalen Daten und Videoaufzeichnungen bewiesen.« Torrese betrachtete Tom mit leicht väterlicher Miene. »Auch diejenigen, auf die normalerweise kein Zugriff gestattet ist.« Dann wechselte er wieder zu einem neutralen Tonfall. »Silvia Sassi kennt jeden Winkel hier in der Umgebung, sie ist Hydrogeologin und Umweltexpertin. Ihre Unterstützung wird fundamental sein, um die Bewegungen des Mörders außerhalb des urbanen Raums nachzuvollziehen. Ferri ist für die Spurensicherung zuständig. Er wird dafür sorgen, dass jede Probe, die ins Labor geschickt wird, absolute Priorität genießt.«

Aurora ließ einige Augenblicke verstreichen, bevor sie antwortete. Sie war erstaunt, aber auch verwirrt. Vor dem Treffen hatte sie verschiedene Hypothesen über Torreses Absichten aufgestellt, aber was hier geschah, übertraf all ihre Erwartungen. »Das ist ... ein tolles Team ... Das steht außer Frage«, stammelte sie. »Aber ich dachte, meine Teilnahme an den Ermittlungen würde der Staatsanwaltschaft Unannehmlichkeiten bereiten?«

»Die Presse ist heiß, es wird nicht einfach sein, die Aufmerksamkeit von Ihrer Vergangenheit abzulenken«, erklärte Torrese. »Darum wird Ihre Einheit auch verdeckt agieren. Niemand darf über das reden, was wir in dieser Versammlung besprochen haben. Wenn auch nur das kleinste Detail nach außen dringt, verspreche ich, dass ich herausfinde, wer es gewesen ist, und alles daransetzen werde, dass derjenige wegen Geheimnisverrats in einem Strafverfahren zur Rechenschaft gezogen wird.« Er räusperte sich. »Commissario Piovani wird formell Leiter der Ermittlungen bleiben, und er wird sich darum kümmern, der Presse eventuelle Ermittlungserfolge zu berichten, nachdem er den Inhalt der Presseerklärungen mit mir abgestimmt hat.«

Piovani stützte die Ellenbogen auf den Tisch. »Sie machen einen großen Fehler.«

Torrese ignorierte ihn. Er sah Aurora in die Augen und sagte: »Auch wenn Piovani noch offiziell Ermittlungsleiter ist, wenden Sie sich mit allem direkt an mich. Lorenza wird als Mittlerin zu den Büros der Staatsanwaltschaft fungieren, damit Sie all die logistische Unterstützung bekommen, die Sie brauchen. Und vergessen Sie nicht, mir alle sechs Stunden eine E-Mail mit dem aktuellen Ermittlungsstand zu schicken.«

»Wie bitte?«, protestierte Aurora. »Auf die Weise verbringen wir mehr Zeit mit Berichten als mit ermitteln.«

»Mir reichen ein paar Zeilen, die die wichtigsten Neuigkeiten zusammenfassen.«

Aurora konnte die Füße unter dem Tisch nicht mehr stillhalten. Sie musste sich zwingen, die Atmung zu kontrollieren, in ihrem Inneren tobten widerstreitende Gefühle. Während der ganzen Zeit in der psychiatrischen

Klinik hatte sie sich gefragt, wie ihre Rückkehr in den Dienst wohl sein würde. Jetzt fand sie sich zum ersten Mal seit Ende der Therapie mit einem Schlag mitten ins Geschehen katapultiert. Am Anfang war sie in den Fall eingestiegen, um die kleine Aprile zu finden, und hatte rein instinktiv reagiert. Aber war sie wirklich in der Lage, eine Taskforce zu leiten?

Sie freute sich, und gleichzeitig fühlte sie sich unzulänglich, als wäre die Jagd nach dem Mann ein Mittel gegen die Einsamkeit, aber auch gleichzeitig eine Strafe. Sie hatte furchtbare Angst, dass die Situation ihr aus den Händen gleiten könnte. Die Vergangenheit war wie ein tollwütiger Hund, der in ihrem Schatten lebte, bereit, sie jederzeit mit dem Biss der Erinnerung zu infizieren.

Und dann war da noch etwas anderes: der Eindruck, dass Torrese nicht ganz aufrichtig war, was seine tatsächlichen Motive betraf. Aurora spürte, wie ihre Nervosität wuchs, und einen Augenblick lang war sie versucht, aufzustehen und wegzulaufen. Doch sie wusste, dass es inzwischen keinen einzigen Ort auf der Welt mehr gab, an den sie sich flüchten konnte. Es gab keinen Ort, der sie vor ihren Obsessionen schützen konnte.

»Was passiert, wenn ich den Auftrag ablehne?«, fragte sie schließlich.

»Sie stecken bereits bis zum Hals da drin«, antwortete Torrese trocken. »Es ist zu spät, um den Rückwärtsgang einzulegen.«

»Trotzdem habe ich keine Absicht anzunehmen.«

»In dem Fall sind Sie sicher so freundlich, Commissario Piovani noch heute Ihre Kündigung zu überreichen.«

Aurora sah ihn herausfordernd an. Dann wandte sie

den Blick ab und ließ ihn irgendwo zwischen der Wand und der Tafel ruhen.

»Sie haben achtundvierzig Stunden, um neue Elemente zu finden«, schloss Torrese. »Wenn Sie bei Ablauf der Frist nichts Konkretes haben, wird die Einheit aufgelöst. Alle kehren zum Tagesgeschäft zurück, und Piovani übernimmt wieder die volle Leitung der Ermittlungen.«

# 30

Aurora biss sich auf die Unterlippe, so fest, dass es beinahe blutete. »Er versucht mich reinzulegen«, flüsterte sie.

Während der Pause vor dem eigentlichen Briefing hatte Aurora Bruno an der Kaffeemaschine beiseitegenommen.

»Das ist eine Paranoia«, antwortete er. »Achtundvierzig Stunden sind wenig, um konkrete Hinweise zu finden, aber Torrese gibt dir eine Chance. Du musst sie nur ergreifen. Du wirst ein für alle Mal allen beweisen, wie gut du bist. Du kannst dich endlich rehabilitieren.«

»Blödsinn«, antwortete Aurora. »Warum, glaubst du, hat er den Seelenklempner dazugeholt?«

»Was meinst du?«, fragte Bruno verwirrt.

»Aldo Bucci ist meinetwegen hier«, sagte sie mit etwas zu lauter Stimme. Auf der anderen Seite des Flurs verstummten Lorenza Pinna und Placido Ferri und drehten sich nach ihr um.

»Bitte, Aurora«, sagte Bruno, die Stimme zu einem Flüstern gesenkt. »Du musst aufhören, hinter jeder Ecke Verschwörungen zu wittern. Die kleine Aprile hat den Mörder gesehen. Sie ist die wichtigste Zeugin, aber wir müssen vorsichtig mit ihr sein. Bucci kann uns helfen, mit ihr zu sprechen. Glaubst du, nach allem, was das Mädchen erlebt hat, können wir einfach zu ihr ins Krankenhaus fahren und sie befragen? Sie ist traumatisiert, da ist es ganz normal, psychiatrische Unterstützung zu holen, wenn es um eine so heikle Angelegenheit geht.«

»Ganz deiner Meinung, aber darum geht es nicht«, antwortete Aurora. »Torrese hat ein Theaterstück inszeniert. Er sucht nach einer Art, mich auszuschalten. In den Zeitungen stand nichts davon, dass wir beide es waren, die die kleine Aprile gefunden haben. Findest du das nicht seltsam?«

»Ich habe nichts anderes erwartet«, gab Bruno zu. »Die Staatsanwaltschaft hätte nicht geduldet, dass die Zeitungen die Wahrheit schreiben: dass eine Neue dort Erfolg hat, wo sie selbst trotz aller Unterstützung gescheitert sind.«

»Verstehst du denn nicht?«, platzte Aurora heraus. »Ich werde ihr Sündenbock sein, ihre Versicherung, falls etwas schiefläuft. Abgesehen von den Anwesenden weiß niemand, dass ich in diese Ermittlungen involviert bin.«

»Es ist doch klar, dass bei dem Chaos, das Longhi angerichtet hat, niemand wissen soll, dass du involviert bist.«

»Natürlich. Aber es ist ein komplexer Fall, und die Leute fordern eine prompte Antwort. Zum geeigneten Zeitpunkt, wenn der Druck der Öffentlichkeit zu groß ist, wird herauskommen, dass meine Ermittlungen gar nicht autorisiert waren. Für Piovani und Torrese reichen zwei Tage völlig aus, um die Szenarien einzuschätzen. Bucci wird ein Gutachten verfassen, in dem steht, dass ich für den operativen Einsatz nicht geeignet bin, und an dem Punkt wird der Artikel eines willfährigen Journalisten – Longhi zum Beispiel – ausreichen, die Staatsanwaltschaft von jeder Verantwortung zu entbinden, die Sache zu verschleiern und weitere Zeit zu gewinnen.«

Bruno wurde nachdenklich. Auroras Überlegungen entbehrten nicht einer gewissen Logik, so verquer sie auch waren. Bevor er etwas antworten konnte, traten Tom Carelli und Silvia Sassi zu ihnen.

»Freut mich, Sie kennenzulernen, Kommissarin Scalviati«, sagte die junge Frau und streckte Aurora freundlich die Hand hin.

»Wir können uns gerne duzen«, antwortete Aurora, drückte Silvia die Hand und zog ihre dann schnell wieder zurück.

»Gerne«, sagte Silvia lächelnd. Dann blickte sie kurz um sich. »Ich habe gehört, wie du dieses Mädchen gerettet hast. Das war so ... brillant!«

»Du hast einen Fan«, murmelte Bruno.

Aurora ignorierte ihn und betrachtete abschätzig das uniformierte Mädchen. »Hat Torrese dich geschickt, mit mir zu sprechen?«

»W-wie bitte?«, stotterte sie.

»Ach, komm schon. Du glaubst doch nicht wirklich an das Märchen von der Anti-Monster-Einheit. Und seien wir ehrlich, was macht jemand von der Forstwache bei einer Mordermittlung?«

»Aurora, bitte ...«, mischte Bruno sich ein.

»Aus welchem Grund hat Torrese dich mir zur Seite gestellt?«, fuhr Aurora fort. »Was hat er dir für deine Kollaboration versprochen? Eine Abkürzung auf der Karriereleiter oder einen Urlaub im Naturreservat?«

Silvia wurde glühend rot. Sie versuchte, Auroras Blick standzuhalten, doch es war offensichtlich, dass sie in Bedrängnis war.

»Ich versichere dir, dass du auf dem Holzweg bist«, mischte Tom Carelli sich ein. »Torrese weiß, was er tut, und es ist nicht das erste Mal, dass er unkonventionelle Entscheidungen trifft, wie auch in meinem Fall. Beim Ingenieurstudium habe ich wegen einer Wette mit meinen Kumpels den Unicomputer benutzt, um den Server der Staatsanwaltschaft zu hacken. Sie haben mich geschnappt, aber Torrese war so beeindruckt, dass er mir vorgeschlagen hat, zur Polizei zu gehen, statt mich ins Kittchen zu werfen.«

»Na ja, wenigstens ist jetzt klar, wie Torrese dich in der Hand hat«, sagte Aurora. »Bleibt nur noch herauszufinden, wer von euch beiden der Erste sein wird, der mir in den Rücken fällt.«

»Niemand will dir in den Rücken fallen«, sagte Bruno. »An deiner Stelle würde ich mir eher Sorgen um Piovani machen. Er mag es nicht, vor seinen Untergebenen kritisiert zu werden. Er wird dir mit allen Mitteln Steine in den Weg legen.«

»Vielleicht ist das so«, antwortete Aurora. »Oder Torrese will uns alle gemeinsam in den Untergang schicken.«

Silvia Sassi verzog angewidert das Gesicht. »Nicht zu fassen«, sagte sie kopfschüttelnd. »Ich dachte, es wäre eine Ehre, mit dir zusammenzuarbeiten, endlich mal mit einer, die was drauf hat, die es geschafft hat, sich trotz allem in einem männerdominierten Bereich wie dem unseren durchzusetzen. Offenbar habe ich mich geirrt.«

»Wieso versteht ihr denn nicht?«, platzte Aurora heraus. »Glaubt ihr wirklich, dass Torrese euch wegen eurer Fähigkeiten ausgesucht hat?« Sie machte eine Pause; ihr Blick wanderte von Silvia Sassi zu Tom Carelli. »Er hat euch ausgewählt, weil ihr Außenseiter seid. Genau wie ich.«

»Auch Außenseiter können eine wichtige Rolle spielen«, sagte Bruno.

Aurora senkte den Blick und massierte ihre Schläfen. Wegen ihrer Kopfschmerzen war das Licht beinahe unerträglich. »Da hast du Recht«, murmelte sie. »Ich werde mich nicht kampflos in Stücke reißen lassen. Wir werden diesen Bastard finden, mit oder ohne Torreses Hilfe.« Dann steckte sie die Münze in die Kaffeemaschine und wartete, bis sich der Becher füllte. Sie trank den Kaffee heiß auf dem Weg zurück in den Konferenzraum.

# 31

Der Psychiater Aldo Bucci verabschiedete sich von den Anwesenden und steuerte auf den Ausgang des Besprechungszimmers zu. Als er Aurora die Hand schüttelte, schien ihr, dass die nebelgrauen Augen des Mannes einen Augenblick zu lange forschend in ihren ruhten, als wollte er in ihnen lesen. Aber vielleicht hatten ihre Kollegen Recht, vielleicht war sie es, die überall Verschwörungen witterte. Und allein die Tatsache, dass Bucci Seelenklempner war, war ihr unangenehm.

Nachdem auch Lorenza Pinna und Guglielmo Costa das Zimmer verlassen hatten, wandte Torrese sich an Aurora. »Bitte, Scalviati, übernehmen Sie das Briefing.«

Aurora warf einen Blick auf Piovani. Er betrachtete sie mit einer Mischung aus Skepsis und Neugier.

Sie beschloss mitzuspielen. Ob Torrese ehrlich war oder nicht, sie würde für wenigstens vierundzwanzig Stunden die Ermittlungen leiten.

Sie stellte sich neben die Tafel, griff zum Stift und räusperte sich. »Irgendwo müssen wir ja beginnen«, sagte sie. »Beginnen wir also mit einer Grundregel. Wir werden den Mörder ab jetzt als ›Unsub‹ bezeichnen, als ›unbekanntes Subjekt‹. Also, was wissen wir über ihn?«

Niemand antwortete. Silvia Sassi war offensichtlich verstimmt wegen der Auseinandersetzung von eben. Tom Carelli hingegen wirkte amüsiert.

Es war Bruno, der schließlich das Schweigen brach. »Was wäre, wenn es mehr als einer ist?«

Tom Carelli hob die Hand, und Aurora nickte ihm auffordernd zu.

»Da wir im Augenblick keine Möglichkeit ausschließen können, wäre es auch möglich, dass Piovani Recht hat«, sagte er. »Auch wenn es sich um keine Diebesbande handelt, hatte vielleicht jemand aus dem Umfeld der organisierten Kriminalität eine Rechnung zu begleichen. Alle reden doch von der Durchsetzung des Nordens durch die Mafia, und bekanntlich macht ihnen in puncto Grausamkeit so leicht keiner etwas vor.«

»Ich glaube, die Spurensicherung hat diese Eventualität bereits ausgeschlossen«, antwortete Aurora und erteilte Placido Ferri das Wort.

Er breitete die Arme aus. »Auch wenn die Spuren im Haus der Gualtieris die Anwesenheit einer einzigen Person nahelegen, können wir doch nicht ausschließen, dass eine zweite, vielleicht sogar eine dritte Person an den Morden beteiligt war, bis wir nicht alles Material um den alten Eisenbahnwaggon gesichert haben.«

Bruno strich sich nachdenklich über das Kinn. »Wir dürfen nicht vergessen, was Aprile gesagt hat, kurz bevor sie das Bewusstsein verlor: ›Sie kommen immer wieder.‹ Vielleicht bezog sich das auf eventuelle Komplizen.«

»Wir wissen noch nicht, was Aprile damit meinte«, seufzte Aurora. »Darum würde ich vorschlagen, wir konzentrieren uns auf die Fakten. Solange es keine Indizien gibt, die auf eine weitere Person hindeuten, gehen wir davon aus, dass das Unsub eine einzelne Person ist, eine Hypothese, von der ich übrigens fest überzeugt bin.«

»Auf welcher Grundlage?«, fragte Silvia Sassi.

»Instinkt. Erfahrung. Sein Modus Operandi«, lautete Auroras Antwort. »Bei dem Zustand, in dem Carlo Gualtieris Leichnam gefunden wurde, ist auszuschließen, dass es sich um organisierte Kriminalität handelt. Es gibt keinerlei Parallelen zu bisherigen Verbrechen der Mafia. Ich bin überzeugt, dass das Subjekt eine gestörte Persönlichkeit ist, jemand, der die Idee zu töten lange in sich gehegt hat, um sie dann nach einem vorgefassten Schema in die Tat umzusetzen. In beinahe allen Fällen dieser Art agieren die Täter alleine.«

»Dann gibt es noch die Hypothese der Rache«, antwortete Silvia Sassi.

»Es ist möglich, dass das Subjekt beide Opfer kannte«, schlug sich auch Bruno auf ihre Seite. »Rache als Motiv würde erklären, warum sich das Subjekt auf diese Weise an den Leichen vergangen hat, die Nägel und alles ...«

»Das ist wahr«, gab Aurora zu. »Darum möchte ich, dass du das Leben der Familie Gualtieri auf den Kopf stellst, Bruno. Ich will alles von ihnen wissen. Den Inhalt ihrer Computer, die Telefonlisten, Tagebücher oder Notizbücher, sofern es sie gibt. Wir müssen Zeugen befragen, den Müll durchwühlen. Später konzentrieren wir uns auf die Sammlung von Material zu Ranuzzi und auf eventuelle Verbindungen zu dem alten Fall. Schaffst du das?«

Bruno nickte.

Aurora warf einen Blick auf Piovani, der jetzt geistesabwesend wirkte. Sie erwartete, dass er etwas sagen würde, schließlich war er ein guter Freund Rossella Gualtieris gewesen und hatte mit ihrem Mann zusammengearbeitet, als der noch bei der Polizei war. Warum also beschränkte er sich darauf zuzuhören?«

»Commissario ...«, sagte Aurora.

Piovani kam wieder zu sich. »Was ist?«

»Ich hatte gehofft, Sie könnten Bruno dabei helfen, das Leben der Opfer während der letzten Monate nachzuvollziehen. Sie kannten die Gualtieris gut, nicht wahr?«

»Ähm ... ja«, stammelte Piovani und rutschte auf seinem Stuhl hin und her.

Aurora wurde bewusst, dass sie sich auf vermintem Gelände bewegte. Ein Ermittlerteam zu leiten bedeutete nicht, einem Vorgesetzten Anweisungen geben zu dürfen.

Es war Torrese, der sie aus der unangenehmen Lage befreite. »Ich selbst werde Piovani als wichtige Informationsquelle befragen.«

Aurora riss verblüfft die Augen auf. Einen Polizeibeamten wegen desselben Verbrechens zu verhören, in dem er ermittelte, lag für einen Staatsanwalt entschieden außerhalb des üblichen Protokolls. Sie fragte sich, ob Torrese bewusst versuchte, Piovani mürbe zu machen.

Der Kommissar hatte all seine anfängliche Arroganz abgelegt. Er war sichtlich bewegt und beschränkte sich darauf, etwas zu stammeln, was wie eine Zustimmung klang. Nach Tagen voller Hektik und Aufregung wurde ihm vielleicht erst jetzt bewusst, in was für einer Situation er sich befand. Er hatte zwei Freunde verloren, und auch seine Karriere schien auf dem Prüfstand zu stehen.

Als Torrese Auroras Zögern bemerkte, ermutigte er sie fortzufahren. »Bitte, Scalviati«, sagte er und machte eine Geste, als erteile er ihr das Wort. »Sie wollten gerade zusammentragen, was wir von dem Subjekt wissen.«

Lag da ein ironischer Unterton in Torreses Worten,

oder war das nur ihr Eindruck? Aurora spielte nervös an dem Ring an ihrem Daumen.

Bruno bemerkte, dass sie in Verlegenheit war, und ergriff das Wort. »Sprechen wir doch mal über den Fußabdruck des Mörders.«

Nach kurzem Zögern zog Aurora das Foto des Abdrucks, das sie auf dem Deich gemacht hatte, aus der Tasche und befestigte es mit einem Magneten an der Tafel. »Also«, sagte sie, »wir haben einen Abdruck mit besonderen Eigenschaften, die auf einen Gehfehler des Unsub hindeuten. Es sieht aus, als ziehe er das linke Bein nach. Zuerst möchte ich gerne wissen, ob die Spurensicherung Übereinstimmungen findet. Wir müssen wissen, ob der Abdruck zu derselben Person gehört, die in das Haus der Gualtieris eingedrungen ist.«

»Ich kann bereits bestätigen, dass sie mit denen kompatibel sind, die wir am Haus der Gualtieris und in der Nähe des alten Eisenbahnwaggons gefunden haben«, verkündete Ferri. »Dasselbe Schuhmodell, dieselben ausgefransten Ränder.«

»Also hat der Mörder irgendein körperliches Handicap«, stellte Aurora fest. »Tom, du machst bitte eine ausgiebige Recherche in den Datenbanken des Gesundheitssystems. Wir suchen ein Individuum mit einem Handicap, das nicht seine Fahrtüchtigkeit einschränkt und ebenso wenig seine Fähigkeit, ein neunjähriges Mädchen zu tragen oder schleifend den Leichnam eines Mannes zu transportieren. Im Augenblick würde ich vorschlagen, die Suche auf die nach 1960 geborenen Jahrgänge zu konzentrieren.« Auf die Tafel schrieb sie: »Zieht das linke Bein nach.«

»Ich werde mein Bestes geben«, sagte Tom.

»Silvia«, fuhr Aurora fort, »von dir möchte ich eine möglichst akkurate Rekonstruktion des Weges, den das Subjekt seit Verlassen des Hauses der Gualtieris zurückgelegt hat. Wir haben einen Zeugen, der von einem grauen Pick-up in der Nähe des Deiches gesprochen hat, am Tag vor den Morden. Versuchen wir, mehr darüber herauszufinden; du wirst mit Tom zusammen die Videoüberwachungen der Gegend durchgehen, sofern wir welche bekommen. Es gibt einen Satellitenempfänger in Carlo Gualtieris Wagen. Soweit ich weiß, ist es möglich herauszufinden, welche Strecke er zurückgelegt hat, also lass dir von Tom dabei helfen, die GPS-Daten zu entschlüsseln. Wir haben Grund zu der Annahme, dass der Mörder Carlo Gualtieris Wagen gestohlen und ihn benutzt hat, um ihn und seine Tochter bis zum Deich zu transportieren. Was ich von dir möchte, ist, dass du die Bewegungen des Unsub von dem Moment an rekonstruierst.«

Silvia Sassi nickte.

Aurora schrieb an die Tafel: »Er fährt einen grauen Pick-up?«

»Oberste Priorität ist, ein Täterprofil des Subjekts zu erstellen, und darum werde ich mich persönlich kümmern«, fügte sie hinzu, bevor sie einige Augenblicke nachdenklich schwieg. »Ansonsten gibt es zwei Fragen, auf die wir mit höchster Dringlichkeit eine Antwort finden müssen. Erstens, warum wurden die Gualtieris ermordet? Zweitens, warum wurde die kleine Aprile verschont? Nach der Besprechung werde ich im Krankenhaus vorbeigehen und mit den Ärzten sprechen, ich hoffe, sie haben gute Neuigkeiten. Ich werde die Gelegenheit nutzen, den Gerichtsmediziner zu treffen und ihn zu fragen, wie weit er mit den Autopsien ist. Sobald ich die Berichte habe, sprechen wir uns wieder.« Aurora machte eine lange Pause, in der sie die Mitglieder ihres Teams eines nach dem anderen ansah. »Mir ist bewusst, dass ich mit einigen von euch vielleicht keinen so guten Start hatte, aber es ist unwichtig, wie euer Leben bis heute war und aus welchen Gründen ihr jetzt mit mir zusammenarbeitet«, sagte sie nachdrücklich. »Für die nächsten achtundvierzig Stunden wird das Team eure Familie sein, das Kommissariat euer Heim und eure Kirche. Ich erwarte von jedem von euch nur das Beste. Gute Arbeit.« Sie griff nach ihrer Tasche und steuerte auf den Ausgang zu, unter den aufmerksamen Blicken Torreses.

Als Aurora den Türgriff in der Hand hielt, begann ihr Telefon zu klingeln. Sie sah sich um, verblüfft, als wäre dies ein völlig unerwartetes Ereignis. Dann schaute sie auf das Display, auf dem der Name des Anrufers leuchtete.

Flavio.

# 32

Aurora lief den Gang des Kommissariats entlang, beinahe taumelnd, völlig außer sich. Als sie an der Treppe angelangt war, beschloss sie mit zitternden Händen, den Anruf anzunehmen.

»J-ja bitte?«, stammelte sie mit wild klopfendem Herzen.

»Du musst aufhören, diese Nummer anzurufen«, antwortete die Stimme am anderen Ende der Leitung. Eine resolute weibliche Stimme.

»Beatrice? Bist du das?«

»Mein Bruder ist tot, wann kapierst du das endlich? Warum rufst du immer noch hier an?«

»Warum hast du denn sein Telefon?«

»Unsere Mutter hat darauf bestanden, es nicht abzumelden, obwohl ich mehrmals gesagt habe, dass das keine gute Idee ist. Aber ich weiß nicht, was ich tun soll, sie ist mindestens ebenso dickköpfig wie Flavio.« Es folgte eine spannungsgeladene Stille. »Du kannst dir nicht vorstellen, wie sie gestern Abend reagiert hat, als sie deinen Anruf sah.«

Flavios Familie kam aus einem kleinen Dorf im Montferrat und war sehr eng verbunden. Die Mutter, eine kompakte Frau, musste einmal sehr hübsch gewesen sein. Sie arbeitete als Kunsthandwerkerin für eine Lederwarenfabrik, und der Vater war ein pensionierter Carabiniere. Als Aurora sie kennengelernt hatte, war sie wie eine Tochter aufgenommen worden. Und Beatrice, die in einem Immobilienbüro angestellt war, war zu der Schwester geworden, die sie nie gehabt hatte. Sie und Aurora trafen sich häufig nach der Arbeit auf einen Aperitif im »Cit Turin«, dem »kleinen Turin«, einem von Auroras Lieblingsvierteln seit Kindertagen. Es erinnerte sie an die Spaziergänge mit ihrer Mutter, wo sie stets mit der Nase in der Luft die Türme der alten Paläste oder die Turmspitzen der neogotischen »Gesù Nazareno«-Kirche betrachtet hatte.

Nach Flavios Tod war alles anders geworden. Während Auroras langer Rekonvaleszenz im Krankenhaus hatten weder Beatrice noch ihre Mutter sie je besucht. Sie hatten alle Beziehungen abgebrochen, so dass es jetzt eine seltsame Wehmut in ihr wachrief, Beatrices Stimme zu hören.

Aurora schwieg lange und versuchte, die richtigen Worte zu finden. »Es tut mir leid«, sagte sie schließlich.

»Mir tut es auch leid. Uns allen«, antwortete Beatrice. »Du warst es, die ihn uns genommen hat.«

Aurora konnte eine Träne nicht unterdrücken. »Sag so etwas nicht, bitte.« Sie verließ das Kommissariat und lehnte sich gegen eine Mauer, keuchend, als hätte sie gerade die Ziellinie eines Wettlaufs passiert.

»Leb wohl«, sagte Beatrice, bevor sie auflegte.

Aurora ließ sich zu Boden gleiten und vergrub das Gesicht in den Händen. Sie konnte sich kaum beherrschen, nicht in Tränen auszubrechen.

Sie fühlte sich schwach und lächerlich. Sie hatte Flavios

Nummer unzählige Male in ihrem Register gesucht ... doch die Nummer gehörte ihm nicht mehr. Es konnte gar nicht anders sein. Das Einzige, was Flavio jetzt noch gehörte, war ein Grabstein auf dem Gemeindefriedhof, während alles, was im Leben ihm gehört hatte, an seine Familie gegangen war. Doch ihre Erinnerungen gehörten niemand anderem als ihr, dachte Aurora, für immer, ebenso wie der Ring, den sie am Daumen trug. Niemand würde sie ihr je nehmen können. Nicht einmal die Kugel, die sie im Kopf trug, so störend ihre Anwesenheit auch war und so sehr sie ihr Leben und ihre Laune bestimmte.

»Alles in Ordnung?«, fragte ein Vorbeikommender.

Aurora nickte, dann sprang sie eilig wieder auf, doch dabei kippte der gesamte Inhalt ihrer Tasche auf den Gehweg.

Der Mann bot sich an, ihr zu helfen, doch sie lehnte seine Hilfe entschieden ab. Ihr Herz schmerzte, als sie sah, dass aus dem Portemonnaie Flavios Foto als kleiner Junge herausguckte, das er ihr vor langer Zeit einmal geschenkt hatte. Er sah so drollig aus in dem Mantel, den seine Mutter ihm geschenkt hatte und der ihm wenigstens eine Nummer zu groß zu sein schien.

Bevor die Welt, wie sie sie kannte, in Stücke sprang, hatte eine Kollegin in Turin das Foto gesehen und sie gefragt, ob das ihr Sohn sei. Sie hatte gelächelt.

Aurora schob eine Haarsträhne hinter das Ohr, um diese alte, gedankenlose Erinnerung zu verscheuchen, und ging mit schnellen Schritten zum Parkplatz.

»Scalviati«, rief da Piovanis Stimme in ihrem Rücken.

Aurora wischte sich über die Augen, bevor sie sich umdrehte.

»Ich bin wirklich beeindruckt.« Piovanis Blick sah direkt

zufrieden aus. »Mit Ihren verqueren Theorien haben Sie es sogar geschafft, Torrese an der Nase herumzuführen, wie den letzten Idioten.«

Nach dem Telefonat war Aurora Lichtjahre entfernt von ihrer Stimmung beim Briefing kurz zuvor. Sie dachte einige Augenblicke nach, dann räusperte sie sich: »Sind Sie da wirklich sicher, Commissario?«

»Sie machen nichts als Ärger«, murmelte er. »Mit der ganzen Presse, die nur auf einen Fehltritt unsererseits wartet, wird Torrese noch bereuen, Sie an die Spitze des Ermittlerteams gesetzt zu haben. Es gibt nur eine Sache, die mehr Schaulustige anlockt als ein grausames Verbrechen: die Polizei der Unfähigkeit zu bezichtigen.«

Aurora hielt seinem Blick stand. »Ich glaube, das ist mir nicht neu.«

»O ja, Sie glauben ja immer, alles zu wissen.« Piovani streckte den Zeigefinger nach ihr aus. »Aber Sie wissen rein gar nichts von dem, was hier geschieht. Sie mögen vielleicht Torrese mit irgendwelchen Phantastereien über Profiling und Technologie beeindruckt haben, aber Sie haben nicht die leiseste Ahnung, wie hier bei uns Ermittlungen geleitet werden. Sie werden scheitern, Scalviati. Und dann kann Ihnen niemand mehr helfen.«

Aurora hielt eine Erwiderung zurück. Sie drehte dem Kommissar den Rücken zu und ging zu ihrem Auto.

Doch Piovanis Stimme folgte ihr. »Das hier ist nicht Ihr Terrain. Es ist meines. Also geben Sie gut acht, wo Sie hintreten!«

Als sie im Wagen saß, überkam Aurora Mutlosigkeit. Sie fühlte sich in einem Räderwerk gefangen, das sie, wie sie sehr gut wusste, zermalmen konnte. Sie tastete unter ihrer Bluse nach der Pillendose und öffnete sie, obwohl sie genau wusste, dass sie leer war. Sie konnte nicht auf die Hilfe einer Pille zählen, um einen Augenblick Frieden zu finden.

Ihre Stirn war von Schweißperlen bedeckt, und ihre Hände zitterten so stark, dass es eine Weile dauerte, bis sie den Schlüssel ins Zündschloss bekam. Sie atmete ein paarmal tief durch und versuchte, in ihrem Inneren die Kraft zu finden, sich zu beruhigen.

Dann griff sie nach dem Handy und wählte mit zitternden Fingern eine ausländische Nummer.

# 33

Isaak Stoner wischte sich so gut es ging die Hände ab, nachdem er den Filter des Innenborders an seinem Sportboot erneuert hatte. Er hob den Blick zur Silhouette der Stadt. Über Miami ging gerade die Sonne auf und warf ihr rosa Licht auf die Scheiben der Wolkenkratzer. Es regte sich kein Lüftchen, und die Möwen zogen kreischend ihre Bahnen über dem Meer. Es war ein ungewöhnlich ruhiger Novembermorgen, die Zeit der starken Winde und Hurricans schien ohne bemerkenswerte Zwischenfälle vorübergegangen zu sein. Vom Meer aus betrachtet, weitab vom Lärm der angesagten Viertel und den Touristenströmen, war die Stadt bezaubernd schön. Der ideale Tag für einen kurzen Ausflug außerhalb der Hafengewässer, fand Stoner.

Nach seinem Abschied vom FBI, nach einer fünfundzwanzigjährigen Dienstzeit und zahlreichen Auszeichnungen, war Stoner an die Küste gezogen, um seinem Hobby, dem Angeln, zu frönen und seine Zukunftsperspektiven auszuloten. Es hatte eine Zeit gegeben, da hätte er nie geglaubt, mit fünfundfünfzig noch einmal ein neues Leben für sich erfinden zu müssen, doch er hatte auch keinerlei Eile damit. Er hatte beschlossen, die Seminare an der FBI-Akademie fortzuführen, auch wenn das jedes Mal anstrengende Anfahrten bedeutete. Es war eine weit weniger anstrengende Beschäftigung als seine Tätigkeit als Special Agent. Stoner konnte das Panorama genießen, ohne zu fürchten, jederzeit wegen der x-ten Terrorwarnung zum Dienst gerufen zu werden.

Auch sein Großvater hatte Isaak geheißen. Isaak Steiner, um genau zu sein. Er war zu Beginn des vergangenen Jahrhunderts aus Deutschland in die Vereinigten Staaten gekommen. Mit seiner Familie hatte er sich in Philadelphia niedergelassen, wo er Arbeit als Zimmermann fand. Ein Fehler des Beamten beim Einwohnermeldeamt hatte seinen Nachnamen in »Stoner« gewandelt, ein Fehler, der sich jedoch als Vorteil herausstellte, als sich beim Ausbruch des Ersten Weltkrieges ein gewisses Mistrauen den deutschen Einwanderern gegenüber breitmachte. Und als Hitler seine Offensive in Europa startete, hatte sein Erstgeborener Kristof sich sogar als Freiwilliger bei den Navy Seals gemeldet. Bei seiner Rückkehr in die Heimat hatte Kristof eine Krankenschwester geheiratet, die auf seinem Flugzeugträger Dienst tat, und die hatte ihm zwei Söhne geschenkt, von denen der Erste nach dem Großvater benannt wurde, »Isaak«, wenngleich Kristof ihn das ganze Leben lang nur »Junior« rief. Später hatte Kristof einen kleinen Zimmermannsbetrieb eröffnet.

Stoner rieb sich energisch die Hände mit einem Tuch ab, um die Überreste des Öls zu entfernen. Er betrachtete seine schmalen Hände mit den langen Fingern und den gepflegten Nägeln, die so anders waren als die rauen, vierschrötigen Hände des Vaters und des Großvaters. Nichtsdestotrotz war seine Ähnlichkeit mit den strengen Gesichtszügen der Männer seiner Familie von frühester

Kindheit an unübersehbar: dieselbe Augenfarbe, ein klares Blau wie das einer Quelle, eine gerade Nase und ein markantes Kinn. Stoner war einen Meter fünfundachtzig groß, viel größer als der Familiendurchschnitt, schlank und von natürlicher Eleganz, wie seine Mutter. Als er beim FBI arbeitete, traf man ihn kaum je anders gekleidet als in einem seiner korrekten Anzüge, zu denen er mit jenem klassischem Geschmack ausgewählte Krawatten kombinierte, der ihn von den anderen abhob.

Nach dem Zweiten Weltkrieg war die Familie Stoner nach Virginia gezogen. Stoner erinnerte sich gut daran, als er dem Vater von seiner Absicht erzählt hatte, die FBI-Akademie in Quantico zu besuchen. Kristof war dermaßen erschüttert gewesen, dass er jahrelang kein Wort mehr an seinen Sohn richtete, als hätte Stoner die Traditionen der Familie verraten. Noch heute, wenn er den Eingang zum Hauptquartier des Bureau passierte, um seine Seminare abzuhalten, spürte er eine Art Sehnsucht nach dem Jungen in ihm aufsteigen, der er einmal gewesen war, und dachte daran, wie schwer es für ihn gewesen war, ein anderes Leben zu wählen als das, was sein Vater für ihn vorgesehen hatte.

Das anhaltende Klingeln des Handys lenkte Stoner von seiner Bootsinstandsetzung ab. Überrascht stellte er fest, dass es sich um einen Anruf von einer italienischen Nummer handelte. Es war Aurora Scalviati.

»Aurora? Weißt du, wie spät es ist?«, sagte er zur Begrüßung.

»Entschuldige, Isaak, manchmal vergesse ich die Zeitverschiebung«, antwortete sie. »Ich hoffe, ich habe dich nicht geweckt.«

»Nein, ich kümmere mich ein wenig um mein Boot.«

An ihrem Tonfall bemerkte Stoner, dass Aurora in Schwierigkeiten war. Er fragte: »Alles in Ordnung, *Dawnee*?«

Auf Auroras Lippen breitete sich ein kleines Lächeln aus, als sie den Spitznamen hörte, den Stoner ihr beim ersten Mal gegeben hatte, als er in Italien war, um mit ihrem Vater zusammenzuarbeiten: Dawnee, von Dawn, was auf Italienisch »Aurora« bedeutete, »Sonnenaufgang«.

»Ich … na ja …«, stammelte sie. »Ich weiß nicht mal, warum ich dich angerufen habe.«

»Vielleicht hattest du das Bedürfnis, die Stimme eines Freundes zu hören.«

Aurora rieb sich die Augen und unterdrückte eine Träne. »Mein Gott, wie sehne ich mich nach der Zeit zurück, als du mit Papa zusammengearbeitet hast. Euch bei der Arbeit zuzusehen war ein einziges Spektakel.«

»So würde ich unsere Ermittlungsarbeit nicht nennen, aber die alten Zeiten vermisse ich auch. Du weißt gar nicht, wie sehr.«

Stoner wartete auf Auroras Antwort, aber er bekam nichts weiter zu hören als ihren Atem.

»Ich habe gehört, du bist wieder im Dienst«, sagte er. »Es freut mich, dass es dir gelungen ist, diesen Teil deiner Vergangenheit hinter dir zu lassen.«

»Ich wünschte, es wäre so«, antwortete Aurora.

Stoner überlegte einen Augenblick, bevor er antwortete. Sie hatten sich so lange nicht gesprochen, und er wollte nicht das Risiko eingehen, alte Wunden wieder aufzureißen. »Du bist eine Kämpferin, Aurora. Vergiss das nicht.«

»Es ist so … ich bin gerade in einer schwierigen Lage. Ich habe Angst, mich wieder zu verlieren.«

»Hab keine Angst, dich deinen Geistern zu stellen. Du

wirst immer stärker sein als sie. Du darfst nur nicht vergessen, wer du bist.«

Aurora holte tief Luft. »Ich habe vor kurzem der Versetzung in eine andere Stadt zugestimmt. Dort gab es einen Doppelmord und ...«

»Und?«

»Ich glaube, es handelt sich um einen Serienmörder.«

»Wenn du meine Aufmerksamkeit wecken wolltest, dann ist dir das gelungen.«

»Das Problem ist, dass ich Angst habe, dass mir die Ermittlungen über den Kopf wachsen. Es ist mein erster Fall, seit ich aus der Klinik raus bin, und ich bin nicht sicher, ob ich das schaffe.«

»Machst du Witze? Du warst die beste Schülerin, die ich je hatte. Und du bist eine großartige Ermittlerin geworden.«

»Ich weiß nicht, Isaak ... Ich bin hier die Neue. Sie haben mich an die Spitze einer kleinen Taskforce gesetzt, aber ich fürchte, sie wollen mich nur als Sündenbock, falls etwas schiefläuft.«

»Ich verstehe deine Bedenken. Aber ich bin sicher, du schaffst das, Aurora, und kannst allen beweisen, wie gut du bist.«

»Das sagt auch Bruno, mein Kollege. Das Problem ist, dass ich nicht weiß, ob ich ihm trauen kann ... ich weiß überhaupt nicht, wem ich trauen soll.«

»Höre auf deine Intuition, Aurora. Sie wird dich nicht trügen.«

# 34

Bei dem Gespräch mit Stoner hatte Aurora eine neue Ladung Energie getankt, und sie spürte sich von etwas erfüllt, dass so etwas war wie Optimismus. Sie folgte der roboterhaften, aber beruhigenden Stimme des Navigationsgeräts bis zum Krankenhaus. Am Eingang zeigte sie ihre Dienstmarke und fragte, in welchem Zimmer Aprile lag.

»In der Kinderabteilung. Block 4, dritter Stock«, lautete die Antwort der Krankenschwester, nachdem sie zerstreut den Computer konsultiert hatte.

Aurora folgte der Beschreibung bis zu einer Treppe, auf der ein Junge mit traurigen Augen saß, gegen die Kälte in einen karierten Mantel gehüllt.

»Was machst du denn hier, so alleine?«, fragte Aurora besorgt.

Der Junge schaute auf, bis er Aurora in die Augen sah. »Meine Freundin liegt hier.«

»Willst du mir sagen, wie sie heißt?«, schlug Aurora vor. »Wenn du willst, kann ich dir helfen, sie zu finden.«

»Ich weiß nicht ... ich glaube, das ist keine gute Idee.«

»Machen Krankenhäuser dir Angst?«

»Krankenhäuser machen mich traurig.«

Aurora setzte sich neben ihn. »Mich auch«, sagte sie. »Und ich suche auch eine Freundin. Siehst du? Wir haben etwas gemeinsam.«

Der Junge betrachtete sie mit einer Mischung aus Neugier und Unentschlossenheit.

»Ich heiße Aurora, und du?«

Das Kind antwortete nicht. »Wie heißt deine Freundin?«, fragte es. Aurora atmete tief durch. »Aprile.«

»Dann haben wir noch etwas gemeinsam«, sagte der Junge lächelnd.

Neugierig fragte Aurora: »Was willst du damit sagen?«

»Ich bin auch wegen ihr hier«, antwortete der Junge. Dann verfinsterte sich seine Miene. »Der Nagelmann hat sie entführt und fast erfrieren lassen.«

Ein kalter Schauer lief Aurora über den Rücken. Manchmal weiß die Phantasie eines Kindes die Grausamkeit der Menschen mit entwaffnender Einfachheit zu beschreiben. »Du weißt, was mit ihr geschehen ist?«

Er antwortete nicht. Er senkte den Blick und begann, mit dem Schnürsenkel an seinem Schuh zu spielen.

»Ist Aprile eine Freundin von dir?«, insistierte Aurora.

Der Junge nickte heftig. »Mein Haus ist ganz in der Nähe von ihrem. Im Winter sehen wir uns vor allem in der Schule, aber im Sommer fahren wir mit den Fahrrädern kreuz und quer über die Feldwege in der Nachbarschaft.«

»Und glaubst du nicht, dass sie sich freuen würde, dich zu sehen?«

Der Junge zuckte mit den Schultern. »Ich glaube schon.«

»Und worauf wartest du dann?«

»Ich kann da nicht rein ... ich warte lieber hier, bis meine Eltern mich abholen.«

»Wo sind denn deine Eltern?«, fragte Aurora.

Er antwortete nicht.

Aurora zog das Handy heraus. »Gib mir doch die Nummer von deiner Mama oder deinem Papa, dann kann ich ihnen sagen, dass du auf sie wartest.«

»Keine Sorge, sie werden bald hier sein.«

»Na los.«

Der Junge drehte sich weg.

»Willst du mir nicht wenigstens deinen Namen sagen?«, fragte sie mit sanfter Stimme.

Der Junge sah sie mit seinen großen haselnussbraunen Augen an, doch er schwieg weiter.

»Darf man erfahren, was los ist?«, drängte sie ihn. »Magst du mich nicht?«

»Das ist es nicht. Es ist ... kompliziert.«

Aurora stand auf und streckte die Hand nach dem Jungen aus. »Gehen wir. Zusammen wird es leichter sein, die Traurigkeit zu besiegen. Aprile wartete sicher auf dich.«

Der Junge zögerte. Einen Augenblick lang schien es, als wolle er Auroras Hand ergreifen, doch dann zog er sie zurück. »Du verstehst das nicht«, sagte er beinahe ängstlich.

Aurora sah ihn überrascht an. »Was denn?«

»Ich kann dieses Zimmer nicht betreten.«

»Und warum nicht?«

Der Junge fuhr sich über die Lippen. Beinahe flüsternd sagte er: »Ich habe Angst, dass der Nagelmann mich auch holen kommt.«

# 35

Die Wände des Krankenzimmers waren voll mit Genesungswünschen und Bildern von Apriles Klassenkameraden. Das Meer von filzstiftgeschriebenen Sätzen voller Zuneigung, Ermutigung und Hoffnung ließ keine Lücke frei. Auf dem Fußboden und neben dem Bett verströmten Dutzende Blumensträuße einen intensiven Duft.

Um zu Apriles Zimmer zu gelangen, hatte Aurora das Wartezimmer passieren müssen, in dem sich Neugierige und Journalisten angeregt unterhielten – unter ihnen Longhi, den Aurora erfolgreich ignorierte –, und sie hatte sich bei dem Beamten vor der Tür mit ihrem Dienstausweis identifizieren müssen.

Das Mädchen lag in einem Bett in der Mitte des Zimmers, an Maschinen angeschlossen, die ständig ihre Lebensfunktionen überwachten.

Aurora sah aus dem Fenster und bemerkte, dass von dort aus die Eingangstreppe sichtbar war. Der Junge saß nicht mehr dort. Seine Eltern mussten gekommen sein, um ihn abzuholen.

Sie setzte sich auf den Stuhl neben dem Bett und betrachtete Aprile. Sie hatte die Augen geschlossen und atmete ruhig, sie wirkte beinahe heiter. Aurora hoffte, sie möge etwas Heiteres träumen, was sie weit weg von den Erlebnissen bringen würde, die sie hatte erdulden müssen.

Kurz darauf betrat eine Krankenschwester das Zimmer. »Sie dürfen nicht hier sein«, sagte sie unfreundlich.

»Ich bin von der Polizei«, antwortete Aurora. »Kommissarin Scalviati. Ich würde gerne Apriles Arzt sprechen. Könnten Sie ihn bitte rufen?«

Die Krankenschwester verzog das Gesicht und ging hinaus. Eine Minute später kam sie mit einem Mann um die sechzig zurück, mit ungepflegtem Bart und einer runden Brille auf der Nasenspitze.

Nachdem er ihr die Hand geschüttelt hatte, sagte der Arzt: »Aprile ist nicht in Lebensgefahr, wenn es das ist, was Sie wissen wollen. Aber es ist noch nicht möglich, mit ihr zu sprechen.«

»Ich vermute, sie ist noch sehr durcheinander.«

Der Arzt schüttelte den Kopf. »Sie ist noch nicht wieder aufgewacht.«

»Ist sie sediert?«

»Nein, das war sie nie. Wir haben uns darauf beschränkt, die starke Unterkühlung zu behandeln. Sie wurde die ganze Zeit überwacht, und ich kann sagen, ihr körperlicher Zustand ist gut. Sie ist stabil, das einzige Problem ist, dass sie nicht aufwacht. Es ist möglich, dass sie durch das Erlebte so traumatisiert worden ist, dass ihr Gehirn sich weigert, wieder zu Bewusstsein zu kommen.«

»Wie lange könnte dieser Zustand anhalten?«

»Darüber kann ich im Moment keine Aussage machen. Es können Stunden sein oder auch Tage. Wenn das Gehirn seine normale Aktivität nicht wieder aufnimmt, könnte sie ins Koma fallen.«

»Das ist ja schrecklich … Aber dann … wäre alles umsonst«, dachte sie laut. Sie nahm die Hand der kleinen Aprile. »Es tut mir so leid ... ich habe alles versucht, glaub mir.«

»Ich glaube nicht, dass sie Sie hören kann.«

Auroras Blick verlor sich zwischen den Genesungswünschen. Eine der Karten zog ihre Aufmerksamkeit auf sich. In einem Kranz aus rosa Herzen stand geschrieben: »Ich kann nicht einmal an deinen leeren Bankplatz denken. Ich wünschte, wir hätten nie wegen diesem blöden Satz gestritten. Komm bald zurück. Sara.«

Wer weiß, warum Aprile und ihre Banknachbarin gestritten hatten, überlegte Aurora. Während das Leben ihrer Altersgenossen auf den üblichen Gleisen weiterlief, hing Apriles an einem Hoffnungsfaden.

»Ihre Klassenkameraden haben sie vor dem Unterricht besucht«, sagte der Arzt.

»Haben sie die Blumen gebracht?«

»Die sind von Lehrern und Eltern und einer kleinen Bürgerdelegation, die ihre Unterstützung ausdrücken wollten. Es war ein ganz schöner Auflauf.«

»Die Nachrichten wirken nicht wie von Kindern geschrieben.«

»Die Kinder von heute sind reifer, als ihr Alter vermuten ließe. In den meisten Fällen sind wir diejenigen, die nicht in der Lage sind, sie zu verstehen.«

»Ich glaube, ich habe eben eines der Kinder getroffen, draußen auf der Treppe«, sagte Aurora. »Der Junge trug einen karierten Mantel. Haben Sie ihn gesehen?«

»Keine Ahnung. Hier war so viel los, dass ich mich in mein Arbeitszimmer flüchten musste.«

»Vielen Dank für das nette Gespräch.« Sie riss ein Blatt aus ihrem Kalender, nachdem sie ihre Handynummer daraufgeschrieben hatte. »Wenn sich die Lage ändert, seien Sie doch so freundlich und rufen mich an.«

Bruno näherte sich Tom Carelli. »Das hier ist mein Schreibtisch«, sagte er zu ihm.

»Entschuldige. Ich bin gleich weg«, antwortete Tom, ohne den Blick von seinem Laptop zu heben.

»Wer hat dir das Passwort für meinen Computer gegeben?«, fragte Bruno.

Tom tippte eifrig weiter. »Ähm ... niemand.«

»Und wie bist du dann reingekommen?«

Tom lächelte schief. »Das ist leichter, als du denkst.«

Bruno sah auf den Bildschirm seines Computers. Darüber lief eine lange Liste unverständlicher Eingaben.

»Was tust du da?«

»Willst du das wirklich wissen?«

»Allerdings.«

»Wie du meinst. Ich installiere ein Script via ›backdoor‹ im Server des Gesundheitsamts.«

»Wie bitte?«

Tom Carelli hob eine Augenbraue. »Das ist nur eine kleine Abkürzung, um an die Informationen zu kommen, die Scalviati von mir haben wollte.«

»Ich glaube nicht, dass das legal ist.«

»Keine Sorge, ich habe deine IP-Adresse durch einen Proxy abgeschirmt.«

»Verdammt noch mal, Carelli, ich habe keine Ahnung, was du da redest, aber das ist mein Computer!«

»Niemand wird es je erfahren«, antwortete Tom seelenruhig.

»So wie damals, als du in den Server der Staatsanwaltschaft eingedrungen bist?«

»Da haben sie mich nur wegen des Assistenten des Informatik-Profs geschnappt«, antwortete Tom. »Hätte er den Mund gehalten, wäre nie herausgekommen, dass ich es war.«

»Hörst du eigentlich, was du da redest? Du klingst wie ein Krimineller.«

»He, ich arbeite doch für die Guten«, protestierte Tom. »Ich bin jetzt Polizist. Ich habe mich rehabilitiert.«

»Eben, du bist jetzt Polizist. Konntest du nicht einfach beim Amt für Sozialwesen anrufen, um dir die Personen mit anerkannter Invalidität nennen zu lassen?«

»Das habe ich natürlich auch getan«, rechtfertigte sich Tom. »Hör mal, ich bin noch immer in der Warteschleife!«

Bruno hob den Hörer seines Schreibtischapparates hoch und lauschte. Vom anderen Ende erklang eine nervtötende Melodie, ab und zu unterbrochen durch eine weibliche Stimme, die ihn einlud, »nicht aufzulegen, um seinen Platz auf der Warteliste nicht zu verlieren«.

Tom stand auf und ging selbstsicher hinüber ins Kopierzimmer. Einen Augenblick später kehrte er mit einem Stapel Ausdrucke zurück.

»Das ist die Liste der Zivilpersonen der ganzen Gegend mit Anspruch auf soziale Leistungen, sortiert nach Alter, Art und Prozent der Invalidität«, verkündete er triumphierend. »In weniger als ...« – er warf einen Blick auf die Uhr – »zwölf Minuten.«

Bruno schaute ihn verblüfft an. »Du hast es geschafft, den Netzwerkdrucker zum Laufen zu bringen? Seit mindestens sechs Monaten ist das niemandem gelungen.«

»Ach, das war ein Kinderspiel.«

# 36

Aurora betrat den Obduktionssaal in dem Moment, als der Arzt den letzten Nagel aus Carlo Gualtieris Leiche zog. Das Summen der Sauger und das Plätschern des Wassers, das unter dem Seziertisch lief, untermalte die Geräusche des Metalls, das aus dem Fleisch gezogen wurde. Der Leichnam war entkleidet und sorgsam von Blut gesäubert worden, er lag auf dem Rücken, die Arme neben dem Körper.

»Guten Tag, Kommissarin Scalviati«, sagte der Pathologe, einen raschen Blick auf Aurora werfend. »Richter Torrese hat mir Ihren Besuch angekündigt. Sind Sie hier, um die Autopsie zu verfolgen?«

Der Assistent nickte ihr ebenfalls zu.

Aurora bedeckte ihren Mund mit dem Jackenärmel. Der Geruch des Zimmers verursachte ihr Übelkeit, und sie wusste, sie würde sich nicht lange zusammenreißen können. Die Konfrontation mit den Folgen des Todes war ein Aspekt ihres Berufes, an den sie sich nie hatte gewöhnen können.

»Um die Wahrheit zu sagen, hatte ich gehofft, Informationen über den Tod des Ehepaars Gualtieri zu bekommen.«

»Der Autopsiebericht der Frau ist bereits fertig«, antwortete der Pathologe. »Ich leite ihn an die Staatsanwaltschaft weiter, sobald ich hier fertig bin. Sie ist an einer Hypoxie gestorben, ausgelöst durch einen Pneumothorax, infolge der von einem großen, stumpfen Gegenstand beigebrachten Wunde. Wahrscheinlich handelt es sich um eine Axt.«

»Verstehe.«

Nachdem er den langen Nagel entfernt hatte, legte der Pathologe ihn zu den anderen in eine Metallschale auf dem Wagen, auf dem ordentlich sein Werkzeug aufgereiht lag.

»Mit dem hier sind es vierzehn«, seufzte er.

Aurora nahm das Handy heraus und machte einige Fotos von den Nägeln. Es handelte sich um angespitzte Eisenkeile mit quadratischem Stift von unterschiedlichen Dimensionen zwischen dreißig und vierzig Zentimetern. Ihre Form war unregelmäßig, wie handgeschmiedet. Das und der Rost, der sie bedeckte, ließ vermuten, dass sie sehr alt waren.

»Können Sie mir schon etwas zu ihm sagen?«

Der Pathologe räusperte sich. »Zunächst, dass der Todeszeitpunkt wahrscheinlich in den frühen Morgenstunden der Nacht von Mittwoch zu Donnerstag liegt.«

»Das bedeutet, als Aprile entführt wurde, war ihr Vater noch am Leben.«

»Und dann gibt es Auffälligkeiten bezüglich der durch die Nägel hervorgerufenen Verletzungen.« Er deutete auf eine der Wunden. »Wie Sie sehen können, gibt es an den Wundrändern kein Zeichen von Vernarbung und ebenso wenig von Einblutungen.«

»Und das bedeutet ...?«

»Das bedeutet, dass die Nägel erst nach dem Tod in den Körper des Mannes gesteckt wurden, mit dem Ziel, seine Haltung zu verändern und die Gliedmaßen in eine bestimmte Position zu bringen. Die Operation muss kurz nach dem Tod durchgeführt worden sein, sonst hätte die Totenstarre es nicht erlaubt, ihn in die Haltung zu bringen, in der er gefunden worden ist.«

»Also war das Einschlagen der Nägel keine Art der Folter.«

»Genau«, antwortete der Pathologe. Dann deutete er auf dunkle Flecken am Hals. »Wenn es nicht noch große Überraschungen bei der Autopsie gibt, würde ich sagen, dieser Mann wurde stranguliert. Vom Ausmaß der Flecken und wegen des Fehlens von Faserrückständen an der Haut meine ich, es wurde eine dünne Plastikschnur verwendet, etwa ein Stromkabel.«

Aurora wurde nachdenklich. »Gualtieri war recht robust«, sagte sie. »Und er war Wachmann und früher sogar mal Polizist. Er hätte sich energisch zur Wehr gesetzt. Aber an seine Händen und Unterarmen fehlen die klassischen Abwehrverletzungen.«

»Wahrscheinlich wurde er überrascht«, sagte der Pathologe. »An der Schädelbasis gibt es Flecken, die auf den ersten Blick nach Leichenflecken aussehen, aber auch Male von Prügeln sein könnten.«

»Gualtieri könnte mit einem Schlag auf den Kopf niedergestreckt worden sein.«

»Und dann mit Klebeband gefesselt, um ihn wehrlos zu machen. An den Handgelenken habe ich Überreste von Klebstoff und Plastikfasern gefunden.«

»Was denken Sie, wann werden Sie fertig sein?«, fragte Aurora schließlich.

»Ich rechne damit, Ihnen noch heute Ergebnisse liefern zu können«, schloss der Pathologe. Dann wandte er sich wieder dem Leichnam zu. Er griff nach dem Skalpell und begann, vom Schlüsselbein abwärts zu schneiden.

Aurora wandte schnell den Blick ab und verabschiedete sich mit einem Nicken. Sie eilte aus dem Saal und beeilte sich, nach Hause zu kommen.

In ihrem Zimmer entledigte sie sich in aller Eile ihrer Kleider, die mit dem Geruch nach Formaldehyd imprägniert schienen. Dann drehte sie die Dusche auf.

Während das heiße Wasser über ihre Haut strömte, dachte sie über das nach, was der Gerichtsmediziner gesagt hatte. Im ersten Augenblick hatte Aurora wegen des Zustands, in dem der Leichnam Carlo Gualtieris gefunden worden war, gedacht, der Mörder habe sich in einem Wutanfall an ihm vergangen. Stattdessen war nun deutlich, dass er vollkommen kühl agiert hatte, nach einer ganz bestimmten Logik. Aber warum verging sich jemand derart an einem Leichnam, noch dazu vor den Augen eines unschuldigen Kindes? Es schien keinerlei Sinn zu ergeben.

Die einzige Zeugin, die den Mörder in Aktion gesehen hatte und vielleicht Antworten darauf geben konnte, lag bewusstlos in einem Krankenhausbett. War es möglich, dass der Mörder auch das vorhergesehen hatte?

Wieder eine Hypothese, die keinen Sinn ergab. Abgesehen davon, dass das Subjekt selbst einen Hinweis hinterlassen hatte, der ihnen erlaubt hatte, Aprile zu finden. Er hatte sie unter den Wagen gefesselt, aber er hatte ihr nichts getan. Aurora ließ der Gedanke keine Ruhe, dass sie und Bruno vielleicht die Unterkühlung hätten verhindern können, wenn sie mit mehr Entschlossenheit gehandelt hätten.

Ihr kam wieder der Satz in den Sinn, der mit Blut an die Wohnzimmerwand der Opfer geschrieben worden war. »Du wirst keinen Schaden tun«, das Echo eines Massakers, das aus dem Sand der Zeit emportauchte, unter dem es begraben worden war.

Die Informationen, die sie hatte, waren zu widersprüchlich, um ein Täterprofil zu erstellen. Sie wusste noch nicht, wie sie sie miteinander in Verbindung bringen sollte.

Aurora trat aus der Dusche und schlüpfte in ihren schwarzen Seidenkimono mit dem Blumenmuster am Rücken. Sie wühlte in der Garderobe nach sauberer Kleidung, dann blieb sie stehen, um den Stadtplan zu betrachten, den sie an die Wand gehängt hatte. Sie folgte der Route der Nachtschicht Gualtieris, die sie wenige Stunden zuvor fertig rekonstruiert hatte. Neben jede Adresse hatte sie die Bilder gepinnt, die sie von Google Street View heruntergeladen hatte und die größtenteils die Lagerhallen des Industriegebiets und die Geschäfte, die Gualtieri bewachen sollte, zeigten.

»Wo hast du deinen Mörder getroffen?«, flüsterte Aurora einem unsichtbaren Gesprächspartner zu, während ihr die Worte »einzige Zeugin« durch den Kopf gingen.

Dann plötzlich traf sie die Erkenntnis, ein wichtiges Detail erfasst zu haben, wie ein Faustschlag mitten ins Gesicht.

»Aber natürlich ... die einzige Zeugin!«

# 37

Im Kommissariat traf Aurora Bruno, der gerade Klappstühle die Treppe hinuntertrug.

»Was machst du?«

»Sie haben uns ein Büro im Souterrain zugewiesen«, antwortete er. »Besser gesagt, sie haben es dir und deinem Team zugewiesen. Ich werde meinen Schreibtisch vorerst behalten können, dem Himmel sei Dank.«

»Im Souterrain?«, protestierte Aurora. »Gibt es kein anderes Zimmer?«

»Da müsstest du Piovani fragen. Wenn er guter Laune ist, könnte er dir vielleicht das Badezimmer überlassen.«

Aurora schnitt Bruno eine Grimmasse und folgte ihm die Stufen hinunter zu einer engen Kammer, die als Vorraum des Archivs diente. Drinnen hatten sie zwischen einigen alten, übereinandergestapelten Karteikästen einen Schreibtisch platziert.

»Ist etwas in diesen Karteikästen außer Staub?«, fragte Aurora.

»Nein«, antwortete Bruno. »Alle Akten sind bei der letzten Renovierung vor etwa fünfzehn Jahren in den ›Flur der Erinnerung‹ gewandert.«

»Den ›Flur der Erinnerung‹?«

»Ein Spitzname für das Archiv. Inspektor Sergio Baldrati, der alte Archivar, hat es so getauft. Er war eine Art Genie auf seinem Gebiet, auch wenn er etwas merkwürdig war. Er behauptete, den Inhalt aller Akten im Archiv auswendig gelernt zu haben. Er selbst nannte sich den ›Hüter der Erinnerung‹. Vor ein paar Jahren ist er in Pension gegangen.«

Aurora suchte Brunos Blick. »O.k., lassen wir für einen Augenblick die alten Geschichten beiseite. Es gibt etwas Wichtiges, was ich mit dir besprechen will.«

»Bevor oder nachdem ich den Hausmüll der Gualtieris durchwühlen gehe?«

»Ich weiß jetzt, warum der Mörder Aprile am Leben gelassen hat.«

Brunos Gesicht wurde ernst. »Ich höre.«

»Die Umstände, unter denen wir Carlo Gualtieris Leichnam gefunden haben, sind ungewöhnlich. Auf einer Seite sieht es so aus, als habe jemand versucht, ihn zu verstecken, wir haben ihn ja halb vergraben gefunden. Andererseits hat das Unsub einen Hinweis hinterlassen, der uns dabei half, ihn zu finden, und dank dem das Mädchen noch am Leben ist.«

»Zwei widersprüchliche Szenarien.«

»Und dann die Art, wie Gualtieri umgebracht wurde. Laut dem Amtsarzt haben die Nägel nicht das Geringste damit zu tun. Er wurde stranguliert. Die Nägel wurden *post mortem* appliziert, mit dem einzigen Ziel, die Haltung des Leichnams zu verändern.«

Bruno dachte einige Augenblicke nach. »Glaubst du, es handelt sich um das Ritual einer Sekte?«

»Nein«, antwortete Aurora. »Ich habe in Turin mit einem Kollegen zusammengearbeitet, der Spezialist auf dem Gebiet war, aber ich habe noch nie von derartigen Praktiken gehört. Aber für unser Subjekt muss es eine ganz besondere Bedeutung haben, sich auf diese Art an einem Leichnam zu vergehen. Vielleicht hielt er Gualtieri für schuldig an irgendetwas und hat dann einen Plan gefasst. Jede einzelne Handlung war wohlüberlegt. Nachdem er Carlo Gualtieri entführt hatte, ist er in das Haus gegangen, um seine Frau zu ermorden und das Mädchen zu holen. Die Frage ist nur, warum?«

»Sein Ziel könnte einfach gewesen sein, beide Elternteile zu töten.«

»Und warum dann das Mädchen entführen?«

»Vielleicht war es eine unbequeme Zeugin.«

»Wenn dem so wäre, hätte er sich ihrer leicht entledigen können. Er war bewaffnet. Er hätte sie töten können wie ihre Mutter.«

»Vielleicht hat er bei einem Kind gezögert.«

»Nein. Das Subjekt *wollte*, dass wir sie finden. Aber du hast gerade ein Schlüsselwort gesagt.«

»Entschuldige, ich glaube, ich komme nicht mit.«

»Das war Apriles Rolle: die der Zeugin. Die Ermordung ihrer Mutter war eine Art ... Kollateralschaden, mit dem einzigen Ziel, das Kind zu entführen und uns eine Nachricht zu hinterlassen. Wir haben es mit einem Subjekt mit verzerrten Moralvorstellungen zu tun. Er ist fest überzeugt von der Richtigkeit seines Handelns. Darum hat er sich die Mühe gemacht, uns eine Nachricht zu hinterlassen. Er wollte unsere Aufmerksamkeit. Er wollte, dass wir an seiner Aktion teilhaben. Und er brauchte Aprile als seine Zeugin.«

»Aber ... das ergibt keinen Sinn. Wenn Aprile wirklich alles gesehen hat, könnte sie uns helfen, ihn zu identifizieren.«

Aurora dachte einige Augenblicke nach. »Ich glaube, er fühlt sich unbesiegbar. Vielleicht ist er gewöhnt, sich zwischen normalen Menschen zu tarnen.« Sie dachte an die Charakteristiken der Serienmörder, die sie im Seminar bei Stoner gelernt hatte, und fügte hinzu: »Er hat eine Rolle in der Gesellschaft, die ihm bislang immer erlaubt hat, seine mörderischen Impulse zu verschleiern. Er ist ein Unsichtbarer, einer, der nach außen hin so ist wie alle anderen. Wahrscheinlich hat er sich auf irgendeine Art verkleidet und ist überzeugt, vorsichtig genug gewesen zu sein, dass alles, was Aprile über ihn aussagen kann, unerheblich ist.« Aurora schwieg einen Augenblick. »Falls sie je wieder aufwacht, heißt das«, fügte sie seufzend hinzu.

»Hat sie sich noch nicht erholt?«

»Nach Meinung der Ärzte hat sie ein dermaßen tiefsitzendes Trauma erlitten, dass es ist, als hätte ihr Gehirn ... das Bewusstsein ausgeschaltet.«

»Das arme Mädchen«, murmelte Bruno. »Ich frage mich, ob sie je verwinden wird, was sie erlebt hat.«

»Nach allem, was sie mit ansehen musste, wundert es mich nicht, dass Aprile nicht aufwachen will. Für sie hat sich die Realität als der schlimmstmögliche Alptraum entpuppt.«

Sie hörten, wie sich auf der Treppe Silvia Sassis schnelle Schritte näherten. »Ihr müsst mal nach oben kommen«, keuchte sie. »Tom hat etwas entdeckt!«

Das Team versammelte sich um den Schreibtisch, wo Tom Carelli auf Brunos Laptop tippte.

Kurz darauf warf Tom den Netzwerkdrucker an. »Ich habe den Inhalt der GPS-Aufzeichnung aus Gualtieris Wagen entschlüsselt«, sagte er.

Aurora betrachtete aufmerksam den Ausdruck. Der

Weg war nur teilweise deckungsgleich mit der Route von Carlo Gualtieris Nachtschicht, die Di Blasi ihnen genannt hatte. Aurora kannte sie gut, sie hatte sie bis zur Erschöpfung studiert. Soweit sie erkennen konnte, hatte der Wagen etwa auf der Hälfte der Strecke eine Abzweigung genommen zu einer Adresse, die nicht auf der Liste war, dann zum Cavo Napoleonico, zum Haus der Gualtieris und schließlich zurück.

»Carlo Gualtieri muss hier überfallen worden sein«, murmelte Aurora und deutete auf die Adresse, die auf Di Blasis Liste fehlte. »Von diesem Punkt an stimmt die Strecke der Nachtschicht nicht mehr mit Carlo Gualtieris tatsächlichem Weg überein. Das Subjekt muss ihn in den Kofferraum geladen haben, nachdem er ihn auf irgendeine Weise betäubt hatte, und dann zum Deich gefahren sein. Dann hat er wieder das Auto genommen, um Rossella umzubringen und Aprile zu entführen. Schließlich ist er zum Kanal zurückgekehrt, wo er den Wagen abstellte.«

Bruno wuschelte sich mit der Hand durch die Haare. »Warum ist er hin und her gefahren?«

»Heute früh bin ich nochmal beim Deich vorbeigefahren«, sagte Silvia. »In einer Gegend, die noch nicht abgesucht wurde, einige Dutzend Meter vom Fundort des Wagens entfernt, habe ich die Abdrücke von zwei Personen gefunden. Ich habe sie untersuchen lassen, und es stellte sich heraus, dass sie von dem Unsub und Carlo Gualtieri stammten.«

»Willst du sagen, das Opfer ist mit seinem Mörder zusammen den Deich langspaziert?«, fragte Bruno. »Warum hätte er das tun sollen?«

»Wahrscheinlich wurde Gualtieri dazu gezwungen, vielleicht mit einer Waffe«, antwortete Silvia. »Etwas weiter vorn gibt es eine Einbuchtung, wo ein kleines Boot anlegen kann. Ich glaube, das Subjekt hat die alten Bahngleise über den Wasserweg erreicht und ist dann, nachdem er das Opfer in der Nähe des Waggons untergebracht hatte, zurückgekommen, um den Wagen zu nehmen, Rossella zu töten und die Tochter zu entführen.«

»Eine stimmige Hypothese«, sagte Aurora. »Es gibt Druckstellen an Gualtieris Handgelenken, die bestätigen, dass er gefesselt wurde. Das Unsub hat ihn an der alten Bahnstrecke festgehalten, um eine Flucht zu verhindern, während er sich um die Frau und die Tochter kümmerte.«

»Das ist noch nicht alles«, mischte Tom sich ein. »Ich habe die Suche auf die Strecken der letzten zwei Tage ausgeweitet, und das Gerät hat mir diese Koordinaten ausgespuckt.« Tom deutete auf die Landkarte. »Diesen Ort hat Carlo Gualtieri am Tag vor seiner Ermordung aufgesucht.«

»Ziemlich weit weg von der Stadt«, sagte Bruno.

»Mindestens hundert Kilometer entfernt«, präzisierte Tom.

»Wo ist das?«, fragte Aurora.

»Im Apennin von Modena, am Lauf des Flusses Panaro«, antwortete Silvia. »Ich kenne die Gegend gut, wegen des Nationalparks ›Sassi di Roccamalatina‹. Ich habe an einem Programm zum Schutz der Wanderfalken teilgenommen, die in den Sandsteinfelsen der Gegend nisten.«

»Also ein touristischer Ort?«, fragte Aurora. »Gualtieri könnte mit seiner Familie dorthin gefahren sein.«

»Nein«, antwortete Tom. »Ich habe im Internet recherchiert und herausgefunden, dass sich hinter der Adresse eine psychiatrische Anstalt verbirgt. Sie heißt ›Villa Clara‹.«

»Warum sollte Gualtieri eine psychiatrische Anstalt mitten auf dem Apennin aufsuchen?«, fragte Bruno.

»Das müssen wir herausfinden«, sagte Aurora. »Erstmal Glückwunsch an alle, hervorragende Arbeit, aber das ist erst der Anfang. Tom, wie weit bist du mit der Recherche in der Datenbank des Gesundheitsamts?«

Tom Carelli zeigte Aurora die Liste.

Aurora überflog sie. »Bestens«, sagte sie. »Gleiche die Liste mit dem Vorstrafenregister ab. Suche nach jemandem, der ein Verbrechen verübt hat, das unserem Fall auf irgendeine Weise ähnelt. Mord, Entführung, aber auch Verbrechen gegen Minderjährige.«

»Wird erledigt.«

»Muss er dafür meinen Computer benutzen?«, brummelte Bruno, der bereits weitere Verletzungen des Protokolls mit seiner virtuellen Identität voraussah.

»Was meinst du?«

»Nichts weiter«, sagte Tom lächelnd. »Bruno ist nur ein wenig ... eigen, wenn es um seine Arbeitsmaterialien geht.«

»Sprich mit Torrese, er wird dir einen eigenen Computer besorgen«, sagte Aurora. Dann wendete sie sich an Bruno. »Während Silvia und ich der Villa Clara einen Besuch abstatten, kümmerst du dich bitte um Gualtieris Nachtschicht. Finde heraus, was sich bei der Adresse befindet, die nicht auf der Liste ist, und warum er dort war.«

»Also kein Hausmüll mehr?«

»Den Müll will ich auch«, sagte Aurora. »Wir dürfen uns kein Detail entgehen lassen, das uns zum Unsub führen könnte. Ich will Zeugen, Informationen. Ich will, dass du im Leben von Carlo und Rossella Gualtieri wühlst, auf der Suche nach jedem dunklen Fleck, der das Motiv einer solch grausamen Tat in sich bergen könnte.«

# 38

Silvia saß am Steuer, und Aurora betrachtete staunend die Landschaft vor dem Fenster. Flaches Land, mit leeren Flächen, aus denen hie und da alte Bauernhäuser herauswuchsen, dann teils gewundene, teils schnurgerade Straßen wie Rutschen aus Asphalt, aus Erde, die den Fels umarmt, mit hohen Bäumen wie strenge Wächter.

Das träge Fließen des Wassers in den Kanälen, die den Boden durchfurchten, bildete Fluchtpunkte für die Augen. Am Horizont tauchte immer wieder die Ruine eines Klosters oder eines Turms aus dem Nebel auf, wie Überreste eines Schiffsbruchs. Es war, als führe man auf einem Ozean voller Spuren antiker, inzwischen in Vergessenheit geratener Bräuche. Über allem schwebte ein strahlend weißer Himmel, in dem eine blasse Sonne mit milchigem Schein hing.

Das Auto passierte ein Haus, das von Balken gestützt wurde, die es komplett umfingen wie ein außenliegendes Skelett.

»Sind das die Erdbebengebiete?«, fragte Aurora, das Schweigen durchbrechend, das seit ihrer Abfahrt im Wagen herrschte.

Silvia nickte. »Wir nähern uns dem Epizentrum des

ersten Bebens, das vom 20. Mai 2012. An manchen entlegenen Orten hat man den Eindruck, die Natur wäre langsam dabei, sie zurückzuerobern. Es ist noch nicht lange her, aber man könnte glauben, die Höfe, die verstreut in der Landschaft stehen, seien nie bewirtschaftet gewesen.«

»Das ist wahr«, sagte Aurora. »Ich kann mir nur vorstellen, wie es gewesen sein muss, mitten in der Nacht aufzuwachen, wenn Boden und Wände wackeln, sich zu fragen, ob man es wohl schaffen wird, rechtzeitig nach draußen zu kommen, ob man es schaffen wird, die Menschen, die man liebt, zu retten, ob man überleben wird.«

»Es war eine erschütternde Erfahrung in den Dörfern und Städten, sich plötzlich in einen Höllenkreis katapultiert zu sehen. Zwanzig Sekunden mögen einem im alltäglichen Leben kurz vorkommen. Aber viele Menschen in dieser Gegend haben im Lauf dieser zwanzig Sekunden praktisch alles verloren. Sie saßen plötzlich auf der Straße, ohne einen Schlafplatz, ohne zu wissen, woher sie etwas zu essen bekommen sollten. Der Katastrophenschutz hat sein Möglichstes getan, einen Schlafplatz und eine Mahlzeit für diejenigen bereitzustellen, die selbst nicht in der Lage waren, sich zu helfen, aber in den Zelten war nicht für alle Platz. Es gibt Menschen, die monatelang in ihren Autos gewohnt haben, ohne ein Dach über dem Kopf, ohne Arbeit, ohne Perspektive. Menschen wie wir, denen jede Würde genommen wurde, die nicht imstande waren, Hilfe zu erbitten, oder die nicht gehört wurden. In den Monaten nach dem Erdbeben gab es einen nie da gewesenen Anstieg der Selbstmordrate in dieser Region.«

»Das wusste ich nicht.«

»Niemand hat darüber gesprochen, nicht die Zeitungen und erst recht nicht das Fernsehen. Sie waren zu beschäftigt, ihre Kameras auf die letzten verbliebenen Sehenswürdigkeiten zu richten, in der Hoffnung, sie live einstürzen zu sehen. Oder es interessiert einfach niemanden, wenn Menschen sterben.«

»Ich kann die Wut der Menschen auf diese Aasgeier hier gut verstehen.«

»Diese Wut kenne ich aus eigener Anschauung«, sagte Silvia. »Diesen Dörfern, die einst Standorte florierender kleiner Industrien waren, wurde das Rückgrat gebrochen, erst vom Erdbeben und dann von den selben Institutionen, die versprochen hatten, ihnen zu helfen. Ich trage meine Uniform mit Stolz, aber manchmal bin ich wirklich enttäuscht vom Verhalten des Staates. Während des ersten Bebens war ich gerade zu Gast bei meiner Tante. Sie wohnt ganz in der Nähe von Finale Emilia, einem der Orte, die am stärksten betroffen waren. Ihr Haus war komplett einsturzgefährdet, aber die Inspekteure des Ministeriums erklärten es als bewohnbar, damit sie kein Recht auf Zuschüsse hätte. Und sie haben noch Schlimmeres getan …«

»Das kenne ich«, antwortete Aurora. Seit der Zeit, als ihr Vater starb, war ihr bewusst geworden, dass die Versprechungen gewisser hoher Beamter oft reine Fassade waren.

»Deine Tante liegt dir sehr am Herzen, nicht wahr?«

Silvia lächelte voller Nostalgie. »Ihr Haus war immer eine Art Refugium vor den familiären Problemen für mich. Als ich klein war, liebte ich es, bei ihr zu sein, mitten auf dem Land. Damals hatte sie neun Katzen, und jeden Sommer spielte ich mit den neuen Katzenbabys. Nach dem zweiten Beben am neunundzwanzigsten Mai habe ich mich meinen Kollegen und den Freiwilligen angeschlossen, obwohl ich wegen Krankheit beurlaubt war. Ich half, so gut es ging, die spontanen Spenden der Bewohner anderer Regionen zu verteilen. Da das Haus meiner Tante einsturzgefährdet war, haben wir beide uns für die Nacht im Gewächshaus eingerichtet. Bei den Temperaturen, die dort herrschten, waren das sicher keine idealen Bedingungen für eine alte Dame und für mich, die gerade eine Chemotherapie hinter sich hatte.«

Aurora sah Silvia überrascht an, als erkenne sie plötzlich durch die Mauer von Vorurteilen hindurch die wahre Silvia. Auf den ersten Blick war das, was an Silvia auffiel, ihr Aussehen. Ihre Schönheit, ihre klaren Augen, die langen blonden Haare. Nichts an ihr ließ vermuten, dass sie schwere Zeiten hinter sich haben könnte.

»Das muss hart gewesen sein« war alles, was Aurora nach einem Augenblick des Zögerns herausbrachte.

Silvia warf ihr einen schnellen Blick zu. »Ich war dreiundzwanzig, als bei mir ein Hodgkin-Lymphom diagnostiziert wurde. Es war reiner Zufall, am Anfang dachte ich, es wäre nur eine Grippe, die sich besonders hartnäckig hielt. Ich hatte anhaltendes Fieber und konnte nicht gut schlafen, nachts wachte ich oft schweißgebadet auf. Es war mein Hausarzt, der schließlich auf die Idee kam, dass es etwas Ernstes sein musste. Dank ihm kam ich rechtzeitig in Behandlung, ein bescheidener Mann mit Brillengläsern dick wie Flaschenböden. Auf den ersten Blick würde man ihm nichts zutrauen, aber er hat mir das Leben gerettet.«

Aurora fühlte sich unbehaglich, und sie konnte sich nicht entschließen, weitere Fragen zu stellen. Ihr war bewusst geworden, dass sie viel mehr mit Silvia gemeinsam hatte, als sie anfangs glaubte, und sie wollte nicht indiskret erscheinen.

»Die Frau, die mir diese Perücke verkauft hat, hat mir versichert, die Haare würden vollkommen echt wirken«, fuhr Silvia fort. »Sie sehen sehr ähnlich aus wie die Haare, die ich vor Beginn der Behandlung hatte. Auch nachdem ich wieder gesund war, habe ich mich nicht getraut, sie wieder wachsen zu lassen. Ich habe sie weiterhin abrasiert. Anderen zu helfen in einer schwierigen Phase meines Lebens hat mir geholfen, nicht daran zu denken, welchen Preis ich für meine Genesung zu zahlen hatte, an die Veränderung meines Aussehens, mit der ich für den Rest meines Lebens zurechtkommen musste. Auch darum war ich froh, an der Seite meiner Tante gewesen zu sein, als das Erdbeben kam. Ich hätte auch gar nicht anders gekonnt. Bei meinem Vater konnte ich nicht sein. Meine Eltern sind geschieden, und ich habe mich nie gut mit der neuen Partnerin meines Vaters verstanden, während meine Mutter sich ein neues Leben mit einem Buchhalter aus Reggio Emilia aufgebaut hat.«

»Warum erzählst du mir diese Sachen?«

Silvia zuckte leicht die Schultern. »Die Fahrt ist lang, irgendwie mussten wir das Eis doch brechen.«

»Wir hätten auch über unsere Lieblingsmusik sprechen können.«

»Stimmt«, sagte Silvia. »Also, was ist deine Lieblingsmusik?«

Aurora lächelte sarkastisch. »Lass gut sein.«

Silvia straffte die Schultern. »Wie du willst.«

Aurora sah wieder aus dem Fenster. Nicht dass sie Silvia für introvertiert gehalten hatte, ganz und gar nicht. Und doch war da ein Leuchten in ihren Augen, das vermuten ließ, dass auch sie sehr einsam sein musste. Vielleicht war tatsächlich alles, was sie in diesem Augenblick brauchte, sich einer Fremden anzuvertrauen. Manchmal gibt es nichts Befreienderes, als einem völlig Unbekannten zu erzählen, was man kaum sich selbst einzugestehen vermag.

»Hör mal, ich …«, brummte Aurora, um dann erneut in Schweigen zu verfallen. »Es tut mir leid, was ich vor dem Briefing zu dir gesagt habe«, fuhr sie schließlich fort. »Ich habe eindeutig übertrieben.«

»Tu das ja nicht«, platzte Silvia heraus.

»Was denn?«

»Mich so gönnerhaft zu behandeln«, sagte sie. »Ich hasse es, wenn die Leute sich plötzlich anders verhalten, nur weil sie wissen, dass ich krank war.«

Aurora hob abwehrend die Hand. »Das tue ich nicht, auch ich hasse es, wenn Leute so mit mir umgehen. Trotzdem weiß ich, dass gewisse Dinge wie Tumore und psychische Krankheiten den meisten Leuten zu viel Angst machen, um sich denjenigen gegenüber normal verhalten zu können, die sie durchgemacht haben. Ich bitte dich nicht deshalb um Entschuldigung. Die Wahrheit ist, dass ich mich nach der Konferenz wie eine richtige Idiotin aufgeführt habe, und das hattest du nicht verdient. Ich hatte kein Recht, diese Andeutungen zu machen. Ich habe über dich geurteilt, genau wie die anderen über mich. Und du hast keine Ahnung, wie sehr ich das verabscheue.«

»Wahrscheinlich hätte ich mich an deiner Stelle genauso verhalten«, sagte Silvia. »Ich kann mir vorstellen, wie du unter Druck stehst, nach allem, was du erlebt hast. Im Übrigen traue ich Torrese auch nicht. Vielleicht will er uns wirklich an den Pranger stellen, wie du sagst. Aber ich glaube, es lohnt sich, das Risiko einzugehen. Wie alle anderen war ich empört, als ich hörte, dass ein Mädchen von seiner Familie fortgerissen worden war. Ich habe mich machtlos gefühlt angesichts einer solch grausamen, feigen, ungerechten Tat. Als Torrese anrief, fühlte ich mich geschmeichelt, das gebe ich zu. Aber nachdem ich mit dir gesprochen hatte, habe ich nachgedacht, und mir kam der Gedanke, dass es vielleicht genau das war, was er wollte. Dass ich mich wichtig fühle, um mich in der Hand zu haben, sicher zu sein, mich kontrollieren zu können, falls nötig.«

»Na, dann bin ich ja nicht die Einzige, die ihm nicht auf den Leim geht«, scherzte Aurora.

Silvia lächelte. »Was hast du erwartet? Es ist nicht leicht für eine Frau, Uniform zu tragen.«

# 39

Bruno parkte vor dem Zaun und stieg aus dem Auto. Das Gras im Garten war hoch gewachsen, die Fassade des Hauses verfallen, der Putz abgeblättert, die Scheiben zersprungen.

Bruno kontrollierte mehrmals, ob er sich an der richtigen Adresse befand, doch es bestand kein Zweifel. Das war der Ort, den die Koordinaten bezeichneten, die Tom Carelli ihm geschickt hatte. Er griff nach seinem Handy und wählte Toms Nummer.

»Hallo, Bruno«, meldete sich Tom. »Falls du anrufst, um mich zu fragen, ob ich im Computer oder in den Handys der Gualtieris etwas gefunden habe, lautet die Antwort nein. Nichts weiter als das Übliche, das man in jeder Familie erwarten würde.«

Bevor er sich auf den Weg gemacht hatte, hatte Bruno Tom die beschlagnahmten persönlichen Gegenstände der Gualtieris übergeben.

»Darum rufe ich nicht an. Bitte kontrolliere noch mal die Adresse, zu der du mich geschickt hast. Bist du wirklich sicher, dass es die richtige ist?«

Er hörte das Klacken von Toms Fingern auf der Tastatur. »Absolut sicher«, antwortete er. »Kein Zweifel. Du befindest dich an genau der Position, an der Gualtieri seine Nachtschicht unterbrochen hat.«

»Scheiße«, brummte Bruno.

Er kannte es gut, dieses Haus. Als Junge war er unzählige Male daran vorbeigekommen. Es galt als eine Art Spukhaus, und nur die Tauben und streunende Katzen trauten sich hinein. Eines Nachts hatten einige seiner Freunde sich verabredet, um dort einzusteigen, es sollte eine Art Mutprobe sein. Damals war das Haus noch nicht so heruntergekommenen wie jetzt, aber Bruno hatte nie das Unbehagen vergessen, das er beim Durchschreiten des kleinen Eisentors empfand. Es gelang ihm kein Lächeln bei dem Gedanken daran, wie sie beim ersten verdächtigen Geräusch Hals über Kopf kehrtgemacht und sich auf die Fahrräder geschwungen hatten und in den Gassen des Ortes verschwunden waren, als müssten sie einen unsichtbaren Verfolger abschütteln.

Noch heute überlief ihn beim Betrachten der von Moos und Efeu überwucherten Fassade ein Schauer. Als er vor der Eingangstür stand, atmete Bruno tief durch, um die Nervosität zu vertreiben. Dann stemmte er sich gegen die Tür, in der Hoffnung, sie aufzudrücken, doch ohne Erfolg. Das Schloss war verrostet, aber noch stabil genug, um nicht nachzugeben.

Nachdem er einmal schnell nach rechts und links geblickt hatte, folgte Bruno dem unkrautüberwachsenen Weg, der um das Haus herumführte, und erreichte die Rückseite des Gebäudes. Er bemerkte einige Plastikschüsseln, die kürzlich dort abgestellt worden sein mussten. Vielleicht war jemand vorbeigekommen, um die streunenden Katzen zu füttern, die das Grundstück über die Jahre in Besitz genommen hatten.

Im Schatten eines großen Granatapfelbaums mit Zweigen, die schwer vor Früchten waren, standen die von Brennnesseln überwucherten Überreste eines Pavillons. Bruno warf einen schnellen Blick auf die Garage. Die Schwingtür des Seiteneingangs stand halb offen, doch er zwang sich, sie zu ignorieren. Stattdessen ging er entschlossen auf den Hintereingang des Hauses zu. Das Holz war morsch, und ein energischer Druck genügte, um sie zu öffnen.

Bruno befand sich im Inneren einer kleinen Küche. Im Waschbecken standen schmutzige Teller, auf denen einige Küchenschaben herumkrabbelten, die sich bei seinem Eintreten beeilten, in den Schatten zu verschwinden.

Dort drinnen lag etwas Beunruhigendes in der Luft. Bruno spürte es deutlich. Das Licht, das durch die kaputten Fensterscheiben hereindrang, machte eine surreale Atmosphäre, als stünde irgendetwas bevor. Es war, als würde das Haus den Atem anhalten, in Erwartung der Rückkehr desjenigen, der es vor vielen Jahren verlassen hatte. Bruno fühlte sich wie ein ungebetener Gast, ein Eindringling, der einen Raum betrat, der ihm nicht gehörte, der in ein Gebiet vordrang, das nicht seines war.

Er betrat das Wohnzimmer. Auf dem rußigen Kaminsockel waren Arbeitsgeräte gestapelt, darunter eine Hippe und eine Sichel. Der Fußboden war voller Schmutz, und in den Ecken lagen Mäusekot und tote Insekten. Die Möbel waren von Feuchtigkeit zerfressen. Der Putz an den Wänden hatte sich an mehreren Stellen gelöst, vor allem an den Fußleisten. Trotzdem waren die Inschriften an den Wänden noch immer überall gut lesbar.

»Du wirst keinen Schaden tun«, in obsessiver Wiederholung, wie eine Anrufung, wie ein Gebet. Oder wie ein Fluch.

Das war das Haus von Ranuzzi, dem Monster mit der Axt, dem Bösen Wolf, der vor mehr als zwanzig Jahren eine Familie massakriert und sich dann im Gefängnis umgebracht hatte. Seine Anwesenheit lag in der Luft wie die Erinnerung an einen Traum.

In der Mitte des Zimmers war ein Holztisch und unordentlich darum gruppiert einige Stühle mit durchgesessenen Sitzflächen aus Stroh. Auf einer Anrichte thronte ein ausgestopfter Fasan und daneben gerahmte Schwarzweißfotos, die Personen zeigten, die Bruno nicht kannte, vielleicht Ranuzzis Familie.

Er war in den Sechzigerjahren in die Stadt gezogen, und es hieß, ursprünglich stamme er irgendwo aus dem Veneto, wo er seine Eltern zurückgelassen hatte.

Bruno steuerte auf eine Treppe mit Granitstufen zu und stieg hinauf.

Im Schlafzimmer stand eine Pendeluhr, die um zwei Uhr fünfunddreißig eines fernen Tages stehen geblieben war, und ein Schrank, in dessen Spiegel er sich leicht deformiert wiedersah.

Als er an das Fenster trat, das auf den Hof hinausging, fragte Bruno sich unwillkürlich, was Gualtieri dazu gebracht haben mochte, dieses baufällige Haus zu betreten.

Er sah den Granatapfelbaum, und erneut vermied er es, zur Garage hinüberzuschauen. Dort war die vom Blut der Opfer verschmierte Arbeitskleidung gefunden worden.

Einige Katzen strichen eindringlich miauend darum herum. Hinter der Garage lag Ranuzzis Hof. Doch es war keine Spur mehr von dem zu erkennen, was einmal ein blühender Garten gewesen sein musste. Jetzt wuchsen dort nur noch Unkraut und Büsche, die ohne menschliches Eingreifen wild wucherten.

Plötzlich zog ein Detail in Brunos Blickfeld seine Aufmerksamkeit auf sich. Eine gerodete Fläche, als wäre dort vor kurzem das Gras geschnitten worden, und etwas, das aus der Erde ragte. Es sah aus wie ein verkrüppelter Ast mit kleinen Stacheln.

Bruno lief die Treppe hinunter und dann durch die Tür, durch die er hereingekommen war, ins Freie. Mit bis zum Hals klopfendem Herzen näherte er sich der gerodeten Fläche. Und ihm wurde bewusst, dass das, was da aus der Erde stak, in der Tat kein Ast war. Es war ein menschlicher Arm, gespickt mit langen rostigen Nägeln.

Der Gestank war unerträglich. Bruno schlug eine Hand vor den Mund und wich einige Schritte zurück, um ein Würgen zu unterdrücken.

Dann fiel sein Blick wieder auf die halb offene Tür der Garage. Diesmal war es ihm nicht möglich, sie zu ignorieren. Obwohl sie genauso still war wie die Luft, kam es ihm vor, als rufe sie ihn.

Bruno legte die Strecke bis zur Garage mit weichen Knien zurück. Das Licht fiel als ein weißlicher Streifen mit diffusen Rändern durch die Tür. Es lag ein beißender Geruch in der Luft, viel intensiver als das, was er draußen gerochen hatte. Bruno dachte, er müsse sich in seiner Nase festgesetzt haben, und rieb sich instinktiv mit dem Handrücken darüber. Doch es gelang ihm nicht, den Geruch zu vertreiben.

In der Mitte der Garage stand ein alter Kombi ohne Reifen und mit abgeblättertem Lack. Bruno spähte hinein. Auf dem Rücksitz lag auf einer Wolldecke eine Schicht Erde.

Plötzlich hörte Bruno ein Geräusch in seinem Rücken. Seine Finger tasteten nach dem Kolben der Pistole. Er öffnete den Knopf des Halfters und war kurz davor, die Waffe zu ziehen. Dann lauschte er erneut einige Sekunden, die ihm vorkamen wie eine Ewigkeit. Es folgte ein weiteres Geräusch, es klang wie das schnelle Klopfen von Fingernägeln auf dem Fußboden. Doch es waren nichts als Mäuse, die sein unerwartetes Eintreten aufgestört hatte.

Er zwang sich, den Gestank zu ignorieren, und sah sich um. Sein Blick fiel auf eine Wand, an der Gerätschaften hingen, darunter einige Hammer, Schraubenschlüssel in verschiedenen Größen, Seitenschneider und Zangen. Daneben ein leerer Platz, an dem vielleicht einmal die Axt des Massakers gehangen hatte.

Hinter einer stabilen Werkbank voller Kleinkram lehnte ein Fahrrad mit rostigem Rahmen und ohne Reifen. Daneben standen einige Kisten mit Rollen von Maschendraht, einer Autobatterie und verschiedenen Ersatzteilen.

Brunos Blick wanderte zum Fußboden und blieb an einem eingefallenen Gesicht mit leidendem Ausdruck hängen. Es lag so reglos, dass es aussah wie eine Maske aus Pappmaché. Die Augen waren gläsern und starrten ins Leere.

Bruno wich vor Schreck einige Schritte zurück und stolperte beinahe über eine der Kisten. Der Geruch war so stark, dass es schien, als könne er direkt die Magenwände angreifen.

Bruno versuchte den Würgreflex zu unterdrücken und trat wieder näher. Mit Grauen stellte er fest, dass es sich um die Überreste eines Jungen handelte, dessen Handgelenke mit Klebeband an ein Tischbein gefesselt waren. Er musste seit längerer Zeit tot sein.

Bruno zog das Handy heraus und wählte mit zitternden Händen Auroras Nummer.

# 40

»Hier oben ist kein Empfang«, sagte Aurora mit einem Blick auf das Display ihres Handys. »Ich wollte Bruno anrufen, um ihm zu sagen, dass wir angekommen sind.«

Die Fahrt hatte beinahe zwei Stunden gedauert, ein bisschen wegen des Verkehrs, ein bisschen wegen der kurvigen Straßen des Apennin. Silvia steuerte den Wagen durch das offene Gitter, über dem der Schriftzug »Villa Clara« in metallenen Buchstaben prangte. Sie fuhren die von Pappeln flankierte Einfahrt hinauf und parkten neben anderen Wagen vor einem sehr gepflegten Vorplatz mit einem Springbrunnen in der Mitte.

Von hier aus hatte man einen herrlichen Blick über die Obstplantagen, die sich bis ins Tal hinein erstreckten. Die Luft war klar, sauber gefegt von einer leichten Brise, die von der anderen Seite des Hügels herüberwehte.

Bevor sie die Freitreppe zur Loggia vor dem Eingang hinaufging, blieb Aurora stehen, um das Gebäude zu betrachten. Es handelte sich um eine Villa aus dem achtzehnten Jahrhundert mit cremefarbener Fassade und Fenstern auf zwei Stockwerken, mit verzierten, burgunderrot gestrichenen Simsen und Einfassungen in derselben Farbe. Ein Rundgiebel ragte in der Mitte der Fassade auf.

Durch die Glastür sah man ins Innere des Gebäudes. Von einem Salon mit Schachbrettfliesen wand sich eine Treppe nach oben. An der Seite stand eine von Säulen flankierte Pförtnerloge, doch sie war nicht besetzt. Aurora drückte auf die Klingel unter dem Schild mit der Aufschrift »Psychiatrische Klinik«, und nach einigen Augenblicken forderte eine Stimme sie auf einzutreten.

Nachdem sie erklärt hatte, aus welchem Grund sie und Silvia gekommen waren, führte eine kurz angebundene Krankenschwester sie in ein Wartezimmer. Sie versicherte ihnen, es werde in Kürze jemand zu ihnen kommen.

Einige Minuten später erschien ein leicht übergewichtiger, knollennasiger junger Mann um die dreißig auf der Schwelle.

»Guten Tag, Guido Farneti«, sagte er. »Ich bin einer der ehrenamtlichen Mitarbeiter hier.«

Aurora und Silvia stellten sich ebenfalls vor.

Farneti informierte sie, dass Direktor Rambaldi im Augenblick in einer Besprechung sei und sie nicht empfangen könne. Um die Wartezeit zu überbrücken, bot er sich an, ihnen das Gebäude zu zeigen.

Aurora willigte ein, und wenig später führte Farneti sie und Silvia in einen langen Flur mit vielen Türen.

»Was für Patienten sind hier untergebracht?«, fragte Aurora, wie um sich von einem Ort zu distanzieren, der ihr mit einem Mal allzu erschreckend bekannt vorkam. Es war nicht viel Zeit vergangen, seit sie entlassen worden war. Sie erinnerte sich an ihr Zimmer, die Sukkulente, die sie adoptiert und »Golem« getauft hatte, nach einem Roman, den sie in der Krankenhausbibliothek entliehen und mindestens sechsmal gelesen hatte.

»Die, die keiner haben will«, antwortete Farneti.

Eine Frau mit einem Kittel kam aus einem der Zimmer, einen Wagen mit sauberer Wäsche vor sich her schiebend.

Hinter ihr tauchte ein etwa fünfundzwanzigjähriges mageres Mädchen auf, das seine rabenschwarzen Haare in einem Fassonschnitt trug, der ein perfekt oval geschnittenes Gesicht und große schwarze Augen umkränzte. Sie trug ein T-Shirt mit einem Druck von Felix the Cat und eine weite Baumwollhose. Sie hing so tief, dass man den weißen Gummizug ihrer Unterhose sehen konnte.

Sie musterte Aurora eine Weile, dann fragte sie: »Bist du eine Neue?«

Vielleicht weil sie von einem Angestellten und einer Frau in Uniform begleitet wurde.

»I-ich?«, stammelte Aurora. »Nein … ich bin nur zu Besuch hier.«

Das Mädchen lächelte schief und guckte sie weiter unverwandt an.

»Lena, solltest du nicht mit den anderen in der Gruppentherapie sein?«, fragte Farneti. »Du weißt, dass es nicht erlaubt ist, sich tagsüber im eigenen Zimmer aufzuhalten.«

»Ich hasse die Gruppentherapie«, platzte Lena heraus, die Worte mit Nachdruck hervorstoßend. »Da ist dieser Typ, der mich belästigt, ich halte es nicht mehr aus.«

»Enrico ist vor zwei Monaten gegangen, Lena«, sagte Farneti beschwichtigend. »Los, ich will es nicht noch einmal sagen müssen. Komm, ich bringe dich hin.« Er streckte die Hand nach ihr aus, als Aufforderung, ihm zu folgen.

Aurora war unangenehm berührt und wusste nicht, wohin mit sich. Sie machte einen Schritt nach vorn, um den Weg frei zu machen. Das Herz klopfte schnell in ihrer

Brust. Sie konnte den Gedanken nicht abschütteln, dass sie vor gar nicht so langer Zeit in derselben Situation gewesen war wie dieses Mädchen.

Sie hatte sich in der Illusion gewiegt, gesund geworden zu sein, doch sie wusste, dass sie von einem Moment zum anderen zusammenbrechen konnte. Sie brauchte unbedingt die Medikamente, die Mascarelli ihr verschrieben hatte. Sie wusste, dass sie keine weitere Therapie bei einem Psychoanalytiker beginnen konnte, sonst würde Piovani sofort davon erfahren, und dann würde ihn nichts mehr davon abhalten können, sie aus dem Polizeidienst zu jagen.

Lena lehnte sich an den Türrahmen. Schweigend betrachtete sie die Hand, die Farneti in ihre Richtung streckte.

»Hast du meine Zigaretten mitgebracht?«, fragte sie dann.

Farneti schüttelte energisch den Kopf. Er blickte zu Boden und kratzte sich am Nacken. Er wirkte betreten. »Ich habe sie nicht bei mir.«

»Und ich hatte dich um einen Gefallen gebeten«, gab sie zurück. »Ich habe dich nur um eine einzige Sache gebeten. Nur eine gottverdammte Sache!«

Farneti sah sich nervös um. »Bitte, Lena, tu das nicht. Du weißt doch, dass Doktor Savini es nicht mag, wenn du auf dem Gang herumschreist.«

»Ich scheiße auf Savini, ich scheiße auf die blöde Gruppentherapie«, sagte Lena in beherrschtem Ton. Ihr Gesicht war verzerrt, doch sie schien plötzlich einen äußerlichen Anschein von Ruhe wiedergefunden zu haben.

»Bitte entschuldigt«, sagte Farneti zu Aurora. »Das war so nicht geplant.«

Auroras Blick ging zwischen dem jungen Ehrenamtlichen und Lena hin und her, die ihrerseits wieder begonnen hatte, sie anzustarren.

»Und?«, sagte Lena. »Was hast du zu glotzen?«

Auroras Hände waren feucht. »N-nichts.« Ihr war, als sehe sie sich selbst vor einiger Zeit, als die Krisen noch häufiger gewesen waren, als sie mitunter die Kontrolle über ihre Emotionen verlor, die Stimmungsschwankungen es unmöglich machten, Realität und Phantasie zu trennen. Unwillkürlich strich sie sich eine Haarsträhne hinters Ohr, wobei sie mit der Fingerkuppe die Narbe streifte.

»Glaubst du, du bist anders als ich?«, drängte Lena.

»Lena, bitte, belästige nicht unsere Gäste«, mischte Farneti sich ein.

»Sie hat doch angefangen«, platzte Lena heraus. »Sie guckt mich an, als wäre ich verrückt. Aber nicht ich bin die Verrückte hier drinnen.«

Farneti zog den Beeper aus der Tasche, um Verstärkung herbeizurufen.

Lena riss ihn ihm mit einer schnellen Bewegung aus der Hand. Sie begann, ihn zwischen den Händen zu drehen. »Und was jetzt?«, fragte sie herausfordernd. »Ohne dein kleines Machtinstrument bist du genau wie ich.«

»Signora Vincenzi«, rief Farneti zu der Reinigungskraft hinüber, die inzwischen das Ende des Ganges erreicht hatte.

»Ja bitte?«, antwortete sie und brachte den Wagen mit den Handtüchern zum Stehen.

»Können Sie bitte die Krankenpfleger rufen?«, fragte er in bemüht ruhigem Ton.

»Was ist los, Farneti?«, drängte Lena. »Bist du nicht Manns genug, ein wehrloses Mädchen in Schach zu halten?«

»Sofort«, sagte die Putzfrau, ihrerseits bemüht, ihre Aufregung zu verbergen.

Ohne jede Vorwarnung versetzte Lena Farneti eine Ohrfeige.

»Wo sind meine Zigaretten?«

Silvia, die der Szene bis dahin unfähig zu einer Reaktion zugesehen hatte, schoss nach vorn und umfasste Lenas Handgelenke.

»Still«, warnte sie. Doch sie zögerte einen Augenblick, als sie bemerkte, dass Lenas Arme von zwei tiefen Narben durchfurcht waren.

Lena nutzte den Augenblick, um ihr einen Kopfstoß zu versetzen. »Misch du dich nicht ein«, grunzte sie.

Silvia fiel benommen zu Boden. Instinktiv hob sie die Hand an die Nase, als sie spürte, wie warme Flüssigkeit herausfloss.

Farneti riss die Augen auf. »Was hast du gemacht?«

»O Gott ... entschuldige«, murmelte Lena. In ihrem Blick lag ein kurzes Aufflackern purer Verzweiflung. Sie wandte sich an den jungen Ehrenamtlichen. »Ich wollte niemandem wehtun ... Ich ... wollte nur meine Zigaretten.«

Aurora war wie erstarrt. Ihr fehlte die Kraft, um zu reagieren. Das Gefühl von Déjà-vu war einfach zu stark; jeder Muskel ihres Körpers war angespannt, sie war reglos wie ein Block Zement.

Silvia zog ein Taschentuch aus der Nase, um ihre Nasenlöcher zu stopfen, aus denen weiterhin Blut floss.

Farneti suchte Lenas Blick. »Schau mich an, Lena.« Seine Stimme klang gepresst. Es war offensichtlich, dass er darum kämpfte, nicht die Fassung zu verlieren. »Tief durchatmen. Du musst versuchen, dich zu beruhigen.«

Lena begann leise zu schluchzen. »Ich wollte das nicht«,

wiederholte sie ein ums andere Mal. Dann wütete sie erneut gegen Farneti. »Das ist nur deine Schuld! Dieses Mädchen hatte nichts damit zu tun ... Du hast mich dazu gebracht!«

Er bedeckte das Gesicht mit den Händen und krümmte sich zusammen, als sie begann, ihn mit Tritten und Fausthieben zu traktieren.

»Bitte, hör auf«, flehte Farneti.

Es wurden schnelle Schritte hörbar, die durch den Flur näher kamen, dann wurde Lena von zwei Krankenpflegern gepackt.

Lena trat brüllend um sich. Sie wand sich mit einer Kraft, die man einem so zarten Mädchen niemals zugetraut hätte. Es gelang ihr, einen der beiden mit dem Ellbogen in die Magengrube zu treffen, der sich darauf vor Schmerzen krümmte. Dann trat sie dem anderen mit dem Knie in die Weichteile, und als sie sich losgemacht hatte, rannte sie auf den Ausgang zu.

Silvia nahm die Verfolgung auf, und als sie nahe genug herangekommen war, schnellte sie nach vorne und umklammerte Lenas Beine. Die beiden Frauen rollten über den Fußboden.

Lena versuchte, Silvia mit dem Ellenbogen zu erwischen, doch die wich dem Schlag erfolgreich aus.

Dann legte Silvia einen Arm um den Hals des Mädchens und drückte einige Sekunden lang zu. In der Aufregung wirkte es, als erwürge sie sie, denn die beiden Krankenpfleger, die sich inzwischen wieder aufgerappelt hatten und auf sie zugerannt kamen, begannen zu rufen, sie solle sie loslassen.

Silvia hob die Hände, wie zum Zeichen ihrer Kapitulation. »He, ich habe sie nur ein bisschen müde gemacht.«

Lena wand sich aus dem Griff und erhob sich taumelnd. Sie machte einige unsichere Schritte, dann fiel sie bewusstlos zu Boden. Farneti und die beiden Krankenpfleger eilten zu ihr und versuchten, sie aufzurichten.

»Es tut mir so leid«, sagte Farneti zu Silvia. »Keine Ahnung, was mit ihr los war … sie hatte schon lange keine Krise mehr.«

»Kein Problem«, antwortete Silvia. »Ich brauche nur ein bisschen Eis.«

In diesen Momenten der Aufregung bemerkte niemand Aurora, die sich mit dem Rücken gegen die Wand gelehnt und langsam zu Boden hatte gleiten lassen, unfähig, etwas anderes zu tun, als die Szene von Weitem zu beobachten. Sie verabscheute es, sich so zu fühlen. Sie war aufgewühlt, und sie sagte sich immer wieder, dass sie selbst an Lenas Stelle hätte sein können. Dass sie, wenn sie nicht die Kraft gefunden hätte, sich aufzurappeln, noch immer in einem Institut wie diesem sitzen könnte.

In ihrem Rücken war ein Zimmer, das komplett im Dunkeln lag. Die Tür stand halb offen, und aus dem Inneren drang eine tiefe Stimme.

»Wer bist du?«, murmelte sie.

Aurora saß lange Zeit still, mit unbeweglichem Blick. Sie fragte sich, ob die Stimme, die sie gehört hatte, real gewesen war oder ob sie sich das alles nur einbildete.

»Kommissarin Scalviati«, sagte sie schließlich.

»Scalviati«, fuhr die Stimme fort. »Bitte, komm herein.«

# 41

Ein dünner Lichtstreif folgte Aurora ins Innere des Zimmers. Der Geruch der chemischen Reinigungsmittel war so stark, dass sie das Gefühl hatte, einen sterilen Bereich zu betreten. Auf dem Boden neben einem perfekt gemachten Bett saß ein korpulenter Mann mit dickem Bauch. Er war barfuß und trug nichts weiter als ein Paar helle Hosen. Mit dem Rücken lehnte er vor einem Fenster mit heruntergelassenen Rollläden. Er saß zusammengekauert, der Kopf nach vorn gesunken, das Kinn auf der unbehaarten Brust, die Haare mit dem Rasierer kurz geschoren. Der Kopf war an mehreren Stellen von wulstigen Narben überzogen.

Der Mann streckte eine Hand aus, wie um sich vor dem Licht zu schützen. »Könntest du bitte die Tür anlehnen?«, fragte er. »Aber nicht ganz zumachen.«

Aurora gehorchte, wie hypnotisiert von dieser tiefen, schwingenden Stimme. Sie lehnte den Türflügel so vorsichtig an den Pfosten, als handle es sich um explosives Material.

Das Zimmer lag wieder im Halbdunkel, und Aurora musste warten, bis ihre Augen sich an die Dunkelheit gewöhnten.

»Scalviati, Scalviati …«, wiederholte der Mann, als wolle er sein Gedächtnis üben. »Klingt gut.«

»Das nehme ich mal als Kompliment«, antwortete Aurora zögernd.

»Das ist es«, antwortete er. Mehr sagte er nicht.

Nach einigen Augenblicken des Schweigens fragte Aurora: »Bist du gerne im Dunkeln?«

»Macht die Dunkelheit dir Angst?«

»Manchmal schon.«

Der Blick des Mannes irrte für einige Augenblicke durch das Zimmer, dann legte er sich wieder auf Aurora. »Wie ist dein Vorname, ›Kommissarinscalviati‹?«

Aurora zögerte einige Augenblicke, die ihr vorkamen wie eine Ewigkeit. Die Luft im Zimmer schien so durchdrungen von Finsternis, dass es wirkte, als habe die Zeit dort drinnen keine Bedeutung.

»Aurora«, murmelte sie schließlich.

»Aurora«, rief der Mann. Dann fiel er wieder in seinen ruhigen Tonfall zurück. »Wie das Licht, das den Sonnenaufgang ankündigt. Deine Eltern haben große Hoffnungen in dich gesetzt, Aurora Scalviati.«

»Ein Name ist ein Name und sonst nichts.«

»Ganz im Gegenteil«, sagte er voller Überzeugung. »Ein Name ist eine ernste Angelegenheit.«

»Aber du hast mir deinen noch nicht genannt.«

Der Mann blieb einige Augenblicke reglos, ohne ein Wort. Es schien, als meditiere er. »Ich bin Curzi«, sagte er schließlich. »Aber seit ich hier drinnen eingeschlossen bin, interessiert mein Name nicht mehr.«

»Versteckst du dich darum hier im Dunkeln?«

Curzi ignorierte die Frage. »Weißt du, was man über den Sonnenaufgang sagt?«

»Dass er … strahlend ist?«

Der Mann lächelte. »Dass die Nacht kurz vor Sonnenaufgang am schwärzesten ist.«

»Willst du damit etwas andeuten?«

»O nein, ich versuche nur zu verstehen.«

»Warum solltest du?«, fragte Aurora. »Du weißt nichts von mir.«

»Du irrst dich. Ich weiß zum Beispiel, dass du das Parfum, das du trägst, nicht selbst ausgesucht hast. Es ist süß und blumig, während du intensive holzige Gerüche vorziehst.«

Aurora spürte, wie ihr das Blut in den Kopf stieg. Dieses Parfum hatte Flavio ihr vor drei Jahren zum Geburtstag geschenkt. Sie hatte es nie gemocht, aber seit seinem Tod hatte sie begonnen, es regelmäßig zu benutzen.

Trotz der Dunkelheit musste Curzi Auroras Verlegenheit bemerkt haben, denn er lächelte schief. »Ich kann es mir vorstellen, dein Parfum. Es hat nichts mit diesem vulgären Duft zu tun. Es ist faszinierend, vibrierend, aber unperfekt. Wie dein Gesicht.«

»Versuchst du mir zu schmeicheln oder mich zu verwirren?«

Sein Blick war so starr, dass er wirkte wie eine aus dem Schatten gehauene Statue. »Ich habe noch nie jemanden wie dich getroffen«, sagte er mit leichter Ungeduld in der Stimme. »Du weißt, was Schuldgefühle sind, und du besitzt eine gewisse Kreativität, damit umzugehen.«

Aurora war fasziniert und gleichzeitig abgestoßen von der schmeichelnden Fähigkeit Curzis, in ihre Gedanken einzudringen.

»Was weißt du schon von Schuldgefühlen«, stieß sie zwischen zusammengebissenen Zähnen hervor.

»Mehr, als du denkst.«

Die Art, in der er das sagte, verursachte einen kalten Schauer auf ihrem Rücken.

»Du bist eine Frau voller Widersprüche, Aurora Scalviati«, fuhr Curzi fort. »Du bist hartnäckig und zielstrebig. Und doch suchst du noch immer die Zustimmung deines Vaters.«

»Das ist lächerlich«, brummte Aurora, »mein Vater ist …«

»… tot«, unterbrach er sie. »Aber man sieht es an der Kleidung. Mit dem, was du trägst, geißelst du deine Weiblichkeit. Du glaubst, es reicht, dich wie ein Mann zu kleiden, damit du stärker wirkst, um wettzumachen, dass du nicht als Junge auf die Welt gekommen bist.«

Konnte Aurora das abstreiten? Ihre frühesten Kindheitserinnerungen waren wirr, aber eine Begebenheit war ihr besonders im Gedächtnis haften geblieben. Mit vier hatte sie ihre Mutter gefragt, ob ihr Papa sie hasste, weil er nie zu Hause war. Sie war zu klein, um zu verstehen, dass Richter Francesco Scalviati eine Aufgabe hatte, die keinen Raum für Familie ließ. Einige Jahre später, nach dem ersten Nervenzusammenbruch ihrer Mutter, verbrachte Aurora dann mehr Zeit mit dem Vater. Plötzlich war er derjenige, der ihr das Frühstück zubereitete, der sie von der Schule abholte, der ihre Kleidung und ihr Spielzeug aussuchte. In dieser Zeit hielt sich Aurora beinahe alle Nachmittage im Gericht auf, ihre Kindermädchen waren Richter, Polizisten und Anwälte. In dieser Zeit hatte sie auch Stoner kennen gelernt. Vielleicht war ihr Vater einfach nur zerstreut oder wahrscheinlich schlicht nicht in der Lage, die Rolle von Mutter und Vater gleichzeitig auszufüllen, nachdem er bis zu diesem Augenblick nicht einmal wirklich Gelegenheit gehabt hatte, sich seiner Elternrolle bewusst zu werden. Aurora hatte mit kleinen Polizeiautos und Spielzeugpistolen gespielt, und ihr Kleiderschrank bestand aus schwarzen Hosen und Sport-Shirts. Nein, Aurora konnte nicht leugnen, in einem ungelösten Konflikt mit ihrem Vater aufgewachsen zu sein, den sein tragischer Tod noch verschärft hatte, als sie Jugendliche gewesen war.

»Das reicht«, sagte Aurora und drehte sich um. »Ich gehe.«

»Dein Vater war ein wichtiger Mann, stimmt's?«, drängte Curzi.

Aurora stand wie versteinert.

»Was ist mit ihm passiert?«, fuhr die Stimme in ihrem Rücken fort.

Sich Curzis Verführungskraft zu entziehen war wie gegen den Strom zu schwimmen. Aurora fühlte sich vollkommen wehrlos, aber es gelang ihr, der Versuchung zu widerstehen, alles von sich preiszugeben.

»Als er starb, fühltest du dich im Stich gelassen, stimmt's?«, sagte Curzi.

»D-das geht dich nichts an«, stammelte Aurora. Sie spürte seinen Blick im Rücken, schwer wie ein Rucksack voller Ziegelsteine.

»Wegen deines Vaters bist du Polizistin geworden. Seinetwegen wirst du nie aufhören, nach der Wahrheit zu suchen.« Curzis Stimme schien von hinter der Wand zu kommen. Oder vielleicht war sie auch in ihr, wie all die Gedanken, die ihr keine Ruhe ließen. »Und doch lügst du ohne Skrupel.«

»Wie kannst du dir erlauben, so etwas zu sagen?«, gab Aurora zurück, die Tränen zurückhaltend, die ihr in die Augen drängten. »Ich bin keine Lügnerin.«

»Du belügst dich andauernd selbst«, fuhr er mit Bestimmtheit fort. »Du versuchst, dich davon zu überzeugen, dass das, was du erlebt hast, dich nicht für immer verändert hat. Du wärst gerne die ›Aurora, die ihren Papa stolz gemacht hat‹, aber bist doch nur die ›Aurora, die im Dunkeln tappt‹.«

Aurora drehte leicht den Kopf. »Du kennst mich doch gar nicht«, protestierte sie. »Du bist nichts als eine Stimme im Dunkeln.«

»Die Dunkelheit hat etwas ... Beruhigendes, findest du nicht? In der Dunkelheit gibt es keine Schatten«, antwortete Curzi. »Ich lebe seit Jahren eingeschlossen in diesem Zimmer. Alle glauben, ich sei verrückt.« Er machte eine Pause. »Und mir kommt es zupass, wenn sie das weiterhin glauben.«

»Du bist nicht real«, murmelte Aurora unbehaglich. »Du bist nur eine Stimme in meinem Kopf.«

Als sie in der psychiatrischen Klinik war, hatte Doktor Caselli, ihr Therapeut, ein ums andere Mal wiederholt, dass sie sich von ihren Zwangsvorstellungen lösen müsse. Aurora erinnerte sich gut an seine Empfehlungen. »Erlaube den Stimmen in deinem Kopf nicht, dich glauben zu machen, sie seien real«, hatte er ihr bei einer Sitzung gesagt. »Sie sind nur eine Art, mit der dein Gehirn versucht, das Schuldgefühl zu überwinden, aber du bist stärker.« Mit diesen Worten hatte er sie überzeugt, ihren Widerstand gegen eine medikamentöse Therapie aufzugeben. Aber was hätte er über den Mann im dunklen Zimmer gesagt? Curzi schien schrecklich real zu sein.

Aurora empfand ein überwältigendes Verlangen, woanders zu sein. Was geschah mit ihr? In diese psychiatrische Anstalt zu fahren war ein Fehler gewesen, da war sie sich sicher. Sie war dort Geistern begegnet, die zu treffen sie noch nicht bereit war. Sie hätte sich auf die Ermittlungen vor Ort konzentrieren sollen, mit Scharfblick die Fakten analysieren. Indizien suchen, die ihr halfen, das Denken des Killers zu verstehen, seinem Ritual einen Sinn zu verleihen, eine Spur zu finden, die erklärte, warum er eine Zeugin brauchte.

Stattdessen befand sie sich in einer Klinik im Nirgendwo, im Gespräch mit einem Schatten, der all ihre Geheimnisse ans Licht zerrte.

Curzi grinste. »Deine Narben sind so perfekt«, sagte er mit Nachdruck.

Instinktiv strich sich Aurora nervös eine Haarsträhne hinters Ohr. Mit der Fingerkuppe spürte sie die Rauheit der Nahtstellen. »Ich hasse sie«, sagte sie mit dünner Stimme.

»Du musst nur einen Weg finden, mit ihnen zu leben.«

Aurora schüttelte energisch den Kopf. In ihr brodelten gegensätzliche Gefühle. Sie war überzeugt, dass sie nicht mehr in der Lage war, Realität und Einbildung zu unterscheiden. Sie war von Curzis schmeichelnder Stimme in den Bann gezogen, und gleichzeitig wollte sie fliehen, so weit wie möglich von ihm fort. Ihr Magen war zusammengekrampft, als hielte etwas ihre Eingeweide fest umklammert. »Ich habe genug von dieser Schmierenkomödie«, sagte sie und griff nach der Türklinke.

»Geh nicht«, forderte die Stimme hinter ihr sie auf. Oder war sie in ihr?

Aurora drehte sich zu Curzi um und konnte die vernichtende Klarheit seiner Augen erkennen. »Aus welchem Grund sollte ich bleiben?«, fragte sie empört.

»Weil wir beide uns ähnlich sind. Wir haben beide den

Schmerz nicht zugelassen. Darum bin ich hier. Und darum tust du, was du tust.«

»Halt den Mund! Du existierst nicht!«, platzte Aurora heraus.

»Das behaupten viele«, sagte Curzi. »Es zu wiederholen wird dir nicht dabei helfen, mich zum Verschwinden zu bringen.«

Aurora schlug die zitternden Hände vors Gesicht. Das Atmen fiel ihr schwer, die Angst schnurte ihr die Brust zu. Ihre Beine zitterten. Sie fürchtete, kurz vor einem Nervenzusammenbruch zu stehen. Warum war sie nicht gegangen, als sie die Möglichkeit gehabt hätte, es zu tun? Sie hatte das Gefühl, als lege sich die Stimme des Mannes im Dunkeln wie eine unsichtbare Schlinge um ihren Hals.

»Als ich klein war, ließ mein Vater mich nie in sein neues Auto steigen«, sagte Curzi langsam. »Er hatte einen weißen Fiat 850, auf den er stolz war. Ich erinnere mich, dass er ihn jeden Sonntag wusch, wenn er vom Angeln zurückkam. Es war eines der ersten Autos, die mit Super fuhren. Dank der höheren Oktanzahl konnte es Geschwindigkeiten von bis zu 120 km/h erreichen.«

»Wovon ... sprichst du?«, brummte Aurora verwirrt.

»Ich war acht, als mein Vater verkündete, er werde mir das Angeln beibringen. An diesem Tag erlaubte er mir zum ersten Mal, in sein Auto zu steigen. Er war nicht der Typ für Gefühlsäußerungen gegenüber seinem Sohn. Er hat uns nie in den Arm genommen, er hat nie ein aufmunterndes Wort an uns gerichtet. Ich erinnere mich, dass es ein unbeschreibliches Gefühl war, den verchromten Türgriff zu berühren. Als ich auf den Vordersitz kletterte, fühlte ich mich endlich akzeptiert. Als hätte man mir Zutritt zu einem exklusivem Club gewährt.«

»Warum erzählst du mir das?«

Die Trostlosigkeit, die zwischen Curzis Zimmerwänden herrschte, erinnerte an eine unfruchtbare Steinwüste. Die Stimme des Mannes war wie ein Führer, von dem man weiß, dass man ihm nicht vertrauen kann. »Als wir die Gegend am Kanal erreichten, wo mein Vater üblicherweise angeln ging, ließ er mich aussteigen. Er holte eine Angelrute für mich und eine kleinere für sich heraus. Als wir an der besten Stelle angekommen waren, half er mir, den Köder anzubringen und den Haken auszuwerfen. Dann sagte er, ich solle warten, mich aber bereithalten, falls ein Fisch anbiss. Er erklärte mir, nicht mit zu viel Kraft zu ziehen, sonst würde die Angelschnur reißen, aber auch nicht zu wenig, sonst könne sich der Fisch befreien. An diesem Tag gelang es mir nicht, dass auch nur ein einziger Fisch anbiss; auch am darauffolgenden Sonntag nahm er mich mit, und es klappte besser, in dem Sinne, dass zwar ein Fisch anbiss, ich aber zu ungeduldig war und die Angelschnur zerriss, genau wie er es vorhergesagt hatte. Auch in der nächsten Woche ging ich wieder mit meinem Vater angeln, aber diesmal hatte ich Angst, die Schnur zu zerreißen. So zog ich zu wenig. Der Fisch, der angebissen hatte, kam wieder frei.«

»Diese Geschichte ergibt überhaupt keinen Sinn«, sagte Aurora.

»Mein Vater nahm mich nie wieder mit zum Angeln«, fuhr Curzi fort. »All mein Bitten half nichts. Er war überzeugt, ich sei unfähig, mir fehle es an Charakterstärke.« Er sprach eintönig. Was er sagte, klang wie die Worte in einem Traum. »Er starb am Steuer seines Fiat 850, er war gegen eine Platane geprallt. Er war mit Freunden auf einem Dorffest in der Nähe gewesen, vielleicht hatte er ein wenig zu viel getrunken. Er hatte das Auto auf Höchstgeschwindigkeit gebracht und dann die Kontrolle verloren.«

Es folgte eine Pause, in der die Stille sich herabsenkte wie ein Abendnebel. Aurora war benommen. Sie wollte den Mund öffnen, doch kein Wort kam heraus.

Es vergingen einige Augenblicke, bevor Curzi fortfuhr zu erzählen. »An jenem Tag nahm ich die Angelrute, die Augen voller Tränen, und stieg auf mein Fahrrad. Ich fuhr bis zum Kanal, zu dem mein Vater mich einige Wochen zuvor gefahren hatte, und setzte mich in dieselbe Position, dann warf ich den Haken aus. Es dauerte nicht lange, bis es an der Schnur zu ziehen begann. Als ich merkte, was bei mir angebissen hatte, war ich verblüfft. Es war ein Aal, einer der am schwierigsten zu angelnden Fische. Ich war voller Wut, und ich zog so heftig, dass ich kurz davor war, die Schnur zu zerreißen. Da erinnerte ich mich daran, was mein Vater mir beigebracht hatte. Irgendwie gelang es mir, mich zu kontrollieren, meine Ungeduld im Zaum zu halten, während das Tier versuchte zu entkommen. Es war wie ein wilder Tanz, ein Kampf, der eine gute halbe Stunde andauerte. Ich fühlte mich wie der Protagonist aus diesem Roman, dieser Alte, dem es nach dreitägigem Kräftemessen gelingt, einen Marlin herauszuziehen, der länger ist als sein Boot. Auch mir gelang es schließlich, den Aal herauszuziehen. Doch es ging mir trotzdem nicht besser.« Er massierte sich die Stirn, als trockne er sich den Schweiß nach einem erschöpfenden Kampf, vielleicht den Kampf seiner Seele gegen sich selbst. »Was ich spürte, war nichts als unendliche Einsamkeit.«

Aurora kannte die Einsamkeit, von der Curzi sprach. Sie spürte sie jedes Mal, wenn sie das Parfum auftrug, das Flavio ihr geschenkt hatte; das Einzige, was sie in diesen

Momenten wahrnahm, war die ohrenbetäubende Leere seiner Abwesenheit.

»Bist du noch immer überzeugt, dass es mich nicht gibt?«, fragte Curzi.

Aurora warf ihm einen abschätzigen Bick zu. »Was willst du von mir?«

»Ich versuche nur, dein Vertrauen zu gewinnen.«

»Vertrauen ist ein wertvolles Gut.«

Curzi schüttelte schwach den Kopf. »Du bist hier auf der Suche nach Antworten.«

»Falls es mir gelingt, die richtigen Fragen zu stellen«, seufzte Aurora.

»Du kennst es, das Grauen«, sagte Curzi. »Du warst an dunklen Orten, die die anderen sich nur vorstellen können. Du hast Monster kennengelernt, die die anderen am liebsten vergessen.«

»Ich bin Polizistin. Mein Job ist es, Monster zu jagen.«

»Dann lass dir eins gesagt sein, Aurora Scalviati.« Er hob den Kopf. Das blasse gelbe Licht, das aus dem Korridor hereinfiel, blitzte für einen Augenblick in seinen Augen auf, huschte über seine strengen Gesichtszüge. »Das Monster, das du jagst, ist näher, als du denkst.«

# 42

Aurora verließ Curzis Zimmer mit wild klopfendem Herzen und einem starken Gefühl des Unwohlseins. Sie war aufgewühlt und kraftlos. Erst als Farneti sie vom anderen Ende des Ganges rief, gelang es ihr, so etwas wie Erleichterung zu spüren.

»Hier entlang, Frau Kommissarin«, bat er.

Aurora folgte ihm bis zur Krankenstation. Während sie ging, dachte sie darüber nach, wie dumm sie gewesen war, sich von jemandem beeinflussen zu lassen, der wahrscheinlich einfach geistesgestört war. Doch warum gelang es ihr dann nicht, Curzis Worte aus ihrem Kopf zu vertreiben?

Sie hatte das Gefühl, als wäre sie gerade aus einem bösen Traum erwacht. Einem zu realistischen Traum, um ihn zu ignorieren. Und dann war da noch dieser bleibende Eindruck, kurz davor gewesen zu sein, die Kontrolle zu verlieren. Curzi war ein vollkommen Fremder, doch Aurora hatte das Gefühl, dass er sie gut kannte.

Sie beschloss, dass das nichts als Einbildung gewesen war. Sicher, der Gedanke, die Figur im Schatten sei nichts weiter als eine Illusion, war übertrieben gewesen. Doch Aurora stand so sehr unter Druck, dass sie nicht mehr wusste, ob sie ihrer Wahrnehmung trauen konnte oder nicht. Als sie selbst in der psychiatrischen Klinik gewesen war, hatte sie sich mehr als alles andere gewünscht, so schnell wie möglich wieder rauszukommen und ihre Dienstmarke wiederzubekommen. Aber war es wirklich eine gute Idee gewesen, diesen geschützten Ort zu verlassen? Sie konnte nicht leugnen, dass sie enorme Fortschritte gemacht hatte im Umgang mit ihrer Störung. Aber wenn man das Ausmaß des Rückfalls bedachte, konnte sie wirklich behaupten, dass sie bereit war, auf ihren Platz zurückzukehren, dem Bösen gegenüberzutreten, das sie von Arbeits wegen unablässig vor Augen hatte?

Sicher, mit ihren Medikamenten in Reichweite wäre es einfacher gewesen, ihre Krisen unter Kontrolle zu halten. Sie musste nur einen Weg finden, sie zu besorgen, ohne dass jemand es merkte, sonst würde Piovani sie auseinandernehmen. Sie berührte die Pillendose an ihrem Hals, und ein Gedanke schoss ihr durch den Kopf: Mit ein wenig Glück konnte sie sich in der Villa Clara besorgen, was sie brauchte. Es würde genügen, ihren Begleiter lange genug abzulenken, um den Medizinschrank zu erreichen. Doch sie verwarf die Idee; sie verabscheute es, sich zu fühlen wie eine Drogensüchtige auf Entzug.

»Bitte entschuldigen Sie, bei der ganzen Aufregung haben wir Sie ganz vergessen«, murmelte Farneti und holte Aurora damit in die Gegenwart zurück.

»Macht nichts«, nuschelte Aurora und hob abwehrend die Hände, »und wir können uns gerne duzen.«

»Einverstanden«, antwortete Farneti.

Bei Silvia stand eine spitzgesichtige junge Krankenschwester mit dünnen Lippen, ausgeprägter Nase und auffälligem Haarschnitt, einem fransigen Bob mit asymmetrischem Pony. Sie war dabei, ihre Stirnverletzung zu verarzten.

Aurora bemerkte, dass Silvia und die Krankenschwester miteinander redeten wie zwei alte Freundinnen. Nein, mehr als das. Es wirkte, als ließen sie keine Gelegenheit aus, sich zu berühren. Silvia streifte leicht den Kittel des Mädchens auf Höhe ihres Oberschenkels, um sich dann zurückzuziehen, als wäre der Kontakt rein zufällig zustande gekommen. Die andere hielt sich einen Augenblick länger als nötig mit Silvias Arm auf, um ihr dann flüchtig den Handrücken zu streicheln. Sie flirteten eindeutig miteinander.

Farneti lenkte Auroras Aufmerksamkeit wieder auf sich. »Kann ich dich etwas fragen?«

»Klar.«

»Was hast du in Curzis Zimmer gemacht?«

Aurora zögerte einen Augenblick, bevor sie antwortete. Einen Moment lang war sie hin- und hergerissen, ob sie Farneti etwas über ihr Zusammentreffen mit dem Mann in dem dunklen Zimmer fragen sollte oder lieber darüber schweigen, wie aus Scham darüber, dass sie sich hatte beeinflussen lassen.

»Ich glaube, er hat den Lärm auf dem Flur gehört. Er hat mich hereingebeten, und dann hat er angefangen zu reden.«

Farneti riss die Augen auf, als erzähle Aurora von einer Invasion der Marsmännchen. »Worüber hat er denn geredet?«

»Er hat mir etwas erzählt, was ihm als Kind passiert ist.«

»Wie bitte?«, gab er zurück, immer ungläubiger. »Curzi hat dir ... eine Episode aus seiner Vergangenheit erzählt?«

»Ja«, antwortete Aurora stirnrunzelnd. Sie verstand nicht, was daran so seltsam sein sollte.

Farneti setzte ein ironisches Lächeln auf und begann sich umzuschauen, als suche er jemanden, mit dem er seine Verwunderung teilen konnte. »Dieser Mann spricht seit Jahren mit niemandem.«

Aurora fuhr beinahe zusammen. Nach allem, was sie erfahren hatte, war Curzi alles andere als schweigsam. »Im Ernst?«

»Das versichere ich dir.«

»Und bei den Gruppensitzungen von Doktor Savini?«

»Er hat nicht ein einziges Mal teilgenommen«, antwortete Farneti. »Er ist der einzige Patient, dem es erlaubt ist, am Tag in seinem Zimmer zu bleiben. Ehrlich gesagt verlässt er dieses Zimmer nie. Das Personal bringt ihm sein Essen auf einem Tablett. Ich glaube, er hat so etwas wie eine Lichtallergie. Er sitzt den ganzen Tag im Dunkeln und richtet an niemanden das Wort.«

»Warum ist er hier?«

»Eigentlich dürfte ich das nicht erzählen«, zwinkerte Farneti. »Aber weil du Polizistin bist, kann ich eine Ausnahme machen. Auch weil seine Geschichte eine sehr besondere ist und es verdient, erzählt zu werden.«

»Lass hören.«

»Curzi ist schon seit vielen Jahren in dieser Klinik. Er ist praktisch länger hier als die meisten von uns. Wie es scheint, hat er sich eines schönen Tages selbst hier eingewiesen.«

»Er selbst hat darum gebeten, hier eingeschlossen zu werden?«

»Viele der Patienten in unserer Obhut sind aus freien Stücken da. Was Curzi von den anderen unterscheidet, ist jedoch, dass er eine respekteinflößende, beinahe angsteinflößende Persönlichkeit war, bevor er sich in das dunkle Zimmer zurückzog. Er war Neurochirurg, vielleicht der größte seiner Zeit. Eine richtige Koryphäe.«

»Ein Neurochirurg?«, fragte Aurora verwundert.

»Genau. Er war Chefarzt im Krankenhaus von Sparvara«, antwortete Farneti.

»Sparvara ist ein ganzes Stück weit weg. Warum kam er ausgerechnet hierher?«

»Das müsstest du ihn selbst fragen«, murmelte Farneti. »Ich weiß nur, dass Curzis Sohn eines schlimmen Tages einen Unfall in der Schule hatte. Er wurde im Unterricht ohnmächtig oder so etwas. Es schien nicht weiter dramatisch, aber es gelang nicht, ihn wieder aufzuwecken. Darum brachte man ihn in die Notaufnahme. Als er im Krankenhaus ankam, war er in so schlechtem Zustand, dass in aller Eile eine Notoperation vorbereitet werden musste. Wie die Ironie des Schicksals es wollte, war es ausgerechnet sein Vater, der ihn operieren musste. Leider starb der Junge unter dem Skalpell.«

»Das ist ja furchtbar ...«

»Es scheint, als sei Curzi nach dem Tod des Sohnes völlig durchgedreht. Während seiner Delirien hatte er so heftige psychotische Schübe, dass er versucht hat, bei sich selbst eine Lobotomie durchzuführen, um dem Leid ein Ende zu machen. Daher stammen die schrecklichen Narben am Schädel. Sie sind das Ergebnis von selbst zugefügten Wunden, mit denen er versucht hat, die Schuldgefühle loszuwerden, dass es ihm nicht gelungen ist, seinen Sohn zu retten.«

Aurora musste ein Frösteln unterdrücken. »Was für eine traurige Geschichte.«

»Seitdem hat Curzi jede Interaktion mit einem menschlichen Wesen abgelehnt. Alle Psychiater, die einen therapeutischen Weg mit ihm versucht haben, sind an seinem beharrlichen Schweigen gescheitert. Es dauerte nicht lange, bis sich das Gerücht verbreitete, er habe seine Zunge herausgeschnitten oder bei dem Versuch, sein Gehirn freizulegen, das Sprachzentrum verletzt. Nicht wenige Angestellte der Klinik sind überzeugt, dass er nicht einmal weiß, wo er sich befindet.«

»Er hat mir keineswegs den Eindruck gemacht, gestört zu sein. Im Gegenteil, er sprach mit großer Klarheit.«

Farneti lächelte schief. »Sicher, dass du dir das alles nicht eingebildet hast?«

Aurora warf ihm einen vernichtenden Blick zu.

»Hey, das war ein Scherz«, murmelte Farneti und hob die Hände. »Aber es ist wirklich seltsam. Dieser Mann redet seit über zwanzig Jahren mit niemandem.«

Plötzlich sprang die Tür zur Krankenstation auf. Auf der Schwelle erschien eine Frau um die dreißig in einem strengen Kostüm. Sie wirkte erhitzt. »Entschuldigung, ist Kommissarin Scalviati zufällig hier?«, fragte sie atemlos.

»Das bin ich«, antwortete Aurora.

»Dem Himmel sei Dank, dass ich Sie gefunden habe«, seufzte die Frau. »Ich bin die Assistentin des Direktors. Ich war auf der Suche nach Ihnen, weil Sie einen dringenden Anruf haben.«

Aurora runzelte die Stirn. »Ich?«

Die Assistentin nickte.

Aurora und Silvia tauschten einen Blick stummen Einverständnisses.

Silvia beeilte sich, der Krankenschwester ihre Karte zu reichen. Dabei machte sie eine Geste, die bedeutete: ›Ruf mich an‹, dann trat sie neben Aurora.

Aurora und Silvia folgten der Assistentin bis zur Pförtnerloge, wo ein Telefon auf dem Tresen stand.

»Ich stelle Ihnen den Anruf sofort durch, Kommissarin

Scalviati«, sagte die Krankenschwester und trat über die Schwelle eines Büros.

Wenige Augenblicke später begann der Apparat zu klingeln.

»Scalviati«, sagte Aurora, als sie den Hörer ans Ohr hob.

»Hier ist Bruno«, antwortete die Stimme am anderen Ende der Leitung. »Ich habe versucht, dich auf dem Handy anzurufen, aber du bist nicht erreichbar.«

»Gibt es ein Problem?«

»Definitiv. Du musst sofort ins Präsidium kommen.«

»Wie bitte?«, stammelte sie. »Ich habe zwei Stunden Fahrt hinter mir, und ich habe noch nicht mit dem Direktor gesprochen!«

»Du musst zurückkommen, Aurora. Und zwar sofort«, sagte Bruno. »Ich weiß jetzt, wo Gualtieri überfallen worden ist.«

»Wo denn?«

»Im Haus von Ranuzzi. Dem Bösen Wolf, erinnerst du dich?«

»Scheiße«, murmelte Aurora und biss die Zähne zusammen. Die Worte »Du wirst keinen Schaden tun« hallten in ihrem Kopf wider.

»Und das ist nicht alles«, seufzte Bruno.

»Was denn noch?«

»Hinter dem Haus habe ich zwei Leichen gefunden, die wir noch nicht identifiziert haben. Nach Aussage der Forensik liegen sie seit mindestens zwei Wochen hier.«

»Zwei Wochen, in denen niemand etwas bemerkt hat? Wie konnte das passieren?«

»Es ist eine Gegend mit lauter allein stehenden Häusern mit ein bisschen Land darum herum. Und außerdem weißt du ja, dass die Casa Ranuzzi als unheimlich gilt, die Leute gehen nicht gerne dorthin.«

»Sicher, ein Spukhaus ...«, seufzte Aurora.

»Ich habe dir per Mail die Fotos der Spurensicherung geschickt. Eine der Leichen ist die einer Frau. Sie war teilweise vergraben und mit langen Nägeln gespickt, genau wie im Fall Gualtieri.«

Aurora stieß einen langen Seufzer aus. »Und die andere Leiche?«

»Ein kleiner Junge«, antwortete Bruno. »Er war höchstens zwölf. Er war gefesselt, genau wie Aprile.« Eine kurze Pause. »Es ist genau so, wie du gesagt hast, Aurora. Wir haben es mit einem Serienmörder zu tun.«

# 43

Aurora öffnete die Tür zum Büro des Klinikdirektors, Doktor Rambaldi.

»Entschuldigen Sie bitte die Störung.«

Der Mann hinter dem Schreibtisch hatte einen Rauschebart mit weißen Strähnen und winzig kleine Augen wie eine Maus. »Entschuldigen Sie die Wartezeit, Kommissarin Scalviati«, antwortete Rambaldi und erhob sich vom Stuhl. »Unsere Besprechung ist gerade zu Ende. Setzen Sie sich bitte.«

»Ich werde Ihnen nur ein paar Minuten stehlen«, sagte Aurora knapp. »Leider gab es einen Notfall. Ich muss zurück ins Präsidium.«

»Worüber wollten Sie mit mir sprechen?«

»Ich wollte fragen, ob Sie Carlo Gualtieri kannten.«

»›Kannten‹? Heißt das ...«

»Er ist tot, ja. Wir ermitteln gerade in seinem Mordfall.«

»Verstehe«, murmelte Rambaldi. »Aber ich kann mich an den Namen nicht erinnern. War er Patient in meiner Klinik?«

»Nicht dass ich wüsste«, antwortete Aurora. »Aber wir haben Grund zu der Annahme, dass er zu Besuch hier war, einige Tage bevor er getötet wurde.«

»Wirklich?«, fragte Rambaldi erstaunt. »Können Sie diesen Gualtieri beschreiben?«

»Er war vierundfünfzig Jahre alt, nicht besonders groß, vielleicht einen Meter siebzig. Von mittlerer Statur, ein bisschen Bauch. Ausgeprägte Geheimratsecken, ziemlich eng stehende kastanienbraune Augen.«

Rambaldi schüttelte den Kopf. »Das sagt mir nichts.«

»Er war Wachmann und ehemaliger Polizist. Er lebte in Sparvara.«

»Das ist recht weit von hier.«

»Ich weiß. Und ich weiß auch, dass unter Ihren Patienten wenigstens einer ist, der aus dieser Stadt kommt.«

»Curzi, gewiss ...«

»Wir wissen, dass Gualtieri letztes Wochenende hier gewesen ist. Haben Sie eine Idee, warum?«

Rambaldi knetete sich nachdenklich das Kinn. »Ehrlich gesagt habe ich keine Ahnung. Ich kümmere mich mehr um die geistige Gesundheit der Patienten als um die Besucher. Versuchen Sie es mal bei meiner Assistentin.«

»Dafür habe ich leider keine Zeit mehr.«

»Tut mir leid, dass ich nicht weiterhelfen kann. Wollen Sie noch etwas anderes wissen?«

»Nein, aber ich lasse Ihnen meine Nummer da. Falls Ihnen noch etwas einfallen sollte, rufen Sie mich bitte an.«

»Das mache ich. Auf Wiedersehen, Kommissarin Scalviati.«

Die beiden schüttelten sich schnell die Hände, und Aurora verließ das Büro, dicht gefolgt von Rambaldi.

Während Rambaldi seine Bürotür abschloss, betrachtete Aurora eine Treppe mit einem dicken Handlauf aus weißem Stein, die in den ersten Stock des Gebäudes hinaufführte.

»Was befindet sich im oberen Stockwerk?«, fragte sie.

»Nichts, im Moment ist es geschlossen. Die Villa Clara ist sehr alt, und bisher ist es nur gelungen, die untere Etage zu renovieren. Ich hoffe, eines Tages auch die oberen Räume in Angriff zu nehmen, aber das ist sehr aufwändig, und die Geldmittel, die dafür zur Verfügung stehen, sind begrenzt.«

Während Rambaldi sie durch den Flur begleitete, dachte Aurora erneut an Curzi. »Kann ich Sie noch etwas fragen?«

»Natürlich.«

»Sind Sie schon immer Direktor der Klinik gewesen, oder gab es andere?«

»Vor mir war es Doktor Marciano. Ich war jahrelang sein Assistent, er war ein kluger Kopf. Er war es, der die Renovierungsarbeiten begonnen und die Villa Clara zu der modernen Einrichtung gemacht hat, die sie heute ist.«

»Hat Marciano Curzi aufgenommen?«

»Warum interessieren Sie sich so für Curzi?«

»Nun ja, er ist ... ziemlich faszinierend. Er war einmal ein brillanter Arzt, und der Gedanke, dass er seit Jahren in einer psychiatrischen Klinik sitzt, ist ziemlich traurig.«

»Hat Farneti Ihnen von ihm erzählt?«

»Ich glaube, es spielt keine Rolle, wer mir von ihm erzählt hat.«

»O doch«, sagte Rambaldi. »Ich verabscheue Tratsch, vor allem, wenn es einen Freund betrifft. Curzi hat im schlimmsten Augenblick seines Lebens um Hilfe gebeten. Auch wenn das, was wir für ihn tun konnten, nicht genug war.«

»Kannten Sie Curzi denn vor seinem ... Zusammenbruch?« Erst jetzt, beim Gespräch über jemand anderen, merkte Aurora, dass sie dieselben Berührungsängste gegenüber mentalen Störungen hatte wie all jene, die flüsternd über ihre Bipolarität sprachen, als wäre es eine Sünde oder eine Schande.

»Ja«, antwortete Rambaldi, »ich kenne ihn noch aus Studienzeiten. Wir haben einige Jahre zusammen eine Wohnung in Bologna bewohnt. Dann haben sich unsere Wege getrennt. Nach dem Psychologiestudium bin ich in den Apennin gezogen, während er sich in Neurochirurgie spezialisiert hat und in der Po-Ebene blieb. Doch solange es ging, haben wir ein freundschaftliches, kollegiales Verhältnis aufrechterhalten. Manchmal hat Curzi sich wegen psychiatrischer Gutachten an mich gewendet, und ich habe dasselbe bei ihm getan, wenn mir Patienten mit neurologischen Krankheiten unterkamen.«

Es folgte ein kurzes Schweigen. »Ich habe eben mit Curzi gesprochen«, platzte Aurora plötzlich heraus.

Rambaldi wirkte wie von einer Kugel getroffen. »Reden Sie keinen Unsinn. Curzi spricht seit über zwanzig Jahren mit niemandem.«

»Das habe ich gehört«, gab Aurora herausfordernd zurück. »Aber so war es. Er hat mir eine Begebenheit aus seiner Kindheit erzählt.«

»Wollen Sie mich provozieren, Kommissarin Scalviati?«

»Das würde ich mir nie erlauben. Ich hatte nur einfach den Eindruck, dass Curzi alles andere als verrückt ist.«

»Natürlich, das ist es, was alle Leute denken, dass wir hier ›Verrückte‹ einsperren, als hätte diese Bezeichnung irgendeinen Sinn. So etwas wie Verrücktheit gibt es nicht. Neurosen, Persönlichkeitsstörungen und auch Psychosen können durch schlimme Ereignisse traumatischer Natur hervorgerufen werden. Wir versuchen, Menschen zu unterstützen, die einen Zusammenbruch hatten, wir helfen ihnen, mit den eigenen Schwächen zu leben. Die menschliche Psyche ist äußerst komplex und noch immer nicht vollständig entschlüsselt. Es ist alles in Ordnung, solange es uns gelingt, das Leiden hinter einer Mauer zu verbergen, in unserem Geist.« Er machte eine Pause. »Aber manchmal wird es so erschreckend, diese Mauer zu betrachten, dass das gesamte Leben unerträglich wird.«

Wie oft hatte Aurora dagesessen und die Mauer angestarrt, hinter der sie ihre Obsessionen weggesperrt hatte? Da waren die Erinnerungen an vergangene Tage, in denen sie ihre Mutter pflegte, die nach dem Tod des Ehemannes in einen Zustand der Verwahrlosung geglitten war, jene wirren Tage, in denen sie versucht hatte, die Schuldgefühle wegen Flavios Tod und dem des Kindes, das er ihr geschenkt hatte, zu mildern.

»Hatten Sie noch nie das Gefühl, einen Rückzugsort vom Alltagslärm zu brauchen, Kommissarin Scalviati?«, fragte Rambaldi. »Waren Sie je kurz davor, die Kontrolle zu verlieren? Was wir hier tun, ist nicht viel anders als die Arbeit eines Physiotherapeuten. Nur dass wir, anstatt dabei zu helfen, die Funktion eines Körperteils wiederherzustellen, versuchen, unsere Patienten dabei zu unterstützen, die Macht über ihre eigenen Gedanken wiederzuerlangen.«

# 44

Aurora machte mit dem Handy einige Fotos von der Fassade der Klinik. Dann stieg sie zu Silvia ins Auto.

Während sie die gewundene Straße entlangfuhren, die ins Tal hinunterführte, ließ Aurora ihren Blick auf der Landschaft ruhen, die vor dem Fenster vorbeizog. Es waren dieselben sanften Hänge des Apennins von Modena, derselbe Wechsel von dunkler Erde mit Obstbäumen und derselbe Himmel, den sie auf der Hinfahrt betrachtet hatte. Und doch schien alles anders. Es war, als hätte die Dunkelheit, die in Curzis Zimmer herrschte, sie bis in den Wagen verfolgt, ihr war, als läge ein Schleier über allen Farben. Die Blätter der Bäume, die Wolken und Häuser, alles wirkte wie unscharfe Flecken. Denn alles strebte einer einzigen Farbe zu: dem Schwarz.

In ihrem Kopf hallten die Worte wider, die Aprile gesagt hatte, bevor sie in Ohnmacht fiel: »Sie kommen immer wieder.« Was bedeutete dieser Satz? Hatte er mit der Identität des Subjekts zu tun, oder war es nur eine Strategie ihres Gehirns, um dem Horror zu entfliehen, den sie erlebt hatte?

Aurora schüttelte die Gedanken ab und brach das Schweigen.

»Du musst mir diesen Griff zeigen.«

»Welchen?«

»Den, mit dem du Lena betäubt hast.«

Silvia zuckte die Schultern. »Ach, das ist nicht schwierig.«

»Wo hast du das gelernt?«

»Unterrichten sie das nicht bei den Selbstverteidigungskursen der Polizei?«

»Vielleicht habe ich in der Stunde gefehlt, als es um Würgetechniken ging«, sagte Aurora. »Dafür hat man oft meinen linken Haken gelobt.«

Silvia lachte. »Dann hättest du den doch anwenden können! Das Resultat wäre vermutlich dasselbe gewesen, auch wenn du wahrscheinlich eine Anzeige wegen Körperverletzung bekommen hättest.«

»Du hast Recht. Aber hattest du keine Angst, sie aus Versehen zu erwürgen?«

»Nein, da gibt es einen großen Unterschied. Der Griff heißt *sleeper hold*, ›Schlafgriff‹. Er besteht darin, einen Punkt der Halsschlagader abzudrücken, an dem viele Nervenenden sind. Der plötzliche Anstieg des Blutdrucks sorgt dafür, dass die neurosensorischen Rezeptoren, die vom Blutdruck kontrolliert werden, Mechanismen auslösen, um ihn blitzartig zu senken, da ein plötzlicher Stoß das Gehirn schädigen könnte. Auf die Weise ist es möglich, eine Ohnmacht zu erzeugen. Es kommt auf die richtige Dosierung der Technik und der Kraft an, wie bei allem, denke ich.«

»Nicht schlecht. Hast du Medizin studiert?«

»Nein, überhaupt nicht. Aber einen Vater im Kampfsport zu haben hat seine positiven Seiten. Boxen, Muay Thai, MMA. Er war es, der mir diesen Griff beigebracht hat und noch ein paar andere Tricks, wenn es wirklich hart auf hart kommt. Noch Fragen?«

Aurora zögerte einige Augenblicke. Die Unterhaltung mit Curzi, Rambaldis Worte und die Tatsache, sich wieder im Inneren einer psychiatrischen Klinik zu befinden, hatten in ihr unterschwellige Ängste wiedererweckt. Und dann war da Brunos Anruf, der unheilvolle Entwicklungen im Fall Gualtieri verhieß und ihre Theorie des Serienmörders bestätigte.

Silvia fuhr, die hellen Augen auf die Straße konzentriert. Sie wirkte gelassen. Wie hatte sie es nur geschafft, den Schatten dieser Krankheit auszuradieren, die gedroht hatte, sie zu töten? Wie hatte sie es geschafft, sich nicht von der beklemmenden Atmosphäre überwältigen zu lassen, die in der Villa Clara herrschte?

Sie hätte sie fragen können. Stattdessen beschränkte sie sich darauf zu nuscheln: »Warst du wirklich hinter der Krankenschwester her?«

Silvia warf ihr einen komplizenhaften Blick zu.

»Sie ist süß, oder?«

Aurora lächelte. »Na ja ... aber ...«

»Keine Sorge, ich vermische nie Arbeit und Privatleben.«

Aurora hob als Zeichen ihrer Kapitulation die Hände. »Du hast Recht, es geht mich nichts an. Aber ich hätte nicht gedacht, dass du ...«

»Dass ich lesbisch bin?«, unterbrach Silvia. »Sag nicht, dass du so ein Moralapostel bist, der Homosexualität für eine Krankheit hält?«

»Natürlich nicht!«, sagte Aurora. »Ich fand es nur ... seltsam. Manchmal bin ich nach der Arbeit mit Kollegen ausgegangen und habe sie in Aktion gesehen, wie sie bei einer hübschen Frau vergeblich ihr Glück versuchten. Du kannst dir nicht vorstellen, in welch peinliche Situationen sie mich gebracht haben. Aber ich habe noch nie ... eine Kollegin dabei gesehen.«

»Wirklich? Und du?«

»Was ich?«

»Hast du dich je von einer anderen Frau angezogen gefühlt?«

»Ich würd sagen, nein.«

»Du kannst mir doch nicht erzählen, dass es an der Uni nie eine gab, die dir gefallen hat. Auf die gleiche Weise, wie dir die Jungs gefielen, meine ich.«

Aurora schwieg einige Augenblicke lang. »Na ja, jetzt wo ich darüber nachdenke ... Es gab ein Mädchen in Strafrecht, das sich immer neben mich setzte. Sie hieß Deborah. Sie war nicht hübsch im herkömmlichen Sinne, aber sie hatte sehr volle Lippen und ein strahlendes Lächeln. Sie schminkte sich stark die Augen. Sie waren sehr hell, beinahe wie die einer Katze. Ich fand sie immer hinreißend. Ein paarmal haben wir uns zum Lernen getroffen, und einmal haben wir unsere Hände aus Versehen übereinandergelegt. Wir haben uns einige Augenblicke angesehen, und ich erinnere mich, einen seltsamen Schauer gespürt zu haben. Es war mir so peinlich, dass ich ihr für das ganze restliche Semester aus dem Weg gegangen bin.«

»Das ist alles?«

Aurora zuckte mit den Schultern. »Das ist alles.«

»Und du hast dich nie gehen lassen, zum Beispiel bei einer Party, nach ein paar Gläsern zu viel?«

»Vielleicht ist die Universität heute anders. Ich war noch nie eine große Partygängerin. Und auch nicht sehr geschickt im Flirten. Außerdem musste ich lernen, sonst hätte ich die Prüfungen nicht geschafft.«

»Mädchen, du musst anfangen zu leben«, zwitscherte Silvia.

»Wenn das bedeutet, von einer Geschichte zur nächsten zu hüpfen, nein danke«, brummte Aurora.

»Hey, ich bin doch kein weiblicher Casanova«, protestierte Silvia. »Meine Freundin und ich haben uns vor kurzem getrennt. Aber im Grunde ist es besser so. Die Beziehung war zu eng, und am Ende hatte ich das Gefühl zu ersticken. Abends, wenn ich heimkam, war sie immer schon in Schlafanzug und Pantoffeln und hatte nie Lust auszugehen. Mein Gott, mit Carmen zu leben war schlimmer als mit einer Nonne!«

»Wie lange wart ihr zusammen?«

»Hm ... lass mich nachdenken.« Silvia verzog das Gesicht und überlegte einige Augenblicke. »Fast acht Monate.«

Bevor Aurora antworten konnte, zog das Telefon ihre Aufmerksamkeit mit einer Reihe von Benachrichtigungen der verpassten Anrufe auf sich. Vier von Bruno und zwei von Torrese.

Endlich hatte sie wieder Empfang; Aurora lud ihre Mails herunter und betrachtete die Fotos, die Bruno ihr geschickt hatte. Dann rief sie Torrese zurück.

»Na endlich, Scalviati«, sagte der Richter. »Ich habe angerufen, aber Sie waren nicht erreichbar.«

»Ich hatte keinen Empfang. Ich bin unterwegs.«

»Wo sind Sie?«

»Im Appennin. Ich verfolge eine Spur, wenngleich im Augenblick noch ohne Resultat.«

»Ich dachte, ich hätte mich deutlich ausgedrückt. Ich

möchte über alles informiert werden, was diesen Fall betrifft.«

»Das hätte ich getan! Geben Sie mir die Zeit, einen detaillierten Bericht zu schreiben.«

»Na gut, meinetwegen«, sagte Torrese knapp.

»Wollten Sie mir etwas sagen?«, fragte Aurora.

Torrese machte eine Pause, bevor er antwortete. Aurora konnte seinen Atem hören. Seine Anspannung war deutlich spürbar. »Ich nehme an, Sie haben von den Leichen gehört, die bei der Casa Ranuzzi gefunden wurden.«

»Ich bin im Bilde.«

»Dann wissen Sie wohl auch, dass das die Situation verkompliziert.«

»In welchem Sinn?«

»Piovani und ich kommen gerade aus der x-ten Pressekonferenz. Die Journalisten auf Abstand zu halten wird immer schwieriger, und Piovani macht Druck, die Ermittlungen wieder in seine Hände zu legen, nach den unerwarteten Ereignissen des heutigen Tages.«

»Unerwartet?«, platzte Aurora heraus. »Ich habe immer die Hypothese vertreten, dass zwischen dem Fall Gualtieri und dem Fall Ranuzzi ein Zusammenhang besteht. Und ich möchte Sie daran erinnern, dass ich auch nicht gezögert habe, von einem Serienmörder zu sprechen!«

»Regen Sie sich nicht so auf, Scalviati«, murmelte Torrese. »Für Piovani ist es auch nicht einfach, vor den Journalisten das Gesicht zu wahren und gezwungen zu sein, ihnen etwas vorzumachen. Davon abgesehen hat noch keiner verstanden, in welche Richtung Ihre Ermittlungen gehen.«

»Was wollen Sie mir damit sagen, Torrese?«

»Gar nichts. Sie sind immer noch die leitende Ermittlerin, aber wir müssen noch einmal über das sprechen, was in der letzten Konferenz vereinbart worden ist.«

»Sie hatten mir achtundvierzig Stunden zugestanden, um konkrete Hinweise zu finden.«

»Zwei weitere Leichen helfen uns im Augenblick überhaupt nicht!«, platzte Torrese heraus. »Welche Antworten können wir der Presse geben? Was kann ich sagen, um die Familienväter zu beruhigen, die mich voller Angst auf der Straße anhalten, weil sie fürchten, ein Serienmörder könnte ihre Kinder entführen und in Stücke reißen?«

»So geht das Subjekt nicht vor.«

Am anderen Ende der Leitung wurde ein Grunzen hörbar, wie ein Stier vor dem Stoß. »Bei der Pressekonferenz musste ich improvisieren«, sagte er. »Ich habe meinen Teil erledigt. Jetzt sind Sie dran. Ich will Resultate, sonst bin ich gezwungen, Piovani wieder einzusetzen. Und glauben Sie mir, das ist im Moment das Letzte, was ich will.«

»Sie tun ja gerade so, als hätte ich die Leute getötet«, platzte Aurora heraus.

»Es ist nicht nötig, jetzt schon die Fassung zu verlieren, Scalviati«, gab Torrese zurück, einen besänftigenden Tonfall anschlagend. »Morgen früh machen wir ein weiteres Briefing. Wenn das Material, das Sie mir vorlegen, nicht zufriedenstellend ist, muss ich Maßnahmen ergreifen.«

»Scheiße«, murmelte Aurora, nachdem sie aufgelegt hatte.

»Was ist?«, fragte Silvia.

»Torrese zieht mir die Beine weg.«

»In welcher Hinsicht?«

»Wenn ich ihm bis morgen früh nichts vorlege, nimmt er mir den Fall weg.«

»Das kann er nicht!«, protestierte Silvia. »Ihr habt doch

eine Abmachung. Und was wird dann aus dem Team? Wir hatten kaum Zeit, uns kennenzulernen.«

»Ich weiß, aber mit den zwei weiteren Leichen gerät die Situation in der Stadt außer Kontrolle. Es scheint, als habe sich eine Art kollektive Psychose entwickelt.«

Silvia warf Aurora einen verstohlenen Blick zu. »Was hast du vor?«

Wie immer, wenn sie in Schwierigkeiten war, übernahm Auroras analytischer Verstand die Führung. »Wir müssen schneller sein.«

»Und wie?«

»Wir brauchen unbedingt ein Täterprofil. Das wird uns helfen, die Ermittlungen zu lenken, aber ich habe nicht genug Zeit, mich an den Schreibtisch zu setzen und meine Gedanken zu ordnen.«

»Also, was machen wir?«

»Du musst meine weiße Tafel sein«, sagte Aurora. Das war eine Technik, die sie im Seminar bei Stoner gelernt hatte.

»Tafel?«

»Wenn ich keine Notizen auf eine Tafel wie die im Konferenzzimmer schreiben kann, bist du eben meine weiße Tafel.«

»Und was muss ich tun?«

»Mich korrigieren, wenn ich mich irre. Die Widersprüche meiner Überlegungen aufzeigen. Versuchen, mich in die Krise zu stürzen, wenn ich zu sicher bin, mich ermutigen, wenn ich dir unsicher erscheine. Mich drängen, Motive für Dinge zu suchen, die unerklärlich scheinen, und Alternativen zu dem, was selbstverständlich scheint.«

»Also sind wir dabei, ein ... Profil zu erstellen?«

»Genau. Dann werden wir die Daten mit dem vergleichen, was wir über die Opfer herausfinden, die Bruno bei der Casa Ranuzzi gefunden hat. Es mit den Elementen beider Tatorte zu vervollständigen wird uns helfen, einige meiner Annahmen zu bestätigen oder zu entkräften.«

Silvia konnte ein breites Lächeln nicht unterdrücken, während sie Aurora einen weiteren verstohlenen Blick zuwarf. »Ich wusste doch, dass das Beste noch kommt.«

# 45

»Das Profil eines Serienmörders, das wir anhand seiner Handlungen erstellen, ist unerlässlich für die soziopsychologische Einschätzung«, sagte Aurora. »Ziel ist es, das Feld der Verdächtigen einzuschränken oder wenigstens die Ermittlungen in die richtigen Bahnen zu lenken. Das ist eine Arbeit, die analytische Fähigkeiten, gute psychologische, besonders kriminalpsychologische Kenntnisse und ein gewisses Maß an Kreativität verlangt. Phantasie ist ein wesentliches Instrument für einen Profiler.«

»Es ist also ein psychiatrisches Gutachten eines unbekannten Subjekts«, sagte Silvia.

»Mehr oder weniger. Auch wenn das Profil sich nicht darauf beschränkt, die Charaktereigenschaften des Unsub herauszuarbeiten, sondern auch Alter, Geschlecht, Bildungsgrad, Beruf, Gewohnheiten.«

»Woran kann man denn das Alter eines Mörders feststellen?«

»Üblicherweise geht man zunächst von einem Alter von fünfundzwanzig aus, um es dann je nach seinen Verhaltensweisen nach oben oder nach unten zu korrigieren. In diesem Fall würde ich sagen, unser Subjekt ist ein Individuum zwischen dreißig und fünfunddreißig.«

»Wie kommst du darauf?«

»Er ist ein Mann, der eine gewisse Reife hat. Das wird an der Komplexität des Rituals deutlich, das mit der präzisen Absicht entwickelt wurde, einen Zwang zu befriedigen, mit dem er seit langem lebt, und dem erhöhten Planungsniveau. Jüngere Verbrecher haben die Tendenz, sich impulsiv zu verhalten, während er extrem methodisch vorgeht. Aus diesem Grund glaube ich auch, dass er an einer Zwangsstörung leidet. Er muss alles unter Kontrolle haben, er improvisiert nicht gerne. Dazu strotzt er vor Entschlossenheit und Kraft. Er ist stark genug, die Nägel in einen menschlichen Körper zu rammen, und hat genug Energie, eine lange Strecke bei schlechter Sicht zu fahren, einen Mann auf ein Boot zu tragen und ein paar Kilometer zu rudern, um den Ort zu erreichen, den er sich ausgesucht hat, um das Verbrechen zu vollenden, und all das im Laufe einer einzigen Nacht.«

»Du gehst davon aus, dass es sich um einen Mann handelt.«

»Da bin ich absolut sicher«, sagte Aurora. Sie öffnete eines der Fotos, die Bruno ihr per E-Mail geschickt hatte. »An den Abdrücken am Hals der weiblichen Leiche sieht man, dass sie erwürgt wurde, genau wie Gualtieri. Es ist äußerst selten, dass weibliche Verbrecher Körperkontakt mit dem Opfer suchen, üblicherweise bevorzugen sie es, körperliche Distanz zu wahren. Sie wählen Gift oder auch eine Feuerwaffe. Seltener eine Hieb- oder Stichwaffe, aber im Allgemeinen handelt es sich dann um einen Mordrausch. Davon abgesehen bevorzugen es die meisten weiblichen Täter, das Opfer am Ort zu töten. Es gibt normalerweise keine Ortsveränderungen, die dagegen in diesem Fall ein wichtiges Element sind. Ganz zu schweigen davon, dass das *overkilling* praktisch bei weiblichen Tätern nicht vorkommt.«

»Was bedeutet das?«

»Overkilling nennt man die Verbissenheit, mit der sich der Täter nach dem Tötungsakt an seinem Opfer zu schaffen macht. Meistens ist es ein Versuch, das Opfer zu entpersonalisieren, es auf extreme Weise zu unterwerfen, ihm die Menschenwürde zu nehmen. Das ist notwendig, um das Schuldgefühl zu überwinden.«

»Also glaubst du, das ist die Funktion der Nägel?«, fragte Silvia. »Dem Subjekt helfen zu vergessen, dass es einen Menschen vor sich hat?«

Aurora dachte einige Augenblicke nach. »Das trifft sicher im Fall von Rossellas Ermordung zu. Aber wenn es nur das wäre, hätte er eine gewöhnlichere Variante gewählt. Die meisten Serienmörder entstellen das Gesicht der Opfer in einem Wutanfall, mit Schlägen oder Schnittwaffen, Stöcken, Metallstangen. Das Unsub dagegen hat dieses Ritual äußerst sorgfältig konzipiert, so dass es sogar zum zentralen Element seines Modus Operandi wurde. Diese alten rostigen Nägel müssen einen starken symbolischen Wert für ihn haben.«

»Und was für einen, zum Beispiel?«

Aurora schüttelte den Kopf.

»Das weiß ich noch nicht«, gab sie zu. »Das Erste, was mir in den Sinn kam, ist, dass es sich um eine Art Bestrafung handelt, aber das war, bevor ich wusste, dass die Nägel bei Carlo Gualtieri erst post mortem eingeführt worden sind. Wenn das der Grund wäre, hätte er sich an Gualtieri vergangen, als er noch am Leben war, um ihn kleinzumachen, ihn zu demütigen, um seine Überlegenheit zu demonstrieren. Er hätte dafür gesorgt, dass Carlo

Gualtieri mitbekam, was er mit ihm machte. Ich glaube, dass das Subjekt keinerlei Befriedigung durch den Tötungsakt an sich findet. Es versteht den Tod des Opfers als notwendigen Schritt zu etwas ... für ihn Stimulierenderem. Der Leichnam ist das Objekt seines Interesses.«

»Also ein Nekrophiler?«

»Nein, er hat keinerlei sexuellen Drang im Hinblick auf die Leichen erkennen lassen.«

»Aber dann ... inszeniert er vielleicht ein Begräbnisritual«, vermutete Silvia.

Aurora runzelte die Stirn, als habe sie eine plötzliche Erleuchtung. »Darum sind zwei der Leichname nur halb eingegraben ... es ist ein Begräbnisritual!«

»Könnte es sich vielleicht um einen Priester handeln?«

»Das würde ich ausschließen. Aber er könnte das Priesterseminar besucht haben und aus irgendeinem Grund hinausgeworfen worden sein, vielleicht aufgrund seiner Triebe. Oder er könnte eine streng religiöse Erziehung erfahren haben, die zum Nährboden für seine Delirien wurde. Ich glaube, er hat einen ehrbaren Beruf, der es ihm erlaubt, in der Menge der normalen Menschen unterzutauchen. Unser Mann ist kein Versager, sondern gut in die Gesellschaft integriert. Es handelt sich um eine Person mit überdurchschnittlicher Bildung, auch wenn er das Studium wahrscheinlich nicht abgeschlossen hat. Neunzig Prozent der Serienmörder haben einen überdurchschnittlichen IQ, aber schulisch wenig Erfolg.«

»Ich habe auch eine religiöse Erziehung genossen, aber ich bin keine Mörderin geworden«, wandte Silvia ein.

»Ich glaube nicht, dass die Religion der Auslöser für seine Impulse gewesen ist«, antwortete Aurora, »sondern ein Trauma in der Kindheit, dem er auf irgendeine Weise eine religiöse Bedeutung beimisst.«

»Und darum entführt er Kinder?«

»Nicht unbedingt, aber in unserem Fall ...« Aurora unterbrach sich, um einige Augenblicke nachzudenken. »... ist das eine nicht allzu weit hergeholte Vermutung«, fügte sie hinzu, als denke sie laut. »Ich kann mit ziemlicher Sicherheit sagen, dass Apriles Rolle die der Zeugin gewesen ist, und ich bin beinahe sicher, dass es sich bei dem toten Jungen in der Casa Ranuzzi genauso verhält. Es ist möglich, dass das Unsub sich eine Situation wiedererschafft, die es gut kennt und die es seit seiner Kindheit quält. Vielleicht hat es den Tod von jemandem beobachtet, und durch die Kinder, die es zwingt, bei seinen Verbrechen zuzusehen, versucht es einen Stellvertreterprozess in Gang zu setzen, um seine inneren Konflikte zu lösen. Er schafft mit den Kindern einen Mechanismus projektiver Identifikation.«

»Das heißt?«

»Das ist ein Abwehrmechanismus des Unbewussten. Es erlaubt einem, sich vor störenden Elementen zu schützen – in unserem Fall ein in der Kindheit entstandenes Trauma –, indem die eigenen Gefühle auf ein anderes Subjekt übertragen werden. Es handelt sich um eine Art Läuterung, durch die die störenden Elemente erträglich werden. Das ist ein Prozess, der sich auch in einer gesunden Psyche abspielen kann, der jedoch bei psychotischen Subjekten ins Extreme getrieben wird.«

»Also glaubst du, er hatte nicht wirklich die Absicht, diesen Jungen in der Casa Ranuzzi zu töten?«

»Ich glaube nicht«, antwortete Aurora. »Er hat ein Indiz hinterlassen, das uns helfen sollte, Aprile zu retten. Wären wir nicht rechtzeitig gekommen, wäre auch sie gestorben.

Im Fall des Kindes in der Casa Ranuzzi muss jedoch irgendetwas schiefgegangen sein.«

»Er hätte doch Aprile und auch das andere Kind selbst in Sicherheit bringen können«, wandte Silvia ein. »Das wäre viel einfacher gewesen ... Warum hat er das nicht getan?«

»Tja«, sagte Aurora. »Irgendwie hat er sie ihrem Schicksal überlassen. Vielleicht hat er das getan, um dasselbe Verlassenwerden zu reproduzieren, das er selbst erlebt hat.«

»Hast du Verlassenwerden gesagt? Vielleicht ist er ja in einem Waisenaus aufgewachsen!«

Aurora sah sie mit weit aufgerissenen Augen an, wie elektrisiert.

»Aber ja, natürlich ... das würde alles erklären!«, rief sie. »Das Verlassensein, die Erziehung ... Er muss in einem religiös geführten Haus gelebt haben. Die Eltern waren nicht in der Lage, sich um ihn zu kümmern, also haben sie ihn in die Obhut eines Instituts gegeben. Darum fühlte er sich zurückgewiesen.«

»Es gibt ein Waisenhaus in der Stadt, das von einer Kongregation von Nonnen geleitet wird, nur einen Häuserblock vom Dom entfernt. Wenn ich mich richtig erinnere, heißt es ›Casa del Sorriso‹, ›Haus des Lächelns‹.

»Super«, sagte Aurora. »Wir müssen mit ihnen sprechen. Vielleicht finden wir etwas im Archiv.«

»Glaubst du, das Subjekt kommt aus Sparvara?«

»Ich glaube, es hat Verbindungen zu beiden Tatorten. Ich glaube, er ist in Sparvara oder Umgebung aufgewachsen. Er kennt die Stadt gut, aber ich glaube nicht, dass er noch immer dort lebt.«

»Na, und, bin ich eine gute weiße Tafel?«, fragte Silvia scherzend.

»Die beste«, lächelte Aurora. »Welche anderen Informationen haben wir über das Unsub?«

»Es hinkt«, antwortete Silvia. »Und es fährt einen grauen Pick-up.«

»Richtig. Es gibt noch eine Liste mit Zeugen, die angehört werden müssen wegen der Sache mit dem Pick-up. Darum wirst du dich kümmern. Was die Recherche in der Invalidenkartei betrifft, ist es Tom hoffentlich gelungen, etwas Hilfreiches zu finden.«

»Einverstanden.«

»Das Subjekt ist ein methodischer und gut organisierter Typ. Wir müssen nach jemandem suchen, der genug Zeit hat, um solche aufwändigen Aktionen zu planen.«

»Vielleicht arbeitet er Teilzeit oder ist Saisonarbeiter.«

»Stimmt. Auch wenn es ein Detail gibt, das mich von Anfang an nachdenklich machte und das uns einen Hinweis mehr auf seinen Beruf geben könnte.«

»Und das wäre?«

»Auf den Fotos, die Bruno mir geschickt hat, habe ich gesehen, dass der Leichnam in Ranuzzis Garage mit demselben Gewebeklebeband gefesselt ist, das auch bei Aprile und Carlo Gualtieri benutzt wurde.«

Silvia hob die Schultern. »Das ist doch eine effiziente Art, oder?«

»Eben. Es ist bekannt, dass die Handlungen von Serienmördern vom Prinzip der Ökonomie geleitet werden, also dem, was es ihnen mit dem kleinsten Energieaufwand erlaubt, ihr Ziel zu erreichen. Die Wahl der Werkzeuge fällt darum auf die, die ihnen am vertrautesten sind. Also können wir auf der einen Seite ausschließen, dass das Unsub Erfahrung mit Stricken und Knoten hat, aber annehmen, dass es die Wirkung von Klebeband als Fesselmethode kennt.« Aurora machte eine Pause, in der sie noch einmal alle Fotos durchging, die Bruno ihr per Mail geschickt hatte. »Das ist etwas, was man in Gefängnisanstalten oder beim Militär lernt«, fügte sie dann hinzu.

»Es könnte also ein Vorbestrafter sein«, sagte Silvia.

Aurora lief ein Schauer über der Rücken. »Oder ein Exsoldat.«

»Oder ein Polizist«, murmelte Silvia etwas unbehaglich.

»Oder beides«, schloss Aurora bitter. Die Assoziation – Polizist und Exsoldat – brachte ihre Gedanken sofort auf Bruno. Aber hatte es Sinn, ihren Kollegen zu verdächtigen?

So sehr sie sich auch bemühte, die Idee aus ihrem Kopf zu verbannen, sie konnte nicht leugnen, dass die Hypothese eine gewisse Kohärenz besaß. Aurora wusste gut, dass es sehr wohl vorkam, dass Serienmörder in die Ermittlungen verwickelt waren. Es handelt sich um narzisstische Persönlichkeiten mit einer Tendenz zum Exhibitionismus. Wenn sie befragt werden, gelingt es ihnen, ihre Unbeteiligtheit ebenso überzeugend vorzuspielen, wie es ihnen gelingt, im alltäglichen Leben ihre Triebe zu verbergen. Bruno könnte ihr geholfen haben, Aprile zu finden, um eventuellen Verdacht von sich abzulenken.

Aurora hatte bemerkt, dass Bruno ausweichend geantwortet hatte, als sie ihn zu seinen Motiven befragt hatte, das Militär zu verlassen. Und wenn sie ihn hinausgeworfen hätten? Wenn sich gezeigt hätte, dass er Tötungsinstinkte besaß, die selbst für einen Soldaten inakzeptabel sind? Eine Karriere bei den Streitkräften einzuschlagen könnte ein Versuch gewesen sein, seine Mordimpulse auf eine gesellschaftlich akzeptierte Art zu sublimieren.

Für eine gestörte Psyche wie die eines Serienmörders

ist es typisch, dass sich Ruhezustände mit häufig unmotivierten Wutausbrüchen abwechseln. Und genau das war im Café Novecento und dann auf dem Pensionsparkplatz passiert, als Bruno Longhi gegenüberstand.

Aurora schüttelte energisch den Kopf, während noch einmal Curzis Worte in ihr widerhallten: »Das Monster, das du jagst, ist näher, als du denkst.« Doch was konnte ein Mann darüber wissen, der seit über zwanzig Jahren in Isolierung lebte?

»Gualtieri war Expolizist. Meinst du, es wäre möglich, dass er seinen Mörder kannte?«

Aurora schüttelte die Gedanken ab. »Da bin ich mir inzwischen sicher. Zu irgendeinem Zeitpunkt muss das Unsub in der Vergangenheit mit Gualtieri zu tun gehabt haben. Ich glaube, dass er ihn absichtlich in die Casa Ranuzzi gelockt hat, vielleicht um ihm zu zeigen, wozu er fähig war, vielleicht sogar, um etwas wie einen Komplizen zu haben. So ähnlich wie er es auch mit uns gemacht hat, als er uns einen Hinweis hinterließ, der uns half, Aprile zu finden.«

»Aber warum sollte er *uns* als Komplizen wollen?«

»Ein Serienmörder verändert sein Verhalten nur, wenn es eine Notwendigkeit dafür gibt«, sagte Aurora. »Das Subjekt muss eine starke Frustration gespürt haben wegen des toten Kindes in der Casa Ranuzzi, und das hat die Befriedigung überschattet, ein Ritual zelebriert zu haben. Das Subjekt projiziert seine Gefühle auf die Kinder, er will sie nicht sterben sehen. Darum hat er uns im Fall Gualtieri zu Mitwissern gemacht und ein Indiz hinterlassen, wo das Kind zu finden sei, und damit uns die Verantwortung für sein Leben übertragen.«

»Du wirst keinen Schaden tun.«

Dieser Satz hallte in Auroras Kopf wider, ohne dass sie etwas dagegen tun konnte. Sie wusste, dass die Besessenheit so lange anhalten würde, bis es ihr gelang, einen Sinn darin zu finden.

In diesem Augenblick hörte sie den Nachrichtenton ihres Handys. Mit vor Erstaunen weit aufgerissenen Augen las sie Brunos Nachricht.

»Wir haben die Opfer in der Casa Ranuzzi identifiziert. Mehr kann ich dir jetzt nicht sagen, nur dass gerade ein Haftbefehl für den Mörder ausgestellt wird.«

# 46

Silvia hielt am Straßenrand, hinter den Polizeiautos und dem Krankenwagen, die vor dem Zaun der Ranuzzis parkten.

Aurora sprang heraus, noch bevor das Auto vollkommen stillstand. Sie durchquerte eine Schar Neugieriger, die sich vor dem Absperrband drängten.

Bruno sah sie von Weitem und löste sich aus der Gruppe von Polizisten, um ihr entgegenzugehen.

Aurora genügte ein Blick in die Augen des Kollegen, um ihr Misstrauen ihm gegenüber zu den Akten zu legen.

»Darf man erfahren, was hier los ist?«, fragte sie drängend.

»Beruhige dich«, sagte Bruno und zwang sich, einen begütigenden Tonfall anzuschlagen. »Es ist alles in Ordnung. Torrese hat jetzt die Leitung der Operation übernommen.«

»Nichts ist in Ordnung«, explodierte Aurora. »Er hatte versprochen, mir wenigstens bis morgen früh Zeit zu geben.«

»Komm schon, Aurora! Ein paar Stunden mehr oder weniger machen keinen Unterschied. Die SoKo hatte sowieso keine Chance. Du hast ja keine Vorstellung, was für einen Aufruhr die Entdeckung dieser beiden Leichen in der Stadt ausgelöst hat.«

»Ich will sie sehen«, sagte Aurora nach einem langen Moment des Schweigens.

»Zu spät«, antwortete Bruno. »Torrese hat angeordnet, dass sie weggebracht werden.«

»So schnell?«

Bruno deutete mit dem Kopf gen Himmel. »Hast du die Wolken gesehen? Wir konnten den Leichnam der Frau nicht hier im Regen liegen lassen, vielleicht kann man so wenigstens noch ein paar Spuren finden.«

»Sag mir was über die Opfer.«

Bruno warf Aurora einen sorgenvollen Blick zu. Es war ihm nicht entgangen, wie nervös sie die Mauern des Hauses betrachtete. Ihre Augen bewegten sich mit fieberhafter Eile. »Es ist vorbei, Aurora«, sagte er nachdrücklich. »Du musst dich damit abfinden. Es gibt nichts mehr zu ermitteln.«

»Ich habe dich gebeten, mir etwas über die Opfer zu erzählen«, antwortete Aurora bestimmt.

»Meinetwegen«, seufzte Bruno und bedeutete ihr, ihm zu folgen. Er führte sie hinters Haus zu dem Granatapfelbaum, bis zu dem Punkt, wo die Erde aufgewühlt worden war, um die Leiche auszugraben.

»Weiblich, neunundvierzig Jahre, keine Vorstrafen. Sie hieß Celeste Martini, ehemalige Angestellte bei Prometeo Srl, eine Firma, die sich auf die Herstellung von biomedizinischen Apparaten spezialisiert hat. Vor zwei Jahren gekündigt, im Augenblick arbeitslos. Sie hielt sich mit kleinen Gelegenheitsjobs über Wasser. Ihre Nachbarn sagen, dass sie Katzen liebte. Sie lebte mit ihrem Sohn in einer Wohnung in der Stadt, in der es nicht erlaubt war, Tiere zu halten, darum fuhr sie häufig in diese Gegend, um die streunenden Katzen zu füttern.« Bruno deutete auf das rückseitige Fenster des Hauses. Im Inneren des Zimmers standen zwei Polizisten, die sich unterhielten. »Ich habe die Leiche durch dieses Fenster gesehen. Anfangs glaubte ich, da rage nur ein Ast aus dem Boden.«

»Und was weißt du über den Jungen?«

»Michele, elf Jahre alt. Er war der Sohn von Celeste Martini.«

»Das verstehe ich nicht ... haben sie in der Schule sein Fehlen nicht bemerkt?«

»Wie es scheint, waren sie an seine häufigen Abwesenheiten gewöhnt. Der Schulleiter hat gesagt, er habe ein paarmal bei der Mutter zu Hause angerufen, aber natürlich konnte er niemanden erreichen. Dann hat er den Exfreund von Celeste angerufen, Eugenio Fabbri, einen Zimmermann mit Alkoholproblemen. Fabbri war alles andere als erfreut über den unerwarteten Anruf. Er sagte, Michele sei bei seiner Mutter, und legte auf.«

»Bitte, sag jetzt nicht, dass er der Verdächtige ist«, seufzte Aurora.

»Halt dich fest, Eugenio Fabbri stand auf Tom Carellis Liste.«

»Die mit den Daten des Gesundheitsamtes?«

»Genau. Er zieht das linke Bein nach, infolge eines Unfalls auf der Baustelle, der ihn zum Teilinvaliden gemacht hat. Sie nennen ihn ›Manzèna‹, Aubergine im emilianischen Dialekt, wegen der Farbe seines Beins nach dem Unfall.«

»Es genügt nicht, Teilinvalide zu sein, um sich als Tatverdächtiger für einen Mehrfachmord zu qualifizieren.«

»Er fährt einen grauen Kombi«, fügte Bruno hinzu.

Aurora warf ihm einen abschätzigen Blick zu. »Die Zeugen sprachen von einem grauen *Pick-up*.«

»Die Zeugen könnten sich geirrt haben. Einen Kombi und einen Pick-up kann man schon mal verwechseln.«

»Mir scheint, Torrese will die Wogen durch eine spektakuläre Festnahme glätten«, stammelte Aurora.

»Torrese ist überzeugt, dass er unser Mann ist«, sagte Bruno. »Die Invalidität und das Auto sind nicht die einzigen Indizien. Der Verdächtige und Celeste Martini hatten eine konfliktreiche Beziehung, und die Schwangerschaft Celestes wurde schließlich zum Trennungsgrund. Es scheint, als habe Fabbri die Nachricht nicht gut aufgenommen, dass er nicht Micheles Vater war. Im Lauf der Jahre haben sich Manzèna und das Opfer immer wieder zusammengefunden und getrennt, aber es scheint, als sei es Ende des Sommers zur endgültigen Trennung gekommen.«

»Meine Güte, Bruno! Dieses Verbrechen sieht nun wirklich nicht nach einem Liebesdrama aus!«

»Piovani meint, Manzèna habe seine ehemalige Partnerin in einem Wutanfall aus Eifersucht umgebracht. Gualtieri muss irgendetwas davon mitbekommen haben, und ihm wurde das gleiche Schicksal zuteil.«

»Piovani? War der nicht raus aus dem Fall?«

»Das war er nie wirklich, und das weißt du. Vergiss nicht, dass für die Öffentlichkeit und die Journalisten nie ein anderer die Ermittlungen geleitet hat.«

»Also war unser Team wirklich nur eine Farce, die Torrese organisiert hat, um Zeit zu gewinnen.«

»So ist Torrese eben. Er geht nie ohne eine gute Reservebank ins Spiel.«

»Leck mich«, fauchte Aurora. »Kann ich mit ihm reden?«

»Er ist zurück im Gericht«, antwortete Bruno. »Er wird einiges zu tun haben, jetzt, da die große Maschinerie der Justiz angelaufen ist.«

»Wohin haben sie den Verdächtigen gebracht?«

»Er ist jetzt in Untersuchungshaft. Torrese will ihn ein bisschen unter Druck setzen, bevor er ihn befragt.«

»Sie haben den falschen Mann«, sagte Aurora voller Überzeugung. »Merkst du, dass das überhaupt keinen Sinn ergibt? Aus welchem Grund hätte Manzèna sich so an den Leichen der Opfer vergehen sollen? Wer diese Morde begangen hat, ist kein Anfänger, das zeigt die Art, wie akkurat die Tatorte arrangiert worden sind. Und was haben die Nägel mit der Eifersucht zu tun?«

»Ich wusste, dass du das sagen würdest. Aber ich habe mit einem Freund gesprochen, der Restaurator ist, und der hat mir gesagt, dass die Nägel, die wir im Körper von Carlo Gualtieri und Celeste Martini gefunden haben, alte Zimmermannsnägel sind. Im neunzehnten Jahrhundert wurden sie benutzt, um die Balken der hölzernen Dachstühle zu verbinden.«

»Und Manzèna war Zimmermann«, schloss Aurora. »Das ist ja, als würde man den Hersteller des Messers anklagen, mit dem ein Mord verübt worden ist.«

»Vielleicht hast du Recht«, gab Bruno zu. »Aber diese Theorie erklärt auch den Satz auf Gualtieris Wand: ›Du wirst keinen Schaden tun‹, der den Tod des Ehepaars Gualtieri mit diesem alten Haus verbindet, in das Celeste Martini häufig kam, um die Streuner zu versorgen.«

»Du weißt, dass ich mich nicht irre«, sagte Aurora mit einem Ton, der klang wie ein Hilferuf. »Torrese hat einen eklatanten Fehler gemacht, der noch auf ihn zurückfallen wird. Diese Theorie ist doch löcherig wie ein Sieb! Wenn es wirklich dieser Manzèna war, der Celeste Martini umgebracht hat und dann auch noch Carlo Gualtieri, der etwas entdeckt hatte, warum dann auch noch Rossella? Und warum sollte er Aprile entführen? Warum dann Indizien hinterlassen, die uns dabei helfen, sie zu finden?«

»Hör mal, Aurora, ich ...«

Sie hörte nicht weiter zu, drehte sich um und marschierte los.

»Wohin gehst du?«, rief Bruno ihr hinterher.

»Einen Blick in die Garage werfen.«

Widerstrebend folgte ihr Bruno an den Ort, an dem er wenige Stunden zuvor seine makabre Entdeckung gemacht hatte. Obwohl die Tür weit offen stand, war der Gestank im Inneren noch heftig. Es war, als läge hinter der Wand ein Berg fauliger Eier. Aurora hielt sich die Nasenlöcher mit den Bündchen ihrer Jackenärmel zu, und Bruno tat es ihr nach.

Aurora näherte sich dem Chef der Spurensicherung, Placido Ferri, der den Agenten in den Schutzanzügen Anweisungen erteilte.

»Tag, Ferri.«

Ferri wandte sich an Aurora. Im Bruchteil einer Sekunde verwandelte sich die Überraschung auf dem Gesicht des Mannes in Verlegenheit. »Ähm ... Tag, Scalviati«, stammelte er.

»Also, was haben wir hier?«

»Ferri zögerte eine Sekunde zu lange. »Ich weiß nicht, ob Piovani ...«

»Komm schon, Placido!«, drängte Bruno. »Aurora ist eine von uns.«

Ferri seufzte. »Wir haben gerade die ersten Ergebnisse ausgewertet. Auf dem Boden gibt es Blutspuren, die vermuten lassen, dass der Mörder Celeste Martinis Leichnam hier bearbeitet hat. Die Spuren, die wir mithilfe der Lampen gefunden haben, deuten auf viel Blut hin, doch der Mörder hat auch gut sauber gemacht.«

»Fingerabdrücke?«

»Keine da. Wir haben ein paar Erdproben vom Fußboden gesammelt, aber ich bin überzeugt, sie stammen von hier draußen.«

»Sag mir Bescheid, falls unerwartete Proben dabei sein sollten. Das könnte uns einen Hinweis auf die Herkunft des Täters liefern.«

Ferri äußerte etwas, das klang wie eine Zustimmung, wenn auch wenig überzeugt.

»Was kannst du mir über den Jungen sagen?«, fragte Aurora.

»Wir haben ihn an den Tisch da hinten gefesselt gefunden. Das Gewebeband ist dasselbe wie im Fall Gualtieri.«

»Ja, das habe ich auf den Fotos gesehen, die Bruno mir geschickt hat. Irgendwelche Hinweise auf die Todesursache?«

»Laut dem Gerichtsmediziner war es mit großer Wahrscheinlichkeit ein Asthmaanfall, eine Krankheit, die auch in den Krankenakten dokumentiert ist, die wir in Martinis Haus gefunden haben, und den hier konnte er natürlich nicht benutzen.« Ferri zeigte Aurora einen kleinen Inhalator aus Plastik.

»Wo habt ihr den gefunden?«

»Auf dem Boden, neben der Leiche des Jungen.«

»Armer kleiner Michele«, murmelte Aurora traurig.

»Gefesselt wie er war, konnte er ihn nicht erreichen.«

»Auf seinem Gesicht haben wir Reste von Klebstoff und Plastikfasern gefunden«, fügte Ferri hinzu. »Das bedeutet, dass er vermutlich geknebelt war, damit er nicht um Hilfe rief. So absurd es auch scheinen mag, aber aus der Rekonstruktion geht hervor, dass die Binde vermutlich abgenommen wurde, als die Krise begann, vielleicht sogar im Versuch, ihm das Medikament zu verabreichen. Wir haben Spuren davon auf Lippen und Zähnen gefunden.«

»Deutet irgendetwas darauf hin, dass jemand anderes hier gewesen ist, außer dem Angreifer?«

»Nein.«

»Also hat dieselbe Person, die die Mutter getötet hat, auch versucht, den Jungen zu retten.«

»Exakt«, kommentierte Ferri.

»Genau wie ich dachte«, murmelte Aurora. »Micheles Tod war ein unvorhergesehener Unfall.«

»Woher wusstest du das?«, fragte Bruno.

»Auf dem Weg hierher haben Silvia und ich ein Profil des Unsub erstellt«, erklärte Aurora. »Ich glaube, er hat dem Jungen geholfen, weil er nicht wollte, dass er stirbt.«

»Ich kann dir nicht folgen.«

»Überleg mal. Er hat während eines Asthmaanfalls versucht, den kleinen Michele zu retten. Er hat uns einen Hinweis hinterlassen, um Aprile zu finden. Er will nicht, dass die Zeugen seinetwegen sterben.«

»Schon, aber Michele ist tot«, wandte Bruno ein. »Und Aprile war kurz davor zu erfrieren.«

»Im Kopf des Subjekts wäre es unsere Schuld gewesen, wäre Aprile gestorben, weil wir nicht schlau genug waren, um seine Hinweise zu verstehen. Was den kleinen Michele betrifft, so konnte er ihn nicht retten, und das hat ein starkes Gefühl der Frustration bei ihm ausgelöst.«

Bruno fuhr sich mit der Hand durch die Haare. »Ich

weiß nicht, Aurora ... Es könnte doch auch sein, dass der Typ einfach für einen Moment zur Besinnung gekommen ist. Das Kind hatte einen Anfall, und er hat instinktiv gehandelt.«

Aurora tat, als habe sie ihn nicht gehört. Die Platte mit dem Werkzeug an der Wand, mit der leeren Stelle, wo einst Ranuzzis Axt gehangen haben mochte, fesselte erneut ihre Aufmerksamkeit.

»Was weißt du über die Morde des ›Bösen Wolfes‹?«, fragte sie Placido Ferri unumwunden.

»Nicht viel«, antwortete er. »Nur dass er Hackfleisch aus einer Familie gemacht hat. Ich glaube, sie hieß Riviera ... oder Riviere.«

»Rovere«, korrigierte ihn Bruno.

»Natürlich, Rovere! Ihr Haus war hier ganz in der Nähe.«

Aurora dachte einige Augenblicke nach. »Können wir da hinfahren?«

»Soweit ich weiß, wurde das Haus der Roveres beim Bau eines neuen Wohnblocks abgerissen«, mischte Placido Ferri sich ein. »Die Sache hat für ziemlichen Wirbel gesorgt. Ich glaube, das stand vor ein paar Jahren in der Zeitung.«

»Verdammt«, zischte Aurora. Sie verließ eilig die Garage und lief durch den Hintereingang ins Haus.

»Wo willst du hin?«, fragte Bruno, der ihr auf dem Fuße folgte.

»Ich will die Inschriften sehen.«

»Dann folge dem Flur«, antwortete Bruno mit der Eindringlichkeit einer Gouvernante.

Im Wohnzimmer betrachtete Aurora die Worte, die Ranuzzi obsessiv überall hingeschmiert hatte.

»Du wirst keinen Schaden tun.«

Sie näherte sich einer der Wände und strich mit dem Finger darüber. »Welche Farbe hat er benutzt?«

»Die, die er zur Hand hatte, glaube ich«, antwortete Bruno. »Kohlereste, Kreide, Lack. Einige wurden mit einer Ahle eingraviert, an anderen Stellen hat er mit den Fingernägeln den Putz abgekratzt.

»Ranuzzi war besessen von diesem Satz«, überlegte Aurora. »Die Frage ist, warum?«

»Nun ja, ich glaube, es ist etwas spät, noch auf eine Antwort zu hoffen.«

Aurora warf ihm einen vernichtenden Blick zu, dann steuerte sie den Ausgang an. »Torreses Theorie ist nicht belastbar, sie ist voller Lücken«, sagte sie, während sie Silvia ein Zeichen machte, die im Wagen auf sie wartete.

Bruno hob die Schultern. »Ich vermute, er hofft, beim Interview mit Eugenio Fabbri Licht in die dunklen Stellen zu bringen.«

»Für wann ist das angesetzt?«

»Morgen früh.«

»Ich will dabei sein«, sagte Aurora und sah Bruno in die Augen.

»Das wird Torrese nicht erlauben«, antwortete er. »Wenn es darum geht, einen Verdächtigen zu verhören, duldet er keine Einmischung.«

»Ich habe nicht die Absicht, mich einzumischen. Ich werde eine diskrete Beobachterin sein.«

»Darüber muss ich mit Torrese sprechen«, seufzte Bruno. »Ich glaube aber nicht, dass ich dir helfen kann.«

»Wenn ich ihn frage, lässt Torrese mich niemals bei der Befragung dabei sein!«, protestierte Aurora. »Aber ich bin sicher, für dich würde er eine Ausnahme machen. Du könntest ihm sagen, dass du gerne dabei wärst, und im letzten Augenblick tauchen wir dann zusammen auf. Ich glaube nicht, dass er sich traut, mich wegzuschicken.«

»Du willst, dass ich Torrese anlüge?«

»Das wäre doch keine Lüge! Komm, das ist der letzte Gefallen, um den ich dich bitte!«

»Warum ist dir das so wichtig?«

»Mir werden wenige Minuten ausreichen, um zu verstehen, ob Manzèna wirklich unser Mann ist. Wenn ja, dann werde ich meinen Fehler zugeben und zur Seite treten.«

»Und wenn er es nicht ist?«, fragte Bruno.

Aurora öffnete die Wagentür. »Die Antwort auf diese Frage kennst du bereits.«

Bruno lehnte sich gegen den Wagen. Er zog eine Packung Zigaretten aus der Tasche und steckte sich eine in den Mund. Dann zündete er sie an, mit seinem Feuerzeug mit dem eingravierten Löwenkopf. »Hör mal, Aurora ... es tut mir leid, wie alles gelaufen ist«, sagte er. »Aber ich glaube, im Augenblick ist es wirklich das Beste, Torrese und Piovani ihre Arbeit machen zu lassen.«

»Ich frage mich, ob du je aufgehört hast, Piovanis Wachhund zu sein«, sagte Aurora.

»Jetzt übertreib mal nicht.« Bruno stieß eine Rauchwolke aus. »Was heute geschehen ist, war unvermeidlich. Du warst nicht da, Piovani hat die Situation genutzt, um die Kontrolle wiederzuerlangen. Aber es wird sich alles klären, du wirst schon sehen. Torrese hat dein Potenzial gesehen, er wird dich nicht außen vor lassen.«

Ohne ihn einer Antwort zu würdigen, drehte Aurora ihm den Rücken zu und machte Anstalten, in den Wagen zu steigen.

Bruno packte sie am Handgelenk, um sie aufzuhalten. »Warte.«

Aurora warf ihm einen Blick voller Wut zu, die sich milderte, als sie dem tiefen Grün der Augen des Kollegen begegnete. Sie senkte den Blick und bemerkte Brunos halb geöffnete Lippen, die wirkten, als wolle er etwas sagen.

Die Luft war getränkt von Feuchtigkeit. Man hörte Donnergrollen, dann begannen die ersten Regentropfen zu fallen.

»Was ist?«, fragte Aurora mit zitternder Stimme.

Er ließ ihr Handgelenk los und schob ihr eine Haarsträhne hinter das Ohr. Diese vertrauliche Geste erschütterte Aurora so sehr, dass sie gegen den Drang ankämpfen musste, ihn wegzuschubsen, um die richtige Entfernung zwischen ihren Körpern wiederherzustellen. Doch ihr Körper wollte davon nichts wissen. Er verharrte, wie in Erwartung einer weiteren Berührung.

Die nicht kam.

Bruno sah ihr intensiv in die Augen. »Wollen wir heute zusammen zu Abend essen?« Ein Zögern lag in seiner Stimme. »Elena kann es kaum erwarten, dich kennenzulernen.« Bruno deutete auf die Überreste eines Takeaway auf dem Armaturenbrett. »Es wäre eine gute Gelegenheit, richtiges Essen zu bekommen.«

Aurora hob die Schultern. »Ich überlege es mir«, antwortete sie nur.

»Dann erwarte ich dich um acht«, gab er zurück.

Aurora tat, als ignoriere sie ihn.

Erst in diesem Augenblick schien Bruno Silvias Anwesenheit auf dem Fahrersitz zu bemerken, und er grüßte sie. »Hast du die ganze Zeit hier draußen gewartet?«, fragte er sie.

»Tatorte sind nicht gerade meine Leidenschaft«, antwortete Silvia.

Mit dem Geräusch des Regens, der auf die Karosserie des Wagens trommelte, gab Aurora Silvia das Zeichen loszufahren.

Bruno blieb reglos im Regen stehen und betrachtete die Silhouette des davonfahrenden Autos mit dem unerklärlichen Gefühl, etwas verloren zu haben, ohne es je besessen zu haben.

# 47

Auf dem Weg zum Kommissariat bat Aurora Silvia, die Schwestern zu kontaktieren, die das Waisenhaus leiteten, um vielleicht von ihnen einige Informationen zu erhalten.

»Wenn ich es richtig verstehe, hat Torrese doch angeordnet, mit den Ermittlungen aufzuhören«, sagte Silvia verwirrt.

»Das werde ich tun, wenn es wirklich vorbei ist«, antwortete Aurora. »Ich kann einfach nicht aufhören, nach der Wahrheit zu suchen. Auch wenn das, was ich herausfinde, mir vielleicht nicht gefällt.«

»Die Wahrheit?«, lächelte Silvia ironisch. »Es gibt nie eine einzige Wahrheit. Aber ich werde tun, worum du mich bittest.« Nachdem sie Aurora in der Nähe des Kommissariats abgesetzt hatte, fuhr Silvia weiter in die Innenstadt.

Aurora betrat das Kommissariat und durchmaß mit langen Schritten den Flur. Torrese irrte sich, wenn er glaubte, sie würde der Sache nicht auf den Grund gehen.

Eine Stimme in ihrem Rücken rief ihren Namen; sie drehte sich um, und ihr Blick fiel auf einen uniformierten Polizisten. Sie erkannte ihn sofort, es war derjenige, mit dem sie in der Nacht ihrer Ankunft im Haus der Gualtieris beinahe zusammengeprallt wäre. Sie sah ihn fragend an.

»Ich habe gehört, wir werden bald Kollegen sein«, sagte der Polizist.

»W-wie bitte?«, antwortete Aurora verwirrt.

»Ich vergaß, wir haben uns noch nicht vorgestellt, ich bin Bonaccorsi vom Immigrationsbüro.« Er lächelte breit.

Aurora schüttelte ihm schnell die Hand. »Da bist du schlecht informiert, Bonaccorsi.«

Der Polizist strich sich über das Kinn. »Piovani hat mir gesagt, dass du ab Montag im Immigrationsbüro bist.«

Aurora biss sich auf die Unterlippe. »Ist er jetzt im Büro? Ist er zu sprechen?«

»Nein ... ähm ... er ist gerade gegangen«, stotterte Bonaccorsi verlegen. »Aber ärgere dich nicht, das ist nicht das Ende der Welt. Es gibt Leute, die würden sich ein Bein ausreißen, um auf einen Verwaltungsposten zu kommen.«

»Ich gehöre in den operativen Dienst«, stellte Aurora mit Entschlossenheit klar.

Als sie sich von ihm verabschiedet hatte, ging sie die Treppe hinunter und betrat das Vorzimmer des Archivs. Tom Carelli war an seinem Schreibtisch mit dem Gehäuse eines Computers zugange.

»Willkommen zurück im Bunker«, rief Tom.

»Darf man erfahren, was du da treibst?«

»Ich habe Torrese um einen anständigen Rechner gebeten, und er hat mir erlaubt, ein Gerät aus dem Magazin zu holen. Ich bastle gerade ein bisschen daran herum, um ihn aufzumotzen.«

»Sie haben dir wohl noch nicht gesagt, dass wir unsere Sachen packen sollen?«

Tom Carelli zuckte mit den Schultern. »Ich habe das Gerät geholt, bevor die Jagd auf den Sündenbock losging. Außerdem glaube ich nicht, dass das Team aufgelöst wird. Ich bin überzeugt, dass Torrese in ein paar Tagen mit eingekniffenem Schwanz zu dir zurückkommen wird.«

»Du glaubst also nicht, dass Manzèna der Schuldige ist?«, fragte Aurora und zwang sich, ein zufriedenes Lächeln zu unterdrücken.

»Auch wenn er in der Liste vom Gesundheitsamt auftaucht, er wirkt überhaupt nicht wie ein Mörder.«

Aurora wurde immer neugieriger. »Wie kommst du zu dieser Annahme?«

»Na komm schon, wie kann einer, der sich ›Aubergine‹ nennen lässt, ein Serienkiller sein.«

Neben einem riesigen Flachbildschirm lag eine Akte mit Pappeinband. Aurora wedelte damit vor Toms Nase. »Was ist das?«, fragte sie.

»Piovanis Aussage zum Fall Gualtieri«, antwortete er.

»Torrese hat Piovani befragt? Ich hatte die Hoffnung langsam aufgegeben.«

»Er hat das heute früh getan. Sie haben uns das Protokoll gebracht, kurz bevor Bruno die beiden Leichen gefunden hat.«

Aurora überfiel eine leichte Erregung. Alles in allem schien das Schicksal dieses eine Mal auf ihrer Seite zu sein. Von Anfang an war ihr nichts dringender erschienen, als Licht in das Verhältnis zwischen Piovani und der verstorbenen Rossella Gualtieri zu bringen. Sie war überzeugt, dass der Kommissar mehr über den Fall Gualtieri wusste, als er zugeben wollte.

Sie setzte sich an den Schreibtisch und begann zu lesen. Das Protokoll entpuppte sich als weitaus dürftiger, als sie erwartet hatte, und als sie damit zu Ende war, fragte sie Tom: »Hast du das gelesen?«

»Klar.«

»Hattest du nicht den Eindruck, es sei unvollständig?«

»Was hast du erwartet?«, gab Tom ironisch zurück. »Piovani ist schließlich immer noch unser Kommissar.«

Aurora hatte sicher nicht erwartet, dass das Gespräch mit Piovani wie ein richtiges Verhör ablaufen würde, doch dieses Dokument wirkte wie eine Formalität. Torrese hatte sich darauf beschränkt, einige allgemeine Fragen über Piovanis Beziehungen zu den Opfern zu stellen, und Piovanis Antworten waren kurz und ausweichend gewesen. Er hatte ausgesagt, Carlo Gualtieri aus den Augen verloren zu haben, als er den Polizeidienst verließ. Und nach der Aktenlage war Rossella nichts weiter als eine gute Freundin der Ehefrau des Kommissars.

»Meinetwegen«, knurrte Aurora, »aber hier gibt es keinen einzigen Hinweis auf die mutmaßliche Beziehung zwischen Piovani und Rossella Gualtieri!«

»Das sind doch nur Gerüchte ...«

»Soweit ich gehört habe, steckt etwas mehr dahinter.«

Tom wandte den Blick zu Aurora. »Anfangs war ich sicher, dass Torrese deine Bitte, Piovani zu befragen, einfach ignorieren würde«, sagte er. »Aber dann hat Torrese sich plötzlich selbst bereit erklärt, ihn zu vernehmen. Das fand ich gleich seltsam, und ich dachte mir, dass irgendetwas dahintersteckt.«

»Allerdings«, sagte Aurora. »Inzwischen ist klar, dass Torrese nie die Absicht hatte, Piovani abzusägen, sondern ihn zu schützen, bis sich die Situation als vorteilhaft erwies ... für alle beide. Der ganze Rest, inklusive der SoKo, war nichts weiter als Augenwischerei.«

»Was die SoKo betrifft, bin ich nicht deiner Meinung«, antwortete Tom. »Torrese war überzeugt, es würde etwas Gutes dabei herauskommen.«

»Das meint auch Bruno«, gab Aurora zu. Sie legte die Mappe auf den Schreibtisch und ließ ihren Blick nachdenklich auf der Scheibe ruhen, die den Vorraum vom Archiv trennte, dem »Flur der Erinnerung«, wie der alte Archivar es nannte.

»Könntest du etwas für mich recherchieren?«, fragte sie Tom dann.

»Natürlich! Bis ich gegensätzliche Anweisungen bekomme, bist du mein Boss.«

Aurora lächelte. »Ich muss jetzt in die Pension, um mich umzuziehen. Bruno und Elena erwarten mich zum Abendessen. Aber suche du mir doch bitte die Akte zum Fall Ranuzzi im Archiv heraus.«

Tom runzelte die Stirn. »Der ›Böse Wolf‹«, murmelte er, kaum hörbar.

»Ich weiß, dass du mehr in der Technologie zu Hause bist als in einem alten staubigen Archiv, aber ich glaube, das ist die letzte Gelegenheit, um zu zeigen, dass Torrese und Piovani sich irren.«

»Ähm … das klingt nach einem langen Abend. Da drinnen sieht es aus, als wären die Akten völlig planlos abgelegt worden. Aber du kannst auf mich zählen. Sobald ich den Computer in Ordnung gebracht habe, werde ich versuchen herauszufinden, worum du mich gebeten hast.«

Bevor sie das Zimmer verließ, wandte sich Aurora nochmal zu ihm um. »Bitte kein Wort davon, zu niemandem.« Und bevor sie ging, fügte sie noch hinzu: »Und ruf mich an, wenn du etwas findest. Egal um welche Uhrzeit.«

Tom hob den Daumen zum Zeichen, dass er verstanden hatte, und wandte sich dann wieder seiner Arbeit zu.

Statt zur Pension zu fahren, steuerte Aurora das Gerichtsgebäude an. Sie musste nach dem Weg fragen und wäre beinahe verkehrt herum in eine Einbahnstraße gefahren, aber am Ende gelang es ihr doch, die Strecke in einigermaßen kurzer Zeit zurückzulegen. Sie konnte nicht den nächsten Morgen abwarten; sie wollte dem Mann in die Augen sehen, den Torrese hatte verhaften lassen, selbst wenn ihr Instinkt ihr bereits laut zurief, dass er nichts mit der ganzen Sache zu tun hatte.

Aurora wies sich vor dem Wachmann am Eingang aus und bat, den Untersuchungsgefangenen sehen zu dürfen. Der Polizist hieß sie warten und verschwand durch eine Tür. Einige Minuten später kam er mit Torrese zurück, gefolgt vom Psychiater Aldo Bucci. Aurora hatte ihn seit der Besprechung, in der die SoKo gebildet worden war, nicht mehr gesehen. Beim Wiedersehen überfiel sie erneut das unangenehme Gefühl, das sie gehabt hatte, als seine nebelgrauen Augen so forschend auf sie gerichtet waren, als wolle er sie durchleuchten. Aurora widerstand dem Drang, den Blick zu senken, sie fühlte sich, als wäre sie in flagranti bei einem Verbrechen erwischt worden.

»Guten Abend, Scalviati«, sagte der Richter. »Ich habe schon auf Sie gewartet.«

»Was macht er denn hier?«

Torrese ignorierte die Frage. »Ich war sicher, dass Sie versuchen würden, vor der Befragung mit dem Verdächtigen zu sprechen«, fuhr er fort. »Es tut mir leid, aber das ist im Augenblick nicht möglich.«

Bucci verabschiedete sich mit einem Kopfnicken, auf das Torrese mit einem schnellen Gruß antwortete.

Aurora sah dem Psychiater einige Augenblicke lang nach, als er sich langsam entfernte, dann räusperte sie sich. »Ich will nichts weiter, als dem Häftling in die Augen sehen.«

»Ach, Sie werden noch viel mehr tun können. Ich hätte gerne, dass Sie morgen früh bei der Vernehmung dabei sind.«

Aurora war überrascht. Wieder einmal war es Torrese gelungen, sie aus der Fassung zu bringen. Was hatte er vor? Wie viele Partien spielte er gleichzeitig auf seinem Schachbrett?

»Ist Piovani damit einverstanden?«, fragte Aurora.

»Ich habe Piovani eine kleine Pause gegönnt«, antwortete Torrese. »Es war eine ziemlich harte Woche für ihn, auch wenn er versucht hat, sich nichts anmerken zu lassen.«

»Meinen Sie den Mord an Rossella Gualtieri?«

»Sie haben einen Blick für Details, Scalviati. Deswegen mag ich Sie.«

»Verzeihung, aber das Gefühl habe ich nicht. Sie haben mir in einem heiklen Augenblick die Ermittlungen aus den Händen gerissen. Und was Piovanis Aussage angeht, musste ich mich mit einem Protokoll voller Lücken begnügen!«

»Das hier ist eine kleine Stadt, Scalviati. Und trotz seiner Fehler ist Piovani ein redlicher Beamter. Seine Aussage aufzunehmen war unvermeidlich, aber ich konnte ihn natürlich nicht wie einen Verdächtigen behandeln.«

»Aber Piovani hatte ein Verhältnis mit Rossella Gualtieri! Und er hat eine Person verhaften lassen, die sich wahrscheinlich als völlig unbeteiligt an dem Ganzen entpuppt.«

Torrese antwortete mit einem ausweichenden Lächeln. »Das werden wir sehen. Eugenio Fabbris Rolle gilt es noch zu klären.«

»Ich würde gerne die Telefonlisten der Handys des Ehepaars Gualtieri einsehen«, sagte Aurora.

»Sie sollten den Bogen nicht überspannen, Scalviati«, antwortete Torrese langsam. Sein Ton klang wie eine Drohung. »Um die Telefonlisten kümmere ich mich jedenfalls persönlich.«

»Piovani hat Informationen zurückgehalten, die für die Ermittlungen entscheidend waren. Ich bin überzeugt, dass Rossella ihn angerufen hat, um ihn über das Verschwinden ihres Mannes zu informieren. Wäre Piovani aufrichtig gewesen, wäre es uns vielleicht gelungen, Carlo Gualtieri zu retten und der kleinen Aprile diesen furchtbaren Schock zu ersparen.«

»Hören Sie auf, gegen Piovani Krieg zu führen«, mahnte Torrese. »Dinge, die sein Privatleben betreffen, müssen wir aus den Ermittlungen raushalten.«

»Lassen Sie es mich auf meine Art tun. Ich spüre, dass ich mich der Wahrheit nähere, aber ich brauche noch ein bisschen Zeit.«

»Sie werden es aber auf meine Art machen müssen«, sagte Torrese, »sofern Sie Ihren Posten behalten wollen.«

Aurora zog eine Augenbraue hoch. »Im Kommissariat geht das Gerücht um, dass ich ab Montag nicht mehr im operativen Dienst tätig sein werde.«

»Da irren Sie sich«, beschied Torrese. Ich habe Piovani ausdrücklich angewiesen, keine Entscheidungen zu treffen, die Sie betreffen, wenigstens bis die Ermittlungen abgeschlossen sind.«

»Entschuldigung, aber ich kann Ihnen nicht folgen. Am

Telefon haben Sie mir gesagt, ich hätte Zeit bis morgen früh, um etwas zu finden. Jetzt sagen Sie, ich werde bis zum Prozess an den Ermittlungen beteiligt sein?«

»Ich bitte Sie lediglich, nicht den Weg zu verlassen, den ich für diese Ermittlungen bereitet habe. Arbeiten Sie mit mir zusammen, dann werden wir sicher einen Kompromiss finden. Im Grunde wollen wir doch beide dasselbe: dieser Geschichte ein Ende machen.«

»Auch um den Preis, einen Unschuldigen ins Gefängnis zu sperren?«, schnaubte Aurora.

Torrese blickte schnell um sich, als suche er nach den richtigen Worten. »Ist Ihnen klar, welche Bestürzung diese Toten in der Stadt ausgelöst haben? Die Leute sind zu Tode erschrocken, und wissen Sie, wovor sie am meisten Angst haben?« Er machte eine Pause. »Dass es wieder geschieht. Dass jemand in ihr Haus kommt und sie in Stücke reißt, ohne erkennbaren Grund. Die Leute brauchen Antworten, und sie brauchen sie jetzt. Alles andere kann warten.«

Auf dem Heimweg hatte Aurora das Gefühl, dass Torreses Worte sie verfolgten. »Die Wahrheit kann nicht warten«, hätte sie ihm am liebsten geantwortet. Stattdessen hatte sie sich damit begnügt, sich wortlos umzudrehen.

Sie wurde den Gedanken nicht los, wie weit Torrese wohl gehen würde, um Piovani zu schützen. Was versteckte sich hinter der ehrbaren Fassade des Kommissars? War es möglich, dass Torrese absichtlich einen Unschuldigen anklagen wollte, um die Öffentlichkeit zu beruhigen?

In ihrem Zimmer blieb Aurora wieder einmal vor dem Plan stehen, auf dem sie Gualtieris Route während seiner

Nachtschicht rekonstruiert hatte. Dann druckte sie eines der Fotos von der Villa Clara aus, die sie mit dem Handy aufgenommen hatte, und hängte es neben die anderen.

Einen Augenblick lang sah sie Curzis Silhouette vor sich, wie sie sich aus dem Halbschatten löste. Sie meinte seine Stimme zu hören, die sie warnte, sie übersehe ein wichtiges Detail. Ein Detail, das nur mit diesen Worten zu tun haben konnte: »Du wirst keinen Schaden tun.«

»Du bist nicht real«, flüsterte Aurora zu ihrer Überraschung.

Das Geräusch des Regens, der gegen die Fensterscheiben klopfte, war wie ein Echo. Sie legte das Halfter mit der Pistole auf die Kommode und schüttelte den Kopf.

Nach einer schnellen Dusche suchte Aurora in ihrem Schrank etwas Passendes zum Anziehen. Obwohl es ihr immer schwergefallen war, sich selbst in Kleidern zu sehen, die ihre Weiblichkeit unterstrichen, fiel ihre Wahl auf ihr kleines Schwarzes, dessen Rock knapp über dem Knie endete. Sie kombinierte es mit einem Gürtel mit einer schmetterlingsförmigen Schnalle. Über die blickdichte Strumpfhose zog sie ein paar Wollsocken, einerseits, weil ihr kalt war, und andererseits, um die Strumpfhose nicht mit den Stiefeln kaputtzumachen.

Sie verscheuchte die Erinnerung an Curzi, der ihre Vorliebe für Männerkleidung als Versuch, ihrem Vater zu gefallen, bemerkt hatte, und warf einen Blick auf ihre Pistole. Sie hatte keine Absicht, Elena oder ihre Tochter zu verängstigen. So sehr sie auch daran gewöhnt waren, mit einem Polizisten zu leben, schien es ihr doch unangebracht, mit der Dienstwaffe zum Abendessen zu erscheinen.

Sie überlegte, ob sie sie in ihrer Handtasche verstecken

konnte. Die Beretta 92-SBM, die weiblichem Personal und Zivilbeamten zur Verfügung gestellt wurde, hatte den Vorteil, dass sie kleiner und handlicher war als ihre »große Schwester«, die 92-FS. Doch dann beschloss sie, dass es besser war, sie zu Hause zu lassen.

Mit ihrer Wäsche in einer Tüte ging sie ins Erdgeschoss hinunter und blieb an der Rezeption stehen, um die Wirtin nach einer Waschküche im B&B zu fragen. Sie drückte ein paarmal auf die Glocke, um auf sich aufmerksam zu machen.

Während sie wartete, ging Aurora in dem großen Salon auf und ab. Sie warf einen Blick auf das damastbezogene Sofa, auf dem sie in der ersten Nacht eingeschlafen war, und lächelte vor sich hin. Sie strich über die großen hellen Vorhänge und ließ ihren Blick schließlich auf einer Reihe von Fotografien ruhen, die an der Wand hingen.

Ein Bild zog ihre Aufmerksamkeit besonders auf sich. Es war sepiafarben und hatte gezackte Ränder, es musste sehr alt sein. Auf ihm waren drei sehr unterschiedliche Mädchen abgebildet. Die ganz links trug eine Bluse mit Spitzenkragen, und ihre Augen blickten herausfordernd in die Kamera, während die auf der anderen Seite lange, wellige Haare und einen sanften Blick hatte. Das Mädchen in der Mitte war die Kleinste der drei, und sie hielt eine große Katze mit schwarzem Fell und weißen Pfoten im Arm.

»Das bin ich mit meinen Schwestern.«

Die Stimme der alten Dame in ihrem Rücken ließ sie beinahe zusammenfahren. Aurora drehte sich um, und als ihr Blick die freundlichen Augen der alten Wirtin traf, wusste sie sofort, welches der drei Mädchen auf dem Bild sie vor sich hatte.

»Drei sehr schöne Mädchen.«

Die alte Dame winkte ab. »Ich erinnere mich noch an den Tag, als meine Mutter das Foto von uns machen ließ. Sie war seit einigen Jahren Witwe, und der Fotograf des Ortes machte ihr heftig den Hof. So nutzte sie eines Sonntagmorgens die Gelegenheit, als er vorbeikam, um ein Foto ihrer Töchter machen zu lassen. Mein Bruder, der nach dem Tod meines Vaters der einzige Mann der Familie war, ist auf dem Foto daneben zu sehen, zusammen mit den anderen Arbeitern der Baustelle.«

»Und warum hat sich Ihre Mutter nicht mit Ihnen zusammen fotografieren lassen?«

»Sie ließ sich nicht gerne ablichten, sie hatte ein Muttermal im Gesicht, für das sie sich schämte.«

»Verstehe«, sagte Aurora.

»Die Linke ist meine Schwester Marta«, sagte die Dame und strich über das Glas, das das Foto schützte. »Damals war ich vierzehn, sie sechzehn. In der Mitte steht Alice, die Kleinste. Sie war gerade erst acht geworden. Wie sie mir fehlt, meine kleine Schwester! Für ein paar Jahre haben wir die Pension zusammen betrieben. Sie wollte unbedingt ein Zicklein anschaffen, das sie dann hier hinten im Hof frei herumlaufen ließ. Es half uns dabei, das Gras kurz zu halten. Alice liebte Tiere! Ihre Idee war es auch, die Pension ›Die kleine Farm‹ zu nennen.«

Aurora nickte. »Ihre Katze liebte sie wohl auch sehr.«

»Und wie! Sie hatte sie ›Neretto‹ getauft, und sie streichelte sie den lieben langen Tag.« Die alte Dame senkte die Stimme, als wolle sie gleich ein Geheimnis preisgeben. »Eines Tages sagte unsere Mutter, dass die arme Katze weggelaufen war, und Alice weinte deshalb tagelang. Doch so ganz stimmte das nicht«, fügte sie hinzu, und

Aurora lief eine Gänsehaut über den Rücken. »Mein großer Bruder Alceste, der damals schon zweiundzwanzig war, hatte Arbeit als Bauleiter gefunden. Doch dafür brauchte er den Mittelstufenabschluss. Meine Mutter bat den Pfarrer um Hilfe, und der erteilte ihm fortan jeden Samstag nach dem Katechismus Nachhilfeunterricht, wodurch er die Prüfung bestand. Als meine Mutter ihn fragte, wodurch sie sich erkenntlich zeigen könnte, antwortete der Pfarrer, ein Mittagessen wäre ihm recht, am liebsten Hasenbraten.«

Aurora hatte keine Ahnung, wie sie auf die absurde Geschichte der alten Dame reagieren sollte. »Ist das Ihr Ernst?«, fragte sie.

»Die Deutschen hatten sich bis jenseits des Po zurückgezogen, und hinter ihnen blieb nichts als Elend zurück«, antwortete die Alte. »Geld gab es keines, und meine Mutter tat, was sie konnte, um uns vier Kinder zu ernähren. Einen Hasen zu kaufen war völlig unmöglich. Und so hat sie sich um den kleinen Neretto gekümmert, darauf bedacht, dass Alice nichts merkte. Es war mitten im Winter, und das Skelett des armen kleinen Kerls lag einen ganzen Monat lang unter dem Schnee, zusammen mit den Gewürzen. Es verging kein einziger Tag, an dem Alice nicht jammerte und alle Nachbarn fragte, ob sie ihren Neretto gesehen hätten. Natürlich wussten wir Schwestern, wie die Sache gelaufen war, aber niemand hatte den Mut, ihr die Wahrheit zu sagen.« Die alte Dame holte tief Luft. »Als der schicksalsträchtige Tag des Mittagessens kam, lobte der Pfarrer den leckeren Hasen. Anders als meine Schwester Marta kostete ich an diesem Tag keinen einzigen Bissen. Ich sagte nur, ich fühle mich nicht gut.«

Aurora seufzte. »Das kann ich mir vorstellen.«

Die alte Dame lächelte breit. »Entschuldigen Sie bitte, ich bin abgeschweift. Das passiert manchmal, wenn man alt wird. Sie haben mich gerufen?«

»Hier ...«, stammelte Aurora und umklammerte ihre Tüte mit der Wäsche darin. »Ich wollte Sie nur fragen, ob es hier drinnen einen Waschraum gibt. Ich muss ... ein paar Sachen waschen, mehr nicht.«

# 48

Elena erschien auf der Schwelle, wenige Augenblicke nachdem Aurora den Klingelknopf gedrückt hatte. Sie war eine Frau mit heller Haut und hängenden Augenwinkeln, die von kleinen Falten umkränzt waren. Sie hatte gewellte braune Haare, die ihr bis auf die Schultern fielen. Obwohl sie ein Abendkleid mit großzügigem Ausschnitt trug und einen Hauch Lippenstift aufgetragen hatte, wirkte sie insgesamt sehr schlicht, vielleicht wegen ihres unsicheren Gesichtsausdrucks.

»Du musst Aurora sein.« Ihre Stimme war hoch und dünn.

Aurora streckte die Hand aus. »Sieht so aus«, antwortete sie.

Elenas Händedruck war schwach und hastig, als habe sie Eile, die Berührung so kurz wie möglich zu halten. »Freut mich, ich bin Elena«, sagte sie. »Bruno hat mir viel von dir erzählt.«

»Ich hoffe, er hat dir die Details erspart«, versuchte Aurora zu scherzen.

Elena deutete ein Lächeln an und bat sie herein. Vom Flur aus ging es in ein kleines Wohnzimmer mit einer Tür, die, nach dem Duft zu urteilen, der aus dieser Richtung kam, in die Küche führte. Eine Wendeltreppe aus Holz führte hinauf in das obere Stockwerk.

Auf dem Sofa lag ein Mädchen mit einer grauen Jogginghose und einem Micky-Maus-Pullover, das mit der Fernbedienung des Satellitenfernsehens herumspielte und von einem Kanal zum nächsten zappte.

»Chia, bitte«, ermahnte Elena sie. »Unser Gast ist gekommen.«

Das Mädchen erhob sich widerwillig und sandte einen flüchtigen Blick in Auroras Richtung. »Hallo«, murmelte sie und wedelte mit der Hand.

Aurora erwiderte den Gruß mit einem verlegenen Lächeln.

»Bruno muss jeden Augenblick hier sein«, fuhr Elena fort. »So ist er: Wenn es um die Arbeit geht, vergisst er die Zeit.«

»Das kenne ich«, murmelte Aurora und entledigte sich ihres durchweichten Mantels. Es regnete stark, und sie wollte keine Wasserspur auf dem Fußboden hinterlassen. Sie blickte sich suchend um, dann fragte sie: »Wo kann ich den Mantel lassen?«

Elena fuhr zusammen, als hätte Aurora sie aus ihren Gedanken gerissen. Sie beeilte sich, Aurora den Mantel abzunehmen. »Entschuldige«, murmelte sie. »Die Garderobe ist hier hinten.« Sie hängte den Mantel an einen der Metallhaken an der Wand neben dem Eingang. Dann bat sie Aurora, am Tisch Platz zu nehmen.

Chia wandte ihre Aufmerksamkeit wieder dem Fernseher zu. »Du bist also Polizistin?«, fragte sie ohne wirkliches Interesse.

»Ja«, antwortete Aurora und versuchte, ihre Befangenheit zu verbergen.

In der Wohnung einer völlig Fremden zu sein bereitete ihr Unbehagen; sie musste den Drang unterdrücken, plötzlich aufzuspringen und wieder zu gehen. Sie fühlte sich wie ein Eindringling und fand, es war eine sehr schlechte Idee gewesen, Brunos Einladung anzunehmen.

Elena setzte sich ihr gegenüber. Sie legte den Kopf schief und kontrollierte aufmerksam, ob das Besteck ordentlich neben ihrem Teller platziert war. Nach einigen Augenblicken schob sie die Gabel um einen Hauch zurecht, dann tat sie dasselbe mit dem Messer. Schließlich hob sie den Blick und bedachte Aurora mit einem schüchternen Lächeln. Sie sagte kein einziges Wort.

Einige Sekunden lang wühlte Aurora angestrengt in ihrem Kopf nach einem Gesprächsthema, dabei hoffte sie, dass Bruno so bald wie möglich käme. Ihr fiel nichts Besseres ein als: »Und, wie habt ihr euch kennengelernt?«

Das Wechseln der Fernsehkanäle hörte auf, als Ranuzzis Garage auf dem Bildschirm erschien. Aurora konnte nicht verhindern, dass sie zusammenfuhr.

»Wer?«, antwortete Elena. Sie war sichtlich zerstreut. Vielleicht wäre auch sie gerne woanders.

»Du und Bruno«, präzisierte Aurora.

Elena betrachtete weiter starr das vor ihr stehende Glas, dann blinzelte sie und wandte ihren Blick Aurora zu. »Im Kommissariat«, antwortete sie mit so leiser Stimme, dass sie hinter den Geräuschen der Nachrichtensendung kaum hörbar war.

»Ich war da, um meinen Exmann anzuzeigen«, fuhr sie mit sarkastischem Lächeln fort. »Chias Vater«, fügte sie gedämpft hinzu. »Ich war so übel zugerichtet, nach dem x-ten Mal, das er mich verprügelt hatte, dass Bruno mich zur Notaufnahme bringen musste.«

Aurora bemerkte, dass ihre Hände schwitzten, und sie begann sie am Stoff ihrer Hose abzureiben. »Das tut mir leid«, murmelte sie.

Die Stimme im Fernsehen erzählte makabre Details über die Leichen in der Casa Ranuzzi und hob die Tatsache hervor, dass genau dies das Haus des Mannes sei, der in der Vergangenheit eine ganze Familie ausgelöscht hatte. Im selben Tonfall, in dem sie auch die Wettervorhersage verkündet hätte, sprach die Stimme über eine Stadt in den Fängen der Psychose eines Monsters.

»Ich habe Angst, dass der Nagelmann mich auch holen kommt.«

Aurora fiel das ängstliche Gesicht des Jungen wieder ein, den sie auf dem Weg zu Aprile im Krankenhaus getroffen hatte. Es war ihr unmöglich, die innere Stimme zu ignorieren, die ihr einen Zusammenhang zwischen dem Fall Ranuzzi und dem aktuellen Fall nahelegte. Sie dachte, es wäre inzwischen für jeden offensichtlich, selbst für einen zerstreuten Fernsehzuschauer, außer für Piovani und Torrese.

Aurora hoffte, dass jeden Moment das Telefon klingeln und Tom Carelli ihr etwas Nützliches über die Akte Ranuzzi mitteilen würde. Und noch einmal fragte sie sich, aus welchem Grund sie hier war, anstatt sich persönlich darum zu kümmern, die Recherche im Archiv des Kommissariats voranzutreiben. Sie hielt Tom für verlässlich, aber auch ein wenig unorganisiert. Und sicherlich unbeständig, vor allem wenn es sich um eine aus seiner Sicht wenig reizvolle Arbeit handelte. Wie viel Zeit würde er seinem Computer widmen, bevor er sich an die langweilige Recherche im Archiv machte?

»Arbeitest du auch an diesem Fall?«, fragte Chia, ohne den Blick vom Fernseher abzuwenden.

Der Bildschirm zeigte jetzt Manzèna, den Mann, den Torrese hatte festnehmen lassen. Er sah so verzweifelt aus wie jemand, der sein Leben in einer Flasche billigen Weins ertränkt hat. Er schien sich kaum bewusst zu sein, dass er am Leben war, geschweige denn in der Lage, einen komplexen Plan zu entwickeln und die Spuren an einem Tatort zu verwischen. Aber vielleicht hatte Torrese tatsächlich Recht. Die Leute wollen die Wahrheit nicht wissen. Sie wollen nur in Ruhe schlafen.

»Es ist unhöflich, deinem Gesprächspartner den Rücken zuzuwenden«, sagte Elena zu Chia.

Was Torrese nicht bedacht hatte, war, dass Serienmörder es nicht mögen, wenn jemand anderes die Lorbeeren für ihr Werk erntet. Die falsche Person zu verhaften konnte den Narzissmus des Subjekts anfeuern, ihn dazu treiben, eine aufsehenerregende Aktion durchzuführen. Während sie diesen Gedanken formulierte, nahm eine Hypothese in Auroras Kopf Gestalt an: Und wenn Torrese aus genau diesem Grund einen Unschuldigen verhaftet hätte? Wenn seine wahre Absicht dabei war, den Killer damit zu einem falschen Schritt zu bewegen?

Für Aurora war es schwierig, Torrese zu durchschauen. Dieser Mann war in der Lage, seine Absichten zu verbergen wie ein Puppenspieler, der sich hinter den Kulissen eines Theaters bewegt.

Chia legte den Kopf an die Rückenlehne des Sofas und sah hinüber zu Aurora. »Und?«

Aurora tauchte aus ihren Gedanken auf. »Was denn?«

»Arbeitest du auch am Fall ›Böser Wolf‹?«

»Der Böse Wolf ist zurückgekehrt.« Diese Worte explodierten in Auroras Kopf wie eine Bombe. Jagte die Polizei vielleicht einen Geist?

Chia fuhr fort: »Sie nennen ihn so wie diesen Typen, der vor zwanzig Jahren oder so eine Familie gekillt hat.«

»Geister töten nicht«, wiederholte Aurora, völlig in ihre Gedanken versunken.

»Oh, Scheiße«, jammerte Chia, »da ist mein Exvater im Fernsehen.«

Der Bildschirm zeigte einen Journalisten mit hellem Regenmantel, der mit dem Rücken zum Gericht stand und in ein Mikrophon sprach. Longhi.

Jetzt war klar, warum Bruno ihn so sehr hasste.

»Schalt das Ding aus«, rief Elena und sprang von ihrem Stuhl auf.

»Entschuldige«, nuschelte Chia und beeilte sich, einen Kanal einzuschalten, der die x-te Wiederholung einer *Simpsons*-Folge brachte.

Elena verschwand in der Küche, und Chia folgte ihr. Wenige Augenblicke später hörte Aurora sie aufgeregt miteinander flüstern.

Chia musste ihrer Mutter sehr nahestehen. Aurora stellte sich die schier unendlichen Abende vor, die sie gemeinsam verbracht hatten, in der Hoffnung, dass der arrogante, gewalttätige Mann nicht allzu schlechter Laune war, wenn er heimkam. Das erklärte, warum Chia bei der Mutter schlief, wenn sie alleine zu Hause waren. Aus manchen Alpträumen erwacht man nicht so leicht. Sie kleben an einem wie schlecht sitzende Kleider. Auch nach Jahren, auch noch, wenn das Schlimmste bereits ausgestanden scheint. Auch Elena war eine Überlebende, bei der die Misshandlungen tiefere Zeichen hinterlassen hatten als Narben.

Ein Schlüssel im Schloss kündete von Brunos Heimkehr.

Elena erschien auf der Küchenschwelle. »Schön, dass du da bist«, sagte sie. Ihre geröteten Augen zeigten, dass sie mit den Tränen gekämpft hatte.

Bruno blickte um sich, als wäre er auf der Suche nach einer Erklärung, was sie so aus der Fassung gebracht hatte.

Elena zuckte die Schultern. »Ich habe Lasagne gemacht, ich hoffe, du magst das.«

»Es riecht köstlich«, sagte er und küsste sie auf die Wange.

Sie versuchte zu lächeln, dann zog sie sich in die Küche zurück. Aurora konnte sich nicht vorstellen, wie kompliziert Brunos Leben war. Als er von Longhi herausgefordert worden war, war er ihr als intoleranter, streitlustiger Mensch erschienen. Doch die Wahrheit sah ganz anders aus. Elena war eine fragile Person, und Bruno hatte beschlossen, sich um sie zu kümmern.

»Bist du schon lange da?«, fragte Bruno Aurora verlegen.

»Fünf Minuten. Warum hast du so lange gebraucht?«

»Ich musste noch den Bericht für Piovani schreiben.«

Als sie den Namen hörte, fiel Aurora wieder das Gespräch mit Torrese ein, das sie gerade geführt hatte. Sie spürte, wie sich ihr Magen zusammenzog, und sie verzog leicht das Gesicht. »Piovani! Ist es die Möglichkeit, dass sich die ganze Welt nur um ihn dreht?«

»Nur die Ruhe«, sagte Bruno beschwichtigend. »Er ist immerhin mein Chef, ich kann nicht so tun, als wäre er es nicht.«

»O nein, er ist weit mehr als dein Chef! Er ist der Mann, der über jeden Verdacht erhaben ist, der alles andere als mustergültige Beamte, den zu schützen ihr euch alle verschworen habt!«

»Was meinst du?«

»Ich habe seine Aussagen zum Fall Gualtieri gelesen.«

Bruno straffte die Schultern. »Ich wusste nicht, dass Torrese ihn deshalb schon verhört hat …«

»Im Protokoll wird keines der Elemente erwähnt, die für den Fall wichtig wären. Weder die lange Freundschaft zwischen Piovani und Carlo Gualtieri und erst recht nicht die mutmaßliche Beziehung zwischen Piovani und der Frau seines Freundes.«

»Ich weiß nicht, was ich sagen soll«, sagte Bruno und breitete die Arme aus. »Aber ich muss zugeben, dass die Situation ziemlich delikat ist, und auch Torrese ist in keiner einfachen Lage.«

Aurora atmete tief durch. »Ich habe mit ihm gesprochen«, stieß sie dann hervor.

Bruno wirkte erstaunt. »Und …?«

»Er hat implizit zugegeben, dass er Piovani mit Samthandschuhen angefasst hat. Er hat absichtlich darauf verzichtet, ihm Erklärungen abzuverlangen, die ihn in Verlegenheit bringen könnten, im Namen eines vermeintlichen … höheren Ziels.«

»Das scheint mir offensichtlich«, sagte Bruno. »Glaubst du wirklich, bei der Situation da draußen hätte Torrese Piovani wie einen Verdächtigen ausgequetscht? Piovani wurde ohne sein Zutun in eine Situation verwickelt, die ihm über den Kopf gewachsen ist, aber das bedeutet nicht, dass er irgendetwas mit den Morden zu tun hat!«

Aurora spürte, wie ihre Schläfen vor Wut heiß wurden.

»Nein«, räumte sie ein. »Ich sage nicht, dass Piovani ein Mörder ist. Aber ich spüre, dass er etwas verheimlicht.«

»Aus welchem Grund?«

»Ich spüre es einfach. Mein Instinkt sagt mir, dass Piovani viel mehr weiß, als er uns glauben machen will. Und

Torrese weiß das wahrscheinlich. Deshalb legt er mir auf jede erdenkliche Weise Steine in den Weg.«

»Verdammt nochmal, Aurora, jetzt hör aber auf mit dem Quatsch!«, knurrte Bruno. »Es ist wahr, Piovani hatte kein Recht, dich bei deiner Ankunft so anzugehen, aber das bedeutet nicht, dass du weiterhin gegen ihn Krieg führen musst.«

Elena kam mit einer Auflaufform voller dampfender Pasta aus der Küche.

Chia, die hinter ihr ging, setzte sich schweigend an den Tisch.

»Ist was?«, fragte Elena.

»Nichts«, antworteten Bruno und Aurora einstimmig.

Elena betrachtete ihren Gast mit einer gewissen Besorgnis, dann stellte sie die Lasagne in die Tischmitte. »Das Abendessen ist jedenfalls fertig«, seufzte sie. »Wollen wir anfangen?«

»Entschuldigt«, sagte Aurora und stand auf. Ihre Hände hatten zu zittern begonnen. »Ich muss mich kurz frisch machen. Wo ist denn das Bad?«, fragte sie, bemüht, ihren Ton zu kontrollieren.

Chia deutete auf eine Tür am Ende des Zimmers. »Da hinten.«

Aurora betrat das Badezimmer und wusch sich das Gesicht mit kaltem Wasser. Einige Sekunden lang ließ sie ihren Blick auf dem Spiegelbild in dem großen Wandspiegel ruhen. In ihrem Inneren kämpfte sie darum, die Kontrolle zu behalten. Vielleicht hatte Bruno Recht, und ihre Reaktion auf Piovanis Provokationen war übertrieben, aber sie hatte Lust zu schreien.

»Das ist mein Terrain«, hatte er zu ihr gesagt. Und er hatte dafür gesorgt, dass sie es nicht vergaß.

Es kam ihr vor, als würde das Dach der Welt über ihr zusammenstürzen. Sie musste sich dagegen wehren, tief durchatmen, die Panikwelle fortschieben, die sie zu überrollen drohte. Was war los mit ihr?

Sie hatte schon vor langer Zeit gelernt, dass es nicht richtig war, sich zu sehr mit einem Fall zu identifizieren, doch sie bekam das Bild der kleinen Aprile einfach nicht aus dem Kopf, wie sie eingewickelt in ihre Kleidungsstücke dagelegen hatte wie eine Stoffpuppe, mit schlammverschmiertem Gesicht, unter dem verlassenen Eisenbahnwagen.

Die großen Augen des Mädchens hatten sie angesehen, schienen jedoch durch sie hindurchzuschauen. Aurora erinnerte sich, dass sie den Impuls gehabt hatte, das Mädchen zu beschützen, und sie fühlte sich wie eine Versagerin.

Sie hatte ihr versprochen, dass alles gut werden würde. Aber wie konnte alles gut werden, wenn jeder Versuch, die Wahrheit herauszufinden, gegen eine Mauer aus Gleichgültigkeit stieß?

»Ich war nicht schnell genug«, sagte sie zu sich selbst.

Nicht schnell genug, um die Angst und die Unsicherheit hinter sich zu lassen. Nicht schnell genug, um das Leben der Menschen zu retten, die sich auf sie verließen. Über die anmutige Gestalt Apriles schob sich diejenige des Mädchens in dem ehemaligen Schlachthaus. Aus den verborgenen Winkeln ihres Gehirns tauchte die vierzehnjährige Valentina auf. Um sie herum die Gang, die höhnisch lachte. Aurora spürte in ihrer Hand die kalte Berührung ihrer Pistole, genau wie zwei Jahre zuvor.

Doch ihr war, als wäre es nicht mehr als zwei Sekunden her. »Was für ein Horror«, flüsterte sie in den Spiegel.

Das entfernte Klingeln eines Handys zog ihre Aufmerksamkeit auf sich und riss sie aus der grauenvollen Vertrautheit dieser Vision. Ihre Hand umklammerte nicht die Pistole, sondern den Hahn des kalten Wassers, das noch immer aus der Mischbatterie floss. Aurora drehte ihn zu und sah sich hektisch um, ohne zu erkennen, wo sie sich befand. War sie womöglich nach Hause zurückgekehrt? Instinktiv öffnete sie die Tür des Spiegelschrankes. Einladend wie eine Bonbonschachtel lag vor ihr eine Packung Xanax.

Aurora lächelte, strich mit dem Finger über die Packung. »Das trifft sich gut«, sagte sie und drehte die Schachtel in den Händen.

Während sie sie öffnete, lenkte ein plötzlicher Lichtschein ihren Blick zur Tür. Chia stand reglos auf der Schwelle, mit gerunzelter Stirn und fragendem Blick. »Was machst du hier?«

»Das hier ist nicht meine Wohnung«, sagte sich Aurora. »Ich bin nicht im alten Schlachthaus und auch nicht in Turin. Ich bin in einer verlassenen Gegend in der emilianischen Tiefebene, in der niemals etwas passiert.«

Langsam kam Aurora zu Bewusstsein, wo sie sich befand. Sie war im Haus einer Fremden, und sie war soeben dabei überrascht worden, wie sie den Medikamentenschrank durchwühlte. Sie versuchte, die Packung Xanax zurück an ihren Platz zu legen, doch mit ihren fahrigen Bewegungen stieß sie gegen die anderen Schachteln, und sie fielen eine nach der anderen ins Waschbecken, während sie eilends versuchte, sie wieder in ihr Fach zu räumen.

»I-ich ... n-nichts ...«, stammelte sie. »Alles in Ordnung. Es geht mir gut.« Sie rieb sich mit den Fingern die Nase und nahm einen tiefen Atemzug.

»Das Monster ist näher, als du denkst«, hatte Curzi zu ihr gesagt. In diesem Augenblick verstand Aurora die tiefgründige Bedeutung dieser Worte.

Das Monster war hier bei ihr. Das Monster war sie selbst.

Denn es war in ihr, es war eingesperrt zwischen den Wänden ihres Gehirns und spielte mit der Kugel, die in ihrem Kopf steckte.

Das Monster kannte all ihre Geheimnisse und all ihre Lügen. Es war ihr immer einen Schritt voraus. Es nährte sich von Obsessionen und lebte dafür, seinesgleichen zu vertreiben, darunter einen seit mehr als zwanzig Jahren toten Mörder, der zurückgekehrt war, um im Beisein von Augenzeugen Totenmessen zu feiern.

»Meine Mutter hat häufig Panikattacken«, stammelte Chia. »Ich versuche sie zu beruhigen, ich sage ihr immer wieder, dass *er* nicht mehr bei uns ist und sie vor nichts mehr Angst haben muss. Aber manchmal ist das nicht genug.«

Aurora war verblüfft. Chia glaubte, sie müsse das Verhalten ihrer Mutter rechtfertigen, als wäre nicht Aurora diejenige gewesen, die den Schrein von Elenas Unvollkommenheit entweiht hatte.

»Ich wollte nicht …« Aurora versuchte zu lächeln, auch wenn sie vor Scham am liebsten im Boden versunken wäre. »Ich wollte meine Nase nicht in die Angelegenheiten deiner Mutter stecken.«

Chia sah sie einige schier unendliche Sekunden lang an. Dann sagte sie: »Du solltest lieber wieder rüberkommen. Dein Telefon hört nicht auf zu klingeln.«

»Natürlich«, sagte Aurora. Sie räumte den Medizinschrank fertig ein und holte noch einmal tief Luft, bevor sie den ersten Schritt tat. »Du sagst deiner Mutter doch nichts davon?«

Chia antwortete nicht. In ihrem Blick lag Erschöpfung und eine Reife, die ihrem Alter weit voraus war.

Mit unsicherem Schritt trat Aurora über die Schwelle des Wohnzimmers. Ihre Haare waren wirr und die Augen rot umrandet.

Bruno sah sie besorgt an. »Alles in Ordnung?«

Aurora nickte, wenig überzeugend.

»Gerade hat die Zentrale angerufen«, sagte er. »Sie evakuieren das Kommissariat. Es brennt.«

Aurora spürte, wie ihr die Beine versagten. »Was ... wie ist das passiert?«, stammelte sie.

»Das ist noch unklar. Aber anscheinend kamen die Flammen aus dem Archiv.«

# 49

»Kannst du nicht schneller fahren?«, drängte Aurora.

Bruno warf ihr einen Seitenblick zu. »Noch schneller? Wir bauen noch einen Unfall.«

Es herrschte dichter Verkehr, die Straße glänzte im Regen wie eine Metallplatte. Die Räder des Wagens schlitterten auf dem nassen Asphalt, so dass das Auto in jeder Kurve nach außen trieb. Als sie durch ein Schlagloch fuhren, wurden sie ordentlich durchgerüttelt, und Aurora musste sich am Griff festhalten, um nicht gegen die Seitentür zu knallen.

»Tom ist in Gefahr!«, stieß sie in einem Atemzug hervor. »Ich hatte ihn gerade heute Abend gebeten, eine Recherche im Archiv für mich zu machen.« Zum wiederholten Male wählte sie seine Handynummer und legte auf, als nur die Mailbox ranging.

»Dann müssen wir uns allerdings besonders bemühen, lebend dort anzukommen«, antwortete Bruno und trat auf das Gaspedal. Er konzentrierte sich auf das Fahren und versuchte, alle anderen Gedanken auszublenden.

Aurora betrachtete ihn aus dem Augenwinkel. Da war er wieder, der Bruno, den sie kannte. Er war zurück. Außerhalb der Familie war er der entschlossene, beinahe harte Mann, den sie bewunderte und manchmal fürchtete. Ein Mann, der zu allem entschlossen schien, um ein Leben zu retten. Diesem Mann begann Aurora, wenngleich widerstrebend, langsam zu vertrauen.

Kurz zuvor, bei Elena und Chia, war Bruno ihr vorgekommen wie ein anderer Mensch, daran gewöhnt, seine Worte mit Bedacht zu wählen, um niemanden zu verletzen, der ihm nahestand, auf Zehenspitzen zu gehen, seinen instinktivsten Teil zu verbergen. Zu Hause war Bruno ein gezähmtes Tier, ein Hund an der Kette. Aurora begann darüber nachzudenken, welchen Teil von sich sie der Welt zeigte. Sie wusste sehr gut, was es hieß, sich selbst an die Kette zu legen, um die eigenen Dämonen unter Verschluss zu halten, doch sie tat das, anders als ihr Kollege, nicht zu Hause, denn ein Zuhause hatte sie nicht mehr.

Sie tat es jeden Tag, wenn sie hinausging, um sich der Welt zu stellen. Sie legte ihre Maske niemals ab, denn sie konnte sich nicht erlauben, dass jemand in den Abgrund sah, zu dem ihre Seele geworden war. Bruno musste hart auf die Bremse treten, um nicht in die Autos zu fahren, die an der Kreuzung standen. Das ABS schaltete sich ein und ließ das Bremspedal erzittern. Das Auto kam ein Haarbreit vor dem letzten Auto der Schlange zum Stehen.

Bruno holte das Martinshorn unter dem Sitz hervor und stellte es aufs Dach. Er schaltete es ein, und mit einem Ruck des Lenkrads begann er, die Autos zu überholen, versuchte sich Platz zwischen den Fahrbahnen zu verschaffen, doch der ständige Fluss des Gegenverkehrs erlaubte es ihm nicht weiterzufahren. Er drückte einige Male auf die Hupe, um die Fahrer dazu zu bewegen, ihm Platz zu machen.

Aurora kurbelte die Scheibe herunter. »Aus dem Weg!«, brüllte sie, aus dem Fenster gelehnt.

Langsam fuhren die Autos eines nach dem anderen zur Seite, und endlich nahmen sie wieder Fahrt auf. In der Mitte der Kreuzung trat Bruno aufs Gas und bog in die Hauptstraße ein, in Richtung Kommissariat. Der Wagen hielt hinter dem Feuerwehrauto. Die Sicht war durch den Rauch stark eingeschränkt, der aus den Fenstern des Kommissariats quoll, und durch die feinnebelige Wasserwolke, die unter Hochdruck aus den Schläuchen gepumpt wurde, um den Brand unter Kontrolle zu bringen. Aurora sprang heraus und erreichte in wenigen Augenblicken die Eingangstür.

Ein Feuerwehrmann hielt sie am Arm fest. »Halt! Sie können hier nicht rein!«

Aurora machte sich los. »Einer meiner Männer ist da drinnen!«

»Die Büros sind bereits evakuiert worden.«

Auroras Blick huschte fieberhaft über die Umstehenden. Keine Spur von Tom.

Ihr Blick fiel auf einen Rettungssanitäter, der eine Bahre in einen Rettungswagen schob; ein Laken bedeckte die Person, die drauf lag, von Kopf bis Fuß. Das Herz klopfte ihr bis zum Hals, als sie darauf zulief. Sie hob das Laken.

Unter einer Maske verbrannter Haut konnte sie ein bekanntes Gesicht ausmachen.

Es war Bonaccorsi.

»O mein Gott!«, rief sie.

»Wir haben unser Möglichstes getan, um ihn zu retten, aber die Verbrennungen waren zu großflächig«, sagte der Sanitäter. »Das Herz hat es nicht mehr geschafft.«

»Wo ist Tom Carelli?«, fragte Aurora knapp.

Der Sanitäter breitete die Arme aus. »Ich ... weiß nicht, wer das ist ...«

»Dünn, lockige Haare. Er trägt eine Brille mit quadratischen Gläsern und ein Nerd-T-Shirt.«

»So einen habe ich nicht gesehen.«

»Scheiße! Er ist noch da drin!«, brüllte Aurora. Sie merkte, dass Bruno neben ihr war. »Ich muss da rein«, stammelte sie.

»Das ist zu gefährlich! Lass mich gehen.«

Doch sie ignorierte ihn. Bevor jemand sie aufhalten konnte, griff sie nach einem Feuerlöscher und war in wenigen Sekunden in dem brennenden Kommissariat. Mit ihrem Mantel als Schutz bahnte sie sich einen Weg durch die Räume voller Rauch. Sie versuchte, die Stufen zu erreichen, die in das Archiv führten, doch die Flammen, die vom Fuß der Treppe heraufschlugen, machten es unmöglich.

Sie rief laut nach Tom, dann lauschte sie. Nach einigen Augenblicken hörte sie einen Klagelaut, der aus dem Badezimmer kam. Sie folgte der Stimme und fand Tom auf dem Boden liegend. Er hatte sich Nase und Mund mit einem Fetzen Stoff seines T-Shirts bedeckt, doch er atmete schwer. Er musste eine Rauchvergiftung haben. Sie schüttelte ihn und half ihm, auf die Beine zu kommen.

Tom lächelte schwach. »Kommissarin«, murmelte er. »Tut mir leid, wegen der Recherche, aber ...«

»Vergiss die Recherche«, unterbrach sie ihn, »wir müssen sofort hier raus.«

»Ich versuche es, aber ich fürchte, ich habe mir den Knöchel verstaucht.«

Mit Auroras Hilfe machte er ein paar Schritte auf den Ausgang zu, doch eine zusammenbrechende Mauer bildete eine Wand aus Feuer und versperrte ihnen den Weg.

Aurora wiederholte im Kopf, was sie im Feuerschutzkurs gelernt hatte. Regel Nummer eins: Sich nicht von der Panik überwältigen lassen. Der Kursleiter hatte es Dutzende Male wiederholt. Bevor man eine Tür öffnete, musste man sich überzeugen, dass der Türgriff nicht glühte, sonst bedeutet es, dass der Raum brennt. Und wenn das Feuer sich von unten her ausbreitet, muss man in die oberen Stockwerke hinaufsteigen und auf Hilfe warten.

Tom hinkte, doch er folgte ihr die Stufen hinauf in den ersten Stock. »Sicher, dass wir nicht eine große Dummheit machen?«, fragte er.

»Vertrau mir«, antwortete sie.

»Im gegenteiligen Fall sollst du wissen, dass es mir Spaß gemacht hat, mit dir zu arbeiten«, scherzte er.

Während sie nach einem Ausweg suchten, gab die Treppe nach, und Aurora musste einen Schritt rückwärts gehen, um nicht in die Flammen zu stürzen.

Rauch erfüllte die Luft, und sie tasteten sich rückwärts durch den Gang. Tom mobilisierte seine letzten Kräfte, um sich mit einem Arm an Auroras Schulter festzuhalten, bei jedem Schritt hustend.

»Du musst weiter Mund und Nase bedecken«, sagte Aurora.

Tom nickte, aber es war offensichtlich, dass er nicht mehr konnte.

Ein weiterer Einsturz und ein weiteres Aufflammen zwangen sie mit dem Rücken gegen die Wand. Aurora setzte den Feuerlöscher in Gang, in der Hoffnung, die Flammen in der Umgebung zu löschen oder wenigstens die Ausbreitung des Feuers einzudämmen. Sie spürte, dass ihre Augen ebenso brannten wie die Wände des

Gebäudes. Sie biss die Zähne zusammen, weiterhin fiebrig nach einem Ausweg suchend.

»Es hat alles keinen Sinn«, krächzte Tom. »Wir sind in der Falle.«

Dann hörten sie ein pfeifendes Geräusch, wie bei einem Raketenstart, und vor ihnen schälten sich die Silhouetten zweier mit Feuerlöschern bewaffneter Männer aus dem dichten Rauch.

»Hier lang!« Aurora erkannte Brunos Stimme. Er war zusammen mit einem der Feuerwehrmänner in das Gebäude eingedrungen; es war ihnen gelungen, eine Wand einzureißen und einen ausreichend großen Durchgang zu schaffen, um Aurora und Tom in Sicherheit zu bringen.

Draußen wurden sie von den Sanitätern versorgt. Während Tom Sauerstoff bekam, entfernte sich Aurora zusammen mit Bruno.

»Danke für die Hilfe«, sagte sie mit dünner Stimme.

»Ich habe dich lieber lebendig«, wehrte er ab.

Die beiden sahen sich lange in die Augen, und es schien, als wären plötzlich alle Geräusche in der Umgebung verstummt. In diesem Blick löste sich das Rauschen des Regens, das hektische Hin und Her der Feuerwehrmänner und das Prasseln der Flammen, das aus dem Inneren des Gebäudes drang, auf.

Nach einem Augenblick des Zögerns hob Bruno die Hand und legte sie Aurora sanft an die Wange. Sie wollte überrascht zurückfahren.

Doch sie blieb reglos, als Bruno einen Schritt nach vorn tat und ihr Gesicht in beide Hände nahm. Ohne den Blick abzuwenden, erlaubte Aurora ihm, sie vom Ruß zu säubern, indem er seine rauen Finger über ihre Haut an den Schläfen und neben den Lippen gleiten ließ.

Dann öffnete Bruno leicht den Mund, als wolle er etwas sagen. Doch es kam nichts.

Aurora betrachtete das tiefe Grün seiner Augen, in dem sich das Funkeln der Flammen spiegelte. Es erinnerte sie an all die Male, die sie von der Brücke Vittorio Emanuele I. in Turin aus das Wasser des Po betrachtet hatte, die Ellenbogen auf das Geländer gestützt, die Kirche der Gran Madre di Dio in ihrem Rücken, die wie ein stummer Wächter zum Himmel emporragte. Die Sonne, die zur Stunde des Sonnenuntergangs versank, ließ die Wasseroberfläche vor goldenen Reflexen leuchten, in die sich ein scharlachroter Schimmer mischte.

»Gibt es etwas, was du mir sagen willst?«, fragte sie.

Bruno schüttelte den Kopf. »Ich ... weiß nicht mal, wie ich es beschreiben soll, aber als ich dich in dieses brennende Gebäude hineingehen sah, habe ich gedacht, du könntest nicht wiederkommen, und in dem Moment ...«

Aurora legte Bruno den Zeigefinger auf die Lippen. »Pssst.«

Er wandte den Blick ab, als suche er im Raum, der ihn umgab, die richtigen Worte. »Ich will dich nicht verlieren«, sagte er schließlich nach langem Schweigen.

Aurora wusste nicht, was sie darauf antworten sollte. Sie zwang sich zu schlucken, doch ihr war, als hätte sie Zement in der Kehle. Sie griff nach ihren Jackenärmeln und begann, sie nervös hochzukrempeln. Dann versuchte sie ein Lächeln. »Bring mich bitte jetzt zu meinem Wagen. Ich hoffe, es macht dir nichts aus, wenn wir unser Abendessen auf einen günstigeren Zeitpunkt verschieben.«

Bruno nickte. Den ganzen Weg bis zu seinem Haus, wo Aurora ihren Wagen hatte stehen lassen, sprachen die beiden kein einziges Wort.

Als er den Motor abgestellt hatte, war er es, der das Schweigen brach. »Ich kann nicht glauben, dass Bonaccorsi tot ist. Er war ein guter Kerl.«

»Ja, ich auch nicht. Ich habe kurz vorher noch mit ihm gesprochen. Es war schlimm, ihn so zugerichtet auf dieser Bahre zu sehen.«

Bruno holte tief Luft. »Es war so ein absurder Tag, dass ich ganz vergessen habe zu fragen, wie es in der Villa Clara war.«

Aurora sah auf einen undefinierbaren Punkt vor sich. »Ich weiß nicht, wie ich es sagen soll. Manchmal habe ich das Gefühl, die Wahrheit wäre zum Greifen nahe. In anderen Momenten habe ich das Gefühl, im Nebel zu stochern. Ich habe das Gebäude angesehen, habe mit dem Direktor gesprochen und auch ein paar Fotos gemacht. Aber es ist mir nicht gelungen, eine Verbindung zwischen der Klinik und den Opfern des Serienmörders zu finden.«

»Am Telefon klangst du irgendwie ... aufgeregt.«

Aurora erinnerte sich an den Moment, in dem sie Brunos Anruf entgegengenommen hatte, und an die Nervosität, die das Treffen mit Curzi bei ihr ausgelöst hatte.

»Ich hatte gerade mit jemandem gesprochen. Es war ... merkwürdig. Ich hatte sogar den Eindruck, dass er etwas über den Fall wisse, obwohl das überhaupt keinen Sinn ergibt. Dieser Mann lebt seit über zwanzig Jahren in einem dunklen Zimmer eingeschlossen und redet mit keinem.«

»Um wen geht es?«

»Ein Patient in der Klinik namens Curzi«, antwortete Aurora. »Er war ein sehr angesehener Chirurg hier in Sparvara. Es heißt, er sei nach dem Tod des Sohnes verrückt geworden, der ihm im OP unter den Händen wegstarb, als er versuchte, ihn zu retten.«

»Kein Wunder, dass er in einer psychiatrischen Klinik gelandet ist.«

Aurora sah ihn ernst an. »Es ist nicht leicht, die Menschen zu überleben, die man liebt.«

Bruno nahm eine Zigarette aus dem Päckchen und zündete sie mit dem Zigarettenanzünder des Autos an. »Allerdings«, murmelte er.

»Was ist mit deinem Feuerzeug passiert?«

»Ich muss es verloren haben.«

Aurora machte Anstalten, die Wagentür zu öffnen. »Ich muss jetzt gehen. Ich hatte genug Rauch für heute.«

Bruno ließ sofort das Fenster herunter und warf die eben angezündete Zigarette hinaus. »Warte bitte. Entschuldige.«

Aurora blieb sitzen, die Finger am Türgriff.

»Ich muss wirklich los. Ich bin erschöpft, und ich muss noch bis zur Pension fahren.«

»Einverstanden.«

Aurora schüttelte leicht den Kopf. »Warum hast du mir das nicht gesagt?«

Bruno runzelte die Stirn. »Was denn?«

»Dass Longhi Elenas Exmann ist.«

Bruno fuhr sich mit der Hand durch die Haare und zerzauste sie. »Das ist Vergangenheit. Es hat keine Bedeutung mehr.«

»Wenn ich gewusst hätte, dass das zwischen euch eine persönliche Angelegenheit ist, hätte ich ihn vielleicht nicht so unterschätzt. Und nach allem, was ich gesehen habe, kommt mir das noch ziemlich aktuell vor. Dieser Mann tut alles, um dich zu zerstören.«

»Longhi ist kein guter Mensch. Aber vielleicht bin ich das auch nicht.«

»Unsinn«, rief Aurora. »Longhi ist ein Bastard, und du hast nichts mit ihm gemein.«

»Ich habe in meinem Leben auch schon zweifelhafte Dinge getan.«

»Du bist in ein Gebäude voller Flammen gestürmt, um mich zu retten. Das reicht mir.«

Bruno atmete tief durch. »Als Elena und ich uns kennenlernten, machte ich gerade eine schwierige Zeit durch. Ich war unruhig, fühlte mich wie ein Zuschauer, während das Leben an mir vorbeizog. Sie hat mir etwas gegeben, an das ich glauben kann.«

»Sie ist eine gute Frau.«

»Ich weiß«, sagte er zustimmend. »Sie ist mehr, als ich verdiene.«

»Hör doch mit diesem Unsinn auf.«

»Du hast Longhi nicht gesehen, als ich mit ihm fertig war.« Bruno schüttelte den Kopf, als wolle er ein Bild verscheuchen, das nur er allein sehen konnte. »Eines Morgens tauchte er plötzlich bei Elenas Arbeit auf. Sie hatte sich endlich überwunden, ihn anzuzeigen, und er war außer sich. Er fing an sie zu schubsen, um sie nach draußen zu befördern. Eine Kollegin von Elena rief mich an. Als ich ankam, begann Longhi mich auch zu schubsen und zu beleidigen.« Bruno wandte den Blick ab, dann begann er seinen Handrücken zu massieren, als tue er ihm plötzlich weh. »Ich konnte mich nicht beherrschen. Ich habe angefangen, ihn ins Gesicht zu schlagen, bis meine Knöchel blutig waren. Du kannst dir vielleicht vorstellen, wie er zugerichtet war, als der Rettungswagen kam.«

»Du hast es getan, um Elena zu schützen. Und Chia.«

»Ich bin trotzdem nicht stolz darauf. In dem Moment glich ich meinem Vater.«

Aurora schwieg. Es lag eine seltsame Spannung in der Luft. Wie der Augenblick, kurz bevor jemand ein Geheimnis offenbart. Sie wusste, wenn sie etwas sagte, wäre die Magie dahin, und Bruno würde seine Gedanken zurück in die Schachtel scheuchen, die er irgendwo in den unerreichbaren Fächern seines Gehirns verwahrte. In den Schubladen, in denen unsere schlimmsten Erfahrungen landen, die Worte, die uns verletzt haben, die Fehler, die wir uns nie verzeihen.

»Mein Vater hatte die Gewohnheit, seinen Frust an seiner Familie auszulassen. Abends war er fast immer unterwegs, um sich zu betrinken, doch die wenigen Male, die er zu Hause blieb, herrschte eine furchtbare Atmosphäre. Er war unerträglich, intolerant. Meine Mutter sah er als seinen Besitz.«

»Manchmal verwechseln wir Besitz mit Liebe«, seufzte Aurora.

»Liebe wird eindeutig überbewertet«, schloss Bruno mit einem Hauch Bitterkeit in den Worten. »Eines Tages, ich war sechzehn, fand ich meine Mutter auf dem Sofa zusammengekauert, als ich aus der Schule kam. Ihre Kleider waren zerrissen, sie hatte eindeutige Spuren von Gewalt an Gesicht und Körper. An diesem Tag schwor ich mir, dass ich niemals so werden würde wie er. Ich habe nie verstanden, warum meine Mutter darauf beharrte, mit einem Mann zusammenzubleiben, der sie misshandelte.«

Aurora verzog die Lippen. »Tut mir leid.«

»Ich bin nicht stolz darauf, aber sobald ich konnte, bin ich abgehauen. Ich habe mich als Freiwilliger gemeldet, bin in Kriege gezogen, von denen ich nicht die geringste Ahnung hatte, habe versucht, nie zurückzuschauen. Mein

Bruder hat es mir nie verziehen, hat jahrelang kein einziges Wort mit mir geredet.«

»Verzeihen ist eine komplizierte Angelegenheit«, dachte Aurora bei sich. Tief in ihrem Herzen hatte sie sich selbst nie verziehen für Flavios Tod.

Nach einigen Augenblicken des Schweigens fuhr Bruno fort: »Ich spürte, dass ich keine Wahl hatte. Ich hatte Angst, dass mich die Gewalt, die in meinem Zuhause herrschte, anstecken könnte, wenn ich nicht wegging. Und vielleicht ist es mir am Ende nicht gelungen, das zu verhindern.«

In diesem Augenblick verstand Aurora, dass das, was Bruno und Elena verband, nicht die romantische Liebe war, die die Dichter feierten, sondern gemeinsam Erlebtes, erlebt aus zwei verschiedenen Perspektiven. Vielleicht war es für Bruno die einzige Chance, sich zu verzeihen, seine Mutter im Stich gelassen zu haben, indem er sich um Elena kümmerte.

»Du bist nicht wie dein Vater«, wiederholte Aurora.

Bruno runzelte nachdenklich die Stirn, als kämpfe er gegen eine innere Stimme, die ihm das Gegenteil suggerierte. »Entschuldige, wenn ich dich mit meinen persönlichen Geschichten gelangweilt habe. Ich habe noch nie mit jemandem über diese Dinge gesprochen. Um ehrlich zu sein, weiß ich nicht einmal, warum ich es jetzt mit dir getan habe, gerade heute.«

»Du hast also einen Bruder«, überlegte Aurora laut.

»Ja. Er lebt inzwischen in Maranello, Provinz Modena. Nach dem Tod unserer Mutter zog er dorthin. Er ist Testfahrer für Sportwagen, und seit damals hat er sich in der Stadt nie wieder blicken lassen.«

Aurora zog ihren Mantel fester um sich. Jetzt, da die

Heizung ausgeschaltet war, wurde ihr kalt. »Jedenfalls muss ich jetzt wirklich los.«

Bruno nickte. Nachdem er sich von Aurora verabschiedet hatte, ging er auf seine Haustür zu.

Aurora erreichte ihren Wagen, und bevor sie einstieg, drehte sie sich nach Bruno um, beobachtete ihn, wie er seinen Schlüssel ins Schloss steckte. Elena öffnete die Tür, bevor er es tun konnte, und umarmte ihn stürmisch. Es war offensichtlich, dass sie ihn voller Sorge erwartet hatte. Wahrscheinlich hatte sie sie vom Fenster aus reden sehen. Wie lange wartete sie schon? Bruno trat einen Schritt hinein, und bevor er die Tür schloss, warf er einen flüchtigen Blick in Auroras Richtung. Das Einzige, was er noch von ihr sah, waren die Rücklichter ihres Wagens, der sich schnell entfernte.

# 50

Auf dem Weg zur Pension dachte Aurora über das Feuer im Kommissariat nach und über die Tatsache, dass es ausgerechnet vom Archiv ausgegangen war. War es möglich, dass Tom es durch irgendeine Unachtsamkeit bei der Arbeit an seinem Computer entfacht hatte? Das schien unmöglich. Tom hatte den Eindruck gemacht, als kenne er sich mit Elektronik aus. Sie musste mehr erfahren, und der erste Schritt würde sein, Tom nach seiner Version der Vorkommnisse zu befragen.

Sie nahm sich vor, das gleich am nächsten Morgen zu tun, in der Hoffnung, dass die Feuerwehrmänner bereits in der Lage wären zu beantworten, ob das Feuer durch einen Unfall entstanden oder vorsätzlich gelegt worden war.

Aurora glaubte nicht an Zufälle. Und sie wurde die Verwunderung darüber nicht los, dass das Feuer ausgerechnet zu dem Zeitpunkt ausgebrochen war, als sie kurz davor stand, Hand an die Akte Ranuzzi zu legen. War es möglich, dass diese Seiten so wichtig waren, dass jemand ein Feuer in Gang setzte, nur um sie zu zerstören? Ein kalter Schauer lief ihr über den Rücken, als sie an den armen Bonaccorsi dachte.

Sie dachte über das Profil nach, das sie zusammen mit Silvia entworfen hatte: Es war kompatibel mit einem solchen Vorgehen; eine Person, die unfähig war, Gefühle oder Mitleid zu empfinden, so entschlossen, seinen Trieben zu folgen, dass jeder Kollateralschaden akzeptabel schien.

Ihr kam wieder die Hypothese in den Sinn, dass der Killer möglicherweise in den Reihen der Polizei zu finden wäre. Und Piovanis Gesicht tauchte vor ihrem inneren Auge auf, in einer automatischen Verkettung von Assoziationen. Gab es jemanden, der sie mehr bei ihrer Suche nach der Wahrheit behinderte als er?

Aber das war lächerlich. So unsympathisch der Mann auch war, bei ihm fand sich keine der Charakteristiken des Serienmörders. Abgesehen davon, dass es für einen Mitarbeiter im Kommissariat wesentlich leichter – und diskreter – gewesen wäre, die Akte Ranuzzi aus dem Archiv zu entfernen, als ein Feuer zu legen.

Aurora parkte hinter dem Eisenbahnzaun, stieg aus dem Wagen und aktivierte die Alarmanlage. Sie steuerte mit schnellen Schritten auf die Pension zu, in Gedanken versunken. Eine Frage quälte sie immer wieder: Wem konnte sie wirklich trauen?

Der Regen hatte nachgelassen, jetzt fielen nur noch winzige Tropfen vom Himmel, die im Wind trieben wie Schneegeriesel. Aurora blieb mitten auf der Straße stehen und suchte in ihrer Tasche nach dem Schlüssel. Als sie den Blick hob, bemerkte sie, dass etwas nicht stimmte. Eines der Fenster im ersten Stock war erleuchtet. Und es war nicht das Zimmer der Wirtin. Das wusste Aurora mit Sicherheit, denn es war *ihr* Zimmer.

Das Herz begann wild in ihrer Brust zu klopfen, ihr

Atem stockte. Aurora war sicher, dass sie vor dem Hinausgehen das Licht gelöscht hatte. Im Inneren des Zimmers bewegte sich etwas. Durch den Vorhangstoff konnte sie sehen, wie dort eine Silhouette hin und her ging.

Es konnte niemand sein, der sich im Zimmer geirrt hatte: Aurora war der einzige Gast. Instinktiv legte sie die Hand an den Gürtel, wo sie normalerweise das Pistolenhalfter trug, und tastete nach dem Griff der Pistole. Doch ihre Finger fanden nichts.

Sie hatte die Pistole neben dem Bett liegen lassen, noch in ihrem Halfter.

Sie schimpfte sich selbst dumm und unverantwortlich. Es war geschehen, weil sie ein einziges Mal einen ruhigen Abend verbringen wollte, ein Abendessen bei einem Kollegen. Sie hatte sich sogar ein Kleid angezogen statt der üblichen Hose. Es war die erste gesellschaftliche Vergnügung, die sie sich gegönnt hatte, seit ... wie langer Zeit?

Aurora konnte nicht leugnen, dass sie sich ihn vollkommen anders vorgestellt hatte, ihren unbeschwerten Abend. Sie dachte, Bruno würde ein paar lustige Anekdoten erzählen, Elena ihr Tipps für Rezepte geben, die Aurora vorgeben würde nachkochen zu können, und vielleicht würde sie bemerken, dass sie mehr mit Chia gemein hatte als mit ihrer Mutter. Sie hatte sicher nicht erwartet, dabei überrascht zu werden, wie sie ein Beruhigungsmittel aus dem Medizinschrank stahl, oder sich in eine Feuersbrunst zu stürzen, um einen ihrer Männer zu retten. Und jetzt stand sie hier, reglos auf einem Streifen Asphalt, und starrte zu ihrem Zimmerfenster hinauf. Ein Eindringling war dort drinnen, und sie musste so schnell wie möglich reagieren. Sie durfte keine Zeit verlieren. Doch sie fand nicht die Kraft, etwas zu tun.

Das Zusammentreffen mit Curzi hatte eine unterschwellige Beunruhigung bei ihr hinterlassen, die sie nicht abschütteln konnte. Es war, als habe sie vom Besuch in der Villa Clara etwas mitgenommen, als folgten ihr die Obsessionen, mit denen die Wände des dunklen Zimmers durchtränkt waren, in denen der Neurochirurg lebte, überallhin.

Aurora fühlte sich wie in der Mitte eines zugefrorenen Sees mit dünnem Eis, wo jeder Schritt sich als schicksalsträchtig herausstellen, ihr Ertrinken bedeuten konnte. »Wenn du einen Fehler machst, bist du tot«, flüsterte eine Stimme in ihrem Kopf.

Bruno anzurufen erschien ihr als das einzig Sinnvolle. Sie holte das Handy heraus und wählte seine Nummer. Das Freizeichen ertönte.

»Los, geh ran«, murmelte sie vor sich hin.

Das Telefon klingelte lange, doch niemand nahm ab.

Das Rattern eines vorbeifahrenden Güterzugs ließ sie zusammenfahren. Der Luftzug zerzauste ihr die Haare, während die Wagons wie eine riesige Metallschlange über die Schienen krochen.

›»Bleib ruhig«, sagte Aurora zu sich selbst. Es war nicht förderlich, beim kleinsten Geräusch zusammenzufahren. Es konnte doch auch eine ganz banale Erklärung für diesen unerwarteten Besucher in ihrem Zimmer geben, oder nicht? Vielleicht hatte die Wirtin ihr die Wäsche gebracht, die sie in der Waschküche gelassen hatte. Es war zwar zwei Uhr nachts, doch vielleicht war sie durch den Lärm der Noteinsatzfahrzeuge aufgewacht, die gekommen waren, um das Feuer im Kommissariat unter Kontrolle zu bringen.

Aurora schüttelte entschieden den Kopf. Wen wollte sie täuschen? Das ergab doch alles keinen Sinn ...

»Ich habe Angst, dass der Nagelmann mich auch holen kommt.«

Die Worte des Jungen, den sie vor dem Krankenhaus getroffen hatte, hallten in ihrem Kopf wider.

Sie atmete tief durch, trat durch das Eingangstor der Pension und stieg die wenigen Stufen zum Eingang hinauf. Mit zitternden Händen steckte sie den Schlüssel ins Schloss der Glastür und öffnete sie, dann tat sie dasselbe mit der dahinterliegenden Eingangstür. Als die Tür hinter ihr ins Schloss fiel, schaute sie sich ängstlich um.

»Er weiß, wo ich wohne. Er ist gekommen, um mich zu holen.«

Der Salon lag in völliger Ruhe. Im Halbschatten wirkten die Möbel wie schlafende urzeitliche Kreaturen. Aus dem ersten Stock drang ein schwacher Lichtschein, der durch die Ritzen ihrer Zimmertür fiel. Für einige schier unendliche Augenblicke stand Aurora da und wartete, in der Erwartung, die Schritte des Eindringlings zu hören. Doch sie hörte nichts. Nur ihren eigenen Atem.

Sie ging in die Küche und griff nach einem Messer. Sie umklammerte es so fest, dass die Sehnen am Handgelenk hervortraten.

Ihr Handy begann zu klingeln. Aurora zuckte vor Schreck zusammen.

Es war Bruno.

Aurora hob ab und flüsterte: »Hallo?«

»Alles in Ordnung?«, antwortete er, und es gelang ihm nicht, eine gewisse Besorgnis zu verstecken. »Ich habe deinen Anruf erst jetzt gesehen.«

»Nein, nichts ist in Ordnung«, knurrte sie. »Jemand ist in meinem Zimmer.«

»Wie bitte?«, platzte Bruno heraus.

»Ich weiß selbst nicht, was ich davon halten soll. Ich kann nicht klar denken. Als mir klar wurde, dass ich die Pistole im Zimmer liegen lassen habe, bin ich panisch geworden.«

»Wo bist du jetzt?«

»In der Küche der Pension. Ich habe mir ein Messer geholt.«

»Dann bleib dort«, mahnte Bruno. »Geh auf keinen Fall dort weg. Schließ das Headset an und bleib in der Leitung. Ich komme zu dir. Ich fahre jetzt los.«

Aurora tat, was Bruno gesagt hatte. Sie steckte das Headset in die Ohren und drehte die Lautstärke hoch. »Dieser Hundesohn weiß, wo ich wohne«, jammerte sie. »Er will mir einen Nagel ins Herz stoßen.«

Der Mann, den sie jagten, war ein gerissener Jäger. Hatte er so Carlo Gualtieri ins Netz gelockt? Hatte er vielleicht eine sichtbare Spur bei Ranuzzi hinterlassen, damit der Wachmann die Leichen von Celeste Martini und ihrem Sohn fand?

»Das werden wir nicht zulassen«, sagte Bruno.

»Ich kann nicht länger warten«, antwortete sie.

»Nein! Geh dort nicht weg, ich komme gleich. Ich bin schon im Wagen.«

Durch den Kopfhörer hörte Aurora das Geräusch der zuschlagenden Wagentür.

Dann Brunos schnellen Atem und das Brummen des Motors, der angelassen wurde. »Bruno, der Mann, den wir jagen, ist nur wenige Schritte von mir entfernt. Die Gelegenheit sollten wir uns nicht entgehen lassen.«

»Du hast nicht einmal eine Waffe«, protestierte Bruno. »Vergiss nicht, dass du es mit einem erbarmungslosen Mörder zu tun hast.«

»Ich glaube, er hat mich nicht hereinkommen hören«, flüsterte Aurora. »Vielleicht glaubte er, ich würde die ganze Nacht unterwegs sein wegen des Feuers. Vielleicht durchsucht er mein Zimmer, um nachzusehen, was ich herausgefunden habe.«

»Was hat das Feuer damit zu tun?«

»Ich glaube, er hat es gelegt.«

Bruno atmete tief durch. »Darüber sprechen wir noch.«

»Ich muss jetzt auflegen.«

»Aurora, tu das nicht, bitte.«

»Ich kann das Risiko nicht eingehen, dass er uns entwischt.«

»Bleib, wo du bist. Das ist zu gefährlich!«

Aurora legte nicht auf, doch sie verließ die Küche. Sie ging auf die Treppe zu. Sie stieg die Stufen hinauf, eine nach der anderen, zermürbend langsam. Ihre Zimmertür tauchte in ihrem Blickfeld auf. Sie war geschlossen. Ein Lichtstreifen drang durch den Schlitz zwischen der Tür und dem Fußboden.

»Aurora, bist du da?«, fragte Bruno durch den Kopfhörer.

Sie konnte nicht antworten. Sie zückte das Messer, als sie sich über den Treppenabsatz bewegte, bemüht, kein Geräusch zu machen, das ihre Anwesenheit verriet.

Als sie die Hand auf die Türklinke legte, überlief sie ein Schauer.

Sie zog das Headset aus den Ohren und steckte es in die Tasche, während Bruno weiter mit ihr sprach. Sie legte das Ohr an das Holz der Tür, doch von drinnen war kein Geräusch zu hören. Sie versuchte, ihren Atem unter Kontrolle zu bringen. Doch es war unmöglich, ihre Angst zu kontrollieren.

Mit einem schnellen Ruck drückte Aurora die Türklinke herunter und trat die Tür mit dem Fuß auf. Dann versteckte sie sich hinter dem Türrahmen.

Als sie schließlich hineinging, tat sie es in gebückter Haltung, um einen eventuellen Angreifer aus dem Konzept zu bringen. Sie drehte sich nach rechts, dann nach links, das Messer vor sich, spitze Figuren in die Luft malend.

Doch da war niemand.

Das Bett war unberührt, genau wie sie es vor dem Losgehen hinterlassen hatte. Der Fußboden war sauber und trocken. Kein Abdruck von jemandem, der von draußen gekommen war, wo die Straßen nass waren. Das Pistolenhalfter lag auf der Kommode, genau dort, wo sie es abgelegt hatte.

Aurora betrachtete die Karte mit der Route der Nachtschicht und ging in Gedanken jedes der Fotos an der Wand durch. Sie stellte sich vor, sie durch die Augen des Mörders zu sehen. Was würde er denken? Was für einen Eindruck würde er von der Person gewinnen, die ihm auf den Fersen war?

Nachdem sie das Bad inspiziert hatte, setzte Aurora sich auf den Fußboden. Sie fühlte sich völlig kraftlos.

Was sie von der Straße aus in ihrem Zimmer gesehen hatte, war kein Geist. Es war ein Mensch aus Fleisch und Blut.

Oder vielleicht doch nicht?

War es möglich, dass sie sich das alles nur eingebildet hatte? War es möglich, dass die Silhouette, die sie durch die Vorhänge gesehen hatte, einer Vision entsprang, die allein in ihrem Kopf existierte?

Das Geräusch eines startenden Motors weckte ihre

Aufmerksamkeit. Instinktiv lief sie zum Fenster und sah hinaus.

Und da sah sie ihn.

Auf der Straße war ein grauer Pick-up wie der, den die Zeugen beschrieben hatten. Der Wagen beschleunigte, fuhr zu schnell in eine Kurve und verlor etwas an Stabilität, dann gewann er wieder die Kontrolle und schoss davon, aus ihrem Blickfeld.

Aurora ließ das Messer zu Boden fallen und rannte die Treppe hinunter auf die Straße.

Brunos Wagen tauchte aus der entgegengesetzten Richtung zu der auf, in die der Pick-up verschwunden war.

Aurora hängte sich an den Türgriff, noch bevor der Wagen richtig zum Stehen gekommen war, und sprang hinein, als der Wagen noch rollte.

»Alles in Ordnung?«, fragte Bruno.

»Ich habe ihn gesehen!«, sagte Aurora keuchend. »Er ist in diese Richtung gefahren.«

Bruno trat das Gaspedal durch und nahm die Verfolgung auf, Auroras Anweisungen folgend.

Jedes Mal, wenn die Scheinwerfer eines Wagens auftauchten, beugte Aurora sich hinaus, um nach dem Autotyp zu sehen, in der Hoffnung, den wiederzuerkennen, den sie aus ihrem Zimmerfenster gesehen hatte, doch jedes Mal wurden ihre Hoffnungen enttäuscht.

Auf den Straßen war keine Spur eines grauen Pick-ups zu finden. An jeder Abzweigung mussten Bruno und Aurora sich instinktiv für eine Richtung entscheiden und jedes Mal umdrehen, wenn sie in eine Sackgasse gerieten. Sie fuhren jede Straße ab, die aus der Stadt hinausführte, jede Nebenstraße, doch es war nichts zu machen. Der Pick-up schien sich in Luft aufgelöst zu haben.

»Was machen wir jetzt?«, fragte Bruno eine Stunde später, nach einer der vielen ergebnislosen Runden.

»Bring mich zurück in die Pension«, murmelte Aurora.

Bruno brachte sie bis in ihr Zimmer.

Aurora setzte sich aufs Bett und vergrub das Gesicht in den Händen. Auf einen Schlag entlud sich die Anspannung und schnürte ihr die Magengrube zu. Ihre Beine begannen zu zittern.

»Bist du sicher, dass es dir gut geht?«, fragte Bruno.

»Ja.« Aurora schniefte. »Es ist alles in Ordnung. Es geht mir gut.«

Bruno beugte sich zu ihr herunter und nahm ihr sanft die Hände vom Gesicht. »Wie lange hast du schon nicht mehr geschlafen?«

Sie schloss halb die Augen. »Gibt es eine Ersatzfrage?«

»Weißt du, was wir jetzt machen?«, sagte er in bemüht sanftem Ton. »Du nimmst deine Sachen und kommst mit zu Elena. Ich bin sicher, Chia räumt gerne ihr Zimmer für dich.«

»Und du?«

»Ich schlafe auf dem Sofa, daran bin ich gewöhnt.«

»Nein danke«, antwortete Aurora. »Ich bleibe lieber hier, bei den wenigen Dingen, die mir ein Gefühl von Zuhause vermitteln.«

»Das verstehe ich gut, aber ...«

»Ich kann auf mich selbst aufpassen«, unterbrach sie ihn.

»Ich weiß«, antwortete Bruno. »Aber ich wäre ruhiger, wenn du diese Nacht nicht allein wärst.«

Aurora schüttelte den Kopf. Sie strich sich durch die Haare, um die rebellischen Strähnen hinter die Ohren zu streichen. »Keine Sorge. Ich glaube nicht, das er zurückkommt.« Sie sagte es im Brustton der Überzeugung, doch ihr Blick wanderte unruhig durch das Zimmer, auf der Suche nach einem Gegenstand, der nicht an seinem Platz lag. Mit einem Wink verabschiedete sie sich von Bruno und verschwand in Richtung Badezimmer.

Sie betrachtete ihr verstörtes Gesicht im Spiegel. Sie hatte matte Haut und tiefe Ringe unter den Augen. Ihre Haare sahen aus wie Teerklumpen. »Mein Gott, Aurora, du siehst furchtbar aus«, sagte sie zu ihrem Spiegelbild.

Sie wusch sich mit kaltem Wasser, entledigte sich des Kleides und der Strümpfe, die so zerrissen waren, als käme sie von einem Schlachtfeld. Und genauso fühlte sie sich. Sie zog das weite T-Shirt mit dem Kater Sylvester darauf an, das ihr als Nachthemd diente. Sie warf einen Blick auf das Handy. Es waren nur noch wenige Stunden bis Sonnenaufgang, doch sie war so erschöpft, dass es ihr vielleicht gelingen würde, ein wenig auszuruhen. Sie putzte sich schnell die Zähne und band die Haare zu einem Zopf, der die Strähnen um das Gesicht herum frei ließ. Sie seufzte und stellte sich vor, die Angst, die ihr auf der Brust lastete, wäre eine graue Masse, die sie zusammen mit der Luft aus der Lunge drücken konnte. Atemzug um Atemzug würde sie sich davon befreien.

Doch es würde zu lange dauern. Innerlich fühlte sich Aurora völlig grau, und sie war zu erschöpft. Sie musste sich hinlegen und wenigstens ihre Beine ausruhen.

Aurora verließ das Badezimmer und ging auf Zehenspitzen zum Bett. Ihr Blick war abwesend, sie schien in ihrem eigenen Universum gefangen, vielleicht in einer Parallelgalaxie, und so in Gedanken versunken, dass sie nicht einmal bemerkte, dass sich Bruno noch im Zimmer befand.

Er stand gegen den Schreibtisch gelehnt, in Erwartung,

dass sie zurückkäme. Er wollte die Unterhaltung an dem Punkt wieder aufnehmen, an dem sie sie unterbrochen hatten, fragen, ob sie wirklich sicher war, dass es ein grauer Pick-up gewesen war, den sie aus dem Fenster gesehen hatte. Es war immerhin die dunkelste Stunde, und die Sichtverhältnisse waren schlecht.

Doch sobald er Aurora vor sich hatte, war in Bruno jeder Gedanke wie ausgelöscht. Sie war so dünn wie ein Fädchen, in diesem extragroßen T Shirt, in dem sie zu schwimmen schien. Und doch war sie auf ihre Weise verführerisch. Sie ging vollkommen lautlos, mit nackten Füßen, geschürzten Lippen und abwesendem Blick. Sie wirkte so zerbrechlich, als könnte jeder kleinste Windhauch sie davonfegen. Doch in ihren Augen flackerte eine grimmige Entschlossenheit.

Bruno räusperte sich.

Aurora wurde seine Anwesenheit bewusst, und das Erste, was sie tat, war, unter die Decke zu flüchten.

Als er bemerkte, dass sie errötet war, fühlte auch Bruno eine plötzliche Befangenheit, so als verletze ein Fremder die Intimität dieser zarten und stolzen jungen Frau.

So ging er zur Tür und griff nach der Klinke. »Wenn du unruhig bist, kann ich auch in der Diele bleiben«, sagte er, ohne sie anzuschauen. »Da steht ein Sofa, auf dem könnte ich schlafen …«

»Ich brauche keinen Wachhund«, fuhr Aurora ihn an.

Bruno wandte sich zu ihr um und versuchte zu lächeln. »Dann gute Nacht«, sagte er mit einem Hauch Melancholie in der Stimme.

Aurora legte sich den Handrücken über die Stirn, als wolle sie Fieber messen. »Ich … wollte nicht …«, sagte sie leise.

»Keine Sorge.«

»Nein, wirklich. Ich war grob, und du hattest es nicht verdient.«

»Es ist alles in Ordnung.«

Aurora hatte den Eindruck, als schwebe die Anwesenheit des Eindringlings in der Luft wie der Rest eines Alptraums. Ihre Wahrnehmung war aufs Äußerste gespannt, die Füße ihres Bettes wie die Säulen eines Gefängnisses über einem Sumpf. »Ich bin völlig durcheinander. Nichts ist mehr gewiss. Ich habe Angst, in der Dunkelheit zu versinken.« Sie suchte Brunos Blick. Und fügte nichts weiter hinzu.

Bruno dachte, dass sie wirklich schön war. Schöner als jede andere Frau, die er je kennengelernt hatte. Denn Schönheit ist wie ein Edelstein. Sie leuchtet. Und Aurora leuchtete wie der plötzliche, überraschende Lichtschein zwischen der Nacht und dem Tag. Sie war das Schönste, was er in seinem Leben je gesehen hatte, und gerade deshalb fürchtete er, dass er ihr alleine dadurch, dass er sie ansah, die Tür im Rücken, wie ein zufälliger Passant dastehend, weh tun könnte.

Auroras Blick glitt von ihm fort, auf die Wand gegenüber ihres Bettes, auf die die Zimmerlichter ihre blassen Schatten warfen. »Bleib heute Nacht bei mir«, flüsterte sie kaum hörbar, mit unmerklicher Bewegung der Lippen, so als verstecke sich zwischen Zähnen und Zunge ein Raubtier, das sie nicht wecken wollte.

Bruno fuhr zurück, wie von einer unsichtbaren Kugel getroffen. »Ich ... weiß nicht, ob ...«

»Ich meine ... nicht in diesem Sinne ...«, murmelte Aurora mit einem schnellen kleinen Lächeln, das sie dann hinter einem Schmollmund verbarg.

»Nein, natürlich nicht«, sagte Bruno schnell.

»Ich fände es schön, wenn du zum Schlafen hier bliebst«, fügte sie hinzu. »Ich muss mich ausruhen. Ich würde gerne die Augen schließen können, ohne Angst zu haben, dass irgendetwas mich packt und in einen Alptraum zerrt.«

»In Ordnung«, flüsterte Bruno und sah ihr tief in die Augen. Er ging zu ihr hinüber, streifte die Schuhe ab, dann legte er sich noch angezogen zu ihr unter die Decke, in respektvollem Abstand.

Aurora schaltete das Licht aus. Die Dunkelheit verschluckte ihrer beider Atemzüge, die so schnell waren, als wären sie eine lange Treppe hinaufgestiegen, ohne anzuhalten.

Jetzt, in der Dunkelheit, war es Bruno, der glaubte zu ertrinken. Es gab kein Entrinnen vor den Gefühlen, die seine Brust erfüllten, die sein Herz zum Klopfen brachten, seine Adern mit einem süßen Gift erfüllten. Einen Augenblick dachte er, er müsse fortlaufen. Er fühlte sich von etwas überwältigt wie der verwirrenden Gewissheit, einen perfekten Augenblick zu erleben, und er war nicht sicher, ob er ihn verdiente.

Er schloss die Augen, dann öffnete er sie wieder und starrte an die Decke. Nach einigen Sekunden hörte er ein leises Rascheln. Aurora bewegte sich verstohlen zu ihm herüber und legte ihren Kopf an seine Schulter. Er streckte den Arm aus und empfing sie ohne ein einziges Wort. Sie war leicht wie ein Blatt, vom Baum auf seine Brust gefallen.

Als Bruno merkte, dass Auroras Atemzüge tiefer und gleichmäßiger geworden waren, wusste er, sie war eingeschlafen.

Er seufzte. Er würde diese Nacht kein Auge zutun, dessen war er sich sicher. Doch er würde es keinem Alptraum dieser Welt erlauben, Aurora zu stören.

# 51

Bononia, 26. September 1349

Padre Egidio blinzelte. Er war überrascht, als er sich auf dem Bett liegend fand, in seiner Klosterzelle. Das Licht einer blassblauen Dämmerung überzog die Wände und färbte sie mit einem einheitlichen blassen Azur. Nach einer längeren Verwirrung begann der Blick des Inquisitors über die Bodensteine zu wandern, den schnellen Bewegungen einer Kakerlake folgend, die sich in den Schatten unter dem Schreibtisch flüchtete.

Irgendetwas stimmte nicht an dieser Situation, da war Padre Egidio sich sicher. Und doch gelang es ihm nicht zu erkennen, was es war. Die Gedanken hatten sich so in seinem Kopf verknotet, dass er sich nicht mehr erinnern konnte, wie er hierhergekommen war. Seltsamerweise fühlte er sich ausgeruht und voller Energie. Er setzte sich auf, überrascht von seiner neuen Kraft. Er betastete seinen Körper nach den Anzeichen der Pest, doch ohne welche zu finden. War also alles vorbei? Die Krankheit zusammen mit seinen Alpträumen verschwunden?

Padre Egidio wurde von einer Welle der Freude überschwemmt. Sein Leben kehrte wieder in normale Bahnen zurück. Zum ersten Mal seit Tagen würde er sich seinen Mitbrüdern zum Morgengebet anschließen können, er würde seine üblichen Beschäftigungen wiederaufnehmen, sogar wieder durch die Gänge gehen, ohne behandelt zu werden wie ein Ausgestoßener.

Er warf einen Blick auf das Kruzifix und dachte, dass der liebe Gott wohl andere Pläne mit ihm haben musste, dass die Krankheit nur eine Prüfung für ihn war, um sich für etwas Höheres vorzubereiten. Seine Aufgabe auf Erden war noch lange nicht beendet, und er nahm sich vor, die Seelen der Stadt fortan mit noch größerer Sorgfalt zu reinigen. Seine Mission – die Häresie auszumerzen – war noch nicht beendet. Es galt Prozesse zu führen, neue politische Netzwerke zu schaffen, den Massen zu predigen, die seinen Ermahnungen kein Gehör schenken wollten.

Und doch ...

Der Eindruck, dass etwas nicht stimmte, ließ sich nicht ganz vertreiben.

Er stand auf. Er nahm den schwarzen Umhang von der Sitztruhe und zog ihn über den weißen Habit. Er sprach ein schnelles Gebet und ging dann zur Tür. Er war überrascht, sie von außen verschlossen zu finden.

Er war gefangen.

Er klopfte mehrmals und rief mit lauter Stimme nach den Brüdern, doch er bekam keine Antwort.

Nach einigen Sekunden, die ihm vorkamen wie eine Ewigkeit, hörte er das Geräusch näher kommender Schritte.

»Seid Ihr das, Padre Baldassarre?«, flehte er. »Könnt Ihr die Tür öffnen? Ich bin geheilt! Geheilt ... versteht Ihr?«

Die Schritte hielten vor der Tür. Niemand antwortete.

»Sie ... kommen immer wieder. Aber jetzt ist alles vorbei.«

Als Padre Egidio den Satz beendet hatte, ließ ein Rascheln in seinem Rücken ihn zusammenfahren.

Er fuhr herum, und was er sah, entlockte ihm einen Schrei des Entsetzens. Da saß jemand auf seinem Bett. Doch das war unmöglich. Beim Aufwachen war er alleine gewesen!

Padre Egidio kniff die Augen zusammen, um besser zu sehen. Und es war, als sehe er eine Kopie seiner selbst, mit einigen Augenblicken Verzögerung.

Er selbst war die Person, die da auf dem Bett saß.

*Ein anderes Selbst.*

Der Doppelgänger erhob sich langsam, schleppend, als koste es ihn eine überwältigende Anstrengung.

Padre Egidio blieb wie versteinert stehen, während der andere mit kleinen Schritten zum Fenster ging. Er bemerkte verwundert, dass eine Schlinge von der Decke baumelte. Doch vor kurzem war sie dort noch nicht gewesen! Dessen war er sich sicher.

Sein anderes Ich begegnete für einen kurzen Moment seinem Blick, dann steckte es wortlos den Kopf durch die Schlinge. Es kletterte langsam auf den Schreibtisch, öffnete die kleine Fensterluke und schlüpfte hindurch.

Padre Egidios Hirn weigerte sich zu glauben, was er da sah. Und doch war es so real.

Sein anderes Selbst ließ sich in die Tiefe fallen. Padre Egidio rannte zum Fenster, und da bemerkte er, dass der Blick nicht der gewohnte Blick aus dem Kreuzgang der Basilika war. Von seiner Position aus konnte er die Piazza vor dem Palazzo del Podestà sehen, wo die Hinrichtungen stattfanden. Genau der Platz, auf dem vor wenigen Tagen Mattia da Parmas Urteil vollstreckt worden war. Padre Egidio hatte Dutzenden von Exekutionen beigewohnt, doch nie zuvor hatte eine sein inneres Gleichgewicht so sehr durcheinandergebracht wie diese. Die anderen waren nichts weiter als Vollstreckungen gewesen, der letzte Schritt des natürlichen Laufes der Justiz.

Als sein anderes Selbst in die Tiefe stürzte, spannte sich das Seil, an das der Hals gebunden war, bis zum Zerreißen. Dann schien es, als habe ein unsichtbares Beil einen fatalen Schlag getan.

Der Kopf sprang vom Körper und kullerte zu Boden. Der Körper zerschellte vor einer kleinen Schar Neugieriger, die sich auf der Piazza eingefunden hatten und reglos zuschauten.

Entsetzt betrachtete der Inquisitor die Gesichter der Umstehenden.

Und ihm wurde bewusst, dass es die Gesichter derjenigen waren, die er im Lauf der Jahre verurteilt hatte. Auch Mattia da Parma war unter ihnen, der Einzige, der den Blick hob und vom Platz aus nach ihm Ausschau zu halten schien. Er hielt seine Kinder an den Händen, die selig lächelten wie die zwei kleinen Engel auf dem Gemälde mit der Jungfrau Maria, das er jeden Morgen im Refektorium betrachtete.

»Sie kommen immer wieder.«

Der Satz loderte in seinem Inneren auf wie eine Stichflamme.

Nein, es war nicht alles vorbei. Wie hatte er nur glauben können, alles wäre plötzlich vorbei, wie durch Zauberhand?

»Sie kommen immer wieder«, murmelte Padre Egidio vor sich hin und sank auf die Knie. Er fühlte sich erdrückt, unfähig, die Schwerkraft zu besiegen und wieder aufzustehen. Plötzlich merkte er, wie die Kräfte ihn verließen.

Er schleppte sich auf allen vieren voran wie ein Neugeborener, während sich das Zimmer um ihn herum immer mehr zu drehen begann, bis es schließlich verblasste. Sein Blick verschwamm.

Padre Egidio blinzelte mehrmals und kämpfte, um nicht das Bewusstsein zu verlieren. Nach einigen schier endlosen Augenblicken wurden die Konturen der Gegenstände wieder scharf.

Und er bemerkte, dass er sich tatsächlich nicht in seiner Zelle befand.

Er lag auf dem Fußboden in Mattia da Parmas Haus. Er musste in der Nacht hier das Bewusstsein verloren haben. Die Tür stand offen, und von draußen drang ein trüber Lichtschein herein.

Mit riesiger Anstrengung gelang es Padre Egidio, sich zu erheben. Die Pest hatte ihn nicht verlassen. Sie hatte sich an ihn geschmiegt wie eine laszive Dirne, entschlossen, nichts hinter sich zurückzulassen als eine Spur der Verwüstung.

Und endlich erinnerte sich der Mönch, weshalb er gekommen war.

Mit den hungrigen Augen eines streunenden Tiers ging er zum Geräteschuppen des Bauern. Er nahm einen Spaten heraus, einen Hammer und eine Handvoll Zimmermannsnägel.

Es war üblich, die Verurteilten am Ort ihres Vergehens zu begraben. Mattia da Parmas Schuld war es gewesen, das Totendorf der Ausgestoßenen aufzudecken. Und nun war er ein Teil davon.

Padre Egidio begann über das Feld zu irren, auf der Suche nach Erde, die vor kurzem umgegraben worden war, und als er die Stelle fand, musste er einen Jubelschrei unterdrücken. Er mobilisierte alle ihm noch verbliebenen Kräfte, um die Leiche jenes Mannes auszugraben, der ihn in seinen Alpträumen heimsuchte.

Als er schließlich die Überreste Mattia da Parmas freigelegt hatte, begann Padre Egidio seine Arbeit. Er unterdrückte seinen Ekel vor dem Gestank der Verwesung, begann die Gliedmaßen des Leichnams zu verrenken, bis er eine unnatürliche Haltung annahm. Er benutzte zwei Nägel, um die Augenhöhlen des Toten zu durchbohren. Andere, um die Hände hinter seinem Rücken zu fixieren. Er legte ihn auf den Bauch, wie um ihn seiner Autorität zu unterwerfen.

»Jetzt kannst du nicht mehr zurückkommen«, nuschelte Padre Egidio, auf dem Höhepunkt des Wahnsinns.

Er wischte sich mit dem Handrücken den Schweiß von der Stirn. Er kniff einige Male die Lider zusammen. Durch die Anstrengung war seine Sicht getrübt, jeder Teil seines Körpers schmerzte. Doch er konnte nicht aufhören. Er musste das Ritual zu Ende bringen. Er suchte mit den Augen den Himmel ab, wie um einen Augenblick sich selbst zu entfliehen. Doch es half nichts. Die Morgenluft war bereits geschwängert von Feuchtigkeit, und die Stille lastete auf seiner Brust wie eine schwere Glocke.

Der Mönch griff wieder nach dem Spaten und begann, nach den Leichen der beiden Kinder des Bauern zu graben.

Als er sie fand, wischte er mit den Fingern die Erdreste von ihren teilweise fleischlosen Gesichtern und betrachtete sie einige Augenblicke lang. Der Tod hatte ihre Züge hart gemacht, sie sahen aus wie zwei Terrakottafiguren.

Padre Egidio nahm einen Nagel und setzte ihn auf die Stirn der kleinen Matilde. Doch bevor er den ersten

Schlag ausüben konnte, verdunkelte ein Schatten die Sonne. Padre Egidio hob den Kopf und blickte in die strengen Augen des Hauptmanns der Stadtwache, den er bereits vorher getroffen hatte. Euphorisch der Ausübung seines Rituals hingegeben hatte er die Soldaten nicht kommen hören.

»Ich fürchte, Ihr müsst uns in die Stadt folgen, Padre«, sagte der Hauptmann. »Ihr steckt in ziemlichen Schwierigkeiten.«

# 52

## Zwei Tage vor dem Wiedererwachen

Ein eindringliches Geräusch riss Bruno aus einem unruhigen Schlaf.

Er blickte um sich. Violettes Licht drang durch das seitliche Fenster. Die Betthälfte neben ihm war leer. Er trug noch immer die Kleider vom Vortag. Sein Blick fiel auf die Landkarte an der Wand, und nach einer Weile wurde ihm klar, dass er sich in Auroras Zimmer befand.

Bruno rieb sich die Augen. »Ich muss eingeschlafen sein«, murmelte er vor sich hin.

Das Geräusch des Föhns hörte abrupt auf. Auroras Gesicht tauchte in der Badezimmertür auf, mit nassen Haaren, die ihr ins Gesicht hingen. »Hast du was gesagt?«

»Nein, nichts«, antwortete er und streckte die tauben Muskeln. »Wie spät ist es denn?«

»Nach sieben«, antwortete sie ungerührt. Dann verschwand sie wieder über die Schwelle und föhnte weiter ihre Haare.

Bruno sah Aurora im Spiegel. Sie trug ein Paar anthrazitfarbene Hosen und einen schwarzen BH, den sie in Anbetracht der kaum angedeuteten Kurven gar nicht brauchte, die ihre Brust auf dem Oberkörper beschrieb.

Nachdem sie den Föhn zurückgelegt hatte, bückte sich

Aurora nach einer altrosa Bluse, schlüpfte hinein und knöpfte sie zu.

Wenige Augenblicke später betrat sie das Schlafzimmer. »Ich muss nach Bologna«, sagte sie.

»Habe ich etwas verpasst?«, fragte Bruno mit einem Hauch Verlegenheit in der Stimme. Er schwang die Füße aus dem Bett und suchte mit dem Blick nach seinen Schuhen.

»Ich habe heute Morgen ein wenig recherchiert.«

»Du meinst heute im Morgengrauen.«

Aurora straffte die Schultern. »Von Anfang an denke ich ständig darüber nach, warum die Opfer diese Nägel im Körper hatten.« Ihr Tonfall war nüchtern. Die Empfindsamkeit, die sie gestern Abend offenbart hatte, war einer kontrollierten Distanziertheit gewichen.

Bruno stand auf und ging hinüber zu seinen Schuhen, die Aurora ordentlich neben die Eingangstür gestellt hatte. Sie wirkten wie eine stillschweigende Aufforderung zu gehen. Wenigstens hatte sie sie nicht auf den Flur hinausgeworfen.

»Ja. Ich habe auch noch nie von so etwas gehört.«

»Ich habe im Internet recherchiert, und ich glaube, ich habe etwas Interessantes gefunden.«

»Lass mich raten: In Bologna haben sie mit Nägeln gespickte Leichen gefunden.«

»In gewissem Sinne, ja«, antwortete Aurora. »Als ich das Profil des Subjekts erstellt habe, kam ich zu dem Schluss, dass er eine Art Begräbnisritual vollführt. Und vor einigen Jahren wurde in Bologna ein antikes Totendorf entdeckt, in der die Leichen derselben Behandlung unterzogen waren wie unsere Opfer.«

»Ein antikes Totendorf?« Bruno konnte ein sarkastisches Lächeln nicht unterdrücken. »Das ist ja mal ein *cold case*.«

Auf Brunos Ironie reagierte Aurora mit einer Grimasse. »Es handelt sich um einen Friedhof aus der Zeit des Römischen Reichs, wir sprechen also von einer Zeit zwischen dem ersten und zweiten Jahrhundert nach Christus. Er befand sich dort, wo heute der Fernbahnhof ist. Die Skelette waren verstümmelt, in seltsamen Posen, hatten Nägel in den Knochen. Die Anthropologen nennen so etwas ›abnorme Begräbnisse‹, denn Rituale dieser Art waren zu jener Zeit unter den Römern durchaus nicht normal.«

Bruno ging ins Badezimmer. »Abnorme Begräbnisse, ja?«

»Als 2010 die Entdeckung gemacht wurde, war ich in Turin und habe nichts davon mitbekommen, aber anscheinend haben sie hier in der Gegend für ziemliches Aufsehen gesorgt. Es wundert mich, dass du nichts davon gehört hast.«

»Ich habe wohl vergessen, meine Hausaufgaben zu machen«, sagte Bruno und wusch sich das Gesicht mit kaltem Wasser, um die Müdigkeit abzuschütteln. Es war eine lange Nacht gewesen, und das bisschen Schlaf hatte seine Erschöpfung nur vergrößert.

»Die Skelette sind im Anthropologischen Museum der Universität von Bologna ausgestellt. Da will ich hin. Ich werde mit irgendeinem Fachmann sprechen. Ich hoffe, ich finde etwas Nützliches heraus.«

Bruno trat aus dem Badezimmer. »Aber ... heute ist Sonntag. Warum glaubst du, dort jemanden anzutreffen, der mit dir sprechen will?«

»Ich habe eine der Forscherinnen kontaktiert, die die

Ausgrabungen begleitet haben, Doktor Greta Arachi, eine Dozentin der Fakultät für Anthropologie an der Universität Bologna.«

»Um sieben Uhr morgens?«

»Ich habe im Präsidium um Hilfe gebeten. Ich habe gesagt, es handle sich um einen Notfall.«

»Unglaublich.«

»Du würdest dich wundern, wie überzeugend ich sein kann, wenn ich mir Mühe gebe.«

Bruno strich sich über die Bartstoppeln. »Ich kann es mir vorstellen.«

»Ich musste schnell handeln. Vergiss nicht, dass ich für Piovani ab morgen nicht einmal mehr im operativen Dienst bin.«

»Das kann er nicht machen. Du hast Torrese auf deiner Seite.«

»Bist du da ganz sicher?«

»Eines jedenfalls ist sicher. Jetzt, wo das Kommissariat durch das Feuer so gut wie zerstört ist, wird Piovani andere Sorgen haben.«

»Piovani hat schon gezeigt, dass er mich aus dem Fall raushaben will. Ich muss schneller sein als er.«

»Kannst du das nicht auf den Nachmittag verschieben? Ich glaube nicht, dass diese Sache wirklich mit unserem Fall zu tun hat. Es gibt konkretere Dinge, um die wir uns kümmern sollten, zum Beispiel die Vernehmung Manzènas. Sie beginnt in zwei Stunden.«

Aurora holte tief Luft. »Nach allem, was geschehen ist, kann ich mir vorstellen, dass sie verschoben wird. Außerdem kannst du doch hingehen statt mir.«

»Ich dachte, es wäre dir wichtig dabei zu sein.«

»Das ist es auch. Aber wir sind doch jetzt ein Team,

oder? Während der Vernehmung heute werde ich durch deine Augen sehen.« Aurora verzog die Lippen zu einem kaum wahrnehmbaren Lächeln. »Mein Instinkt sagt mir, dass der Schlüssel zu diesem Fall in der Art liegt, wie die Opfer bestattet worden sind. Wenn es mir gelingt, die Bedeutung des Rituals herauszufinden, nähere ich mich der Identität dessen, der es durchgeführt hat.«

Bruno zog seine Jacke über. »Meinetwegen. Es ist ja sowieso zwecklos, mit dir zu diskutieren.«

Aurora zog sich fertig an und ging vor ihm aus dem Zimmer. Schweigend stiegen sie die Treppe hinunter.

Im Eingangsbereich der Pension warf Bruno ihr einen schnellen Seitenblick zu. »Hör mal, wegen letzter Nacht ...«

»Bitte, sag nichts«, unterbrach ihn Aurora. »Es ist schon peinlich genug, daran zurückzudenken.«

Bruno musste der Versuchung widerstehen weiterzureden. Er hätte ihr gerne gesagt, dass es die intensivste Erfahrung seines Lebens gewesen war, ihr, wenn auch nur für ein paar Stunden, so nahe zu sein. Doch Aurora hatte Recht, es war besser so. Es war besser, nichts zu sagen. Er senkte den Kopf und nahm Auroras Hand, drückte sie fest und ließ dann zu, dass sie sich aus seinem Griff wand. Warum fiel es ihm immer so schwer, sie gehen zu lassen?

Sie verabschiedeten sich mit einem schnellen Nicken, dann ging jeder seiner Wege.

Als Aurora Bologna erreichte, waren ihre Gedanken fest auf die Akte Ranuzzi gerichtet, die ihr nicht aus dem Kopf ging. Dort drinnen befand sich etwas, was eine entscheidende Wende der Ermittlungen bedeuten konnte, dessen war sie sich sicher. Die Verbindung zwischen dem Fall »Böser Wolf« und dem Nagelmann hätte vieles erklären können, doch jetzt hatte sich alles aufgelöst wie die Asche, die das Feuer im Archiv zurückgelassen hatte.

Ja, das Feuer. Je mehr Aurora darüber nachdachte, desto mehr war sie überzeugt, dass es vorsätzlich gelegt worden war. *Er* war es gewesen, dessen war sie sich immer sicherer. Das Unsub war eine Person wie Tausende andere, der es gelang, unbeobachtet zu bleiben, beinahe als wäre sie unsichtbar; doch sie spürte seine Präsenz jeden Augenblick, als ginge sie in seinem Schatten, als atmete sie dieselbe Luft wie er. Bis er sie ganz offen herausgefordert hatte, indem er ihr Zimmer betrat. Aurora hatte nicht die Absicht, angesichts dieser Herausforderung klein beizugeben. Und das Rätsel der Nägel zu lösen war der erste Schritt, den Wettkampf zu gewinnen.

Sie blieb stehen und betrachtete die Fassade des Gebäudes, das das Museum beherbergte. Zwei Marmorsäulen trugen ein rechteckiges Giebelfeld, das zwischen großen Glasflächen emporragte.

Das Eingangstor war wie erwartet geschlossen. Sie drückte auf eine der Klingeln und hoffte, der Wachmann würde herauskommen, doch trotz mehrmaligem Insistieren rührte sich nichts.

Aurora setzte sich auf die Stufen vor dem Eingang und wartete. Sie holte ihr Handy heraus und studierte die Fotos, die sie im Obduktionssaal von den Nägeln gemacht hatte. Sie waren verbogen, verrostet und glichen denen in den Artikeln, die sie vor ihrer Abfahrt gelesen hatte. War es möglich, dass sich der Schlüssel zur Aufklärung des Verbrechens in den Überresten eines antiken, beinahe zweitausend Jahre alten Totendorfs befand?

Eine elegante Dame näherte sich dem Eingang des Museums und warf ihr einen neugierigen Blick zu. Sie trug einen dunklen Überzieher und eine elegante Wollmütze. Nachdem sie ihre Tasche durchwühlt hatte, stieg sie die Stufen hinauf zum Tor.

Aurora sprang auf. »Dottoressa Arachi?«

»Sie müssen Kommissar Scalviati sein«, antwortete die Frau lächelnd.

»*Kommissarin*, genauer gesagt. Entschuldigen Sie die Dringlichkeit, mit der ich um ein Treffen gebeten habe, aber es handelt sich um eine recht wichtige Angelegenheit.«

Die Frau neigte den Kopf zur Seite. »Das Wort Dringlichkeit in Verbindung mit beinahe zweitausend Jahre alten Fundstücken klingt ein wenig widersprüchlich, finden Sie nicht?«

»Da haben Sie Recht«, gab Aurora zu, »aber ich versuche gerade eine Mordserie aufzuklären und suche nach Hinweisen dazu. Ich bin überzeugt, dass sie auf irgendeine Weise mit Ihren Forschungen zusammenhängt.«

Die Frau betrachtete sie, wenig überzeugt. »Einverstanden«, seufzte sie. »Hier draußen erfriert man ja. Wenn wir uns unterhalten wollen, dann lieber drinnen.«

Wenige Minuten später ging Aurora neben Dottoressa Arachi durch die langen Flure des Museums. Sie blieb vor einem Schaukasten stehen, in dem zwei übel zugerichtete Totenschädel ausgestellt waren, mitten zwischen Fragmenten prähistorischer Artefakte. An der Wand darüber hing eine Tafel, auf der eine archäologische Ausgrabungsstätte abgebildet war, dazu eine kurze Beschreibung.

»Ich muss gestehen, ich bin fast gestorben vor Angst, als ich heute früh im Morgengrauen den Anruf vom Polizeipräsidium bekam«, sagte Dottoressa Arachi. »Wissen Sie, ich habe eine Tochter im Teenageralter und fürchtete, ihr wäre etwas zugestoßen.«

»Tut mir leid«, nuschelte Aurora. »Aber es gab keine andere Möglichkeit, Sie zu kontaktieren ... ich musste ein wenig improvisieren.«

»Keine Sorge, ich verstehe schon. Also, was kann ich für Sie tun?«

»Ich habe im Internet gelesen, dass Sie sich mit abnormen Grabstätten beschäftigen.«

»In Wirklichkeit mache ich das jetzt nicht mehr, sondern eine Kollegin«, erklärte Dottoressa Arachi. »Ich habe sie nur während der ersten Forschungsphasen unterstützt, bevor die Fakultät ein Forscherteam benannte.«

»Und können Sie mir etwas darüber erzählen?«

Greta Arachi runzelte die Stirn. »Das ist ein eher ungewöhnliches Anliegen für eine Kommissarin.«

Aurora verzog den Mund zu einem kleinen Lächeln. »Das ist mir bewusst. Der Fall, den ich gerade bearbeite, ist in jeder Hinsicht ungewöhnlich. Angefangen bei der Haltung, in der wir die Leichen gefunden haben.«

»Und die wäre?«, fragte Dottoressa Arachi interessiert.

»Ich kann keine Details nennen, aber zwei der Leichen waren nur teilweise von ihrem Mörder begraben worden. Doch das ist nicht der Grund, weshalb ich Sie aufgesucht habe. Die Leichen befanden sich in seltsamen arrangierten Positionen.«

»Ich verstehe nicht, wie ich Ihnen helfen könnte, Kommissarin Scalviati. Sie sollten einen Gerichtsmediziner um Rat fragen.«

»Beide Leichname waren von Nägeln durchbohrt«, fuhr Aurora fort. »Es scheint, als habe der Mörder Begräbnisrituale reproduziert, wie man sie in abnormen Grabstätten findet.«

Greta Arachi riss entsetzt die Augen auf. »O mein Gott.

Ich glaube ... ich habe etwas in der Zeitung gelesen über grausame Verbrechen in der Tiefebene. Ich hatte aber keine Ahnung, dass irgendeine Analogie zu der Entdeckung des ›Totendorfs der Ausgestoßenen‹ bestand!«

Aurora zog eine Augenbraue hoch. »Das Totendorf der ... Ausgestoßenen?«

»Wir in der Fakultät nennen sie so.«

»Und warum?«

»Wir glauben, es handelte sich um Verstoßene.«

»Entschuldigung, aber das verstehe ich nicht«, sagte Aurora. »Wenn es sich um Menschen handelte, die bereits zu Lebzeiten von der Gesellschaft ausgeschlossen wurden, warum sollten sie dann nach dem Tod diese Art von Verstümmelung erfahren?«

»Kommen Sie mit, ich zeige Ihnen etwas.« Dottoressa Arachi ging voraus bis zum Ende des Flurs, dann durch eine Metalltür, die zu einer steilen Kellertreppe führte. Sie betraten einen Gang mit Ziegelwänden und gewölbten Decken, und nach einigen Metern passierten sie eine Tür, die in einen großen Saal mit Gewölbedecke führte, von der mit Metallseilen fixierte Paneele aus Plexiglas herabhingen. Ein Fenster ging auf einen unterirdischen Kanal hinaus, und man hörte ein stetiges Gluckern fließenden Wassers. An den Wänden standen Schaukästen, die aussahen wie gläserne Särge.

»Wo sind wir hier?«, fragte Aurora.

»Die Fundamente der Stadt ruhen auf den Mauern ihrer unterirdischen Kanäle. Ein Großteil der Gebäude im historischen Zentrum Bolognas wurden auf den Überresten der alten Wasserstadt gebaut, die die Römer ›Bononia‹ tauften und die jahrhundertelang sehr ähnlich aussah wie heute noch Venedig.«

»Faszinierend.«

»Es scheint, als leite sich der Name ›Bologna‹ von dem keltischen Wort *bona* ab, das ›befestigte Stadt‹ bedeutet. Nicht umsonst wurde sie während der Invasionen durch die Barbaren für besonders sicher gehalten, und sie hielt schließlich sogar dem Angriff des Westgoten-Königs Alarich stand, der nach Italien gekommen war, um Rom zu plündern.«

Aurora trat näher an einen der Schaukästen. Sie riss die Augen auf, als sie das uralte Skelett darin sah, dessen Totenschädel in unnatürlicher Weise nach hinten gebogen war, bis er beinahe die rechte Schulter berührte, und in dem ein langer Eisennagel steckte. Weitere Nägel waren um die Knochen herum platziert. Sie ging zu einem weiteren Schaukasten, in dem ein Skelett auf dem Bauch lag, und dann zu einem dritten, wo das Skelet die Arme auf der Brust überkreuzt hielt, mit einem Nagel am Sternum fixiert. Weitere Nägel waren in die Augenhöhlen gerammt worden, einer in das Brustbein, während an der Schulter ein Metallring befestigt war, der wiederum mit zwei Nägeln am Grund des Sargs festgemacht war.

»Die Ausgestoßenen ...«, murmelte Aurora.

»Genau«, bestätigte Dottoressa Arachi. »Der Fachbereich hielt es für ratsam, die aussagekräftigsten Beispiele abnormer Begräbnisse in den antiken Kellern des Gebäudes zu verwahren, bis sie einen endgültigen Platz innerhalb des Museums bekämen. Das erste Skelett ist das der Frau von Grab Nummer 109, begraben und dann mit dreizehn großen Eisennägeln verstümmelt. Das auf dem Bauch liegende Skelett wurde im Grab Nummer 161 gefunden, der Leichnam war vor der Beisetzung gefesselt worden. Doch der interessanteste Fall ist zweifellos das letzte Skelett, das aus dem Grab Nummer 76. Es handelt sich um einen jungen Mann zwischen fünfundzwanzig und fünfunddreißig Jahren. Er war an einem etwas abgelegeneren Ort begraben. Die forensischen Analysen haben ergeben, dass die Verstümmelungen post mortem erfolgt sind.«

»Genau wie bei den Opfern des Killers«, seufzte Aurora. »Aber warum die Nägel?«

»Im Altertum hatten Nägel eine symbolische Funktion, und der Brauch, sie mit in den Sarg zu legen, verhieß Glück. Hier in Bologna wurden sie in frühchristlichen Gräbern wie denen von Vitalis und Agricola gefunden. Doch der Gebrauch der Nägel bei diesen Toten ist absolut ungewöhnlich. Es gibt keine Vorbilder in der römischen Kultur und auch in keiner anderen Kultur jener Zeit. Doch die Forscher, die sich damit beschäftigen, haben eine Theorie aufgestellt.«

»Und die wäre?«

»Dass man mit diesen Ritualen dafür sorgen wollte, dass die Toten nicht wiederauferstehen«, sagte Dottoressa Arachi. »Die Personen, die in diesem Totendorf begraben sind, wären in einer anderen Zeit als *revenant* bezeichnet worden.«

»Revenant?«, wiederholte Aurora stirnrunzelnd.

»Wiedergänger«, erklärte Dottoressa Arachi nachdrücklich. »Menschen, die so schlimme Dinge im Leben getan hatten, dass zu befürchten stand, sie könnten noch nach ihrem Tod wiederkehren.«

# 53

»Sie kommen immer wieder.« Apriles Stimme hallte in Auroras Kopf wider, während sie nach Sparvara zurückfuhr.

Sie dachte an das, was Dottoressa Arachi ihr erzählt hatte. Sie spürte, dass die Theorie mit den Wiedergängern für den Mörder keine Theorie war. Sondern Realität.

Das Subjekt versuchte, irgendetwas aus seinem Kopf zu vertreiben. Irgendetwas, das mit einem Trauma aus der Kindheit zusammenhing. Etwas, das er versucht hatte für immer zu begraben, indem er die Akte Ranuzzi vernichtete. Etwas, das Aurora beinahe gelungen wäre ans Licht zu holen, so wie die Archäologen das Totendorf der Ausgestoßenen. Und das jetzt für immer verloren schien.

Aurora fuhr zusammen, als das Vibrieren des Telefons in ihrer Tasche sie aus den Gedanken riss. Sie holte es heraus und schaltete die Freisprechanlage ein.

»Hier ist Silvia«, sagte die Stimme am anderen Ende.

»Neuigkeiten?«, fragte Aurora.

»Ich glaube schon.«

Silvias zögerlicher Tonfall ließ sie fragen: »Stimmt was nicht?«

Silvia räusperte sich. »Ich habe mit Tom gesprochen. Er

hat mir von dem Feuer im Kommissariat erzählt. Er hat gesagt, wenn du nicht gewesen wärst, wäre er genauso gestorben wie Bonaccorsi.«

»Ich bin sicher, er hätte dasselbe getan, wäre ich in Schwierigkeiten gewesen.«

Silvia lachte kurz auf. »Tom ist ein toller Kerl, aber abseits der Tastatur besitzt er keine großen Talente.«

»Wie geht es ihm?«

»Zum Glück waren die Verbrennungen nur leicht, er wurde bereits entlassen. Er ist zu Hause bei seiner Mutter.«

»Tom wohnt noch bei seiner Mutter?«

»Ja, zusammen mit einem vierjährigen Labrador.«

»Wahrscheinlich hast du mich nicht angerufen, um mir das zu erzählen«, seufzte Aurora.

»Stimmt«, antwortete Silvia. »Erinnerst du dich, dass du gesagt hast, das Profil des Unsub erinnere an jemanden, der von der Familie verlassen worden ist?«

»Erzähl.«

»Na ja, ich habe getan, worum du mich gebeten hast. Ich habe mit Schwester Edvige gesprochen, die die ›Casa del Sorriso‹ leitet, das Waisenhaus, von dem ich erzählt habe.«

»Was hat sie dir gesagt?«

»Anfangs war sie misstrauisch, es brauchte ein bisschen Überzeugungskraft, bis sie sich öffnete. Schließlich kam heraus, dass es in der Vergangenheit einen problematischen Fall gab, den sie betreut hat.«

»Wie problematisch?«

»Ziemlich problematisch«, antwortete Silvia. »Es handelt sich um einen Jungen, der beinahe das Haus abgefackelt hätte.«

Aurora spürte, wie ihr Herz schneller klopfte. »Rede weiter.«

»Schwester Edvige war nicht sehr bestrebt, Details preiszugeben, aber ich habe erfahren, dass der Junge zwischen 1992 und 1994 in dem Waisenhaus war, bevor er in eine andere Einrichtung verlegt wurde.«

»Wie hieß er?«

»Leider wollte sie mir das nicht sagen. Wahrscheinlich aus Gründen der Diskretion, aber wie sie von ihm redete, hatte ich den Eindruck ... sie habe Angst.«

»Weitere Details?«

Es folgte ein kurzes Schweigen am anderen Ende der Leitung. Dann sprach Silvia weiter. »Er hatte wohl eine Persönlichkeitsstörung, die ich als ›Borderline‹ bezeichnen würde. Auf der einen Seite völlig desinteressiert an allen Arten von Aktivitäten, als wolle er das Schneckenhaus nicht verlassen, in das er sich geflüchtet hat. Auf der anderen Seite schien es ihm Spaß zu machen, anderen Leid anzutun. Er quälte die anderen Kinder, war grausam zu Tieren. Er hatte wohl wiederkehrende Alpträume, die ihn nicht schlafen ließen. Das hat mich an das erinnert, was du gesagt hast, dass vielleicht ein Kindheitstrauma des Subjekts das Motiv für sein jetziges Verhalten sein könnte. Der Ursprung seiner Alpträume.«

Alpträume, mangelnde Empathie, Tierquälerei: Aurora hatte die Profile Dutzender Krimineller studiert, und dies waren charakteristische Elemente in der Kindheit von Serienmördern. Ihr Herz machte einen Sprung. Sie spürte, dass sie kurz vor einer wichtigen Entdeckung stand.

»Wohin kam er dann?«

»Ich weiß es nicht«, antwortete Silvia.

»Du musst es herausfinden.«

»Tut mir leid, aber ich glaube nicht, dass Schwester Edvige noch mit mir reden wird. Sie war ... ziemlich aufgewühlt durch meine Fragen und wurde am Ende recht deutlich. Vielleicht mit einem Vernehmungsbescheid von Richter Torrese ...«

»Ich werde mein Möglichstes tun«, beschied Aurora knapp, wenig überzeugt.

Nach dem Telefonat mit Silvia wähle Aurora Torreses Nummer. Sie ließ es lange klingeln, doch keiner ging ran. Sie fragte sich, ob er noch immer diesen armen Teufel Manzèna verhörte oder ob er sie absichtlich ignorierte.

Vielleicht war er verärgert, weil Aurora der Vernehmung ferngeblieben war, ohne ihn zu informieren. Es war nicht zu leugnen, dass Torrese ein Kontrollfreak war. Auroras Unternehmungsgeist zog ihn an und stieß ihn gleichzeitig ab.

Bevor sie ins Gericht fuhr, nahm Aurora eine Abzweigung und fuhr am Kommissariat vorbei.

Das Feuer war unter Kontrolle gebracht, doch aus den Fenstern quollen noch immer graue Rauchschwaden. Es herrschte ein Kommen und Gehen von Feuerwehrleuten und Polizisten. Sie dachte an den armen Bonaccorsi und die Tatsache, dass es ihr nur um ein Haar gelungen war, Tom zu retten.

Unter den Anwesenden erkannte sie Guglielmo Costa, den Vertreter der Kommune, der zwei Tage zuvor bei Torreses Besprechung dabei gewesen war. Es schien unmöglich, dass nur achtundvierzig Stunden vergangen waren, seit der Staatsanwalt ihr – inoffiziell – den Fall übertragen hatte. Sie spürte das Gewicht dieser aufregenden Tage auf ihr lasten.

Sie stieg aus dem Auto und machte Costa auf sich aufmerksam.

Als er sie sah, grüßte er. »Guten Tag, Scalviati. Ich hatte erwartet, Sie heute früh bei der Vernehmung Manzènas zu treffen.«

»Ich hatte zu tun.«

Costa sah sie schief von der Seite an. »Das denke ich mir«, antwortete er, wenig überzeugt. »Ich habe gehört, was Sie heute Nacht getan haben. Torrese hatte Recht, Sie sind eine mutige Frau.«

»Ich habe nur meine Pflicht getan. Tom war nur deshalb um diese Zeit noch im Archiv, weil ich ihn mit einer Recherche beauftragt hatte.«

»Ich kenne nicht viele Leute, die ihr Leben riskiert hätten, um jemand anderen zu retten.«

»Dann sollten Sie Ihren Bekanntenkreis überdenken«, gab Aurora genervt zurück. Dann wurde ihr klar, dass sie über das Ziel hinausgeschossen war, und sie schüttelte leicht den Kopf. »Entschuldigen Sie, ich bin im Moment etwas angespannt.«

»Keine Sorge, ich verstehe das. Ich kann mir vorstellen, unter was für einem Druck Sie in den letzten Tagen standen.«

Aurora warf einen Blick auf die verkohlten Scheiben des Gebäudes.

»Was wird jetzt geschehen?«

»Sie meinen, in Bezug auf das Kommissariat?«

»Ja.«

»Die Räume sind beschädigt. Es wird Monate dauern, bis sie renoviert und wieder zugänglich sind, nicht zu vergessen die Bürokratie, die in solchen Fällen immer für weitere Hindernisse sorgt.«

»Wird es eine Untersuchung geben, um die Brandursache zu ermitteln?«

»Natürlich. In der Zwischenzeit hat die technische Abteilung der Gemeinde bereits provisorische Räume gefunden. Es gibt einige Container, in denen die Mittelschulklassen untergebracht waren, als es vor ein paar Jahren einen Einsturz im Schulgebäude gab. Schon morgen wird der Bürgermeister grünes Licht für den Umzug geben.«

»Beachtliche Effizienz.«

»Ich bin froh, dass Sie das sagen«, sagte Costa. »Die Bürger wollen diese schlimme Geschichte hinter sich lassen, es muss wieder Normalität einkehren.«

»Entschuldigen Sie, aber da bin ich anderer Meinung. Ich habe im Gegenteil den Eindruck, dass der Fall immer komplizierter wird.«

»Da muss ich leider widersprechen«, sagte Costa. »Torrese hat bei der Verhaftung des Mörders exzellente Arbeit geleistet.«

»Was wollen Sie damit sagen?«

»Sie hätten ihn mal sehen sollen bei der Vernehmung. Es ist inzwischen allen klar, dass dieser Manzèna eine Gefahr für die Gesellschaft ist und als solche behandelt werden muss.«

Aurora konnte ihre Verblüffung nicht verbergen.

»Hat er ein Geständnis abgelegt?«

»Noch nicht, aber ich denke, es ist nur eine Frage der Zeit, bis er einknickt. Er war nicht einmal in der Lage, ein vernünftiges Alibi zu präsentieren. Er hatte ein klares Motiv, seine ehemalige Lebensgefährtin umzubringen, und er hatte die Gelegenheit dazu. Es gibt Zeugen, die gesehen haben, wie er Celeste Martini genau vor Ranuzzis Haus bedroht hat. Ja, Eifersucht ist etwas Schreckliches.«

»Ich betone noch einmal meine Überzeugung, dass ein Motiv aus Leidenschaft hier nicht in Frage kommt.«

Costa betrachtete sie mit einer Mischung aus Mitleid und Herablassung. »Ich bin sicher, Sie haben gute Gründe für Ihre These, aber ich glaube, Ihre Zeit ist um.« In seiner Stimme schwang eine Anzüglichkeit mit, die Aurora Gänsehaut verursachte.

Sie räusperte sich, entschlossen, Ruhe zu bewahren. »Hat Torrese Ihnen etwas gesagt, was ich noch nicht weiß?«

Costa breitete demonstrativ die Arme aus. »Ich beziehe mich nur auf das, was in der Besprechung beschlossen worden ist. Ich denke, die Abmachung war klar und deutlich.«

Aurora biss sich auf die Unterlippe. »Torrese hat den falschen Mann verhaftet.« Sie war kurz davor, Costa zu erzählen, dass sie den Killer in ihrem Zimmer gesehen hatte, doch im letzten Moment beschloss sie zu schweigen.

Costa war nichts weiter als ein Beamter der Kommunalverwaltung; jeden Gegenzug, den sie ausführen wollte, musste sie gegen Torrese richten.

»Das wird im Ermittlungsverfahren geklärt werden, nehme ich an.«

»Der Untersuchungsrichter hat also Manzènas Festnahme bestätigt?«, fragte Aurora. Wenn der Richter Torreses Antrag stattgegeben hatte, offiziell Anklage zu erheben, wurde die Sache ernst.

Sie hatte geglaubt, Torrese würde nach der Befragung noch einmal seine Schritte überdenken. Sie hatte glaubt, er würde, nachdem er den armen Manzèna an den Medienpranger gestellt und die Öffentlichkeit beruhigt hatte, mit der *wahren* Ermittlung beginnen. Für Aurora war offensichtlich, dass Manzèna rein gar nichts mit dem kalten

Mörder gemein hatte, den sie jagten. Warum war es für die anderen so schwer, das zuzugeben?

Costa nickte. »Ich denke, der Bürgermeister und die Bürger können jetzt zufrieden sein. Die Justiz wird ihren Lauf nehmen. Morgen früh bei der Pressekonferenz wird es bekanntgegeben.«

Aurora musste eine Grimasse des Unwillens unterdrücken. Was hatte die Zufriedenheit des Bürgermeisters und der Bürger mit der Wahrheit zu tun? Auf welche Weise würde die Öffentlichkeit von der Verhaftung eines Unschuldigen profitieren? Es würde sicher nicht helfen, die Mordserie zu beenden.

Denn darin war sich Aurora sicher: Der Killer würde wieder zuschlagen.

# 54

Als sie das Gerichtsgebäude erreichte, fand Aurora Bruno auf den Stufen, eine Zigarette rauchend.

Die Luft war kalt. Bruno stieß eine Rauchwolke aus, die sich mit der kondensierten Atemluft vermischte. »Du wirkst erschüttert.«

»Ich habe gerade mit Costa gesprochen, vom Bürgermeisteramt. Ich habe erfahren, dass Torrese die Anklage für Manzèna erreicht hat.«

»Torrese kann sehr dickköpfig sein«, gab Bruno zu. »Ich habe versucht, ihn zu überzeugen, aber du kannst dir vorstellen, mit welchem Erfolg.«

»Ach ja?«, sagte Aurora. »Und warum hättest du versuchen sollen, ihn zu überzeugen?«

»Ich habe ihm gesagt, dass du eine Spur verfolgst. Ich habe ihn gebeten, dir mehr Zeit zu geben, aber er wollte nicht auf mich hören.«

Aurora straffte die Schultern. »Es ist alles sinnlos.«

»Es wäre besser gewesen, wenn du hier gewesen wärest.«

»Glaubst du wirklich, dass ich irgendetwas hätte ändern können?«

»Davon bin ich überzeugt.«

Auroras Blick glitt fort, durch die Glastür des Gerichts. »Da irrst du dich.«

Sie sah Torrese und Piovani im Eingangsbereich. Sie sprachen angeregt miteinander und hatten ihre Anwesenheit noch nicht bemerkt.

Aurora nahm einen tiefen Atemzug, um dann alle Luft aus der Lunge zu stoßen wie ein wütender Stier kurz vor dem Angriff.

»Wo gehst du hin?«, fragte Bruno, doch sie schien ihn nicht einmal zu hören.

Unter den verwunderten Blicken der diensthabenden Carabinieri drückte sie schwungvoll gegen die Tür, trat ein und ging mit ausgreifenden Schritten auf die beiden zu.

Bruno versuchte erfolglos, sie einzuholen.

Aurora blieb vor Torrese stehen.

Piovani trat einen Schritt zurück, als habe er Angst, angegriffen zu werden. Dann grüßte er Bruno, der kurz hinter Aurora stehen blieb, mit einem Handzeichen.

Torrese hörte abrupt auf zu sprechen und warf Aurora einen unergründlichen Blick zu. »Falls Sie zur Vernehmung kommen, sind Sie eindeutig zu spät dran.«

»Ich hatte bereits Gelegenheit, meiner Verwunderung über die Verhaftung eines Mannes Ausdruck zu geben, der eindeutig unschuldig ist. Aber das interessiert Sie ja nicht, nicht wahr?«

»Sie wissen, dass ich auf Ihre Meinung zähle, Scalviati.«

»Und doch hatte ich den Eindruck, dass Sie meine Anwesenheit keineswegs für nötig halten. Schließlich haben Sie ja schon einen perfekten Komplizen für Ihre Manöver.«

»Aurora, bitte«, sagte Bruno. »Sag nichts, was du später bereuen wirst.«

»Lass gut sein, Colasanti«, sagte Piovani.

Torrese kniff die Augen zusammen. »Manzèna hatte ein Motiv, um seine ehemalige Lebensgefährtin umzubringen, und er hatte die Gelegenheit. Er ist vorbestraft und hat eine Vorgeschichte mit häuslicher Gewalt. Wenn Sie sich dazu herabgelassen hätten zu erscheinen, hätten Sie sich persönlich überzeugen können, dass alle Voraussetzungen für eine Untersuchungshaft gegeben sind, wie Fluchtgefahr und Verwischung von Spuren.«

»Versuchen Sie nicht, mich von etwas zu überzeugen, von dem Sie selbst nicht überzeugt sind, Torrese. Diese Operation ist ein Schachzug, um die Öffentlichkeit zu beruhigen. Sie haben den falschen Mann, und das wissen Sie genau.«

»Nein, das weiß ich nicht«, sagte Torrese, ohne mit der Wimper zu zucken. »Erleuchten Sie mich, Scalviati. Woher wissen Sie das?«

»Ich weiß es, weil Manzèna vielleicht ein Motiv und eine Gelegenheit hatte, aber es gibt keinen Grund auf der Welt, warum er die Leichen mit alten rostigen Nägeln verstümmeln sollte!«

»Manzèna ist ein gewalttätiger Alkoholiker«, antwortete Torrese. »Es ist nicht gesagt, dass es einen logischen Grund geben muss, warum er so gehandelt hat.«

»Es gibt einen ganz präzisen Grund, aus dem der Killer diese Verstümmelungen an den Leichen vorgenommen hat!«

Torrese verschränkte die Arme vor der Brust. »Ach ja? Und der wäre?«

»Heute früh habe ich mit einer Anthropologin der Universität Bologna gesprochen.« Aurora war so außer Atem, als hätte sie einen 400-Meter-Hürdenlauf hinter sich.

»Ich habe eine interessante Analogie entdeckt zwischen diesem Fall und einem Totendorf, die während der Grabungen für den neuen Fernbahnhof gefunden wurde.«

Torrese war verblüfft. »Eine Anthropologin?«

»Unser Subjekt reproduziert ein Ritual, das auf die Zeit der alten Römer zurückgeht.«

Piovani versuchte, sich ein Lachen zu verbeißen. »Merken Sie eigentlich, wie lächerlich das klingt? Werden Sie uns jetzt gleich erzählen, dass der Killer von einem antiken etruskischen Dämon besessen ist?«

»Klappe, Piovani!«, explodierte Aurora. »Sie hatten ein Verhältnis mit einem der Opfer, und Sie haben bisher nichts anderes getan, als die Ermittlungen zu behindern.«

»Wie bitte?«, protestierte Piovani. »Ich hatte kein Verhältnis mit Rossella Gualtieri! Wir mochten uns, das stimmt. Wir sind mal zusammen ausgegangen, aber das war, bevor ich meine Frau kennenlernte.«

Torrese schwieg einige schier endlose Sekunden lang. Dann atmete er tief durch. »Ich wünschte, wir wären nicht an diesen Punkt gekommen.« Eine Pause, in der er Aurora fest in die Augen sah. »Aber Sie haben mir keine andere Wahl gelassen. Ich bin gezwungen, das Ermittlerteam aufzulösen.«

»Wie bitte? Das können Sie nicht tun ...«

»Ab sofort sind Sie raus aus dem Fall«, unterbrach sie Torrese. »Nehmen Sie sich ein paar Tage frei, um in der Stadt anzukommen. Wenn die neue Zentrale einsatzbereit ist, melden Sie sich bei Piovani, damit er Ihnen einen Aufgabenbereich gibt. Ich fordere Sie dringend auf, bis dahin weitere Ermittlungen zu unterlassen.«

Auf Piovanis Gesicht breitete sich ein zufriedenes Grinsen aus.

»Aber ich ... spüre, dass ich an einem entscheidenden Punkt angekommen bin«, protestierte Aurora.

»Ich hoffe, ich war deutlich genug, Scalviati. Ich möchte es nicht wiederholen müssen.«

»Sie können mich nicht so ausschließen!«

Der Carabiniere trat aus der Pförtnerloge und näherte sich Aurora. »Signorina, bitte mäßigen Sie sich. Wir befinden uns hier in einem Gerichtsgebäude.«

»Ich bin keine Signorina!«, protestierte sie. »Ich bin Polizistin!«

Bruno fasste sie am Handgelenk und versuchte, sie zum Rückzug zu bewegen. »Gehen wir, bevor du noch schaffst, deine Festnahme zu provozieren.«

Aurora riss sich los. »Ich gehe nicht! Diese beiden hier sind dabei, die Wahrheit unter drei Tonnen Lügen zu begraben!« Sie warf Torrese einen flammenden Blick zu. »Warum tun Sie das? Welche Interessen versuchen Sie zu schützen?«

»Die Interessen der Gemeinschaft«, antwortete er ungerührt.

»Darf man erfahren, wie ihr in dieser Stadt denkt?«, antwortete Aurora. »Ein Mörder spaziert ungestört durch die Straßen, während ihr eure Zeit mit diesem armen Teufel verschwendet!«

Bruno fasste Auroras Arme. Als sie die Berührung spürte, wand sie sich wie eine Katze und schlüpfte fort.

»Fass mich nicht an, verdammt!«

Bruno griff wieder nach ihr, diesmal mit mehr Entschlossenheit.

»Ich lasse dich erst dann los, wenn du dich beruhigt hast.« Als Antwort darauf trat Aurora ihn mit dem Absatz vors Schienbein. Sie richtete den zitternden Zeigefinger auf Torrese: »Ihr habt einen Sündenbock für die Titelseite, aber der Mörder läuft noch da draußen herum!«

Bruno entfuhr ein Grunzen wegen des Schmerzes, doch er lockerte seinen Griff nicht. »Aurora, beruhige dich!«

Sie tat, als höre sie ihn nicht. »Er war es, der das Archiv des Kommissariats zerstört hat, um zu verhindern, dass ich etwas über den Fall Ranuzzi herausfinde. Ein Polizist ist deshalb gestorben. Ist es möglich, dass euch das nicht interessiert?«

»Scalviati, wo Sie sind, sterben Polizisten«, knurrte Piovani.

Aurora gelang es mühsam, die Provokation zu ignorieren. »Der Killer agiert in der Dunkelheit, er bewegt sich wie ein Schatten. Gestern Nacht war er in meinem Zimmer, heute könnte er bereits auf der Suche nach dem neuen Opfer sein!«

»Colasanti, bring sie weg«, mahnte Piovani. »Es ist offensichtlich, dass Kommissarin Scalviati nicht ganz bei sich ist.«

Auroras Muskeln entspannten sich, und Bruno löste seinen Griff. Aurora zog sich die Bluse zurecht und strich die rebellischen Haarsträhnen zurück hinters Ohr. »Das braucht er nicht«, fauchte sie. »Ich finde den Ausgang ganz gut alleine.«

Bruno folgte ihr nach draußen.

Aurora lehnte sich gegen die Wand und kämpfte darum, die Tränen zurückzuhalten, die ihr in den Augen brannten. »Du Bastard.«

Er betrachtete sie mit einem Blick voller Verständnis, Vertrauen und Worten, die er nicht imstande war auszusprechen. »Ich bin nicht dein Feind«, flüsterte er.

»Du spielst Piovanis Spiel mit«, sagte Aurora. »Du warst

nie etwas anderes als sein verfluchter Wachhund. Du hast so getan, als wärst du auf meiner Seite, um etwas zu berichten zu haben.«

»Das stimmt nicht«, sagte Bruno. »Ich bin auf deiner Seite.«

»Ich würde dir ja so gerne glauben!«

»Du musst lernen, anderen zu vertrauen.«

»Willst du damit sagen, ich soll dir vertrauen?«

»Das wäre ein guter Anfang«, antwortete Bruno.

»Verlange nichts Unmögliches von mir.«

»Du musst es tun«, sagte Bruno. »Diese Geschichte quält dich. Du läufst Gefahr, das zu wiederholen, was dir in Turin geschehen ist.«

»Kein Wort von Turin!«

»Einverstanden. Aber in einem hat Torrese Recht. Du solltest dir etwas Zeit nehmen, um in der Stadt anzukommen. Such dir eine neue Wohnung, neue Gewohnheiten. Du kannst nicht ewig in der Pension wohnen, mit für die Abreise fertig gepackten Koffern.«

Auroras Augen waren voller Bitterkeit. »Ich wüsste nicht einmal, wo ich hin sollte.«

Bruno streckte eine Hand aus und streichelte Auroras Gesicht. »Ich will nicht, dass du fortgehst.«

Aurora drehte sich weg und ließ ihren Blick Richtung Horizont gleiten. »Diese Stadt bringt mich um.«

»Nur, wenn du es ihr erlaubst.«

Auroras Atem war noch immer schnell, doch nach und nach beruhigte er sich wieder. Das Gefühl jedoch, dass ihr Magen in einer Schraubzwinge eingeklemmt war, wollte sie nicht verlassen. Sie ließ ihren Blick zurück auf Brunos Gesicht gleiten. Er sah erschöpft aus, als tobe in ihm ein unerbittlicher Kampf. Sie fragte sich, was es war, das ihn so quälte. Ob es die Unentschlossenheit war zwischen der Loyalität zu Piovani und dem Schwur, die Wahrheit zu suchen, den er bei seinem Eintritt in die Polizei geleistet hatte, oder doch etwas aus seiner Vergangenheit, das ihn nicht losließ.

»Meintest du das ernst, was du von deinen Entdeckungen in Bologna erzählt hast?«, fragte Bruno. »Glaubst du wirklich, dass der Killer einer Art … antikem Ritual folgt?«

»Es geht nicht nur um das, was ich in Bologna herausgefunden habe. Es gibt noch weitere Details, die Silvia mir berichtet hat …« Aurora unterbrach sich plötzlich und seufzte. »Was hat das jetzt noch für eine Bedeutung?«

»Für mich ist es von Bedeutung«, sagte Bruno. »Ich bin überzeugt, dass Torrese nicht objektiv ist. Er lässt sich von der Presse und der Öffentlichkeit unter Druck setzen.«

»Diese Meinung versteckst du aber ziemlich gut.«

»Du musst zugeben, dass du es den anderen nicht gerade leicht machst, dich ernst zu nehmen.«

»Ach ja?«

»Du musst aufhören, so feindselig zu sein.«

»Ich habe nicht damit angefangen«, fauchte Aurora.

»Ich bin auf deiner Seite. Elena hat mir die Hölle heißgemacht, weil ich letzte Nacht nicht nach Hause gekommen bin. Bei allem, was geschehen ist, habe ich völlig vergessen, ihr Bescheid zu sagen. Aber weißt du was? Es ist mir egal. Du brauchtest mich in diesem Moment, und das reicht mir.« Mindestens ebenso sehr, wie ich es brauchte, an deiner Seite zu sein, dachte Bruno, doch er biss sich auf die Zunge, bevor die Worte seinen Mund verlassen konnten.

»Und warum katzbuckelst du dann weiter vor Piovanis Arroganz?«, drängte Aurora.

»Das habe ich dir schon gesagt«, seufzte Bruno. »Er ist mein Vorgesetzter.«

»Und du bist ein Soldat … schon klar.«

»Bitte nimm doch nicht alles so persönlich.«

»Könntest du mich bitte einfach mal in Ruhe lassen?«, stöhnte Aurora. Sie machte einen Schritt in die entgegengesetzte Richtung.

Bruno versuchte ihr zu folgen. »Hör mal, ich …«

»Ich muss jetzt alleine sein!«, unterbrach sie ihn und schrie beinahe.

Er schüttelte schwach den Kopf. »Es gibt mindestens fünf Gründe, die mich an Piovani binden.« Seine Stimme zitterte. »Einer für jedes Gramm … Würde, das ich fortwarf.«

Aurora zuckte die Schultern, und Bruno konnte nur noch schweigend zusehen, wie sie sich entfernte.

# 55

Aurora setzte sich ans Bett der kleinen Aprile. Sie betrachtete die frische Blumen, die in die Zimmerecken gestellt worden waren, und die neuen Genesungskarten an den Wänden. Dann betrachtete sie einige Augenblicke wie verzaubert das Gesicht des Mädchens. Sie schien zu schlafen, während die Maschinen, an die sie angeschlossen war, ihre Körperfunktionen überprüften.

»Entschuldigung«, sagte eine Stimme in ihrem Rücken, »aber die Besuchszeit ist schon vorbei.«

Aurora drehte sich um und sah eine junge Krankenschwester vor sich. »Ich bin Kommissarin Scalviati. Ich ... bin nur gekommen, um zu sehen, wie es ihr geht.«

Die Augen der Krankenschwester leuchteten. »Sie sind die Polizistin, die sie gerettet hat.«

»›Gerettet‹ trifft es leider nicht ganz, wenn man ihren Zustand betrachtet«, antwortete Aurora bitter. »Wie lange kann das noch dauern?«

»Das weiß ich nicht«, sagte die Krankenschwester. »Aber ich kann Ihnen versichern, dass die Ärzte ihr Möglichstes tun.«

Aurora nickte nur.

Nachdem sie die Geräte überprüft hatte, lächelte die

Krankenschwester Aurora zu. »Sie können noch ein paar Minuten bleiben, wenn Sie wollen.« Sie sagte es beinahe flüsternd, als wolle sie den Schlaf des Mädchens nicht stören. Dann verließ sie das Zimmer.

Es folgten einige Sekunden der Stille, die nur vom Piepen der Maschinen unterbrochen wurde. Dann nahm Aurora vorsichtig Apriles Hand. »Ich wünschte, du könntest mich hören«, sagte sie. »Ich wünschte, du könntest heute den Himmel sehen. Es scheint zwar keine Sonne, und ehrlich gesagt gibt es nichts Besonders zu sehen. Aber wenn du ihn sehen könntest, den Himmel, dann wäre das Schlimmste überstanden. Ich würde dir gerne sagen, dass alles gut werden wird. Ich wünsche mir so sehr, dass du gesund wirst.«

Einen Augenblick lang wünschte Aurora mit aller Macht, irgendein Zeichen zu erhalten, irgendeine unmerkliche Bewegung. Doch das Mädchen rührte sich nicht. Sie lag weiterhin reglos da, mit der entschlossenen Miene einer Kämpfenden, auch im Schlaf.

»Hast du dir je nachts gewünscht, niemals einzuschlafen?«, fragte Aurora. Sie machte eine kurze Pause, bevor sie fortfuhr: »Mir ging es als Kind so, als meine Mutter noch ganz sie selbst war, als sie mich zudeckte und mir zum Einschlafen Anekdoten aus ihrem Leben auf Tournee erzählte, von den Schauspielern, die sie kennengelernt hatte, vom Herzklopfen, bevor sich der Vorhang hob, von der Leere, die sie jedes Mal empfand, wenn sie eine Rolle wieder ablegen und ihr normales Leben wiederaufnehmen musste.«

Aurora drehte an dem Ring, den sie am Daumen trug. Ihre Hände waren so kalt wie das Silber, aus dem er geschmiedet war.

»Meine Mutter hatte ein Talent zum Geschichtenerzählen«, fuhr sie fort. »Eine Gabe, die ich leider nicht geerbt habe.« Sie lachte leise. »Manchmal frage ich mich, was für eine Mutter ich für mein Kind gewesen wäre, das nie geboren wurde. Welche Geschichten ich ihm zum Einschlafen hätte erzählen können, wenn die einzigen Anekdoten über meine Arbeit Gauner und Verbrecher aller Art betreffen?« Pause. »Vielleicht war es besser so, wie es gekommen ist. Mir wurde die Verantwortung, die es bedeutet, Mutter zu werden, abgenommen, und mir wurde ebenso erspart herauszufinden, dass ich gar nicht dazu in der Lage war.«

Obwohl es mitten am Tag war, drang nur ein schwacher Lichtschein durchs Fenster. Die Baumwipfel schaukelten in einer schwachen Brise.

»Ich würde dir gerne eine Geschichte erzählen.« Aurora wartete einige Sekunden und suchte in ihrem Gedächtnis nach einer Erinnerung, die sie mir der kleinen Aprile teilen konnte. Es musste eine aussagekräftige Geschichte sein, von denen, die eine Moral haben. Eine Moral, die man erst am Ende versteht. Doch ihr kamen nur Silvias Worte in den Sinn, als sie ihr gesagt hatte, wie verängstigt Schwester Edvige gewesen war, Brunos Gesichtsausdruck, als er sie gebeten hatte, ihm zu vertrauen, ihr allzu nacktes und ungemütliches Pensionszimmer, der Plan mit der Route der Nachtschicht von Apriles Vater und dem roten Kringel, den sie um das Haus von Ranuzzi gemacht hatte.

Als sie schon kurz davor war einzusehen, dass sie nicht eine einzige bedeutsame Geschichte zu erzählen hatte, nahm eine Erinnerung in ihr Form an. Sie tauchte aus dem Nebel auf wie die Sonne, wenn sie beim Aufgehen die letzten Schatten vom Horizont vertreibt.

Sie räusperte sich. »Ich war neun Jahre alt, genau wie du jetzt.« Die Stimme gehorchte ihr kaum, es war, als müsse sie jedes Wort schmieden, bevor es sich in Klang verwandelte. »Genauer gesagt, war es mein Geburtstag, und das ist wichtig, um die Geschichte richtig zu verstehen. Ich erinnere mich, dass keiner aus der Klasse mir gratuliert hatte. Ich war nicht sonderlich beliebt. Ich fand das nicht schlimm, denn ich hoffte, ein schönes Geschenk zu finden, wenn ich heimkam.« Nach einem schwierigen Anfang schien es Aurora, als könne sie die Bilder mit der gleichen Kontinuität heraufbeschwören, wie die Wellen des Meers ans Ufer schlugen. »Stattdessen fand ich zu Hause nur meine Mutter, die mit abwesendem Gesichtsausdruck vor dem Fernseher saß, einen kalten Teller Nudeln und keinerlei Hinweis darauf, dass heute ein besonderer Tag war. Und das sollte der Geburtstag doch sein, findest du nicht?«

Aprile antwortete nicht. Aurora wusste, dass sie es nicht tun konnte. Und doch hoffte sie im Grunde ihres Herzens, dass die kleine Hand des Mädchens plötzlich die ihre drückte, eine Geste machte, die sie ermutigen würde fortzufahren.

»Es war offensichtlich, dass meine Mutter meinen Geburtstag vergessen hatte wie alle anderen«, fuhr sie fort, »doch ich wollte es nicht wahrhaben. Und so folgte ich ihr in die Küche, als sie aufstand, und schleuderte ihr meine Frage entgegen. Sie streichelte mir über die Haare und lächelte, den Kopf leicht zur Seite geneigt. Ich habe immer gedacht, dass meine Mutter der einzige Mensch auf der Welt war, der selbst beim Lächeln traurig aussehen konnte.«

»Aurora«, hatte ihre Mutter an jenem Tag geantwortet,

»natürlich habe ich es nicht vergessen. Wie könnte ich den Geburtstag meines geliebten kleinen Mädchens vergessen? Ich habe mir eine Überraschung ausgedacht. Wir gehen zusammen in den Buchladen. Du darfst dir ein Buch aussuchen, und das wird dich für immer an den besonderen Tag erinnern, an dem du neun Jahre alt geworden bist.«

Aurora lächelte müde. »Ich war nur ein Kind«, fuhr sie fort, »aber ich wusste, dass sie es in Wirklichkeit doch vergessen hatte. Aber es war nicht schlimm. Ich würde mein Geschenk bekommen, und das war alles, was zählte.«

Aurora streichelte Aprile über die Haare, genau wie ihre Mutter es an jenem Tag bei ihr gemacht hatte. »Wir fuhren mit der Straßenbahn in die Innenstadt. Es war die Nummer achtzehn, das weiß ich noch; ein orangener Wagen, der aussah wie ein Miniaturzug. Wir wählten den am wenigsten überfüllten Wagen, denn obwohl meine Mutter Schauspielerin gewesen und in rappelvollen Theatern aufgetreten war, bekam sie an Orten mit zu vielen Menschen leicht Panikattacken. Darin waren meine Mutter und ich uns ähnlich. Auch ich halte mich lieber abseits, und wenn es nicht geht, habe ich den Eindruck, mein Herz klopfe wie in einer Schachtel.«

Bevor sie weitererzählte, streichelte Aurora Apriles Handrücken. Ihre Finger glitten an ihren Puls, als fürchte sie, ihr Herz wäre unbemerkt stehen geblieben, trotz des andauernden Piepens der Maschinen. Sie fasste ihre Hand.

»Ich fand immer, dass meine Mutter schön aussah; sie war immer gekleidet wie eine große Dame, wie für eine besondere Gelegenheit, sogar zwischen den zerstreuten, hektischen Menschen in der Straßenbahn. Um diese Zeit waren die meisten Passagiere Studenten oder Pendler, die nach der Mittagspause ins Büro zurückfuhren, und sie stach aus allen heraus mit ihrem schwarzen Samtkleid und ihrer Granatkette, die auf der weißen Haut ihres Halses leuchtete. Ich hielt ihre Hand, so wie jetzt bei dir, und sie hielt den Blick auf die Landschaft gerichtet, die vor dem Fenster vorbeizog. Das Mittagslicht spiegelte sich auf ihrem Gesicht wie auf einem Reflektor, und ich dachte, dass sie wunderschön war, eine richtige Primadonna. Selbst in diesem Moment, in einer Straßenbahn, wirkte sie, als stünde sie auf einer Bühne. Plötzlich bemerkte ich, dass alle sie bewundernd ansahen. Die Leute waren nicht mehr zerstreut oder hektisch, mit einem Mal waren sie zu ihrem Publikum geworden. Ich war voller Stolz, doch gleichzeitig wurde mir bewusst, dass ich nie so sein würde wie sie und dass niemand mich je auf diese Weise ansehen würde.«

Aurora betrachtete die Genesungswünsche an den Wänden, wie beim ersten Mal, als sie das kleine Krankenhauszimmer betreten hatte. Sie entdeckte eine Nachricht von Sara, Apriles Freundin, und las den Anfang davon. »Heute Nacht habe ich geträumt, dass ich aufwache, und alles ist wie früher.« Aurora strich sich eine Haarsträhne hinters Ohr und fragte sich, wie oft ihr das selbst schon passiert war.

»Als wir den Buchladen erreichten«, fuhr sie fort, »erinnere ich mich noch, dass ich dachte, es gebe zu viele Bücher, um nur ein einziges davon auswählen zu können. Ich ging langsam zwischen den Regalen herum, fuhr mit dem Finger über die Buchrücken. Wenn ich einen Umschlag interessant fand, nahm ich es in die Hand. Ich las die Beschreibung und legte es zurück, überzeugt, dass ich im nächsten Regal ein noch schöneres fände.« Aurora unterbrach sich und betrachtete einige Sekunden lang Apriles Gesicht, als könne sie jederzeit den Mund aufmachen und sie fragen, welches Buch sie denn am Ende gewählt hatte.

Doch es geschah nicht.

So fragte sie sich selbst in Gedanken und antwortete laut: »Ich konnte kein Buch auswählen, denn meine Mutter hatte bereits für mich gewählt, *Vita di Maria Callas*. Mama lächelte ihr trauriges Lächeln und versicherte mir, das Buch würde mir gefallen, denn die Callas, ›La Divina‹, wäre ihre große Heldin.«

Pause. Aurora schluckte, und ihr war, als versuche sie eine Handvoll Nägel herunterzubringen.

»Ich wollte dieses Buch nicht. Ich wollte *Alice im Wunderland* mit den Originalzeichnungen oder einen dieser Romane mit Mädchen auf dem Cover, deren lange Haare im Wind flattern, die wunderbare Liebesgeschichten versprechen. Ich wollte mich in den Bilderbüchern verlieren oder das spannendste Abenteuer von Sherlock Holmes heraussuchen. Aber ich wollte meine Mutter nicht enttäuschen und sagte nichts, während sie die Verkäuferin bat, mir *Vita di Maria Callas* als Geschenk einzupacken.

Aurora stand auf und ging zum Fenster. Sie ließ ihren Blick über die Baumwipfel schweifen, die noch immer in einer ständigen Brise wogten. »Ich weiß nicht, warum ich dir diese Geschichte erzählt habe«, schloss sie. »Und so sehr ich mich auch bemühe, eine Moral darin zu suchen – ich glaube, sie hat einfach keine. Ich habe dieses Buch nie gelesen, aber es wird mich für immer an meine Mutter erinnern, gekleidet wie eine echte Diva, in einer Straßenbahn, mit mir an ihrer Seite, am Tag meines neunten Geburtstags.«

# 56

Ein Reflex auf der Fensterscheibe ließ sie herumfahren, und sie sah die nebelgrauen Augen Aldo Buccis vor sich, des Krankenhauspsychologen, der auf der Türschwelle stand.

»Wie lange stehen Sie da schon?«, fragte sie misstrauisch.

»Ich bin gerade erst gekommen«, antwortete er. »Als ich durch den Flur ging, hörte ich eine Stimme aus Apriles Zimmer.«

»Die Krankenschwester hat mir erlaubt, ein bisschen bei ihr zu bleiben.«

Bucci lächelte verständnisvoll. »Natürlich. Kein Problem. So sehr wir uns auch bemühen, den Abstand zu wahren, ist es doch ganz natürlich, eine Verbindung zu den Menschen aufzubauen, mit denen wir bei unserer Arbeit zu tun haben.«

»Unsere Arbeit? Ich bin Polizistin, Sie sind Psychologe.« Aurora warf einen letzten Blick auf Aprile, dann verließ sie das Zimmer.

Bucci folgte ihr. »So groß ist der Unterschied nicht zwischen dem Beruf des Psychologen und dem des Polizisten. Wir agieren zwar in unterschiedlichen Bereichen, ich hauptsächlich in der Praxis und Sie auf der Straße. Aber wir untersuchen beide die menschliche Seele, auf der Suche nach den Obsessionen, die die Wurzel des Übels sind.«

Aurora hätte ihn gerne gefragt, was er gestern mit Torrese im Gericht gemacht hatte. Hatte er mit Manzèna gesprochen? Und wenn ja, welchen Eindruck hatte er gewonnen? Doch sie sagte nur: »Ich glaube, darin habe ich kläglich versagt.«

»Denken Sie nicht so negativ. Sie haben ihn doch geschnappt, oder nicht? Es ist alles vorbei.«

Aurora schüttelte leicht den Kopf. »Ich glaube ganz und gar nicht, dass alles vorbei ist. Ich glaube, das ist erst der Anfang. Wer auch immer für das verantwortlich ist, was Apriles Familie angetan wurde, ist jetzt noch da draußen, und wahrscheinlich lacht er sich hinter unserem Rücken ins Fäustchen.«

»Ich will mich nicht in die Ermittlungen einmischen. Aber etwas kann ich Ihnen sagen. Es ist schwierig zu akzeptieren, dass etwas zu Ende geht, in das wir emotional viel investiert haben. Machen Sie diesen Fehler nicht, zwingen Sie sich, nach vorn zu schauen. Sie sind eine gute Polizistin. Es wird andere Ermittlungen geben, bei denen Sie sich beweisen können.«

»Behandeln Sie mich nicht so herablassend, Bucci«, sagte Aurora.

»Oder hat Torrese Sie gebeten, mit mir zu sprechen? Das würde mich nicht wundern. Ich möchte klarstellen, dass diese Angelegenheit für mich kein emotionales Investment ist und auch keine Möglichkeit, mich in den Vordergrund zu spielen. Mir geht es darum, den Mörder zu stellen, bevor er wieder zuschlägt.«

Bucci zog eine Augenbraue hoch. »Sie glauben, er wird noch einmal zuschlagen?«

»Dessen bin ich sicher«, sagte Aurora. »Vielleicht nicht sofort. Vielleicht wird er abwarten, bis sich die Aufregung gelegt hat, jetzt, da ein Sündenbock im Gefängnis sitzt. Vielleicht wird er Manzènas Verhaftung nutzen, um seine Spuren weiter zu verwischen, doch er wird seine Impulse nicht lange unter Kontrolle halten können. Der Mann, den ich jage, ist ein gestörter, unruhiger Geist. Manchmal habe ich den Eindruck, seinen Hunger spüren zu können. Und ich weiß, er wird nicht ruhen, bis er seine Mission vollendet hat.«

»Und die wäre?«

Bevor sie antworten konnte, zog eine Bewegung am Ende des Flurs Auroras Aufmerksamkeit auf sich. Der Junge, den sie beim ersten Mal getroffen hatte, als sie Aprile besuchte, bog um eine Ecke. Als ihre Blicke sich kreuzten, verschwand er hinter der Wand.

»Kennen Sie diesen Jungen?«, fragte Aurora Bucci und deutete auf den Fleck, an dem er eben noch gestanden hatte.

Der Psychologe drehte sich um, doch als er niemanden sah, breitete er resigniert die Arme aus. »Hier herrscht ein einziges Kommen und Gehen von Kindern, vor allem während der Besuchszeiten ...«

»Er ist etwa so alt wie Aprile und trägt einen karierten Mantel«, fuhr Aurora fort. Dabei gestikulierte sie heftig, wie um ein Bild heraufzubeschwören, das sich jedoch in diesem Augenblick nur in ihrem Kopf befand.

Bucci runzelte die Stirn, als wühle er in seiner Erinnerung. »Wirklich, keine Ahnung.«

»Entschuldigen Sie mich«, sagte Aurora und marschierte entschlossenen Schrittes auf den Ort zu, an dem der Junge verschwunden war. Dabei rannte sie Aldo Bucci beinahe um.

Er sah ihr stirnrunzelnd hinterher.

Als sie um die Ecke gebogen war, blickte Aurora um sich. Die Krankenschwester, die sie kurz zuvor getroffen hatte, sprach gerade mit einem Arzt. Ein Stück weiter vorn ging ein Mädchen über den Flur, das einen Infusionsständer neben sich herschob.

Aurora fragte die Krankenschwester, ob sie den Jungen mit dem karierten Mantel gesehen hatte, doch sie zuckte nur die Schultern und schüttelte den Kopf.

Aurora ging zu der Treppe, die ins untere Stockwerk führte, und dort sah sie ihn, auf halber Höhe, den Blick nach oben gerichtet, als warte er auf ihr Erscheinen, um dann mit kurzen, aber schnellen Schritten seinen Weg nach unten fortzusetzen.

»He, warte!«, rief Aurora.

Als einzige Antwort beschleunigte der Junge seinen Schritt.

Aurora begann zu rennen und sah gerade noch, wie er durch die Tür zur Kardiologie schlüpfte.

Sie folgte ihm. Sie sah, wie er einen Stift vom Wagen einer Krankenschwester nahm, und sie versuchte vergeblich noch einmal, nach ihm zu rufen.

»Bitte, bleib doch stehen!«, sagte sie mit lauter Stimme unter den erstaunten Blicken der Umstehenden.

Ein Mann in einem gestreiften Schlafanzug und Stoffpantoffeln, der vor einem der Zimmer saß, hob den Kopf von seiner Zeitung und sah sie an. »Ruhe bitte. Hier sind Leute, denen es schlecht geht.«

»Entschuldigung«, murmelte Aurora im Vorbeigehen.

Sie sah den Schatten des Jungen um eine Ecke verschwinden, die in einen weiteren Gang führte, und als sie um die Ecke bog, sah sie ihn etwa zwanzig Meter weiter vorn durch eine Metalltür schlüpfen.

Aurora folgte ihm. Sie befand sich jetzt in einem Hauswirtschaftsraum. Auf einem Tisch an der Wand lag ein Stapel Formulare, daneben Regale mit sauberer Wäsche und verschlossene Schränkchen. Von dem Jungen keine Spur. Er war wie vom Erdboden verschluckt, vielleicht war er wieder hinausgeschlüpft, bevor sie den Raum betrat?

Der Filzstift, den er geklaut hatte, lag auf dem Fußboden. An die Wand hatte er mit Kinderschrift geschrieben: »Jede Erinnerung hat ihren Wächter.«

Aurora überlief ein kalter Schauer. Wer war dieser Junge? Warum wollte er nicht mit ihr sprechen? Sie hatte das Gefühl, er wisse etwas, doch wäre zu verängstigt, sich ihr anzuvertrauen.

Dann nahm ein Gedanke in ihrem Kopf Gestalt an. Aber natürlich, warum war sie nicht schon früher darauf gekommen?

Als sie gehen wollte, wäre sie beinahe mit Aldo Bucci zusammengestoßen. Er war ihr bis hierher gefolgt. Auch er war vom vielen Rennen ganz außer Atem.

»Darf man erfahren, was Sie hier drin machen?«, fragte er sie mit zusammengekniffenen Augen.

»Ich ... nichts«, stammelte Aurora. »Aber jetzt ... jetzt weiß ich, was ich tun muss.« Sie streckte die Hand nach dem Türgriff aus, doch Bucci versuchte sie aufzuhalten.

»Alles in Ordnung?«

»Ich muss los.« Aurora wand sich aus seinem Griff und lief aus dem Krankenhaus. Sie suchte die Umgebung ab, in der Hoffnung, den Jungen mit dem karierten Mantel noch einmal zu sehen, doch ohne Erfolg.

Dann rief sie Bruno an. »Ich bin's«, sagte sie, als er abhob.

»Geht es dir gut?«, fragte Bruno.

»Hör auf mich zu fragen, ob es mir gut geht!«, platzte Aurora heraus. »Ich habe dich angerufen, weil du mich gebeten hast, dir zu vertrauen. Das tue ich gerade.«

»Ich höre.«

»Du musst mir einen Gefallen tun.«

»Bitte, Aurora«, sagte Bruno flehentlich. »Sag mir, dass es nichts mit den Ermittlungen zu tun hat.«

»Sergio Baldrati, der Archivar«, sagte sie. »Ich muss mit ihm sprechen.«

# 57

Etwa eine halbe Stunde später standen Bruno und Aurora vor dem Häuschen, in dem Sergio Baldrati, der alte Archivar, wohnte.

»Sagst du mir jetzt, was wir hier tun?«, fragte Bruno.

»Du hast selbst gesagt, dass Baldrati den Inhalt aller Akten im Archiv auswendig wusste.«

Bruno klingelte an der Tür. »Ich glaube, das ist eine Legende. Aber einen Versuch ist es wert. Ich hoffe nur, dass ich am Ende nicht bereuen muss, dir geholfen zu haben.«

»Keine Sorge. Piovani wird es nicht erfahren, jedenfalls nicht von mir.«

Ein elektrostatisches Knistern, gefolgt von einer krächzenden Stimme drang aus dem Lautsprecher der Gegensprechanlage. »Wer ist da?«

»Kommissarin Scalviati«, sagte Aurora. »Spreche ich mit Signor Baldrati?«

»Das bin ich.«

»Ich möchte Ihnen ein paar Fragen stellen über Ihre Tätigkeit im Kommissariat von Sparvara.«

»Könnten Sie bitte Ihren Namen wiederholen?«

»Scalviati, Kommissarin im örtlichen Polizeikommissariat.«

»Scalviati?«, krächzte die Gegensprechanlage. »Ich kenne keinen Inspektor mit diesem Namen.«

»Sergio, hier ist Hauptkommissar Colasanti«, mischte Bruno sich ein. »Scalviati ist erst seit kurzer Zeit im Dienst.«

»Bruno Colasanti! Wenn du wegen dieser alten Geschichte mit deiner Angelrute hier bist, kann ich nur wiederholen, dass ich sie nicht zerbrochen habe. Es war dieser Nichtsnutz Cavallotti, der vor nichts Respekt hat.«

»Sergio, ich bin nie angeln gewesen«, sagte Bruno. »Und ich versichere dir, ich habe keine Ahnung, wer Cavallotti ist. Darf ich bitte raufkommen? Es geht um eine wichtige Angelegenheit.«

Aurora warf Bruno einen verstohlenen Blick zu.

»Bist du sicher, dass man ihm trauen kann?«

»Ich hatte es dir gesagt«, antwortete er. »Er ist ein etwas seltsamer Kerl. Aber zumindest solange er im Dienst war, kannte er sich aus wie kein anderer.«

Die Tür öffnete sich mit einem metallischen Schnappen. Bruno und Aurora stiegen eine Granittreppe hinauf bis in den ersten Stock. Dort trafen sie einen Mann um die siebzig, der aussah wie ein Gentleman aus früheren Zeiten, mit nach hinten gekämmtem weißem Haar und Schnurrbart. Er lugte durch den Spalt einer kleinen Holztür.

»Ihr wollt mir nichts verkaufen, oder?«

»Ich bin Colasanti, von der Kriminalpolizei«, sagte Bruno. »Wir waren mal Kollegen, erinnerst du dich?«

Baldrati lächelte wenig überzeugt. »Natürlich ... Colasanti. Komm rein.«

»Darf ich?«, fragte Aurora und hielt die Tür fest, um zu verhindern, dass Baldrati sie ihr vor der Nase zuschlug.

»Wer ist das Mädchen?«, fragte Baldrati.

Es war Bruno, der antwortete. »Das ist Kommissarin Scalviati. Sie ist seit ein paar Tagen bei uns im Kommissariat.«

Mit einem Satz war Aurora in der Wohnung.

Am Eingang war eine Garderobe, an der eine perfekt gebügelte Dienstuniform hing, komplett mit Mütze. Vom Flur ging eine kleine, orange gestrichene Küche ab. Aurora spähte hinein. An der Wand stand ein Tisch mit einer geblümten Plastiktischdecke und darauf ein Korb mit Keksen und Trockenfrüchten. Zwei Strohstühle standen an den beiden Seiten des Tischs.

»Wer ist da?«, lamentierte eine weibliche Stimme aus einem der Zimmer am anderen Ende des Flurs.

»Niemand«, antwortete Baldrati.

»Aber ich habe doch etwas gehört«, protestierte die Stimme.

»Ruh dich aus, Adele. Denk daran, was der Doktor gesagt hat.«

»Aber ich habe jemanden hereinkommen gehört.«

»Du musst dir keine Sorgen machen.«

»Das ist doch kein Hausierer?«, ertönte wieder der Singsang. »Du weißt, dass du keinen Hausierern öffnen darfst, man sagt, die hypnotisieren dich, um dich dann auszurauben.«

Baldrati runzelte die Stirn, plötzlich misstrauisch.

»Ihr seid doch keine Hausierer, oder?«

Bruno schüttelte den Kopf. »Überhaupt nicht. Wir sind Kollegen, Sergio. Oder jedenfalls waren wir das, bevor du in Pension gegangen bist.«

»Alles in Ordnung, Adele, das sind Kollegen«, rief Baldrati in Richtung des Korridorendes. Dann senkte er die

Stimme. »Was für Kollegen denn genau?«, fragte er, an Bruno gewandt.

Aurora schlug verzweifelt die Hände vors Gesicht. Dieser verwirrte alte Mann entsprach für sie überhaupt nicht dem hochtrabenden Titel »Hüter der Erinnerung«, den Bruno ihm verliehen hatte. Sie dachte, er würde sich kaum erinnern können, was er zum Mittag gegessen hatte, ganz zu schweigen vom Inhalt der Akte eines Falles, der mehr als zwanzig Jahre zurücklag.

Bruno flüsterte ihr zu: »Er hatte ein paar ... ähm ... Problemchen, bevor er aus dem Dienst schied, aber ich dachte nicht, dass es so schlimm steht.«

»Achtet nicht auf meine Frau«, sagte Baldrati. »Seit sie sich die Hüfte gebrochen hat und im Bett liegt, ist sie eine alte Nörglerin geworden.« Er verbiss sich ein Lachen.

»Kein Problem«, antwortete Bruno. »Wir wollen auch nicht lange stören.«

Baldrati betrat die Küche und nahm eine Flasche Rotwein aus dem Waschbeckenunterschrank. »Kann ich euch ein Glas Lambrusco anbieten?«

Bruno hob die Hand. »Ich lieber nicht, danke.«

Baldrati ignorierte ihn. Er holte ein Glas mit dickem Boden heraus und füllte es bis zur Hälfte. Dann nahm er einen Keks aus dem Korb und tauchte ihn in den Wein, um ihn sich dann genüsslich zwischen die Zähne zu schieben.

»Hören Sie, Baldrati. Wir sind gekommen, um Ihnen einige Fragen zu stellen«, sagte Aurora, ohne eine leichte Ungeduld verbergen zu können, was ihr einen tadelnden Blick von Bruno eintrug.

Baldrati sah sie überrascht an. »Worin kann ich Ihnen behilflich sein, Signorina?«

Bruno atmete erleichtert auf. Offenbar hatte er gefürchtet, Auroras kurz angebundene Art könnte Baldrati verärgern.

»Erinnern Sie sich an die Zeit, als Sie Polizist waren?«, fragte sie.

Baldrati lächelte breit. »O ja, natürlich. Wissen Sie, wie man mich nannte?«

Aurora nickte, doch Baldrati schien es nicht zu bemerken.

»›Hüter der Erinnerung‹. Und wissen Sie auch, warum?«

»Ich kann es mir denken.«

»Weil ich den ganzen Tag zwischen den Aktenbergen des ›Flurs der Erinnerung‹ verbrachte.«

»Dem Archiv, meinen Sie.«

Baldrati biss in seinen Keks und sprach mit vollem Mund weiter.

»Wenn man das so sagt, verliert es einen Großteil seines Charmes, finden Sie nicht?«

Einige Krümel fielen auf den Tisch, und Aurora musste sich beherrschen, um nicht das Gesicht zu verziehen. »Wissen Sie, dass es heute Nacht im Kommissariat gebrannt hat?«

Baldrati ging sofort in Verteidigungshaltung. »Nein, das wusste ich nicht. Ich war zu Hause bei meiner Frau, wie jeden Abend.«

»Wir wollen dich überhaupt nicht beschuldigen«, beeilte Bruno sich hinzuzufügen.

»Weshalb denn auch?«, fragte Baldrati. Dann wiederholte er das Ritual mit dem Keks im Wein, und am Ende trank er das Glas in einem großen Schluck aus.

Aurora räusperte sich. »Das Feuer hat sich vom Archiv aus ausgebreitet. Das bedeutet, ein Großteil der Dokumente wurde vernichtet.«

»Das ist eine Schande«, sagte Baldrati mit leiser Stimme, wie zu sich selbst.

»Ich habe Grund zu der Annahme, dass es absichtlich gelegt wurde, um mir den Zugriff auf eine Akte zu verwehren, die sehr erhellend für meine aktuelle Ermittlung sein könnte«, fügte Aurora hinzu.

»Sie leiten eine Ermittlung?«, fragte Baldrati erstaunt.

»Scalviati ist Polizeikommissarin«, sagte Bruno.

»Ich war auch Polizist. Ich will nicht angeben, aber auf meinem Gebiet gab es keinen besseren als mich.«

»Ich spreche von der Akte Ranuzzi«, fuhr Aurora fort.

Baldrati kniff die Augen zusammen, als wäre der Name alleine genug, eine große Gefahr heraufzubeschwören. »Ranuzzi? Und warum sollte die von Interesse für Sie sein? Dieser Mann war ein Besessener, ein Mörder! Das einzig Positive, was er getan hat, war, sich während der Untersuchungshaft in seiner Zelle zu erhängen.«

»Genau aus dem Grund interessiert sie mich, Signor Baldrati.«

Er schüttelte energisch den Kopf. »Alberto Rovere war Grundschullehrer, der Arme. Er und seine Frau waren achtbare Leute, sie hatten ein solches Ende nicht verdient. Ranuzzi hat sie mit einer Axt in Stücke gehackt ... was ist das für ein Mensch?«

Als er von diesem alten Fall sprach, schien er auf einmal wieder ganz klar zu sein.

»Erinnern Sie sich noch an die Ermittlungen, die auf die Ermordung des Ehepaars Rovere folgten?«, drängte Aurora.

»Und ob ich mich erinnere! Es war der Abend des 25. Oktober 1991. Es war ziemlich nebelig und ungewöhnlich kalt. Man spürte, dass der Winter vor seiner Zeit kommen würde. Und so war es. In jenem Jahr hatten wir in der Tiefebene einen der kältesten November aller Zeiten.«

»Und abgesehen vom Klima, was können Sie mir über den Fall erzählen?«

Baldrati straffte die Schultern. »Es war ein Anruf in der Zentrale eingegangen. Jemand hatte Schreie aus dem Haus der Roveres gehört.« Er räusperte sich. »Die Leichen hatten tiefe Wunden an Oberkörper und Armen«, rezitierte er wie ein düsteres Gedicht. »Auf der Wand im Wohnzimmer stand mit dem Blut der Opfer geschrieben: ›Du wirst keinen Schaden tun.‹ Der Bericht, den Piovani bei seiner Rückkehr ins Kommissariat verfasste, war das Entsetzlichste, was ich während meiner ganzen Laufbahn zu lesen bekam.«

Als sie Piovanis Namen hörte, fuhr Aurora beinahe zusammen. »Hat denn Piovani die Leichen der Roveres gefunden?«

»Ja, und dann wurde er vom Staatsanwalt beauftragt, die Ermittlungen zu leiten. Damals war er der jüngste Oberkommissar der Region. Er war ebenso arrogant wie ehrgeizig, ein überschäumender Kerl. Mit der Zeit hat er ein bisschen von seiner Kühnheit abgelegt. Manchmal habe ich mich gefragt, ob es durch das kam, was er in jener Nacht gesehen hat.«

Baldrati senkte den Kopf, sein Blick schweifte zu einem undefinierbaren Punkt des Zimmers, und er trommelte mit den Fingern an das Glas.

Aurora bat ihn weiterzuerzählen. »Was hat Piovani in diesem Haus gesehen?«

Baldrati schenkte sich wieder eine großzügige Portion Wein ein und goss ihn geräuschvoll die Kehle hinunter. Nachdem er sich den Mund mit dem Handrücken abgewischt hatte, antwortete er: »Eine so grausame Szene, dass es ihm für lange Zeit den Schlaf raubte. Und auch mir, der ich unglücklicherweise die Bilder zu sehen bekam, die die Spurensicherung gemacht hatte. Haben Sie eine Vorstellung davon, was ein grobes Axtblatt anrichten kann, wenn es auf einen menschlichen Körper niedersaust? Der ganze Wohnzimmerboden war mit Blut überschwemmt.« Er machte eine ausladende Geste mit den Armen, als versuche er, das in diesem Augenblick lebhafte Bild in seiner Erinnerung für seine Zuschauer heraufzubeschwören. »Rücklings auf dem Boden lag Alberto Rovere, oder besser gesagt ... was von ihm übrig war. Ranuzzi hatte an dem Mann gewütet, bis beinahe der Rumpf von den Beinen getrennt war. Das Schlüsselbein war entzweigebrochen, was dem Körper eine seltsame Asymmetrie verlieh, als wäre ein Arm viel länger als der andere. Neben ihm lag der Leichnam der ältesten Tochter, Paola. Sie war damals vierzehn. Stefania, Alberto Roveres Frau, fanden sie in der Küche. Obwohl ihr Rücken – buchstäblich – entzweigeschlagen war, hatte sie es geschafft, einige Meter vorwärts zu kriechen. Vielleicht handelte es sich um einen verzweifelten Fluchtversuch vor Ranuzzis Raserei, oder sie suchte eine Waffe, um sich zu verteidigen. Der Wahnsinnige hat sie bis dorthin verfolgt und sie vor den Augen des kleinen Sohnes Filippo, der damals erst sechs Jahre alt war, totgeschlagen.« Baldrati schüttelte den Kopf und murmelte etwas Unverständliches vor sich hin.

Aurora schürzte nachdenklich die Lippen. »Erzählen Sie weiter.«

»Nun, es gibt wenig hinzuzufügen. Filippo Rovere hatte sich in den Vorratsschrank geflüchtet und war vermutlich darum unentdeckt geblieben.«

»Wollen Sie damit sagen, Filippo hat das Gemetzel überlebt?«

»Genau. Und wissen Sie, was die Ironie bei der Sache ist? Laut einigen Zeugenaussagen war gerade Filippo der Grund für den Streit zwischen Ranuzzi und Alberto Rovere.«

»Inwiefern?«

»Filippo war am Tag vor dem Massaker beim Granatapfelstehlen in Ranuzzis Hof gesehen worden. Natürlich wirkt das im Rückblick lächerlich. Kann man wirklich eine ganze Familie mit der Axt erschlagen, weil einem ein paar Früchte gestohlen worden sind?«

Bruno dachte an den Granatapfelbaum in Ranuzzis Garten, und ein kalter Schauer lief ihm den Rücken hinunter. Er erinnerte sich an das ungute Gefühl, das ihn in der Garage beim Betrachten der Leerstelle überkommen hatte, wo einmal die Axt gehangen haben musste. Er stellte sich vor, wie Ranuzzi im Wutrausch danach griff, bevor er zu den Nachbarn hinüberlief und das Blutbad anrichtete. Vielleicht hatte Ranuzzi sie nur erschrecken wollen, und die Situation war ihm aus den Händen geglitten. Vielleicht hatte es auch schon vorher Streit gegeben, vielleicht hatte er sie schon früher bedroht und war nicht ernst genommen worden. Dann musste er nach Hause zurückgekehrt sein und völlig außer sich denselben Satz, den er vorher mit dem Blut der Opfer geschrieben hatte, auch an seinen eigenen Wänden reproduziert haben. Vielleicht hatte er versucht, mit jedem »Du wirst keinen Schaden tun«, das er schrieb, die Erinnerung an das zu verscheuchen, was er getan hatte, oder er hatte die Augenblicke des Massakers noch einmal durchlebt. Das konnte niemand wissen.

»Also wurde Filippo von der Polizei befragt, als Zeuge im Fall Ranuzzi?«, fragte Aurora.

»Das war nicht nötig«, antwortete Baldrati. »Ranuzzi nahm sich zwei Tage nach seiner Verhaftung das Leben, darum hat es nie einen Prozess gegeben. Und ich glaube auch nicht, dass Filippo zu einem glaubwürdigen Zeugen erklärt worden wäre. Das Kind sagte, wer seine Familie überfallen hatte, sei der Böse Wolf höchstpersönlich gewesen. Aus diesem Grund ging Ranuzzi damals als ›Böser Wolf‹ in die Chronik ein.«

Aurora dachte einige Augenblicke nach. Baldratis Erzählung war stimmig, und gerade diese Einzelheit konnte ein guter Grund sein, die Akte Ranuzzi zu zerstören und damit die Erinnerung an die Existenz des einzigen Überlebenden des Massakers an der Familie Rovere. Niemand hatte je von einem Überlebenden gesprochen. War Filippo Rovere in Vergessenheit geraten? Wenn er noch lebte, wäre er heute etwas über dreißig Jahre alt. War es denkbar, dass er an einer Serie von Verbrechen beteiligt war, die eng mit dem Massaker an seiner Familie verbunden waren?

Aurora wechselte einen schnellen Blick mit Bruno, bevor sie Baldrati fragte: »Was ist aus Filippo Rovere geworden?«

Baldrati grinste. »Das wüsste ich auch gerne. Einer der Polizisten, die mit dem Fall zu tun hatten, hat versucht, ihn zu adoptieren, doch die Sache nahm kein gutes Ende.«

Aurora spürte, wie ihr Herz plötzlich raste. Nachdem sie Machtspielchen, Lügen und Verschleierungen über sich hatte ergehen lassen, spürte sie, dass sie sich langsam an etwas annäherte, was der Wahrheit glich.

»Wer war dieser Polizist?«

»Carlo Gualtieri«, antwortete Baldrati ohne Zögern. »Er und seine Frau Rossella konnten keine Kinder bekommen, und sie ergriffen sofort die Chance, sich um das arme Kind zu kümmern.«

Aurora wurde schwindelig, und sie musste sich an Brunos Schulter festhalten, um nicht das Gleichgewicht zu verlieren. Diese Entdeckung war überwältigend: Es war genau das Puzzleteil, das fehlte, um die jüngsten Verbrechen mit dem Fall Ranuzzi in Verbindung zu bringen.

»Baldrati, Sie haben gesagt, die Adoption habe kein gutes Ende genommen. Was meinten Sie damit? Gab es Probleme mit den Dokumenten?«

»Nein, das sicher nicht. Carlo Gualtieri und seine Frau erfüllten alle Voraussetzungen«, antwortete Baldrati. »Es war einfach für sie, das Sorgerecht zu übernehmen, auch dank der Unterstützung aus der Bürgerschaft und den Institutionen, die darin einen Akt des Mitgefühls seitens der Polizeikräfte sahen.« Er rieb sich die Augen. »Das Problem war der Junge.«

»Können Sie das genauer erklären?«

»Carlo Gualtieri hat es mir im Vertrauen erzählt. Es gab schon bald Probleme. Filippo war abweisend, er hatte einen sehr verschlossenen Charakter. Er verbrachte ganze Tage in seinem Zimmer, und wenn sie versuchten, ihn in irgendeine Aktivität einzubeziehen, wurde er sogar handgreiflich. Er schlief kaum, und die wenigen Male, die es ihm gelang einzuschlafen, wachte er mitten in der Nacht schreiend auf. Carlo sagte mir, wenn sie den Kleinen dann zu trösten versuchten, wiederholte er nur in einem fort, sie kämen immer wieder.«

Genau das, was Aprile gesagt hatte, bevor sie das Bewusstsein verlor. Sie kommen immer wieder.

Auroras Herz setzte einen Schlag aus.

»Was bedeutet das?«, mischte Bruno sich ein.

»Ich weiß es nicht«, gab Baldrati zu und schenkte sich ein weiteres Glas Wein ein. »Aber dieser Satz verursacht mir immer eine Gänsehaut, wenn ich daran denke. Man konnte ihn verstehen, den Armen, bei allem, was ihm passiert war. Doch trotz der Unterstützung der Psychologen wurde es immer schlimmer, bis sein Verhalten Rossella richtig Angst einflößte.«

»Auf welche Weise?«

»Sehen Sie, ich habe nie mit jemandem darüber gesprochen. Das ist etwas, was mir Carlo in einem Augenblick der Schwäche erzählt hat. Aber jetzt, da er nicht mehr lebt und seine Frau auch nicht ...« Er machte eine Pause und suchte Auroras Blick. Seine Augen waren trüb, doch sie drückten eine Entschlossenheit aus, die jetzt auch in seinem Gesicht zu lesen war. »Filippo schien unfähig, Gefühle zu empfinden. Mit der Zeit entwickelte er schreckliche Angewohnheiten. Er quälte Insekten, peinigte Haustiere, und damit wurde es immer schlimmer. Bis Rossella Gualtieri eines Tages den kleinen Filippo mit einem Papierschneider in der Hand fand und daneben ihren kleinen Hund, der leblos in einer Lache aus Blut und Eingeweiden lag. Er hatte ihn ausgenommen. Könnt ihr euch das vorstellen?«

Fehlende Empathie. Alpträume. Quälen von Haustieren, bis sogar ein unschuldiges Tier zu Tode kam. Dieses Bild war Aurora nur allzu vertraut. Aurora hatte noch immer im Ohr, was Silvia am Telefon gesagt hatte. Ob das Kind, von dem Schwester Edvige nur voller Angst sprach, am Ende Filippo Rovere war? Und was, wenn tatsächlich er der Killer war, den sie jagten?

»Wie ging die Sache aus?«

»Die Gualtieris konnten ihn schließlich nicht länger als Pflegekind behalten«, sagte Baldrati leise, als beichte er eine Sünde. »Filippo kam in ein Waisenhaus, und danach habe ich nichts mehr von ihm gehört. Carlo war nach der ganzen Sache so verstört, dass er kurz darauf den Dienst quittierte und zum Wachdienst ging.«

Aurora dachte wieder an Di Blasi, Carlo Gualtieris Chef bei der Sicurpadana. Jahrelang hatten Carlo und Rossella versucht, ein Kind zu bekommen. Sie hatten versucht, eins zu adoptieren, doch das hatte kein gutes Ende genommen, hatte er gesagt.

Wie hatte sie sich ein so wichtiges Detail entgehen lassen können? Dabei war dies eine der ersten Lektionen Stoners gewesen, als sie seinen Kurs in Quantico besuchte: Die Wahrheit liegt im Detail.

»Ich würde Ihnen gerne eine letzte Frage stellen, Signor Baldrati. Haben Sie sich je gefragt, was dieser Satz an der Wand zu bedeuten hatte, ›Du wirst keinen Schaden tun‹?«

»Für mich war das offensichtlich«, antwortete Baldrati ohne Zögern. »Es handelt sich um ein leicht abgewandeltes Bibelzitat aus dem ersten Buch Mose, Kapitel 26, Verse 28 und 29, die von dem Bündnis zwischen Isaak und Abimelech, König von Gerar handeln. Wir sehen mit sehenden Augen, dass der Herr mit dir ist. Darum sprachen wir: Es soll ein Eid zwischen uns und dir sein, und wir wollen einen Bund mit dir machen, dass du uns keinen Schaden tust, gleich wie wir dir nichts denn alles Gute getan haben und dich mit Frieden haben ziehen lassen.«

# 58

»Willst du mir erklären, was los ist?«, fragte Bruno, während er sich mit Aurora wie immer an den hintersten Tisch im Café Novecento setzte.

Sie sah ihm direkt in die Augen. »Vor ein paar Stunden habe ich mit Silvia Sassi gesprochen«, antwortete sie. »Sie hat etwas über einen Jungen herausgefunden, der von 1992 bis 1994 im Waisenhaus von Schwester Edvige war. Ein Fall, über den die Nonne keine Details verraten wollte, nur, dass es sich um einen sehr schwierigen Jungen gehandelt habe, dessen Charakteristiken überraschend genau mit Baldratis Beschreibung zusammenpassen.«

Bruno stützte die Ellenbogen auf den Tisch. »Erzähl weiter.«

»Die Alpträume, die emotionale Unbeteiligtheit, die Tierquälerei sind wiederkehrende Elemente in der Kindheit von Serienmördern.«

»Du denkst, Filippo Rovere ist wegen dem, was er gesehen hat, zum Mörder geworden?«

Aurora nickte zur Bestätigung leicht mit dem Kopf. »Das ist möglich. Laut dem Profil, das ich erstellt habe, muss das Unsub in der Kindheit ein schweres Trauma erlitten haben.«

»Es reicht aber nicht, der Ermordung der eigenen Familie beizuwohnen, um zum Mörder zu werden.«

»Das sagt ja auch niemand. Aber ich bin überzeugt, dass Filippo Rovere in Schwester Edviges Obhut gegeben wurde, damit sie sich um ihn kümmert, nachdem die Gualtieris die Übernahme der Vormundschaft abgelehnt haben. Was wir von ihm wissen, stimmt mit dem Profil überein, das ich vom Unsub erstellt habe. Das Alter, das Trauma, das Verlassenwerden, das aggressive Verhalten von Kindheit an. Und es würde auch seine Obsession mit dem Satz ›Du wirst keinen Schaden tun‹ erklären, den Ranuzzi auf die Wände im Haus des Massakers geschrieben hatte.«

»Aber suchen Serienmörder ihre Opfer nicht zufällig aus?«

»Nicht unbedingt. Es gibt verschiedene Beispiele von Serienmördern, die ihre Opfer unter Personen wählen, zu denen sie bereits eine Beziehung hatten. Diese Hypothese würde für diesen Fall zutreffen. Und das Ritual unseres Mannes hat einen ganz präzisen Grund.«

»Was meinst du?«

»Dottoressa Arachi sagt, die Verstümmelungen und die Nägel sollten verhindern, dass die Toten wiederkehrten.«

»Also fürchtet er, dass seine Opfer ... aus dem Jenseits wiederkehren?«

»Nicht ganz. Erinnerst du dich, dass Baldrati sagte, Filippo Rovere habe immer wieder gesagt: ›Sie kommen immer wieder‹?«

Bruno nickte.

»Es ist derselbe Satz, den Aprile gesagt hat, bevor sie bewusstlos wurde«, fuhr Aurora fort. »Das Unsub wird gequält von dem, was es während des Massakers an seiner

Familie zu sehen bekam. Wahrscheinlich durchlebt er diese Momente jede Nacht aufs Neue, darum kann er nicht schlafen. Er ist besessen vom Tod seiner Eltern. Er tötet, um diese Bilder aus seinem Kopf zu vertreiben, um zu verhindern, dass die Geister der Vergangenheit ständig wiederkehren. Darum die ganze Theatralik: Jedes der Opfer repräsentiert eine Person, die er hat sterben sehen, und sein Ritual ähnelt einer Leichenbestattung. Darum braucht er Zeugen, mit denen er sich identifiziert. Aprile Gualtieri und Michele Martini waren in etwa so alt wie er zur Zeit des Massakers. Indem er sie zwang, seinem Ritual beizuwohnen, konnte er seine Gefühle auf sie übertagen und sich von den verstörenden Elementen befreien, die das Trauma in sein Unbewusstes gesät hat.«

Bruno fuhr sich nachdenklich durch die Haare. »Um deine Theorie zu überprüfen, werden eingehende Ermittlungen nötig sein, und das Feuer im Kommissariat verkompliziert alles.«

»Ich weiß. Aber ich spüre, dass wir der Wahrheit ganz nahe sind. Wir dürfen nicht zulassen, dass dieser Vorfall die Ermittlungen behindert, gerade jetzt, wo wir kurz vor dem Durchbruch stehen.«

»Und was machen wir mit Torrese?«

Aurora biss sich auf die Unterlippe. »Ich überlege mir etwas.«

Bruno beugte sich zu ihr. »Er hat dir explizit untersagt, dich in die Ermittlungen einzumischen …«

»Darauf kann ich keine Rücksicht nehmen! Er und Piovani sind auf der völlig falschen Fährte.« Sie schüttelte heftig den Kopf. »Ich gebe zu, ich habe Piovani überbewertet. Anfangs war ich überzeugt, er versuche, die Ermittlungen zu torpedieren, weil er auf irgendeine Weise in den Fall verstrickt war. Aber vielleicht ist er nur ... überwältigt vom Grauen.«

»Diese Geschichte ist ihm über den Kopf gewachsen«, sagte Bruno.

»Vielleicht ist das so. Ich glaube, diese Sache mit der Adoption hat Piovani und die Familie Gualtieri für immer zusammengeschweißt. Wahrscheinlich vertraute Rossella Piovani, vielleicht schüttete sie ihm nur ihr Herz aus, aber man weiß ja, wie diese Sachen in einer kleinen Stadt laufen. Die Leute werden ihre Beziehung fehlinterpretiert haben, einfach weil sie sich so oft sahen.«

Bruno begann mit dem Serviettenspender zu spielen. »Glaubst du, die Theorie mit dem Bibelzitat ergibt Sinn?«

»Ich weiß es nicht«, murmelte Aurora. »Etwas daran überzeugt mich nicht, das Zitat ist nicht exakt wiedergegeben. Es gibt einen großen Unterschied, ob man sagt, ›Du wirst keinen Schaden tun‹ oder ›Dass du uns keinen Schaden tust‹. Und überhaupt kommt es mir seltsam vor, dass Ranuzzi, der den Beschreibungen nach ein recht ungehobelter Klotz war, in der Lage gewesen wäre, die Bibel zu zitieren, nachdem er ein Massaker begangen hat.«

»Wenn er so ungebildet war, hat er sich vielleicht falsch erinnert.«

»Dann sage ich einfach nur, dass mich diese Hypothese nicht gänzlich überzeugt.«

»Was hast du vor?«

»Ich muss der Sache auf den Grund gehen. Wenn Filippo Rovere der Mörder ist, will ich ihn finden. Ich muss Schwester Edvige überzeugen, mir mehr über ihn zu erzählen.«

# 59

Die »Casa del Sorriso« war umgeben von einem kleinen Hof, eingefasst von einem Metallzaun. Im Hauseingang trafen Bruno und Aurora ein Mädchen mit maghrebinischen Wurzeln, das sein Haar mit einem ockerfarbenen Kopftuch bedeckt trug. Es bat sie, später wiederzukommen, da Schwester Edvige im Augenblick außer Haus sei.

Aurora versuchte zu insistieren, erklärte, dass es sich um eine offizielle Ermittlung der Kriminalpolizei handelte.

Das Mädchen erklärte in einem nicht ganz perfekten, aber flüssigen Italienisch, dass eine Kollegin bereits heute früh mit Schwester Edvige gesprochen habe und dass sie nichts Weiteres zu sagen habe.

Aurora war sicher, dass Schwester Edvige da war und sie sie schlicht nicht empfangen wollte. Sie sah sich um. Es gab eine Treppe, die in den ersten Stock hinaufführte, eine Tür, die wahrscheinlich auf den Innenhof hinausging, und eine weitere Tür auf der linken Seite, durch die gedämpfte Geräusche drangen. In der Annahme, es handle sich um ein Büro, schnellte Aurora vor und riss die Tür auf.

Das Mädchen versuchte erfolglos, sie aufzuhalten, doch Aurora war schneller. Als sie den kleinen Raum betreten hatte, stand sie vor einem etwa sechsjährigen Kind, das auf dem Bauch liegend auf einen Notizblock malte. Hinter ihm stand ein volles Bücherregal und auf einem Schreibtisch ein vorsintflutlicher Computer. Durch ein Fenster in seinem Rücken drang ein blasser milchiger Lichtschein.

Aurora blieb reglos auf der Schwelle stehen. Der Junge betrachtete sie neugierig mit seinen großen schwarzen Augen.

»Issa«, sagte das Mädchen. »Wie oft habe ich dir gesagt, du sollst nicht auf dem Boden malen?«

Issa zuckte die Schultern und erhob sich langsam, das Blatt zwischen zwei Fingern haltend. Er reichte es Aurora. »Gefällt es dir?«, fragte er.

Aurora warf einen Blick auf die Zeichnung. »Das ist wunderschön«, sagte sie. Auf dem Bild war ein sonnenbeschienener Strand zu sehen, auf dem eine Figur mit schwarzen Haaren einen Jungen an der Hand hielt, vermutlich seine Mutter und er.

Issa lächelte breit, dann verließ er das Zimmer und lief die Treppe hinauf.

Das Mädchen wandte sich an Aurora. »Entschuldigen Sie. Ich versuche meinem Sohn gute Manieren beizubringen, aber er … übt noch.«

»Das macht doch nichts«, murmelte Aurora.

»Jetzt muss ich Sie aber bitten zu gehen. Schwester Edvige wird mit niemandem mehr sprechen. Tut mir leid.«

Aurora nickte.

»Eine widerspenstige Nonne, das fehlte uns jetzt gerade noch«, sagte Aurora, als sie das Haus verlassen hatten.

»Es wird einen Grund geben, weshalb sie so verängstigt ist.«

»Genau das will ich herausfinden.«

Bruno warf einen Blick auf seine Armbanduhr. »Hör mal, ich muss jetzt los. Piovani wird sich wundern, wo ich bin.«

»Spürst du die Leine am Hals?«

»Piovani hält mich nicht an der Leine, sonst wäre ich nicht hier, um dir zu helfen.«

»Deine Leine ist einfach nur ein bisschen länger als üblich.«

Bruno sah sie entnervt an. »Hör auf damit.«

Aurora hob die Hände zum Zeichen ihrer Kapitulation. Die beiden gingen schweigend nebeneinander her, bis Aurora vor dem Dom stehen blieb.

»Was meintest du eigentlich in Bezug auf Piovani mit den fünf Gramm ... wovon eigentlich?«

»Vielleicht ein andermal«, sagte Bruno ausweichend. »Und du? Willst du zur Abendmesse?«

Aurora betrachtete einen Moment lang die Fassade des Doms. »Es geht um Bibelzitate, warum sollte ich da nicht den größten Experten auf diesem Gebiet befragen?«

»Stimmt«, sagte Bruno. Im Weggehen fügte er noch hinzu: »Morgen beginnt der Umzug des Kommissariats in die Container. Ruf mich an, dann zeige ich dir die neuen Räume.«

»Einverstanden«, sagte Aurora, bevor sie die Kathedrale betrat.

Im Gebäude war es vollkommen still. Zwei Reihen mit Holzbänken gingen bis vorn zum Altar, hinter dem ein lebensgroßes Kruzifix hing, das das Hauptschiff dominierte. Etwas abseits saß eine Frau um die fünfzig mit einem stämmigen Jungen; als sie Aurora eintreten hörten, wandten sie sich gleichzeitig um.

Aurora ging gemessenen Schrittes durch das Seitenschiff entlang der Säulenreihe und strich im Vorbeigehen über den kalten Marmor. Dabei blickte sie mit einer Mischung aus Staunen und Neugier um sich.

An den Wänden hingen nachgedunkelte Ölgemälde. Die hoch gewölbten Deckenbögen kreuzten sich an der freskenbemalten Decke. Die Fenster waren hoch und schmal, mit bunten Mosaiken, die Engel im Kampf gegen das Böse zeigten. Im Inneren einer kleinen Kapelle stand eine Madonnenstatue aus Holz. Eine dunkel gekleidete Frau kniete davor, einen Rosenkranz in der Hand, und murmelte eine unverständliche Litanei.

In einem der Beichtstühle saß der alte Priester und schien zu warten. Aurora gab ihm ein Zeichen.

»Sind Sie hier, um Ihre Sünden zu beichten?«, fragte der Priester.

»Entschuldigen Sie, Padre, aber ich bin nicht sehr vertraut mit kirchlichen Dingen. Ich heiße Aurora Scalviati, ich bin Kommissarin bei der Polizei. Ich müsste Ihnen ein paar Fragen stellen.«

Der Priester legte die Paramente ab und ließ sie im Beichtstuhl zurück. Dann führte er Aurora nach vorn in die erste Bank.

»Ich bin Padre Raffaele. Es freut mich, Sie kennenzulernen, Aurora. Sie haben einen wunderschönen Namen.«

»Danke.«

»Wie kann ich Ihnen behilflich sein?«

»Ich würde gerne die Bedeutung des Kapitels 26 im Ersten Buch Mose verstehen.«

Padre Raffaele runzelte die Stirn. »Sie sind eine recht unkonventionelle Polizistin. Ich hätte nicht erwartet, dass Sie mich um einen Rat in religiösen Fragen bitten.«

Aurora zog eine Augenbraue hoch. »Ich versuche nur,

eine Angelegenheit zu verstehen, die leider rein gar nichts Heiliges hat.«

»Das kann ich mir vorstellen«, antwortete Padre Raffaele. »Sie sind wegen Ranuzzi hier, stimmt's?«

Auroras Blick leuchtete auf. »Denken Sie auch, dass es sich bei dem Satz, von dem er besessen war, um ein Bibelzitat handelt?«

Padre Raffaele schüttelte schwach den Kopf. »Ich kann kaum glauben, dass seitdem mehr als zwanzig Jahre vergangen sind. Wie alle Einwohner dieser Stadt war auch ich zutiefst erschüttert durch dieses schreckliche Ereignis. Ich erinnere mich noch, als wäre es gestern erst gewesen. Ich erinnere mich an die bestürzten Gesichter der Gemeinde bei der Beerdigung der Familie Rovere, die Opfer einer Wahnsinnstat wurde, die für alle unverständlich blieb.«

»Im Augenblick kann ich Ihnen nicht mehr sagen, aber ich bin fest überzeugt, dass das, was im Augenblick in der Stadt geschieht, mit dem Massaker von damals zusammenhängt.«

Der Blick des Priesters schweifte zu dem Kruzifix, das die Szene aus der Höhe zu beobachten schien. Dann sah er wieder Aurora an. »Sie glauben nicht an Manzènas Schuld, stimmt's?«

»Ich bin nicht gekommen, um mit Ihnen über Manzèna zu sprechen.«

Padre Raffaele nickte, als hätte er verstanden, dass etwas ganz anderes hinter Auroras ausweichender Antwort stand. Dann fuhr er fort: »›Du wirst keinen Schaden tun‹ ist ziemlich widersinnig am Ort eines brutalen Verbrechens.«

»Allerdings. Und warum sollte einer wie Ranuzzi so etwas an die Wand schreiben?«

»Kapitel 26 der Genesis handelt von Abrahams Stammbaum, dem Mann, den Gott sich als Gesprächspartner unter den Menschen erwählte. Im Vers 29 heißt es: ›Dass du uns keinen Schaden tust, gleichwie wir dir nichts denn alles Gute getan haben und dich mit Frieden haben ziehen lassen.‹ Das bedeutet, wenn ein Mann den Lehren Gottes folgt, werden auch seine Feinde im Frieden mit ihm leben.«

»Was wollte Ranuzzi damit sagen, als er das schrieb?«

»Diese Frage hat mich jahrelang umgetrieben. Das Zitat ist nicht ganz exakt, und ich habe mich lange gefragt, ob der Fehler daher kam, dass Ranuzzi nicht sehr bewandert in der Materie war. Er war kein eifriger Kirchgänger. Er kam von außerhalb, war erst einige Jahre zuvor in der Stadt aufgetaucht, und man sagte, er sei ein mürrischer Einzelgänger. Einige meinten, er sei vor irgendetwas auf der Flucht. Doch das sagte sich leicht, nachdem er eines so grausamen Verbrechens angeklagt war. Ich glaube, die Leute versuchten verzweifelt, in dem, was er getan hatte, irgendeinen Sinn zu finden.«

»Das ist nur verständlich«, sagte Aurora.

»Ich hatte Ranuzzi nie in der Kirche gesehen. Ich wusste nicht einmal, wer er war, bevor sie ihn verhafteten. Aber als man mir sagte, er habe im Gefängnis nach mir gefragt, war ich nicht sehr überrascht. Ich dachte, selbst jemand wie er habe den Wunsch, seine Seele vor dem Herrn zu reinigen, wenngleich er Dinge getan hatte, die vor den Augen des Menschen unverzeihlich scheinen.«

Aurora riss die Augen auf. »Sie haben Ranuzzi im Gefängnis besucht?«

»Ganz richtig«, sagte Padre Raffaele. »Ich war der Letzte, der ihn lebend gesehen hat.«

»Das wusste ich nicht«, murmelte Aurora nachdenklich. »Was hat er zu Ihnen gesagt?«

Der Priester fasste sich an die Stirn, als fürchte er plötzlich, Fieber zu bekommen. »Ranuzzi bat darum, einen Priester zu treffen, und der Staatsanwalt stimmte zu. Der Anruf vom Gericht kam mitten in der Nacht. Es waren hektische, schwierige Tage. Zuerst hatte ich Angst vor dieser Anfrage. Auch für einen Kirchenmann war es nicht leicht, sich für diese Prüfung zu wappnen. Ich wusste, dass ich kurz davor stand, einen Mann zu treffen, der kaltblütig eine ganze Familie ausgelöscht hatte, und ich kann nicht leugnen, dass diese Aussicht mich erschreckte. Doch der Herr ist mein Hirte, und ich konnte nicht anders, als ihm seine Bitte zu gewähren.«

»Entschuldigung, aber da muss ich Sie korrigieren. Es wurde nicht die gesamte Familie Rovere ausgelöscht. Filippo, der jüngste Sohn, überlebte das Massaker.«

»Armer Filippo«, flüsterte Padre Raffaele, als reiche der Name aus, alte Alpträume wiederzuerwecken. »Ein unschuldiges Kind, das zu einer Prüfung gerufen wird, die jeden Menschen zerstören würde. Er hat überlebt, das ist wahr. Aber niemand kann sich vorstellen, was in ihm noch lebendig ist, nach allem, was er durchgemacht hat.«

Aurora schwieg einige Sekunden. Auch sie hatte etwas Schreckliches überlebt, genau wie Filippo Rovere. Sie würde ihn nicht rechtfertigen, wenn es ihr wirklich gelingen sollte zu beweisen, dass er zum Mörder geworden war, doch sie konnte besser als jeder andere verstehen, wovon Padre Raffaele sprach. Filippo Rovere war durch die Hölle gegangen, und er hatte schwer zu bekämpfende Dämonen daraus mitgebracht.

»Erzählen Sie mir von jener Nacht.«

»Ich wurde ins Gericht geführt. Die Beamten ließen mich etwa eine Stunde mit Ranuzzi in der Zelle alleine. Wir sprachen eine Weile. Er war ein zerstörter, niedergeschlagener Mann. Er wirkte zu Tode erschrocken. Es war nicht leicht, ihn sich mit einer Axt in der Hand vorzustellen, wie er wie ein Todesengel in das Haus der Familie Rovere eindringt. Alles was ich getan habe, war, ihm die letzte Beichte abzunehmen, in der Nacht, bevor er sich das Leben nahm.«

Aurora fuhr zurück, als hätte man ihr einen Fausthieb versetzt. »Hat er bei der Beichte nichts über das gesagt, was er getan hatte?«

»Tut mir leid, Kommissarin Scalviati, aber auf diese Frage kann ich nicht antworten«, sagte Padre Raffaele. »Ich bin ans Beichtgeheimnis gebunden und kann nicht wiedergeben, was Ranuzzi mir damals erzählt hat, auch wenn er jetzt schon so lange tot ist. Ich kann Ihnen jedoch sagen, worüber er nicht gesprochen hat. Während der Beichte hat er mit keinem Wort den Mord an der Familie Rovere erwähnt.«

»Aber warum hat Ranuzzi dann diesen Satz überall in seinem eigenen Haus an die Wände geschrieben, als er aus dem Haus der Roveres kam? Was bedeutet das? Warum war er wie besessen von diesem Passus der Bibel, wenn er doch keine Verbindung zu den Morden zu haben scheint, die er begangen hat?«

Padre Raffaele breitete die Arme aus. »Die Antwort auf dieses Geheimnis hat er mit sich ins Jenseits genommen.«

Aurora dachte einige Augenblicke über Padre Raffaeles Worte nach. »Was ist aus Filippo Rovere geworden, nachdem die Gualtieris die Adoption abgelehnt haben?«

»Sie wissen ja eine ganze Menge über diesen Vorfall,

während die Menschen hier ihn anscheinend am liebsten vergessen wollen.«

»Das ist mein Job.«

»Ich habe den Eindruck, Sie tun weit mehr als das, Kommissarin Scalviati. Sie suchen die Wahrheit, aber manche Wahrheiten haben einen hohen Preis. Das hier ist eine kleine Gemeinde, und die braucht jetzt ihre Ruhe. Sie braucht Frieden.«

»Ich bitte Sie, Padre Raffaele. Wenn Sie etwas über Filippo Rovere wissen, sagen Sie es mir. Ich muss ihn unbedingt finden.«

»Tut mir leid, aber ich glaube nicht, dass Sie ihn finden werden«, sagte der Priester. »Filippo war eine Zeitlang in der ›Casa del Sorriso‹, einem Waisenhaus hier ganz in der Nähe. Aber er war ein zu schwieriger Junge, und nach einer Weile wurde er in eine Einrichtung gebracht, die besser in der Lage war, mit Fällen wie ihm umzugehen.«

»Und welche Einrichtung war das?«

»Das weiß ich nicht. Aber ich glaube, das ist jetzt nicht mehr von Belang.«

Aurora musste einen Schauder unterdrücken. Sie hatte den Eindruck, als wäre die Temperatur in der Kirche plötzlich gefallen. »Warum sagen Sie das?«

Padre Raffaele schüttelte den Kopf. »Weil Filippo Rovere tot ist«, sagte er mit leicht stockender Stimme. »Armer Junge. Ich habe so viel für ihn gebetet. Ich frage mich noch immer, ob es die einzige Möglichkeit war, seiner gequälten Seele Ruhe zu schenken, dass er dorthin ging, wo seine Familie war.

# 60

Aurora verließ die Kirche mit einem Gefühl der Schwere und Enttäuschung, die sich in starken Magenschmerzen ausdrückten, so stark, dass sie stehen bleiben musste, um Luft zu holen. Sie versuchte, ihre Atmung unter Kontrolle zu bringen, um nicht mitten auf der Straße von einer Panikattacke befallen zu werden.

Unter den erstaunten Blicken einiger Passanten musste sie sich am Kofferraum eines parkenden Wagens festhalten und versuchen, den Schwindel aus ihrem Kopf zu vertreiben. Einen Moment lang fiel ihr Blick auf ihr Spiegelbild in der Heckscheibe. Sie sah verstört aus, die Haare ungekämmt, wässrige Augen mit tiefen Ringen darunter, angespannte Gesichtszüge.

Sie fühlte sich verloren. Die aufreibende Jagd nach jemandem, der sich als Gespenst entpuppt hatte, hatte sie kraftlos und ohne Perspektive zurückgelassen. Sie hatte den Eindruck, in einem Sumpf zu strampeln, der sie immer tiefer in sich hineinzog. Jedes Mal, wenn sie spürte, sich der Wahrheit zu nähern, fand sie sich bald darauf in einer Sackgasse wieder. Was hatte sie falsch gemacht?

Aurora wusste, was ihr größter Fehler gewesen war:

auf den Polizeichef in Turin zu vertrauen, als er ihr die Versetzung in die Emilia Romagna vorschlug. Trotz anfänglicher Widerstände hatte sie schließlich eingewilligt. Sie hatte sich in der Illusion gewiegt, fern ihrer Heimatstadt neu anfangen zu können. Sie hatte gehofft, es würde ihre Seele reinigen, wenn sie den Nagelmörder fand, wie es die Gebete von Padre Raffaele mit dem Mann versucht hatten, den alle unter dem Namen »Böser Wolf« kannten.

Aurora spürte Übelkeit in sich aufsteigen. Ihre Hände waren verschwitzt, der Blick verschleiert. Sie schluckte mühsam, und es war ihr, als müsse sie Zement hinunterwürgen. Das Gerüst ihrer Vermutungen war zusammengestürzt wie ein Kartenhaus. Doch so sehr sie sich bemühte zu akzeptieren, dass alles zu Ende war – ihre rationale Seite hörte nicht auf, weiter Fragen zu stellen.

Was konnte der Mann, der für das Massaker verantwortlich war, Padre Raffaele anvertraut haben, was konnte so wichtig sein, dass er mitten in der Nacht nach seiner Anwesenheit verlangte? Wollte er um Vergebung für seine Sünden bitten, bevor er zum Äußersten schritt? Oder gab es noch etwas anderes, was in der dunklen Vergangenheit eines Städtchens begraben lag, das nach außen hin so schien wie jedes andere und doch schändliche und entsetzliche Geheimnisse barg? Wovor hatte Schwester Edvige solche Angst, dass sie sich weigerte, über jemanden zu sprechen, der bereits viele Jahre tot war?

Doch es war alles zwecklos; der alte Priester hatte Recht. Nichts von alledem war mehr von Belang. Ein plötzlicher Kopfschmerz durchbohrte sie wie ein Dolchstoß. Der Kugelsplitter war da, um sie daran zu erinnern, dass er niemals weggehen würde und dass Aurora mit ihrer Schuld würde leben müssen, ohne jede Aussicht auf Erlösung.

Aus Sekunden wurden Minuten. Dann fand Aurora die Kraft weiterzugehen, obwohl ihr Herz noch immer wild und ungestüm klopfte wie ein entgleisender Zug. Mit langsamen Schritten schleppte sie sich in Richtung ihres Bed and Breakfast.

Unter der Säulenreihe, die die Piazza flankierte, war eine Apotheke. Ein Schild an der Tür bedeutete, dass sie geöffnet war.

Das Herzrasen hörte nicht auf, Aurora brauchte dringend etwas, um die Angst unter Kontrolle zu bringen und ihren Kopfschmerz zu lindern. Ohne lange nachzudenken, übertrat sie die Schwelle und näherte sich der Verkaufstheke.

Sie musste warten, bis sie an der Reihe war. Ein älteres Ehepaar stand vor ihr in der Schlange, dazu eine junge Frau mit einem Kind im Wagen und eine Dame, die die ganze Zeit empört schnaubte.

In einem geschlossenen Raum mit anderen Menschen zu sein verursachte Aurora Unbehagen und verschlimmerte ihre Symptome. Um sich abzulenken, wanderte sie zwischen den Regalen voller bunter Packungen und vielversprechender Werbeslogans umher, die dem Laden das Aussehen eines veritablen Gesundheitssupermarktes verliehen.

Als sie an der Reihe war, eilte Aurora an den Tresen, in der Befürchtung, jemand, der nach ihr die Apotheke betreten hatte, könnte die Aufmerksamkeit der Apothekerin auf sich ziehen.

»Sie wünschen?«, fragte die Frau hinter der Theke lächelnd. Sie hatte strahlend weiße Zähne und sehr glatte kastanienbraune Haare in einem Pferdeschwanz. Ihre Haltung war so elegant, dass ihr Kittel beinahe wie ein Kleid wirkte. Dazu sehr gepflegte Hände mit schlanken Fingern, die in rosa lackierten Fingernägeln endeten.

Aurora räusperte sich und sammelte ihre Gedanken. Was sie brauchte, war ein Beta-Blocker, der verhinderte, dass die Angst in ihr explodierte. Um den Rest würde sie sich später kümmern. »Kann ich ... eine Packung Inderal bekommen?«

Das Lächeln auf dem Gesicht der Apothekerin verebbte. »Natürlich. Haben Sie das Rezept Ihres Arztes dabei?«

Aurora versuchte ein Lächeln, doch es wurde ein groteskes Grinsen daraus. »Nein, das ist ja das Problem«, stammelte sie. »Mein Arzt ist übers Wochenende nicht in der Stadt und kann mir kein Rezept ausstellen.«

Die Frau hinter der Theke verzog den Mund zu einer missbilligenden Grimasse. »Tut mir leid, aber dann kann ich Ihnen nicht helfen. Für diese Art Medikamente ist ein Rezept leider unerlässlich.«

»Natürlich ... ich verstehe«, antwortete Aurora. Ihre Hände zitterten, ihr Blick war getrübt, und sie spürte kalten Schweiß auf der Stirn. Sicherlich machte sie einen schrecklichen Eindruck. Wie hatte sie nur glauben können, dass die Apothekerin sich verständnisvoll zeigen könnte, wenn sie aussah wie eine Drogenabhängige auf der Suche nach dem nächsten Schuss? »Können Sie die Vorschriften nicht mal außer Acht lassen? Ich bin in einer Ausnahmesituation und bräuchte dringend ...«

»Wenn Sie noch etwas anderes brauchen, bin ich gerne behilflich«, unterbrach sie die Apothekerin freundlich, aber bestimmt.

»Na gut«, seufzte Aurora. Nach kurzer Verhandlung gelang es ihr, eine Packung Almotrex gegen die Kopfschmerzen zu bekommen, eines der wenigen Mittel, die sich als wirksam erwiesen hatten.

Als sie die Apotheke verließ, hörte sie eine Frau in der Schlange etwas wenig Freundliches in ihrem Rücken murmeln. Sie musste wirklich furchtbar aussehen, aber es gelang ihr nur mit Mühe, die Frau nicht barsch zum Schweigen zu bringen.

Draußen traf sie auf den Jungen aus dem Krankenhaus. Er trug seinen üblichen karierten Mantel und hatte dieselben traurigen Augen wie immer.

Aurora blieb wie angewurzelt stehen. »Was machst du denn hier?«

»Ich habe dich gesucht«, antwortete der Junge.

»Ach ja? Aber im Krankenhaus hast du doch alles darangesetzt, mich abzuhängen?«

»Entschuldige«, sagte der Junge. »Ich bin erschrocken, als ich gesehen habe, dass der Mann bei dir war.«

Aurora zwang sich zu lächeln. »Ich verstehe. Die Kittelträger machen mir auch Angst, egal ob Zahnärzte, Ärzte oder Psychiater.«

»Hast du deine Medikamente gekauft?«

Aurora schürzte die Lippen. »Das ging leider nicht.«

»Warum nicht?«

»Das ist ... ein wenig kompliziert«, murmelte Aurora.

»Und was machst du jetzt?«

»Ich muss gestehen, ich habe keine Ahnung.«

»Du wirkst besorgt. Hast du dich verlaufen?«

Auroras Blick wurde weich. Dieser Junge war zu einer Empathie fähig wie kaum ein menschliches Wesen, mit dem sie normalerweise zu tun hatte. »In gewissem Sinne ja.«

Der Junge streckte die Hand nach ihr aus. »Ich kann dir helfen, den Weg zu finden.«

»Das glaube ich nicht, leider«, antwortete Aurora mit einem Hauch Bitterkeit.

Der Junge hielt ihr weiter seine ausgestreckte Hand hin und forderte Aurora mit einer kleinen Grimasse auf, sie zu ergreifen.

Nach längerem Zögern beschloss sie, sie zu nehmen.

Der Junge lächelte zufrieden. »Also, wohin gehen wir?«

»Zur ›Piccola Fattoria‹«, antwortete Aurora nach einem Augenblick des Zögerns. Während sie gingen, fügte sie hinzu: »Du hast mir noch nicht deinen Namen gesagt.«

Der Junge antwortete, ohne zu zögern: »Du weißt, wie ich heiße.«

»Nein, das weiß ich nicht.« Eines musste Aurora jedoch zugeben, der Junge hatte etwas Vertrautes an sich. Er erinnerte sie an jemanden, den sie kannte, auch wenn sie nicht herausfinden konnte, an wen.

Der Junge straffte die Schultern und setzte weiter einen Schritt vor den anderen.

»Ich möchte dich gerne etwas fragen«, sagte Aurora.

»Was denn?«

»Warum hast du im Hauswirtschaftsraum im Krankenhaus diesen Satz an die Wand geschrieben?«

Der Junge hob den Blick zu Auroras Augen, doch er antwortete nicht.

»Ich höre?«, drängte Aurora.

»Was ist die ›Piccola Fattoria‹?«, antwortete der Junge, als habe er ihre Frage nicht gehört.

»Eine Pension«, antwortete Aurora. »Dort wohne ich.«

»Du wohnst in einer Pension? Hättest du nicht gerne eine Wohnung ganz für dich?«

»Ich weiß nicht«, antwortete Aurora. »Ich muss noch entscheiden, ob ich hierbleiben möchte.«

Der Junge schien enttäuscht von ihrer Antwort. Er ging weiter neben Aurora her, und nach einem langen Seufzer fragte er schließlich. »Wirst du ihn schnappen?«

»Von wem sprichst du?«

»Vom Nagelmann.«

Aurora mobilisierte all ihre Kräfte, um entschlossen zu wirken. »Hast du es noch nicht gehört? Meine Kollegen haben ihn schon.«

Das Gesicht des Jungen verfinsterte sich schlagartig. »Er war es nicht.«

»Und woher weißt du das?«

»Das hat Aprile mir gesagt.«

Aurora sah ihn streng an. »Das ist nicht möglich. Aprile kann mit niemandem sprechen. Sie liegt in einem langen Schlaf, wie das Mädchen in dem alten Märchen.«

»Mit mir spricht sie. Aprile und ich sind Freunde. Darum will der Nagelmann uns auch auseinanderbringen.«

Aurora bückte sich zu dem Jungen hinunter und suchte seinen Blick. »Rede keinen Unsinn. Aprile kann nicht mit dir gesprochen haben ...«

Sie hatte einen etwas zu strengen Tonfall angeschlagen, auf dem Gesicht des Jungen machte sich Zerknirschung breit, und Aurora fuhr mit sanfterer Stimme fort.

»Du musst dir keine Sorgen machen, hörst du? Aprile wird bald wieder aufwachen, und alles wird sein wie früher. Aber erzähl mir keine Lügen. Ich bin auf deiner Seite. Ich ... beschütze dich. Hab keine Angst, dieser Mann kann dir nicht wehtun.«

Der Junge nickte heftig, aber es war offensichtlich, dass er einfach versuchte, Aurora einen Gefallen zu tun.

»Ich glaube, es wäre besser, wenn ich dich nach Hause bringe«, fügte sie hinzu. »Nicht, dass deine Eltern sich Sorgen machen.«

Der Junge zuckte mit den Schultern. »Meine Eltern interessiert nicht, was ich mache.«

»Sag das nicht.«

»Ich wohne da hinten«, sagte der Junge und deutete auf eine Ausfallstraße.

Während sie neben ihm herging, hatte Aurora den Eindruck, die Strecke bereits zu kennen. Vielleicht war sie mit Bruno hier entlanggefahren, in der vergangenen Nacht, bei dem Versuch, den grauen Pick-up wiederzufinden.

Sie gingen einige hundert Meter schweigend. Dann begann der Junge einen Kinderreim zu singen.

»Es hilft kein Flieh'n, dass ihr es nur wisst,
pass auf, dass der böse Wolf dich nicht frisst.
Mit seiner Axt gräbt er dein Grab, ununterbrochen.
Hat Nägel statt Fingern, die treibt er dir in die Knochen.«

Aurora sah in bestürzt an. »Woher hast du denn diesen Reim?«

Der Junge tat, als habe er die Frage nicht gehört, und sang flüsternd weiter. Sie gingen lange schweigend.

Dann blieb der Junge plötzlich stehen, und Aurora wurde klar, wo sie waren. Sie standen vor Ranuzzis Haus. Sie waren den Weg von Carlo Gualtieris Nachtschicht gegangen, darum war er ihr bekannt vorgekommen. Sie hatte ihn bis zur Erschöpfung auf Google Street View studiert.

Sie sah sich fieberhaft um. Es war niemand zu sehen, abgesehen von ihr und dem Jungen im karierten Mantel. Ranuzzis Hof war von einem Absperrband umgeben, das in einem leichten Wind vibrierte.

Als er sah, das Aurora beunruhigt war, fragte der Junge: »Alles in Ordnung?«

»Ja … natürlich«, murmelte sie wenig überzeugend.

Dann sah sie am Ende der Straße eine schnelle Bewegung. Unter ihren bestürzten Blicken sah sie ganz langsam den grauen Pick-up vorbeifahren, den sie aus ihrem Zimmerfenster gesehen hatte. Sie kniff die Augen zusammen, um besser sehen zu können, doch er war zu weit weg, und die Spiegelungen auf den Scheiben erlaubten ihr nicht, die Umrisse des Fahrers zu erkennen.

»Warte hier auf mich«, sagte der Junge.

Aurora begann zu rennen, in der Hoffnung, den grauen Pick-up einzuholen. Vielleicht würde es ihr gelingen, nahe genug heranzukommen, um das Kennzeichen zu entziffern. Doch als sie die Kreuzung erreichte, war der Wagen schon zu weit entfernt.

Aurora gab nicht auf. Sie beschleunigte ihren Schritt, in der Hoffnung, der graue Pick-up würde an der Ampel halten, die sie in etwa zweihundert Meter Entfernung sah. Doch in dem Augenblick sprang sie auf Grün, der Pick-up beschleunigte und verschwand schnell aus ihrem Blickfeld.

»Verdammt.«

Aurora kehrte um. Doch als sie Ranuzzis Haus erreichte, war der Junge mit dem karierten Mantel nirgends mehr zu sehen.

# 61

Aurora betrat ihr Zimmer und fing an, fieberhaft die ganzen Unterlagen zu ordnen, die sie für den Fall gesammelt hatte. Sie druckte alle Fotos aus, die auf ihrem Handy waren, und hängte sie eins nach dem anderen an die Wand, wie einen Rahmen aus Fotos um den Stadtplan herum.

Nein, sie würde nicht aufgeben. Was würde ihr Vater von ihr denken, der auf dem Altar der Wahrheit sein Leben geopfert hatte? Wie hätte Flavio reagiert, wenn er erfahren hätte, dass sie diesen Bürokraten erlaubte, einem Unschuldigen den Prozess zu machen? Welchen Sinn hätte es, dass sie alles dafür getan hatte, ihren Posten bei der Polizei wiederzubekommen, um sich dann den Regeln zu unterwerfen, die die Arroganz von Beamten wie Torrese und Piovani ihr auferlegte?

Aurora öffnete die Notizen über das Profil des Unsub in ihrem Telefon. Sie druckte das Dokument aus und studierte es aufmerksam, die Wörter unterstreichend, die die wichtigsten Charakteristiken bezeichneten.

Während draußen vor dem Fenster der Sonntag mit seinen nach Provinz schmeckenden Ritualen seinen Lauf nahm, verbrachte Aurora Stunden damit, Anmerkungen an die Ränder von Blättern zu schreiben und ihre Vermutungen im Licht der neuesten Erkenntnisse zu überprüfen.

Sie war immer mehr davon überzeugt, dass die Erklärungen der Anthropologin entscheidend waren, um den Modus Operandi des Nagelmörders zu verstehen.

Wenn das Subjekt versuchte zu verhindern, dass die Bilder des Massakers an der Familie Rovere zurückkehrten, um es zu quälen, würde es kein Halten mehr geben, wenn es einmal Mord als Mittel entdeckt hatte, um sich von seinen Obsessionen zu befreien.

Carlo Gualtieri repräsentierte den Vater, Celeste Martini die Mutter. Mit Rossella war es etwas anderes. Sie hatte er umgebracht, um sich einer unbequemen Zeugin zu entledigen, und er hatte die Gelegenheit genutzt, eine Nachricht für denjenigen zu hinterlassen, der in der Lage war, sie zu verstehen. Alles hatte mit einer Hand begonnen, die auf ein Kalenderblatt deutete.

Ihre innere Stimme sagte ihr, dass Filippo Rovere der Mörder war. Die Logik dagegen suggerierte, dass er es nicht sein konnte, weil er tot war.

Und doch konnten die Ähnlichkeiten zwischen ihm und dem Unsub kein reiner Zufall sein. Wenn die kleine Aprile die Rolle als Zeugin des Massakers gehabt hatte und aus genau diesem Grund verschont worden war, ließ das nur einen logischen Schluss zu: Der Killer suchte jetzt ein Mädchen, das in seinem Delirium seine Schwester repräsentierte. War es möglich, dass Aurora einen Geist jagte?

Aberglaube tötet nicht, sagte sie sich.

Wenn Filippo Rovere tatsächlich tot war, würde Aurora nicht eher ruhen, bis sie seine Leiche mit eigenen Augen gesehen hatte.

Im Internet fand sie einen Bibeltext und begann ihn zu studieren. Sie überflog den Text auf der Suche nach Kapitel 26 der Genesis. Sie las es zehnmal komplett durch, in der Hoffnung, eine Analogie zwischen dem Text und der Mordserie zu finden, doch ohne Erfolg. Jedes Mal, wenn sie den Vers Nummer 29 las, hielt sie beinahe den Atem an. »Dass du uns keinen Schaden tust, gleichwie wir dir nichts denn alles Gute getan haben und dich mit Frieden haben ziehen lassen.«

Aurora nahm ein Blatt aus dem Drucker und schrieb mit rotem Filzstift mehrmals den Satz darauf, den Ranuzzi in den Eingangsbereich der Roveres geschrieben hatte und dann auf die Wände seines eigenen Hauses. Dann betrachtete sie lange das Blatt und fragte sich, warum er das getan hatte. Wie konnte ein Ignorant von Ranuzzis Kaliber in der Lage sein, eine Passage aus der Bibel zu zitieren? Welche Geheimnisse lagen in den Windungen seines Gehirns verborgen? Was verband einen simplen Granatapfeldiebstahl mit einem derart grausamen Massaker? Sie recherchierte im Internet und fand heraus, dass der Granatapfel eine der Gaben war, die das auserwählte Volk im Gelobten Land finden sollte.

Aurora hängte das Blatt an die Wand, neben alle Indizien, die sie im Lauf der Ermittlungen gesammelt hatte; dann machte sie sich daran, weiter die übrigen Elemente zu analysieren.

Der Tag wich dem blutroten Licht des Sonnenuntergangs. Aurora griff nach dem Handy und rief Tom Carelli an. Nachdem sie einige Minuten mit ihm gesprochen hatte, griff sie nach ihren Autoschlüsseln und verließ die Pension.

# 62

Aurora stieg aus dem Wagen und betrachtete lange die Villa, die sich bei der Adresse befand, die Tom ihr genannt hatte. Sie prüfte den Namen auf dem Klingelschild und beschloss, den Knopf zu drücken. Eine schrille weibliche Stimme bat sie einzutreten.

Etwas ungläubig folgte sie dem Weg, der zum Eingang des Hauses führte, wo eine elegant gekleidete Dame um die fünfzig auf sie wartete. Sie trug die hellblond gebleichten Haare zu einem Pagenkopf geschnitten, der ein solariumgebräuntes Gesicht mit ebenmäßigen Gesichtszügen und kleinen Fältchen um die blauen Augen umrahmte. Die Ähnlichkeit mit Tom war unverkennbar.

»Buonasera«, sagte die Frau, »Sie müssen Aurora sein.«

»Höchstpersönlich.«

»Ich bin Gabriella.« Die Frau streckte Aurora die Hand hin. »Tom ist in seinem Zimmer, er kommt gleich. Wenn Sie möchten, können Sie den Mantel im Wohnzimmer ablegen.«

»Vielen Dank, aber ich bleibe nicht lange.«

»Wie Sie möchten«, antwortete Gabriella und forderte sie mit einem Handzeichen auf, ihr zu folgen.

Aurora betrachtete das Esszimmer des großen Hauses.

Der Boden war aus weißem Marmor mit rosaroten Venen. In einer Ecke stand eine große Vase aus orangefarbenem Kunstharz mit einem Strauß künstlicher Sonnenblumen. Neben einem gasbetriebenen Kamin standen zwei moderne Metallskulpturen.

Ein Labrador mit heraushängender Zunge tauchte hinter einem Sessel auf, und nachdem er Aurora einige Augenblicke beobachtet hatte, rannte er auf sie zu. Er sprang sie ohne jegliche Vorwarnung an, stützte seine großen Pfoten auf ihre Brust und leckte ihr übers Gesicht.

Aurora musste einen Schritt zurückweichen, um nicht hinzufallen. »He ... ganz schön schwungvoll!«, rief sie lächelnd.

»Yoda! Sitz!«, mahnte Toms Mutter.

Der Hund würdigte sie keines Blickes und begann stattdessen, um Aurora herumzuspringen.

»Alles in Ordnung«, sagte Aurora, nahm die Schnauze des Hundes zwischen die Hände und wuschelte ihm durchs Fell. »Yoda möchte nur gerne ein bisschen durchgekuschelt werden.«

»Sie sind also die Chefin meines Sohnes«, sagte Gabriella und setzte sich auf das helle L-förmige Sofa. Sie griff nach der Fernbedienung, um den riesigen Fernseher an der Wand gegenüber leiser zu stellen.

»Das ist technisch nicht ganz korrekt. Aber wir arbeiten im Augenblick zusammen, ja.«

Der Hund setzte sich zufrieden zu Auroras Füßen nieder, legte die Schnauze auf ihren Schenkel und sah zu ihr hoch; Aurora musste der Versuchung widerstehen, ihn weiter zu streicheln.

»Mein Sohn hat erzählt, Sie seien eine Art Team«, fuhr Gabriella fort. »Ich bin froh, dass er seine Erfahrungen macht, aber nach dem, was geschehen ist, bin ich besorgt. Es heißt, ein Polizist sei gestorben.«

»Das stimmt leider«, antwortete Aurora.

Gabriella schüttelte den Kopf. »Tommaso ist für dieses Leben nicht gemacht. Risiken eingehen, das ist nichts für ihn ... man stelle sich vor, er hätte einen sicheren Posten im Notariat seines Vaters haben können.«

»Bitte, Mama, ich hasse es, wenn du mich Tommaso nennst«, protestierte eine Stimme vom Treppenabsatz.

Aurora grüßte zu Tom hinauf, der die Treppe herunterkam. Er hatte Gazeverbände an Gesicht und Armen auf den Brandwunden, die er sich beim Feuer im Kommissariat zugezogen hatte.

Yoda lief schwanzwedelnd auf ihn zu.

»Und wie soll ich dich bitteschön sonst nennen?«, fragte die Frau und warf Aurora einen verständnisheischenden Blick zu.

Mit Yoda auf den Fersen kam Tom auf Aurora zu. »Hör nicht auf meine Mutter, sie macht sich zu viele Sorgen«, flüsterte er ihr zu.

»Ich habe dich gehört, weißt du?«, brummte Gabriella.

Tom zauste ein wenig Yodas Fell, dann schlüpfte er in eine schwarze Motorradjacke mit gepolsterten Schultern und zwei feuerroten Streifen an den Ärmeln. »Hör mal, Ma, ich gehe ein bisschen raus«, sagte er, während er sich die Brille auf die Nase schob. »Warte heute Abend nicht auf mich. Meine Chefin und ich müssen eine heikle Angelegenheit aufklären.«

»Entschuldige, das verstehe ich nicht. Bist du nicht krankgeschrieben? Und außerdem ... welcher Chef würde dich um diese Uhrzeit an einem Sonntag aus dem Haus jagen?«

»Das erkläre ich dir später«, antwortete Tom. »Es ist ein bisschen kompliziert.«

Yoda sah hinüber zu Toms Mutter und legte den Kopf mit einem leisen Winseln zur Seite.

»Ja, ja«, antwortete sie murmelnd. »Aber komm nicht so spät zurück.«

Bevor Aurora ins Auto stieg, warf sie Tom einen Seitenblick zu. »Du ... wohnst hier?«

Tom Carelli zuckte mit den Schultern. »Das sind nur Äußerlichkeiten. In Wahrheit ist das ein verdammter goldener Käfig.«

Aurora lächelte. »Und dein Vater ist also Notar.«

»Ja, aber seit die beiden geschieden sind, lebt er auf Capri. Er ist jetzt mit der Besitzerin eines Modegeschäfts zusammen, aber ich glaube, das ist nur ein Vorwand, um an die Modelle im Atelier ranzukommen.«

Aurora zog eine Augenbraue hoch. »Du bist ziemlich streng mit ihm.«

»Das ist ja wohl das Mindeste, nachdem er mich in diese Situation gebracht hat.«

»Wovon redest du?«

»Mein Vater ist ein alter Freund von Richter Torrese. Er war nie besonders präsent in meinem Leben, meine Eltern haben sich scheiden lassen, als ich noch klein war. Ich vermute, vor allem sein Schuldgefühl mir gegenüber hat ihn dazu gebracht, Torrese zu überreden, meinen Fall zu den Akten zu legen und dass ich bei der Polizei viel nützlicher sein könnte als hinter Gittern.«

»Wenn es so ist, wie du sagst, dann solltest du ihm dafür dankbar sein.«

»Bevor ich beinahe in der Hölle geschmort worden wäre, dachte ich auch so. Aber du musst mich verstehen.

Bis vor einem Jahr habe ich Informatik an der Uni studiert, und ich habe sicher nicht von einem Leben als Superheld geträumt.«

»Dann frage ich mich, was dir durch den Kopf ging, als du versucht hast, den Server der Staatsanwaltschaft zu hacken. Und sag nicht, du wolltest die Aufmerksamkeit deines Vaters auf dich lenken.«

Tom Carelli straffte die Schultern. »Ich muss zugeben, ich weiß es nicht. Damals hat es einfach Spaß gemacht. Als Piovani und seine Männer an der Tür klopften, um mich mit ins Kommissariat zu nehmen, nicht mehr so sehr.«

»Wie dem auch sei, die Polizei bietet gute Karrierechancen im Bereich Informatik. Vor allem jetzt, da das Cybercrime sich langsam zu einer echten Landplage entwickelt.«

Im Auto herrschte Schweigen. Wenige hundert Meter von der »Casa del Sorriso« entfernt, parkte Aurora den Wagen an einer abgelegenen Stelle.

»Versteh mich nicht falsch, mir gefällt, was wir hier machen«, fügte Tom hinzu, bevor er ausstieg. »Mit dir an diesem Fall zu arbeiten ist echt der Wahnsinn. Es ist nur so, dass ich ... gerne etwas mehr Zeit gehabt hätte zu entscheiden, was ich machen will, wenn ich groß bin. Das ist alles.«

Aurora warf ihm einen verschwörerischen Blick zu. »Einverstanden. Aber jetzt ist genug gejammert. Jetzt heißt es Handeln.«

»Zu Diensten, Frau Kommissarin«, lächelte Tom mit einem militärischen Gruß.

Auf dem Weg zur »Casa del Sorriso« versuchten die beiden, die Lichtkegel der Laternen zu meiden. Es hatte sich ein leichter Nebel gebildet, der es ihnen erleichterte, ungesehen zu bleiben.

»Warum benehmen wir uns wie zwei Räuber?«, murmelte Tom.

»Weil wir das sind«, antwortete Aurora.

»Hast du mir darum am Telefon nicht sagen wollen, worum es geht? Du hast nur gesagt, du bräuchtest mich unbedingt, aber nicht mal, wohin wir fahren würden.«

»Ich wollte es dir persönlich sagen.«

»Hast du Angst, dass dein Telefon überwacht wird?«

»Ich traue Torrese alles zu«, murmelte Aurora und ging zügig weiter. »Ich kann doch auf deine Verschwiegenheit zählen, oder?«

»Ich denke schon«, sagte Tom etwas betreten.

Aurora erkannte die Fassade der »Casa del Sorriso«. »Wir sind da.«

»Wir rauben doch kein Waisenhaus aus, oder?«, fragte Tom. »Das könnte ich nicht. Ich lege Wert auf Ethik, auch wenn mein Verständnis davon in den Augen der anderen manchmal etwas verdreht erscheinen mag.«

»Wir rauben keine materiellen Güter. Ich habe es auf einen kleinen Informationsdiebstahl abgesehen.«

»Kannst du das näher erklären?«

Aurora näherte sich dem Fenster des Büros, das sie am Nachmittag betreten hatte. »In dem Zimmer steht ein Computer. Ich habe Grund zu der Annahme, dass er die Daten aller Kinder enthält, die je in dieser Einrichtung aufgenommen worden sind.«

»Ich soll den Computer eines Waisenhauses hacken?«, fragte Tom überrascht.

»Genau das.«

Tom verzog die Lippen zu einem Lächeln. »Jetzt wird es interessant.«

»Könntest du etwas leiser sprechen?«, zischte Aurora.

Dann zog sie einen Schraubenzieher und ein kleines dreieckiges Holzstück aus der Tasche und setzte einen Hebel unten am Fensterahmen an und dann am höchsten Punkt, den sie erreichen konnte. Kurz darauf gab der Fensterflügel mit einem Knarren nach.

»Und wo ... hast du das gelernt?«

»Wenn man andauernd mit Kriminellen zu tun hat, schnappt man das ein oder andere auf.«

»Irre ich mich, oder ist das Hausfriedensbruch?«

»Du irrst dich nicht.«

Tom lachte leise. »Ich nehme an, Torrese ist nicht über unseren kleinen nächtlichen Ausflug informiert.«

»Torrese hört nicht mehr auf mich. Er will Manzèna den Prozess machen. Er hat mir die Ermittlungen aus den Händen genommen. Um genau zu sein, hat er mir befohlen, jede Nachforschung im Fall des Nagelmörders zu unterlassen.«

Tom kratzte sich den Nacken. »Zwischen euch beiden war es nicht gerade Liebe auf den ersten Blick.«

»Es ist wohl überflüssig hinzuzufügen, dass das Team aufgelöst worden ist.«

»Willst du damit sagen, ich bin bald wieder Bordfunker bei der Verkehrspolizei?«

»Was weiß denn ich?«, antwortete Aurora und kletterte in das kleine Büro.

Kurz nach ihr quetschte sich auch Tom durch die kleine Öffnung.

Aurora bemerkte, dass er schmollte. »Entschuldige«, sagte sie. »Manchmal vergesse ich die guten Manieren.«

»Schon gut«, sagte Tom, »das ist ja meine Angelegenheit. Es tut mir nur leid um das Team. Wir waren gut.«

Aurora lächelte. »Du hast Recht. Aber es ist noch nicht

vorbei. Obwohl Torrese alles tut, um uns Knüppel zwischen die Beine zu werfen, können wir diesen Bastard noch kriegen.«

Toms Gesicht leuchtete auf. »Was genau suchen wir?«

Aurora deutete auf den Computer auf dem Schreibtisch. »Einen Jungen, der zwischen 1992 und 1994 in diesem Waisenhaus war. Sein Name ist Filippo Rovere.«

»Rovere ...«, murmelte Tom Carelli. »Das erinnert mich an etwas.«

»Seine Familie wurde im Oktober 1991 von Ranuzzi, dem Monster mit der Axt, ausgelöscht.«

»Ach ja, Ranuzzi. Der ›Böse Wolf‹. Die Akte, die du mich gebeten hattest im Archiv zu suchen.«

»Genau«, sagte Aurora. »Filippo Rovere ist der Einzige, der das Gemetzel überlebt hat.«

»Das wusste ich nicht.«

»Es ist ein Detail, über das in der Stadt wenig geredet wird. Alles, was mit Ranuzzi und der Familie Rovere zu tun hat, scheint ein eher unliebsames Gesprächsthema zu sein.«

»Manche Dinge wollen die Leute eben lieber vergessen.«

Aurora nickte zustimmend.

Tom setzte sich an den Schreibtisch, und mit einer Bewegung, die der eines Taschenspielers glich, steckte er einen Stick in das Frontpaneel und schaltete den Computer ein. Aus dem Inneren des Gehäuses hörte man das jaulende Geräusch eines anlaufenden Ventilators. »Mein Gott, das Teil ist ja noch aus der Steinzeit.«

Nach einer Weile leuchtete der Bildschirm auf, und zwei Minuten später war der Startbildschirm mit dem Login-Feld zu sehen. Unter Auroras aufmerksamen Blicken tippte Tom einige Befehle in die Tastatur. Der Computer antwortete mit Reihen voller Zeichen, dann öffnete sich die Hauptseite des Betriebssystems.

»Wir sind drin«, sagte Tom. Nach kurzer Suche öffnete er die Systemsteuerung, und wieder wurde ein Passwort abgefragt.

»Probleme?«, fragte Aurora.

Tom drehte sich lächelnd zu ihr um. »Machst du Witze?«

Er klickte ein paarmal und bewegte den Zeiger der Maus dermaßen schnell über den Bildschirm, dass Aurora ihm kaum mit den Augen folgen konnte. Dann tippte er weitere Befehle ein, und kurz darauf erschien auf dem Bildschirm eine lange Liste von Namen und Verknüpfungen.

»Da ist er«, rief Aurora und deutete auf Filippo Roveres Namen in der Liste.

Mit einem Mausklick rief Tom das Dokument auf, das ihn betraf. »Wie es scheint, wurde er einer medizinischen Zwangsbehandlung unterzogen«, sagte er, »einer Notfallbehandlung für Patienten, deren psychischer Zustand so schlimm ist, dass sie eine Gefahr für sich und andere darstellen.«

»Das war also der Grund für seine Verlegung«, sagte Aurora. Es war klar, dass Filippos Behandlung wegen versuchter Brandstiftung, von der Silvia ihr berichtet hatte, im Waisenhaus begonnen worden war. Wahrscheinlich hatte sich der Vorfall im Zuge eines psychotischen Schubs ereignet, so dass eine Aufnahme in einem Institut notwendig wurde, dass seinem Zustand angemessen war.

»Ist es möglich, ein Bild aufzurufen?«, fragte sie dann.

»Leider gibt es keine in dem Archiv«, lautete Toms Antwort.

»Können wir erfahren, in welche Einrichtung er verlegt worden ist?«

Tom tippte auf der Tastatur, und wenige Augenblicke später leuchtete das Resultat seiner Suche auf.

Aurora zuckte zusammen, als sie den Namen des Instituts las, in das Filippo Rovere verlegt worden war.

Sie las ihn mehrmals, als weigere sich ihr Gehirn, die Antwort zu akzeptieren. Und doch war es die einzige Antwort, die einen Sinn ergab

»Villa Clara«.

# 63

Bononia, 29. September 1349

Padre Egidio lag zusammengekauert in der Gefängniszelle, doch als er ein Scharren hinter den Gittern vernahm, hievte er sich hoch auf die Ellenbogen.

»Ist da jemand?«, fragte er.

»Ich bin es, Padre Baldassarre«, antwortete der Besucher.

»Ich wusste, dass du dich für mich einsetzen würdest«, jubelte Padre Egidio. Sein Gesicht war von Schweißperlen bedeckt, und die Haare klebten ihm an der Stirn. Er war so mager, dass er beinahe aussah wie ein Skelett. Ihm war verboten worden, die schwarze Capa zu tragen, und seine zerschlissene Kutte voller Stroh, Schlamm und Körperflüssigkeiten verlieh ihm ein gespenstisches Aussehen.

Die Luft in der Zelle war geschwängert von Übelkeit erregenden Ausdünstungen. Es roch nach fauligem Fleisch und Exkrementen.

Padre Baldassarre senkte den Blick. »Tut mir leid, mein alter Freund. Ich habe alles versucht, um Gnade für Euch zu erlangen, doch der neue Inquisitor hat sich meinen Bitten gegenüber gleichgültig gezeigt.«

»Der neue ... Inquisitor? Wen meint ihr?«

»Der Bischof hat bereits Euren Nachfolger benannt. Lamberto da Cingoli.«

Schwankend kam Padre Egidio auf die Füße. »Ich bin der Inquisitor dieser Stadt! Es ist unrecht, einen Nachfolger zu nominieren, solange ich noch im Amt bin! Ich werde mich an die höchste Autorität des Gerichts wenden.«

»Das wird nichts nützen«, sagte Padre Baldassarre bitter. »Bis zur Amtseinsetzung Lamberto da Cingolis durch den Papst sind es nur noch wenige Tage.«

»Ich kenne Padre Lamberto. Er ist hinterlistig, anmaßend und arrogant. Jedes Mal, wenn er das Wort an mich richtete, spürte ich, wie viel Falschheit sich hinter seiner übergroßen Ehrerbietung verbarg. Er ist ein Mann, der Glaube mit Fanatismus verwechselt und Ehrgeiz mit Machthunger.«

»Er erinnert mich an Euch als junger Mann«, seufzte Padre Baldassarre.

Padre Egidio warf ihm einen giftigen Blick zu. »Noch ist nicht alles verloren«, sagte er dann und runzelte die Stirn, als denke er nach. »Ich kann noch immer auf einflussreiche Freunde an der Spitze der Macht zählen. Viele sind mir noch einen Gefallen schuldig. Sie werden mich hier rausholen. Und ich werde Genugtuung bekommen.«

Padre Baldassarre betrachtete einige Augenblicke die wässrigen Augen des Mannes, der einst zu den Mächtigen der Stadt gezählt hatte. »Ich fürchte, die Zeit arbeitet nicht zu Euren Gunsten. Sie kommen, um Euch zu holen, Padre Egidio. Mir ist nur erlaubt worden, Euch zu besuchen, um Eurer Seele vor dem Prozess Trost zuzusprechen.«

»P-Prozess?«, stammelte Padre Egidio ungläubig. »Es gibt keinen Grund, weshalb mir der Prozess gemacht werden sollte.«

Als er den Satz beendet hatte, öffnete sich eine Tür am Ende des Ganges, begleitet vom Klirren der Schlösser.

Einige Männer mit heruntergelassenen Kapuzen traten ein. Am Ende der Reihe ging ein junger Mann mit spitzem Gesicht und schmalen Augen, deren Iris so hell war, dass hinter dem Himmelblau eine Flamme zu leuchten schien. Er trug eine schwarze Capa über dem weißen Habit, die typische Kleidung der Mönche des Dominikanerordens.

»Padre Lamberto«, zischte Padre Egidio. »Ihr steckt also hinter dieser Schikane.«

»Schikane?«, lächelte Padre Lamberto höhnisch. »Ihr wollt Euch also der höchsten religiösen Autorität der Stadt widersetzen, Padre Egidio?«

»Ihr habt keinerlei ... Autorität«, nuschelte Padre Egidio. Er spürte einen stechenden Schmerz in der Brust. Er krümmte sich und musste an den Gitterstäben Halt suchen. Ein heftiger Hustenanfall überkam ihn, und er konnte den Satz nicht beenden.

»Öffnet die Zelle«, befahl Padre Lamberto seinen Männern.

Wenige Minuten später wurde Padre Egidio in die Aula des Tribunals geführt.

»Ihr könnt mir nicht den Prozess machen«, protestierte er, während ein Soldat von hinten auf seinen Rücken hieb, um ihn zum Niederknien zu bewegen. Ihm wurde schwindelig, und einen Augenblick lang sprach er mit gesenktem Kopf zum Boden. »Ich ... musste es tun ... Ihr versteht das nicht. Sie ... kommen immer wieder.« Er schien mit jemandem zu sprechen, der für die Augen aller anderen unsichtbar war.

»Gesteht Ihr also Eure Schuld?«, drängte Padre Lamberto. »Gesteht Ihr, bewusst ein Gelände betreten zu haben, das Gottes Gesetz ausdrücklich verbietet?«

»Gottes Gesetz ...«, murmelte Padre Egidio mit halb geschlossenen Augen. Es gelang ihm kaum, die Silhouetten der Männer auseinanderzuhalten, die ihn umstanden und die ihm unscharf und fern vorkamen. »Dieses Dekret habe ich selbst erlassen.«

»Ihr seid über kein Dekret erhaben. Auch wenn es eine Zeit gegeben hat, in der sich der Wille des Allmächtigen durch Eure Rechtsprechung geäußert hat, habt Ihr kein Recht, dagegen zu verstoßen.«

Padre Egidios Brust blähte sich, als hätte er kurz zu seiner alten Klarheit zurückgefunden. »Ihr seid nur eine Marionette, Padre Lamberto. Ihr seid nicht anders als diejenigen, die die Autonomie der Stadt verkaufen wollen.«

Padre Lamberto lächelte giftig. »Ich werde keine weiteren Verleumdungen gegen dieses Gericht dulden.« Er wandte sich an den Schreiber, der am anderen Ende des Raumes saß. »Es soll zu Protokoll genommen werden, dass der Angeklagte den Richter beschimpft hat.«

Der Schreiber tauchte die Gänsefeder in das Tintenfass und schrieb einige Worte auf ein Blatt auf seinem Pult.

Da Padre Egidio sich weigerte, auf die Fragen zu antworten, die ihm gestellt wurden, beschloss Padre Lamberto, ihn dem Martyrium des Pfahlhängens zu unterziehen. Es genügten wenige Minuten der Folter, um ein vollständiges Geständnis zu erhalten. Zwischen den Schüben seines Fieberwahns gestand Padre Egidio, mehrmals mit Mattia da Parma gesprochen zu haben. Seine lahmen Verteidigungsversuche bewirkten nichts weiter, als die Situation zu verschlimmern. Seine Ausführungen klangen wie Phantastereien eines Verrückten, so dass die anwesenden Mitbrüder immer wieder die Köpfe schüttelten und Mühe hatten, in dem gebrochenen Mann ihren einstigen Führer wiederzuerkennen.

Hexerei, Häresie, Verschwörung gegen die kirchliche Autorität waren nur einige der Anklagepunkte, die Padre Egidio sich zu unterschreiben gezwungen sah. Der Galgen war unausweichlich.

Am darauffolgenden Morgen drängten sich in den Straßen der Stadt die Menschen, die gekommen waren, der Exekution des großen Inquisitors beizuwohnen. Die Gelegenheit, dem Fall eines der gefürchtetsten Männer der Stadt beizuwohnen, wurde gefeiert wie ein Fest, das sogar die Pest vergessen machen konnte.

Padre Egidio wurde auf einem Eselskarren durch die Straßen gefahren.

Wie ein Ausgestoßener.

Kniend und an den Pranger gekettet fuhr er Richtung Piazza, unter dem vulgären Geschrei des Volkes, das ihn mit Schlamm, fauligen Früchten und Steinen bewarf.

Vom Scharfrichter vorangetrieben, erklomm Padre Egidio die Stufen zum Palazzo del Podestà, mehrmals stolpernd. Aufzustehen fiel ihm jedes Mal ein wenig schwerer. Der ehemalige Inquisitor blieb einige Male stehen, um die Mischung aus Speichel und Blut auszuspucken, die ihm infolge der fortdauernden Hustenanfälle aus der Lunge quoll.

Padre Egidio musste auf den höchsten Fenstersims klettern. Sein Geist war so verwirrt, dass er nicht verstand, wo er sich befand. Das Fieber und die Folter hatten jede Wahrnehmung verschleiert. Bis ein Gedanke ihm mit grausamer Klarheit das Hirn durchbohrte wie ein langer Nagel.

Sie kommen immer wieder.

Auf der Piazza unter ihm konnte Padre Egidio sie sehen.

Zwischen den Menschen, die sich auf der Piazza versammelt hatten, standen all jene, die er im Lauf der Jahre verurteilt hatte. Aus der tobenden Menge sah ihm Mattia da Parma mit zufriedenem Gesichtsausdruck entgegen. Auch die kleine Matilde und der kleine Pietro waren da, die Kinder des Bauern, der das Totendorf der Ausgestoßenen entdeckt hatte. Sie spielten mit einem Salamander, der zwischen den Ritzen des Pflasters herumhuschte; sie verfolgten ihn und versuchten, ihn mit den Händen zu fangen.

Nachdem mit lauter Stimme das Urteil verkündet worden war, das ihn zum Tod bestimmte, wurde Padre Egidios Körper hinuntergestoßen. Ihm war, als täte sich unter seinen Füßen ein Abgrund auf. Der Fall dauerte wenige Augenblicke, doch sie dehnten sich so sehr, dass sie zu einem Bruchteil von Unendlichkeit wurden.

Während der Abgrund auf ihn zuraste, spürte Padre Egidio die Luft an ihm vorbeirauschen, bis sie sich schließlich wie eine scharfe Klinge mit einem tödlichen Ruck um seinen Hals schloss und ihm den letzten Atem nahm. Er stieß ein langes, unmenschliches Röcheln aus, während sein Körper an der Wand des Palazzo baumelte und wie das unheimliche Pendel eines von Todeshand gelenkten Mechanismus hin und her schwang.

# 64

## Der Tag vor dem Wiedererwachen

Es war sinnlos, auf Schlaf zu hoffen. Aurora wälzte sich stundenlang im Bett. Ab und zu griff sie nach dem Telefon, um zu sehen, wie spät es war. Dann sah sie auf die mit Fotos und ausgedruckten oder handgeschriebenen Notizen gepflasterte Wand. Sie wälzte sich herum und flüchtete schließlich mit dem Kopf unter das Kissen, ihr Gehirn beschwörend, mit dem Nachdenken aufzuhören.

Nur zu gerne hätte sie sich ausgeruht, sie wusste, dass der kommende Tag schwierig werden würde.

Im ersten Morgenlicht nickte sie schließlich ein, Curzi vor Augen, wie er ihr in dem dunklen Zimmer sagte, das Monster, das sie jage, sei näher, als sie glaube.

Was meinte er damit? Es konnte kein Zufall sein, dass Filippo Rovere ausgerechnet ein Patient der Villa Clara gewesen war. Vielleicht hatte Curzi von seinem Versteck aus den Nimbus der Bosheit erkannt, der Filippo umgab, eine Person, die so besessen von ihren Wahnvorstellungen war, dass sie ein antikes Ritual reproduzierte, um sie zu vertreiben.

Das Klingeln des Telefons riss Aurora aus einem unruhigen Dämmerschlaf. »Scalviati«, antwortete sie, ohne nachzuschauen, wer anrief.

Keine Antwort. Das Schweigen dauerte einige Sekunden, in denen Aurora nichts weiter hörte als ein schnelles Atmen.

»Hallo?«, sagte sie.

Wieder blieb der Anrufer stumm.

Aurora sah auf das Handydisplay. Dort stand: Anonym. Der Anrufer hatte seine Nummer unterdrückt.

Instinktiv begann Aurora, sich fieberhaft umzusehen, als fürchte sie, dass der Mann mit dem grauen Pick-up zurückgekommen wäre, um ihr einen Besuch abzustatten. Doch sie war alleine in ihrem Zimmer. Das Einzige, was sie störte, war der Anrufer am anderen Ende der Leitung.

Sie hatte keinen Zweifel. Er war es und kein anderer: der Nagelmann. Er war zurückgekommen, um sie zu peinigen. »Woher hast du diese Nummer?«

Keine Antwort.

»Hör mir gut zu, du Bastard«, zischte Aurora. »Wenn du mir Angst machen willst, wird dir das nicht gelingen. Ich habe keine Angst vor dir. Und ich schere mich den Teufel um das, was Torrese sagt, ich werde dich weiter suchen. Und ich werde dich finden, das verspreche ich dir.«

Am anderen Ende der Leitung war ein leises Knistern zu hören, als wäre die Verbindung gestört. Kurz darauf sagte eine Stimme, die männlich klang, aber verzerrt und unkenntlich: »Das ist es ja, was ich will.« Und er legte auf.

Aurora starrte einige Augenblicke lang ungläubig auf den Bildschirm. »Scheiße«, brach es dann aus ihr heraus, und sie schleuderte ihr Handy zu Boden.

Als die aufgehende Sonne durchs Fenster rötliche Strahlen auf die Möbel warf, zog sie sich an und ging hinunter in die Küche.

Sie sah sich einige Sekunden lang um und versuchte, die Erinnerung daran zu vertreiben, wie sie dort eine Waffe gesucht hatte, um dem Unbekannten gegenüberzutreten, der die Intimität ihres Rückzugsortes verletzt hatte. Sie wärmte den Kaffee vom Vortag auf und goss ihn in eine große Tasse. Dann setzte sie sich und umklammerte die Tasse mit beiden Händen, um ihre Finger zu wärmen. Ab und zu trank sie einen Schluck.

Als die Wirtin die Küche betrat, fand sie Aurora dort sitzend, den Blick abwesend an irgendeinen Punkt des Zimmers gerichtet. »Alles in Ordnung?«, fragte sie.

Aurora schüttelte die Benommenheit ab. »Ja. Alles okay.«

Anders als Aurora, wirkte die Wirtin ausgeruht. Sie hatte sich die Augen mit Kajal und Lidschatten geschminkt und Rouge aufgetragen. Sie trug eine weiße Crêpe-Bluse und weite ecrufarbene Hosen. Alles in allem wirkte sie wie eine in die Jahre gekommene Puppe.

»Sie haben diese Nacht nicht geschlafen, stimmt's?«

Aurora nickte. »In letzter Zeit fällt es mir schwer einzuschlafen.«

»Sie sollten ein Glas Milch trinken, bevor Sie ins Bett gehen. Das wirkt wahre Wunder, wissen Sie? Man bezeichnet es nicht umsonst als die ›Droge der Kinder‹.«

»Danke für den Tipp, aber ich vertrage keine Laktose.«

»Dann versuchen Sie es doch mit Baldrian. Die natürlichen Mittel wirken immer am besten.«

Aurora versuchte zu lächeln. »Das werde ich mir merken.«

Die alte Dame füllte den Wasserkessel und stellte ihn auf die Kochplatte. »Ich wollte mir einen Tee machen. Möchten Sie auch einen?«

»Nein danke. Mir reicht mein Kaffee.«

Die alte Dame verzog den Mund. »Trinken Sie etwa den Kaffee von gestern?«

Aurora zuckte die Schultern. Sekundenlang sagte sie nichts. »Kannten Sie Ranuzzi?«, fragte sie nach einem Augenblick des Zögerns.

Die Wirtin atmete tief durch, als hätte sie bereits erwartet, dass die Frage früher oder später kommen würde. Schließlich war Aurora Polizistin und Fragenstellen ihr Beruf. »Was wollen Sie wissen?«

»Nur was er für ein Mensch war.«

»Nun, ich kann Ihnen sagen, dass er kein guter Mensch war.«

»Das glaube ich gerne. Immerhin hat er kaltblütig eine ganze Familie ausgelöscht.«

»Ich meine nicht nur das. Ich erinnere mich noch daran, als er in die Stadt kam. Er tauchte hier auf wie aus dem Nichts, wie eine bedrohliche Regenwolke. Jemand behauptete, er wäre vor irgendetwas auf der Flucht, und tatsächlich war die Hypothese nicht so ganz aus der Luft gegriffen.«

Auroras Blick wurde aufmerksam. »Erzählen Sie weiter.«

»Es dauerte nicht lange, bis die ersten Gerüchte über gewisse … Neigungen in Umlauf gebracht wurden.« Die alte Dame machte eine Pause, während der man nur das beginnende Pfeifen des Wasserkessels hörte. Sie holte eine Tasse aus der Anrichte und tat einen Beutel Earl-Grey-Tee hinein, den sie mit heißem Wasser aufgoss. Bevor sie den Beutel wieder herausnahm, rührte sie einige Male um. Dann nahm sie ihn mit den Fingern, obwohl das Wasser kochend heiß sein musste. Sie tat es ganz unbekümmert, als wäre ihre Haut unempfindlich gegen die Hitze.

»Welche Art von Neigungen?«, fragte Aurora.

Die alte Dame sah ihr direkt in die Augen. »Bezüglich Kindern.«

Aurora kniff die Augen zusammen und überlegte. »Ranuzzi war ein ... Pädophiler?«

»Nennen Sie es, wie Sie wollen, das ändert nichts an der Tatsache«, beschied die alte Dame knapp. »Ranuzzi war ein widerlicher Perverser, das war er. Ein schäbiger, barbarischer Kerl, der versteckt in seinem Haus lebte wie eine Ratte in der Höhle. In der Stadt sah man ihn nur, wenn er zum Markt ging, um Lebensmittel oder Saatgut einzukaufen. Als ich hörte, was er getan hatte, wunderte ich mich nicht.«

»Was wollen Sie damit sagen? Es gibt einen gewaltigen Unterschied zwischen einem Pädophilen und einem mehrfachen Mörder.«

»Nun, Ranuzzi war beides. Alle wussten, dass Filippo Rovere bei diesem Monster ein und aus ging. Der arme Junge. Was er alles erleiden musste.«

»Warum ging Filippo Rovere zu Ranuzzi?«

»Ich glaube, der Mann hatte ihn irgendwie eingewickelt. Sonst kann man sich nicht erklären, warum er dort so häufig anzutreffen war.«

Aurora schauderte bei dem Gedanken, dass Filippo Rovere als Kind womöglich nicht nur dem Mord an seinen Eltern beiwohnen musste, sondern auch noch missbraucht worden war. Das war genug, um jeden aus der Bahn zu werfen. Je mehr sie darüber nachdachte, desto wahrscheinlicher schien ihr die Hypothese, dass er zum Serienmörder geworden war. Abgesehen von einem kleinen, unbedeutenden Detail. Filippo Rovere war tot.

»Wahrscheinlich nicht, weil er Granatäpfel liebte«, sagte Aurora.

Die alte Dame trank einen Schluck Tee. »Glauben Sie mir, die Sache mit den Granatäpfeln hat nichts mit dem zu tun, was mit der Familie Ranuzzi geschehen ist. Ich habe meine eigene Theorie über die ganze Sache. Filippos Vater muss etwas über die Beziehung seines Sohnes zu Ranuzzi herausgefunden haben, und Ranuzzi wird gedacht haben, die beste Art, ihn zum Schweigen zu bringen, wäre die Axt.«

Aurora spürte einen kalten Schauer im Nacken. »Und was bedeutet dann dieser Satz? Was kann Ranuzzi dazu gebracht haben, nach dem Massaker alles mit einem Bibelzitat vollzuschreiben?«

Die Wirtin kniff die Augen zusammen, als versuche sie zu verstehen, was Aurora meinte. »Ein Bibelzitat? Was meinen Sie? Ranuzzi war sicher kein religiöser Mensch.«

»Ich habe ein paar Nachforschungen angestellt, und es kam heraus, dass der Satz ›Du wirst keinen Schaden tun‹ aus einem Vers der Genesis stammen könnte. Allerdings lautet der Originaltext ein wenig anders, nämlich ›Dass du uns keinen Schaden tust‹. Die Bedeutung des Satzes ist leicht verändert, aber Ranuzzi könnte sich auch ganz einfach geirrt haben.« Aurora klang selbst wenig überzeugt. Sie wusste, dass dieser Satz die Quelle von Ranuzzis Obsessionen gewesen sein musste, er konnte sich nicht geirrt haben, als er ihn wiedergab, selbst wenn er sich in einem Zustand höchster Erregung befand, nachdem er drei Morde begangen hatte.

»Dazu kann ich nichts sagen, tut mir leid«, schloss die Wirtin. »Aber eines ist sicher: Dieser Mann schmort jetzt in der Hölle.«

Als sie die Pension verließ, war Aurora überzeugt, dass es an der Zeit war, dem Fall Ranuzzi auf den Grund zu gehen. Je mehr sie im Leben Filippo Roveres wühlte, desto überzeugter war sie, dass sie mehr über den Fall ›Böser Wolf‹ in Erfahrung bringen musste, um das Rätsel des Nagelmörders zu lösen. Bei der Staatsanwaltschaft konnte sie die Unterlagen zur Anklage Ranuzzis nicht anfordern, Torrese würde sie in Stücke reißen. Doch sie konnte jemanden bitten, es für sie zu tun.

Und da Aurora und ihr Team in jeder Hinsicht raus aus dem Fall waren, blieb nur noch Placido Ferri aus der Gerichtsmedizin. Wenn er den Antrag bei der Staatsanwaltschaft stellte, würde das vielleicht keinen Verdacht erregen. Doch würde es ihr gelingen, ihn zu überzeugen?

Sie rief ihn auf dem Handy an, in der Hoffnung, dass Torrese ihn noch nicht darüber informiert hatte, dass er das Team aufgelöst und Aurora angewiesen hatte, sich aus den Ermittlungen rauszuhalten.

Am Telefon zeigte sich Placido Ferri kooperativ. Wahrscheinlich schätzte er Auroras Arbeit mehr, seit er in Ranuzzis Garage mit Bruno über den Mord an Celeste Martini gesprochen hatte.

Doch sie hielt sich bedeckt, sagte, sie wolle gerne persönlich mit ihm sprechen. Es handelte sich um eine zu heikle Angelegenheit.

Ferri erklärte ihr den Weg zu dem neuen Standort des Kommissariats in den Containern und versicherte ihr, dass er den ganzen Morgen dort sei, um die Arbeit der Spurensicherung neu zu organisieren.

Als Aurora die neue Zentrale erreichte, herrschte dort ein ständiges Kommen und Gehen von Polizisten und Beamten. Trotz der frühen Stunde waren die Arbeiten in vollem Gange. Einige trugen schwere Kartons hinein, andere Kisten voller Schreibwaren und Geräten aller Art, wieder andere trugen kleine Möbel.

Aurora trat durch die gläserne Eingangstür. Der Raum war mit Wänden aus Plexiglas unterteilt, die die einzelnen Büros voneinander trennten. Ein Beamter zeigte ihr die Stelle, wo die Abteilung Spurensicherung neuerdings saß.

Als Ferri sie eintreten sah, grüßte er kurz. »Und, Scalviati, wie finden Sie die neue Zentrale?«

Auroras Blick fiel auf ein digitales Mikroskop, das aus einer Kiste voller Gerätschaften auf dem Fußboden ragte, wie sie in einem Labor für chemische Analysen benutzt wurden. »Kommen diese Sachen aus dem Kommissariat?«

»Ja. Glücklicherweise haben die Feuerwehrmänner rechtzeitig eingegriffen, so dass zumindest einige Räume des Gebäudes vom Feuer verschont geblieben sind. Wir konnten einiges an Material retten, was eindeutig positiv ist. Ich habe zwei Jahre gebraucht, um ein neues Pulverset zum Sichern von Fingerabdrücken zu bekommen.«

In einer weiteren Kiste waren Fragmente verkohlter Gegenstände. »Und das hier?«

»Ein paar Sachen, die ich in den Räumen des Archivs gesammelt habe.«

Aurora betrachtete den Inhalt der Kiste. »Weiß man noch immer nichts über die Brandursache?«

Ferri breitete ergeben die Arme aus. »Noch nichts Genaues, aber wir arbeiten daran. Der Leiter der Feuerwehrtruppe hat einen Kurzschluss als Brandursache ausgeschlossen. Außerdem ist offensichtlich, dass die Flammen sich vom Kellergeschoss aus ausgebreitet haben. Auch wenn die ersten Proben darauf hindeuten, dass es Brandstiftung war, könnte es ebenso gut eine einfache

Unaufmerksamkeit gewesen sein. Wie du dir vorstellen kannst, hat es nicht lange gedauert, bis das ganze Papier im Archiv brannte.«

Ein metallener Gegenstand im Inneren der Schachtel weckte Auroras Aufmerksamkeit.

Ein Feuerzeug mit einem eingravierten Löwenkopf.

Brunos Feuerzeug.

Aurora riss die Augen auf. Sie erinnerte sich gut an das Feuerzeug, Bruno trennte sich nie von ihm, und als sie im Auto vor seinem Haus gesessen hatten und sie ihn fragte, was aus ihm geworden sei, hatte er nur geantwortet, er habe es verloren.

Instinktiv nahm Aurora es in die Hand, bemüht, dass Ferri nichts bemerkte. Sie war so bestürzt, dass sie einige Sekunden lang nichts sagen konnte, bis der Mann ihr einen fragenden Blick zuwarf.

»Hast du gehört, was ich gesagt habe?«

Aurora nickte. Eine Frage wirbelte ihr im Kopf herum: Was tat Brunos Feuerzeug an dem Ort, von dem das Feuer gedroht hatte, ihre Ermittlungen zunichtezumachen? Ganz zu schweigen vom armen Bonaccorsi, der in den Flammen umgekommen war.

»Hast du ... Hast du Bruno heute früh gesehen?«, fragte sie nach einer Weile, während sie Brunos Feuerzeug in den Händen knetete und es umklammerte wie den letzten sicheren Halt bei einem Schiffsbruch.

»Er ist noch nicht gekommen.«

Aurora spürte, wie die Wände des Büros immer enger wurden, wie ein Schraubstock, der sie zermalmte. Sie konnte nicht atmen. Sie brauchte Luft und hatte das Gefühl, dort drinnen würde sie ersticken. »Entschuldige, ich muss los«, nuschelte sie und drehte Ferri den Rücken zu.

Er sah ihr kopfschüttelnd nach.

Ein weit entferntes, hartnäckiges Geräusch riss Bruno aus dem Dämmerschlaf. Er lag auf dem Sofa, den Oberkörper in das Laken gewickelt, den Kopf auf dem Kissen.

Er griff nach seinem Handy, und auf dem Display las er Auroras Namen.

»Ja, bitte«, sagte er mit belegter Stimme.

»Ich bin's«, antwortete Aurora knapp. An ihrer Stimme erkannte Bruno, dass sie aufgeregt war.

»Alles in Ordnung?«, fragte er.

»Nein«, lautete Auroras Antwort.

Bruno rieb sich die Augen, um die Benommenheit abzuschütteln.

»Ist etwas passiert?«

»Ich muss mit dir sprechen.«

»Wo bist du?«

Aurora schwieg einige Augenblicke. »Im Stadion.«

»Im ... Stadion? Was zum Teufel tust du im Stadion?«

Keine Antwort. Aurora hatte bereits aufgelegt.

# 65

Bruno stieg die Stadiontreppe hinauf und blickte sich um. Aurora saß allein auf der Tribüne, den Blick vor sich gerichtet, als beobachte sie den Nebel, der sich auf die ordentlich gemähte Rasenfläche senkte.

Als er nahe genug herangekommen war, rief er ihren Namen.

Aurora drehte sich nicht um. Sie wandte nur den Kopf leicht zur Seite, wie um aus dem Augenwinkel einen Blick auf ihn zu erhaschen.

»Alles in Ordnung?«, fragte Bruno noch einmal.

Aurora schüttelte schwach den Kopf. »Hör auf, mich dauernd zu fragen, ob alles in Ordnung ist«, zischte sie. »Nichts ist in Ordnung – in Ordnung?«

Bruno blieb perplex neben ihr stehen. »Darf ich wenigstens erfahren, was wir hier machen?«

Aurora holte tief Luft. »Das ist der Ort, wo man sich Dinge sagt, für die man keine Worte findet.«

»Ich verstehe nicht.«

Aurora begann mit einem Gegenstand in ihrer Hand herumzuspielen, den Bruno im ersten Augenblick nicht erkennen konnte. »Eines Tages, als ich fünfzehn Jahre alt war, kam ich nach Hause und fand dort niemanden vor, der auf mich wartete. Wenige Augenblicke später bekam ich einen Anruf von meinem Vater. Er bat mich, zu ihm ins Stadion zu kommen. Er sagte, er müsse mit mir über etwas reden, für das ihm die Worte fehlten.«

Bruno strich Aurora über die Schulter, wie um sie seine Nähe spüren zu lasen.

Aurora entzog sich brüsk seiner Berührung. »Fass mich nicht an!«

Bruno zog die Hand zurück, als hätte er sich verbrannt. »Ich ... verstehe nicht, was du mir sagen willst.«

»Ich weiß nicht, warum mein Vater ausgerechnet diesen Ort wählte, um mit mir zu sprechen«, murmelte Aurora, wie zu sich selbst. »Vielleicht, weil er normalerweise voller Menschen ist und in diesem Augenblick in absoluter Stille lag. Vielleicht war es gerade das, was ihm half, klarer zu denken. In dieser Zeit litt Mama an einem Nervenzusammenbruch. Mein Vater musste mir beibringen, dass sie einen Selbstmordversuch unternommen hatte und dass man sie in die Klinik hatte bringen müssen.«

Bruno fuhr sich durch die Haare, in dem Versuch, seine Verlegenheit dadurch abzuschütteln. »Das tut mir leid.«

»Seitdem habe ich immer gedacht, dass ein leeres Stadion der perfekte Ort sei, um etwas zu sagen, wofür man keine Worte findet«, fuhr Aurora fort. »Auch wenn ich sie weiterhin nicht finde, die richtigen Worte für das, was ich dir sagen will.«

»Raus damit und basta.«

Aurora öffnete die Faust und präsentierte Bruno das Feuerzeug auf ihrer Handfläche.

»Wo hast du es gefunden?«, fragte er.

Aurora wandte sich um und begegnete Brunos Blick. »Das weißt du doch ganz genau.«

»Das weiß ich nicht. Ich habe dir doch gesagt, ich habe es verloren.«

»Hör auf!«, sagte Aurora. »Du kannst die Maske fallen lassen.« Ihre Stimme zitterte so stark, dass ihre Worte wirkten wie im Wind flackernde Flämmchen.

Bruno schüttelte heftig den Kopf. »Die ... Maske? Wovon redest du? Hörst du dir eigentlich manchmal selbst zu, wenn du redest?«

Aurora sprang auf und schlug mit der Handfläche auf Brunos Brust, als wolle sie ihn von sich schubsen. »Was hast du mit den Nagelmorden zu tun?«

Bruno kniff die Augen zusammen, als versuche er, etwas zu erfassen, das sich völlig seinem Verständnis entzog. »Was hat mein Feuerzeug mit den Verbrechen zu tun?«

»Es wurde im Archiv des Kommissariats gefunden. Und was ist der einzig logische Schluss daraus? Dass du das Feuer gelegt hast.«

»Das ist ... lächerlich«, stammelte Bruno. »Warum sollte ich so etwas tun?«

»Um zu verhindern, dass ich die Akte Ranuzzi finde, darum!«

»Hör zu, Aurora. Ich weiß, du bist aufgewühlt, aber versuch bitte, wieder zu dir zu kommen. Ich habe mit dieser Geschichte nichts zu tun! Ich habe keine Ahnung, wie mein Feuerzeug ins Archiv gekommen ist. Ich glaubte, es auf meinem Schreibtisch vergessen zu haben, ich spiele oft im Büro damit herum, um mich zu konzentrieren oder während ich am Telefon bin. Andere kritzeln auf Post-its, ich spiele mit dem Feuerzeug. Ist das so seltsam?«

»Ja, das ist es«, sagte Aurora.

»Denk doch mal nach, verdammt«, antwortete Bruno,

bemüht, nicht laut zu werden. »Ich war derjenige, der dich zu dem alten Archivar gebracht hat. Welches Interesse hätte ich gehabt, die Akte Ranuzzi vor dir zu verstecken, wenn ich dich dann zu Baldrati bringe, um ihren Inhalt zu rekonstruieren?«

»Das hast du nur getan, weil ich dich darum gebeten habe. Du konntest keinen Rückzieher machen.«

»Ich kann es deinem Gesicht ansehen, dass du eine schlimme Nacht hattest, Aurora, und ich versichere dir, meine war nicht viel besser. Ich habe stundenlang mit Elena gestritten, ich musste auf dem Sofa schlafen, und jetzt ... das hier.« Er machte mühsam eine Pause. Sein Atem ballte sich zu einer Kondenswolke. »Mein Gott, das ist alles so absurd!«

»Er hat mich angerufen«, fuhr Aurora ihm über den Mund.

»Wer?«

»Er, der Killer«, platzte Aurora heraus. Ihr Atem ging schnell, sie war völlig außer sich. »Filippo Rovere oder sein Geist oder wer immer die Morde an seiner statt verübt hat! Er hat mich heute früh im Morgengrauen angerufen. Er beobachtet mich. Er kennt meine Gewohnheiten, er antizipiert meine Bewegungen. Sein Anruf hat mich durcheinandergebracht, das stimmt, genau wie es mich durcheinandergebracht hat festzustellen, dass er in meinem Zimmer war; es ist, als wolle er mir klarmachen, dass er mich in der Hand hat. Aber für eines war diese schlimme Erfahrung gut. Sie hat mir die Augen geöffnet, Bruno. Der Mörder ist an meiner Seite. Und vielleicht steht er in diesem Augenblick hier vor mir. Spricht mit mir. Du weißt etwas, was du mir nicht sagen willst.«

Bruno blickte sich um, als spüre auch er die Anwesenheit des Mörders. Vielleicht beobachtete er sie auch in diesem Moment.

»Ich weiß nicht mehr als das, was ich dir bereits gesagt habe«, sagte er dann, bemüht, versöhnlich zu klingen. »Ich bin Polizist, Aurora. Ich könnte nie einem Unschuldigen Schaden zufügen.«

»Glaubst du, ich bin so naiv?«, explodierte Aurora. »Was ist das, eine Art Komplott? Deine ausweichenden Erklärungen, deine ständigen Versuche, Piovani zu schützen. Was versteckst du vor mir, Bruno?«

Bruno fuhr sich mit der Hand durch die Haare. »Ich habe kein Feuer im Kommissariat gelegt.«

»Du sagst andauernd, ich solle dir vertrauen. Aber dir zu vertrauen war der größte Fehler, den ich gemacht habe, seit ich in die Stadt gekommen bin.«

»Tu das nicht, Aurora. Bitte. Schieb mich nicht von dir. Ich bin dein Freund, dein einziger Freund.«

»Warum hast du mit Elena gestritten?« Aurora warf Bruno einen flammenden Blick zu.

»Bist du sicher, dass du das wissen willst?«, antwortete er.

»Was hat das für eine Bedeutung? Du wirst es mir sowieso nicht sagen.«

»Es war deinetwegen«, sagte Bruno, beinahe unhörbar.

»Wie bitte?«

»Hast du es noch immer nicht verstanden?« Bruno machte einen Schritt auf sie zu und sah ihr fest in die Augen.

»Was soll ich verstehen?«

Bruno nahm Auroras Gesicht in die Hände. Sie reagierte zu langsam, um ihm auszuweichen. Die Berührung mit der rauen Haut seiner Hände verursachte ihr eine Gänsehaut am ganzen Körper. »Ich habe mich in dich verliebt, Aurora.«

Aurora runzelte die Stirn, unfähig, etwas zu erwidern. »Red keinen Unsinn«, murmelte sie dann.

»Elena hat es bemerkt«, fuhr Bruno fort. »Wie könnte es anders sein? Sie hat gesehen, wie ich dich anschaue. Und sie hat auch bemerkt, dass meine Stimme anders ist, wenn ich mit dir zusammen bin, dass ich mich um dich sorge. Ich habe versucht, es abzustreiten, aber die Wahrheit ist, dass ich es auch vor mir selbst verstecken wollte. Und so kann ich nicht weitermachen.«

»Hältst du mich für die Protagonistin einer Liebesschnulze?«, platzte Aurora heraus und trat einen Schritt zurück.

»Ist es für dich so schwer, das zu akzeptieren? Ist es so schwierig anzuerkennen, dass du unter deinem Panzer ein wunderbarer Mensch bist?« Pause. »Diesen Menschen würde ich gerne kennenlernen.«

»Sowas darfst du mir nicht sagen!«

»Warum nicht?«

»Weil ich der verkorksteste Mensch auf Erden bin. Weil ich, wenn ich in den Spiegel gucke, am liebsten mein Gesicht neu entwerfen würde. Weil andere Frauen perfekt sind und ich ... einfach nur ich.«

»Du bist wunderschön und weißt es nicht einmal«, seufzte Bruno.

»Das ist doch Unsinn«, erwiderte Aurora ärgerlich. Doch in ihre Stimme hatte sich ein Zittern geschlichen, ihre Sicherheit und ihre Wut hatten sich mit einem Schlag aufgelöst.

»Stimmt«, lächelte Bruno ironisch. »Du bist ja zu sehr damit beschäftigt, dir selbst leidzutun, um zuzugeben, dass du wundervoll bist, wie du bist, und dass du durch deine bloße Anwesenheit in der Lage bist, ein Leuchten ins Zimmer zu bringen.«

Aurora zögerte. »Du Bastard«, murmelte sie ohne echte Überzeugung. Ihr Herz hatte begonnen, wie wild zu schlagen. Ihre Knie waren weich geworden. Sie fürchtete, sie könnten unter ihr nachgeben.

»Ich habe mich in dich verliebt«, wiederholte Bruno. »Obwohl du alles tust, um mich abzuweisen, obwohl ich weiß, dass ich dir nie ebenbürtig sein werde und wir nie eine gemeinsame Zukunft haben können. Es wäre lächerlich, das auch nur zu hoffen ... eine Zukunft, du und ich, die wir mit allen Mitteln versuchen, der Vergangenheit zu entfliehen.« Er schluckte laut, als koste ihn das Sprechen Mühe. »Wenn ich es dir heute nicht gesagt hätte, hätte ich nie mehr den Mut gefunden, es zu tun.« Er hob die Augen zum Himmel. Einen Augenblick lang verlor sich sein Blick in dem Weiß, das ihre reglosen Gestalten überspannte, dann richtete er sich wieder auf Auroras Gesicht.

Als Antwort darauf wurde sie feuerrot. »Du kannst nicht ...«

»Deine Eigenwilligkeit und Starrköpfigkeit, die Art, wie du dir eine Haarsträhne hinter das Ohr streichst, wenn du nervös bist, deine traurigen und zugleich stolzen Augen. Dein IQ entspricht den PS eines Rennwagens, und du bist wunderschön. Deswegen und wegen dem ganzen Rest habe ich mich in dich verliebt.«

»Sag. Das. Nicht«, knurrte Aurora. »Ich schwöre dir, sonst ...« Sie beendete ihren Satz nicht. Einige Augenblicke lang war das Rauschen der Schwingen eines Eichelhähers das Einzige, was in dem leeren Stadion zu vernehmen war. »Du weißt nicht, was Liebe ist.«

»Du hast Recht«, antwortete Bruno mit fester Stimme. Er kam noch näher und sah ihr fest in die Augen. Ihre Körper berührten sich beinahe. »Ich wusste es nicht, bis ich dich kennenlernte.«

Aurora spürte Brunos Atem, der seine Brust in stürmischem Rhythmus hob und senkte. Sie spürte das Klopfen ihres eigenen Herzens, das in den Schläfen explodierte.

Ohne jede Vorwarnung beugte sie sich zu ihm. Sie suchte seinen Mund und biss ihm heftig in die Unterlippe, als suche sie einen Halt, um nicht unterzugehen, während ein Gefühl überwältigender Schwäche sie zu überwältigen drohte.

Bruno antwortete mit einem erstickten Stöhnen. Dann nahm er ihren Nacken und drückte sie heftig an sich.

Aurora öffnete leicht den Mund und griff nach seinen Armen, krallte ihre Nägel in seine Jacke, als suche sie sein Fleisch.

Als ihre Zungen sich begegneten, fühlte Bruno sich erfüllt vom süßen Geschmack Auroras. Sein Blut begann schneller durch die Venen zu pumpen und brachte eine lange ersehnte und gefürchtete Droge mit sich.

Aurora machte einen schwachen Versuch, sich zu entziehen, und lehnte ihre Stirn gegen Brunos. »Ich ... kann nicht«, stöhnte sie.

Als einzige Antwort drückte Bruno den Rücken durch und presste seinen Körper gegen Auroras.

Aurora spürte, wie Brunos muskulöser Oberkörper gegen ihre Brust drückte.

»Nein«, murmelte sie. Dann schob sie ihn entschlossen von sich, obwohl sie tief in sich den Wunsch spürte, sich in seiner Umarmung zu verlieren. Jeder Zentimeter ihrer Haut glühte, wie in einem plötzlichen Fieber.

Die beiden sahen sich einen endlosen Moment lang in die Augen. Brunos Gesicht sah verzerrt aus, er wirkte halb verdurstet, wie nach einer wilden Jagd.

»Aurora ...«, flehte er.

»Sag nichts!«, knurrte sie. »Ich muss nachdenken ... ich muss ...«

Sie schüttelte den Kopf und machte Anstalten zu gehen.

Bruno stellte sich ihr in den Weg. Aurora machte einen Satz, um ihm auszuweichen, dann lief sie schnell die Stufen hinunter.

Bruno eilte ihr nach und fasste sie an der Schulter.

Aurora fuhr herum. Sie holte aus und versuchte, ihm einen rechten Haken zu verpassen.

Mit einer schnellen Bewegung wich Bruno ihr aus, indem er den Kopf zur Seite warf. Er verlor einen Augenblick das Gleichgewicht und stolperte. Dann fing er sich wieder und kam eine Stufe unter ihr zum Stehen. »Aber was ...«

Aurora ging wieder zum Angriff über und begann ihn zu schubsen. Bruno blieb reglos stehen, und sie hieb ihm mit den Fäusten auf die Brust, als wolle sie seine Sicherheit zum Bröckeln bringen.

»Lass mich in Ruhe!«, rief sie und versuchte dann erneut, ihn mit den Fäusten zu treffen.

Bruno wich zurück, bemüht, nicht nach hinten zu fallen. Schließlich stand er mit dem Rücken zum Gitter wie ein Boxer in den Seilen. Er wehrte Auroras Angriff ab, indem er ihre Handgelenke festhielt. So standen sie umschlungen, in einer Umarmung, die aussah wie ein Kampf.

»Hör auf, verdammt«, knurrte Bruno. »Was ist los mit dir?«

Aurora hielt plötzlich still. Ihr Gesicht war verzerrt, ihr Atem ging keuchend. Sie warf ihm einen Blick zu wie einen brennenden Dartspfeil. Sie hätte nicht in Worte zu fassen vermocht, welcher Kampf sich in ihrem Inneren abspielte. Ihr Hirn war wie benommen von dem Verlangen, sich gehen zu lassen, obwohl ihr eine rationale Stimme tief in ihren Inneren immer wieder sagte, das könne sie nicht tun. Nicht mit Bruno. Nicht, bis sie nicht sicher war, dass sie ihm vertrauen konnte.

Doch auch wenn die Logik gebot, sich von ihm fernzuhalten, war es der Körper, der sie verriet. So sehr sie sich auch mühte, die Anziehung zu leugnen, die Bruno auf sie ausübte, dieser Kuss hatte eine nicht mehr zu stoppende Kettenreaktion in Gang gesetzt. Sich dagegen zu wehren war nutzlos. Jeder Zentimeter ihres Körpers ersehnte den Kontakt.

Sie nahm Brunos Gesicht in die Hände und suchte wieder seinen Mund. Die beiden verschmolzen in einem wütenden, verzweifelten Kuss, einander suchend und gleichzeitig abstoßend.

Er zog seine Jacke aus und warf sie von sich. Aurora bückte sich, um die Schnürsenkel ihrer Stiefel zu lösen und eilig die Hose abzustreifen. Die weiße Haut ihrer schmalen Beine erzitterte beim Kontakt mit der kalten Luft.

Während Bruno ihre Bluse aufknöpfte, schob Aurora sein T-Shirt hoch und zerkratzte ihm die Hüften, erkundete die Härte seiner zum Zerreißen gespannten Brustmuskeln. Bruno biss ihr in den Hals, was eine stürmische Reihe von Seufzern auslöste.

Aurora fasste Bruno an den Schultern und schob ihn zur Seite, dann nahm sie seinen Platz am Gitter ein.

Ihre Körper umschlangen sich eng. Bruno drang in sie ein, mit kurzen Atemstößen wie ein animalisches Knurren.

Aurora spürte, wie Brunos Fleisch sie bis in die Tiefe ausfüllte. Einen Augenblick lang vergaß sie zu atmen. Als sie es wieder tat, entfuhr ihr ein Schwarm erstickter Seufzer.

Sie drückte den Rücken durch, damit Bruno noch tiefer in sie hineingleiten konnte. Sie grub die Finger in sein Haar, als wolle sie es ausreißen, und schlang die Beine um seine.

Bruno knetete ihren Po und drückte sie fest an sich.

Bei jedem von Brunos Stößen rieben ihre Becken gegeneinander, wie die Wellen im Ozean. Aurora konnte ein Erschauern nicht unterdrücken, während das Halfter mit der Pistole gegen das Metallgitter stieß.

In ihren Blicken lag ein unbezähmbares Feuer, das aus der Tiefe ihres Fleisches kam. Sie gaben sich einem immer heftigeren Drängen hin, laut stöhnend, in wachsender Inbrunst erbebend, ein unaufhaltsames Rennen, das sich in einer Serie von Kontraktionen entlud, einer Detonation innerhalb und außerhalb, die ihre Gesichter verzerrte, ihre Haut entflammte, sie mit einem Gefühl absoluter Zugehörigkeit überschwemmte.

Und Aurora kam es vor wie eine Heimkehr.

# 66

Auf den Stufen sitzend, in einer Umarmung wie eine tröstliche Zuflucht, tauschten Bruno und Aurora einen verstohlenen Blick, um die Augen dann sofort wieder abzuwenden.

»Ich muss gehen«, brach sie das Schweigen, den Blick jenseits der Mauern in die Ferne gerichtet. Sie hatte sich schnell angezogen, als könnte das Bedecken ihrer Nacktheit sie vergessen machen, dass sie die Kontrolle verloren hatte.

Bruno fand nicht die richtigen Worte, um etwas zu erwidern. Er blieb reglos sitzen und beobachtete Auroras nervöse Finger, bis sie in den Manteltaschen Zuflucht fanden.

Bruno konnte nicht anders, als sich zu fragen, was er für sie von diesem Moment an sein würde. Ein Kollege, mit dem sie sich hatte gehen lassen und dem sie darum nie wieder in die Augen schauen konnte? Würde sie ihn mit derselben verbissenen Hartnäckigkeit von sich fernhalten, mit der sie ihre Obsessionen zu verscheuchen suchte, oder würde es einen besonderen Raum in ihrem Gedächtnis geben, an dem sie die Erinnerung an diesen Morgen verwahrte? In welche Schachtel würde Aurora den Augenblick verschließen, den sie geteilt hatten?

Aurora stand auf und drehte Bruno den Rücken zu. Sie ging los, in Richtung Ausgang.

Instinktiv folgte ihr Bruno. »Tu das nicht«, murmelte er.

Aurora blieb stehen und neigte den Kopf zur Seite, ohne etwas zu sagen.

»Schiebe mich nicht von dir, als wäre ich ein Fremder.«

Nach einem Augenblick des Zögerns antwortete Aurora: »Das könnte ich sowieso nicht. Ich habe nicht die Absicht, so zu tun, als wäre es nie geschehen. Was wir erlebt haben, war wunderschön. Auch wenn es sich nicht wiederholen wird.«

Bruno suchte ihren Blick. »Ich habe Elena verlassen«, sagte er. »Ich meinte es ernst, als ich sagte, ich habe mich in dich verliebt. Ich konnte ihr nicht länger etwas vormachen.« Er machte eine Pause. »Ich konnte mir selbst nicht länger etwas vormachen.«

»Das hättest du nicht tun sollen«, seufzte Aurora. »Du hast keine Ahnung, was es bedeutet, mit einer wie mir zusammen zu sein.«

»Ich bin hier. Für dich. Schick mich nicht fort.«

»Bitte, mach alles nicht noch schwieriger.« Auroras Stimme klang wie ein Klagen. Sie senkte kurz den Blick, dann sah sie Bruno in die Augen. »Jetzt entschuldige mich bitte, ich habe viel zu tun.«

»Du willst doch nicht aufgeben, oder?«

»Ich kann nicht aufgeben«, sagte Aurora mühsam. »Du hast diese Stimme am Telefon nicht gehört. Dieser Mann wird weiter töten. Ich ... muss ... ihn ... aufhalten.«

»Torrese wird es dir nicht leicht machen.«

»Du kannst mich nicht beschützen, Bruno. Ich bin inzwischen zu sehr involviert. Ich muss der Sache auf den Grund gehen.«

»Was hast du vor?«

»Ich fahre noch einmal zur Villa Clara. Ich muss Filippo Roveres Spuren folgen. Ich habe herausgefunden, dass er in der Kindheit dort medizinisch behandelt wurde. Die einzige Möglichkeit, das Rätsel zu lösen, ist herauszufinden, was ihm widerfahren ist.«

Aurora drehte Bruno wieder den Rücken zu und setzte ihren Weg fort, durch den Gang hinaus aus dem Stadion.

»Ich werde Piovani von deiner Theorie erzählen«, sagte Bruno. »Und diesmal muss er mir zuhören.«

Aurora blieb stehen, ohne sich umzudrehen. Dann schüttelte sie schwach den Kopf.

»Bitte, Bruno, erspare mir deine guten Absichten.«

»Ich gebe zu, auch ich war skeptisch. Jedenfalls bis wir mit Baldrati gesprochen haben. Vielleicht hätte ich dich mehr unterstützen können, aber ... versetz dich doch mal in meine Lage. Auch für mich war es nicht leicht zu vertrauen.«

»Du hast genug getan, wirklich. Wenn du nicht gewesen wärst, wäre ich der Wahrheit nie so nahe gekommen.«

Es folgten einige lange Augenblicke des Schweigens, in denen die Wände des Ganges zu eng schienen, um ihre Gefühle aufzunehmen.

Die Ruhe, die über dem Stadion lag, herrschte nur an der Oberfläche. Bruno hatte den Eindruck, nur einen Schritt entfernt von einem Punkt zu stehen, von dem es keine Wiederkehr mehr gab. Er wusste nicht, woher diese Gewissheit kam, aber war der Überzeugung, wenn er Aurora jetzt gehen ließe, würde er sie nie wiedersehen.

Wen jagte Aurora wirklich? Einen kalten, gnadenlosen Killer oder den Schatten ihrer eigenen Schuldgefühle?

»Es geschah etwa ein Jahr nach meiner Rückkehr in die

Stadt«, sagte Bruno, als antworte er auf eine Frage, die Aurora nicht gestellt hatte. »Du hast dich gefragt, warum ich Piovani so verbunden bin. Jetzt sollst du es erfahren.«

Aurora blieb mit dem Rücken zu ihrem Kollegen stehen, unentschlossen, ob sie ihn anhören oder die wenigen Schritte zurücklegen sollte, die sie vom Eingangstor trennten, um den Türgriff zu betätigen und alles hinter sich zu lassen.

»Nach dem Militärdienst war ich nicht der Mensch, der ich jetzt bin«, fuhr Bruno fort. »Ich war ruhelos und aufgewühlt. Ich hatte jede Nacht Alpträume. Der Krieg hatte mich tief im Innersten verändert. Ich lebte in den Tag hinein, und es gelang mir nicht, die Antwort auf die Frage zu finden, wer ich geworden war.« Er machte eine Pause, in der sein Atem und der Auroras im Gleichklang waren. »Ich begann einen gewissen Gas zu treffen, einen Dealer, der arme Teufel wie mich mit Stoff versorgte. Und da lernte ich Umberto kennen, Piovanis Sohn.«

»Piovanis Sohn?«, murmelte Aurora wie zu sich selbst.

»Das scheint unmöglich, nicht wahr? Aber die Realität ist eben nicht schwarz oder weiß. Die Tücke steckt immer in den Grautönen. Umberto hasste seinen Vater, die starre Weltanschauung eines Provinzbeamten, sein Leben aus geheuchelten Ritualen. Umberto war gutaussehend, zwanzig Jahre alt und pfiff auf Konventionen. Wir wurden Freunde, und eine Zeit lang waren wir unzertrennlich. Aber ich habe nicht sehr viele Erinnerungen aus dieser Zeit meines Lebens. Wir dröhnten uns so sehr zu, dass wir jeden Sinn für die Realität verloren. Jeder Tag war wie der andere, aber wenigstens betäubte mich das Kokain-Rauchen genug, um mich die Unruhe und die Wut vergessen zu lassen, die sich mir angeheftet hatten, seit ich in das sogenannte zivile Leben zurückgekehrt war.«

Aurora stand reglos, wie hypnotisiert von Brunos monotoner Stimme, die keinerlei Emotion verriet.

»Es gab immer jemanden, der ein Fest gab, um die ohrenbetäubende Stille dieser Stadt zu vertreiben, es gab immer ein Lokal, um einen Abend würdig zu beschließen, ein Straßenschild, auf das man einschlagen, einen Müllcontainer, den man anzünden konnte. Mein Frühstück bestand aus 66cl Ceres. Ich war ständig betrunken oder bekifft. Ich wachte jeden Morgen neben einem anderen Mädchen auf, und ... weißt du was? Das fand ich gar nicht schlecht. Ich hatte keine Ahnung, wie sie hießen oder was sie im Leben machten, ob ich sie an der Theke einer Bar kennengelernt hatte oder bei einem der Junkies, mit denen ich rumhing. Sie waren nur Komparsen, eine Ablenkung, die mich davon abhielt, darüber nachzudenken, wie sinnlos mein Leben geworden war. Bis zu der schrecklichen Nacht, als es zur Abrechnung mit dem Schicksal kam.«

Aurora drehte sich um und sah Bruno in die Augen. Sie waren rot. Seine Lippen waren rissig, als hätte er eine Wüste durchquert. Doch sein Tonfall war so kalt wie die Luft, die ihn umgab.

»Durch Gas war ich mit illegalen Rennen in Berührung gekommen. Durch meinen Bruder kam ich an Ersatzteile für Sportwagen. Umberto war passionierter Mechaniker, und er half mir mit der Feinabstimmung des Wagens. Ich hatte den Wagen ›Skylar‹ getauft, er ging ab wie ein geölter Blitz. Ich war so stolz auf ihn, dass ich behauptete, keine Frau könne mit seiner Karosserie mithalten. Bis ich eines Nachts bei einer Testfahrt auf der Umgehungsstraße die Kontrolle verlor und von der Straße abkam.« Bruno unterbrach sich. Er atmete tief ein, bevor er weitersprach. »Fünf Gramm Kokain. Das hatten wir davor bei Gas geraucht. Umberto und ich waren so breit, dass wir stundenlang halb bewusstlos in dem Wagen saßen und kaum realisierten, was mit uns geschehen war, bis uns die Rettungskräfte fanden. Ich erinnere mich kaum an diesen Moment, aber die Geräusche haben sich in mein Gedächtnis eingebrannt. Das metallische Knirschen der Karosserie, die sich an der Platane zusammenfaltet, an der mein Rennen geendet hatte, und der hämmernde Sound der Stereoanlage meines Skylar, die die ganze Zeit weiter Techno in höchster Lautstärke ausspuckte, selbst als der Wagen nur noch ein Schrotthaufen war.«

Aurora strich sich über die Stirn, als helfe ihr diese Geste beim Nachdenken. »Was ist aus Umberto geworden?«

»Seine Beine sind gelähmt. Er lebt im Rollstuhl, wie ein Häftling, im Haus seiner Eltern. Er traut sich nicht heraus, dutzende Operationen haben nicht viel von seinem Gesicht übrig gelassen.« Er machte wieder eine Pause. »Und all das war einzig und allein meine Schuld.«

»Aber ... Piovani ...«

»Piovani ist es gelungen, mich nicht zu hassen«, seufzte Bruno. »Und das tut noch mehr weh als die Narben. Ich war drogenabhängig und verhaltensgestört. Ich habe ihm und seiner Familie unaussprechliches Leid angetan, trotzdem hat er mich aufgenommen wie einen Sohn. Er hat die Ermittlungen über die illegalen Rennen im Sand verlaufen lassen und nie mehr davon gesprochen. Vielleicht hat er versucht, das zu retten, was einmal Umberto gewesen war, indem er mich rettete. Er hat mich zu dem gemacht, wie er gerne seinen Sohn gesehen hätte. Ich verdanke es ihm, dass ich jetzt clean bin und einen respektablen Job habe. Ich kann ohne Übertreibung sagen, dass ich Piovani mein Leben verdanke. Vielleicht ist er kein brillanter Polizist. Er ist mürrisch und eigensinnig. Möglich, dass er nie eine große Intuition besessen hat. Aber er ist ehrlich. Und ich würde ihn nie verraten. In der schlimmsten Zeit meines Lebens hat er mir Mut gemacht und mir geholfen, wieder aufzustehen.« Eine weitere Pause. »Am Tag meiner Aufnahmeprüfung bei der Polizei haben wir zusammen Mittag gegessen, und ich habe ihn gefragt, woher er die Kraft genommen hatte, mir zu verzeihen.«

»Und was hat er geantwortet?«

Brunos Silhouette zeichnete sich scharf im Halbschatten ab, wie eine Kerze, die im Sturm flackerte. »Dass er das nie getan hat.«

# 67

Piovani öffnete die Haustür. »Scalviati!«, rief er ungläubig.

»Mir wurde gesagt, ich könnte Sie hier finden«, sagte Aurora.

Er wandte ihr den Rücken zu, und Aurora folgte ihm in ein schlicht möbliertes Wohnzimmer.

Piovani sah mitgenommen aus, und er war unrasiert. Er wirkte, als wäre er auf einen Schlag um zehn Jahre gealtert. »Wenn Sie gekommen sind, um sich für das zu entschuldigen, was im Präsidium geschehen ist, können Sie es sich sparen. Ich grolle Ihnen nicht.«

»Ich war vom Gegenteil überzeugt.«

Piovani setzte sich auf ein Sofa mit knitterigem Blumenmuster. »Sie sind so voller Überzeugungen, dass ich mich frage, ob da in Ihrem heißen Kopf noch Platz für irgendetwas anderes ist.«

Aurora musste lächeln. »Glauben Sie nicht, es ist an der Zeit, das Kriegsbeil zu begraben?«

Piovani straffte die Schultern. »Ist es das, was Sie denken? Dass ich Krieg gegen Sie führe?«

»Ich wüsste nicht, wie ich Ihre Feindseligkeit sonst nennen sollte.«

»Befragen Sie mal Ihr Gewissen, Scalviati. Seit Sie hier

angekommen sind, haben Sie nichts anderes getan, als die Musterschülerin heraushängen zu lassen. Vielleicht war ich ein bisschen hart, aber Sie haben ständig meine Autorität in Frage gestellt. Ist das denn jetzt wichtig?«

»Nein.«

»Ich habe gerade mit Bonaccorsis Mutter gesprochen, um ihr mein Beileid auszudrücken«, fuhr Piovani fort. »Wenn ein Kollege stirbt, ist das immer eine riesige Scheiße ... Entschuldigen Sie, wenn ich jetzt keine Lust habe, mir Ihr Gejammer anzuhören.«

Auroras meinte, hinter einer verschlossenen Tür ein Geräusch zu hören. Es war nicht mehr als ein leises Knarzen, doch es ließ sie vermuten, dass sich hinter der Schwelle noch jemand anderes befand. War es vielleicht Umberto?

»Bruno hat mir von Ihrem Sohn erzählt.«

»Colasanti hat nie kapiert, wann er besser seine Scheißklappe halten sollte.«

»Ich wollte Ihnen nur sagen, dass es mir leidtut ...«

»Ich brauche Ihr Mitleid nicht, Scalviati. Und wenn es Ihnen nichts ausmacht, entschuldigen Sie mich jetzt bitte. Wie Sie sich denken können, habe ich viel zu tun.«

Aurora strich sich eine Haarsträhne hinter das Ohr. »Es ist noch nicht vorbei«, sagte sie mit leiser Stimme. »Ich weiß, dass Sie das wissen, auch wenn Sie versuchen, es nicht zu zeigen. Sie spüren es, genau wie ich es spüre. Weil Sie genau wie ich die Straße kennen. Und den Geruch des Todes.«

»Das ist der Unterschied zwischen uns beiden, Scalviati. Ich weiß, wo mein Platz ist. Wir sind Beamte, keine Scharfrichter.

»Was Sie vor zwanzig Jahren im Haus der Familie

Rovere gesehen haben, hat Sie zu einem anderen Menschen gemacht, stimmt's?«

Piovani rieb sich die Augen, wie um eine schmerzhafte Erinnerung zu vertreiben. »Ich …«

»Haben Sie deshalb beschlossen, sich hinter einen Schreibtisch zu flüchten, in der Hoffnung, eine Barriere zwischen sich und das Grauen zu schieben, das Sie erlebt haben?«

Piovani atmete tief durch. Er schwieg für einige Sekunden, die wie eine Ewigkeit schienen. Als er schließlich sprach, kam seine Stimme nur stockend. »Carlo war immer stärker als ich. Als wir jung waren, war er hübscher, hatte mehr Schlag bei den Mädchen. Vor allem war er ein besserer Polizist. Aber nach dem Fall Ranuzzi veränderte er sich völlig. Er wurde spröde und verschlossen. Und nachdem Ranuzzi sich das Leben genommen hatte, wollte er nie wieder über diese Geschichte reden. Aber ich wusste, dass es ihn von innen her auffraß, dass er nicht mehr schlafen konnte, genau wie ich, sonst hätte er nie beschlossen, den armen Filippo Rovere zu adoptieren.« Piovani machte eine kurze Pause, in der er Auroras Blick suchte. »Rossella und ich waren mal ein Paar. Ich war überzeugt, dass wir eine besondere Bindung hatten, dass sie die Frau war, die ich heiraten würde. Stattdessen wählte sie am Ende Carlo, aber ich habe es ihr nicht zum Vorwurf gemacht. Über die Jahre wurden wir gute Freunde. Mit ihr konnte ich über alles sprechen, was ich mit Carlo nicht besprechen konnte. Als die Adoption Filippos schiefging, sprach Rossella sich bei mir aus, genau wie ich es mit ihr gemacht hatte, als mich die Alpträume plagten wegen dem, was ich in jener Nacht gesehen hatte. Ich erinnere mich noch genau an den Tag, als sie erfuhr, dass

Filippo gestorben war. Ich nahm ihre Hand, um sie zu trösten, doch sie zog sie zurück. Sie sagte, vielleicht sei es so das Beste. Sie wirkte sogar … erleichtert. Als könnte sie endlich das Wort ›Ende‹ unter eine Geschichte setzen, die ihr Leben für immer verändert hatte.« Piovani senkte für einen Moment den Blick. »Wir hatten nie eine Affäre, Rossella und ich, aber ich gebe zu, es hat Zeiten gegeben, in denen ich dachte, unsere Verbindung wäre stärker denn je. Es gab einen Augenblick, in dem ich vorhatte, alles hinzuschmeißen und mit ihr durchzubrennen. Aber um wohin zu gehen?«

»Das kenne ich gut«, sagte Aurora. »Auch ich habe mir oft gewünscht, alles hinzuschmeißen. Aber man kann nicht vor der eigenen Vergangenheit fliehen. Sie ist immer da.«

»Sie glauben, Sie könnten etwas bewirken, Scalviati. Aber in unserem Job gibt es Regeln, an die man sich halten muss. Tut mir leid wegen der SoKo. Ich muss zugeben, dass Torrese in Bezug auf Sie Recht hatte. Sie sind eine gute Polizistin, nur ein bisschen zu emotional. Aber jetzt lassen Sie es gut sein. Lassen Sie die Justiz ihren Lauf nehmen.«

»Das kann ich nicht«, brummte Aurora.

Schon wieder dieses Geräusch hinter der Tür. Jetzt war Aurora sicher. Jemand stand hinter der Türschwelle und hörte ihre Unterhaltung mit an.

»Soll ich Ihnen etwas sagen?«, fragte Piovani und zog eine Grimmasse. »Als Rossella mich Mittwoch früh anrief, um von Carlos Verschwinden zu berichten, spürte ich einen Moment lang eine seltsame Euphorie. Ich war so dumm zu glauben, dass er einfach nur gegangen war, wie damals, als er seinen Abschied bei der Polizei einreichte.

Es war nur ein kurzer Augenblick. Aber in diesem Augenblick habe ich geglaubt, dass Rossella und ich eine neue Gelegenheit bekämen, uns näherzukommen. Denn die Wahrheit ist, dass ich noch immer in sie verliebt bin, mehr als ich je in meine Frau verliebt war. Ist das nicht peinlich?«

»Man kann nichts für seine Gefühle.«

»Trotzdem fühle ich mich wie der letzte Dreck. Ich habe Rossellas Sorge nicht ernst genommen. Ich habe sogar versucht, sie zu beruhigen. Wenn ich schnell gehandelt hätte, wer weiß, dann hätten wir vielleicht sogar Carlo retten können.«

»Ich werde Ihnen jetzt nicht vorbeten, wie nutzlos und schädlich das Bedauern ist, Piovani. Das Einzige, was ich Ihnen sagen wollte, ist, dass ich der Sache auf den Grund gehen werde. Trotz Torrese. Trotz Ihnen.«

Piovani sah sie aufmerksam an. »Dann tun Sie, was Sie tun müssen, Scalviati. Ich werde Sie nicht aufhalten. Aber wenn Sie gekommen sind, um meinen Segen zu erbitten, muss ich Sie leider enttäuschen. Ich bin es leid zu kämpfen. Das habe ich so viele Jahre lang getan.«

# 68

Aurora setzte sich ans Steuer ihres Wagens. Erst in diesem Moment fiel ihr auf, wie ähnlich sie und Piovani sich waren. Auch er wurde von Alpträumen geplagt. Auch er hatte das Grauen gesehen und beschlossen, es auf seine Weise mit seinen Dämonen aufzunehmen, doch das Vergessen war ein Luxus, der wenigen Menschen zuteilwurde.

Tagelang hatte sie in ihm einen Gegner gesehen, doch er war nicht ihr wahrer Feind. Ihr Feind agierte im Schatten wie ein Puppenspieler, er kontrollierte aus der Ferne jede ihrer Bewegungen.

Auch ihr Feind nahm es mit seinen Geistern auf seine Weise auf. Indem er Unschuldige tötete.

Aurora holte das Handy aus der Tasche und wählte Stoners Nummer. Noch nie hatte sie es so nötig gehabt, die Stimme eines Freundes zu hören.

»Dawnee«, antwortete er. »Schön, dich zu hören.«

»Ich habe über das nachgedacht, worüber wir vor ein paar Tagen gesprochen haben«, sagte Aurora. »Tut mir leid, wenn ich dich mit meinen ganzen Zweifeln überschüttet habe.«

»Das muss es nicht. Ich bin immer für dich da.«

»Danke.«

Stoner merkte, dass Auroras Stimme zitterte. »Verfolgst du noch immer den Fall des Nagelmörders?«

Aurora schwieg einige Sekunden lang. »Ja. Auch wenn mir die Wahrheit jedes Mal, wenn ich spüre, mich ihr zu nähern, jedes Mal, wenn ich denke, die Hand nach ihr ausstrecken und sie fassen zu können, durch die Finger fließt wie das Wasser einer Quelle.«

»Hast du beschlossen zu vertrauen?«

Auf diese Frage antwortete Aurora nicht.

# 69

Aurora durchquerte die Einfahrt der Villa Clara und parkte ihren Wagen neben denen der Angestellten. Bevor sie die Treppe zum Eingang hinaufstieg, sah sie sich um, wie beim ersten Mal, als sie hier gewesen war. Der Himmel war grau, ein Gewitter zog auf. Als sie die Stufen hinaufstieg, verstand Aurora schließlich, was Carlo Gualtieri wenige Tage vor seinem Tod bewogen hatte, die Psychiatrische Klinik in den Hügeln um Modena aufzusuchen.

Er folgte den Spuren seines Adoptivsohns, Filippo Rovere, genau wie sie es jetzt tat. Gualtieri hatte gespürt, dass das Böse, das das Massaker an der Familie Rovere in die Welt gebracht hatte, auf irgendeine Weise wiedererwachte und dass etwas Schreckliches bevorstand.

Aurora konnte sich des Gedankens nicht erwehren, dass auch sie alleine war, genau wie Carlo Gualtieri, und eine private Ermittlung durchführte. Er war davon fortgerissen worden. Würde es ihr gelingen, einem Ende mit Nägeln in den Knochen zu entgehen?

Auf der Fahrt hatte sie mit Professor Rambaldi telefoniert, dem Klinikdirektor. Der Professor hatte sie selbst schon anrufen wollen, wie er sagte, um ihr seine jüngsten Erkenntnisse mitzuteilen: Dottoressa Bellocchi, eine der

Psychiaterinnen der Klinik, hatte Carlo Gualtieri bei seinem Besuch in der Villa Clara kurz vor seinem Tod empfangen. Aurora hatte ihn gefragt, ob es möglich wäre, mit Dottoressa Bellochi zu sprechen, und er hatte ihr versichert, dass sie sie heute in der Klinik antreffen würde.

Als Aurora das Büro von Dottoressa Bellocchi betrat, merkte sie, dass ihr Herz schneller klopfte. Vielleicht würde sie endlich eine Antwort auf die Frage bekommen, die ihr keine Ruhe ließ. Was war mit Filippo Rovere geschehen, nachdem er in die Villa Clara gekommen war?

Dottoressa Belocchi war eine Dame um die fünfzig mit rundlichem Körper und mahagonifarbenen Locken, die ein Gesicht umrahmten, aus dem zwei tiefgründige schwarze Augen hervorleuchteten. Sie hörte auf zu tippen, hob ihren Blick vom Computerbildschirm und lächelte Aurora freundlich an.

»Der Klinikdirektor hat mir gesagt, dass Sie mich treffen wollen, Kommissarin Scalviati«, sagte sie mit ruhiger Stimme. Sie stand auf und schloss die Tür des kleinen Arbeitszimmers. »Ich habe erfahren, dass Sie Ermittlungen zu einem unserer ehemaligen Patienten anstellen, Filippo Rovere.«

»Das stimmt«, antwortete Aurora und setzte sich in den Sessel in einer Ecke des Zimmers.

Dottoressa Bellocchi setzte sich neben sie. Sicher empfing die Psychiaterin üblicherweise so ihre Patienten. Aurora verspürte ein leichtes Unbehagen bei der Erinnerung an all die Male, die sie während der Therapiesitzungen in einer ähnlichen Position verbracht hatte.

»Ich glaube, es gibt eine Verbindung zwischen dem, was Filippo Rovere geschehen ist, und dem Tod Carlo Gualtieris«, fuhr sie fort.

»Ich kann mir nicht vorstellen, welche«, antwortete Dottoressa Bellocchi. »Filippo Rovere ist 2007 mit zweiundzwanzig Jahren gestorben.«

Aurora strich sich nervös eine Haarsträhne hinter das Ohr. »Ist das alles, was Sie mir dazu sagen können?«

Dottoressa Bellocchi runzelte die Stirn.

»Was meinen Sie?«

Soweit ich gehört habe, war Filippo Rovere nicht nur rastlos, sondern auch gefährlich. Er hat versucht, das Waisenhaus anzuzünden, in dem er lebte, und soweit ich weiß, kam er durch eine Zwangseinweisung hierher.«

»In der Villa Clara sind wir schwierige Fälle gewöhnt«, fuhr die Dottoressa versöhnlich fort. »Das Vorleben Filippo Roveres war nicht so viel anders als das der anderen Patienten der Klinik. Eine unserer Patientinnen beispielsweise hat sexuellen Missbrauch durch ihren Stiefvater erlebt. Sie ist überzeugt, Schuld an dem Unfall zu sein, bei dem ihre Mutter und ihr Lebensgefährte starben und den sie selbst überlebte. Schuldgefühl kann eine schlimme Bestie sein, doch wir tun unser Möglichstes, um allen zu helfen.«

Aurora fragte sich, ob die Patientin, von der sie sprach, Lena war. Dottoressa Bellocchi sprach mit derselben Selbstverständlichkeit von Missbrauch und Schuldgefühl, als kommentiere sie eine Speisekarte im Restaurant. Es war offensichtlich, dass die Gewohnheit, mit Fällen dieser Art zu arbeiten, sie unempfindlich gegen das Leid der Menschen gemacht hatte, die sie heilen sollte.

»Wie erklären Sie dann, dass Carlo Gualtieri wenige Tage vor seinem Tod hier gewesen ist, um Informationen über Filippo Rovere einzuholen?«

Dottoressa Bellocchi begann mit der Kappe eines Kugelschreibers zu spielen, schob sie zu und wieder auf. »Das ist eine gute Frage«, murmelte sie. »Soviel ich in Filippo Roveres Akten gelesen habe, hatte Carlo Gualtieri einen Adoptionsprozess begonnen, der jedoch nicht zum Abschluss kam. Vielleicht wollte er einfach mehr über denjenigen erfahren, der sein Sohn hätte werden können.«

»Aber warum hatte er so viele Jahre damit gewartet?«

Dottoressa Bellocchi breitete die Arme aus. »Das kann ich Ihnen nicht sagen. Jedenfalls war es kein besonders langes Treffen.«

»Worüber haben Sie geredet?«

»Gualtieri hat mich nach Einzelheiten über Filippo Roveres Aufenthalt gefragt. Ich habe ihm geantwortet, dass sein psychischer Zustand sich während seiner Zeit hier deutlich verbessert hatte, bis sein Therapeut schließlich eine Entlassung empfahl.«

»Wie lange war Filippo Rovere hier?«

»Bis März 2004.«

»Sie haben gesagt, er sei 2007 gestorben. Erinnern Sie sich an die Umstände?«

Dottoressa Bellocchi hob die Augen zur Decke, als rechne sie im Kopf nach. »Es ist in der zweiten Jahreshälfte passiert, wenn ich mich recht entsinne, bei einem Autounfall. Sein Auto ist in Flammen aufgegangen, nachdem es eine Böschung hinabgestürzt war, im Apennin, wenige Kilometer von hier. Denken Sie nur, er war eigentlich ein ganz Umsichtiger. Er hatte seinen Führerschein während seines Aufenthalts bei uns gemacht. Wir ermutigen unsere Patienten, sich kleine Ziele zu setzen und zu versuchen, sie zu erreichen. Das fördert den Wiedereingliederungsprozess.«

Aurora wurde nachdenklich. Es war offensichtlich, dass das Subjekt eine Leidenschaft für Feuer hatte, wie auch für antike Austreibungsrituale. Er hatte nicht gezögert, ein Feuer in der Zentrale zu legen, um ein Dokument zu zerstören, das ihn betraf, genau wie er versucht hatte, das Waisenhaus in Brand zu stecken. War es möglich, dass Filippo Rovere die Flammen auch benutzt hatte, um seinen Tod vorzutäuschen?

»Haben Sie mit Gualtieri über den Unfall gesprochen?«, fragte sie.

»Ja.«

»Wie war seine Reaktion? Wirkte er auf Sie bedrückt, betroffen?«

Dottoressa Bellocchi lächelte ironisch. »›Überrascht‹ trifft es vielleicht eher. Ich hatte den Eindruck, er sehe die Sache eher skeptisch.«

Aurora dachte einige Augenblicke nach. Vielleicht war Gualtieri der Wahrheit nahe gekommen. Vielleicht hatte er herausgefunden, dass Filippo Rovere doch nicht tot war, und forschte nun in seiner Vergangenheit, um mehr darüber zu erfahren.

»Wenn Filippos Leiche bei dem Unfall komplett verbrannt ist, wie war es dann möglich, ihn zu identifizieren?«, fragte sie dann.

»Na ja ... der Wagen war auf ihn zugelassen. Ich glaube nicht, dass eine besonders eingehende Untersuchung nötig war. Im Inneren des Wagens wurde seine Krücke gefunden. Er trennte sich nie von ihr, auch wenn er sie längst nicht mehr brauchte.«

»Eine ... Krücke?«, echote Aurora überrascht. »Hatte Filippo Rovere denn eine körperliche Behinderung?«

»Absolut nicht«, antwortete Dottoressa Bellocchi schnell.

»Filippo war vollkommen gesund und kräftig. Aber wie Sie sicher wissen, lagen seine Krisen in einem Trauma begründet, das er in der Kindheit erlitten hat. Während des Überfalls dieses Kriminellen auf sein Elternhaus hatte Filippo sich in der Küchenanrichte versteckt. Durch einen Spalt hat er dem brutalen Mord an seinen Eltern und seiner älteren Schwester zugesehen. Stundenlang saß er in diesem engen Raum, in einer so unbequemen Haltung, dass die Blutzirkulation im linken Bein abgeschnürt wurde. Jedes Mal, wenn ihn später eine ... sagen wir eine Erinnerung an das erlittene Trauma überfiel, konnte er nicht mehr richtig gehen, so dass er sogar eine Krücke brauchte. Über die Zeit hatte sich dieses Symptom sehr beruhigt, auch wenn es nie jemandem gelungen ist, ihn von seiner Krücke zu trennen. Sie war zu einer Art Fetisch geworden, ein Sinnbild seiner Heilung.«

»Das bedeutet, Filippo Rovere hatte einen Gehfehler, aber nur in Augenblicken, in denen er die Bilder dieses schlimmen Erlebnisses heraufbeschwor?«

»Der Geist kann heilen. Aber der Körper vergisst nicht«, beschied Dottoressa Bellocchi.

Aurora stand auf, ihr Herz klopfte so stark, dass sie fürchtete, es könnte in ihrer Brust zerspringen. Jetzt war sie sich sicher. Filippo Rovere war ihr Mann. Die Spuren, die einen Gehfehler zeigten, ließen sich durch die Tatsache erklären, dass er beim Begehen der Morde in jeder Hinsicht erneut die Situation durchlebte, die sein mentales Gleichgewicht durcheinandergebracht hatte. Sie musste ihn aufspüren, doch das war nicht leicht bei jemandem, dessen Totenschein bereits ausgestellt war.

»Ich danke Ihnen für Ihre Hilfe, Dottoressa«, sagte sie. »Das war sehr hilfreich.«

»Es war mir ein Vergnügen«, antwortete Dottoressa Bellocchi und erhob sich ebenfalls.

»Könnte ich noch mit dem Psychiater sprechen, der Filippo Rovere behandelt hat? Es handelt sich um eine reine Formalität.«

Dottoressa Bellocchi entging nicht, dass Auroras Tonfall eine gewisse Ungeduld verriet. »Ich glaube, das ist nicht möglich«, sagte sie. »Er arbeitet schon lange nicht mehr in der Klinik.«

»Könnte ich dann wenigstens seinen Namen bekommen?«

»Seltsam«, antwortete Dottoressa Bellocchi. »Dieselbe Frage hat mir Carlo Gualtieri auch gestellt, bevor er die Villa Clara verließ.«

Das Telefon auf dem Schreibtisch der Psychiaterin begann zu läuten.

»Entschuldigen Sie mich bitte einen Augenblick«, sagte sie und hob den Hörer ab.

Aurora begann, nervös mit dem Fuß auf den Boden zu trommeln, als folge sie im Kopf dem Rhythmus eines Liedes.

Dottoressa Bellocchi drehte ihr den Rücken zu und lauschte aufmerksam. Ein paar Minuten lang sagte sie nichts. Sie nickte nur ab und zu.

So sehr Aurora sich auch bemühte, die Worte des Gesprächspartners am anderen Ende der Leitung zu verstehen, sie konnte nicht herausfinden, worum es ging.

Als die Stimme am anderen Ende aufhörte zu schnarren, legte die Dottoressa den Hörer vorsichtig auf die Gabel.

»Ich bin gleich wieder bei Ihnen, Kommissarin Scalviati«, sagte sie förmlich.

Aurora entging die plötzliche Veränderung im Verhalten der Dottoressa nicht. »Natürlich«, antwortete sie, wenig überzeugt.

Während Dottoressa Bellocchi den Raum verließ, begann Auroras Handy zu vibrieren.

Bevor sie ranging, warf Aurora einen Blick auf das Display und las Silvias Namen. »Hallo Silvia«, sagte sie, als sie abhob.

»Endlich! Ich habe schon mehrmals versucht, dich zu erreichen, aber du hattest keinen Empfang. Kannst du mir erklären, was zum Teufel hier los ist?« Silvia klang aufgeregt.

»Wovon redest du?«

»Heute früh wurde ich zu meinem Chef bestellt … und er hat mir seltsame Sachen erzählt von einer möglichen Versetzung.«

»Wie bitte? Entschuldige, aber der Empfang ist nicht gut«, sagte Aurora. Dann stand sie auf, um eine Stelle im Zimmer zu finden, an der sie Silvia besser hörte.

»Sie wollen mich nach Avellino schicken«, antwortete Silvia. »In eine Stelle zur Förderung des Umweltschutzes, in einem Nationalpark, von dem ich noch nie gehört habe.«

Aurora dachte einige Augenblicke nach. »Torrese verliert keine Zeit. Er hat nicht nur die SoKo aufgelöst; er will uns alle loswerden.« Während sie sprach, bedeutete ein störendes Piepen in der Leitung ihr einen weiteren eingehenden Anruf.

»Die SoKo wurde aufgelöst?«

»Nicht nur das. Torrese hat mir untersagt, weitere Nachforschungen anzustellen.«

»Das hat gerade noch gefehlt … Und was machen wir jetzt?«

»Wir kommen da raus, versprochen«, sagte Aurora.

»Ich habe jetzt keine Zeit und kann dir nicht mehr sagen, aber ich bin kurz davor, eine bahnbrechende Entdeckung zu machen.«

»In Bezug auf den Jungen, von dem Schwester Edvige mir erzählt hat?«

»Ja. Es hat Entwicklungen gegeben.« Ein weiteres Piepen in der Leitung. Jemand versuchte unablässig, sie zu erreichen.

»Entschuldige, Silvia, ich muss jetzt auflegen. Wir sprechen uns später, wenn ich in die Stadt zurückfahre, ja?«

»E-einverstanden«, stotterte Silvia, »aber wo bist du denn?«

»Ich bin in der Villa Clara«, antwortete sie. Ohne Silvias Antwort abzuwarten, schloss sie mit einem schnellen »Bis später«.

Aurora legte auf und ließ sich die Nummer anzeigen, die versucht hatte, sie zu erreichen. Sie fuhr zusammen, als sie sah, dass es Brunos Nummer war. Wenn er so insistierte, gab es nur eine Erklärung: Es war etwas geschehen.

Mit zitternden Händen wählte Aurora die Nummer des Kollegen.

Bruno ging beim ersten Klingeln ran. »Aurora ... danke, dass du zurückrufst.« Er klang aufgeregt.

»Ich höre.«

»Chia ist ... verschwunden. Ich glaube, er hat sie.«

»Oh nein«, stöhnte Aurora. »Bitte sag, dass das nicht wahr ist.«

»Sie ist nach der Schule nicht nach Hause gekommen. Ich habe sie auf dem Handy angerufen, aber ohne Erfolg. Ich habe sie gesucht, aber niemand hat sie gesehen, nachdem ... nachdem ...«

»Nachdem was, Bruno?«

»Ich war bei ihrer besten Freundin Letizia, um sie zu fragen, ob Chia bei ihr sei. Zu ihr flüchtete sie immer, wenn etwas nicht in Ordnung war.«

»Was hat sie dir gesagt?«

»Chia fühlte sich nicht sicher. Sie war überzeugt, dass ihr jemand folgte.« Pause. Am anderen Ende der Leitung hörte man nur Brunos schnellen Atem. »Wäre sie damit doch nur zu mir gekommen!«, jammerte er. »Vielleicht hätte ich es verhindern können.«

»Erzähl weiter.«

»Letizia hat sie in ein Auto steigen sehen. Es war ein grauer Pick-up, Aurora.«

»Nein, nein, nein.« Aurora spürte, wie ihre Schläfen pulsierten.

»Ihre Freundin wurde sofort misstrauisch«, sagte Bruno. »Chia war nicht der Typ, der zu einem Unbekannten ins Auto steigt. Er muss sie bedroht haben. Leider ist es Letizia nicht gelungen, das Nummernschild zu lesen.«

Aurora stand reglos da, das Handy in der Hand, mit weichen Knien, unfähig, etwas zu antworten.

Sie hatte vermutet, dass das nächste Opfer Filippo Roveres ein junges Mädchen sein würde, das in seinem Delirium die Schwester darstellte, die vor seinen Augen mit Axtschlägen getötet worden war. Doch sie hatte nicht geglaubt, dass er so bald zuschlagen würde. Jetzt, da die Tür zu seinen Alpträumen geöffnet worden war, war er ungeduldig geworden.

Sie kommen immer wieder.

Das war es, wovon Filippo Rovere besessen war.

Das war es, was seine Hand beim Morden führte.

Carlo Gualtieri stand für seinen Vater, Celeste Martini für seine Mutter. Und jetzt hatte er Chia ausgewählt, um seine Schwester zu verkörpern. Er würde sie töten, wie er es mit den anderen getan hatte. Er würde das linke Bein hinterherziehen, wie jedes Mal, wenn er das Massaker an seiner Familie heraufbeschwor. Er würde sie erwürgen und dann ihren Körper mit rostigen Eisennägeln verstümmeln, um ein antikes Austreibungsritual zu zelebrieren. Und es war kein Zufall, dass er Chia ausgewählt hatte. Warum war sie nicht früher drauf gekommen?

Die Sache zwischen ihr und dem Mörder war inzwischen eine persönliche Angelegenheit. Aurora war diejenige gewesen, die seine erste Nachricht auf dem Kalenderblatt entschlüsselt hatte und auch die die Spuren entdeckte, die er hinterlassen hatte.

Sie war ihnen gefolgt, und für den Mörder war das ein Zeichen gewesen, dass sie die Herausforderung annahm. Von dem Augenblick an war aus dem Spiel Ernst geworden. Er war in ihrem Zimmer gewesen, er hatte sie auf dem Handy angerufen. Und jetzt hatte er eine Person entführt, die ihr nahestand. Chia, die für Bruno wie eine Tochter war.

Der Mörder war entschlossen zu beweisen, dass er die Spielregeln vorgab, und durch ihre Naivität hatte Aurora das Leben einer Unschuldigen in Gefahr gebracht. Sie hatte es nicht geschafft, schneller zu sein als der ›Böse Wolf‹, und jetzt würde er erneut zuschlagen.

Sie musste es verhindern, aber wie?

Die Tür des Büros flog auf, und auf der Schwelle erschienen zwei Krankenpfleger. Aurora erkannte sie sofort: Es waren die, die bei ihrem letzten Besuch Lena fortgebracht hatten. Hinter ihnen kamen Dottoressa Bellocchi und Guido Farneti, der Ehrenamtliche, der sie durch die Einrichtung geführt hatte.

»Bruno, es wird alles wieder gut …«, sagte Aurora ins Telefon. Aber vielleicht versuchte sie damit vor allem sich selbst zu beruhigen.

»Aurora, bist du noch dran?«, fragte Bruno. »Die Leitung ist gestört …« Das war der letzte Satz, den Aurora hörte, bevor die Verbindung abriss.

»Signorina Scalviati, bitte händigen Sie Ihr Telefon und Ihre Dienstwaffe aus«, sagte Dottoressa Bellocchi mit fester Stimme.

»Was wollt ihr von mir?«

»Tun Sie, was die Dottoressa gesagt hat«, mahnte einer der Krankenpfleger.

Farneti betrachtete sie mit unergründlichem Blick.

Instinktiv wich Aurora einen Schritt zurück und blickte sich fieberhaft nach einem Fluchtweg um. Aus dem einzigen Fenster des Zimmers sah sie, dass die ersten Regentropfen fielen.

Als sie Auroras Zögern bemerkten, trat der Krankenpfleger, der eben gesprochen hatte, einen Schritt vor und streckte die Hand aus. Vielleicht fürchtete er, sie könne etwas Leichtsinniges tun.

»Hören Sie«, sagte Dottoressa Bellocchi. »Machen Sie keine Dummheiten. Geben Sie den Pflegern das Telefon und die Pistole.«

»Warum sollte ich das tun?«

»Weil ich eben einen Anruf von der Staatsanwaltschaft Sparvara bekommen habe. Sie sind jetzt in unserer Obhut.«

»Das ist nicht möglich. Ich … ich …« Sie strich sich eine Strähne hinter das Ohr und versuchte, ihrer Stimme einen weichen Klang zu verleihen. »Ich weiß nicht, was hier geschieht, aber es handelt sich sicher um einen Irrtum.«

»Torrese hat mich über Ihren mentalen Gesundheitszustand informiert.«

»Torrese lügt, verdammt!«, brüllte Aurora. »Er hat mich benutzt, und jetzt will er mich entsorgen wie ein kaputtes Spielzeug.«

»Torrese ist nur besorgt um Sie.«

Aurora fasste an das Halfter und strich über den Griff der Pistole.

Der Pfleger trat einen weiteren Schritt nach vorne.

»Komm nicht näher! Ich schwöre, sonst ...«

»Bitte, machen Sie nicht alles noch schwieriger«, mischte Dottoressa Bellocchi sich ein und hob die Hand, als wolle sie ein Auto stoppen. »Ich weiß, dass Sie ein vernünftiger Mensch sind. Geben Sie dem Pfleger die Pistole, bevor Sie noch jemandem wehtun ... oder sich selbst.«

»Mein Gott, das ist so surreal!«, sagte Aurora wie zu sich selbst. »Ihr habt kein Recht, mich hier einzusperren. Mir geht es gut ...« Sie lächelte schief. »Ich hatte einige Probleme in der Vergangenheit, das will ich nicht leugnen. Aber ich habe sie überwunden. Heute bin ich ein anderer Mensch. Ein ... besserer Mensch.«

»Ich kenne Ihre Situation«, antwortete Dottoressa Bellocchi. »Ich weiß, dass Sie in letzter Zeit extremem emotionalen Stress ausgesetzt waren. In Ihrem Zustand ist es äußerst wichtig, dass Sie sich Menschen anvertrauen, die sich um Sie kümmern.«

»Ihr versteht das nicht! Da draußen ist ein Mörder! Er hat ein unschuldiges Mädchen in seinen Fängen, und er wird es in Stücke reißen!«

»Es gibt kein Mädchen zu retten«, sagte Dottoressa Bellocchi. »Das ist alles nur in deinem Kopf.« Aurora entging nicht, dass die Dottoressa zum »Du« übergegangen war, um eine emotionale Beziehung aufzubauen.

»Sie versuchen, mich zu verwirren«, ächzte Aurora, bemüht, die Distanz aufrechtzuerhalten.

»Dieser Kugelsplitter ist schuld«, fügte Dottoressa Bellocchi hinzu. »Du hast immer gewusst, dass er unvorhersehbare Folgen haben könnte.«

Aurora fasste sich an den Kopf und strich über ihre Narbe.

»Ich weiß, dass du dich schuldig fühlst, den Tod deines Kollegen in Turin provoziert zu haben«, fuhr die Psychiaterin fort. »Du warst mutig, du hast versucht, die Kontrolle über dein Leben wiederzuerlangen, von vorne zu beginnen, weit fort von zu Hause, und dafür bewundere ich dich. Aber alles in dir zu verschließen war nicht gut für dich.« Sie machte eine Pause, in der sie zu lächeln versuchte. »Ich kann dir helfen, das wieder aufzubauen, was das Trauma beschädigt hat.«

»Ich bin nicht traumatisiert«, protestierte Aurora.

»Einverstanden«, sagte Dottoressa Bellocchi in versöhnlichem Ton. »Aber jetzt musst du dich ausruhen. Ein bisschen Abstand von all den Sorgen wird dir guttun. Du brauchst Zeit, um deinen Schmerz aufzuarbeiten.«

»Sie. Hören. Nicht. Zu. Ich bin nicht verrückt!«

»Das sagt doch niemand, Aurora.«

»Dann lassen Sie mich gehen.«

»Das kann ich nicht. Du kennst die Regeln. Aber ich verspreche dir, dass ich dich nur so lange hierbehalten werde, um die nötigen Untersuchungen durchzuführen.«

»Ich bin Polizistin. Ich habe Pflichten. Ich … muss zurück zu meinem Team. Sie werden sich fragen, was aus mir geworden ist.«

»Es gibt kein Team«, antwortete Dottoressa Bellocchi. »Es gab auch nie eines. Genau wie es nie einen Jungen im karierten Mantel gab.«

Auroras Blick erinnerte an den eines wilden Tieres im Käfig. »Woher wisst ihr von dem Jungen? Wer hat euch von ihm erzählt?«

»Dottor Bucci hat gesehen, wie du durch das Krankenhaus gerannt bist, wie du mit dir selbst gesprochen hast und schließlich in einen Hauswirtschaftsraum geflohen bist, um dort einen Satz an die Wand zu schreiben.«

»Bucci, dieser Bastard!«, platzte Aurora heraus. »Ich wusste gleich, dass er ein Spion von Torrese ist! Aber diesen Satz habe ich nicht geschrieben. Es war …« Einen Augenblick wirkte Aurora verwirrt. Sie blinzelte mehrmals, als wären ihre Augen trocken. »Es war … dieser Junge …«

In einer Serie von Erinnerungsblitzen sah Aurora ihre Jagd durch den Gang des Krankenhauses. Die Krankenschwestern und Patienten, die sie verwundert ansahen, wie sie der schmalen Figur mit dem karierten Mantel folgte. Sie sah die kleine Hand des Jungen, die sich ausstreckte, um den Stift von einem Wagen zu nehmen.

Nein, einen Moment. Sie spulte die Bilder zurück wie in Zeitlupe.

Es gab keinen Jungen.

Ihre eigene Hand hielt den Stift. Aurora selbst hatte ihn genommen. Flavios silberner Ring glänzte an ihrem Daumen wie ein kleines Lichtband.

Aurora ließ sich zu Boden gleiten und lehnte den Kopf an den Rücken des Sessels, auf dem sie kurz zuvor gesessen hatte.

Erinnere dich, Aurora, murmelte eine Stimme in ihrem Kopf. Erinnere dich an das erste Mal, als du den Jungen gesehen hast. Beatrices Anruf, Flavios Schwester, am Ende der Besprechung mit Torrese.

Ruf mich nicht mehr auf dieser Nummer an, hatte sie gesagt. Während des Telefonats war der Inhalt ihrer Handtasche ausgekippt und hatte sich auf dem Bürgersteig verteilt.

Das Portemonnaie war aufgegangen und hatte Flavios Kinderfoto preisgegeben. Aurora lächelte matt, als sie daran dachte, wie lustig er aussah mit seinem karierten Mantel. Sie dachte an ihre Turiner Kollegin, die beim Anblick dieses Fotos gefragt hatte, ob er ihr Sohn sei.

Aurora runzelte die Stirn, und ihr Gesichtsausdruck änderte sich plötzlich. Sie war verwirrt, fassungslos.

Der Junge, den sie im Krankenhaus getroffen hatte, als sie Aprile besucht hatte, ähnelte auf verblüffende Weise Fabio als Kind.

Du weißt, wie ich heiße, hatte er zu ihr gesagt.

»Flavio«, schluchzte Aurora.

Hatte sie wirklich nur geglaubt, ihn zu sehen? Dieser Junge hatte so real gewirkt. War es möglich, dass er nichts weiter war als eine Projektion ihrer Ängste?

»Durch den Jungen hat dein Gehirn dir signalisiert, dass das Schuldgefühl unerträglich geworden ist.« Dottoressa Bellocchi hatte einen sanften Tonfall angeschlagen. »Ich kann dir helfen, Aurora. Bitte, vertraue mir.«

»Hör auf, mir zu sagen, dass ich dir vertrauen soll!«, knurrte Aurora. »Ich vertraue niemandem«, stöhnte sie dann.

Der Krankenpfleger beugte sich nach vorne, versuchte, sie zu fassen zu kriegen, doch sie entzog sich mit einem Ruck seinem Griff. Dann sprang sie auf und rannte zur Tür.

Der andere Pfleger stellte sich ihr in den Weg, packte sie an den Armen. Aurora rammte ihr Knie in seine Rippen und riss sich wütend los.

Der Pfleger stöhnte vor Schmerzen und lockerte den Griff. Aurora schubste Guido Farneti zur Seite und rannte mit großen Schritten durch den Gang.

Die Krankenpfleger holten sie ein und packten sie von hinten. Ihre Versuche, sich zu befreien, waren nutzlos. Sie wand sich, trat aus, doch alles umsonst. Den beiden gelang es, sie festzuhalten, und sie ließen ihr keinen Bewegungsspielraum.

»Ihr könnt mich nicht einsperren«, schrie Aurora, während sie sie fortbrachten. »Ich bin nicht verrückt!«

# 70

»Was tust du hier?«, fragte Aurora mit schwacher Stimme.

Sie lag auf dem Bett in einem kahlen Zimmer, Handgelenke und Knöchel mit Gurten fixiert. Sie trug eine weite blassrosa Bluse und ein Paar Baumwollhosen. Ihre Lider waren schwer, die Lippen trocken. In der Kehle hatte sie einen abstoßenden eisenartigen Geschmack. Sie hatte keine Ahnung, wie viel Zeit vergangen war, aber es mussten Stunden sein. Es war dunkel, und gegen die Fensterscheiben trommelten die Regentropfen. Draußen tobte ein Gewitter, auch wenn das Zimmer keinerlei Geräusch von draußen hereinließ.

Der Junge mit dem karierten Mantel stand reglos vor ihr. Sein Blick war leer, und er betrachtete sie schweigend, als wache er über sie.

»Sie haben mir versprochen, dass die Medikamente dich zum Verschwinden bringen würden«, nuschelte Aurora. Die Worte herauszubringen fiel ihr schwer, sie fühlte sich, als wäre die Beweglichkeit ihrer Zunge und ihres Kiefers eingeschränkt.

»Ich kann nicht weggehen.« Die Stimme des Jungen echote wie wattiert in Auroras Gehirn, als käme sie direkt aus ihrem Kopf.

»Warum?«, jammerte sie. »Was willst du von mir?«

»Ich bin gekommen, um dich zu warnen. Etwas Schreckliches wird geschehen.«

»Glaubst du, das weiß ich nicht?«, antwortete Aurora sarkastisch.

»Du bist die Einzige, die etwas tun kann, um es zu verhindern«, sagte der Junge entschlossen.

Aurora schloss die Augen, in der Hoffnung, ihn zum Verschwinden zu bringen. Doch als sie sie wieder aufschlug, stand der Junge noch immer am selben Fleck.

»Ich weiß nicht mal, warum ich überhaupt mit dir spreche. Du bist nicht real.«

Der Junge betrachtete sie weiter, ohne eine Antwort zu geben, einige schier endlose Sekunden lang. »Aber der Böse Wolf schon, der ist real«, murmelte der Junge dann. Obwohl er es leise gesagt hatte, durchzogen seine Worte das kleine Zimmer wie ein giftiger Nebel.

»Nein, sie haben Recht«, antwortete Aurora. »Ich jage ein Phantom.«

Der Junge trat einen Schritt nach vorne. »Es war kein Phantom, das Chia geschnappt hat. Nur du kannst sie retten.«

»Ich kann nicht«, jammerte Aurora. »Schau doch, was sie mit mir gemacht haben!«

»Dann wehr dich!«, drängte der Junge. »Chia braucht dich.«

Aurora schüttelte schwach den Kopf. »Ich schaffe es nicht alleine.«

»Aber du bist nicht alleine. Auch wenn du alles getan hast, um ihn aus deinem Leben rauszuhalten, Bruno liebt dich.«

»Niemand liebt mich«, gab Aurora bitter zurück. Eine

Träne quoll unter ihren Wimpern hervor, und sie musste kämpfen, um nicht in Tränen auszubrechen. »Ich habe alle enttäuscht.«

»Der Böse Wolf wird wieder töten.«

»Ranuzzi war der Böse Wolf. Er ist vor mehr als zwanzig Jahren gestorben.«

»Auch Filippo Rovere ist tot. Aber das macht ihn nicht weniger gefährlich.«

Bevor Aurora antworten konnte, öffnete sich die Tür, und Licht drang aus dem Flur ins Zimmer. Auf der Schwelle erschien der Klinikdirektor, Dottor Rambaldi, in Begleitung von Guido Farneti, der etwas verlegen hinter ihm ins Zimmer trat.

Aurora warf einen Blick auf den Jungen, der zurückwich und sich in den hintersten Winkel des Zimmers kauerte.

»Tag, Aurora«, sagte Rambaldi.

Aurora sah ihn an, antwortete jedoch nichts. Sie betrachtete ihn nur mit einer Mischung aus Verachtung und Gereiztheit.

»Wie fühlen Sie sich?«, fragte er freundlich.

Aurora tat mehrere tiefe Atemzüge, die klangen wie das Röcheln eines verletzten Tiers. »Sehen Sie mich an, Professore Rambaldi«, grunzte sie. »Was glauben Sie, wie ich mich fühle?«

Rambaldi trat bis auf einen Schritt an Auroras Bett heran. »Ich verspreche Ihnen, dass ich alles in meiner Macht Stehende tun werde, damit es Ihnen besser geht.«

»Mich an ein Bett zu fesseln ist kein sehr guter Anfang.«

»Ich weiß, dass das für Sie jetzt schwer zu verstehen ist. Aber ich möchte, dass Sie wissen, dass es nur zu Ihrem Besten ist.«

»Natürlich«, grinste Aurora.

»Ich will Ihnen helfen. Ich möchte, dass Sie sich wohlfühlen. Wie ein Gast. Vor allem möchte ich gerne, dass Sie sich beschützt fühlen.«

»Glauben Sie mir, Rambaldi«, sagte Aurora mit rauer Stimme. »Im Augenblick können Sie niemanden beschützen.«

»Was meinen Sie damit?«

Aurora ignorierte die Frage. »Wo sind meine Anziehsachen?«

»Keine Sorge, die bekommen Sie bald zurück.«

Aurora warf Farneti einen Blick zu. »Wer hat mich ausgezogen?«

»Luciana, eine der Krankenschwestern«, antwortete Rambaldi mit fester Stimme. »Wir mussten Sie umziehen, weil Sie ... ähm ... auf Ihre Kleidung gespuckt haben. Es tut mir leid ... wirklich. Aber jetzt haben Sie nichts mehr zu befürchten. Sie sind in guten Händen.«

Aurora drehte den Kopf weg und starrte an die Decke. Aus dem Augenwinkel sah sie, dass der Junge noch immer reglos dasaß, in derselben Position wie vorher, zusammengekauert in der Ecke.

»Um Ihnen zu beweisen, dass Sie unser besonderer Gast sind, befreie ich Sie jetzt von den Sicherheitsgurten. Ich muss Sie aber bitten, ruhig zu bleiben. Keine Gewalt, keine unüberlegten Aktionen. Sie sind zerstörerisch und schädlich, vor allem für Sie selbst. All das wird schneller vorüber sein, wenn Sie sich nicht gegen die Therapie wehren. Ich bitte Sie, mich nicht zu enttäuschen.«

Aurora betrachtete ihn argwöhnisch. »Ihr habt mich so mit Pillen vollgestopft, dass ich kaum sprechen kann. Was soll ich schon tun?«

»Am besten gar nichts. Geben Sie sich einfach voll und ganz in unsere Obhut.«

Er sprach langsam, bemüht freundlich.

Farneti postierte sich neben dem Bett und begann vorsichtig, die Gurte zu lösen, die Aurora ruhigstellten.

Als er fertig war, stützte sich Aurora langsam hoch auf die Ellenbogen. Alles tat ihr weh, sie fühlte sich benommen. Sie setzte sich auf den Rand des Bettes und massierte sich die Handgelenke.

»Kann ich mich also auf Sie verlassen?«

Aurora nickte nur.

»Dann lasse ich Sie jetzt in Guidos Gesellschaft zurück. Für ein gutes Zusammenleben mit den anderen Gästen ist es wichtig, dass Sie sich an einige einfache Regeln halten, die er Ihnen jetzt erläutert.« Er warf ihr einen recht zufriedenen Blick zu. »Auf Wiedersehen, Aurora. Ich bin sicher, es wird Ihnen bei uns gefallen.«

Aurora musste sich auf die Zunge beißen, um ihn nicht zum Teufel zu schicken. Als Rambaldi das Zimmer verlassen wollte, murmelte sie: »Warten Sie.«

Rambaldi blieb stehen und drehte sich zu ihr um.

Bevor Sie gehen, Dottor Rambaldi, möchte ich Sie etwas fragen.

»Ich bin ganz Ohr.«

Farneti und Rambaldi tauschten einen schnellen Blick, als erwarteten sie eine unangemessene Frage.

»Wer war Filippo Roveres Therapeut?«, fragte Aurora nach einem Augenblick des Zögerns.

Rambaldi verzog die Lippen zu einem ironischen Lächeln. »Ich fasse es nicht«, seufzte er. »Sie sind wirklich dickköpfig. Bitte, hören Sie auf, sich zu quälen. Diese Ermittlung ist wie ... eine Sucht, von der Sie dringend einen

Entzug brauchen. Zwingen Sie sich, an die Zukunft zu denken. Denken Sie daran, wie Sie Ihr Leben außerhalb der Mauern des Instituts später gestalten wollen.«

»Sagen Sie es mir doch einfach«, drängte Aurora. »Und ich schwöre Ihnen, es wird das letzte Mal sein, dass ich Sie mit dem Thema belästige.«

»Meinetwegen«, murrte Rambaldi. »Marciano persönlich hat sich um ihn gekümmert. Aber er arbeitet schon lange nicht mehr hier.«

»Warum ist er gegangen?«, drängte Aurora.

Rambaldi holte tief Luft. »Denken Sie an Ihr Versprechen. Genug jetzt mit den Fragen.« Er drehte sich um und wollte gehen.

»Sagen Sie es mir!«, rief Aurora ihm hinterher. »Warum hat Marciano die Klinik verlassen?«

Rambaldi warf Aurora einen letzten Blick zu, bevor er aus der Tür trat.

»Auf Wiedersehen, Aurora.«

Sie blieb alleine mit Guido Farneti zurück, der sie misstrauisch betrachtete. Es folgte ein langes Schweigen, das der junge Freiwillige nach einigen Sekunden brach.

»Keine Kniestöße mehr, einverstanden?«

»Ich glaube nicht mal, dass ich mich auf den Beinen halten kann.«

»Keine Sorge, bald wird es dir besser gehen. Es ist gar nicht so schlecht hier. Villa Clara ist eine fortschrittliche Klinik. Doktor Rambaldis Patienten werden gut behandelt.«

Aurora lachte sarkastisch auf. »Komisch, nicht wahr?«

»Was denn?«, fragte Farneti argwöhnisch.

»Als ich das erste Mal herkam, war ich die ermittelnde Kommissarin bei einer Ermittlung.« Sie atmete tief durch. »Und jetzt … bin ich nichts mehr.«

»Sag das nicht«, tröstete sie Farneti, »früher oder später müssen sich alle ihren Geistern stellen.«

»Ja. Nur dass meine Geister töten.«

»Denk dran, der erste Schritt zur Überwindung des Problems ist, es zu erkennen.«

»Lass gut sein mit diesem Psychoquatsch, das zieht bei mir nicht. Ich bin nicht wie Lena. Ich kann die Kontrolle behalten.«

Farneti verzog leicht das Gesicht. »Was hat Lena damit zu tun? Ihre Geschichte ist völlig anders als deine.«

Aurora suchte seinen Blick. »Du magst sie, nicht wahr?«

Farneti drehte den Kopf zur Seite, um ihrem Blick auszuweichen.

Einen Augenblick lang schien es Aurora, als könne auch er den Jungen im karierten Mantel sehen, der in einer Ecke ihres Zimmers kauerte.

»W-wie kommst du darauf?«, stotterte Farneti und sah Aurora dann wieder in die Augen.

»Einfach so«, sagte sie knapp. »Also, was sind diese Regeln, von denen Rambaldi sprach?«

»Lena ist eine Patientin wie alle anderen«, beharrte Farneti. »Hör zu«, antwortete Aurora, »das interessiert mich nicht. Ich habe meine eigenen Probleme.«

Farneti räusperte sich. »Also, in etwa einer Stunde wird das Abendessen im Speisesaal serviert. Wenn du zu schwach bist, kann ich auch jemanden auf dein Zimmer schicken.«

»Ich habe keinen Appetit.«

»Glaub mir, es ist besser, wenn du etwas isst.«

»Aye aye, Sir.«

Farneti ignorierte die Provokation. »Morgen früh erwartet Dottoressa Bellocchi dich in ihrem Büro für ein

Vorgespräch. Zusammen werdet ihr einen Therapieplan entwerfen. Vor dem Mittagessen ist die Gruppentherapie bei Doktor Savini. Ich würde dir sehr ans Herz legen mitzumachen, er versteht etwas von seinem Fach. Am Nachmittag hast du Freizeit, wenn du möchtest, kannst du fernsehen oder ein Buch aus der Bibliothek ausleihen.«

Wie konnte sie auch nur daran denken, fernzusehen oder ein Buch zu lesen, während irgendwo Chia in Stücke gerissen wurde?

»Was kannst du mir über Doktor Marciano sagen? Verstand er auch etwas von seinem Fach?«

Farneti holte tief Luft, als müsse er sich bemühen, ruhig zu bleiben. »Warum bist du so ... wütend?«

»Weil ich in einer psychiatrischen Klinik eingesperrt bin, während ich eigentlich meine Ermittlungen vorantreiben müsste, darum!«

»Die Ermittlungen für wen denn? Für den Richter, der dich hier hat einweisen lassen?«

Aurora verzog die Lippen, in einer Geste, die gleichermaßen Wut oder Abscheu bedeuten konnte.

Farneti fuhr sich mit der Hand über die Schläfe, um einen Schweißtropfen abzuwischen. Er wirkte beunruhigt. Es gab noch etwas anderes, das ihn nervös machte, was Aurora jedoch im Augenblick nicht zu fassen vermochte.

Mit einem angemessenen Lächeln fügte Farneti hinzu: »Entschuldige. Ich wollte nicht unfreundlich sein.«

»Ich werde es überleben«, murmelte Aurora.

»Ich hätte nicht die Fassung verlieren dürfen«, sagte Farneti. »Bitte, sag Rambaldi nichts davon.«

»Keine Sorge.«

»Also, wenn alles klar ist, gehe ich jetzt. Ich habe noch zu tun.«

Aurora hob eine Hand zum Zeichen des Abschieds und sah ihm nach, wie er sich entfernte.

Als Farneti gerade aus der Tür treten wollte, drehte er sich noch einmal zu ihr um.

»Jedenfalls taugte Marciano als Psychiater im Grunde nicht besonders viel«, sagte er in vertraulichem Ton. »Und auch nicht als Klinikdirektor. Ich habe damals noch nicht hier gearbeitet, das sind nur Gerüchte. Aber angeblich wurde er vom Verwaltungsrat entlassen, weil er eine homosexuelle Beziehung zu einem Patienten hatte.«

Auroras Blick leuchtete auf. »Wer war dieser Patient?«

»Du sagst doch niemandem, dass ich mit dir darüber gesprochen habe, stimmt's?«

»Ich schwöre.« Aurora legte zwei Finger an die Lippen.

»Filippo Rovere.«

Auroras Herz klopfte schneller, und für einen Augenblick vergaß sie zu atmen. »Was ist nach seiner Entlassung aus Marciano geworden?«

Guido Farneti straffte die Schultern. »Wer weiß? Niemand hat je wieder von ihm gehört.«

# 71

Aurora setzte sich an einen Einzeltisch in dem kleinen Speisesaal und stellte ihr Tablett darauf ab. Eine Weile lang betrachtete sie das Hähnchenkotelett und die gekochten Kartoffeln, ohne sich dazu entschließen zu können, das Messer und die Gabel aus Plastik zur Hand zu nehmen. Sie schraubte die Wasserflasche auf und goss ein wenig davon in ihren Becher, auch er war aus Plastik. Sie trank einen großen Schluck, in der Hoffnung, das Wasser würde ihren Magen öffnen.

»Hey.« Eine bekannte Stimme in ihrem Rücken ließ Aurora zusammenfahren.

Kurz darauf setzte Lena sich an den freien Tisch neben ihr.

»Ach, du bist's«, sagte Aurora.

»Welcome to hell«, erwiderte das Mädchen. Ihr Blick wanderte nervös durch das Zimmer. Sie wirkte rastlos. »Ich mache Scherze«, fügte sie hinzu, als sie Auroras Gesichtsausdruck bemerkte. »Das hier ist ein verdammtes Fünf-Sterne-Hotel für Sonderlinge.«

Aurora zog eine Augenbraue hoch und warf einen Blick auf Lenas Tablett, auf dem ein Apfel und eine Wasserflasche lagen.

»Du redest nicht viel, was?«, fuhr Lena fort, bevor sie einen Schluck Wasser trank.

»Und du?«, fragte Aurora.

»Hast du zufällig eine Zigarette?«, antwortete Lena, die Frage ignorierend.

»Ich habe erfahren, dass es manchen Patienten erlaubt ist, ihre zu behalten.«

»Ich rauche nicht.«

Lena straffte die Schultern, dann zog sie den Saum ihres T-Shirts glatt. »Was hältst du von meinem Shirt?«

Aurora warf einen zerstreuten Blick darauf. Der Stoff war weiß, und darauf war ein mit schwarzem Filzstift gemalter Totenkopf abgebildet, der an das Logo einer Band erinnerte. »Hast du das selbst gemacht?«

Als Antwort auf die Frage formte Lena Hörner mit den Fingern und streckte die Zunge heraus. »Misfits!«

»Keine Ahnung, wer das ist«, antwortete Aurora.

Lena wirkte enttäuscht. »Ach was ... Du kennst Glenn Danzig nicht?«

»Ich fürchte nein.«

Zwei Tische weiter saßen einige Pfleger mit den Ehrenamtlichen zusammen. Auch Guido Farneti war dabei, der Aurora von Zeit zu Zeit verstohlene Blicke zuwarf, während er sein Steak kleinschnitt und jeden Bissen langsam kaute.

»Und was für Musik hörst du dann?«, fragte Lena.

»Zurzeit höre ich viel Leonard Cohen.«

»Hallelujah«, jubelte Lena.

»Das ist ja nicht das einzige Lied, das er geschrieben hat.«

»Ich mag die Version von Jeff Buckley.«

»Stimmt, die ist nicht schlecht.«

»Sie ist ziemlich Rock 'n' Roll.«

Lena hob die Hände, zum Zeichen der Kapitulation. Nach einem Augenblick des Schweigens frage sie: »Magst du John Keats?«

»Den Dichter?«

*»Bright star, would I were steadfast as thou art.«*

Ein flüchtiges Lächeln erschien auf Auroras Gesicht. »Ja. Ziemlich Rock 'n' Roll.«

Auch Lena verzog die Lippen zu einem Lächeln. »Warum kommst du später nicht bei mir vorbei? Wir könnten ein paar Gedichte lesen.«

»Ich werde mal in meinen Kalender schauen«, wehre Aurora ab. Dann nahm sie das Messer zur Hand und begann, ihr Kotelett zu schneiden, das inzwischen wahrscheinlich kalt geworden war, doch sie hoffte, das Essen würde ihr neue Kräfte verleihen. Ein Gedanke ging ihr nicht aus dem Kopf: Sie musste einen Fluchtweg aus dieser Klinik finden und dann eine Möglichkeit, Chia zu retten. Sie hatte den Modus Operandi des Killers so weit herausarbeiten können, dass sie sich sicher war, er würde die Nacht abwarten, um sein Ritual zu vollziehen. Dafür würde er einen Ort wählen, dem er sich verbunden fühlte, und um diesen Ort zu bestimmen, war es nötig, mehr über ihn herauszufinden. Und wenn der Schlüssel dazu die vermeintliche Beziehung zu seinem Therapeuten war?

Kauend fragte sie: »Wie ist es hier drinnen um die Sicherheitsvorkehrungen bestellt?«

Lena straffte die Schultern. »Nichts Besonderes. Nach zehn ist nur noch ein Ehrenamtlicherer in der Portiersloge, die ganze Nacht über. Auch ich habe darüber nachgedacht abzuhauen, weißt du? Nur ... ich wüsste gar nicht, wohin ...« Sie machte eine Pause, um sich umzusehen, als versuche sie einen alten Gedankenfaden wiederaufzunehmen. »Meine Eltern sind tot, mein Freund hat mich verlassen, nachdem er mich im Bett mit seiner Schwester überrascht hat. Dann wurde ich eingewiesen, und hier bin ich. Seit dem Tag habe ich ihn nicht mehr gesehen. Da wäre noch ein Onkel, der in Pescara lebt, den ich ganz gerne mochte, als ich klein war, aber auch er wollte nichts mehr von mir wissen, als meine ... Probleme begannen. Das passiert, wenn man den Tod der eigenen Mutter verschuldet.«

»Nur ein Ehrenamtlicher für diese ganzen Leute? Ist das nicht gefährlich?«, fragte Aurora.

Lena wirkte leicht verärgert. »Das ist das erste Mal, dass ich jemandem meine Geschichte erzähle und er nicht die Augen aufreißt und anfängt zu stottern, sondern im Gegenteil keinerlei Notiz davon nimmt. Ich weiß nicht, ob ich dich als beste Freundin wählen oder lieber mit deiner Gleichgültigkeit alleine lassen soll. Die Antwort lautet jedenfalls Nein. Es ist nicht gefährlich, nicht bei all dem Zeug, das sie uns zum Schlafen einflößen. Glaub mir, dieser Ort ist so sicher wie der Todestrakt.«

Bei diesen Worten lief Aurora ein kalter Schauer über den Rücken. Rambaldis Beteuerungen hatten ihren Verdacht nicht ausräumen können, dass es für sie nicht einfach sein würde, hier so bald wieder rauszukommen, in Anbetracht ihrer Vorgeschichte.

Nach dem Essen stand Farneti auf und begann, den Patienten ihre Pillen auszuteilen. Als er bei ihrem Tisch ankam, warf Lena ihm einen feindseligen Blick zu.

Farneti neigte leicht den Kopf zur Seite und kniff tadelnd die Augen zusammen.

Als einzige Antwort senkte Lena den Kopf und wich

Farnetis Blick aus, um sich dann auf dem Stuhl zusammenzukauern.

Aurora spürte, dass in dieser Geste etwas Abweisendes lag, das an einen verzweifelten Selbstverteidigungsversuch erinnerte.

Farnetis Blick wanderte zu Aurora. Ohne ein Wort zu sagen, legte er zwei Pillen auf das Tischtuch und schob sie in ihre Richtung, wie Jetons auf einem Spieltisch.

Mit einer schnellen Geste schnappte sie Aurora und steckte sie sich in den Mund. Dann spülte sie mit einem großen Schluck Wasser nach.

Farneti blieb stehen, um zuzusehen, wie sie schluckte. Dann forderte er sie mit einer Handbewegung auf, den Mund zu öffnen, um zu kontrollieren, dass sie sie nicht unter der Zunge versteckt hatte. Aurora gehorchte, dann lächelte sie herausfordernd. In Turin hatte sie einen Trick gelernt, um die Krankenschwestern an der Nase herumzuführen.

Farneti nickte und gab auch Lena weitere Pillen.

Nachdem sie die geschluckt hatte, stand Lena auf und lief davon, auf den Flur zu, der zu ihrem Zimmer führte.

»Hey, warte!«, rief Aurora, doch Lena höre sie nicht mehr.

Farneti murmelte etwas Unverständliches, dann drehte er sich um und ging ebenfalls.

Aurora schlüpfte in den Toilettenraum und betrat eine der Kabinen, darauf bedacht, von niemandem gesehen zu werden. Sie kniete sich vor die Kloschüssel und holte tief Luft, dann steckte sie den Finger in den Hals, um den Brechreiz auszulösen. Als sie sah, wie die Pillen in das abgestandene Wasser fielen, spülte sie und wischte sich mit dem Handrücken den Mund ab.

Sie wusch sich das Gesicht und betrachtete ihr Gesicht im Spiegel. Sie sah erschöpft aus.

In dem Moment ging die Tür auf, und auf der Schwelle erschien Farneti, ein Grinsen im Gesicht.

»So willst du dich also an die Regeln halten?« Er öffnete die Faust und zeigte Aurora zwei weitere Pillen auf seiner Handfläche.

»Hau ab.«

»Glaubst du wirklich, du kannst mich reinlegen? Ich weiß sehr gut, was du eben gemacht hast.«

»Was willst du von mir?«

»Ich versuche nur, dir beizubringen, wie die Dinge in dieser Klinik funktionieren.«

»Willst du mir das beibringen, was du Lena beigebracht hast?«, sagte Aurora herausfordernd.

Farnetis Gesicht verdunkelte sich. »Was Lena und ich machen, wenn die Lichter ausgehen, geht dich überhaupt nichts an.«

»›Was Lena und ich machen‹ bedeutet, dass Lena einverstanden ist, und nach ihrer Reaktion eben scheint mir das nicht der Fall zu sein.«

»Du kennst sie nicht so, wie ich sie kenne. Ich kann dir versichern, sie mag es, wenn es wehtut.« Eine kurze Pause. »Und du?«

Aurora ballte so fest die Hände, dass die Nägel ihr ins Fleisch schnitten. »Komm nicht näher, sonst werde ich Rambaldi unsere Unterhaltung haarklein wiedergeben.«

Farneti lachte höhnisch. »Und denkst du wirklich, dass er dir glaubt?«

Aurora versuchte, ihn wegzuschubsen, um aus der Toilette zu kommen, doch Farneti hielt sie am Handgelenk fest.

»Lass mich!«, platzte sie heraus.

»Das tue ich, wenn du deine Pillen genommen hast.«

»Ich habe sie schon genommen, deine verdammten Pillen!«

»Wie du willst«, schloss Farneti. »Ich mag es auch lieber, wenn ihr bei Bewusstsein seid. Und dir wird es auch gefallen, du wirst schon sehen.«

# 72

Im Dunkel ihres Zimmers wälzte Aurora sich im Bett. Der Junge im karierten Mantel war fort, aber nicht der Gedanke, dass Chia sich in den Händen eines Serienmörders befand.

Als die Tür aufging und Farneti eintrat, konnte Aurora eine wütende Grimmasse nicht unterdrücken.

»Hau ab«, warnte sie.

»Du alleine bist schuld daran, dass ich jetzt hier bin. Du hast dich zwischen mich und Lena gestellt, und jetzt wirst du bekommen, was du verdienst. Du musst einsehen, dass die Regeln hier drinnen respektiert werden.« Farneti hob die Hand und zeigte ihr eine Spritze mit einer gelblichen Flüssigkeit darin. »Das wird genügen, um dein heißes Mütchen zu kühlen.«

»Versuch ja nicht, näher zu kommen.«

»Wenn du es vorziehst, kann ich dich auch ans Bett fesseln«, grinste Farneti und trat einen Schritt vor. »Dann musst du nicht so tun, als gefiele es dir nicht.«

Aurora wich zurück, bis sie mit dem Rücken zur Wand stand. »Du bist ein Bastard.«

Farneti kam näher. »Sei schön artig, dann tue ich dir nicht weh.« Auf seinem Gesicht breitete sich ein zufriedenes Grinsen aus. »Jedenfalls nicht allzu sehr.« Dann war er mit einem Satz bei ihr. Er nahm sie in die Arme. Er warf sie auf das Bett und bewies, dass er stärker war, als Aurora geglaubt hatte.

»Nein!«, brüllte sie und versuche, von ihm wegzukriechen.

Farneti setzte sich rittlings auf sie und versuchte, sie mit einer Hand festzuhalten, während er mit der anderen die Spritze zückte, bereit, die Injektion zu verabreichen, die sie völlig willenlos machen würde.

Aurora versuchte sich zu wehren, doch er versetzte ihr eine Ohrfeige mitten ins Gesicht, so stark, dass sie mit dem Nacken gegen das Kopfteil des Bettes fiel.

»Kannst du nicht einfach mal ein braves Mädchen sein?«, zischte Farneti, bevor er ihr die Spritze in den Arm rammte und einen leichten Druck auf den Kolben ausübte. Mit einem Aufbäumen gelang es Aurora, sich zu befreien. Die Nadel brach in ihrem Fleisch, bevor es Farneti gelungen war, den Inhalt der Spritze ganz zu entleeren.

Während Farneti ihre rechte Hand festhielt, schlug Aurora ihm mit der Linken auf die Nase. Ein Blutschwall ergoss sich aus den Nasenlöchern auf sein T-Shirt.

Aurora nahm all ihre Kräfte zusammen und rammte ihm ein Knie in die Weichteile.

Farneti jaulte vor Schmerzen auf und krümmte sich.

»Scheiß Schlampe!«

Aurora versetzte dem Ehrenamtlichen einen Hieb in den Bauch, dann schlug sie mit einem Kleiderbügel auf seinen Nacken ein.

Mit einer Reihe von Tritten beförderte sie ihn vom Bett auf den Boden. »So magst du es also, du Bastard? Du magst es, wenn es ein bisschen wehtut?« Ein Tritt gegen das Kinn schleuderte ihn gegen die Kante des Nachttisches.

Farneti wälzte sich jammernd am Boden. Das Blut floss weiter aus seiner Nase und breitete sich auf den Fliesen des Fußbodens aus wie ein Schatten bei Sonnenuntergang.

Aurora versetzte ihm erneut Tritte und Fausthiebe in die Rippen, in den Oberkörper, an den Hals. »Das ist für das, was du Lena angetan hast«, schleuderte sie ihm entgegen. »Du fasst sie nie mehr an, verstanden?«

Farneti brummte etwas Unverständliches.

Aurora griff nach der Spritze mit der abgebrochenen Nadel und hielt sie ihm an den Hals. »Ich habe dich nicht verstanden«, knurrte sie.

Farneti nickte.

Als einzige Antwort schlug Aurora ihm noch einmal in die Magengrube. »Ich habe dich nicht verstanden!«

Farneti spuckte einen Schwall mit Blut vermischter Magensäure aus. Er kroch röchelnd über den Fußboden auf den Ausgang zu.

Aurora blockierte ihn, indem sie seinen Nacken zu Boden drückte. »Also? Wie lautet deine Antwort?«, drängte sie. Dann brachte ein plötzlicher Schwindel sie beinahe zu Fall. Sie bemühte sich, klar zu bleiben. Das Beruhigungsmittel begann bereits zu wirken. Aber sie konnte nicht aufgeben, nicht jetzt. Sie musste hier weg, und zwar sofort.

»Verstanden«, keuchte Farneti.

»Meine Pistole. Meine Kleider. Wo sind sie?«

Farneti atmete schwer. Er hustete ein paar Mal, und ein Stück abgebrochener Zahn fiel klimpernd zu Boden. Er hob seine Hand zum Mund und versuchte, das Blut und das Erbrochenem abzuwischen.

»Wo sind sie?«, knurrte Aurora.

»Ich weiß nicht ... wo ... deine Kleider sind«, krächzte Farneti. »Ich glaube ... in der Waschküche.«

Aurora zog ihn an seinem Hemdkragen hoch. »Und die Pistole? Wo ist meine Pistole?«

»Im Safe in ... Rambaldis Büro«, nuschelte er. »Aber bitte ... tu mir nichts ... ich ...«

Ohne weiter zuzuhören, rammte Aurora die abgebrochene Nadel in Farnetis Hals und drückte den Kolben bis zum Anschlag durch.

Dann verließ sie das Zimmer, auf Beinen, die sie kaum noch zu tragen vermochten. Sie stolperte über ihre eigenen Füße und geriet beinahe ins Straucheln. Eine Hand an die Wand gestützt, tastete sie sich einige Meter weiter voran.

Aurora nahm all ihre Energie zusammen, um sich zu konzentrieren, doch es fiel ihr schwer, sich zu erinnern, wo sich Rambaldis Büro befand.

Während sie den Gang entlangtappte, fühlte sie sich immer mehr wie in einem Traum. Ihre Lider wurden immer schwerer, die Beine wollten ihr nicht mehr gehorchen.

Sie drehte den Kopf zur Seite.

Im Inneren seines dunklen Zimmers saß Curzi und schien sie schweigend zu beobachten. Er saß auf dem Fußboden, an der selben Stelle, an der sie ihn Tage zuvor gesehen hatte. Es war, als hätte er seither nie die Position gewechselt. In gewissem Sinne war es auch so. Er verließ sein Zimmer nicht mehr und sprach mit niemandem, seit mehr als zwanzig Jahren.

Aurora hätte ihn gerne gefragt, ob er etwas über Filippo Rovere wusste, ob er ihn während seines Aufenthalts in der Villa Clara getroffen hatte. Doch sie zwang sich, ihn zu ignorieren, obwohl der Blick des ehemaligen Neurochirurgen eine unheimliche, geradezu magnetische Anziehungskraft auf sie ausübte.

Sie erinnerte sich an den Satz, den er zu ihr gesagt hatte, bevor sie ging.

Das Monster, das du jagst, ist näher, als du denkst.

Aber hatte sie wirklich mit ihm gesprochen, oder war das eine der unvorhersehbaren Auswirkungen des Kugelsplitters in ihrem Kopf gewesen?

Doch jetzt war nicht der Moment für solche Überlegungen. Jetzt musste sie an andere Dinge denken. Sie kämpfte darum, nicht das Bewusstsein zu verlieren. Sie musste sich ihre Pistole zurückholen, und sie musste Chia finden.

Sie konzentrierte wieder ihre ganze Aufmerksamkeit auf den vor ihr liegenden Gang. Doch es war nicht mehr der Gang in der Villa Clara. Er hatte sich verändert, war vollkommen leer. Die Intensität des Regens hatte zugenommen, obwohl Aurora ihn weiterhin regelmäßig auf das Dach des Gebäudes trommeln hörte.

Sie sah metallene Säulen, die durch Rohre mit den Wänden verbunden waren. Von der Decke hingen rostige Haken. Seitlich gingen Kammern ab, in deren Mitte rechteckige Wannen standen.

Das alte Schlachthaus.

Dorthin hatte ihr Geist sie zurückgeführt.

Aurora war nicht mehr im Hier und Jetzt. Aus den geheimen Winkeln ihres Gehirns war der Ort aufgetaucht, an dem ihr Leben zusammengebrochen war, in der Silvesternacht vor zwei Jahren.

»Bleib immer in Bewegung. Wer stillsteht, wird zur Zielscheibe.«

Auf dem Fußboden hatten sich durch das eindringende Wasser Pfützen mit Brackwasser gebildet. Ein Lichtstrahl beleuchtete einen kleinen Haufen Schutt.

Sie sah, wie sie sich vorantastete. Sie folgte dem Stöhnen eines Mädchens. Sie zwang sich, ihren Namen zu erinnern.

Valentina, hallte es in ihrem Kopf wider.

Sie war erst vierzehn. Sie hatten sie unter Drogen gesetzt und in das ehemalige Schlachthaus geschleppt. Sie könnte sie retten, wenn sie nur ...

Aurora schüttelte energisch den Kopf. Valentina war tot. Aber Chia nicht, sie war noch lebendig. Das spürte sie tief in ihrem Herzen. Für sie musste sie jetzt weiterkämpfen.

Aurora blinzelte ein paar Mal, um die Vision zu vertreiben. Dann blickte sie fieberhaft um sich und war wieder im Flur der Villa Clara.

Doch er wirkte so lang, dass es ihr nie gelingen würde, ihn zu durchqueren, als hätte er sich plötzlich übermäßig ausgedehnt.

Die Strophe eines alten Kinderreims hallte irgendwo in einem entfernten Winkel ihres Bewusstseins wider.

»Mit seiner Axt gräbt er dein Grab, ununterbrochen.

Hat Nägel statt Fingern, die treibt er dir in die Knochen.«

Wo hatte sie das schon einmal gehört?

Auroras Beine trugen das Gewicht ihres Körpers nicht

mehr, und sie stürzte zu Boden. Sie biss die Zähne zusammen und hob den Blick, versuchte zu krabbeln.

Ihre Wahrnehmungen waren wie in Watte gepackt. Während das Dunkel sich anschickte, alles zu verschlingen, sah Aurora vor sich eine männliche Gestalt auftauchen, die sie gut kannte.

Sie blinzelte angestrengt, doch das Bild verschwand nicht. Er war da, direkt vor ihr. Er war real. Wie ihre Angst.

Der Böse Wolf ist zurückgekehrt, dachte sie.

Er hat mich gewählt.

Er hat mich hierher gebracht, wo er mich haben wollte. Das ist sein auserwählter Ort, um das Ritual zu vollenden.

»Nein«, stöhnte sie.

War es möglich, dass wirklich er es war, der Killer?

Der Mann vor ihr kam näher, das linke Bein nachziehend.

Aurora erkannte ihn, obwohl er eine Maske trug.

Die Maske des Bösen Wolfes.

# 73

Allmählich kam Aurora wieder zu Bewusstsein. Ihr Kopf schmerzte, und ihre Sinne waren benommen. Als ihre Augen sich an die Dunkelheit gewöhnt hatten, bemerkte sie, dass sie sich in einer großen Halle mit imposanten Säulen befand.

Der Putz an den Wänden war teilweise abgebröckelt. Ein Seitenfenster zeigte eine Aussicht, die Aurora sofort wiedererkannte: die Hügel um die Villa Clara. Draußen tobte weiter das Gewitter. Den blendenden Blitzen folgte das Rumpeln des Donners, das immer näher kam.

Aurora fand sich auf unebenem Boden sitzend wieder. Sie versuchte, die Arme zu bewegen, doch ohne Erfolg. Sie bemerkte, dass ihre Hände hinter dem Rücken gefesselt waren, wahrscheinlich mit demselben Klebeband, das auch ihre Füße zusammenhielt. Das letzte Mal hatte sie dieses Klebeband an den Hand- und Fußgelenken der Opfer in Ranuzzis Haus gesehen.

Um sie herum lagen Stapel von Keramikfliesen, Berge von Schutt und Kisten, aus denen Zimmermannswerkzeug ragte.

Chia lag einige Meter von ihr entfernt auf dem Boden in der Mitte des Raumes, auch sie gefesselt. Ihre Brust hob und senkte sich im Rhythmus eines keuchenden Atems. Um sie herum lagen einige lange Eisennägel.

Die Erleichterung festzustellen, dass Chia noch am Leben war, dauerte nur einen Wimpernschlag. Der Killer hatte eine Szene vorbereitet, die es ihm erlaubte, seine Traumata erneut zu durchleben und seine Obsessionen in einem makabren Ritual zu kanalisieren.

Sie kommen immer wieder.

Um seine Geister zu vertreiben, hatte er Chia als nächstes Opfer gewählt. Und Aurora als Zuschauerin.

»Chia«, rief Aurora flehentlich. »Geht es dir gut?«

Das Mädchen drehte sich zu ihr um, und Aurora sah, dass ihr Mund mit demselben Klebeband verklebt war, mit dem sie gefesselt waren. Das Mädchen gab ein Stöhnen von sich, das klang wie eine Zustimmung.

In ihrem Blick lag blankes Entsetzen. War es das, was die Opfer des Bösen Wolfes durchlebt hatten? Eine lange Agonie, in der Erwartung, ihn wieder auftauchen zu sehen, ohne jede Hoffnung, einem unausweichlichen Schicksal ausgeliefert.

Mit einem Kopfnicken deutete Chia zur Tür. Eine alte Holztür, von der die Farbe abblätterte, mit einer Metallklinke, die aussah wie eine kleine, in sich selbst verschlungene Schlange.

»Wir sind im ersten Stock der Villa Clara«, murmelte Aurora, wie zu sich selbst, in Erinnerung an Professor Rambaldis Worte. Er hatte gesagt, dieser Stock sei wegen fehlender Mittel noch nicht renoviert worden. Ein perfekter Ort für Filippo Rovere, um sein Ritual zu vollenden. Der Ort, der seine Wiedergeburt heiligen sollte.

Aurora konzentrierte sich, um die Geräusche, die von jenseits der Schwelle zu ihnen hereindrangen, vom Rauschen des Regens zu unterscheiden, und sie hörte Schritte. Einem entschiedenen Auftreten folgte immer ein schlurfender Schritt.

Aurora blickte fieberhaft um sich, auf der Suche nach einem Werkzeug, um sich zu befreien. Sie rutschte mit dem Rücken die Wand hoch, doch es gelang ihr nicht, wieder aufzustehen. Das Klebeband an ihren Knöcheln war zu eng, so dass sie ihr Gleichgewicht nicht halten konnte. Sie robbte zu den Fliesen, in der Hoffnung, mit ihnen das Klebeband durchtrennen zu können, das ihre Handgelenke fesselte.

Die Tür ging auf, und ein Blitz beleuchtete geisterhaft die Maske des Bösen Wolfes, die der Mann vor ihnen trug.

Chia begann leise zu schluchzen.

»Das ist es, was ich an dir mag, Aurora«, sagte der Mann mit beherrschter Stimme. »Deine Entschlossenheit, deinen eigenwilligen Glauben an die Hoffnung. Und deinen Rachedurst. Darin sind wir uns ähnlich.«

»Du kannst die Maske absetzen«, sagte Aurora. »Ich weiß, wer du bist.«

Mit einer langsamen Bewegung nahm der Mann die Maske vom Gesicht, und darunter kam niemand anderes zum Vorschein als Aldo Bucci. Der Krankenhauspsychiater. Ironischerweise war ausgerechnet der Mensch, der sich um die kleine Aprile hätte kümmern sollen, zugleich der Mörder ihrer Eltern.

Sein Gesichtsausdruck war nicht anders als bei den anderen Malen, die Aurora ihn getroffen hatte. Er war kalt und abweisend. Doch seine grauen Augen verrieten eine gewisse Ungeduld.

Er ließ die Maske zu Boden fallen, und Aurora betrachtete sie einen langen Augenblick, dann schaute sie wieder zu Bucci.

»Wahrscheinlich sollte ich dich Filippo Rovere nennen.«

»Es ist lange her, dass jemand das getan hat.«

»Zuletzt an dem Tag, als du mit dem brennenden Wagen deinen Tod inszeniert hast, nehme ich an. Wer saß wirklich in dem Auto?«

Bucci verzog die Lippen zu einem zufriedenen Lächeln. »Das zu wissen würde deine Lage auch nicht ändern«, sagte er. »Du gehörst jetzt mir.«

»Mein Gott, du bist so armselig«, sagte Aurora. »Deine Rituale sind nichts weiter als ein Trostpflaster. Deine Alpträume werden nie aufhören.«

»Das ist ein Zustand, den du sehr gut kennst, nicht wahr, Aurora? Während du versucht hast, mich zu analysieren, hatte ich ebenfalls Gelegenheit, dich dank deine Krankenakte ein wenig kennenzulernen. Ich habe die Mitschnitte deiner psychoanalytischen Sitzungen gehört, und ich muss zugeben, du bist ein wirklich interessanter Fall.«

»Leck mich. Wenigstens bin ich nicht zum Serienmöder geworden.«

Bucci runzelte die Stirn. »So nennst du mich also? Ein banaler Serienmörder, gefangen in seinem immer gleichen Ritual? Ich bin so viel mehr als das. Ich bin ein Forscher, ein Gelehrter. Der Gegenstand meines Studiums bin ich selbst. Als ich ein Junge war, wachte ich regelmäßig mitten in der Nacht aus einem Alptraum auf, in der Überzeugung, dass nur das Töten meine Ängste beruhigen könnte. Darum habe ich begonnen, mich selbst zu analysieren, auf der Suche nach der Quelle meiner Triebe. Nur wenige können von sich behaupten, ein so tiefes Bewusstsein ihrer selbst erlangt zu haben wie ich. Ich bin ein Raubtier, die Spitze der Evolutionskette. Und ich beanspruche für mich die Möglichkeit, die gemeinen Menschen nicht gegeben ist: meine eigenen Alpträume zu produzieren.«

»Und Marciano?«, fragte Aurora. »Der hat dich als das akzeptiert, was du warst, nicht wahr?«

Bucci lächelte sarkastisch. »Marciano war so ein Wicht ... er war nur ein einsamer Mann mittleren Alters, der zu feige war, zu seiner wahren Natur zu stehen. Als ich bemerkte, dass er sich in mich verliebt hatte, wusste ich, ich hatte ihn in der Hand. Zuerst war er zögerlich. Er war nie mit einem Jungen zusammen gewesen, und der Gedanke, es mit einem Patienten zu tun, ängstigte und erregte ihn gleichermaßen. Ich habe ihn ermutigt, seinen Neigungen zu folgen, auch wenn ihn das schließlich ruiniert hat. Ich war es, der alle über unsere Affäre in Kenntnis setzte, aber erst nachdem er eingewilligt hatte, mich aus der Villa Clara zu entlassen. Marciano verlor seinen Job, also blieb ihm nur noch ich. Und es war kinderleicht, ihn glauben zu machen, dass auch ich ohne ihn nicht mehr leben konnte. Wir sind ein bisschen durch Europa gereist, doch es war immer dasselbe. Jedes Mal gewann ein Alptraum irgendwann die Oberhand, und jemand musste dran glauben. Ich bin nicht stolz darauf, aber in jener Phase meines Lebens hatte ich einige Probleme damit, meine Wutausbrüche unter Kontrolle zu halten. Ich weiß nicht einmal mehr, wie viele Menschen ich umgebracht habe ... und jedes Mal war es der arme Marciano, der die Spuren beseitigen musste. Wenigstens so lange, bis er selbst an die Reihe kam.«

»Du hast ihn umgebracht, weil ihm klar geworden war,

dass du dich nie ändern würdest, stimmt's?«, sagte Aurora, in der Hoffnung, Bucci abzulenken, um sich unbemerkt noch ein wenig den Fliesen zu nähern.

»Vielleicht hatte er sich auch endlich dazu durchgerungen, dich bei der Polizei anzuzeigen.«

»Ich glaube, es ist zutreffend, zu sagen, dass ich ihn nicht mehr brauchte«, sagte Bucci leichthin. »Wir waren in einem wunderbaren Resort in den Euganeischen Hügeln. Dort lernte ich Aldo Bucci kennen, der damals noch Psychologie an der Universität von Verona studierte, auch er Waise. Er arbeitete als Kellner, um sein Studium zu finanzieren. Da dachte ich, es wäre an der Zeit, Filippo Rovere eine kleine ... Pause von der Welt zu gönnen. Aldo Bucci war so perfekt, dass ich dachte, das Schicksal habe ihn mir geschickt, damit ich sein Leben zu meinem machte. Nachdem ich ihn getötet hatte, habe ich ihn an der Universität Bologna immatrikuliert, wo keiner ihn kannte, und seine akademische Laufbahn fortgesetzt. Es war leicht, ich kannte mich besser in der Materie aus als die meisten anderen Studenten.«

»Die verkohlte Leiche, die man in deinem Wagen fand, war also der echte Aldo Bucci«, sagte Aurora. »Du hast deinen Tod inszeniert, um seine Identität anzunehmen.«

Bucci mimte einen kurzen Applaus. »Du bist scharfsinnig, Aurora. Und du lernst schnell. Wir sind gar nicht so verschieden, du und ich. Wir lieben beide den Nervenkitzel der Jagd, wir können den richtigen Moment zum Handeln abwarten, und wir überlassen nichts dem Zufall. Wir kennen beide die Erleichterung, die in der Vollendung eines Rituals besteht, und die Erkenntnis, dass es helfen kann, die Alpträume in Schach zu halten.« Er machte eine kurze Pause, in der sein Ausdruck sich veränderte. Für einen Augenblick war er wie abwesend. »In der Universität Bologna habe ich von den antiken Ritualen gehört, um Wiedergänger zu vertreiben. Denn trotz aller Anstrengungen, die Geister aus meinem Kopf zu vertreiben, kamen sie immer wieder.« Er sprach leise, als lebe eine schlimme Erinnerung in ihm wieder auf. Dann suchte er Auroras Blick, bevor er fortfuhr. »Du weißt, wovon ich spreche, nicht wahr?«

Aurora schüttelte energisch den Kopf.

Ein schwaches Lächeln erschien auf Buccis Gesicht. »Darum habe ich dich ausgewählt«, sagte er mit Nachdruck. »Weil wir gleich sind. Du bist nur ein bisschen zu emotional. Aber das ist ein Wesenszug von euch Frauen, stimmt's? Ihr könnt eure Empathie nicht ablegen, das nutzlose Hineinversetzen in andere und euer Interesse für ihr Schicksal.«

»Du irrst dich«, sagte Aurora. »Wir sind uns überhaupt nicht ähnlich. Ich bringe keine Menschen um. Ich jage diejenigen, die sie umbringen.«

»Natürlich, du gehörst zu den Guten, nicht wahr?«, säuselte Bucci. »Aber wir sind wie zwei Seiten derselben Medaille. Ich habe mich amüsiert bei dem Anblick, wie du in Torreses Netz zappeltest, und mit mir selbst gewettet, wann es dir gelingen würde, dich der Wahrheit zu nähern, trotz der Kurzsichtigkeit der idiotischen, aufgeblasenen Beamten, die dir Anweisungen erteilten.« Bucci atmete tief durch. »Hast du dich je gefragt, wie es dir gelungen ist, mich so gut kennenzulernen? Ich schon. Ich war so fasziniert von deinem Geist, dass ich mich bis in deine Höhle wagte. Die Antwort fand ich, als ich dein Zimmer betrat. Im Angesicht deiner großartigen Obsessionen, in all ihrer schrecklichen Schönheit.«

»Fick dich, Bucci. Der Idiot bist du. Ein psychopathischer Idiot. Selbst Torrese mit all seiner Arroganz ist noch besser als du.«

Ein amüsiertes Lächeln breitete sich auf Aldo Buccis Gesicht aus. »Willst du mir etwa schmeicheln, Kommissarin Scalviati?«

»Ich will dir sagen, dass ich dir, wenn ich meine Pistole hätte, eine Kugel in deinen Scheißkopf jagen würde.«

»Dabei bist du doch diejenige mit der Kugel im Kopf, Aurora. Ist das nicht verrückt? Als Kind hätte ich mir eine Freundin wie dich gewünscht. Stattdessen hatte ich Ranuzzi.«

»Ranuzzi hat kleine Jungen belästigt«, protestierte Aurora. »Wie konntest du in ihm einen Freund sehen?«

Bucci straffte die Schultern. »Mir missfiel es nicht«, gab er zu. »Ich hatte es mir zur Gewohnheit gemacht, fast jeden Nachmittag bei ihm vorbeizugehen.« Er massierte sich eine Schläfe, als hätte ihn ein plötzlicher Kopfschmerz gepackt. »Meine Eltern waren so besorgt! Gerüchte verbreiten sich schnell in einer Kleinstadt. Manche würden mich als schlimmen Jungen bezeichnen, aber vielleicht war ich einfach nur ein wenig frühreif. Oder etwas zu einsam. Einsamkeit tut weh.« Er atmete tief durch, bevor er weitersprach. »Sie bringt einen zum Nachdenken.«

»Es heißt, Ranuzzi hätte deine Familie in Stücke gerissen, weil du Granatäpfel in seinem Garten geklaut hattest.«

»Was die Leute so erzählen, ist manchmal wirklich lächerlich«, sagte Bucci. »Sie sind immer zu beschäftigt, einen Sündenbock zu suchen, um die Wahrheit zu erkennen, selbst wenn sie offen vor aller Augen liegt. Ich erinnere mich noch gut an jenen Tag. Mein Vater hatte einen schlimmen Tag gehabt. Ein Kind aus der Klasse, die er unterrichtete, war gestorben, und man hatte ihn der Fahrlässigkeit bezichtigt.«

»Was phantasierst du dir da zusammen?«

»Mein Vater suchte mich bei Ranuzzi. Er fand uns im Garten. Ich saß unter dem Granatapfelbaum. Ranuzzi spaltete mit seiner Axt Holz für den Winter. Sie hatten eine heftige Auseinandersetzung, Papa sagte ihm, dass er aufhören sollte, mich zu belästigen. Er riss ihm die Axt aus den Händen und zerrte mich gewaltsam nach Hause.«

»Und wegen dieses Streits hat Ranuzzi deine Familie angegriffen?«

»Keineswegs.« Bucci grinste sarkastisch. »Glaub mir, ich war dabei. Ranuzzi hat nichts mit dem Massaker an meiner Familie zu tun. Als er bei uns zu Hause vorbeikam, um noch einmal mit meinem Vater zu sprechen, waren bereits alle tot. Er versuchte sogar noch, meine Familie zu retten, doch das Einzige, was er erreichte, war, sich mit Blut zu beschmieren. Er war so besessen von dem Satz, den er an der Wand las, dass er ihn später überall in seinem Haus an die Wände schrieb.«

»Wie bitte?«, platzte Aurora heraus. »Wenn es nicht Ranuzzi war, der deine Familie umgebracht hat ... wer war es denn dann?«

»Die Plauderstunde ist jetzt vorbei«, sagte Bucci entschlossen. Er zog ein Elektrokabel aus der Tasche und entrollte es mit beiden Händen. »Ich muss mich jetzt um mein Schwesterchen kümmern.«

Das Mädchen war an eine Säule herangerobbt und hatte sich dort zusammengekauert, weiter leise weinend.

»Warte!«, rief Aurora. »Du darfst sie nicht töten! Ich ...

werde der Polizei alles erzählen. Ich werde sagen, dass du es warst, der Carlo Gualtieri, deinen Adoptivvater getötet hat, nachdem du Celeste Martini in Stücke gerissen und den Tod des kleinen Michele provoziert hast!«

Bucci sah sie mitleidig an. »Und wer bitteschön wird dir glauben?« Er seufzte, bevor er hinzufügte: »Es waren viele Jahre vergangen, seit wir uns zuletzt gesehen hatten, als ich beschloss, Carlo Gualtieri anzurufen. Ich wollte ihm zeigen, was aus mir geworden war. Ich hoffte sogar, er würde stolz auf mich sein. Ich hatte eine Möglichkeit gefunden, mit meinen Alpträumen umzugehen. Doch es war offensichtlich, dass er keinerlei Verständnis für mich hatte. Stattdessen fing er an, Nachforschungen über mich anzustellen, Detektiv zu spielen wie zu alten Zeiten, als er noch Polizist war. So habe ich mich in Ranuzzis Haus mit ihm verabredet, wo alles begonnen hatte.« Er machte eine Pause. »Es gab eine Zeit, in der er mein Vater werden wollte. Auf gewisse Weise habe ich seinen Traum erfüllt. Und dank dem, was ich mit ihm gemacht habe, wird Papa aufhören, immer wieder zu kommen.«

Bucci hörte auf zu sprechen und lenkte seine Aufmerksamkeit wieder auf Chia.

Mit einem verzweifelten Ruck gelang es Aurora, sich mit dem Rücken vor den Fliesen zu positionieren. Sie begann fieberhaft, das Klebeband gegen eine Kante zu scheuern, um sich zu befreien.

Bucci fuhr zu ihr herum. »Was tust du da?«

Dann mäßigte er seinen Tonfall und fügte hinzu: »Filippo, Filippo, du wirst nie lernen, dich zu beherrschen.« Er ließ das Kabel liegen und packte Aurora am Kragen ihres T-Shirts. Mit einer jähen Bewegung schleuderte er sie auf die andere Seite des Zimmers.

Aurora schlug mit dem Nacken gegen den Fensterrahmen. Sie versuchte den Schmerz zu ignorieren. Sie schnellte nach vorne, um Bucci mit einem Kopfstoß zu erwischen, doch der Mann wich zurück, und ihr Stoß ging ins Leere. Aurora fiel zu Boden, und es gelang ihr nicht, ein Stöhnen zu unterdrücken. Er kniete vor ihr.

Bucci bückte sich, um die Maske des Bösen Wolfes wieder aufzuheben. »Du wirst keinen Schaden tun«, murmelte er.

»Was bedeutet das?«, fragte Aurora. »Sag es mir. Ich bin dir bis hierher gefolgt. Du schuldest es mir.«

»Ich schulde dir gar nichts. Ich schulde niemandem etwas!« Er sah verärgert aus. »Nur Filippo, der sterben musste, um Aldo Bucci wiederauferstehen zu lassen. Darum muss ich auf ihn hören, wenn er mir Dinge einflüstert.«

»Filippo wird dir immer häufiger Dinge einflüstern. Du kannst nicht vor deinen Obsessionen fliehen. Das wird dir niemals gelingen.« Jeder Teil von Auroras Körper schmerzte. »Mach mich los«, bat sie. »Ich bin die Einzige, die dich wirklich versteht. Du selbst hast gesagt, dass wir uns ähnlich sind. Ich bin die Einzige, die dir helfen kann.«

»Wie solltest du mir helfen, wenn du dir nicht mal selbst helfen kannst?«, antwortete Bucci. »Schau dich an, Kommissarin Scalviati. Du bist nichts mehr. Du bist allein. Du lebst in einem Pensionszimmer zusammen mit deinen Gespenstern. Alle halten dich für verrückt. Das ist in Turin passiert und jetzt auch noch hier. Ich hingegen werde bewundert. Ich habe einen guten Job, und die Achtung meiner Kollegen ist mir gewiss.«

»Sie ... werden wiederkommen«, sagte Aurora mit zitternder Stimme.

Buccis Blick verfinsterte sich. »Das Ritual. Muss jetzt. Vollendet werden.«

»Sie werden immer wiederkommen, wie sie auch in meinem Kopf immer wiederkommen«, insistierte sie.

Bucci trat Aurora in den Unterleib.

»Nicht. Reden.«

Ihr blieb die Luft weg, und sie begann, blutigen Schleim zu husten.

»Du wirst ihr Zeuge sein«, fuhr Bucci fort. Und dann, als spreche er mit jemandem, den nur er sehen konnte, fügte er mit leiser Stimme hinzu: »Du wirst keinen Schaden tun.«

Aldo Bucci, oder vielleicht war es Filippo Rovere, näherte sich Chia, sichtlich hinkend.

»Nein!«, schrie Aurora.

Doch für ihn war es, als wäre sie nicht mehr im Zimmer.

Aurora begann sich zu winden, um ihre Hände zu befreien, bis das Klebeband, mürbe geworden durch die Reibung an den Fliesen, schließlich nachgab.

Sie robbte auf den Ellenbogen zu Bucci und packte ihn an der Hose. Er verlor das Gleichgewicht und stürzte zu Boden, sprang jedoch sofort wieder auf.

Bucci bearbeitete Aurora mit einer Reihe von Tritten und Hieben, bis sie vollkommen kraftlos dalag.

Dann hob er sie auf und schleppte sie in eine Ecke des Raumes, wo er sie sorgsam ablegte wie eine unartige Puppe.

»Endlich bist du wehrlos«, sagte er. »Du bist wirklich wie ein Kind. Ein verängstigtes Kind. Du bist im Küchenbüffet versteckt und beobachtest durch den kleinen Spalt, was geschieht. Er ist da, der Böse Wolf. Er schlägt mit der Axt auf deine Mutter ein. Du willst wegschauen. Du willst die Augen schließen, aber kannst es nicht. Sie bleiben weit aufgerissen, als hättest du keine Wimpern mehr. Deine Augen brennen. Dein Bein schmerzt. Du willst deine Position verändern, aber kannst es nicht. Du darfst kein Geräusch machen, sonst zerhackt er auch dich. Dann schlägt die Axt auf deine Schwester ein. Noch einmal, dann noch einmal. Und alles wird rot. Ein roter Fluss, und du spürst nicht mehr, wie die Augen brennen, wie das Bein schmerzt. Was bleibt, ist nur das Entsetzen und das gleichmäßige Geräusch deines schnellen Atems.«

Er streichelte Aurora über den Kopf, wie man es bei einem verängstigten Kind tun würde.

»Mache keinen Lärm«, fügte er mit leiser Stimme hinzu. »Schließe die Augen nicht. Sitze still, dann wird er dich nicht hören.«

Bucci drehte sich wieder um und näherte sich erneut Chia, die nicht aufhören konnte zu schluchzen. Sie war im Schockzustand, ihr Blick war glasig, die Haut blassblau angelaufen.

Bucci bückte sich vor ihr, und mit unerträglicher Langsamkeit setzte er die Maske wieder auf. Schließlich hob er auch das Kabel wieder auf.

»Du wirst keinen Schaden tun«, murmelte er. Wieder dieser Satz, wie ein Mantra. Als wäre er der Schlüssel, um seine Angst hinter Mauern zu sperren.

Er umrundete Chia und stellte sich hinter sie. Dann legte er ihr das Elektrokabel um den Hals und begann, mit aller Kraft zu ziehen.

Aurora wollte sich bewegen, doch ihr Körper war wie ein Block aus Stein. Ihr Atem ging flach. Wie der eines sechsjährigen Kindes, das in einer kleinen Küchenanrichte sitzt.

Vor ihren Augen verschwammen die Bilder. Aurora sah

sich wieder im ehemaligen Schlachthaus stehen, die feuchte Luft einatmen. Sie stand reglos, wehrlos, während sich die Gang an Valentinas Körper verging.

Tränen liefen ihr über das Gesicht. Aurora hätte schreien wollen, die Augen schließen. Doch sie konnte nicht. Denn in diesem Augenblick war sie nur ein sechsjähriges Kind, versteckt in einer Küchenanrichte.

Sie durfte nicht schreien, sonst würde der Böse Wolf ihr wehtun.

Ich war nicht schnell genug, dachte sie. Ihre Ängste hatten sie eingeholt und zur Gefangenen gemacht.

Und schuld daran war nicht nur der Kugelsplitter, der in ihrem Kopf steckte. In Aurora breitete sich die Überzeugung aus, dass auch sie, genau wie ihre Mutter, mit einem Materialfehler geboren worden war.

Aus den Winkeln ihres Gehirns tauchte ein Bild von ihr als kleines Mädchen auf, mit einer Rose in der Hand, wie sie mit ihrem Vater die Mutter in der Klinik besuchte, in der sie gesund werden sollte.

Aurora zitterte wie ein kleiner Zweig, der zu zerbrechlich war, um der Kraft eines starken Windes zu trotzen. Der Vater ermutigte sie, die Blume der Mutter zu reichen, damit ihr Duft sie daran erinnerte, wie sehr ihre Familie sie liebte. Doch ihre Mama hatte sie nicht einmal erkannt. Sie war geistesabwesend gewesen, betäubt von den Medikamenten. Und Aurora war reglos stehen geblieben, unfähig, ein Grauen zu verarbeiten, das zu groß war für das Hirn eines Kindes.

Ein Wirbel beförderte Aurora nun in ihr siebzehntes Lebensjahr. Sie sah sich mit derselben Rose in der Hand, wie sie sie auf den Sarg ihres Vaters legte, bevor man ihn in die Grube hinunterließ.

Ein plötzlicher Blitz beleuchtete den Raum, und Aurora kehrte in die Gegenwart zurück. In dem Bewusstsein, dass sie und Chia vollkommen alleine waren mit einem erbarmungslosen, unerbittlichen Killer. Der einzige Wachmann des Instituts war Farneti, den sie selbst kurz zuvor unschädlich gemacht hatte.

Sie hörte Schritte.

Es befand sich noch jemand mit ihnen im Raum. Jemand war lautlos hereingekommen, wie ein Geist aus dem alten Gemäuer.

Aurora riss die Augen auf. Curzi ging auf Bucci zu, den Griff einer Axt in den Händen, die Klinge über den Fußboden schleifend.

Aldo Bucci war so sehr damit beschäftigt, die Schlinge um Chias Hals zusammenzuziehen, dass er die imposante Silhouette nicht bemerkte, die in seinem Rücken aufgetaucht war.

Ohne ein Wort zu sagen, hieb Curzi ihm die Axt in den Schädel.

Die Klinge drang vollständig ein und spaltete die Maske und Buccis Stirn in zwei Teile. Ein Schwall Blut lief auf den Fußboden, als wäre ein Eimer umgekippt. Rötliche Spritzer bedeckten Auroras Gesicht und ihr T-Shirt.

Trotz des verklebten Mundes stieß Chia einen langen, gellenden Schrei aus, der wie der verzweifelte Ruf eines Raubvogels klang.

In dem Augenblick, in dem ihr klar wurde, dass Chia lebte, konnte Aurora wieder atmen.

Doch es war noch nicht zu Ende.

Buccis Körper sackte auf dem Boden zusammen, mit der Axt im Kopf.

Nachdem er ihn eine Weile betrachtet hatte, setzte

Curzi einen Fuß auf seinen Hals und zog die Waffe heraus. Aus der Wunde quollen Blutklumpen, gemischt mit Hirnmasse.

Aurora war unfähig zu sprechen. Sie konnte Curzi nur anstarren, erschüttert und ungläubig.

Curzi machte einige Schritte in ihre Richtung. Er thronte über ihr, mit seiner ganzen Massigkeit und ausdruckslosem Blick.

»Ich hätte die Sache zu Ende bringen sollen, in jener Nacht«, sagte er mit seiner tiefen Stimme. »Aber dieser verängstigte Junge, der in die Anrichte geflohen war, erinnerte mich an meinen Sohn. Ich konnte es nicht. Ich konnte ihn nicht zweimal an einem Tag umbringen.«

»D-dein Sohn?«, stammelte Aurora, rückwärts kriechend.

»Er hieß Luca. Er starb in meinen Armen«, murmelte Curzi. »Ich war Arzt. Ich hätte ihn retten müssen. Ich war sein Vater. Meine Aufgabe wäre es gewesen, ihn zu beschützen.«

Eines schrecklichen Tages habe Curzis Sohn in der Schule einen Unfall gehabt, hatte Farneti ihr bei ihrem ersten Besuch in der Villa Clara erzählt. Es stand so schlimm um ihn, dass er notoperiert werden musste. Und Curzi war Neurochirurg. Ausgerechnet er musste die Kopf-OP durchführen. Der Junge starb unter dem Skalpell.

Dieses Ereignis war der Auslöser für Curzis Wahnsinn gewesen.

»Dieser Mann spricht seit über zwanzig Jahren mit niemandem.«

»Seit über zwanzig Jahren«, hallte es durch Auroras Kopf.

»Es war der Morgen des 25. Oktober 1991«, fuhr Curzi langsam fort. »Ich bekam einen Anruf im Krankenhaus, und man sagte mir, meinem Sohn sei es im Unterricht plötzlich schlecht gegangen. Alberto Rovere war sein Lehrer.«

Alberto Rovere, Filippos Vater, dachte Aurora.

»Er hatte geglaubt, die starken Kopfschmerzen, über die Luca klagte, seien nichts weiter als ein Versuch, den Unterricht zu schwänzen, und er maß ihnen keine größere Bedeutung zu.« Die monotone Stimme Curzis verriet keinerlei Emotion. »Dann hat Luca angefangen, sich zu übergeben, kurz darauf wurde er ohnmächtig. Als ich ihn so zerbrechlich und wehrlos auf dem Operationstisch liegen sah, begannen meine Hände zu zittern. Die ganze Erfahrung, die ich in meinem Leben als Neurochirurg gesammelt hatte, reichte nicht aus, um ihm das Leben zu retten. Weil einen nichts auf eine solche Erfahrung vorbereiten kann. Darf man mit zehn Jahren an einem Blutgerinnsel im Gehirn sterben?« Er machte eine kurze Pause, in der Curzi den Blick auf Filippo Roveres Leichnam richtete, um dann wieder Aurora anzuschauen. »An jenem Abend ging ich zu Alberto Rovere. Durch seine Schuld war mein Junge gestorben. Wenn er den Notarzt früher gerufen hätte, hätte ich Luca vielleicht retten können ...«

Er wandte den Blick zur Decke, dann wieder auf Aurora.

»Ich könnte nicht einmal sagen, wie diese Axt in meine Hände kam. Ich weiß nur, dass ich zuschlug, immer wieder zuschlug. Und meine Hände zitterten nicht mehr.«

Du wirst keinen Schaden tun. Erst in diesem Moment verstand Aurora die Bedeutung dieses mit Blut an die Wand geschriebenen Satzes.

Es war kein ungenaues Bibelzitat. Isaak und seine Verbündeten hatten nichts mit dem Massaker an der Familie Rovere zu tun.

»Du wirst keinen Schaden tun« war das erste Postulat des hippokratischen Eides, den jeder Mediziner vor seiner Zulassung als Arzt leisten muss.

Ein Eid, den Curzi nicht hatte erfüllen können.

Curzi war Chirurg, doch im Delirium jener Nacht hatte er seinen Glauben verloren.

»Über zwanzig Jahre lang hat Filippo Rovere die Axt aufbewahrt, mit der ich seine Eltern getötet habe«, sagte Curzi. »Es ist, als hätte er immer gewusst, dass ich eines Tages auch ihn holen würde. Vielleicht war es das, was er wollte, als er zu mir in mein Zimmer kam und mich aufforderte, die Sache zu Ende zu bringen. In den Jahren, die er hier in der Klinik verbrachte, hat er auf alle erdenklichen Arten versucht zu verstehen, dem einen Sinn zu geben, was ihm geschehen war. Er war der einzige Zeuge dessen, was in jener Nacht geschah. Doch er hat kein einziges Mal meinen Namen erwähnt, als wäre es sein bestgehütetes Geheimnis. Aber mal ehrlich, welches Kind würde es schon wagen, den Namen des Bösen Wolfes auszusprechen, der es jede Nacht in seinen Alpträumen heimsucht?«

Aurora betrachtete lange die blutverschmierte Klinge der Axt. »Was hast du jetzt vor? Willst du auch mich umbringen?«

Curzi verzog die Lippen, in dem Versuch, ein Lächeln zustande zu bringen, doch es wurde nur ein unheilvolles Grinsen draus. »Ich habe zu lange auf dich gewartet. Jahrelang habe ich beobachtet und belauscht. Bis du endlich kamst.« Er legte die Finger auf die Narbe, die um Auroras Kopf lief.

Sie versuchte zurückzuweichen, doch er suchte hartnäckig den Kontakt.

»Die Imperfektion deines Geistes ist so ... perfekt«, schloss Curzi.

Plötzlich explodierte eine schnelle Folge von Blitzen und Donnern in dem Zimmer.

Aurora blickte verwirrt um sich. Das war nicht das Gewitter.

Eine Grimmasse des Schmerzes breitete sich auf Curzis Gesicht aus. Die Axt fiel mit einem dumpfen Knall zu Boden.

»Bruno!«, rief Aurora.

Bruno stand reglos auf der Schwelle, die rauchende Pistole in der Hand.

»Geht es dir gut?«, fragte er, während er zu Chia eilte, um sie zu befreien.

Aurora begann das Klebeband abzureißen, das noch immer ihre Knöchel fesselte. »Mir geht es gut. Kümmere dich um Chia.«

Nachdem er Chia losgemacht hatte, umarmte Bruno sie fest. »Alles in Ordnung«, flüsterte er in ihr Ohr.

Chia zitterte stark, ihre Zähne klapperten. »Er wollte mich umbringen«, stammelte sie. »Das werde ich nie vergessen ... es war schrecklich.«

»Denk nicht mehr daran. Es ist alles vorbei«, sagte Bruno. Dann wiederholte er, als wolle er sich selbst davon überzeugen: »Es ist alles vorbei.«

»Wie hast du uns gefunden?«, fragte Aurora beim Näherkommen. Sie konnte kaum laufen, jeder Teil ihres Körpers schrie vor Schmerzen.

»Ich habe dir vertraut«, sagte Bruno und sah ihr in die Augen.

Aurora fuhr sich mit der Hand über das Gesicht, um das Blut abzuwischen.

»Ich habe Piovani in die Ecke getrieben. Er hat zugegeben, dass Bucci dich hat einweisen lassen«, fuhr Bruno fort. »Aldo Bucci hatte ein Dokument unterschrieben, in dem er dich als Gefahr für dich selbst und für andere einstufte, und darum empfahl er eine Zwangseinweisung. Selbst Piovani war dagegen, aber Torrese stimmte zu, dich einzusperren. Ich habe nicht ein einziges Wort davon geglaubt.«

Tränen traten Aurora in die Augen, obwohl sie mit aller Kraft versuchte, sie zurückzuhalten. Sie ließ sich erschöpft zu Boden fallen und lehnte sich an die Säule neben Chia und Bruno.

»Ich habe zusammen mit Tom ein paar Nachforschungen angestellt«, fuhr Bruno fort. »Und ich habe Diskrepanzen in Buccis Lebenslauf entdeckt, die ihn mit Filippo Rovere in Zusammenhang brachten. So kam ich darauf, dass er die Villa Clara als Ort gewählt hatte, um sein Ritual zu vollenden.«

Aurora vergrub das Gesicht in Brunos Armen. »Ranuzzi war unschuldig. Es war Curzi, der die Familie Rovere umgebracht hat.«

Bruno strich ihr die rebellische Haarsträhne hinter das Ohr, die ihr immer wieder in ihre Stirn fiel.

Dann riss er erstaunt die Augen auf.

Aurora folgte seinem Blick.

An der Stelle, an der Curzi gelegen hatte, waren jetzt nur noch ein paar Blutspritzer. Die Axt lag noch dort, wo sie nach Brunos Schüssen zu Boden gefallen war.

Doch Curzi war entkommen. Oder vielleicht hatte er sich aufgelöst, war von derselben Dunkelheit verschluckt worden, die jahrelang sein Zuhause gewesen war. Zwischen diesen Alpträume und Wahnsinn atmenden Wänden.

Denn am Ende ist niemand in der Lage, ihn zu töten, den Bösen Wolf.

# Epilog

Das Wiedererwachen

In ihrem Krankenhausbett, umgeben von Genesungswünschen ihrer Klassenkameraden und Blumen von Menschen, die die Hoffnung nie aufgegeben hatten, stützte sich die kleine Aprile mit einem Ruck auf die Ellenbogen und schnappte nach Luft, als wäre es der erste Atemzug nach einer langen Apnoe.

Die Krankenschwester sah sie mit einer Mischung aus Verwirrung und Begeisterung an. »Sie ist aufgewacht!«, rief sie.

Aprile riss die Augen auf. Ihre hohe Stimme quietschte, als kratze jemand über eine Tafel. »Niemand ... kann den Bösen Wolf ... töten.«

# Dank

Die Danksagung ist immer die erste Seite, die ich in einem Buch lese, doch ich habe noch nie selbst eine geschrieben. Entschuldigt also, falls es mir nicht ganz so gut gelingt, es ist mein erstes Mal. Dies ist eine Aufzählung von Menschen, ohne die es dieses Buch nicht gebe würde.

Piergiorgio, mein Agent. Er hat vom ersten Augenblick an den Roman geglaubt und mich in jeder Phase der Ausführung unterstützt.

Antonio, der Verleger, mit dem zusammenzuarbeiten ich schon immer geträumt habe. Meine Beine haben gezittert vor unserer ersten Begegnung, doch er hat mich sofort herzlich aufgenommen.

Giulia, die mich ermutigt hat, Auroras Stimme zu folgen. Und die die Erste war, die sie zu hören bekam.

Claudio, der »Patient null«, mein »halber Stern«. Ohne seine Vorschläge würde ein Großteil dieses Buches nicht existieren.

Federico, der an der Melodie der Wörter feilte und mich mit *Miss Misery* bekannt machte.

Meine Eltern und meine Geschwister, mein wildes Rudel, meine größten Fans.

Meine Großeltern, diesseits und jenseits des Himmels,

die ihr mich mit Dorfgeschichten habt aufwachsen lassen, schrecklichen und wundervollen. Und die ihr mich gelehrt habt, jeden Grashalm zu ehren.

Tempesta und Guerriera, die ihr erst kürzlich in mein Leben getreten seid und doch anscheinend schon immer da wart.

Und all euch Lesern, die ihr all diesem einen Sinn gebt. Danke.

## Autorin

Barbara Baraldi ist Autorin von Noir-Thrillern und Young Adult Gothic. Außerdem schreibt sie die Drehbücher für die Comicserie Dylan Dog. Die Autorin lebt in der Nähe von Modena. »Das Dorf der Toten« ist der Beginn einer Thrillerserie um die junge Profilerin Aurora Scalviati, die in der Emilia Romagna ermittelt.